panini BOOKS

AUSSERDEM BEI PANINI ERHÄLTLICH

JONATHAN FRENCH: DIE GETEILTEN LANDE

Band 1: DIE GRAUEN BASTARDE

Band 2: DIE WAHREN BASTARDE

Band 3: DIE FREIEN BASTARDE

Nähere Infos und weitere phantastische Bände unter:
paninishop.de/phantastik/

JONATHAN FRENCH

DIE GRAUEN BASTARDE

— DIE GETEILTEN LANDE, BAND 1 —

Ins Deutsche übertragen von
Helga Parmiter

Bibliografische Information der Deutschen Nationalbibliothek
Die Deutsche Nationalbibliothek verzeichnet diese Publikation
in der Deutschen Nationalbibliografie; detaillierte bibliografische
Daten sind im Internet über http://dnb.d-nb.de abrufbar.

Copyright © 2022 Jonathan French. All Rights Reserved.

Titel der Englischen Originalausgabe:
»The Grey Bastards – The Lot Lands – Book 1« by Jonathan French,
published 2018 in the US by Crown, an imprint of the Crown Publishing
Group, a division of Random House LLC, New York.
Originally published by Ballymalis Press in 2015.

Umschlagsdesign: Duncan Spilling LBBG
Umschlagsfoto: © Larry Rostant

Deutsche Ausgabe 2022 Panini Verlags GmbH,
Schloßstr. 76, 70176 Stuttgart.
Alle Rechte vorbehalten.

Geschäftsführer: Hermann Paul
Head of Editorial: Jo Löffler
Head of Marketing: Holger Wiest (E-Mail: marketing@panini.de)
Presse & PR: Steffen Volkmer

Übersetzung: Helga Parmiter
Lektorat: Katharina Altreuther
Umschlaggestaltung: tab indivisuell, Stuttgart
Satz und E-Book: Greiner & Reichel, Köln
Druck: GGP Media GmbH, Pößneck
Gedruckt in Deutschland

YDLOTLA001

1. Auflage, Oktober 2022,
ISBN 978-3-8332-4280-9

Auch als E-Book erhältlich: ISBN 978-3-7367-9826-7

Findet uns im Netz:
www.paninicomics.de

PaniniComicsDE

Rob, das hier ist für dich, Bruder.
Wehe, du weißt nicht, warum.

1

Schakal wollte die Mädchen gerade für eine weitere Runde wecken, da hörte er Vollkorn durch die dünnen Wände des Bordells nach ihm rufen. Abscheuliches frühes Sonnenlicht drang durch die fehlenden Lamellen der reparaturbedürftigen Fensterläden. Schakal sprang aus dem Bett. Dabei schüttelte er die verschlungenen Glieder der Huren und die letzten Weinschwaden ab, die seinen Kopf benebelten. Das neue Mädchen schlief weiter, aber Delia stöhnte wegen der Störung, hob ihre zerzausten roten Locken von den Kissen und blinzelte ihn mit nackter Missbilligung an.

»Was, zum Teufel, Schak?«, sagte sie.

Leise lachend hüpfte Schakal in seine Reithose. »Eine große Schüssel mit Brei ruft meinen Namen.«

Delia verdrehte ihre müden Augen. »Sag dem dicken Dreiblut, er soll die Klappe halten. Und komm wieder ins Bett.«

»Ich wünschte, ich könnte, Süße«, sagte Schakal und setzte sich aufs Bett, um seine Stiefel anzuziehen. »Ich wünschte, ich könnte.«

Er stand auf, da begannen Delias Finger, seinen Rücken zu kraulen. Schakal machte sich nicht die Mühe, seine Brigantine zu suchen, zog seinen Gürtel zwischen den auf dem Boden verstreuten Kleidungsstücken der Mädchen hervor, schnallte ihn um und richtete seinen Talwar. Er spürte Delias Blicke auf sich gerichtet.

»Verdammt, du bist echt ein hübsches Halbblut!«, sagte sie. Die Schläfrigkeit war aus ihren Augen verschwunden und durch einen geübt lüsternen Blick ersetzt worden.

Schakal ging darauf ein und ließ seine Muskeln spielen, während er sein Haar mit einem Lederriemen zurückband. Er zwinkerte Delia zum Abschied zu, riss die Tür auf und verließ eilig den Raum.

Der Flur war schummrig und verlassen und von der trostlosen Stille der Morgendämmerung geprägt. Schakal ging, ohne langsamer zu werden, zum Gemeinschaftsraum, während er um die löchrigen Tische und umgestürzten Stühle herummanövrierte. Nur der saure Gestank von verschüttetem Wein und Schweiß war von den nächtlichen Ausschweifungen übrig geblieben. Die Tür nach draußen war angelehnt, und das helle Licht, das hereinfiel, verhieß bereits einen schwülen Tag. Schakal trat in den frühen Morgen hinaus und presste Kiefer und Augenlider vor dem grellen Sonnenlicht zusammen.

Vollkorn stand am Brunnen in der Mitte des Hofs, die Muskelpakete auf seinem breiten Rücken glänzten vom Wasser. Schakal trabte zu ihm und stellte sich neben seinen Freund.

»Probleme?«

Vollkorn hob leicht das Kinn und deutete mit seinem spatenförmigen Bart auf den staubigen Weg, der zum Gelände führte. Schakal folgte seinem Blick und sah die schimmernden Umrisse von Pferden, die auf ihn zukamen. Er schützte die Augen mit einer Hand vor der Sonne, hielt nach Reitern Ausschau und war erleichtert, als er tatsächlich welche sah.

»Keine Pferdedödel.«

»Nein«, stimmte Vollkorn zu. »Kavallerie.«

Schakal entspannte sich ein wenig. Mit menschlichen Soldaten kamen sie zurecht. Zentauren hingegen hätten ihren Tod bedeuten können.

»Ignacio?«, überlegte er. »Ich schwöre, dieser alte Säufer mit dem Furchengesicht riecht seine Bezahlung schon vom Kastell aus.«

Sein Freund sagte nichts, sondern musterte weiterhin finster die herannahende Kavalkade. Schakal zählte acht

Männer. Einer von ihnen hielt ein Banner, auf dem zweifellos das Wappen des Königs von Hispartha prangte. Dieses wehende Stück Seide bedeutete in den Geteilten Landen wenig und Schakal behielt den Mann an der Spitze im Blick.

»Es ist Bermudo«, sagte Vollkorn, eine Sekunde bevor Schakal den Hauptmann in dem Staub erkennen konnte.

»Scheiße.«

Schakal wünschte, er hätte seine Armbrust nicht unter Delias Bett liegen gelassen. Er warf einen Blick auf Vollkorn und bemerkte, dass dieser unbewaffnet war und den halb vollen Eimer aus dem Brunnen immer noch in seinen fleischigen Händen hielt. Allerdings reichte die Erscheinung des grobschlächtigen Kerls oft, um andere von einem Kampf abzuschrecken. Unter den Mitgliedern der Rotte hieß es, Vollkorn habe sogar Muskeln in seiner Scheiße.

Schakal war kein Jüngling, aber sein Freund war einen ganzen Kopf größer. Mit seiner Glatze, der aschfarbenen Haut, dem kräftigen Körperbau und den hervorstehenden unteren Stoßzähnen ging Vollkorn als Vollblut-Ork durch, solange er die Bastard-Tätowierungen verbarg, die seine kräftigen Arme und seinen Rücken zierten. Nur sein Bart wies ihn als Halbblut aus. Diese Besonderheit hatte Schakals menschliche Hälfte ihm nicht in die Wiege gelegt.

Die Reiter verteilten sich um den Brunnen und Schakal grinste. Er mochte nicht als Dickhäuter durchgehen, aber er war groß genug, um diese menschlichen Welpen in Verlegenheit zu bringen. Ihre sauberen purpurroten Schärpen, blank polierten Helme und aufdringlich mutigen Gesichter wiesen sie als Neuankömmlinge aus. Schnurrbärte schienen an den Höfen von Hispartha in Mode zu sein, denn von jeder Oberlippe hing so etwas wie ein pelziges Hufeisen herab. Von jeder Oberlippe – außer der von Bermudo. Er sah wie einer dieser längst verstorbenen Tyrannen mit langer Nase und kurz geschorenem Haar aus, die man auf alten Münzen des Imperiums fand.

Der Hauptmann zügelte sein Pferd.

Er nahm sich einen Moment Zeit, um den Hof zu begutachten, wobei seine Aufmerksamkeit auf den Ställen verweilte, die Sancho für seine Gäste unterhielt.

Schakal hob sein Kinn zur Begrüßung. »Bermudo. Ihr arbeitet ein paar neue Jungs ein, wie ich sehe. Hat man etwa den Beweis verlangt, dass ein Mann sich im Brachland immer noch flachlegen lassen kann?«

»Wie viele seid ihr, Bastarde?«

Es war eine beiläufige Frage, aber Schakal entging nicht, dass Bermudo besorgt war.

»Ich bin nicht hier, um Euch aufzulauern, Hauptmann.«

»Das ist keine Antwort.«

»Und ob es das ist.«

Bermudo drehte sich um, sah einen seiner Reiter an und schnippte mit dem Finger in Richtung der Ställe. Der ausgewählte Cavalero zögerte.

»Sieh in den Ställen nach«, sagte Bermudo, als gebe er einem dummen Kind Anweisungen.

Der Mann schüttelte seine Verwirrung ab und trieb sein Pferd zur Westseite des Hofs. Seine Mitstreiter beobachteten ihn. Schakal musterte sie. Alle trugen Halblanzen und runde Stahlschilde sowie Schuppenpanzer als zusätzlichen Schutz. Fünf von ihnen waren angespannt, wie ihre straffen Zügel verrieten. Der Letzte wirkte gelangweilt und gähnte übermüdet. Der Laufbursche war abgestiegen, hatte sein Pferd an einen Pfosten gebunden und schritt nun in die Ställe. Einen Moment später stolperte Sanchos Stallbursche verschlafen in das grelle Licht. Der Cavalero folgte kurz darauf.

»Drei Keiler und ein Maultiergespann«, berichtete er, nachdem er zurückgeritten war.

»Das Gespann gehört drei Bergleuten«, sagte Schakal zu Bermudo. »Aus Traedria, glaube ich. Sie sind auch nicht hier, um Euch in einen Hinterhalt zu locken.«

»Stimmt«, sagte Bermudo. »Sie haben die Erlaubnis, im Amphora-Gebirge zu schürfen. Ich weiß das, weil ich ihnen die Erlaubnis erteilt habe. Ihr aber habt keine solche Erlaubnis.«

Schakal betrachtete staunend die leere Weite ihrer Umgebung. »Vollkorn? Wurde Sanchos Etablissement in die Amphoras gezaubert, während wir geschlafen haben?«

»Die Gipfel sehen kleiner aus, als ich sie in Erinnerung habe«, sagte Vollkorn. »Geradezu unsichtbar.«

Bermudo fehlte weiterhin jeglicher Humor. »Du weißt verdammt genau, was ich meine.«

»Das tun wir«, bestätigte Schakal. »Und Ihr wisst verdammt genau, dass Hauptmann Ignacio unsere Anwesenheit hier erlaubt.«

»Hat er euch das fest zugesagt, bevor er gestern Abend aufbrach und fortging?«

Vollkorns Gesicht verfinsterte sich. »Ignacio war letzte Nacht nicht hier.«

Das stimmte, aber Schakal hätte es vorgezogen, das noch nicht zu verraten. Die Hauptleute hassten sich gegenseitig, aber das erklärte nicht, warum Bermudo auf Ignacios Namen herumkaute, als wäre er ein Köder. Es erklärte auch nicht seine Anwesenheit am Bordell. Der adlige Hauptmann nahm Sanchos Mädchen nicht in Anspruch und wurde nur selten so weit vom Kastell entfernt gesehen.

Schakal versuchte es mit einem neuen Köder. »Lasst Euch nicht abhalten, hineinzugehen. Ihr wollt Euch doch sicher alle etwas Erleichterung verschaffen.«

Bermudo schniefte.

»Seht gut her, Männer«, sagte er. Sein Blick ruhte auf Schakal und Vollkorn, wobei er sie gleichzeitig ignorierte, eine Fähigkeit, die nur Menschen beherrschen, die von Geburt an adlig waren. »Zwei Halbblut-Reiter. Aus der Rotte der Grauen Bastarde. Ihr werdet lernen, sie anhand ihrer abscheulichen Körpermerkmale zu unterscheiden. Einige werdet ihr an ihren absurden Namen erkennen. Trotz der zugeteilten Gebiete denken sie alle, das ganze Land gehöre ihnen, und so werdet ihr sie an Orten wie diesem Etablissement finden, wo sie nichts zu suchen haben – wobei sie die Tatsache, dass es auf dem Land der Krone steht, unverfroren ignorieren. In solchen Fällen habt ihr die Macht, sie zu vertreiben. Allerdings ist es oft das Beste, wenn man ihnen erlaubt, sich zu befriedigen, und sie dann weiterziehen lässt. Im Gegensatz zu brünstigen Hunden braucht es mehr als einen Eimer Wasser, um läufige Halb-Orks abzuschrecken. Sie sind ... Sklaven ihrer niederen Natur.«

Schakal ignorierte die Beleidigungen. Er sah über Bermudo hinweg und lächelte die Cavaleros an, die dahinter aufgestellt waren.

»Wir *lieben* Huren. Pardon. Wir genießen es, uns mit williger Gesellschaft zu vergnügen. Ich nehme an, so würde man es im Norden sagen. Wie auch immer, Sancho und seine Mädchen sind immer gastfreundlich.«

Bermudo verzog angewidert den Mund, doch der gähnende Cavalero ergriff jetzt höhnisch grinsend das Wort.

»Ich würde niemals für eine Frau bezahlen, die bereit ist, mit Halb-Orks ins Bett zu gehen.«

»Dann fängst du am besten an, dein Pferd zu ficken«, polterte Vollkorn.

Schakal lächelte, als der neue Cavalero große Augen machte. »Er hat recht. Du wirst in den Geteilten Landen keine Hure finden, die nicht von uns verwöhnt wurde. Sie würden deine Münzen bestimmt annehmen, aber sei nicht beleidigt, Junge, wenn sie nicht bemerken, dass dein kleiner rosa Schwanz schon drin ist.«

Der Mann geriet sichtlich in Rage. Bei näherem Hinsehen bemerkte Schakal, dass sein Schnurrbart eine Hasenscharte nicht vollkommen verbergen konnte. Die anderen sechs warfen unsichere, Hilfe suchende Blicke auf Bermudos Hinterkopf. Der Helm des Hauptmanns hing am Sattel, und er trug keine Lanze, aber seine Hand war zum Griff seines Schwertes gewandert.

»Wenn du Ärger machst«, sagte Bermudo, und sein Gesicht wurde hart, »werde ich dich hinter meinem Pferd herschleifen, und zwar bis zu deinem Gebiet, ganz gleich, was du mit Ignacio vereinbart hast.«

Schakal hakte seine Daumen in seinen Gürtel und brachte so seine Hand näher an seine eigene Klinge. Er konnte sich genauso gut in Pose werfen wie der Hauptmann. »Hier gibt es keinen Streit.«

»Solange ihr keinen anfangt«, fügte Vollkorn hinzu.

Bermudos Blicke huschten zwischen Schakal und Vollkorn hin und her. Zog er tatsächlich in Erwägung, Blut zu vergießen? Würde dieser arrogante Arsch eine Fehde riskieren, nur um sein Gesicht vor einer Schar ausgestoßener Adliger mit neuen Sätteln und feuchten Träumen vom Heldentum zu wahren?

Bermudos Kiefer mahlte, während er auf seinem Stolz herumkaute, doch bevor er zu einer Entscheidung kam, ritt Hasenscharte zum Brunnen.

»Du da«, sagte er zu Vollkorn und gestikulierte mit seiner Lanze. »Füll den Trog dort.«

Schakal schnaubte spöttisch und beobachtete, wie eine Welle der Unsicherheit durch die Rekruten ging und sich aller Augen auf ihren forschen Kameraden richteten.

Bermudo warf dem Mann einen warnenden Blick zu. »Cavalero Garcia ...«

Der Jugendliche winkte ab. »Schon gut, Hauptmann. Wir haben Halb-Ork-Diener in der Villa meines Vaters. Man muss sie gut im Griff haben, sonst werden sie bockig. Diese beiden sind eindeutig schon zu lange undiszipliniert. Ein Mangel an Bescheidenheit, der schnell behoben ist. Es kommt darauf an, wie man sie anspricht.« Er sah gelangweilt zu Vollkorn hinunter. »Ich sagte, füll den Trog. Zack, zack, Mischling!«

Schakal hörte Holz knarren, als Vollkorns Hände den Eimer noch fester umklammerten und seine Fingerknöchel blass wurden. Sie alle waren nur einen Herzschlag davon entfernt, dass Blut floss.

»Ihr solltet Euren Neuankömmling in den Griff bekommen, Hauptmann«, sagte Schakal. Das war kein Vorschlag. »Er weiß vielleicht nicht, was ein wütendes Dreiblut mit einem Menschen anstellen kann.«

Bermudos hochmütiges Auftreten begann zu bröckeln. Er sah, genau wie Schakal, dass sich die Situation zum Schlechten wendete. Aber er biss die Zähne zusammen und ließ den Aufmüpfigen gewähren.

Scheiße.

Es blieb nichts anderes übrig, als zu steuern, wessen Blut vergossen wurde und wie viel.

»Also, Hauptmann«, sagte Schakal, »was hat dieser Geck verbrochen, um hierher verbannt zu werden? Spielschulden? Oder, nein, Vollkorn hatte vorhin schon recht, nicht wahr? Der Mann wurde mit dem Lieblingshengst seines Vaters erwischt. Wie er ihn ohne Sattel ritt. Innerhalb des Stalls.«

Der selbstgefällige Cavalero schlug Schakal das stumpfe Ende seiner Lanze ins Gesicht. Er tat es so lässig, so beiläufig, dass Schakal genug Zeit hatte, dem Schlag auszuweichen, aber er ließ den Treffer zu. Der Schmerz nahm ihm die Sicht, er taumelte einen Schritt zurück und hielt sich mit einer Hand die pochende Nase. Er hörte Vollkorn knurren, aber Schakal streckte blind seine freie Hand aus und legte sie auf den gewaltigen Arm seines Freundes, um Vergeltungsschläge zu verhindern. Schakal spuckte aus und wartete, bis sein Kopf wieder klar war, bevor er sich aufrichtete.

»Du wirst höflich bleiben«, sagte Cavalero Garcia zu ihm. »Sprich noch einmal so unverschämt, und ich werde dich im Namen des Königs auspeitschen lassen.«

Schakal sah Bermudo direkt an und stellte fest, dass ihm die Nervosität ins Gesicht geschrieben stand. Aber da war auch ein schleichender Ausdruck von Genugtuung.

»König?«, sagte Schakal und saugte sich den letzten Blutfilm von den Zähnen. »Vollkorn? Kennst du den Namen des Königs?«

»Soundso der Erste«, antwortete Vollkorn.

Schakal schüttelte den Kopf. »Nein, der ist gestorben. Es ist Soundso der Fettwanst.«

Vollkorn warf ihm einen zweifelnden Blick zu. »Das klingt nicht richtig.«

»Elende Rußhäute!«, rief Garcia aus.

Schakal ignorierte ihn und breitete die Arme in gespielter Verwirrung aus. »Der Name ist uns entfallen. Jedenfalls ist er ein aus Inzucht entstandener, übermäßig vollgestopfter Haufen Scheiße, der seine Cousinen heiratet, seine Schwestern fickt und sich von kleinen Jungs Blutegel an seinen winzig kleinen Schwanz setzen lässt.«

Diesmal schnappte sich Schakal Garcias Lanze, als der Mann zustieß, und riss ihn damit vom Pferd, sodass sein Gegner auf dem Weg nach unten auf das Dach des Brunnens prallte. Das Pferd scheute und wieherte. Garcia wälzte sich im Dreck und stotterte wortlos vor Wut, während er versuchte, aufzustehen. Schakal packte den Mantel des Cavaleros, zog ihn ihm über den Kopf und schlug ihm durch den staubigen Stoff ins Gesicht. Garcia fiel flach zu Boden.

Die Pferde scheuten vor dem Handgemenge, aber die Männer waren vor Schreck wie erstarrt. Bermudo war sichtlich blass geworden.

Schakal deutete auf den gestürzten Garcia. »Ich denke, das ist eine gute Lektion für diese Jungfrauen, Hauptmann. Stimmt Ihr mir zu?«

Bermudo war nicht dumm. Er erkannte die Chance, die sich ihm bot. Mit einem knappen Nicken ergriff er sie.

Garcia war jedoch noch bei Bewusstsein. Und weniger klug. Er setzte sich auf und riss sich den Mantel vom Kopf. Aus seinem Mund tropften Blut und Geifer.

»Hauptmann«, fauchte er und zeigte mit dem Finger anklagend abwechselnd auf Schakal und Vollkorn. »Ich verlange, dass diese beiden ins Kastell gebracht und gehängt werden.«

Schakal lachte. »Erhängt? Du bist nicht tot, Weichling. Ein Austausch von Beleidigungen, du brichst mir die Nase, ich schlage dir die Zähne ein. Und das war's. Die Sache ist erledigt. Jetzt geh rein, loch mal richtig ein und vergiss es.«

Garcia war taub auf dem Ohr der Vernunft. Sein rachsüchtiger Blick wanderte hinauf zu Bermudo.

»*Hauptmann?*« Er sprach den Rang ohne jeglichen Respekt aus, der einem Vorgesetzten gebührte.

Schakal und Vollkorn wechselten einen Blick. Was sollte das werden? Es war nicht das erste Mal, dass Cavaleros und Rottenreiter aneinandergerieten. Das passierte bei Sancho öfter als anderswo. Es wurde Zeit, dass alle weiterritten.

Eine Schweißperle zierte die Mitte von Bermudos Oberlippe. Er wirkte hin- und hergerissen und kaute auf einer Entscheidung herum, die ihn wütend machte.

»Bermudo ...« Schakal versuchte, die Aufmerksamkeit des Mannes zu erlangen, wurde aber von Garcia übertönt.

»Ihr werdet hier für immer schmachten, Hauptmann!«

Das war eine Drohung. Und sie führte Bermudos Entscheidung herbei.

»Ergreift sie!«, befahl er.

Bermudo versuchte, sein Schwert zu ziehen, aber der Eimer traf ihn an der Stirn, bevor die Klinge halb draußen war. Vollkorn hatte mit solcher Wucht geworfen, dass kein einziger Tropfen Wasser verschüttet wurde, bis der Eimer den Schädel des Hauptmanns traf. Er fiel aus dem Sattel und wurde bewusstlos, noch bevor er im Staub des Hofs aufschlug.

Schakal verpasste Garcia einen Tritt unter das Kinn, bevor er weiterschreien konnte, sodass sich dieser überschlug. Anstatt die anderen Reiter einzuschüchtern, stärkte die Gewalt gegen ihren Kameraden ihren Mut, und alle sechs senkten ihre Lanzen. Schakal zog sein Schwert und warf es Vollkorn zu. Er dagegen behielt Garcias Lanze und richtete sie gegen den drohenden Angriff.

Bevor die Cavaleros ihre Pferde anspornen konnten, rissen sie die Augen auf und erstarrten. Eine Stimme ertönte hinter Schakals Kopf.

»Überlegt es euch gut, ihr stachellippigen Eunuchen!«

Schakal lächelte. Die Stimme klang schlecht gelaunt, gebieterisch und vertraut. Die Cavaleros ließen ihre Lanzen sinken, der Mund jedes Einzelnen stand weit offen.

»Grade zur rechten Zeit, Weide!«, rief Schakal über seine Schulter. Er bedachte die Männer mit einem hämischen Grinsen, bevor er sich umdrehte. Kurz darauf klappte auch ihm die Kinnlade herunter.

Augenweide stand auf dem Dach des Bordells, in jeder Hand eine Armbrust, beide geladen und auf die Reiter gerichtet. Sie war splitternackt.

»Du blutest, Schak.«

Schakal brachte ein Grunzen und ein Nicken zustande. Er kannte Augenweide seit seiner Kindheit, aber sie waren beide keine Kinder mehr.

Ihr blassgrünes Fleisch war makellos, ohne die aschefarbenen Grautöne, die man bei den meisten Halb-Orks fand, und die Haut war glatt, bis auf die Stellen, an denen sich Muskeln abzeichneten oder Kurven wölbten. Sie hatte beides im Überfluss. Ihre dunkelbraunen, krausen Locken fielen ihr offen auf die wohlgeformten Schultern. Sie hielt die schweren Bogen fest in der Hand, die Spitzen ihrer Bolzen lagen unerschütterlich zwischen den gespannten Bolzenhaltern. Es war ein beeindruckender Anblick. Und nach dem fassungslosen Schweigen hinter ihm im Hof zu urteilen, sahen das auch die Cavaleros so.

Augenweide war schlau und nutzte immer jeden Vorteil, obwohl sie nur wenige brauchte.

»Du blutest«, wiederholte Weide, »und ich wurde sehr früh geweckt. Jemand wird sterben.«

Garcia hatte sich zu seinen Kameraden geschleppt und zeigte mit zitterndem Finger auf sie.

»Ihr dreckigen Aschefarbigen!«, kreischte er durch seine geschwollenen Lippen. »Ihr werdet alle am Galgen baumeln! Ergreift sie, Männer! Ergreift sie!«

»Der da«, brummte Vollkorn.

»Der da«, bestätigte Augenweide und schoss Garcia ins Auge.

Er fiel steif nach hinten, wobei die Befiederung des Bolzens aus seiner linken Augenhöhle ragte. Die Cavaleros fluchten und hatten Mühe, ihre scheuenden Pferde unter Kontrolle zu halten.

»Ich habe noch einen Bolzen übrig«, verkündete Augenweide. »Wer möchte ihn?«

Es gab keine Freiwilligen.

Schakal wirbelte zu den Cavaleros herum.

»Bevor einer von euch irgendetwas Dummes sagt, wie ›Mein Vater wird davon erfahren‹, denkt daran, dass sich im Norden, in dem zivilisierten Juwel, das ihr euer Zuhause nennt, niemand einen Deut um euch schert. Wenn sie es täten, wärt ihr nicht hier.«

Schakal musterte jeden Mann mit festem Blick und achtete darauf, wer wegschaute.

»Was seid ihr, Dritt- oder Viertgeborene? Mindestens einer von euch ist wahrscheinlich ein Bastard. Ihr wurdet alle hierhergeschickt, um vergessen zu werden. Um im Grenzland zu patrouillieren und nach Orks Ausschau zu halten. Ihr habt keinen Stand, ihr habt keine Privilegien.« Schakal warf Garcias Lanze auf dessen Leichnam. »Er hatte das vergessen. Macht nicht den gleichen Fehler. Wenn ihr euer erstes Scharmützel mit den Dickhäutern überleben wollt, solltet ihr anfangen, uns Halbblütern wohlwollend gegenüberzutreten. Wir sind es, die euch beschützen. Bermudo hat recht. Wir beanspruchen dieses Land als unser eigenes. Aber wir sind nicht die Einzigen. Die Orks nennen dieses Land Ul-wundulas. Sie glauben, es gehöre ihnen. Ihr werdet ihnen nicht das Gegenteil beweisen, indem ihr glaubt, besser zu sein als sie. Eure Väter können euch hier nicht helfen. Der König, wie auch immer er heißt, kann euch hier nicht helfen. Nur wir Bastarde können es. Willkommen in den Geteilten Landen.«

Schakal trat zurück und nickte Vollkorn zu. Der Grobian

hob die bewusstlose Gestalt Hauptmann Bermudos vom Boden auf, als wäre er ein Kind.

»Es hat nur einen Eimer Wasser gebraucht, Mudo«, sagte er und warf den Mann auf den Rücken seines Pferdes. Er übergab einem der Cavaleros die Zügel.

»Bringt ihn zurück ins Kastell«, befahl Schakal den Männern. »Sagt Hauptmann Ignacio, dass Cavalero Garcia sich Bermudos Befehlen widersetzt und ihn geschlagen hat. Er ist lieber zu Pferd geflohen, als diszipliniert zu werden, und wurde zuletzt auf dem Weg ins Zentaurengebiet gesehen. Die Grauen Bastarde haben sich freiwillig gemeldet, um nach ihm zu suchen. Aber wir haben wenig Hoffnung, dass er jemals gefunden wird. Wenn Bermudo wieder zu sich kommt, wird er es so in Erinnerung behalten wollen. Das werdet ihr alle. Es sei denn, ihr wollt einen Krieg mit den Halb-Ork-Rotten.«

Niemand reagierte. Alle Gesichter waren blass und gleichgültig geworden.

»Jetzt kommt der Teil, wo ihr alle nickt!«, rief Weide vom Dach herunter.

Alle behelmten Köpfe wippten auf und ab.

Schakal wies ihnen hilfreich den Weg. Innerhalb weniger Minuten war die Kavalkade ein schimmernder Fleck am Horizont.

Schakal stellte fest, dass Vollkorn ihn ansah und den Kopf schüttelte.

»Was?«

»Schöne Rede, Prinz Schakal.«

»Nuckel an 'ner Sauenzitze, Vollkorn.«

Schakal bohrte in seiner Nase, während Augenweide vom Dach sprang, wobei die gut entwickelten Muskeln ihrer langen Beine den Aufprall abfederten.

»Wenn du das nächste Mal losziehst, um mit den Weichlingen schöne Worte auszutauschen, vergiss nicht, eine Armbrust mitzubringen«, sagte sie und warf Schakal die abgeschossene Armbrust zu.

»Und wenn du uns das nächste Mal rettest, solltest du das hier tragen«, erwiderte er und strich mit der Hand über ihre nackte Haut.

»Leck mich, Schak!«

»Hat das nicht schon eins von Sanchos Mädchen getan?«

»Doch«, antwortete Weide und drehte sich um, um zur Tür des Bordells zu gehen. »Aber wie alle Huren hätte sie lieber ihren Kopf zwischen deinen Beinen gehabt.«

Schakal starrte ungeniert auf die Grübchen über Weides keckem Hintern, bis sie im Schatten des Bordells verschwand.

Ein Klaps von Vollkorn auf seinen Hinterkopf ließ ihn herumfahren.

»Wir müssen zurück.«

Schakal kratzte sich am Kinn. »Ich weiß. Sieh nach den Keilern.«

Bevor Vollkorn sich auf den Weg zu den Ställen machen konnte, spie dieselbe Tür, durch die Augenweide vor Kurzem verschwunden war, den Besitzer des Bordells aus. Die angenehme Schwellung von Schakals Taschenaal verkümmerte sofort.

Sancho manövrierte seinen korpulenten Körper zwischen den Pfosten hindurch und kam schwerfällig in den Hof. Sein Mund stand ängstlich offen. Das wenige Haar, das der Mann noch hatte, war bereits von Schweiß durchtränkt und bildete einen glitschigen schwarzen Fleck auf seinem Kopf. Sancho starrte auf die Leiche des Cavaleros und schüttelte langsam den Kopf, wodurch seine schlecht rasierten Wangen wabbelten.

»Ich bin ruiniert.«

Schakal schnaubte. »Erzähl mir nicht, dass dies der erste Mensch ist, der hier stirbt, Sancho.«

»Der erste Cavalero«, sagte der dicke Mann mit erstickter Stimme. »Und dann nicht einmal einer von Ignacios einfachen Leuten, sondern ein verdammtes Blaublut! Was hast du getan?«

»Dir einen lästigen Gast für die Zukunft erspart«, sagte Schakal zu ihm. »Ich wette, dieses Stück Schweinescheiße hätte deine Mädchen verprügelt.«

»Damit kann ich umgehen! Aber der Körper eines verbannten Adligen ist nicht so leicht zu handhaben.«

»Doch, ist er. Setz dich mit dem Schlammmann in Verbindung.« Schakal zeigte auf Garcias Kadaver. »Er soll unseren verstorbenen Freund entsorgen.«

Das große, feuchte Gesicht des Hurenmeisters wurde bei der Erwähnung des Namens blass.

»Er und unser Häuptling haben eine Abmachung«, betonte Schakal, bevor Sanchos Panik sich voll entfalten konnte.

»Bist du sicher, dass du ihn da mit reinziehen willst?«, warf Vollkorn mit einem unbehaglichen Ausdruck auf seinem bärtigen Gesicht ein. Schakal war sich nicht sicher, wen er meinte – ihren Häuptling oder den Schlammmann –, aber er machte sich nicht die Mühe, das zu klären. Das war der Weg nach vorn.

Er konzentrierte sich darauf, Sancho Anweisungen zu geben. »Schick ihm einen Vogel. Wenn er hier eintrifft, gib ihm die Leiche und das Pferd. Sag ihm, es ist für die Grauen Bastarde.«

»Und was ist mit mir?«, forderte Sancho. »Was bekomme ich dafür, dass ich dein Strohmann in dieser Sache bin?«

Schakal holte tief Luft. »Was willst du?«

»Das weißt du«, sagte Sancho.

»Stimmt«, räumte Schakal ein. »Gut. Ich werde es dem Häuptling sagen.«

Der Hurenmeister musterte ihn einen Moment lang und nickte. Dann warf er dem Cavalero einen letzten, widerwilligen Blick zu und stapfte wieder hinein.

Vollkorn mahlte mit den Kiefern. »Lehmmaster wird nicht erfreut sein.«

»Die Tage, an denen wir ihn erfreuen werden, sind so gut wie vorbei, also sollte er sich besser daran gewöhnen«, erwiderte Schakal und atmete schwer durch seine wunden Nasenlöcher aus. »Mach dich bereit loszureiten.«

2

Der Tag war heiß, lange bevor die Sonne hoch am Himmel stand. Schakal ritt voran und legte ein schnelles Tempo vor, damit die Luft über seine Haut strömen konnte. Heimelig war gut ausgeruht und begierig darauf, zu rennen, also gab Schakal dem Keiler die Zügel und hielt sich mit einer Hand an den Borsten der Mähne fest. Schakal grub seine Fersen in die Flanken des Tieres und schloss seine Schenkel fest um die Körpermitte, sodass er sich mit einem lockeren Sitz dem Rhythmus von Heimeligs Gangart anpasste.

Die zerklüfteten, sonnenüberfluteten Ebenen Ul-wundulas erstreckten sich in alle Richtungen und jeder Felsbrocken und jeder Pinienstrauch zog mit einem flüsternden Windrauschen an Schakals Ohren vorbei. Er versuchte, sich die noch gar nicht so weit zurückliegende Zeit auszumalen, als es noch keine Rotten gab, als Halb-Orks noch Sklaven waren und die Keiler, auf denen sie jetzt ritten, nur Lasttiere waren. Das war nur ein paar Jahrzehnte her, eine Handvoll Jahre vor Schakals Geburt, und doch fiel es ihm schwer, sich das vorzustellen. Er lebte für den Ritt, für das Gefühl, ein starkes Tier unter sich zu haben, das wie ein Blasebalg schnaubte und die Meilen unter den stampfenden Hufen zu einer staubigen Wolke zermalmte.

Heimelig war ein gewaltiger Keiler und auf Schnelligkeit gezüchtet, Generationen entfernt von den schwerfälligen Tieren, die während des Ork-Einmarschs vor Wagen und an Wassermühlen angeschirrt waren. Der Lehmmaster und die anderen alten Veteranen sagten, diese ersten Wildschweine seien unermüdlich und eifrig gewesen, aber ihre Kraft war auf das Ziehen großer Lasten ausgelegt. *Großes, bärtiges Hirschschwein* hießen diese Tiere bei den Menschen, aber die Halb-Ork-Sklaven, die sie hüteten, nannten sie liebevoll Barbaren.

Der Name war geblieben, aber die Barbaren, die jetzt von den Mischlingsrotten geritten wurden, waren reine Reittiere, keine Zugtiere mehr. Sie besaßen nur drei Viertel der Widerristhöhe eines Hisparthan-Hengstes und hatten kürzere Beine. Dadurch waren sie auf kurzen Strecken nicht so schnell wie ein Pferd, auf längeren Strecken und in unwegsamem Gelände aufgrund ihrer sehr kompakten und effektiven Muskulatur aber unübertroffen. Sie waren von der Flanke bis zur Schulter nahezu haarlos und besaßen nur einen Kamm aus groben Borsten entlang des Rückgrats. Die Borsten sprossen aus ihrer Mähne, die um den Hals wuchs und vom Unterkiefer herabhing. Ein Paar Stoßzähne ragte senkrecht aus der Haut der langen, spitz zulaufenden Schnauze und bog sich schließlich scharf zur Stirn des Tieres zurück. Diese Stoßzähne hörten nie auf zu wachsen, und bei wilden Barbaren im fortgeschrittenen Alter wurden Stoßzähne gefunden, die begannen, in ihren Schädel einzuwachsen. Durch sorgfältige Zucht erreichte man, dass sie sich in Richtung des Reiters bogen. Diese Stoßzähne, auch Sauenhebel genannt, konnten gepackt und dazu benutzt werden, den Kopf eines Keilers in Notsituationen zu lenken, obwohl sich selbst ein domestizierter Barbar dagegen wehren würde. Der Reiter durfte also kein Schwächling sein. Nur wenige Menschen waren dazu in der Lage. Deshalb hielten sie an ihren wertvollen Pferden fest. Weichlinge auf Wallachen, wie Grasmücke oft gesagt hatte.

Ein weiterer Satz Stoßzähne ragte aus dem Unterkiefer der Barbaren nach oben und war die bösartigste Angriffswaffe der Tiere. Die von Heimelig waren besonders lang, zusammen mit dem goldfarbenen Haar des Keilers ein Grund für Schakals Stolz. Weitaus ansehnlicher als Vollkorns schwerfälliges schlammfarbenes Reittier, das passenderweise Matschepatsch hieß.

Kurz nach Mittag hielt Schakal an einem breiten, glitzernden Nebenfluss der Lucia an, um zu rasten und die Keiler zu tränken.

»Was ist los, Schak?«, erkundigte sich Augenweide, als sie abstieg. »Haben Delia und das neue Mädchen dir die Eier so wund gescheuert, dass du nicht mehr ohne Unterbrechung nach Hause reiten kannst?«

»Meinetwegen halten wir nicht an«, antwortete Schakal lächelnd. »Ich will nur nicht, dass Vollkorns fetter Sack von einem Keiler vor Hitze verreckt.«

»Hör gar nicht hin, Matsch«, sagte Vollkorn und küsste seinen Keiler auf den Kopf, bevor er ihn mit einem Klaps auf den Hintern ins Wasser trieb. Schnaubend gesellte sich Matschepatsch zu Heimelig und Weides Keiler ohne Namen am Ufer. Sie waren zwar darauf trainiert, sich nicht zu suhlen, während sie einen Sattel trugen, sogen das fließende Wasser aber kräftig ein.

Während die Barbaren tranken, hockte Schakal sich neben sie und tauchte sein Kopftuch in den Fluss. Nachdem er es ausgewrungen hatte, band er es sich wieder um den Kopf, damit es die Haare aus seinem Gesicht fernhielt. Seine Brigantine war immer noch zusammengerollt hinter Heimeligs Sattel geschnallt. Es verstieß gegen den Rottenkodex, ohne Rüstung zu reiten, aber Schakal hasste das Gewicht der Weste. Einmal hatte er in mühevoller Kleinarbeit alle Eisenplatten entfernt, die zwischen das Leder genietet waren. Als der Lehmmaster das herausfand, erteilte er Schakal Reitverbot, bis er alle Brigantinen der Rotte repariert und gereinigt hatte. Trotzdem ritt Schakal lieber mit nacktem Oberkörper, wenn er weit genug von der Brennerei entfernt war und sich so den Blicken des Häuptlings entzog.

Vollkorns beträchtlicher Schatten fiel auf das Flussufer, und Schakal wandte sich um, ohne aufzustehen. Der Grobian ritt nie ohne seine Brigantine. Seine Armbrust hielt er gesenkt in beiden Händen. Ein Köcher baumelte auf der einen Seite an seinem Gürtel, sein Talwar auf der anderen.

Vollkorn hatte sich ebenfalls ein Halstuch um den kahlen Kopf gebunden und ließ seinen Blick über das Wasser schweifen. Weide trug auch eins, aber sie war knietief in die Flussmitte gewatet, um ihren Wasserschlauch zu füllen.

»Sie hat sich heute Morgen gut geschlagen«, sagte Vollkorn, wobei er darauf achtete, leise zu sprechen.

Schakal nickte. Innerhalb der Rotten wurde verdientes Lob normalerweise offen ausgesprochen. Aber nicht gegenüber Augenweide. Sie reagierte nie gut darauf. Obwohl sie schon seit vier Jahren mit den Grauen Bastarden ritt, dachte sie immer noch, jeder wolle sich bei ihr anbiedern. Und vielleicht taten sie das manchmal auch. In den acht Halb-Ork-Rotten der Geteilten Lande war sie die einzige Reiterin. Sie hatte hart um ihren Platz gekämpft und ihn verdient. Trotzdem hatte sie Gründe, freundlichen Worten gegenüber misstrauisch zu sein. Sie gab ihrem Keiler nie einen Namen, denn sie befürchtete, man könnte es ihr als Schwäche auslegen, auch wenn alle anderen es taten. Zum Teufel, Vollkorn hatte sein erstes Schwein Hübscher genannt, und Iltis ritt immer noch eine Sau namens Lavendel.

»Augenweide!«, rief Schakal über das Wasser. »Du reitest an der Spitze, wenn wir aufbrechen.«

Weide quittierte das, indem sie ihre Armbrust hob.

»Nette Geste«, sagte Vollkorn.

»Nein«, sagte Schakal, stand auf und lächelte seinen Freund an. »Ich will ihr nur noch länger auf den Arsch schauen.«

Vollkorn grinste hinter seinem Bart. »Du willst wirklich jung sterben.« Sie lachten beide. »Was war das für eine Scheiße mit Bermudo? Ich konnte nicht erkennen, wer die Befehle gab. Ich glaube, der Hauptmann konnte es auch nicht.«

»Es klang so, als hätte dieser Garcia einen Weg für ihn, die Geteilten Lande zu verlassen.«

Vollkorn brummte zustimmend. »Jetzt nicht mehr.«

Eine Frage kam Schakal in den Sinn, die ihn ernüchterte. »Was hast du unbewaffnet im Hof gemacht, Vollkorn?«

Der Grobian zuckte mit den Schultern, und blieb wachsam, während er sprach. »Mir war heiß, als ich aufwachte. Ging zum Brunnen, um mal einzutauchen.«

»Hast du nie daran gedacht, wieder reinzugehen, um deine Armbrust zu holen? Du hattest Zeit.«

Vollkorn schüttelte den Kopf, sein Blick wanderte zurück über den Fluss.

»Es hätten Zentauren sein können, Vollkorn.«

Das Dreiblut verzog wegwerfend die Lippen. »Wir haben noch keine Warnung von Zirko erhalten.«

»Sie reiten nicht nur während des Verrätermondes, Halbhirn.«

»Es war helllichter Tag in den Kronenländern, Schak.«

»Es war schlampig!«

»Schlampig?«, knurrte Vollkorn und warf Schakal einen bösen Blick zu. »Und wer kam sonst noch ohne Armbrust raus? Augenweide jedenfalls nicht.«

»Nein, ich kam nur ohne einen Fetzen am Leib raus«, sagte Weide und stieg aus dem Fluss. Schakal hatte sie nicht einmal kommen hören. »Wenn ihr euch weiter so ins Gesicht springt, werdet ihr euch küssen.«

Schakal und Vollkorn drehten beide den Kopf und sahen sie finster an.

»Na los doch.« Weide grinste. »Ich wusste schon immer, dass ihr beide euch heimlich anhimmelt.«

Schakal lachte als Erster und wurde mit einem kameradschaftlichen Schubs von Vollkorn belohnt, der ihn beinahe in den Fluss schleuderte.

»Können wir dann aufbrechen?«, fragte Augenweide. Ohne eine Antwort abzuwarten, packte sie einen der Sauenhebel ihres Keilers und zog ihn vom Fluss weg. Der Barbar quiekte ein paarmal aufgebracht, aber Weide führte ihn mit einem Arm weg und schwang sich in den Sattel. Schakal und Vollkorn saßen innerhalb weniger Augenblicke auf ihren Reittieren.

»Pass auf, dass du nicht zu weit nach Osten abdriftest,

wenn wir die Lucia erreichen«, warnte Schakal Weide. »Das Letzte, was wir brauchen, ist, das Land der Sprossen zu betreten.«

Weide blitzte ihn grinsend an. »Hast du Angst vor Elfen, Schak?«

Bevor er etwas erwidern konnte, stieß sie dem Keiler die Fersen in die Flanken und ritt schnell vom Fluss weg.

Vollkorn schnaubte lachend.

»Komm schon, du hässliches Stück«, sagte Schakal.

Vollkorn kraulte seinen Keiler zwischen den Ohren. »Ich bin der Einzige, der ihn so nennen darf.«

»Ich meinte dich.«

Trotz ihrer Schnoddrigkeit machte Augenweide ihre Sache gut und kam nicht ein einziges Mal auf elfisches Gebiet ab. Dennoch behielt Schakal während ihres Ritts den Osten im Auge und war sich sicher, dass Vollkorn hinter ihm dasselbe tat.

Der Krieg hatte große Teile Ul-wundulas' brach gelegt, da die Armeen der Menschen und der Orks Holz gefällt hatten, um ihre Feuer zu schüren, ihre Verteidigungsanlagen zu bauen und ihre Waffen zu erneuern. In den mehr als dreißig Jahren, die seit dem Ende der Kämpfe vergangen waren, hatten Waldbrände verhindert, dass viel nachwuchs. Die verbliebenen Wälder waren in den Höhenlagen und Bergtälern zu finden, in denen nur wenige Kämpfe stattgefunden hatten. Nach dem Krieg, als Hispartha weite Teile seines zurückeroberten Südreichs an seine Verbündeten vergab, gelang es den Elfen, einen Großteil der seltenen Wälder zu vereinnahmen und gleichzeitig große Teile der Gebirgsketten für sich zu beanspruchen. Die Gebiete sollten eigentlich zufällig verteilt werden, aber die Zauberkraft der Elfen hatte zweifellos ihren Teil zu ihrem Glück beigetragen.

Während Augenweide den Weg nach Süden suchte, sah Schakal stirnrunzelnd auf die bedrohlichen Gipfel des Umbragebirges zu seiner Linken. Irgendwo tief im Umbragebirge lag die Schlucht der Hundsfälle, die Hochburg der Elfenrotte. Kilometerlange Strauchheide und buschbestandene Ausläufer trennten Schakal und seine Freunde von dem Gebirge, aber die Sprossen patrouillierten sorgsam ihr Land und fielen über jeden her, der auch nur einen Fuß auf ihre äußersten Grenzen setzte. Glücklicherweise begegneten sie keinem der rosthäutigen Wilden auf ihren gespenstisch stillen Hirschen.

»Das heißt aber nicht, dass sie nicht da sind«, sagte Schakal mehr als einmal zu sich selbst.

Er atmete auf, als Heimelig bei Einbruch der Dunkelheit durch die Teilsieg-Furt plätscherte. Sie waren nun wieder im Land der Grauen Bastarde. Schakal verlangsamte den Trab seines Keilers, bis Vollkorn neben ihnen war, und gemeinsam schlossen sie zu Augenweide auf.

»Schak«, sagte Vollkorn und warf Schakal einen bedeutsamen Blick zu.

»Was?«

Augenweide schüttelte den Kopf. »Deine Brigantine, Schwachkopf.«

»Scheiße«, zischte Schakal und griff hinter seinem Sattel nach der Weste.

»Eines Tages werden wir dich nicht mehr daran erinnern«, sagte Vollkorn.

Sie ritten Seite an Seite über die sandigen Ebenen, und die Keiler wurden immer schneller – sie hatten den Geruch der Heimat in den Rüsseln.

Jede Rotte in den Geteilten Landen hatte einen sicheren Ort als Versteck. Die Menschen hatten ihr Kastell mit seinen hohen Türmen und dem dort ansässigen Zauberer. Die Elfen hatten die Abgeschiedenheit der Hundsfälle und verteidigten diese mit Bogenschützen und Zauberei. Die Zentauren vertrauten auf ihre zerfallenen Schreine und den Glauben an ihre verrückten Götter.

Die Grauen Bastarde hatten die Brennerei.

Als der zentrale Schornstein am Horizont auftauchte, spürte Schakal ein angenehmes Kribbeln in der Brust. Den meisten Spaß hatte er, wenn er rittlings auf seinem Keiler saß, aber wenn er untätig sein musste, gab es keinen Ort, an dem er lieber war als hier.

Die Brennerei war eine unansehnliche, ausufernde Anlage, die eine flache, mit widerspenstigen Sträuchern und Felsbrocken übersäte Ebene beherrschte und deren Gebäude von einer grob ovalen Grundmauer aus hellem Backstein umgeben waren. Die Mauer war fünfmal so hoch wie ein Halb-Ork und lehnte sich schräg nach innen. Sie war voller dreieckiger Stützpfeiler und durchzogen von tragenden Bogen. Das alles wurde von einer verputzten Palisade aus Stein und Fachwerk gekrönt. Von außen war nur der große Schornstein zu sehen, der hoch und imposant in der Mitte der Anlage aufragte.

Weinberge und Olivenhaine gediehen in unmittelbarer Nähe der Mauern, bewirtschaftet von den Menschen, die unter dem Schutz der Grauen Bastarde lebten. Als Schakal, Vollkorn und Augenweide durch das Ackerland ritten, sahen sie Menschen und Halb-Orks, die ihr Tagwerk beendeten. Von ihnen lebte niemand innerhalb der Brennerei.

Sie legten den kurzen Weg nach Teilsieg zurück, der Stadt, die keine Meile von der Festung entfernt entstanden war.

»Also gut«, sagte Vollkorn, als sie sich dem Schatten der Mauer näherten. »Wer wird es ihm sagen?«

»Auf mich hört er nicht«, sagte Weide.

»Ihr könnt mich beide mal«, wetterte Schakal. »Ihr wisst, dass ich es tun werde. Gebt mir die Münzen.«

Vollkorn holte den klimpernden Beutel hervor, der den Anteil der Grauen Bastarde an den Gewinnen aus Sanchos Bordell enthielt. Er warf ihn Schakal zu, als sie an der schmalen Südseite des Ovals durch das einzige Tor der Brennerei ritten.

Das Brennereitor führte nicht direkt ins Innere der Anlage wie bei anderen Befestigungen, sondern war bis zur Hälfte der Mauerdicke durch Mauerwerk versperrt. In die linke Wand des Torhauses war ein Ausfalltor eingelassen, durch das zwei Keilerreiter nebeneinander reiten konnten. Ein Tunnel verlief um die gesamte Grundmauer herum und führte zu einem weiteren Tor, das in den Innenhof mündete. In Zeiten der Belagerung konnte der große Ofen in der Mitte der Anlage, dem die Brennerei ihren Namen verdankte, angezündet und der Strom höllenheißer Luft in den Gang geleitet werden. Angreifer, die die glühend heißen Mauern nicht erklimmen wollten, waren gezwungen, den Gang zu durchqueren, den Umlauf zu vollenden und dann das Tor aufzubrechen, bevor sie bei lebendigem Leib geröstet wurden. In ihrer sechsundzwanzigjährigen Geschichte hatte noch nie jemand versucht, die Brennerei anzugreifen.

Momentan waren die Fallgitter der Ausfalltore hochgezogen und der Mauerdurchgang kühl. Licht war nicht nötig; die Keiler kannten ihren Weg blind. Schakal und seine Begleiter ritten im Gänsemarsch und hielten sich an der linken Wand des Ganges, für den Fall, dass andere Reiter hinauswollten. Sobald sie aus der Dunkelheit heraus waren und das Gelände betraten, ritten sie direkt auf die Versammlungshalle zu.

Schakal zügelte Heimelig vor dem niedrigen Gebäude und stieg ab, ebenso wie Vollkorn und Augenweide. Ein halbes Dutzend Schlammköpfe wartete schon. Sie stolperten praktisch übereinander, als sie sich eilends um die Keiler kümmern wollten.

»Darf ich ihn für dich zu den Pferchen bringen, Schakal?«, brachte einer der jungen Halb-Orks hervor, kriecherisch und eifrig wie die restlichen Rottenanwärter.

»Nein«, antwortete Schakal. »Lass ihn sich abkühlen.«

»Nur Wasser, Schlammkopf!«, blaffte Augenweide den Jungen an, der sich ihrem Barbaren näherte.

Vollkorn stand vor seinem Keiler, beugte sich vor und legte seine Stirn sanft zwischen die Augen des Tieres. »Also gut, Matsch, wenn eins dieser kleinen Scheißerchen in deiner Gegenwart auch nur furzt, friss es.«

Schakal schob sich durch die Tür und führte seine Freunde in die schummrige Versammlungshalle. Die Anwärter blieben draußen. Trotz ihres Namens war die Versammlungshalle ein Gebäude mit niedrigen Decken, das eher einer Spelunke ähnelte. Rundungen und Schuhnagel tranken bereits ihre Krüge aus und warteten auf die anderen.

»Soll ich einen Krug für euch drei füllen?«, fragte ein Schlammkopf hinter dem Tresen.

Vollkorn und Augenweide holten sich direkt das angebotene Getränk, während Schakal den Gemeinschaftsraum durchquerte und geradewegs zum Abstimmungsraum der Rotte ging. Ein Türflügel stand offen, also trat er ohne Ankündigung ein.

Der Lehmmaster saß vorgebeugt am Kopf des großen Tischs und studierte einen Stapel Karten.

Der Häuptling war von alten Wunden und den Nachwirkungen der Seuche gezeichnet, die er sich während des Einmarschs zugezogen hatte. Diese Pocken hatten Zehntausende auf beiden Seiten getötet, Menschen und Orks. Den Halbblütern erging es nicht besser. Doch der Lehmmaster, der zähe alte Sack, weigerte sich, zu sterben. Die Krankheit war nicht mehr ansteckend, doch fast dreißig Jahre später flammte sie immer wieder in ihm auf und forderte einen qualvollen Tribut von seinem einst so kräftigen Körper. Die Schübe ließen seine Gelenke anschwellen und seine Haut war übersät mit nässenden Pusteln. Die von schmutzig gelben Flecken durchdrungenen Leinenbinden bedeckten nun praktisch seinen gesamten Kopf, wobei über Augen und Mund Lücken blieben. Der Buckel seines verdrehten Rückens wurde von Jahr zu Jahr ausgeprägter, und die Finger seiner linken Hand waren so geschwollen, dass sie zu platzen drohten.

Schakal schluckte ein Stöhnen herunter, als er Iltis entdeckte, der sich über die Schulter des Häuptlings gebeugt hatte. Beide sahen auf, als Schak den Raum betrat. Das Gesicht des Lehmmasters war unter seinen Verbänden teilnahmslos, aber Iltis grinste anzüglich.

»Er ist wieder da! Hat Sancho ein paar neue Schätzchen, Schak?«

»Eins«, antwortete Schakal.

Iltis' Augenbrauen zuckten vor Aufregung. »Woher kommt sie?«

»Anville.«

»Oh«, stöhnte Iltis und kniff seine Augen zusammen. »Ich wette, sie ist blass und biegsam.«

»Hol deinen Verstand aus deinem Schwanz!«, sagte der Lehmmaster und stieß Iltis an. »Setz dich hin, Schakal. Hör auf, diesen axtgesichtigen Wichser abzulenken.«

Schakal tat, wie ihm geheißen, und nahm seinen gewohnten Platz zwei Sitze links des Lehmmasters ein.

Der Ratstisch der Grauen Bastarde war ein sargförmiges Ungetüm aus dunkel gebeizter Eiche. Der Lehmmaster saß am breiteren Ende, während die abgeschrägten Ecken links und rechts von ihm stets leer waren. Auf beiden Seiten des langen, sich verjüngenden Tischs stand eine Reihe Stühle. Auf seiner Oberfläche lagen neun Wurfäxte, die die noch verbliebenen stimmberechtigten Mitglieder der Rotte repräsentierten. Schakal hatte den Tisch noch nie voll besetzt erlebt. Als er vor sieben Jahren in die Reihen der Grauen Bastarde eingetreten war, hatte es sechzehn von ihnen gegeben, aber Orküberfälle, Zentaurenangriffe und interne Streitigkeiten hatten ihre Zahl immer weiter schrumpfen lassen. Die Aufnahmebedingungen in die Bruderschaft waren streng, und die Zahl der würdigen Schlammköpfe, die zu vereidigten Mitgliedern aufstiegen, war zu gering, um mit den Verlusten Schritt zu halten.

Krämer war bereits anwesend und saß direkt rechts neben dem Lehmmaster. Er nickte, als Schakal sich setzte, sagte aber nichts. Der gertenschlanke alte Quartiermeister war mit allem geizig, auch mit Worten.

Vollkorn kam mit je einem schäumenden Krug in jeder Hand herein. Er setzte sich neben Schakal und schob einen der Humpen hinüber.

»Wenn ich eins gewollt hätte, hätte ich es mir geholt«, brummte Schakal halbherzig, nahm das Getränk aber trotzdem an. Er wollte gerade seinen ersten tiefen Schluck nehmen, als Vollkorn antwortete.

»Es kam mir wie Verschwendung vor, es auszugießen, nachdem ich meinen Lümmel darin gewaschen hatte.«

Schakal prustete, mehr vor Lachen als vor Sorge.

»Spülst du dir auch die Eier damit ab?«, fragte er und wischte sich den Schaum vom Mund.

Vollkorn grinste. »Nicht *meine*.«

»Es waren meine, Schak!« verkündete Rundungen, als er den Raum betrat. Schuhnagel war ihm dicht auf den Fersen. »Ich hätte meinen Docht auch eingetaucht, aber du weißt, dass er nicht passt. Die Öffnung dieser Humpen ist zu eng für alle meine ...«

»RUNDUNGEN!« Vollkorn, Schakal, Schuhnagel und Iltis stimmten mit Rundungen in den alten Scherz ein. Der stämmige Mischling liebte es, die Herkunft seines Rottennamens herauszuposaunen, und das war immer einen Lacher wert.

Der Lehmmaster grinste nicht einmal.

Rundungen und Schuhnagel nahmen ihre Plätze ein und machten Schakal gegenüber zum Spaß ein paar unanständige Gesten, die dieser erwiderte. Wie er und Vollkorn waren auch die beiden noch staubverschmiert vom Reiten.

Ein paar Minuten später schlenderte Blindschleiche herein und setzte sich schweigend an das andere Tischende, weit weg vom Rest der Rotte. Das war etwas, das der Lehmmaster niemandem sonst gestatten würde, aber Schleich war lange Zeit ein unabhängiger Reiter gewesen, und die Eigenbrötlerei haftete ihm immer noch an. Der Häuptling würde nicht riskieren, ein Mitglied um der erzwungenen Kameradschaft willen zu verlieren.

Fast jeder Zentimeter von Blindschleiches bleicher Haut, einschließlich seiner haarlosen Kopfhaut, war mit gezackten Narben bedeckt, die kreuz und quer durch die Tätowierungen der Rotten verliefen, mit denen er im Laufe der Jahre geritten war. Bleiche, gekräuselte Linien entstellten die Tinte der Schädelsäher, der Stoßzahnflut und der Scherben, und das waren nur die, die Schakal erkennen konnte. Jede dieser Bruderschaften hatte Blindschleiche einst in ihre Reihen aufgenommen und jede hatte ihn verstoßen. Es war ein Wunder, dass er noch am Leben war. Da niemand bereit war, ein weiteres Risiko mit ihm einzugehen, war Schleich jahrelang als Nomade umhergezogen, bis der Lehmmaster ihm einen Platz bei den Bastarden anbot. Die Abstimmung war knapp ausgegangen, aber die Rotte brauchte Zuwachs, und Blindschleiche war, ungeachtet seiner Vergehen, ein beeindruckender Mischling. Nach zwei Jahren fragte Schakal sich immer noch, wie lange er wohl durchhalten würde.

Der Lehmmaster sah sich am Tisch um und verzog das Gesicht.

»Muss ich da draußen allen die Augen ausstechen?«, fragte er und deutete durch die Türen auf den Gemeinschaftsraum. Seine Frage und sein Blick waren auf Schakal und Vollkorn gerichtet.

Glücklicherweise betrat Augenweide die Kammer, bevor sie antworten mussten. Sie unterhielt sich gerade mit Honigwein, aber Schakal vermutete, dass sie die Bemerkung des Häuptlings gehört hatte. Wahrscheinlich hatte sie nur darauf gewartet. Weide und Honigwein brachen ihr Gespräch schnell ab und nahmen an gegenüberliegenden Tischseiten Platz. Wahrscheinlich hätte sich das Jungblut neben sie gesetzt, wenn er nicht davon ausgegangen wäre, dass seine Zuneigung zu ihr dann noch offensichtlicher geworden wäre.

Trotz mehrerer laufender Wetten zwischen Schakal und Vollkorn hatte Augenweide Honigwein noch keinen Knochen gebrochen. Überraschenderweise schien sie seine ständigen Versuche, freundlich zu sein, zu genießen. Abgesehen von Schleich, der immer wie ein Außenseiter wirkte, war Honigwein das einzige Rottenmitglied, das neuer als Augenweide war, da er erst im letzten Winter aus den Reihen der Schlammköpfe aufgestiegen war. Er war jung und selbstbewusst und trug sein Haar nach der Art der Sprossen, wobei er es an den Seiten rasierte, sodass nur ein breiter Streifen in seiner Kopfmitte übrig blieb, in den er Federn geflochten hatte. Die älteren Bastarde missbilligten das, aber Honigwein sprach die Elfensprache. Diese Fähigkeit war bei Halb-Orks nur selten zu finden und deshalb in der Rotte sehr willkommen.

Als es still im Raum wurde, lehnte sich der Lehmmaster auf seinem Stuhl zurück.

Hinter ihm hing bedrohlich ein gewaltiger Baumstumpf, der mit schweren Ketten an der Decke verankert war. Seine alte Oberfläche wies unzählige Ringe auf, das Holz war altersgrau und von Dutzenden scharfer Rillen durchzogen. Diese Wunden zeugten von den Stimmen, die gegen die Vorhaben des Lehmmasters abgegeben worden waren. Die Spuren stammten von Axtklingen, die tief in den Baumstumpf hineingeschleudert worden waren. Eine Axt steckte noch immer im Holz, direkt über der linken Schulter des Lehmmasters, so, wie sie es die letzten zwanzig Jahre getan hatte.

Die Axt von Grasmücke.

»Ich weiß, ihr seid alle müde«, begann der Lehmmaster, »also lasst uns dieses Palaver schnell hinter uns bringen. Krämer, wie steht es um unsere Vorräte?«

Der Blick des Quartiermeisters wurde noch finsterer, während er rechnete. »Wir sind gut versorgt. Aber die nächste Ladung Holz kann nicht schnell genug kommen.«

»Wie lange könnten wir den Ofen im Falle eines Angriffs brennen lassen?«

»Zwei Tage«, antwortete Krämer. »Ließe sich vielleicht auf drei strecken.«

Der Lehmmaster grunzte, weil ihm die Antwort nicht gefiel, aber er akzeptierte die Wahrheit. »Ich werde einen Vogel zu Ignacio schicken und herausfinden, ob er gehört hat, wann wir die Wagen aus Hispartha erwarten können. Honigwein? Hattest du Glück mit dem Zeug aus Al-Unan?«

»Nur ein bisschen, Häuptling«, antwortete Honigwein. »Es ist leicht brennbar, aber nur verdammt schwer zu kontrollieren. Es braucht keinen Brennstoff, aber es verzehrt alles, was es berührt. Salik hat beinahe eine Hand durch das Zeug verloren.«

»Wer?«, fragte der Lehmmaster und gab Honigwein die Chance, seinen Fehler zu korrigieren.

»Einer der Schlammköpfe, Häuptling«, sagte Honigwein, ohne mit der Wimper zu zucken. »Jedenfalls mache ich mir immer noch Sorgen, was das grüne Feuer in den Öfen anrichten wird.«

»Bleib dran«, sagte der Lehmmaster und zeigte mit dem Finger auf ihn, »aber brenn mir meine verdammte Festung nicht nieder.« Er hob das Kinn und spähte zum gegenüberliegenden Tischende. »Schleich? Hattest du Probleme bei deinem Auftrag?«

»Nein, hatte ich nicht«, antwortete Blindschleiche, und er sah gerade lange genug von der Tischfläche auf, um mit dem Häuptling zu sprechen.

Schakal warf Vollkorn einen fragenden Blick zu, aber auch der schien nicht zu wissen, wozu Schleich losgeschickt worden war. Das war nichts Neues und die Geheimnisse wurden allmählich ermüdend. Eines Tages würde Schakal eine Abstimmung leiten und es herausfinden, aber jetzt war nicht die Zeit dafür. Er bezweifelte, dass er die nötige Unterstützung bekommen würde, und außerdem stand er kurz davor, sich Ärger einzuhandeln. Er ging davon aus, dass der Häuptling sich als Nächstes an seine Lieblinge Rundungen und Schuhnagel wenden und sie um ihren Bericht über die Scherben bitten würde, aber die nächste Frage des Lehmmasters war an Vollkorn gerichtet.

»Wie sieht's aus?«

Vollkorn gab Schakal ein Zeichen, der den Beutel mit den Münzen auf den Tisch warf. Das Gesicht des Lehmmasters blieb unter seinen Bandagen teilnahmslos, als Krämer den Beutel in die Hand nahm und ihn in seiner Handfläche wog.

»Fühlt sich leicht an.«

Schakal nickte und verfluchte innerlich den alten Geizhals. »Zwei von Sanchos Mädchen waren fast den ganzen letzten Monat krank und eins ist mit einem guabischen Händler durchgebrannt. Er hat jedoch ein neues Mädchen aus Anville eingestellt. Sie wird helfen, den Verlust wieder wettzumachen.«

Der Lehmmaster beugte sich vor. »Hast du diesen fetten Weichling daran erinnert, dass die Grauen Bastarde nicht mehr bei seinem Bordell patrouillieren können, wenn er seinen Verpflichtungen nicht nachkommt?«

Wieder nickte Schakal. Er hatte Sancho nicht daran erinnert. Das war auch nicht nötig. Der Hurenmeister lebte schon lange in den Geteilten Landen, lange genug, um zu wissen, dass die schwindenden Cavalero-Patrouillen aus dem Kastell nicht mehr für seine Sicherheit sorgen konnten.

»Da gibt es noch etwas anderes«, sagte der Lehmmaster, ohne den Anflug einer Frage in seiner Reibeisenstimme. Die Augen des Häuptlings richteten sich auf Schakal, wanderten dann zu Vollkorn und Augenweide und wieder zurück. »Was ist es?«

Schakal holte tief Luft. Er hatte alles berichten wollen, bevor der Häuptling Verdacht schöpfte, aber dem Lehmmaster entging nichts. Trotz seiner zunehmend verkrüppelten Gestalt war sein Verstand noch immer so scharf wie die Spitze eines Armbrustbolzens. Er wartete auf Schakals Antwort und seine blutunterlaufenen Augen starrten zwischen den schmutzigen Verbänden hervor.

»Bermudo kam heute Morgen zum Bordell«, sagte Schakal und spürte, wie aller Augen am Tisch auf ihn gerichtet waren. »Er hatte sieben neue Cavaleros dabei. Ich glaube, er hatte uns dort nicht erwartet. Er versuchte, den harten Mann zu spielen.«

Iltis kicherte. »Dieser versnobte, verweichlichte Arsch.«

»Hat er einen Kampf angezettelt?«, fragte der Lehmmaster nach.

»Er nicht«, antwortete Schakal. »Aber einer seiner neuen Gecken hat versucht, Vollkorn zu seinem verdammten Diener zu machen. Wir bedachten ihn mit dem guten Charme der Grauen Bastarde und er schlug mich. Ich habe darüber hinweggesehen und Bermudo eine Chance gegeben, seinen Pfau an die Leine zu legen. Aber er hat sie nicht ergriffen, also haben wir es für ihn getan.«

»Ihr habt den Pfau getötet«, stellte der Lehmmaster ohne Gefühlsregung fest.

Schakal nickte. Iltis, Schuhnagel und Rundungen klopften zustimmend auf den Tisch. Das war gut. Schakal spürte, wie sich seine Nerven zu beruhigen begannen.

»Und«, fuhr er fort und nutzte die wachsende Gunst, »wir haben Bermudo besinnungslos geschlagen. Wir haben dafür gesorgt, dass die anderen Cavaleros verstehen, wie es in den Geteilten zugeht.«

Schakal sah sich am Tisch um und war dankbar, dass Honigwein lächelte und sogar Blindschleiche am anderen Ende langsam nickte.

»Was ist mit der Leiche?«

Schakal drehte sich bei der Frage des Lehmmasters wieder um. »Ich hatte an den Schlammmann gedacht.«

Der Lehmmaster schwieg eine ganze Weile, seine einzige Regung war das Blinzeln seiner Augenlider.

»Ignacio wird hinter uns stehen«, sagte er schließlich. »Aber wenn dieser Scheißkerl Bermudo beschließt, dass er es uns heimzahlen will ...«

»Das wird er nicht«, warf Schakal ein. »Wir waren unmissverständlich.«

Der Lehmmaster wirkte nicht überzeugt.

»Und Sancho?«, fragte Krämer. »Was will dieser Halsabschneider dafür, dass er dabei auf deiner Seite steht?«

Schakal begegnete dem Blick des Quartiermeisters. »Nur, dass die Bastarde anfangen, für Mösen zu bezahlen. Keine kostenlosen Nummern mehr als Teil unseres Schutzabkommens.«

Die Verbände um den Kiefer des Lehmmasters wölbten sich, als er die Zähne zusammenbiss. Iltis und Rundungen stießen Laute der Empörung aus. Krämers Gesichtsausdruck hätte Wein sauer werden lassen können.

Schakal hob beschwichtigend die Hand. »Dieses Arrangement musste sowieso beendet werden. Einige der Mädchen wurden deswegen allmählich unwillig.«

Der Lehmmaster knallte mit seiner guten Hand auf den Tisch. »Die Mädchen? Was für eine schwanzlose Made ist Sancho, dass er sich Gedanken darüber macht, was ein Haufen Huren denkt? Oder kommen da deine eigenen Sympathien zum Vorschein, Schakal? Ich weiß, dass du mit dem rothaarigen Flittchen so gut wie verheiratet bist und sie nach deinem Mischlingsfleisch giert. Kümmerst du dich um ihre Bedürfnisse und nicht um die Interessen dieser Rotte?«

Schakal schüttelte den Kopf und öffnete den Mund, um zu antworten.

»Sag kein verdammtes Wort!«, warnte der Lehmmaster und stach mit einem ausgestreckten Finger nach ihm. »Du wirfst mir einen halb leeren Beutel mit Münzen hin, bevor du mir versicherst, dass er wieder das richtige Gewicht haben wird. *Dann* sagst du, dass ein Teil dieses Gewichts unsere eigenen Münzen sein werden, die zu uns zurückfließen, weil wir anfangen müssen, für Muschis zu bezahlen? *Und* wir müssen uns vielleicht vor Repressalien aus dem Kastell in Acht nehmen, nur weil ihr drei«, der Finger deutete auf Schakal, Vollkorn und Augenweide, »es nicht lassen konntet, einen arroganten Weichling zu töten, der so frisch aus dem Norden kam, dass er noch nach Weihrauch aus dem verdammten Herrenhaus seines Vaters roch? Wer von euch hat ihn tatsächlich getötet?«

Schakal spürte, wie seine Zähne knirschten. Er hörte, wie Weide tief einatmete.

»Dieser Cavalero hat einen Grauen Bastard geschlagen«, sagte er, bevor sie etwas sagen konnte. »Und er tat es vor einem halben Dutzend anderer adliger Bälger, die neu in den Geteilten sind. Willst du, dass es Gerüchte gibt, ein Reiter von dieser Rotte ließe sich von einem Blaublüter züchtigen? Willst du, dass die Sprossen das hören? Was ist mit unseren Rottenbrüdern? Wir lassen uns vom Hisparthaner-Landadel nicht einschüchtern, Häuptling.«

»Verdammt richtig«, erklang Blindschleiches leise Stimme vom anderen Ende. Schakal riskierte keinen Blick auf die anderen, aber es war still am Tisch.

»Nein, das geht nicht«, stimmte der Lehmmaster zu, wobei seine Stimme erstickt vor Zorn klang. »Aber als Anführer dieser Rotte kann ich auch nicht zulassen, dass meine Reiter Entscheidungen treffen, die zu einem Blutvergießen führen könnten, zu dem wir nicht bereit sind. Also: Wer von euch hat den Cavalero getötet?«

»Was glaubst du denn?«, antwortete Schakal. »Ich war es.«

Er spürte, wie sich Weides ganzer Körper neben ihm anspannte. Sie war wütend – und Schakal hatte gewusst, dass sie es sein würde –, aber sie war nicht dumm und stellte seine Lüge nicht vor der Rotte infrage oder widersprach ihr.

Der Lehmmaster senkte leicht den Kopf. »Sieht so aus, als würdest du für eine Weile das Kindermädchen für die Schlammköpfe spielen, Schak.«

Schakal schäumte. Er starrte den Lehmmaster an, und biss die Zähne so fest zusammen, dass seine Kiefer anfingen zu pochen. Sie hatten das Richtige getan und den Ruf der Rotte gewahrt. Und jetzt sollte er dafür bestraft werden? Schakal spürte, wie seine Hand über den Tisch zu der vor ihm liegenden Axt wanderte. Er würde sich gegen die Entscheidung des Häuptlings stellen. Sicherlich würden die anderen ihn unterstützen.

In diesem Moment wurden die Türen des Raums aufgestoßen. Ein Anwärter stand mit offenem Mund zwischen den Türpfosten, seine großen Augen blickten unsicher durch den Raum.

»Verdammt, man spricht von ihnen, und einer erscheint«, stöhnte der Lehmmaster. »Was willst du?«

Der Schlammkopf zuckte bei dem Tonfall des Häuptlings zusammen.

»R-Reiter sind zurückgekehrt, Lehmmaster«, stammelte der Schlammkopf. »Späher vom ... vom Batayat-Hügel.«

»Raus damit!«, sagte der Lehmmaster. »Was berichten sie?«

Der Mund des Schlammkopfs bewegte sich einige Male lautlos auf und ab, bevor er schließlich das Wort herausbrachte.

»Dickhäuter.«

3

Schakal saß rittlings auf Heimelig und wartete mit dem Rest der Rotte darauf, dass sich der Keilerbuckel entfaltete. Der schmale Durchgang durch die Grundmauer war zwar perfekt zur Verteidigung, aber nicht ideal für schnelles Ausrücken. Der Lehmmaster hatte damals einen Weg gefunden, das zu umgehen, und einige Hisparthaner-Belagerungsingenieure dafür bezahlt, seine Lösung zu konstruieren.

Eine hölzerne Rampe mit Scharnieren wurde von der Palisade hinunter in den Hof der Anlage ausgerollt. Drei kräftige Barbaren wurden an eine große vertikale Achse angeschirrt, die ein Chaos von Zahnrädern drehte, das Schakal nie hatte begreifen können. Sobald die Keiler zum Laufen angetrieben wurden, teilte sich der Keilerbuckel, und eine zweite Rampe erhob sich von der ersten, erstreckte sich in den Himmel, bis sie die Palisade überragte und auf dem Boden dahinter aufsetzte – und das alles innerhalb weniger Minuten. Mehr als genug Zeit für die Grauen Bastarde, in voller Montur aufzumarschieren.

»Ich hasse diese verdammten nächtlichen Überfälle«, beschwerte sich Rundungen und schnallte ein paar schwere Speere an seinen Sattel.

»Ich auch«, sagte Augenweide, während sie einen zweiten Köcher mit Armbrustbolzen an ihrem Gurtzeug befestigte. »Man hat keine Chance, genau zu erkennen, wie wenig Hirn man hat, wenn ein Dickhäuter einen aus dem Sattel wirft und der Schädel gegen einen Felsen knallt.«

Rundungen schnaubte. »Von dir erwarte ich keine Tränen, Augenweide, du kalte Echse.«

Schakal ignorierte die Sticheleien. Seine Ausrüstung war bereits an Heimeligs Schultern befestigt.

Vollkorn klopfte ihm auf die Schulter. »Hör auf zu grübeln.«

»Mir geht es gut«, antwortete Schakal.

»Tut es nicht. Dein Kopf sitzt immer noch an diesem Tisch und ist sauer auf den Häuptling. Lass das erst mal ruhen, Schakal. Wir haben einen Kampf vor uns.«

»Schlammkopfdienst.« Schakal knirschte mit den Zähnen. »Wir haben die Bastarde heute stolz gemacht und das ist der Lohn dafür.«

Augenweides Kopf ruckte herum. Wut lag auf ihren Gesichtszügen. »Wir?«

Bevor sie ein weiteres Wort sagen konnte, stach Schakal mit dem Finger in ihre Richtung. »Jetzt geh nicht los und sag dem Lehmmaster um meinetwillen etwas Dummes! Ich brauche nicht noch mehr Scheißarbeit, nur weil du nicht weißt, wann man am besten den Mund hält.«

Augenweides Hals spannte sich, und noch mehr Wut kochte in ihrem Gesicht hoch, aber ihre Augen wanderten zu Rundungen und Honigwein, die die kleine Auseinandersetzung ganz in der Nähe interessiert beobachteten. Weide schluckte schwer und riss ihr Reittier herum, um sich von Schakal abzuwenden.

Alle neun eingeschworenen Mitglieder der Grauen Bastarde waren versammelt; sogar Krämer, dessen sehniger, alter Körper in voller Montur merkwürdig aussah. Die beiden Schlammkopfspäher, die die Orks entdeckt hatten, unterhielten sich mit Schuhnagel und versuchten wahrscheinlich erfolglos, ihn davon zu überzeugen, sie mit der Rotte reiten zu lassen. Schlammköpfe waren gute Kundschafter, und die älteren halfen bei den Patrouillen in den Geteilten Landen, aber solange sie nicht in die Bruderschaft aufgenommen waren, ritten sie nicht in die Schlacht. Schakal hatte schon fast erwartet, dass der Lehmmaster ihm befehlen würde, ebenfalls zurückzubleiben, aber seine Bestrafung würde warten müssen. Da Orks im Anmarsch waren, konnten sie auf keinen Reiter verzichten.

Als der Keilerbuckel seinen vertikalen Scheitelpunkt erreichte, fuhr der Lehmmaster hinaus auf den Hof. Sein verkrümmter Rücken erlaubte es ihm nicht mehr, in einem Sattel zu sitzen, aber er lenkte geschickt einen Streitwagen, der von einem gewaltigen Schwein namens Riesenpocke gezogen wurde. Der Lehmmaster hielt zwischen der Rampe und der Rotte an und wandte sich seinen Reitern zu. Sein unförmiger Körper wirkte in der frischen Nacht imposant.

»Orks sind auf unserem Gebiet!«, polterte er. »Wenn ich ein verdammtes Wort darüber sagen muss, wie wir damit umgehen, dann seid ihr Bastarde nicht meine Rotte. Wir reiten zum Batayat-Hügel. Reitet los!«

Die Grauen Bastarde stießen ihren Keilern die Fersen in die Flanken und donnerten an ihrem Anführer vorbei. Sie erreichten die Rampe mit hoher Geschwindigkeit, erklommen sie und stürmten die Schräge auf der anderen Seite hinunter. Schakal vergrub beide Hände in Heimeligs Mähne und hielt seine Arme locker, als der Keiler auf flachen Boden stürmte. Schuhnagel übernahm in einer von seinem Barbaren aufgewirbelten Staubwolke die Führung. Schakal und der Rest der Rotte verteilten sich – vier auf jeder Seite – und bildeten eine Pfeilspitze. Vollkorn, der letzte Reiter des linken Schenkels, war hinter Schakal. Es war immer beruhigend, den Rohling in seinem Rücken zu wissen. Als Schakal nach rechts sah, erkannte er Augenweide direkt gegenüber von ihm im anderen Schenkel zwischen Iltis und Blindschleiche. Sie hielt ihren Blick starr nach vorn gerichtet. Der

Lehmmaster fuhr als Nachhut in seinem Wagen zwischen den Enden der Schenkel.

Schakal stellte sich auf den Ritt ein und spürte, wie seine Armbrust gegen seinen Rücken stieß. Vor ihm wehte Krämers strähniges Haar im Wind. Hinter ihnen war der Keilerbuckel wieder eingezogen worden und die Schlammköpfe – fast drei Dutzend junge Halb-Orks mit Speeren und Schilden – hatten die Palisade bemannt. Man würde schnell die Feuer schüren und die Schornsteine des großen Ofens öffnen, um den Mauerdurchgang mit tödlicher Hitze zu fluten und den Ofen zu sichern, bis die Rotte zurückkehrte. Dabei wurde Holz verbrannt, dessen Verlust sie sich nicht leisten konnten. Krämer wurde wahrscheinlich schlecht bei dem Gedanken. Schakal würde ihn zweifellos die nächsten zwei Wochen über die Verschwendung schimpfen hören, während er bei den Schlammköpfen festsaß und sie zu zukünftigen Reitern formte. Aber jetzt war er draußen auf der Ebene, getragen von stampfenden Hufen, und jagte den Feind.

Ein altes Sprichwort aus den Tagen des Einmarschs war noch vorhanden: »Die Orks haben die Macht, die Welt zu erobern, aber um das zu tun, müssen sie laufen.«

Schakal fand, dass beides zutraf. Die Dickhäuter konnten mit Tieren nichts anfangen. Jedes Lebewesen reagierte auf sie wie auf die Raubtiere, die sie waren, und so verstanden die Orks nichts von Viehzucht, Zähmung oder Domestikation. Das war ihr einziger Nachteil. Durchtrieben, bösartig, furchtbar stark und unnatürlich zäh – Orks waren schreckliche Gegner. Sie waren dreimal so stark wie ein Mensch und doppelt so schnell. Die Hispartha lernten in ihren Schlachten mit den Dickhäutern früh, dass Infanterie nutzlos war. Nur berittene Krieger hatten eine Chance auf einen Sieg gegen eine gleich starke Ork-Streitmacht.

Der Adel von Hispartha hatte sich Halb-Orks und Keiler für den Krieg untertan gemacht, aber es waren die Dickhäuter, die ungewollt die erste Rotte zusammenbrachten.

In einer der zahllosen, unbedeutenden Schlachten zerschlugen die Orks die Hisparthaner-Kavallerie, woraufhin die Weichlinge die Flucht ergriffen und ihren lästigen Tross zurückließen, um abgeschlachtet zu werden. Die Halb-Ork-Sklaven nahmen alle Waffen, derer sie habhaft werden konnten, an sich und befreiten die Barbaren von ihren Jochs. Sie benutzten die Keiler als Reittiere und jagten der Orkhorde hinterher. Die Barbaren ertrugen Wunden, die jedes Pferd zu Fall gebracht hätten, und fügten mit ihren Hauern einige Verletzungen zu. Selbst schlecht ausgerüstet und untrainiert waren die Halb-Ork-Sklaven stärker als jeder Mensch und genauso wild wie die Dickhäuter. Ihr Naturtalent gab den Hisparthanern Zeit, sich zu sammeln, und die Orks wurden vernichtend geschlagen.

Der Lehmmaster war bei dieser Schlacht dabei gewesen, ebenso wie alle ursprünglichen Mitglieder der Grauen Bastarde, von denen die meisten jetzt tot waren. An jenem Tag stellten sie unter Beweis, dass sie mehr waren als Sklaven. Sie konnten mehr für den Krieg tun, als nur Viehtreiber, Töpfer und Totengräber zu sein. Selbst die aufgeblasenen menschlichen Adligen erkannten die Macht der berittenen Halb-Orks, und bald erhielten alle Mischlingssklaven eine Chance, für die Krone zu kämpfen.

Das Ende des Ork-Einmarschs bedeutete die endgültige Freiheit aller Halb-Orks in Ul-wundulas. Noch wichtiger für Schakals Denkweise war aber die Schaffung der Geteilten Lande. Nach Jahren erbitterter Kämpfe und dem Tribut, den die Seuche forderte und den Krieg praktisch beendete, war die südliche Hälfte des Landes so gut wie verlassen. Hispartha hatte weder den Mut noch genug Leute, um Ul-wundulas neu zu besiedeln, also erlaubte es seinen Verbündeten, Grundstücke zu übernehmen, und verschenkte große Landstriche an diejenigen, die bereit waren, sie gegen weitere Angriffe der Orks zu verteidigen.

Der Zweck der Grauen Bastarde war es, schnellen, brutalen Widerstand gegen Überfälle der Dickhäuter zu leisten.

Und gegen die Hauer der Vorväter, die Bruderschaft der Kessel, die Orkflecken, die Söhne der Verdammnis und all die anderen. Das war Schakals Lebenszweck, vom Blut bis zu den Eiern.

Der Batayat-Hügel lag nahe der südöstlichen Grenze des Bastard-Territoriums, fast fünfunddreißig Kilometer von der Brennerei entfernt. Nach einer ganzen Tagesreise vom Bordell ohne viel Ruhe war Heimelig alles andere als frisch, aber der Keiler kam zügig voran und hielt ohne Anzeichen von Schwäche mit der Gruppe Schritt. Schakal klopfte ihm stolz auf die Schulter.

Die Rotte erreichte Batayat.

Der Hügel war eine trostlose Formation aus blankem Fels. Ein Großteil des Bodens um ihn herum war erodiert, aber hartnäckiges Gestrüpp gedieh irgendwie in den Gesteinsrissen. Wie alle seine Reiterkollegen konnte Schakal nachts scharf sehen, ein Geschenk des Dickhäuters, der seine menschliche Mutter vergewaltigt hatte. Als der Hügel in Sichtweite kam, sah er keine Bewegung auf den Felsen und keine Orkbande in der Ebene darunter. Die Dickhäuter zogen in kleinen Banden umher, die man *ulyud* nannte, das Orkwort für Hand, und jede wurde von einem *t'huruuk*, dem Arm, angeführt. Die Späher hatten von zwei vollen *ulyud* in der Gegend berichtet, was zwölf Orks bedeutete.

Von der Pfeilspitze her verlangsamte Schuhnagel die Formation und schwenkte nach Süden, um Batayat zu umrunden. Der Hügel erstreckte sich über eine große Fläche, und Schakal gefiel es angesichts der dunklen Felsen links von ihnen nicht, dass sie ihr Tempo verlangsamten. Ein durchschnittlicher Ork war fast zwei Meter groß und konnte sich mit beängstigender Geschwindigkeit bewegen. Aus dem Stand waren sie schneller als jedes Reittier und konnten vorwärtssprinten und aufschließen, bevor ein Pferd oder ein Schwein genug Abstand gewinnen konnte, um ihnen davonzurennen. Der Schlüssel zum Überleben war es, in Bewegung zu bleiben.

Schakal griff hinter seine Hüfte, packte den Riemen seiner Armbrust und schlang sie sich um. Während Heimelig weitertrabte, sorgte Schakal mit den Beinen für sicheren Sitz und zog die Bogensehne zurück, bis sie in der Klinke einrastete. Ein weiterer Vorteil des Orkbluts: Ein Mensch hätte eine Winde gebraucht, um die Metallstangen einer so schweren Armbrust zurückzuziehen. Schakal griff in den Köcher an seinem Gürtel, zog einen Bolzen heraus und legte ihn ein. Er legte seine linke Hand wieder auf Heimeligs Mähne, während seine rechte die Waffe bereithielt. Um ihn herum taten die anderen Bastarde dasselbe.

Die Rotte umrundete den südlichen Rand des Hügels, schlug den Weg nach Osten ein und suchte die Felsen nach einem Zeichen ab.

Nichts.

Schakal schluckte einen Fluch hinunter. Wenn die Dickhäuter gesehen hatten, dass sie kamen, und sich auf Batayat verschanzt hatten, stünden die Bastarde vor einer Schlacht, die sie nicht gewinnen konnten. Die Keiler waren zwischen den Felsen nur von geringem Nutzen, und wenn sie zu Fuß gegen Orks kämpften und in der Unterzahl waren, würde jedes Mitglied der Rotte am Morgen als Fliegenfutter dienen.

Als die Formation die östlichen Hänge umrundete und nach Norden abbog, grinste Schakal.

»Da seid ihr ja«, flüsterte er.

Die Rotte hatte eine Anhöhe am Fuß von Batayat erklommen, sodass sie die Orks, die keine achthundert Meter entfernt waren, gut im Blick hatten. Die beiden *ulyud* liefen über die raue Ebene unterhalb des Hügels in Richtung Norden. Sie hatten keine Ahnung von der Anwesenheit der Bastarde und hatten ihnen den Rücken zugewandt. Hätten sie gewusst, dass sie verfolgt wurden, hätten sie umgedreht und angegriffen oder sich zwischen den Felsen verschanzt. Dickhäuter flohen nicht.

Schuhnagel trieb seinen Keiler voran. Die Rotte folgte.

Heimelig stürmte den Abhang hinunter und Schakal

hielt sich mit einer Hand an seinen Borsten fest. Seine Augen huschten von den Orks zu Schuhnagel, um zu sehen, was er tun würde. Im Kampf folgte die Rotte dem Reiter an der Spitze.

Schakals Gedanken liefen schneller als sein Schwein.

Es war aussichtslos, zwölf Orks mit einem einzigen Angriff töten zu wollen. Die *ulyud* liefen nebeneinander, aber zwischen ihnen war eine Lücke, durch die die Rotte hindurchpasste, wenn sie die Pfeilspitze etwas enger fassten. So konnten sie auf beide Gruppen losstürmen und jeder Schenkel schoss seine Bolzen auf die nächstgelegene Gruppe ab. Aber die linke *ulyud* könnte sich zwischen die Felsen stürzen, bevor die Rotte für einen weiteren Durchritt wenden konnte. Schuhnagel erkannte das Risiko und richtete die Formation direkt auf sie aus. Schakal war einverstanden. Nagel wollte sie in einen ›Hauerschlag‹ führen, einen Durchritt, der die sechs Orks mit einem brutalen Sturmangriff niederschmettern sollte. Es war ein kühner Schachzug und die richtige Entscheidung, aber wenn der Angriff ins Stocken geriet, würde er den rechten Schenkel der Pfeilspitze einem Gegenangriff der anderen *ulyud* preisgeben. Dann war auch der Lehmmaster in seinem langsameren Wagen verwundbar.

Schakal warf einen kurzen Blick hinüber zu Augenweide, die im rechten Schenkel ritt. Sie fletschte die Zähne in freudiger Erwartung des Blutvergießens.

Die Orks witterten sie und drehten um, kurz bevor sie in Armbrustreichweite waren. Alle sechs waren kahlköpfig und hatten in der Dunkelheit pechschwarze Haut. Ihre muskelbepackten Körper waren mit Kilts aus Tierhaut und mit ärmellosen Kettenhemden bekleidet. Schwere, mit dicken Stacheln besetzte Eisenplatten schützten sie an Bauch, Knien und Unterarmen. Die meisten von ihnen schwangen die schweren Krummsäbel der Orks, aber zwei von ihnen trugen Speere mit breiten Spitzen. Der *t'huruuk*, der Anführer, war immer der größte und grimmigste Ork. Schakal beobachtete, wie er seiner *ulyud* schnelle Befehle zurief und dabei seine große Klinge schwang. Die Orks verteilten sich schnell und zwangen die Bastarde, ihre Pfeilspitze zu verbreitern. Schakal hoffte, dass die Reiter auf dem rechten Schenkel ein Auge auf die anderen Dickhäuter hatten, damit sie nicht in die Zange genommen wurden.

Die Keiler stürmten über die Ebene und verringerten den Abstand.

Schuhnagel gab seinen Schuss ab. Die Sehne der Armbrust surrte tief und bald darauf folgten Schüsse von Rundungen und Honigwein. Schakal achtete nicht darauf, ob ihre Bolzen ins Schwarze trafen, sondern zielte auf einen der speerschwingenden Orks.

Das wütende Quieken von Keilern erfüllte die Luft, als die Spitze der Formation auf die Orks traf. Direkt vor Schakal donnerte Krämer auf den *t'huruuk* zu und ließ einen Bolzen von der Sehne schnellen. Der Schuss ging daneben, der Ork-Anführer rollte sich ab und kam zwischen den Schenkeln der Formation wieder auf die Beine. Er stieß einen gutturalen, auf- und abschwellenden Kriegsschrei aus und hob seinen gewaltigen Krummsäbel. Schakal änderte schnell sein Ziel und schwang seine Armbrust nach rechts, wobei er den Abzug betätigte, kurz bevor er mit dem Dickhäuter-Häuptling auf einer Höhe war. Der Bolzen traf den Ork in den Bauch, prallte aber gegen seine eiserne Bauchplatte. Schakal zog seine Hand aus Heimeligs Mähne, packte den linken Sauenhebel des Keilers und zog kräftig daran. Der Kopf des Barbaren senkte sich und er lehnte sich gerade rechtzeitig zur Seite, als der *t'huruuk* seine gebogene Klinge schwang. Der Schlag zischte durch die leere Luft, als Schakal vorbeiritt.

Er löste den Griff um seinen Stockbogen und ließ die Waffe zum Ende des Riemens an seinem Körper fallen, während er einen Speer aus dem Sattel holte. Ein anderer Dickhäuter war vor ihm und hob seinen Speer, um ihn auf den vorbeilaufenden Keiler von Krämer zu werfen.

Schakal warf zuerst.

Der Speer bohrte sich in die entblößte Achselhöhle des Orks und stoppte seinen Angriff, aber der Unhold blieb auf den Beinen. Schakal lenkte Heimelig geradewegs auf den Dickhäuter zu. Der Keiler peitschte seinen Kopf zur Seite und durchbohrte den Ork mit einem Hieb seines Stoßzahns. Der Ork wurde von der Wucht des Schlags von den Füßen gerissen und stürzte blutend zu Boden.

Schakal war jetzt an den *ulyud* vorbei und hörte das Quieken von Keilern und das Surren von Bogen hinter sich, als Vollkorn, Blindschleiche und der Lehmmaster den Dickhäutern eine Kostprobe der Nachhut gaben. Schuhnagel lenkte seinen Keiler nach rechts und führte die Rotte in einem Schwenk zu einem weiteren Angriff. Während Heimelig in der Kurve langsamer wurde, hob Schakal seine Armbrust erneut und hielt sich mit seinen Beinen im Sattel, während er nachlud. Sobald die Waffe bereit war, zählte Schakal kurz nach.

Zehn Keiler. Zehn Reiter. Alle hatten es geschafft.

Da Anschleichen jetzt überflüssig war und der Kampf in seiner Brust loderte, öffnete Schakal sein Maul und stieß den Kriegsschrei der Rotte aus.

»Leb im Sattel!«

»Stirb auf dem Keiler!«, antworteten die Grauen Bastarde wie aus einem Mund.

Die Formation kehrte um und richtete ihre Reittiere für einen weiteren Angriff aus.

Die Orks schlossen ihre Reihen, die unversehrten *ulyud* eilten zu ihren blutenden Brüdern. Nur zwei Dickhäuter lagen reglos auf dem Boden. Ein dritter, den Heimelig getroffen hatte, lag auf den Knien, aber er lebte noch und umklammerte seinen Speer.

»Verdammt, diese Scheißkerle sind schwer zu töten«, sagte Schakal zu seinem Keiler.

Die *t'huruuks* waren noch immer auf den Beinen und formierten sich nebeneinander, um ihre Kriegsbanden zu einer Zehnergruppe zu verschmelzen. Die Zahlen waren nun ausgeglichen, aber die Orks waren bereit und begierig darauf, Blut zu vergießen.

Als die Rotte auf die Dickhäuter zudonnerte, hob Schuhnagel einen Arm gerade nach oben, knickte dann schnell den Ellbogen über dem Kopf ein und richtete die Faust nach links.

Schakal zog eine Grimasse. Ein Schenkelschuss? Hatte Nagel seinen Verstand verloren?

Das Manöver war nichts weiter als eine nervenaufreibende Aktion, bei der die Reiter kurz vor den Orks scharf abbiegen und die Schenkel der Pfeilspitze zu einer einzigen Linie verflechten mussten, während die Reiter ihre Armbrüste abfeuerten. Das verlangsamte die Rotte beträchtlich und würde niemals alle Orks in einem Durchgang töten. Die Bastarde konnten von Glück reden, wenn die Dickhäuter nicht zum Batayat-Hügel durchbrachen, während sie abbogen. Jetzt, da sich die *ulyud* zusammengeschlossen hatten, würden sie genau das wahrscheinlich tun, und dann würde es eine Jagd über Stock und Stein. Nagel musste noch einen Hauerschlag anordnen oder den linken Schenkel vor dem rechten um die Orks herumschicken, um sie mit einem Skorpionscherz oder einer Viperzunge anzugreifen.

Während Schakal seine Zähne frustriert zusammenbiss, hielt sich Schuhnagel an sein Signal und riss seinen Keiler nach links, zielte mit seiner Armbrust nach rechts und schickte einen Bolzen in die Orks. Rundungen und Honigwein schlossen sich nahtlos an und lenkten ihre Barbaren in eine Reihe, während sie abbogen. Schakal sah mindestens einen Dickhäuter fallen. Krämer und Iltis waren die nächsten. Als sie sich zum Abbiegen bereit machten, brüllte einer der *t'huruuks* vor Wut und stürzte vorwärts. Die Dickhäuter folgten ihm. Bei seinem verzweifelten Versuch, ihnen auszuweichen, verfehlte Krämers Schuss, und Iltis hatte nicht einmal Zeit, einen Bolzen abzufeuern.

Schakal ritt nun direkt neben Augenweide und die beiden stürmten auf die angreifenden Orks zu. Ihre Stimme füllte sein rechtes Ohr, sie schrie über die rauschende Luft hinweg, wild und begeistert.

»Scheiß auf diesen Schenkelmist! Noch ein Hauerschlag, Schak?!«

»Mitten in ihren Hals!«, stimmte er zu und betätigte den Abzug seiner Armbrust.

Der Bolzen sauste über Heimeligs Kopf hinweg und traf einen Ork in den Arm. Weides Bogen surrte und ein Dickhäuter fiel; in seinem Hals steckte ein Schaft. Schakal hatte gerade noch genug Zeit, seine Armbrust loszulassen und seinen Talwar aus der Scheide zu ziehen, bevor Heimelig zwischen die Orks krachte und die Hauer des Keilers das Bein eines Dickhäuters im Vorbeiwalzen aufrissen. Schakal schlug nach links und rechts und spürte, wie sein Arm vibrierte, wenn er mit seiner Klinge die Rüstung der Orks traf. Einer der t'huruuks machte mit hoch erhobenem Krummsäbel in beiden Händen einen Satz auf ihn zu. Ein Speer pfiff über Schakals Schulter hinweg, traf den Orkhäuptling in die Brust, durchschlug seinen Panzer und traf mit solcher Wucht, dass der Getroffene zurückgeworfen wurde.

Vollkorn.

Schakal bedankte sich im Stillen, dass sein großer Freund ihm ins Gedränge gefolgt war. Er hoffte nur, dass Augenweide und der Lehmmaster ebenso viel Mut bewiesen hatten. Rechts von Schakal lachte Weide, als ihr triefender Talwar einem Ork die Hand abschlug.

Nur ein Dickhäuter befand sich noch zwischen Schakal und der offenen Ebene – der Verletzte mit dem Speer. In einem Schauspiel entnervender Vitalität rappelte sich der Ork auf und ignorierte die klaffende Wunde, die Heimelig in seinem Oberschenkel hinterlassen hatte. Schakal schwang seinen Talwar im Vorbeiritt in einem seitlichen Bogen und zerschlug den Speerschaft und das Schlüsselbein des Orks. Der brach grunzend zusammen und Heimelig ließ das Kampfgeschehen hinter sich.

Während sein Keiler weiter Abstand zwischen ihn und die Orks brachte, drehte sich Schakal im Sattel um. Augenweide hatte sich durchgekämpft, Vollkorn und Blindschleiche waren nicht weit dahinter. Schleich wirkte unsicher im Sattel, und als Schakal näher heranritt, erkannte er, dass sich dieser eine blutende Wunde an der Schulter zugezogen hatte. Schakal bemerkte, dass der zweifach verwundete Ork mit dem zerbrochenen Speer weiter hinten wieder auf die Beine kam, aber Riesenpocke stürmte direkt auf ihn zu und zermalmte ihn unter seinen Hufen und den Rädern des Wagens, als der Lehmmaster aus dem Nahkampf herausfuhr.

Schakal und die anderen zügelten ihre Keiler in sicherer Entfernung von den Dickhäutern und warteten darauf, dass der Lehmmaster sie erreichte. Vier Dickhäuter waren noch auf den Beinen und scharten sich um den einzigen überlebenden *t'huruuk*. Augenscheinlich waren alle verletzt. Schuhnagel und der Rest der Grauen Bastarde waren inzwischen wieder herumgewirbelt und bereiteten einen weiteren Angriff vor. Zu Schakals Überraschung griff der Lehmmaster nach dem Kriegshorn, das an seinem Streitwagen befestigt war, und blies drei kurze Töne, die den Ruf zur Umgruppierung bedeuteten.

»Häuptling«, sagte Schakal, »wir könnten sie von zwei Seiten angreifen und die Sache beenden.«

Der Lehmmaster schüttelte den Kopf. »Nein. Wir reiten nach Hause.«

Schakal konnte nicht anders, als Vollkorn mit offenem Mund anzustarren.

»Warum siehst du ihn an?«, fragte der Lehmmaster. »Habe ich mich unklar ausgedrückt?«

»Nein, Lehmmaster«, antwortete Schakal. »Aber wenn diese Dickhäuter die Felsen erreichen und sich dort verschanzen, riskieren wir bei einer Verfolgung alles.«

»Hast du dir vorhin den Schädel angeschlagen, Junge? Ich habe nicht gesagt, dass wir sie verfolgen sollen. Ich sagte, wir reiten zurück zur Brennerei.«

»Und lassen die Dickhäuter auf unserem Gebiet?«, fragte Augenweide und versuchte erfolglos, ihren Ärger zu verbergen.

Der Lehmmaster drehte seine große Gestalt langsam zu Weide. »Ich werde dir jetzt etwas erklären. Und wenn ich es immer noch erkläre, wenn der Rest der Jungs hierherkommt, werde ich nicht erfreut sein.« Der Lehmmaster legte eine grausame Betonung auf das Wort »Jungs«, während er seinen harten Blick auf Augenweide richtete. »Jeder Einzelne dieser Orks ist verwundet. Sie kamen mit zwei Händen und zwei Armen. Jetzt gehen sie mit einem Arm und vier Fingern. Die Dickhäuter wählen ihre Anzahl nicht zufällig. Was auch immer sie vorhatten, jetzt werden sie es nicht mehr versuchen. Sollen sie doch zurück nach Süden humpeln und die Geschichte ihrer Niederlage mitnehmen. Möchtet ihr, dass sie noch eine weitere Geschichte mitnehmen? Darüber, wie der Anführer der Grauen Bastarde zwei seiner eigenen Rotte die Zunge aus dem Maul schnitt, weil sie seine Befehle infrage stellten? Denn ich habe heute genug von Schakals Stimme, und ganz ehrlich, Augenweide, wenn deine Zunge nicht meinen Schwanz leckt, habe ich keine Verwendung für sie.«

Schakal beobachtete, wie die Orks hinter dem Lehmmaster zwischen den Felsen von Batayat herumkletterten. Er sagte kein weiteres Wort und auch Weide sagte nichts. Als die anderen heranritten, schienen sie ebenfalls perplex über den Befehl des Häuptlings zu sein, aber es wurde kein weiterer Widerspruch laut.

Die Rotte ritt gemächlich zurück. Es gab keinen Grund, ihre Keiler weiter zu strapazieren. Alle schwiegen; jeder Reiter hielt die Augen nach einer weiteren Bedrohung offen, während er sich mit seinen eigenen Gedanken beschäftigte. Schakal kannte seine Brüder. Es würde ihnen nicht passen, dass sie die Orks entkommen ließen. Der Lehmmaster steuerte schnell auf eine Abstimmung zu, um ihn vom Kopfende des Tischs zu entfernen. Verdammt, es war höchste

Zeit. Schakal musste nur sicherstellen, dass ihm keiner der anderen beim Axtwurf zuvorkam.

Der Häuptling blies erneut in sein Horn, als sie in Sichtweite der Brennerei waren, und gab den Schlammköpfen das Signal, den Keilerbuckel herunterzulassen. Die Rampe war bereits unten, als die Rotte die Mauern erreichte, und die Keiler eilten hinüber, jeder einzelne begierig auf die Ställe.

»Löscht die verdammten Öfen!«, brüllte der Lehmmaster die Schlammköpfe an. »Ich will nicht, dass unser ganzes Holz wegen eines Dutzends Dickhäuter verbrannt wird.«

»Nein, du hast es sieben Jahre lang brennen lassen«, murmelte Schakal so, dass nur Vollkorn es hörte. Sein Freund warf ihm einen mahnenden Blick zu.

Nachdem die Bastarde abgestiegen waren, wollten sie ihre Keiler zu den Ställen führen. Als sie das Eingangstor passierten, wich Schakal vor der Hitze zurück, die noch immer aus dem Mauerdurchgang strömte. Es würde Stunden dauern, bis der Gang genug abgekühlt war, um ihn zu benutzen.

»Verzeihung, mein Freund?«

Schakal und die anderen fluchten beim Klang der Stimme und entfernten sich erschrocken von dem Tunnel, aus dem sie kam.

»Wer zum Teufel hat das gesagt?«, verlangte Rundungen zu erfahren.

Augenweide und Blindschleiche hatten ihre Armbrüste bereits fest an den Schultern in Anschlag gebracht und auf die schattige Öffnung gerichtet. Schakal warf einen Blick auf Vollkorn und hob seine eigene Armbrust.

Eine Gestalt beugte sich aus der Dunkelheit hinter dem Fallgitter hervor.

»Tausend und eine Entschuldigung, Freunde. Ich hatte nicht die Absicht, euch zu erschrecken.«

Es war ein Halb-Ork, den Schakal nicht erkannte. Er war fleischig bis fett, aber sein Gesicht war jugendlich, mit perfekt gestutztem schwarzen Bart und Schnurrbart. Sein Kopf war mit einem Turban umwickelt, sein Körper war in die Gewänder des Ostens gekleidet. An seinen plumpen Fingern, die lässig die Eisenstangen des Fallgatters umklammerten, steckten viele Ringe. Diese Gitterstäbe, wusste Schakal, waren zu heiß, um sie zu berühren. Es fiel ihm schwer, so nah am höllischen Eingang des Tunnels überhaupt zu atmen, aber der Eindringling, der darin stand, schwitzte nicht einmal. Er betrachtete das Halbrund der Armbrüste mit gelassener Gleichgültigkeit.

»Wenn ihr so gütig wärt, mir Einlass zu gewähren«, sagte er freundlich. »Ich versichere euch allen, dass ich nur ein bescheidener Besucher bin.«

»Nein, bist du nicht.«

Es war der Lehmmaster, der sprach und sich zwischen Schuhnagel und Krämer hindurchdrängte. Er ging zwei steife Schritte auf das Tor zu und blieb in der höllischen Hitze stehen, während er den Halb-Ork mit dem Turban anstarrte.

»Du bist ein Zauberer«, sagte der Häuptling. Unter den Verbänden war ein Lächeln zu erkennen.

4

»Was hast du jetzt wieder angestellt, Schak?«

Beryl hob nicht einmal den Kopf, als Schakal das Waisenhaus betrat, sondern konzentrierte sich auf das schreiende Baby, das sie gerade säuberte. Er war sich nie sicher, wie sie das machte, obwohl sie immer behauptete, jedes Kind, das sie jemals aufgezogen hatte, an seinem Geruch zu erkennen. Überall in dem langen Raum mit den niedrigen Decken rannten, watschelten, krabbelten oder saßen junge Halb-Orks herum. Jeder einzelne von ihnen machte mehr Lärm als ein Schwein in der Brunst.

»Schnapp dir Schlauberger, bevor er seine Hand in den Topf steckt«, sagte Beryl ruhig und neigte ihren Kopf leicht über eine Schulter.

Als Schakal zum vertrauten Kamin sah, bemerkte er ein dickes, sabberndes kleines Ding, das eine pummelige Hand nach dem blubbernden Breitopf ausstreckte, der über den niedrigen Flammen hing. Schakal sprang über die anderen Kinder hinweg und schaffte es, das Kind zu erreichen und hochzuheben, bevor es eine harte Lektion lernen musste. Der kleine Mischling kicherte, als er in die Luft gehievt wurde.

»Wirst du weich, Beryl?«, stichelte Schakal und balancierte das Kind auf seiner Hüfte. »Zu meiner Zeit hielten wir uns vom Herd fern, weil du zugelassen hattest, dass wir uns die Finger verbrannten.«

Beryl hob den tropfenden Säugling aus dem Waschbecken und zuckte mit den Schultern. »Dieser Haufen ist schlauer, als du es warst.« Mit geübten Händen trocknete sie den Säugling ab, wickelte ihn und übergab ihn einem der älteren Mädchen, bevor sie sich schließlich Schakal zuwandte und ihn von oben bis unten musterte.

»Und? Lehmmaster hat dich nicht umsonst hergeschickt. Raus mit der Sprache.«

Sticheleien hin oder her – Beryl war nicht im Geringsten weich geworden. Obwohl sie schon weit über fünfzig war, hatte sie sich eine kräftige, ansehnliche Figur bewahrt, wenn auch an Hüften und Bauch etwas fülliger als zu der Zeit, als Schakal in ihrer Obhut gewesen war. Ihre langen kastanienbraunen Locken, die sie zu einer praktischen Hochfrisur zusammengebunden hatte, hatten nichts von ihrer Farbe verloren, und ihre Arme waren so sehnig wie eh und je. Wenn Augenweide nicht in Hörweite war, wurde in der Rotte gern gescherzt, dass der Verstand weiblicher Halb-Orks sie lange vor ihrem Körper im Stich ließ.

Schakal öffnete den Mund, um zu antworten, aber bevor die Worte herauskamen, stieß der Junge, den er festhielt, eine ganze Faust hinein. Sorgfältig darauf bedacht, das Kind nicht mit seinen Zähnen zu verletzen, fuhr Schakal mit seiner Erklärung fort und ließ zu, dass die Hand des Kindes ein unverständliches Gemurmel aus seiner Rede machte. Er hörte erst auf, als der kleine Mischling lachte und Beryl ein Lächeln zustande brachte.

»Du bist also nicht in Schwierigkeiten«, sagte sie. »Du bist nur hier, um unter Gleichaltrigen zu sein.«

Schakal kaute auf der Hand des Jungen, bis dieser noch lauter lachte, und zwinkerte Beryl zu. Er drehte sich um und schaute in das pausbäckige Gesicht des Kindes, das die Augen vor Freude zusammenkniff, dann stieß er die Hand mit einem übertriebenen Spuckgeräusch aus seinem Mund.

»Verdammt«, sagte er und schielte an den Lippen des Jungen vorbei. »Dieser kleine Sabberkopf hat schon seine Hauer.«

Beryl nickte langsam und müde. »Ich bin froh, dass meine Zeit als Säuglingspflegerin vorbei ist. Schlauberger ist noch keine zwei Jahre alt und schon größer als die meisten, die doppelt so alt sind wie er. Er hat nicht viel Haar, aber er ist stark und hungrig, und wie du schon sagtest, hat er schon die unteren Stoßzähne. Ich beneide Distel nicht. Das kleine Biest hängt Tag und Nacht an ihrer Brust. Erinnert mich an Vollkorn in diesem Alter. Kahl, mit Hauern und verrückt nach Brüsten.«

Schakal lächelte. »Da hat sich nicht viel geändert.«

Er ließ Schlauberger hinunter und stellte ihn auf seine wackeligen Füße. Der Junge quiekte und trottete einem der älteren Kinder hinterher.

»Wie lange hat man dich nach Teilsieg ins Exil geschickt?«, fragte Beryl und ließ ihren Blick durch den Raum schweifen, als stumme Warnung an die Kinder, dass sie sie immer noch im Auge behielt.

»Bis der Lehmmaster sagt, dass ich wieder reiten darf.«

»Willst du wirklich zulassen, dass ich von den Bettwärmern erfahre, was du gemacht hast, Schakal?«

»Nein«, sagte er. »Nein, ich habe einen Cavalero bei Sancho getötet. Dadurch konnte Sancho von der Rotte verlangen, für seine Mädchen zu bezahlen. *Das* hat mir zwar nur Schlammkopfbetreuung eingebrockt, aber dann habe ich die Entscheidung des Lehmmasters auf dem Schlachtfeld infrage gestellt, und jetzt bin ich hier.«

Beryl neigte missbilligend den Kopf zur Seite. »Schakal!«

»Er hat fünf Dickhäutern die Flucht ermöglicht, Beryl! Er war nicht ganz bei Trost. Keiner von uns konnte den Befehl glauben, aber nur Weide und ich hatten den Mut, etwas zu sagen.«

Bei der Erwähnung von Augenweides Namen warf Beryl die Arme in die Höhe. »Du riskierst immer noch dein Leben für sie. Ich hätte es wissen müssen.«

Schakal schluckte ein frustriertes Knurren hinunter und bemühte sich, nicht laut zu werden. »Es bestand kein Risiko. Ich habe zuerst das Wort ergriffen. Wir ...«

»... haben den Lehmmaster herausgefordert«, warf Beryl ein, deren Mund eine harte Linie bildete.

»Nein«, protestierte Schakal. »Wir wollten nur wissen, warum er eine Bande von Orks auf unserem Gebiet frei herumlaufen lässt.«

Beryl schüttelte den Kopf auf die enttäuschte Art, die Schakal schon als Kind gekannt hatte. »Er hat schon lange vor deiner Geburt gegen Vollblüter gekämpft, Schak.«

»Es ist also meine Schuld, dass er keinen Geschmack mehr daran findet?«

Beryls Augen blitzten auf, und sie sah sich um, bevor sie einen Schritt auf ihn zuging.

»Es reicht!«, sagte sie mit leiser Stimme. »Cissy und Feger sind draußen und hängen die Wäsche auf. Was passiert, wenn sie heute Nacht zur Brennerei wandern und Iltis zuflüstern, was du gesagt hast, während sie sich alle unter seinen Decken winden? Oder wenn eins von den Kleinen das Gehörte an Distel weitergibt? Meistens kommt sie abends immer noch krummbeinig von Rundungens Schlafplatz nach Hause. Einige der Dorfmädchen sind zwar nicht einmal Bettwärmer, aber sie sind nicht abgeneigt, ab und zu einen Schlammkopf gewähren zu lassen, in der Hoffnung, dass er bald ein Reiter wird. Glaubst du, sie tratschen nicht? Was willst du tun, wenn die Hälfte der Anwärter flüstert, dass du die Rotte übernehmen willst?«

Schakal hob eine Hand, um ihre Tirade zu stoppen, aber ohne Erfolg.

»Du wirst auf die Antwort des Lehmmasters nicht vorbereitet sein. Und es wird einen weiteren leeren Platz an diesem Abstimmungstisch geben.«

Beryls Stimme brach beim letzten Satz ein wenig, was Schakal dazu veranlasste, den Blick abzuwenden und so zu tun, als habe er es nicht bemerkt. Nach mehr als zwanzig Jahren schmerzte sie die Abwesenheit von Grasmücke immer noch.

»Keine Sorge«, sagte er und sah den Kindern beim Spielen zu. »Der Häuptling ist im Moment mehr daran interessiert, einen Platz zu besetzen.«

»Ein vielversprechender Schlammkopf?«, fragte Beryl.

»Nein. Gestern Abend tauchte ein Fremder in der Brennerei auf. Nach seiner Kleidung und Sprechweise zu urteilen, kommt er aus Tyrkanien oder so.«

»Und?« Beryl zuckte mit den Schultern. »Was macht einen Dünenliebhaber so besonders?«

»Lehmmaster glaubt, er sei ein Zauberer.«

Beryl gelang es beinahe, ihre Überraschung zu verbergen. »Ist er das?«

Schakal verzog den Mund. »Die Öfen brannten und da stand er in der Mauer. Er hätte gekocht sein müssen, Beryl, und zwar lange bevor er es bis zum Hoftor geschafft hatte.«

»Diese Wüstenbewohner sind an Hitze gewöhnt«, sagte Beryl, aber selbst sie klang nicht überzeugt.

Schakal beschloss, nicht zu erwähnen, dass der Fremde glühendes Metall mit nacktem Fleisch berührt hatte. »Was auch immer er ist, der Häuptling war aufgeregt wie ein

Schlammkopf mit seiner ersten Hure. So habe ich ihn noch nie gesehen, sogar Krämer sah verstört aus.«

Beryl verschränkte die Arme. »Seit ich ihn kenne, will der Lehmmaster einen Zauberer in der Rotte, Schakal. Das Kastell hat einen, und man sagt, die Sprossen scheißen sie geradezu aus, aber keine der Halbblut-Rotten war jemals in der Lage, Zauberei in die Waagschale zu werfen. Wenn dieser Fremde wirklich ein Zauberer ist, könnte das den Bastarden helfen.« Sie warf Schakal einen langen, prüfenden Blick zu. »Aber du glaubst das nicht.«

»Ich weiß nicht, was ich glauben soll. Der Lehmmaster hat sich die ganze Nacht mit diesem Kriecher verschanzt. Er kam heute Morgen nur lange genug raus, um mich hierherzuordern.«

»Sieh nicht so niedergeschlagen aus«, sagte Beryl, schnappte sich einen der feuchten Lappen auf dem Tisch und warf ihn ihm zu. »Weder du noch mein Sohn kommen mehr zu Besuch.«

Bevor Schakal etwas sagen konnte, rannte eins der Waisenkinder, ein dünnes kleines Mädchen von vielleicht drei Jahren, auf ihn zu, packte ihn an den Fingern und versuchte, ihn dorthin zu ziehen, wo sie spielte.

»Geh schon«, winkte Beryl ihm zu. »Sie sollen sich erst daran gewöhnen, dass du hier bist, und dann werde ich dich an die Arbeit schicken.«

Schakal verbrachte den Vormittag damit, sich mit den Jungen zu balgen und den Mädchen hinterherzujagen. Es war seltsam, wieder an dem Ort seiner frühesten Erinnerungen zu sein. Das Waisenhaus hatte sich kaum verändert und der Geruch erinnerte ihn sofort an seine Zeit unter diesem Dach. Teilsieg lag in Sichtweite der Brennereimauern, doch Schakal vermied es, einen Fuß in die Siedlung zu setzen, sofern es möglich war.

Er war mit zwölf Jahren losgezogen und hatte den Kilometer zur Brennerei zurückgelegt, um sich den Reihen der Schlammköpfe anzuschließen und seinen Weg zur Rotte zu beginnen. Jetzt, fünfzehn Jahre später, hatte er seinen eigenen Keiler und sein Rücken war mit Graubastard-Tätowierungen übersät. Jeder einzelne der etwa ein Dutzend Jungen, die derzeit unter Beryls Obhut lebten, würde das Gleiche versuchen, aber nur wenige würden es schaffen. Schakal wusste, dass sie davon träumten, so zu sein wie er. Was die kleinen Mädchen betraf, so waren sie bereits in ihn verliebt. Ihre verlassenen Herzen wussten nicht, was ein Vater war, aber sie sehnten sich trotzdem nach einem. Bei vielen würde diese Sehnsucht im Laufe ihres Lebens reifen und sich in den Wunsch verwandeln, Bettwärmer zu werden, die Lieblingsdirne eines Bastards. Aber heute waren sie alle jung und mit Unwissenheit gesegnet, Mädchen wie Jungen, und kannten die harten Wahrheiten noch nicht, die sie erwarteten.

Als der Tag voranschritt und Schakal draußen mit den Kindern spielte, erntete er von Cissy anerkennende Blicke, während sie die Wäsche aufhing, und er begann zu verstehen, warum er diesen Ort mied. Es ging nicht darum, den quälenden Erinnerungen zu entkommen; die meisten seiner Tage im Waisenhaus waren glücklich gewesen. Es lag daran, dass er keinen Spaß daran hatte, dem Unerreichbaren ins Auge zu sehen.

Schakal würde niemals Kinder haben.

Alle männlichen Halb-Orks waren zeugungsunfähig. Sein Vater und die Väter aller Kinder in diesem Raum waren Dickhäuter. Der Samen der Orks war stark und konnte sich mit Leichtigkeit in Menschen einnisten. Und wenn eine Frau einmal geschwängert war, konnte keine noch so große Menge an Kräutern oder Tees ihn aus ihr herausspülen. Einige Frauen brachten sich lieber um, als ein Halbblut auszutragen. Andere ertrugen die siebenmonatige Schwangerschaft, und wenn sie die Geburt überlebten, entledigten sie sich der Kinder auf jede erdenkliche Weise. Zum Glück für Schakal und alle Halb-Orks, die noch atmeten, ließen einige ihre Mischlinge am Leben.

Der Adel von Hispartha schätzte weiterhin Halbblut-Diener und hübsche Kinder brachten im Norden einen hohen Preis ein. Die Halb-Ork-Rotten hatten alle in den Geteilten Landen wissen lassen, dass menschliche Frauen, die bereit waren, ihre eigenen Mischlingskinder aufzuziehen, unter dem Schutz der Rotten leben durften. Das Dorf Teilsieg war aufgrund dieser Regelung in der Nähe der Brennerei entstanden. Dennoch wurden immer noch viele Babys einfach ausgesetzt, weil ihre Mütter sich weigerten, sie zu töten, zu verkaufen oder aufzuziehen und sie einfach loswerden wollten. Auf diese Weise waren Schakal und zahlreiche andere Waisenkinder zu Beryl gekommen.

Sie selbst war aus ihrer geplünderten Stadt nach Teilsieg gekommen. In ihr wuchs bereits der Samen eines Dickhäuters, denn weibliche Halb-Orks konnten manchmal schwanger werden. Sehr selten wuchs menschlicher Samen im Schoß einer Halb-Ork-Frau heran. Meistens waren es Dickhäuter, die ihnen ein Kind in den Bauch legten. Ein Kind, das aus einer solchen Paarung hervorging, wurde Dreiblut genannt. Größer, stärker und mit deutlich orkischerem Aussehen als ein gewöhnliches Halbblut, war ein Dreiblut eine seltene Erscheinung, und noch seltener wurden sie ausgesetzt, denn nur wenige Halb-Ork-Frauen erlagen dieser Schwäche. Beryl gehörte jedenfalls nicht dazu. Sie hatte den Schutz der Grauen Bastarde angenommen und sich geschworen, ihr Dreiblutbaby, sollte es ein Junge sein, würde ein furchterregendes Mitglied der Rotte werden. Ein halbes Jahr später wurde Vollkorn geboren. Beryl zog ihn zusammen mit den Findelkindern der Stadt auf, darunter ein Säugling, der der engste Freund ihres Sohnes werden sollte.

Schakal betrachtete das Kind, das Beryl Schlauberger genannt hatte, und fragte sich, ob es ein Dreiblut war. Der stämmige Bursche war auf jeden Fall furchtlos und mischte sich problemlos unter die älteren Kinder. Er erinnerte Schakal eindeutig an Vollkorn, der Herrscher über das Waisenhaus geworden wäre, wenn seine Mutter ihn nicht wie alle ihre Schützlinge fest im Griff gehabt hätte.

Vier Tage vergingen, ohne dass etwas von der Brennerei zu hören war. Beryl beschäftigte Schakal damit, die kaputten Dachschindeln auf ihrem Dach zu ersetzen, ihren Garten von Vipern zu befreien und die losen Ziegel im Schornstein zu reparieren. Wenn ihn diese Aufgaben nicht beschäftigten, überließ sie ihn den Findelkindern, und Schakal ertrug bald mehr Ritte auf seinen Schultern, als er zählen konnte. Nachts schlief er draußen in der Säulenhalle, seine Armbrust immer griffbereit.

Teilsieg war in seiner ganzen Geschichte nur ein einziges Mal bedroht worden, als eine Bande von Zentauren auf einem ihrer Raubzüge durch die Gegend ritt. Schakal war damals etwa neun Jahre alt und konnte sich noch gut daran erinnern, wie er mit Vollkorn, Weide, den anderen Kindern und Beryl im Wurzelkeller kauerte, während die Pferdedödel in der Nähe wie verrückt schrien. Sie hatten in dieser Nacht acht Leute getötet und eine ganze Reihe verwundet, bevor der Lehmmaster die Grauen Bastarde von der Brennerei herunterführte und sie verjagte. Wäre Verrätermond gewesen, hätte die Rotte sie vielleicht nicht aufhalten können.

Getreu seinem Namen, konnte der Verräter in jeder beliebigen Nacht zunehmen, die Zentauren in seinen Bann ziehen und sie zum Morden aussenden. Der schreckliche Mond ließ sich oft jahrelang nicht blicken, nur um dann zweimal in ebenso vielen Monaten zu erscheinen. Es hieß, die Zentauren riefen ihn passend zu ihren verrückten Launen herbei, aber wer konnte das schon mit Sicherheit sagen? Niemand hatte jemals einen der geschützten Haine der Pferdedödel betreten und war mit einer Antwort zurückgekehrt. Was auch immer die Ursache sein mochte, der Verrätermond sorgte für ständige Furcht. Er war eine himmlische Axt, die unsichtbar über den Geteilten Landen hing. Seine Ankunft konnte nicht genau vorhergesagt werden, außer von Zirko, und der kleine Priester hatte noch keine

Warnung geschickt. Schakal sorgte trotzdem dafür, dass seine Armbrust immer geladen war.

An seinem fünften Tag in Teilsieg erlag er schließlich Cissys begehrlichen Blicken und schlich sich mit ihr davon in den engen Sackgassenhof zwischen Beryls Haus und der Küferwerkstatt. Cissy war eine Halb-Ork-Frau, die Schakal im Waisenhaus kennengelernt hatte, als sie noch jünger waren. Sie war etwa zehn Jahre alt gewesen, als er fortgegangen war, und hatte sich zu einem süßen Mädchen mit schlichtem Gesicht und einem erfreulich großen Hintern entwickelt. Iltis hatte sie und eine andere von Beryls Helferinnen, eine Weichlingsfrau namens Feger, gevögelt, sich aber noch nicht für eine Favoritin entschieden.

»Wenn Iltis davon erfährt, wird er meinen Skalp wollen«, sagte Schakal, während Cissy eifrig an seinem Hals nagte. Er hatte sein Hemd bei der Arbeit bereits ausgezogen, und sie unterbrach die Aufmerksamkeiten ihres Mundes lange genug, um zurückzutreten und seinen Oberkörper zu betrachten, während ihre Hände über seine Arme fuhren.

»Verdammt, Schakal!«, sagte sie. »Neben dir ist er verdammt schmächtig.«

Schakal gluckste. »Was findest du eigentlich an diesem schielenden Lustmolch?«

Er sagte es scherzhaft, um klarzustellen, dass er Iltis nicht böse war und dass es keinen Wettbewerb zwischen ihnen gab.

Cissys große Augen verließen seine Brust und funkelten ihn an. »Er hat genau das richtige Maß an Grobheit.«

Schakal zog die Augenbrauen hoch und nickte. Er legte eine nachdenkliche Miene auf, dann schnappte er ohne Vorwarnung nach Cissy. Sie keuchte und lachte, als er sie an den Armen packte. Er drehte sie um, zog sie mit dem Rücken an sich und legte ihr langsam eine Hand über den Mund, um ihr kicherndes Atmen zu unterdrücken. Sie war ein ganzes Stück kleiner als er, stellte sich aber auf die Zehenspitzen, um ihren Hintern genau an der richtigen Stelle zu reiben. Cissy öffnete ihre Lippen, umschloss einen seiner Finger und biss zu, gerade so viel, dass es wehtat. Eins der weggeworfenen Fässer des Küfers stand gleich links von Schakal. Er schob Cissy über den leicht geknickten Deckel und behielt seinen Finger in ihrem Mund. Mit der freien Hand schob er ihren Rock über die Hüften, sodass ihr salbeifarbenes Hinterteil zum Vorschein kam. Er hakte eine Hand hinter ihrem Knie ein und hob es auf den Rand des Fasses. Cissy stöhnte und bäumte sich auf; eine wortlose Ermutigung, während ihre Zähne seinen Finger festhielten. Schakal war gerade dabei, seine Hose mit einer Hand aufzuschnüren, als sich die Gasse des Hofs verdunkelte.

Augenweide stand da, kaum mehr als eine Silhouette vor der hellen Sonne.

»Schak. Wir müssen reden.«

Schakal machte einen Schritt von Cissy weg, die vom Fass glitt und mit einem frustrierten Schnaufen ihren Rock fallen ließ.

»Hätte das nicht eine halbe Stunde warten können?«, fragte sie.

Augenweide trat an der Gassenmündung zur Seite. »Geh schon, Cissy.«

Cissy warf Schakal einen wütenden Blick zu und eilte aus dem Hof. Augenweide lehnte sich zurück, als das Mädchen vorbeiging, als würde ihr Leben auf sie abfärben und sie zurück an den Ort zerren, dem sie nur knapp entkommen war. Schakal lehnte sich gegen das Fass.

»Sie hält zu große Stücke auf dich«, sagte Augenweide, als sie sich näherte. »Eine halbe Stunde?«

Schakal ignorierte den Köder und wartete darauf, dass Weide das Thema ansprach, weshalb sie gekommen war. Sie war staubverschmiert und kam frisch von ihrem Keiler. Als sie näher kam, konnte Schakal sie riechen, das erdige Aroma des harten Ritts vermischt mit ihrem vertrauten Geruch.

»Hat Lehmmaster dir gesagt, wie lange du hierbleiben musst?«, fragte sie.

»Ich hatte gehofft, du würdest mir das sagen.«

Augenweide rümpfte die Nase. »Nein. Der Häuptling redet nicht einmal dann mit mir, wenn er den fetten Zauberer nicht umwirbt.«

»Hat das irgendetwas zu bedeuten? Wer ist er?«

Augenweide rollte mit den Augen. »Ich weiß es nicht. Lehmmaster schickt mich seit Batayat auf Patrouille.«

»Du hast es unbeschadet überstanden«, sagte Schakal. »Nicht einmal Schlammkopfdienst.«

»Nein«, sagte Weide. »Lehmmaster will mich nicht in der Nähe der Anwärter haben, auch nicht zur Strafe. Er glaubt, dass sie zu sehr mit der Vorstellung beschäftigt sind, mich über ein Fass zu beugen.« Sie trat gegen Cissys ehemaligen Sitzplatz und brachte Schakal dabei aus dem Gleichgewicht. Er richtete sich auf, damit er nicht umfiel, was ihn noch näher an Augenweide heranbrachte. Sie war nur um Haaresbreite kleiner und musterte ihn unverfroren.

»Warum hast du es getan? Warum hast du behauptet, den Cavalero getötet zu haben?«

»Weil wir alle etwas damit zu tun hatten. Du, ich und Vollkorn. Aber wenn der Lehmmaster gewusst hätte, dass du den Abzug betätigt hast, wäre die Strafe schlimmer ausgefallen als Schlammkopfdienst. Wenn es um dich geht ...«

Schakal brach ab, weil er wusste, dass er Weide nicht erklären musste, was der Lehmmaster von ihr dachte.

»Nicht mehr, Schak. Die Rotte wird mich nie als eine der ihren behandeln, solange du es nicht tust.«

Schakal verzog das Gesicht. »Das hätte ich auch für Vollkorn getan!«

»Hättest du?«, schoss Augenweide zurück. »Das ist ziemlich groß von dir, wenn man bedenkt, dass er in Batayat kein einziges Wort gesagt hat. Er hätte uns den Rücken stärken können!«

»Vollkorn sucht sich seine Kämpfe sorgfältig aus, Weide. Das ist mehr, als wir beide von uns behaupten können.«

Augenweide hob eine Hand, um ihm den Punkt zuzugestehen. »Dann musst du anfangen, mich mit der Scheiße aus den Kämpfen, die ich mir aussuche, fertigwerden zu lassen. Ich will nicht, dass dein schwingender Lümmel zwischen mir und dem Lehmmaster oder einem anderen Mitglied dieser Rotte steht. Verstehst du?«

Schakal nickte.

»Sag es!«

»Ich verstehe.«

Augenweide biss die Zähne zusammen und nickte, ihre Augen wurden etwas weicher. Dann rammte sie ihm eine Faust in die Eier.

Schakal grunzte und klappte vornüber. Der plötzliche dumpfe Schmerz wich einer Unheil verkündenden Taubheit, bevor der eigentliche Schmerz nach oben schoss, sich in seiner Kehle festsetzte und Übelkeit durch seinen ganzen Körper zog.

»Was, zum Teufel, Weide?«, brachte er zwischen Hustenanfällen hervor.

»Das war ein Gefallen«, sagte sie und beugte sich hinunter, um auf Augenhöhe mit ihm zu sein.

»Ein ... Gefallen?«

»Damit du zu große Schmerzen hast, um Cissys Backen wieder spreizen zu wollen. Dieses Flittchen will die Brennerei zu ihrem ständigen Zuhause machen. Sobald du bei dieser Unruhestifterin einen versteckst, wird sie den direkten Weg zu deiner Koje sehen.«

Schakal versuchte, sie mit tränenverhangenen Augen wütend anzustarren. »Wir haben beide nur eine Pause von der Plackerei gesucht.«

»*Du* hast das getan, Schwachkopf. Aber sie würde Iltis im Handumdrehen den Laufpass geben. Cissy wird nicht bei diesem wieselgesichtigen Päderasten bleiben, wenn sie dich kriegen kann. Also, wenn du nicht bereit bist für einen Bettwärmer, behalt ihn bei dir.«

Augenweide richtete sich auf und machte sich auf den

Weg aus dem Innenhof, ihre Armbrust wippte leicht gegen ihren unteren Rücken.

»Und gern geschehen.«

Schakal humpelte noch lange, nachdem sie weg war, in langsamen Kreisen umher.

5

Nach acht Tagen kam ein Schlammkopf, um Schakal zur Brennerei zurückzubringen. Der junge Anwärter war außer Atem, als wäre er den ganzen Weg von der Anlage gerannt.

»Was ist los, Schlammkopf?« spöttelte Schakal. »Kannst du nicht eineinhalb Kilometer rennen, ohne außer Atem zu sein?«

Der Schlammkopf versuchte, seinen Atem zu beruhigen, was dazu führte, dass seine Lippen zuckten und sein Gesicht blass wurde.

»Verdammt, Biro, atme«, riet Beryl ihm von ihrem Stuhl in der Säulenhalle aus. »Lass dich von dem hier nicht auf den Arm nehmen. Schakal ist in Ohnmacht gefallen wie eine Jungfrau, als er zum ersten Mal mit einer Nachricht nach Teilsieg zurücklaufen musste. Ich habe ewig gebraucht, um ihn wieder aufzuwecken.«

Schakal schnaubte. Einige seiner Mitbastarde hätten es nicht gerne gesehen, wenn man sie vor einem Schlammkopf hänselte, aber er fand Beryls Geschichte amüsant, vor allem, weil sie nicht stimmte. Schakal schnitt mit seinem Messer noch ein paar Artischockenstiele ab und warf die Köpfe in den Korb zwischen ihm und Beryl, bevor er aufstand. Er steckte sein Messer in das Futteral und hob seine Brigantine und seine Armbrust auf.

Beryl sah mit einem kleinen Lächeln zu ihm auf. »Schön, dass du da bist, Schakal.«

Er beugte sich zu ihr hinunter und gab ihr einen Kuss, dann trat er von der Säulenhalle in die heiße Sonne.

»Gehen wir«, sagte er zu Biro.

Mit einem schnellen Nicken drehte sich der Schlammkopf auf dem Absatz um und begann, den staubigen Pfad durch Teilsieg hinaufzutraben. Schakal ging gemächlichen Schrittes und blinzelte dem Schlammkopf hinterher, bis der Junge begriff, was geschah, und sich umdrehte.

»Der Lehmmaster hat gesagt, ich soll dich schnell zurückbringen!«, rief Biro.

»Dann hätte er meinen verdammten Keiler schicken sollen«, antwortete Schakal, ohne sich die Mühe zu machen, laut zu sprechen.

Die Findelkinder, die jetzt wussten, dass er gehen würde, eilten von ihrem Spiel herbei, umzingelten ihn und folgten ihm als lachende, lebendige Wolke, bis Beryls befehlende Stimme sie zurückrief.

Der Weg zur Brennerei führte größtenteils bergauf. Schakal ließ sich Zeit und zog sich im Gehen seine Brigantine an. Biro blieb ein paar Schritte vor ihm. Der Junge war nicht älter als dreizehn, absolvierte sein erstes Jahr als Schlammkopf und reagierte auf die eingeschworenen Mitglieder der Rotte immer noch mit einer Mischung aus Ehrfurcht und Furcht. Zum Glück hielt ihn das auch davon ab, während des Spaziergangs zu reden.

Als sie sich der Brennerei näherten, entdeckte Schakal ein kleines Lager in der Nähe des Tores.

»Wann sind die denn angekommen?«, fragte Schakal und betrachtete das halbe Dutzend Pferde und Zelte.

»Vor zwei Tagen«, antwortete Biro. »Es sind Cavaleros vom Kastell.«

Schakal hätte sich beinahe über die offensichtliche Feststellung lustig gemacht, verkniff sich aber seinen Spott und beschloss stattdessen, den Jungen zu erziehen.

»Es sind Cavaleros«, stimmte er zu, »aber kannst du mir sagen, ob es Bürgerliche oder Adlige sind?«

Biro starrte ausdruckslos.

Schakal nahm ihn an der Schulter, als sie sich dem Lager näherten, und deutete auf die Pferde, die auf der kargen Ebene grasten.

»Schau dir die Qualität ihrer Reittiere an ... nicht eines ist reinrassig.«

Zwei Männer hielten Wache, während die anderen vier in der Nähe ihres kleinen Kochfeuers würfelten.

»Adelige Weichlinge spielen selten mit Würfeln«, fuhr Schakal fort, »und sie tragen eine karmesinrote Schärpe, um ihr Privileg herauszustreichen. Diese Dummköpfe haben das nicht und ihre Rüstung ist von schlechterer Qualität. Aber sie sind normalerweise die besseren Kämpfer. Vergiss das nicht.«

Biro nickte schnell und schluckte schwer.

Schakal ging in den Wanddurchgang unter dem Tor und begann den langen Rundgang durch die Dunkelheit. Er hörte, wie Biros Hand hinter ihm an der Wand entlangglitt, denn der Junge war es noch nicht gewohnt, den schwarzen Tunnel ohne diese Führung zu durchqueren. Schakal erinnerte sich, wie er vor Jahren dasselbe getan hatte.

»Warum ...«

Schakal wirbelte zu Biro herum, bevor dieser ein weiteres Wort sagen konnte, und brachte ihn zum Schweigen.

»Sprich niemals innerhalb der Mauer!«, flüsterte er. »Du musst deine Ohren nach Reitern in beide Richtungen offen halten. Ich will nicht zertrampelt werden, nur weil irgendein Schlammkopf seine Zunge nicht im Zaum halten konnte.«

Man musste dem Jungen zugutehalten, dass er nichts mehr sagte, nicht einmal, um zu antworten.

Schakal führte ihn weiter und beschleunigte sein Tempo. In Biros Alter hatte er sich davor gefürchtet, innerhalb der Mauer zu sein. Er war ständig in Sorge gewesen, dass die Brennerei angegriffen und die Tore geschlossen werden würden, bevor er die Rundstrecke zurückgelegt hatte – und dass die Öfen den Gang aufheizen würden, bis er in seiner eigenen Haut kochte. Alle Schlammköpfe brauchten diese Angst, sie hielt sie wach und am Leben.

Aber das war nicht der Grund, warum Schakal sich zu beeilen begann. Gewöhnliche Cavaleros in der Brennerei bedeuteten, dass Ignacio den Grauen Bastarden einen Besuch abstattete, und das war zweifellos der Grund, warum Schakal herbeigerufen worden war.

»Sattle meinen Keiler«, sagte er zu Biro, sobald sie in das Licht auf dem Innenhof hinaustraten. Der Junge rannte zu den Ställen. So oder so, Schakal glaubte, seine Strafe wäre vorbei, und er wollte so bald wie möglich wieder reiten.

Er betrat den Versammlungssaal und steuerte direkt auf das Privatgemach des Lehmmasters zu. Wie erwartet fand er dort Hauptmann Ignacio, der vor dem Tisch des Häuptlings auf einem Stuhl saß. Ignacio war kahlköpfig und unscheinbar, mit pockennarbiger Haut und wässrigen Augen, ein ganz gewöhnlicher Soldat. Er war wahrscheinlich im gleichen Alter wie Bermudo, könnte aber als Vater seines adligen Gegenstücks durchgehen, denn das harte Leben eines Bauern war in jede Falte seines dunkelhäutigen Gesichts eingebrannt.

»Schakal«, sagte Ignacio mit einem Nicken.

»Hauptmann.«

Der Lehmmaster sah auf und verzog den Mund. Hinter ihm standen zwei verstaubte Keramikgefäße auf einem beladenen Regal. Es waren alte Pioniertöpfe, eine alchemistische Vorrichtung, die während des Einmarschs benutzt worden war, um Löcher in die Verteidigung der Orks zu reißen. Der Lehmmaster hatte sie als Sklave hergestellt, die Töpferware geformt und die Gefäße mit den flüchtigen Substanzen gefüllt, die sie so verdammt gefährlich machten. Die beiden Reliquien auf dem Regal waren leer und leblos, aber Schakal warf immer einen Blick auf sie, wenn er im Privatgemach des Lehmmasters war, um sich die plötzlichen Wutausbrüche des Häuptlings vor Augen zu halten.

»Ich wünsche mir langsam, dass man dich bei der Geburt ertränkt hätte, Schak.«

Schakal sagte nichts und wartete auf die schlechte Nachricht.

Der Lehmmaster winkte Ignacio mit einer in Leinen umwickelten Hand zu. »Sagt es ihm.«

Der Hauptmann sah Schakal an, durch dessen müden Gesichtsausdruck Frustration schimmerte. »Das Pferd von Cavalero Garcia ist ins Kastell zurückgekehrt.«

Schakal bemühte sich, keine Miene zu verziehen.

»Das fand ich interessant, Schakal«, sagte der Lehmmaster in gefährlich beiläufigem Ton. »Ich fand das äußerst interessant, wenn man bedenkt, dass du mir gesagt hast, das Pferd sollte zusammen mit der Leiche des Cavaleros an den Schlammmann übergeben werden.«

»Ich werde auf der Stelle losreiten«, sagte Schakal. »Mit Sancho sprechen. Herausfinden, was passiert ist.«

»Das habe ich schon.« Ignacio seufzte. »Der Hurenmeister hat getan, was du wolltest. Er schickte einen Vogel zum Schlammmann und der kam am nächsten Tag und nahm Garcia und das Pferd mit. Aber das Pferd tauchte vor unserem Tor auf.«

»Schak, kannst du dir vorstellen, warum das so ist?«, fragte der Lehmmaster.

Schakal zuckte mit den Schultern. »Frag den Schlammmann.«

Die Augen des Lehmmasters verfinsterten sich unter seinen Verbänden. »Willst du alle deine Fehler auf ihn abwälzen?«

»Nein, Häuptling.«

»Ich habe einen Vogel geschickt, direkt nachdem Ignacio eintraf und mir von diesem wachsenden Haufen Schweinemist erzählte. Ich warte auf eine Antwort.« Der Lehmmaster zeigte mit einem Finger von Ignacio zu Schakal. »Den Rest.«

Der Hauptmann atmete noch einmal müde durch. »Der Mann, den du getötet hast, war der Sohn eines zänkischen

Weibs oben in ... Vallisoletum, glaube ich. Eine Marquesa oder so ähnlich.« Schakal zeigte keine Reaktion. Die Namen der hisparthanischen Städte und Titel sagten ihm noch weniger als Ignacio. Doch die anhaltende Müdigkeit des Hauptmanns wurde verscheucht, als er fortfuhr, und die Sorge in seinen Worten verlieh ihm eine seltene Vitalität. »Es heißt, sie besitze ein Vermögen. Einfluss am Hof. Was sie nicht hat, ist mehr als einen Sohn. Verstehst du, was ich dir sagen will?«

Schakal ließ sich von dem besorgten Ton des Hauptmanns nicht beeindrucken. »Er kann ihr nicht viel bedeutet haben, wenn er hier runtergeschickt wurde.«

Ignacio wurde ärgerlich. »Ich weiß nicht, was der Mann getan hat, aber die Verbannung in die Geteilten Lande könnten durch die Liebe und das Geld einer Mutter erreicht worden sein, wenn die Alternative die Hinrichtung gewesen wäre. Mutter Marquesa wäre nicht erfreut, ihren Sohn vor dem Oberhaupt gerettet zu haben, nur damit er dann in den ersten vierzehn Tagen in den Geteilten Landen stirbt.«

Schakal sah den Lehmmaster an. »Kümmert uns das? Gerüchte und Königshäuser haben im Brachland nichts zu suchen.«

»Bermudo kümmert es«, sagte Ignacio und lehnte sich auf seinem Stuhl zurück, um die Aufmerksamkeit des Schakals wieder auf sich zu lenken. »Die Geschichte, die du seinen neuen Cavaleros erzählt hast, dass Garcia seinen Hauptmann angegriffen hat und desertiert ist? Die Fabel passte zum Charakter des Mannes, sodass in Hispartha wohl niemand weitersuchen würde. Aber: Jetzt ist das Pferd zurückgekehrt. Aus dem Territorium der Zentauren. Wohin er, wie du gesagt hast, geflohen ist!«

»Ein Ort, den selbst Dickhäuter nicht lebend verlassen«, stellte Schakal laut fest.

»Und schon gar nicht der im Stall aufgezogene Prämienhengst irgendeines Gecken«, knurrte der Lehmmaster. »Deine Geschichte ist aus den Fugen geraten, Schak.«

Ignacio schnalzte mit der Zunge. »Bermudo bedrängt die Neuankömmlinge, damit sie die Wahrheit über die Geschehnisse erzählen. Im Moment haben sie mehr Angst vor dir als vor ihm. Aber wie lange kann das gut gehen?«

»Wie lange«, war richtig. Ignacio sprach immer wieder von Schakal als Garcias Mörder. Das bedeutete, dass die jungen Cavaleros die Wahrheit zurückhielten. Wenn auch nur einem von ihnen herausgerutscht wäre, dass ein weiblicher Halb-Ork Garcia einen Bolzen durch den Kopf gejagt hatte, hätte Ignacio genau gewusst, wen sie meinten, und hätte es dem Häuptling gesagt. Mit diesem Wissen würde der Lehmmaster die Sache ganz anders angehen.

»Das Pferd allein beweist nichts, aber merke dir, Schakal, wenn diese Leiche entdeckt wird und Bermudo sie für sich nutzen kann, wird er es tun.«

»Wie die Überfahrt zurück nach Hispartha zu bezahlen, indem ich die Marquesa mit meinem Gehänge unterhalte?«

Ignacio warf dem Lehmmaster ein schiefes Grinsen zu. »Hattest du nicht gesagt, er sei ein Narr?«

»Das heißt nicht, dass er dumm ist«, kam die Antwort.

»Warum sollte es so weit kommen?«, fragte Schakal den Häuptling. »Du kannst mir nicht erzählen, dass du einen deiner eigenen Leute ausliefern würdest, um eine Adelige zu besänftigen.«

Die Augen des Lehmmasters leuchteten vor Zorn. »Wenn Hispartha auch nur einen Fuß auf mein Gebiet setzt und irgendetwas verlangt, werde ich jeden einzelnen Weichling, den sie schicken, in den Schmutz werfen. Aber dazu sollte es besser nicht kommen. Und wenn doch, brauchst du dir keine Sorgen um deine Hinrichtung zu machen, Schakal. Ich werde die Öfen der Brennerei mit deinem gedankenlosen Kadaver anheizen.«

Schakal hatte nicht aufgehört zu denken, seit er den Raum betreten hatte. Er drehte sich zu Ignacio um.

»Könnt Ihr diese Cavaleros vom Reden abhalten? Ihre Angst aufrechterhalten?«

Ignacio fand das amüsant und lachte keuchend. »Sie vom Reden abhalten *und* am Leben halten? Vielleicht bist du doch dumm. Meine Männer und ich halten uns nicht oft im Kastell auf. Wir haben Pflichten, die uns fernhalten. Zum Beispiel Patrouillen. Und der Unruhe stiftenden Rotte von Halb-Ork-Reitern schlechte Nachrichten überbringen.«

Schakal brauchte die Vorwürfe dieses müden, nutzlosen Mannes nicht. Außerdem erinnerte ihn Ignacios Gerede über Patrouillen an etwas.

»Bermudo kam an diesem Morgen ins Bordell und suchte nach Euch«, sagte er. »Er dachte, Ihr wäret mit uns dort gewesen. Warum war das so?«

Ignacios Mund verzog sich vor Verärgerung. »Um diese Milchbubis bei mir abzuladen. Glaubst du, er zeigt ihnen, wie es hier zugeht? Nein, das Vergnügen überlässt er ganz mir.«

»Wir schweifen ab«, sagte der Häuptling. »Der Hauptmann ist nicht hier, um Abhilfe zu schaffen, Schakal. Sondern du.«

»Dann fahre ich zurück zu Sancho und verfolge die Spur von dort aus. Wenn Garcias Leiche …«

»Nein«, unterbrach ihn der Lehmmaster. »Ich habe bereits Vollkorn und das Miststück, das ihr in diese Rotte gewählt habt, losgeschickt, um genau das zu tun.«

»Was soll ich tun?«

»Geh in den Abferkelstall.«

Schakal hätte beinahe protestiert, aber sein Mund blieb verschlossen. Irgendetwas sagte ihm, dass es sich nicht um eine weitere Strafarbeit handelte. Vielleicht war es die tonlose Stimme des Häuptlings oder die Art, wie Ignacio ganz still wurde, vielleicht war es die Erinnerung daran, dass die Rotte keine Sauen hatte, die kurz davor waren, einen Wurf zu gebären. Was auch immer es war, der Befehl hinterließ ein ungutes Gefühl in seinem Bauch.

Ohne ein Wort zu sagen, verließ Schakal den Raum. Als er den Korridor hinunterging, hörte er, wie die Diskussion fortgesetzt wurde und Ignacio das Thema der Bezahlung ansprach.

Trotz des Namens war der Abferkelstall ein größeres Gebäude, das in einiger Entfernung von den Ställen und Zuchtbuchten unterhalb der Mauer versteckt war. Schakal duckte sich in den niedrigen, langen Bau. Wie er vermutet hatte, waren die Abferkelboxen leer. Er bahnte sich in der Dunkelheit seinen Weg durch den Mittelgang. Seine Stiefel liefen geräuschlos über den dicken Strohteppich, der über Holzspäne und Sägemehl gelegt war.

Die Keiler waren die Seele einer Rotte, die Kraft. Ohne sie wären Patrouillen in den Geteilten Landen oder Angriffe auf Dickhäuter nichts als langwieriger Selbstmord. Die Sauen, die hierherkamen, um die nächste Generation von Reittieren zur Welt zu bringen, wurden mit Annehmlichkeiten, Ruhe und Pflege versorgt. Der Lehmmaster duldete keine Schlammköpfe im Abferkelstall und vertraute darauf, dass nur Krämer und die eingeschworenen Brüder, die ihm helfen sollten, die Ferkel auf die Welt brachten. Schakal hatte wenig Talent für das Abferkeln. Ihm fehlte die Geduld. Das einzige Mal, als er um Hilfe gebeten worden war, hatte Krämer ihn aus dem Stall geworfen. Vollkorn war an seine Stelle getreten und bald saugten fünf gesunde Barbaren an den Zitzen ihrer verhätschelten Mutter.

Der Gang führte an jedem Ende zu einem einzigen Raum. Schakal bezweifelte, dass der Lehmmaster ihn hierhergeschickt hatte, um die Vorräte des Stalls zu inspizieren, also ging er nach links zu einer Tür, durch die nur bedauernswerte Sauen gingen, die keine noch so große Ruhe und kein noch so großes Fachwissen retten konnte, wenn das Abferkeln eine schlechte Wendung genommen hatte.

Der Gnadensaal.

Er öffnete die Tür und gedämpfte Laute von Schmerz und Panik drangen an sein Ohr. Der Schuppen wurde immer sauber gehalten, aber der Geruch von Schweiß und Pisse, gepaart mit Angst stach Schakal in die Nase. Er stieß die

Tür noch weiter auf und sah Blindschleiches beunruhigendes Profil. Der bleiche Mischling drehte sich bei Schakals Eintreten nicht um, sondern starrte weiterhin, ohne zu blinzeln, auf die Wand hinter der Tür. Schleichs haarlose Haut hatte die Farbe von schmutzigem Leinen, ohne auch nur einen Hauch von Grau oder Grün. Die anderen Bastarde fragten sich hinter seinem Rücken, ob er ein Albino sei, aber seine Augen hatten nicht den seltsamen rosa Farbton, den man bei den Betroffenen fand. Nein, es waren leere, schwarze Gruben.

Sechs wimmernde Männer, nackt und angekettet, knieten vor diesem erbarmungslosen Blick, die Knebel in ihren Mündern mit Rotz und Tränen befleckt. Bevor die hässlichen Tropfen das Tuch erreichten, hinterließen sie eine glänzende Spur in den Schnurrbärten der Gefangenen.

Die neuen Cavaleros von Bermudo.

Schakal knirschte mit den Zähnen, damit ihm sein Unterkiefer nicht herunterklappte. Ignacio hatte mehr als nur Nachrichten geliefert.

Auch die Männer erkannten ihn, und alle begannen, sich mit neuer Kraft zu winden. Verzweifelte Laute drangen durch ihre Knebel. Waren es Bitten oder Proteste? Schakal konnte es nicht sagen. Er hatte sie einmal verschont. Aber nur die Unwissenden würden glauben, dass er da war, um das noch einmal zu tun.

Er trat neben Blindschleiche, drehte den Verdammten aber den Rücken zu.

»Hat einer von ihnen geredet?«, flüsterte er.

Blindschleiche schüttelte langsam seinen kahlen Kopf. »Wie du hörst.«

Das leise Schluchzen ging weiter. »Lehmmaster ist verrückt, wenn er glaubt, dass dies der richtige Weg ist«, sagte Schakal.

Blindschleiche antwortete nur mit seinem starren Blick. Er dachte nicht einmal ansatzweise darüber nach. Jedes Mal, wenn Schakal diesen vernarbten Killer ansah, fühlte er sich an eine Schlange erinnert, die gerade dabei war, ihre Beute zu verschlingen. Langsam, still, unbarmherzig und kalt auf ihr Ziel fixiert.

Schakal suchte nach einem anderen Weg, seine Gedanken rasten und führten ins Leere. Der Lehmmaster hatte seine Wahl getroffen. Ignacio hatte seine Rolle gespielt und diese Männer in eine Falle gelockt. Sie kannten die Geteilten Lande nicht und hatten wahrscheinlich keine Ahnung, wo sie sich befanden, selbst wenn die Brennerei in Sichtweite war. Sie waren so blind und verletzlich wie die Ferkel, die in diesem Stall geboren wurden.

Und Schakal konnte sie nicht retten. Der Lehmmaster behauptete, er würde Hispartha nichts von dem geben, was sie verlangten. Er wusste es vielleicht nicht, aber er log. Er würde ihnen Augenweide geben. Wenn einer dieser Männer sie als Garcias Mörderin identifizierte, würde das dem Häuptling die Möglichkeit geben, sie loszuwerden und gleichzeitig die Rotte von allem freizusprechen. Bermudo hätte seine Hinrichtung, die Marquesa ihre Rache, und der Lehmmaster wäre die Frau los, die er nie in seinen Reihen hatte haben wollen. Vollkorn und Schakal hätten nicht die Stimmen, um das zu verhindern.

Im Gegensatz zur Totenmaske seines Henkerskollegen musste Schakals Gesicht seine Absicht verraten haben, denn Blindschleiche sprach mit kaum hörbarer Stimme.

»Arbeite schnell.«

Schakal drehte sich um und streckte den Männern die Hand entgegen. Sechs Augenpaare rollten vor Entsetzen und starrten ihn an.

»Beruhigt euch jetzt. Wir werden euch nur die Knebel abnehmen.« Er erstickte fast an der Lüge und musste sich einen Schrei verkneifen, als die Erleichterung die Männer zum Schweigen brachte. Ihre Gesichter blieben angespannt und unsicher. Schakal stellte sich hinter den Mann ganz rechts. Schleich schob sich ans andere Ende der Reihe. Der Kopf unter Schakals Blick zitterte, das Haar war klatschnass.

Das Fleisch im Nacken war in Ul-wundulas' Hitze dunkel geworden, eine sichelförmige Linie bildete eine Grenze zu der blasseren Haut darunter. Schakal starrte auf diese Linie, während er sein Messer zog.

Der Mann, der als Nächster in der Reihe stand, beobachtete ihn und reckte den Hals, um zu sehen, was ihm seine Zukunft bringen würde.

Schakal sah ihm in die Augen und die Täuschung wurde offensichtlich.

Der Mann stieß einen unterdrückten Schrei aus, der beinahe die dumpf hörbaren Einstiche von Blindschleiches Dolch übertönte, der schnell mehrmals in das entblößte Fleisch stach. Er tötete mit brutaler Effizienz jeden Mann mit einem einzigen Stich in den Nacken. Vier Cavaleros waren tot, bevor sie merkten, was geschah. Der fünfte, der Schreihals, war zu sehr auf Schakal fixiert, um zu bemerken, dass sein Ende in Schleichs purpurgesprenkelter Hand nahte.

Aber der sechste Mann bemerkte es.

Er macht einen Satz nach vorn. Sein Überlebensdrang machte ihn schnell wie einen Hasen und ungeschickt wie einen Betrunkenen. Mit dem ersten Schritt entfernte er sich von Schakal, mit dem zweiten kam er auf die Beine, aber beim dritten stolperte er und schlug mit Kopf und Schulter gegen die geschlossene Tür. Er rollte unbeholfen mit hinter dem Rücken gefesselten Händen herum. Er drückte die Wirbelsäule gegen die Tür und stemmte sich mit den Fersen ab, um hochzukommen, wobei Schultern und Ketten über das Holz glitten. Sein gequältes Gesicht war trotzig, eine ernste, haltlose Warnung vor Verfolgung.

Blindschleiches Dolch flog in seine Brust, gerade als er wieder auf die Beine kam, und die Klinge traf das Herz des Mannes. Sein Trotz wurde zu Verwirrung, als seine Beine nachgaben und er leblos auf den Hintern plumpste.

Schakal hatte sich nicht gerührt. Er drehte sich um und sah Blindschleiche neben dem letzten lebenden Cavalero stehen. Eine Hand lag auf einer Schulter, um ihn auf seinem Platz zu halten. Er hätte sich nicht die Mühe machen müssen. Der Verstand des Mannes hatte sich verabschiedet. Er schrie immer noch und heulte durch seinen Knebel, bis ihm die Luft wegblieb. Dann füllte er seine Lungen und begann von vorn.

Blindschleiches Blick war auf Schakal gerichtet, ruhig und erwartungsvoll.

6

Schakals Hand spürte noch immer eine Kehle, die sich unter dem scharfen Stahl zerteilte. Das Blut war weggespült, aber der ekelerregende Widerstand war noch da. Schakal ballte seine Faust, um das Phantomgefühl zu vertreiben, und betrat die Vorratshalle der Rotte.

Dort fand er wie erwartet Krämer vor, den alten Münzschneider, der ein paar Schlammköpfen Befehle zuraunte und jede ihrer Bewegungen mit tief verwurzeltem Misstrauen beobachtete. Seit Grasmücke zum Nomaden geworden war, war Krämer das letzte verbliebene Gründungsmitglied der Rotte außer dem Häuptling. Es war allgemein bekannt, wurde aber nie laut ausgesprochen, dass der Quartiermeister eigentlich ein Weichling war, das Produkt einer Halb-Ork-Mutter und eines menschlichen Vaters. Er war dünn, geizig und gerissen und verwaltete seine Vorräte mit übellauniger Effizienz. Er war so habgierig, dass er sich nie die Haare schnitt und sie ihm in einer grau melierten Masse von verdrehten Locken über den knochigen Hintern fielen. Doch Schakal hatte den alternden Schurken in einem Messerkampf gesehen und würde ihm nicht ohne verdammt guten Grund in die Quere kommen.

»Ich kann keine Salbe erübrigen, Schakal«, sagte Krämer, als Schak sich dem Vorratsschalter näherte.

»Salbe? Deswegen bin ich nicht hier.«

Krämer grinste hämisch. »Nicht? Ich dachte, deine Brustwarzen wären vom Stillen all der Welpen bei Beryl wund.«

Der alte Kauz lachte über seinen eigenen Scherz, während er seine Handlanger anwies, verschiedene Säcke und Fässer zu bewegen. Es war offensichtlich, dass er nichts von den Cavaleros wusste. Der Lehmmaster hatte akribisch dafür Sorge getragen, dass nicht zu viele etwas von diesen Machenschaften mitbekamen.

Schleich und Schakal hatten die Leichen erst bei Einbruch der Dunkelheit aus dem Abferkelstall geholt und in dem Karren, der für den Transport verstorbener Schweine verwendet wurde, weggebracht. Sie hatten die Kadaver in den Öfen der Brennerei verbrannt und sie wie Brennholz ins Feuer geworfen. Schakal war nicht glücklich darüber, sich mit Blindschleiche und Ignacio, den treuen Hunden des Häuptlings, zusammenzutun. Und er hatte nicht vor, sich lange mit ihnen abzugeben. Nach einer schlaflosen Nacht hatte er sich entschlossen, in die Versorgungshalle zu gehen, bevor der Häuptling ihm weitere Aufgaben zuwies.

»Ich brauche einen der Vögel des Schlammmanns«, sagte er zu Krämer. »Lehmmaster will noch eine Botschaft schicken.«

Krämer warf ihm einen Blick zu, bevor er wieder in sein Lager stakste. Schakal hörte, wie der alte Münzschneider schimpfte, dass die Schlammköpfe, die die Pflicht hatten, ihm zu helfen, nirgendwo zu sehen waren. Vor Jahren hatte Schakal seine Arbeit in der Vorratshalle geliebt und auch Krämer war ihm ans Herz gewachsen. Diese Zuneigung hatte er sich während seiner Zeit als eingeschworener Bruder nicht bewahrt. Heutzutage fand er den gealterten Schwächling einfach nur ermüdend. Krämer kam mit einem Weidenkäfig zurück, in dem sich eine gutmütige Jungtaube befand. Schakal nahm sie ihm aus seinen widerstrebenden Fingern.

Als er die Versorgungshalle verließ, rief ihm die Stimme des alten Mischlings hinterher: »Ich will den Käfig zurück!«

Ohne eine Antwort machte Schakal sich auf den Weg über den Hof.

Scheiß auf den Lehmmaster.

Und Ignacio.

Und ihre Pläne.

Schakal war gerade in die Enge getrieben worden, um ein halbes Dutzend Männer abzuschlachten. Es war eine Falle, die er mitgebaut hatte, aber in sie hineinzustolpern und in ihr zu bleiben, waren zwei verschiedene Fehler. Er musste wissen, warum das Pferd ins Kastell zurückgekehrt war. Wenn Garcias Leiche ebenfalls auftauchte, wären alle Morde umsonst gewesen. Schakal musste wissen, dass die Leiche den Weg zum Schlammmann gefunden hatte. Der Lehmmaster mochte eine Nachricht geschickt haben, aber egal, was der Schlammmann antwortete, es war unwahrscheinlich, dass Schakal es mitbekam. Er würde der Antwort, die der Häuptling ihm gab, ohnehin nicht trauen.

Nein, er musste zur Quelle gehen, in den Sumpf der Alten Jungfer, und direkt mit dem Schlammmann sprechen. Das Sumpfgebiet war riesig, und niemand wusste genau, wo der Moortrotter lebte. Schakal hätte Hilfe gebrauchen können, aber die einzigen Reiter, denen er bedingungslos vertraute, waren bereits auf Geheiß des Häuptlings unterwegs. Vollkorn und Weide konnten noch tagelang weg sein und er konnte nicht warten. Er musste weg sein, bevor Krämer den Vogel erwähnte.

Es war eine schwerwiegende Missachtung, die den Häuptling wahrscheinlich dazu veranlassen würde, seinen Rauswurf aus der Rotte zu fordern. Sollte er es doch versuchen. Er ließ Orks am Leben, exekutierte Cavaleros und verbarg dies vor der Rotte.

Schakal würde jeden Versuch, ihn loszuwerden, zu seiner Bewerbung um die Führung machen.

Er trat in den Schatten des großen Brennereischornsteins. Dort stiegen die letzten schwarzen Spuren der Männer, bei deren Ermordung er geholfen hatte, noch in den

Himmel. Da entdeckte er den Zauberer. Er saß im Schatten, seine pummelige Gestalt ruhte auf einem kleinen Teppich. Als Schakal sich ihm näherte, sah er, dass seine Augen geschlossen waren.

»Eine wichtige Angelegenheit, mein Freund?«, fragte der Zauberer, als Schakal vorbeiging.

Schakal blieb stehen und sah nach unten, wo der fette Mischling ihn mit einem trägen Grinsen ansah.

»Nein«, sagte Schakal.

»Wunderbar!«

Der Zauberer stand auf und war trotz seiner Größe sehr beweglich. Er war ein gutes Stück kleiner als Schakal, aber sein Turban ließ sie gleich groß erscheinen.

»Ich bitte darum, dich zu begleiten.«

Schakal schnaubte, leicht verblüfft. »Bitte, so viel du willst. Nein.« Er ging weiter.

»Mutig«, sagte der Zauberer und holte auf. Die Bewegung ließ die goldenen Perlen, die an seinem Kinnzopf baumelten, schwingen. »Aber ich habe gehört, dass es gefährlich ist, allein in den Sumpf der Alten Jungfer zu gehen.«

Schakal blieb abrupt stehen. War er bereits enttarnt worden? Konnte der Zauberer seine Gedanken erahnen?

»Woher weißt du, wohin ich reite?«, knurrte er und beugte sich drohend vor.

Das Lächeln des Zauberers wurde noch breiter. Er legte die Handballen aneinander und deutete auf den eingesperrten Vogel in Schakals Hand.

»Diese kleine gefiederte Seele würde sofort dorthin zurückkehren, wenn du sie freiließest. Einfache Geschöpfe folgen vertrauten Instinkten, mein Freund.«

»Kennst du den Sumpf?«

»Ich kenne den Vogel. Leider habe ich, wie viele andere in Ul-wundulas, die Alte Jungfer noch nicht gesehen. Aber ich möchte es, also gehe ich mit.«

»Einen Scheiß wirst du«, sagte Schakal und wandte sich ab.

»Ich denke, du weißt, dass ich gehe, wohin ich will.«

Schakal blieb stehen. Die Stimme des Zauberers hatte einen höflichen, fast kriecherischen Klang, doch in den dicken Falten der Höflichkeit lag auch eine Drohung verborgen. Als Schakal sich wieder umdrehte, sah er in die funkelnden Augen des kleineren Halb-Orks.

»Ja, das tust du«, sagte er mit drohendem Tonfall. »Das war ein raffinierter Trick, in der Passage aufzutauchen.«

»Ich wollte wirklich kein Aufsehen erregen.«

»Natürlich nicht. Hast du einen Namen?«

»Uhad Ul-badir Taruk Ultani«, sagte der Zauberer und neigte den Kopf leicht nach vorn.

Schakal blinzelte. »Dieser Name ist ein verdammter Albtraum. Ich werde dich Schlitzohr nennen.«

Der Zauberer lächelte. »So was würdest du einen ›Rottennamen‹ nennen?«

»Das nenne ich einen Namen, den ich aussprechen kann. Und soweit ich weiß, bist du noch nicht in dieser Rotte, denn ich kann mich nicht an eine Abstimmung erinnern.«

»In der Tat, das ist so«, sagte der Zauberer.

Schakal lächelte. Wenn er den Tyrkanier mitnahm, würde er dem Lehmmaster seinen Lieblingsgast vorenthalten. Das war gut so. Außerdem hatte er so Zeit, sich ein Bild von dem Fremden zu machen. Das war noch besser. Wenn die Kräfte des Zauberers über das Überleben der kochenden Temperaturen im Ofentunnel hinausgingen, könnte er im Sumpf nützlich sein. Wenn nicht, war sein schlaffer Körper eine herzhaftere Mahlzeit für einen Roch als der von Schakal. Ihn zu besiegen, würde nicht schwer sein.

Schakal klopfte dem Zauberer auf das weiche Fleisch seiner Schulter. »Wenn du nicht in der Rotte bist, bist du ein Anwärter! Ein Schlammkopf. Also komm mit, Schlitzohr, und sieh dir den Sumpf der Alten Jungfer an.«

Das mollige Gesicht des Zauberers strahlte. »Ich bin dir sehr verbunden! Glaubst du, dein Lehmmaster wird es gutheißen?«

Schakal schüttelte den Kopf, als er sich zum Gehen wandte. »Das ist mir ziemlich egal. Außerdem gehst du, wohin du willst, schon vergessen? Mal sehen, ob du auch dorthin *reiten* kannst.«

Nachdem er seinen kleinen Teppich wieder zusammengerollt und zu einem unförmigen Taschenbündel geschnürt hatte, schlang Schlitzohr sich das Ganze um den Körper.

»Darf ich deinen Namen erfahren, mein Freund?«

»Schakal.«

»Ah!« Schlitzohr hielt einen Finger hoch. »Du heißt so, weil du alles essen kannst, ein abscheuliches Lachen hast und dich sogar mit hässlichen Frauen paaren kannst!«

Schakal kam mit geballter Faust zum Stehen, doch als er sich zu dem Zauberer umdrehte, sah er das schelmische Grinsen auf dessen Gesicht. Er hatte also Sinn für Humor. Und zwar einen guten.

Schakal lächelte und entspannte sich. »Du hast zwei von drei richtig.«

Sie fanden Biro bei den Ställen. Der Junge arbeitete schnell und machte Heimelig reitfertig. Schakal nickte zustimmend, nachdem er den Keiler kurz inspiziert hatte.

»Sattle einen der Späherkeiler«, sagte er zu Biro und schwang sich in den Sattel. »Unser neuer Freund begleitet mich.«

Der Junge wollte gehorchen, aber Schlitzohr hielt ihn mit einer sanften Berührung am Arm auf.

»Der Sattel ist nicht nötig, denke ich.«

»Du reitest ohne Sattel?«, fragte Schakal, nicht sicher, ob er beeindruckt oder skeptisch sein sollte.

»Findest du das unklug bei diesen Tieren?«

»Du bist noch nie auf einem Barbaren geritten?«

Schlitzohr wirkte amüsiert. »Das ist ein interessanter Name für das Tier. Nein, bin ich noch nie.«

Schakal biss die Zähne zusammen und beschloss, nichts mehr zu sagen.

Biro holte einen Keiler aus den Pferchen. Die Rotte nutzte

diesen Keiler zum Trainieren von Schlammköpfen. Er war ein solides Reittier. Biro war trotz seiner Jugend nicht dumm und hatte einen größeren Keiler für den korpulenten Zauberer ausgewählt.

»Ich bin dir sehr verbunden«, sagte Schlitzohr zu dem Jungen. Biro ließ den Sauenhebel des Keilers los und trat beiseite. Schakal sah zu, wie Schlitzohr sich dicht an das Gesicht des Barbaren heranpirschte. Er stand einen Moment lang zusammengekauert da, dann richtete er sich auf. Ohne zu zögern, drehte er sich um und schwang sich mit Leichtigkeit rittlings auf das Tier.

»Ich bin bereit«, verkündete er lächelnd.

»Das werden wir bald herausfinden«, sagte Schakal und lenkte Heimelig aus den Ställen.

Sie verließen die Brennerei durch den Tunnel und kamen bald jenseits der Mauern heraus. Schakal schlug den Kurs nach Norden ein, behielt Schlitzohr während der ersten Kilometer im Auge und beobachtete ihn beim Reiten. Der fette Sack hatte einen schrecklichen Sitz, so gut wie keinen Gleichgewichtssinn und seine Füße baumelten viel zu tief. Eigentlich hätte er schon längst herunterfallen müssen, doch irgendwie blieb er auf dem Rücken des Keilers, und sein breites Gesicht grinste immer noch verträumt. Schakal hatte schon ein Dutzend Schlammköpfe gesehen, die mehr natürliches Reittalent besaßen und innerhalb von Minuten nach dem Aufsitzen in den Staub geworfen worden waren. Doch dieser Sandfresser mit den Seidenstrümpfen saß immer noch dort oben, als sie die Lucia erreichten. Und das alles ohne Sattel.

Schakal gab es auf, sich über den Fremden zu wundern, und konzentrierte sich darauf, ihre Reise zu leiten. Er folgte dem Flusslauf mehrere Stunden lang nach Westen, bis er den Zusammenfluss der Lucia und des kleineren Alhundra erreichte. Hier bog er nach Südwesten ab, sodass der Alhundra zu seiner Rechten lag. Es war nicht der direkteste Weg, aber hier liefen sie nicht Gefahr, auf das Land der Zentauren zu geraten. Diese Reise war schon tückisch genug, ohne dass sie auf eine Bande von Pferdedödeln treffen mussten, die vom Wein und den Worten ihrer verrückten Orakel berauscht waren. Ohne vertrauenswürdige Begleiter wäre Schakal selbst für eine kleine Gruppe leichte Beute, seien es 'Tauren, Sprossen oder Dickhäuter.

Schakal ließ Heimelig ein ordentliches Tempo vorlegen, weil er sicher war, dass er bald für Schlitzohr langsamer werden müsste – doch der Zauberer fiel nie zurück. Innerhalb weniger Stunden war er sogar noch geschickter auf dem Keiler geworden und ritt nun neben Schakal. Er betrachtete das Land mit großem Interesse und anerkennendem Blick, und die Glut in seinen Augen wurde durch die grelle Sonne nicht gemindert. Da Schakal nun wusste, dass Schlitzohrs fetter Hintern nicht auf dem Boden landen würde, verlangsamte er Heimelig zum Trab.

»Warum bist du hier, Tyrkanier?«, fragte er.

Der Zauberer gab ein leises Brummen von sich. »Ich wurde in Al-Unan geboren.« Als Schakal nicht verstand, worauf er hinauswollte, zwinkerte Schlitzohr ihm kurz zu. »Das ist ein anderes Land als Tyrkanien, obwohl ich dort ausgebildet wurde.«

»Nichts davon beantwortet meine Frage.«

»Nein«, stimmte Schlitzohr zu. »Ich wollte nur das hier sehen.« Er streckte eine Hand über ihre Umgebung aus. »Ulwundulas! Die Geteilten Lande, die viel umkämpfte Türschwelle des großen Hispartha. Oben thront das in den Kinderschuhen steckende Königreich. Unten liegt Dhar'gest, dessen weite Wüsten und erstickende Dschungel vom schwarzen Griff der Orks erobert wurden. Sie blicken hungrig nach Norden, über das Sintflutmeer, zu den weichen Ländern der Menschen. Hispartha, Anville, Guabia. Doch das Wasser hält die Wilden zurück, denn der Schiffsbau ist ihnen ein Rätsel. Tatsächlich schützt die ertrunkene Heimat der Elfen ein Viertel der bekannten Welt vor ihren Feinden aus vergangenen Zeiten. Dennoch haben die Orks einen Übergang. Einen Ort, an dem sich Dhar'gest verzieht, um Ul-wundulas fast zu küssen.«

»Der Schlauch«, sagte Schakal.

Der Zauberer tippte sich mit einem Finger an die Seite seiner breiten Nase. »Etwas mehr als zwei Seemeilen. Nichts, was die Muskeln eines Orks nicht mit Leichtigkeit durchschwimmen könnten. Und sie tun es. Sie kommen hier in dem berühmten Brachland von Ul-wundulas an, dem Ort ihrer letzten Niederlage, wo Mischlinge auf Keilern reiten und niemand ein Knie beugt!«

Schakal konnte sich ein Lachen nicht verkneifen. »Klingt, als hättest du eine Karte studiert und einige Bücher gelesen. Jetzt, wo du hier bist, kannst du dieses Land als das sehen, was es ist: eine hässliche alte Bettdecke. Hässlich, heiß, trocken, verseucht und aus vielen widersprüchlichen Flecken zusammengesetzt.«

»Und trotzdem liebt ihr es«, bemerkte Schlitzohr.

»An den meisten Tagen«, gab Schakal zu. »Hier gibt es keine Könige, das stimmt. Keine Sultane oder Kalifen. Nur uns. Die Rotten. Frei zum Reiten.«

»Das ist es, was ich gehört habe, sogar in meinen Heimatländern. Von klein auf wurde mir gesagt, dass wir Halb-Orks einen Platz in den Geteilten Landen haben. Ich habe mich lange danach gesehnt, diesen Platz zu sehen, bevor er verschwindet.«

Schakal starrte den wehmütigen Ausdruck auf dem Gesicht des Zauberers an. »Verschwinden? Die Geteilten Lande werden nirgendwo hingehen. Nicht, solange die Grauen Bastarde und die anderen Rotten bleiben. Wir sorgen für die Ausmerzung der Dickhäuter.«

»Ah! Aber gibt es nicht noch andere Bedrohungen, Freund Schakal?«

»Was? Wie die Zentauren?« Schakal schüttelte den Kopf. »Sie sind gefährlich, aber sie können es nicht ertragen, ihre Tempel und Orgien längere Zeit zu verlassen. Wenn man sich davon fernhält, sind die Nächte eines Verrätermonds die einzige Bedrohung durch sie. Und wenn du die Elfen meinst: Sie hassen die Orks noch mehr als wir. Sie mögen anderen Blutes sein, aber die Sprossen sind eine Rotte, genau wie die Bastarde. Solange die Grenzen in den Geteilten Landen respektiert werden, haben wir keinen Streit.«

»Aber auch kein Bündnis.«

Schakal hatte den Eindruck, dass er irgendwie auf die Probe gestellt wurde. Das war angesichts der Tatsache ärgerlich, dass er den Ostländer mitgenommen hatte, um *dessen* Motiven auf den Grund zu gehen.

»Du bist also nicht hier, um dich den Bastarden anzuschließen«, stellte Schakal fest. »Du bist nur auf der Durchreise, auf einer verdammten Pilgerfahrt?«

»In gewisser Weise, ja«, antwortete Schlitzohr leise. »In gewisser Weise.«

Schakal schien bei diesem Fremden nicht gewinnen zu können. Je mehr er über den Zauberer erfuhr, desto weniger wusste er. Er hatte ihm auf jeden Fall einen guten Namen gegeben. Schakal war nicht zu stolz, sich einzugestehen, dass Schlitzohr viel intelligenter war als er. Doch auch Schakal hatte einen treffenden Namen erhalten, und seine eigene Gerissenheit, so gering sie auch sein mochte, hatte ihn bisher noch nie im Stich gelassen.

Das Buschland zu beiden Seiten des Flusses wies nun häufiger Baumbestände auf. Nach einer weiten, trägen Biegung bog der Alhundra fast direkt nach Süden ab und floss und stürzte über Felsvorsprünge, während der Boden kilometerweit träge in Richtung der Feuchtgebiete abfiel.

Schakal beschloss bei Sonnenuntergang, das Lager aufzuschlagen, und fand einen Erlenhain, nicht weit vom Flussufer entfernt. Da er kein Feuer riskieren wollte, aß er Feigen, während Heimelig Eicheln aus seiner Hand fraß. Schlitzohr trank lediglich aus einer irdenen Flasche, die er aus seinem Bündel mit Habseligkeiten hervorholte.

»Ein Fettwanst wie du muss doch Hunger haben«, sagte Schakal, um zu sehen, ob der Zauberer ihm das übel nehmen würde. Doch ganz gleich, was er war, Schlitzohr war nicht kratzbürstig. Er lächelte nur das ihm eigene Lächeln.

»Vielleicht wird Ul-wundulas mich in etwas verwandeln, das dir ähnlich ist, Freund Schakal. Ein beeindruckendes Exemplar eines Halb-Orks, gespickt mit harten Muskeln! Wahrlich, die menschlichen Gönner der Freudenhäuser in Ul-Kadim zahlen reichlich für wohlgeformte Mischlingsmänner wie dich.«

»Ich dachte, in diesen Läden dürfen nur Männer für Fleisch bezahlen«, sagte Schakal.

Schlitzohr nickte ihm wissend zu. »So ist es.«

Schakal zog eine Grimasse, was Schlitzohr zum Lachen brachte.

»In Ul-wundulas seid ihr also frei, aber nicht erleuchtet! Lieben die Elfen nicht, wie sie wollen?«

»Woher soll ich das wissen?«

Schlitzohr lächelte über Schakals Unbehagen. »Ich werde unser Gespräch in andere Bahnen lenken, um dich zu schonen. Dieser Schleusenmann, den wir suchen, ist er wichtig?«

»Abstoßend ist er«, sagte Schakal. »Und es heißt Schlammmann. Er verteidigt im Alleingang eine der verwundbarsten Grenzen Ul-wundulas gegen die Orks, deshalb wird er in den Geteilten Landen geschätzt. Wenn wir die Feuchtgebiete erreichen, wirst du es sehen. Keine Rotte könnte je im Sumpf wohnen. Er schreckt selbst die härtesten Keiler und die besten Reiter ab. Der Schlammmann ... Er ist eine Rotte für sich.«

»Ein einzelner Mann tut das?«, fragte Schlitzohr und klang beeindruckt. »Wie?«

Jetzt war es an Schakal zu lächeln. »Du wirst schon sehen.«

Den Rest der Nacht verbrachten sie schweigend. Im Vertrauen darauf, dass die scharfen Sinne der Keiler ihn auf jede Gefahr aufmerksam machen würden, legte sich Schakal auf seine Decke, schlief aber wenig. Die Morgendämmerung zog schnell herauf und die beiden ritten weiter.

Der Sumpf der Alten Jungfer begann etwa siebzig Kilometer vom Meer entfernt; ein gewaltiger Flachlandstreifen, übersät mit Gestrüpp, vollgestopft mit Sümpfen und durchzogen von seichten Bächen. Vor dem Einmarsch der Orks war das Feuchtgebiet ein Jagdgebiet für die Könige von Hispartha gewesen. Die Herrenhäuser und Schlösser, die einst die Grenzen des Sumpfes säumten, wurden während des Kriegs von der einen oder anderen Seite abgerissen, aber Schakal entdeckte ein paar klägliche Ruinen, als er Heimelig über die am besten passierbaren Schlammflächen führte. Er wies Schlitzohr auf sie hin, der anerkennend nickte.

»Bei Kriegsende hielt die Krone den Sumpf während der Lotterie zurück«, erzählte ihm Schakal. »Der König, der damals noch lebte, wollte ihn der königlichen Familie zurückgeben. Einige seiner Cousins versuchten törichterweise, das Gebiet neu zu besiedeln, wurden aber innerhalb weniger Monate vertrieben. Orks nutzen den Sumpf immer noch, um sich tief in die Geteilten Lande zu schleichen, nachdem sie den Schlauch durchschwommen haben, obwohl selbst sie die Feuchtgebiete oft unpassierbar finden. In der Alten Jungfer lebt vieles, das selbst einen Dickhäuter zweimal überlegen lässt, ob er seinen Fuß dort hineinsetzt.«

»Ja«, sagte Schlitzohr. »Ich habe gehört, dass viele der natürlichen Bewohner der Alten Jungfer ziemlich furchterregend sind. Rochs, ja?«

»Behalte den Himmel im Auge.«

Während sie weitergingen, folgte Schakal seinem eigenen Rat und hielt Ausschau nach den riesigen Raubvögeln. Die Rochs nisteten in den Feuchtgebieten, aber ihr Bedürfnis nach Beute führte sie weit über deren Grenzen hinaus. Ein einziger Roch war in der Lage, seine Klauen in Heimelig zu schlagen und hoch genug zu fliegen, um das Schwein in den Tod stürzen zu lassen, bevor er sich zum Fressen auf es herabstürzte. Ein paar gut gezielte Armbrustbolzen konnten die gewaltigen Raubvögel vertreiben, aber Schakal fragte sich, ob er ohne andere Helfer schnell genug schießen konnte. Was Schlitzohr anging, so schien dieser keine Waffen zu tragen.

Gegen Mittag bekamen die Keiler allmählich Schwierigkeiten mit dem zunehmend aufgeweichten Boden. Schakal erkannte, dass sie zurückgelassen werden mussten. Heimelig konnte sich mit brachialer Kraft und Hartnäckigkeit durch den Morast kämpfen, aber der Schlammkopf-Keiler mit dem Gewicht von Schlitzohr auf dem Rücken würde es schwer haben. Schakal führte sie zu einem Dickicht aus kläglichen Kiefern, nahm den Käfig des Botenvogels vom Sattel und hängte ihn an seinen Gürtel neben seinen Köcher. Er stieg ab und Schlitzohr folgte seinem Beispiel.

»Die Bäume«, Schakal deutete nach oben, »sind zwar struppig, aber sie werden die Keiler vor kreisenden Rochs schützen. Meinst du, dein breiter Hintern hält einen Marsch aus?«

Schlitzohr nickte nur lächelnd.

»Gib diesen gefiederten Wichsern die Hauer, wenn sie versuchen, im Sturzflug hier runterzukommen«, sagte Schakal zu Heimelig und knuffte ihn zwischen die Augen.

»Und du machst das Gleiche bei diesen Wichsern mit den Federn«, sagte Schlitzohr mit einem belehrenden Fingerzeig zu seinem Keiler.

Schakal band Heimelig nicht an, denn er wusste, dass er mindestens einen Tag lang an Ort und Stelle bleiben würde, bevor der Hunger selbst das beste Training zunichtemachte. Er war sich nicht sicher, ob der Schlammkopfkeiler so geduldig sein würde, aber darüber konnte er sich jetzt keine Gedanken machen. Schakal bot Schlitzohr einen seiner Speere an, um ihm Halt bei seinen Schritten durch den Sumpf zu geben, aber der Zauberer winkte ab. Mit einer geladenen Armbrust in der Hand steckte Schakal den Speer zurück in den Sattelköcher und marschierte los. Bewaffnet mit der Armbrust, seinem Talwar, seinem Messer und einem eingesperrten Vogel, wagte sich Schakal zu Fuß mit einem mysteriösen fetten Zauberer in die Alte Jungfer.

Alles nur, weil er gelogen hatte, um ein undankbares Weib zu schützen, das ihm in die Eier boxte.

»Ich scheiße auf dich als Freundin, Augenweide«, sagte er leise.

7

Schakal und Schlitzohr verbrachten Stunden damit, sich ihren Weg von einer kleinen, feuchten Insel mit gelbem Gras zur nächsten zu bahnen, wobei sie oft knietief in trüben Kanälen wateten, um die nächste Stelle mit festem Boden zu erreichen. Sie gingen immer tiefer in den Sumpf hinein, bis keine Bäume mehr in Sicht waren. Dann ließ Schakal den Vogel frei.

Die Taube flatterte zunächst wild umher, beruhigte sich aber, als sie aufstieg. Schakal hielt seinen Blick auf den Vogel gerichtet, bis er ihn nicht mehr sehen konnte.

»Nach Westen«, sagte er. »Direkt ins Herz der Alten Jungfer.«

»Glaubst du, dass der Schneckenmann darin lebt?«, fragte Schlitzohr.

»Schlammmann«, korrigierte Schakal, »und ja, ich weiß, dass er das tut. Nur nicht genau, wo. Zwischen hier und dem Meer gibt es nichts als unzählige Kilometer Sumpf und Salzsumpf.«

»Dann wollen wir hoffen, dass er nicht an der Küste wohnt«, sagte Schlitzohr gut gelaunt.

Schakal schnaufte zustimmend und folgte der Richtung, die der Jungvogel eingeschlagen hatte.

Es war Spätfrühling und die Hitze der Sonne drückte auf die schwüle Luft. Schwärme von Stechfliegen schwirrten in summenden Wolken über den tieferen Tümpeln. Gelegentlich konnte man kleine Wildschweingruppen sehen, die sich ihren Weg durch das Sumpfgebiet bahnten.

»Wir sollten Abstand halten«, sagte Schakal zu Schlitzohr und zeigte auf die Schweine. »Sie sind die Lieblingsbeute der Rochs.«

Wegen der Vögel hätte er sich nicht so viele Sorgen machen müssen. Eine Stunde später sahen sie den ersten Schlamm.

Er kroch links von ihnen in Schussreichweite und verfolgte sie. Das Ding hatte fast die Größe eines Bullen, war aber dennoch schwer auszumachen, wenn es sich nicht bewegte, denn es schien nichts weiter zu sein als noch eine dunkle, faulige Pfütze inmitten des Dünengrases. Seine schwarze, glitzernde Gestalt glitt mit gleichbleibender Geschmeidigkeit über Land und Wasser. Schlämme erinnerten Schakal an riesige, gesichtslose Blutegel aus Teer. Schaudernd blieb er stehen und suchte den Sumpf nach weiteren dieser Kreaturen ab. Zu seinem wachsenden Unbehagen entdeckte er einen anderen in gleicher Entfernung zu seiner Rechten und zwei weitere dahinter.

»Habt ihr so etwas auch in Tyrkanien?«, fragte er Schlitzohr.

Der Zauberer stand regungslos da und musterte die Kreaturen ohne jede Scheu.

»Nein«, sagte er. »Ich glaube, sie haben nicht genug Wasser zum Überleben.«

»Die Alten schwören, dass es die Dinger vor dem Krieg nicht gab.«

Schlitzohr ging tief in die Hocke, seine Hände spielten müßig mit etwas Sumpfgras, während er die Schlämme beobachtete.

»Sie haben zweifellos recht«, sagte er. »Sie sind die abscheulichen Folgen von Zaubersprüchen. In den Berichten über den Einmarsch, die ich lesen durfte, heißt es, dass die Elfen Hispartha hier zum ersten Mal zu Hilfe kamen. Ihre Schamanen setzten furchterregende Mengen an Magie ein, um die eindringenden Orks aufzuhalten. Doch die Orks haben ihre eigene Magie. Vielleicht sind diese … Schlämme …

die Kinder der vielen widersprüchlichen Energien, die sich auf den Feldern des Todes paarten.«

Schakal wusste es nicht und es war ihm auch egal. Das Vorhandensein der Schlämme bedeutete nur, dass er wahrscheinlich dicht an seinem Ziel war.

»Lass uns weitergehen«, sagte er.

Die Kreaturen beschatteten sie den ganzen Tag, ohne sich zu nähern oder zu entfernen. In der Abenddämmerung tauchten zwei weitere der leuchtenden Klumpen vor ihnen auf. Jetzt waren Schakal und Schlitzohr völlig umzingelt. Schakal hatte den beunruhigenden Verdacht, dass sie geführt und getrieben wurden.

Vor ihnen zeichnete sich eine Gruppe aus fünf niedrigen Gebäuden ab, die auf stabilen Balken über dem Sumpf aufragten. Grobe Stege aus verrotteten Planken, die auf ähnlichen Balken ruhten, durchzogen den Sumpf, der die Gebäude umgab. Schakals und Schlitzohrs mühsame Schritte führten sie geradewegs zu einer dieser bedenklichen Konstruktionen, die direkt über eine große Lagune hinweg zum größten der vier Gebäude führte. Während sie das knarrende, moosbewachsene Holz überquerten, folgten ihnen die Schlämme, die sich an das Wasser hielten und unruhig auf der Oberfläche trieben. Schakal blieb in der Mitte des Stegs stehen.

»Schlammmann!«, rief er. »Hier ist Schakal von den Grauen Bastarden!«

Es gab keine Reaktion. Keine Bewegung. Die Schlämme hatten gleichzeitig mit ihm innegehalten.

Schakal ging weiter und erreichte die Haupthütte. Das Dach war mit Sumpfgras gedeckt, die Wände bestanden aus geflochtenem Schilf. Es gab keine Tür, also beugte sich Schakal vorsichtig über die Schwelle. Von der Decke hingen ein paar reparaturbedürftige Fischernetze und unter einem Loch im Strohdach schlummerte eine kalte Feuerstelle. Ansonsten war die Hütte leer.

Schakal wusste nicht, was er zu finden erwartet hatte.

Wenn sich die Kreaturen des Schlammmanns gegen ihn gewandt hätten, wäre nichts mehr übrig. Schakal verließ die Hütte und sah, dass Schlitzohr immer noch die sechs Kleckse beobachtete, die in der Mitte der Lagune schwammen.

»Sie haben keine Augen«, sagte der Zauberer. »Aber ich spüre deutlich, dass sie uns beobachten.«

Schakal hasste es, ihm recht zu geben. Die Kreaturen verfügten über eine schreckliche, stumme Geduld.

Schlitzohr warf einen Blick über seine Schulter. »Du sagst, dieser Mann, den wir suchen, kontrolliert sie?«

»Niemand weiß genau, wie, aber ja. Sie scheinen ihm zu gehorchen. Sie können alles, was sie umhüllen, vollständig verzehren. Ein guter Weg, um Leichen loszuwerden.«

»Besteht hier in Ul-wundulas Bedarf für einen solchen Dienst, Freund Schakal?«

Schakal ignorierte das und tippte Schlitzohr auf die Schulter, um ihn von der Hauptlagune wegzudrängen.

»Wir sollten auch die anderen Hütten überprüfen und uns auf den Weg machen, bevor diese Dinger beschließen, dass deine mit Schmalz bedeckten Knochen eine gute Mahlzeit wären.«

Schlitzohr zeigte auf die beiden Gebäude rechts der Haupthütte. »Ich werde diese inspizieren.«

Schakal nickte und machte sich auf den Weg zu den verbleibenden beiden Schuppen auf der linken Seite. Sie waren kaum halb so groß wie das Domizil des Schlammmanns, bestanden aus demselben wasserdurchtränkten Material und hatten ebenfalls keine Türen. Schakal hielt seine Armbrust im Anschlag, untersuchte den ersten Schuppen und fand nichts. Nichts Gelagertes, keinen Abfall, nichts. Beim zweiten Schuppen war es anders. An der Wand gegenüber der Tür hing ein zerfledderter Wandteppich, auf dem eine Ziege auf einem schwarzen Schild abgebildet war. Unter dieser Kuriosität befanden sich zwei große Truhen, deren Holz durchnässt, schwarz und morsch war und deren eiserne Beschläge mit Rost verkrustet waren. Die verbogenen Deckel ließen sich nicht richtig schließen und Schakal hob einen davon mit der Spitze seines Stiefels an. Darin befanden sich Münzen – ein Vermögen in Gold und Silber, das mit Schlamm verschmutzt war. Vielleicht war es der unerwartete Anblick eines solchen Schatzes, jedenfalls empfand Schakal seine Anwesenheit plötzlich als Eindringen. Das Gebäude besaß die angespannte, wispernde Atmosphäre eines Wohnhauses, die Wände waren durchdrungen vom Atem und der Bewegung eines Bewohners.

Bei einer Berührung an seiner Schulter wirbelte er herum und hätte Schlitzohr beinahe einen Schlag verpasst.

»Verdammt«, fluchte Schakal leise. »Mach mehr Lärm, wenn du gehst.«

»Komm«, sagte der Zauberer mit ruhiger Miene. »Das musst du sehen.«

»Was?«

Schlitzohr drehte sich ohne eine Antwort um und führte Schakal über die Laufplanken zurück. Sie gingen wieder an der Haupthütte vorbei, als sie sich der anderen Reihe von Schuppen näherten. Die Schlämme blieben in der Lagune, ihre Formen pulsierten leicht auf dem dunklen Wasser. Der Zauberer blieb stehen und nickte in Richtung des nächstgelegenen Schuppens. Noch bevor Schakal eintrat, bemerkte er, dass dieses Gebäude zwar nicht größer als die anderen war, aber solider gebaut. Es hatte auch keine Tür, aber die Wände waren aus Lehmziegeln, ebenso wie das gewölbte Dach.

Schakal ging hinein und blieb ruckartig stehen.

Ein Schlamm hatte sich an allen Wänden außer dem Eingang festgesetzt, und seine schwarze Masse wölbte sich nach oben und bedeckte teilweise die Decke. Eine nackte Frau war in der öligen Substanz gefangen. Ihre Hände waren bis zu den Handgelenken umhüllt und hingen von der Decke, während ihre Füße an der Wand hinter ihr festgehalten wurden, sodass sie mit grausam verbogener

Wirbelsäule nach vorn baumelte. Ihr Kopf hing zwischen den angespannten Schultern nach vorn, ein Wirrwarr aus schmutzigem Haar verdeckte ihr Gesicht. Ihr rosiges Fleisch und das rhythmische Pulsieren ihres Bauchs signalisierten, dass sie noch lebte.

Schakal entfernte den Bolzen aus seiner Armbrust und warf sich die Waffe über die Schulter. Er machte einen langsamen Schritt weiter in den Raum hinein und achtete auf jede Bewegung des Schlamms. Abgesehen von dem langsamen, unaufhörlichen Kräuseln an der Oberfläche rührte sich die Kreatur bei seinem Eintreten nicht. Ein weiterer vorsichtiger Schritt brachte Schakal in Reichweite der Gefangenen. Er nahm vorsichtig ihr bisher nicht sichtbares Gesicht in die Hände und hob ihren Kopf an, während er leicht in die Hocke ging. Die Augen der Frau waren geschlossen, ihre gebräunte Haut fühlte sich fiebrig an. Sie wimmerte leise, erwachte aber nicht. Ob das an dem Schlamm lag oder schlicht an den Strapazen der Gefangenschaft, konnte Schakal nicht erraten. Sie war schlank, aber gut bemuskelt und nicht von Hunger abgemagert. Obwohl ihre Haut schmutzig war, gab es keine offensichtlichen Wunden. Die Kreatur schien ihr nicht zu schaden, sie diente ihr lediglich als lebende Fessel.

Als Schakal ihren Kopf langsam losließ, berührten seine Finger ihre Ohren. Stirnrunzelnd strich er ihr das Haar aus dem Gesicht, damit seine Augen bestätigten, was seine Berührung bereits verriet. Die Ohren der Gefangenen waren spitz. Schakal wich langsam aus dem Schuppen zurück.

Er fand Schlitzohr, der mit dem Rücken an die Wand des Gebäudes gelehnt saß und auf die Lagune blickte. Eine seltsame, große und bauchige Messingflasche stand auf den Brettern neben ihm, und der Zauberer war damit beschäftigt, andere Dinge aus seinen Sachen zu kramen. Seine Bewegungen waren sicher und geübt, und er ließ die Schlämme in der Lagune nicht aus den Augen.

»Das Mädchen ist eine Elfe«, sagte Schakal.

»Ja. Ich habe es gesehen.«

Schlitzohr fuhr mit seiner rätselhaften Aufgabe fort, öffnete nun ein Fach am oberen Ende der Flasche und füllte es mit etwas, das wie ein Bündel getrockneter Kräuter und dunkles Pulver aussah. Dann goss er etwas Flüssigkeit aus einer Schale in einen anderen Teil der Flasche. Schließlich befestigte er eine dünne, gewundene Messingröhre in einem Anschlussstück unten an der Flasche. Schakal beobachtete dies alles mit wachsender Verärgerung.

»Sie könnte eine Sprosse sein. Die Elfen tätowieren ihre Rottenmitglieder nicht, also kann ich mir nicht sicher sein. Was, zum Teufel, macht sie hier?«

Letzteres sagte er hauptsächlich zu sich selbst, aber Schlitzohr antwortete trotzdem.

»Offensichtlich ist sie für den Dämon, den du suchst, von Nutzen.«

Schakal starrte ihn an. »Dämon?«

Schlitzohr hatte das dünne Röhrchen jetzt zwischen den Lippen und seine prallen Wangen pumpten einen Moment lang schnell. Bald traten Dämpfe aus den Nasenlöchern des Zauberers und schlängelten sich zwischen seinen Lippen hervor, als er die Pfeife aus dem Mund nahm. Schakal rümpfte die Nase über den süßlichen Geruch.

»Ja«, antwortete Schlitzohr. »Dieser Schlammmann. Sogar sein Name ist eine Lüge, denn er ist kein Mensch. Dessen bin ich mir jetzt sicher.«

»Oh nein, er ist ein Weichling. Allerdings einer mit ein paar merkwürdigen Talenten und ein paar tödlichen Haustieren. Wir müssen das Mädchen hier rausholen, aber ich weiß nicht, wie wir sie befreien können.«

»Gleich«, sagte Schlitzohr, »kannst du dich vielleicht nach ihrem Entführer erkundigen.«

Schakal folgte dem Blick des Zauberers und sah einen weiteren Schlamm, der sich von der anderen Seite der Lagune näherte. Dieser war größer als die anderen sechs und zwang sie, ihm auszuweichen. Der große Schlamm steuerte direkt auf den Steg zu, auf dem Schakal und Schlitzohr standen. Schakal wusste, dass es nichts nützen würde, nahm aber trotzdem seine Armbrust von der Schulter und lud sie. Neben ihm saß Schlitzohr und saugte weiter an seiner komplizierten Pfeife, wobei er die Dämpfe ohne erkennbare Gefühlsregung ausatmete.

Als der große Schlamm den Rand des Stegs erreichte, kroch er nicht länger fließend voran, sondern türmte sich bogenförmig auf. Jetzt streckte sich die Kreatur beinahe senkrecht empor, bis sie mit Schakal auf Augenhöhe war. Er hätte die Hand ausstrecken und das Ding berühren können, so nah war es ihm. Sein eigenes Bild wurde von der glänzenden, schwarzen Oberfläche zurückgeworfen. An der Spitze des Schlamms bildete sich eine Ausstülpung. Dann wölbte sich die Membran und eine runde Form kam zum Vorschein.

Es war der Kopf eines Mannes.

Die Augen kamen aus dem Schlamm hervor, waren bereits geöffnet und starrten Schakal direkt an.

Der Schlammmann erhob sich aus dem Körper der Kreatur. Seine blassen, abgerundeten Schultern folgten schnell auf ein von Feindseligkeit geprägtes Gesicht. Von dem Schlamm blieb keine Spur auf seiner Haut zurück, sondern er wurde sauber und leichenblass geboren. Sobald sein nackter Oberkörper frei war, stieg der Schlammmann nicht weiter auf. Der Schlamm umarmte ihn weiterhin von unterhalb seines beachtlichen Schmerbauchs und hielt ihn hoch, sodass er salbungsvoll über den Planken schwebte.

Unter seinem wilden, schütteren Haar kniff der Schlammmann misstrauisch die Augen zusammen. Sein Mund stand offen, seine Zunge glitt vor die unteren Zähne und ließ seine Unterlippe einen Moment lang dumm vorstehen, bevor er sprach.

»Warum bist du hier, Halbblut?«

Die Stimme des Schlammmanns war tief, voller Gefahr und hatte einen erstickten, nuschelnden Klang.

»Um dich zu finden«, sagte Schakal. »Und um herauszufinden, warum du mit den Grauen Bastarden gebrochen hast.«

Der Schlamm senkte sich leicht und neigte sich, damit der Schlammmann einen besseren Blick auf Schlitzohr werfen konnte, der hinter Schakal saß. Nach einem kurzen Blick auf ihn richtete sich die lebende Schlammsäule wieder auf.

»Der Hisparthaner ist fort, Halb-Ork«, sagte der Schlammmann zu Schakal. »Meine Hübschen haben ihn in die schwarze Stube geführt. Das Vertrauen wird nur durch euch gebrochen, die ihr unwillkommen in unser Hoheitsgebiet eindringt.«

Schakal seufzte erleichtert. Das war's dann also. Garcia war fort. Alle Beweise für Weides Tat waren im Sumpf verschwunden. »Was ist mit seinem Pferd? Warum ist es ins Kastell zurückgekehrt?«

Das Stirnrunzeln des Schlammmanns vertiefte sich. »Der dicke Mann hat mir die Leiche vermacht, die die Grauen Bastarde aus einem Mann gemacht haben. Es wurde kein Ross angeboten oder angenommen.«

Schakals Gedanken begannen zu rasen. Warum sollte Sancho das Pferd zurückgehalten haben? Der Hurenmeister war immer ein Freund der Bastarde gewesen.

Der Schlammmann ging nicht auf seine offensichtliche Verwirrung ein. »Der verschlagene Kuppler ist das Problem deiner Seilschaft. Ich habe eine Belohnung für meine Hilfe erhalten und bin sehr zufrieden.«

»Belohnung? Waren das die Truhen mit Münzen oder ein verdammtes Elfenmädchen?«

»Beides soll nicht die Sorge eines einfachen Lehnsmannes sein. Du bist nicht eingeweiht in die unverbesserlichen Machenschaften deines Hauptmanns. Dein Mangel an Bedeutung führt zu deiner Unwissenheit.«

Schakal schluckte ein Knurren hinunter. Er war dem Schlammmann nur eine Handvoll Male begegnet, und nie allein, aber die Arroganz des Weichlings erstaunte ihn immer wieder. Er war ein hässlicher, nackter, aus Inzucht hervorgegangener Sumpfbewohner, aber er sprach immer, als wäre er ein verdammter König. Zusammen mit dem Lehmmaster hatte er jahrelang ein Komplott geschmiedet, wobei die genaue Natur ihrer Abmachung undurchsichtig war. Die fürstliche Summe in diesen Truhen war mehr Reichtum, als die Rotte in einem ganzen Leben aufbringen konnte, geschweige denn für das Verschwindenlassen einer einzigen Leiche. Blieb noch die Elfe. Machte sich der Häuptling den Schlammmann auf diese Weise zum Verbündeten? Als Lieferant für seine perversen Vergnügungen? Wenn ja, war das ein weiterer Beweis dafür, dass die Bastarde eine neue Führung brauchten.

Er atmete tief durch und wappnete sich mit Geduld.

»Schlammmann. Das Mädchen, das du festhältst, könnte eine Sprosse sein. Willst du, dass die gesamte Elfenrotte in die Alte Jungfer reitet, um sie zurückzuholen?«

»Elfen sind keine Halb-Dickhäuter«, erwiderte der Schlammmann. »Sie kommen nicht freiwillig hierher.«

»Du kannst sie nicht behalten.«

Die Augen des Schlammmanns weiteten sich. »Du wirst immer unverschämter, Rußhaut! Du wirst mir weder Befehle erteilen noch das nehmen, was gehandelt wurde. Meine schönen Vasallen werden sich an deinem Fleisch laben, bis du nur noch aus Knochen bestehst. Diese werden wir deinem verdorbenen Herrn als Beweis unseres Missfallens zurückgeben.«

Schakal sah, wie sich die Kreaturen des Schlammmanns hinter dessen Rücken langsam näherten. Sie waren schwer zu erkennen, denn die Oberfläche der Lagune war jetzt mit einem niedrigen, dichten Nebelteppich bedeckt. Tatsächlich war das Zeug überall und verdichtete sich schnell. Verwundert schaute Schakal auf seine Füße und sah, wie die Dämpfe an ihm vorbeiströmten und sich über den Rand des Stegs ergossen, schwer vor Feuchtigkeit und mit einer seltsamen Lebendigkeit. Der Schlammmann schien ebenso verwirrt zu sein, denn sein Blick war nun an Schakal vorbei auf Schlitzohr gerichtet.

Der dicke Zauberer behielt seine entspannte Haltung bei. Die Dämpfe quollen aus seinen Nasenlöchern und traten zwischen seinen Lippen hervor. Sein Röhrchen und das seltsame Gefäß, das daran befestigt war, liefen über mit dem Nebel, der nun die Lagune erfüllte. Die Schlämme bewegten sich nicht mehr.

»Eindringlinge«, sagte der Schlammmann anklagend. »Ihr verbindet die Beleidigung eurer Anwesenheit mit östlicher Teufelei.«

»Teufelei?«, fragte Schlitzohr mit Belustigung in seiner rauchgeschwängerten Stimme. »Wahrlich, du bist der einzige Teufel hier. Was für ein verfluchtes Gesicht verbirgt sich hinter dieser menschlichen Maske, die du trägst, Dschinn?«

»Fremdwörter!«, spie der Schlammmann. »Behalte sie hinter deinen Zähnen, Mischling. Du beschmutzt meine Diener mit deinem primitiven Handwerk.«

Schakal hielt seinen Blick und seine Armbrust auf den Schlammmann gerichtet, aber er hörte, wie Schlitzohr aufstand.

»Oh ja«, sagte der Zauberer. »Sie sind ganz träge. Freund Schakal, ich glaube, du wirst die Jungfrau jetzt ungebunden finden. Tu mir einen Gefallen und hol sie von drinnen.«

Schakal machte einen Schritt auf den Schuppen zu und hörte ein wütendes Gebrüll.

Der Schlammmann machte einen Satz vorwärts, und seine Beine brachen aus dem öligen Rumpf hervor, der sie umhüllt hatte. Schakal zog am Abzug seiner Armbrust und ließ seinen Bolzen fliegen. Er traf den Schlammmann an einem fleischigen Oberschenkel, doch das kümmerte diesen nicht.

Nackt und schreiend stürzte er sich auf Schakal und verpasste ihm einen Kinnhaken, der ihn auf die Planken schickte. Vom Schmerz gelähmt, wurde Schakal herumgeschleudert und rollte über die unebenen Bretter. Irgendwie gelang es ihm, nicht in das tückische Wasser der Lagune zu stürzen, und er kam wieder auf die Beine, noch bevor er wieder klar sehen konnte.

Der Schlammmann hatte Schlitzohr an der Kehle gepackt und würgte den Zauberer, während er ihn in die Luft hob. Schakals Armbrust lag noch immer in seiner Hand. Er schnappte sich einen der wenigen Bolzen, die in seinem Köcher verblieben waren, lud nach, rammte sich den Schaft in die Schulter, zielte schnell und betätigte den Abzug. Die Bogensehne schnappte nach vorn und der Bolzen schoss kreischend in die Rippen des Schlammmanns. Er hatte richtig gezielt. Ein solcher Schuss hätte eine Lunge durchbohren und anschließend im Herzen landen müssen. Er hätte den größten Ork getötet. Der Schlammmann aber ächzte noch nicht einmal. Er würgte weiter das Leben aus Schlitzohr heraus.

»Scheiße«, sagte Schakal.

Der Zauberer hatte recht. Das hier war kein Mensch.

Schakal entledigte sich seiner Armbrust, zog seinen Talwar und griff an. Er hob im Lauf die gebogene Klinge und ließ sie in einem bösartigen Hieb auf die ausgestreckten Arme des Schlammmannes niederfahren. Doch der Dämon schwang mit furchtbarer Geschwindigkeit herum und hielt Schlitzohr in den Weg der Klinge. Schakal brach seinen Schlag ab und riss das Schwert so verzweifelt weg, dass es ihm aus der Hand flog. Sein Vorwärtsschwung ließ ihn mit dem schwebenden Zauberer zusammenstoßen. Er prallte von Schlitzohrs breitem Rücken ab und fiel erneut auf die Planken. Knurrend sprang Schakal auf und stürzte mit dem Kopf voran auf den Schlammmann los. Er rammte seine Schulter in den Bauch des Sumpfbewohners und schlang seine Arme um dessen Körper. Er hätte genauso gut einen Baum angreifen können. Der Schlammmann wankte leicht unter dem Aufprall, blieb aber auf den Füßen und hielt Schlitzohr weiterhin fest. Schakal war nun zwischen dem baumelnden Zauberer und dem Schlammmann eingeklemmt.

Vor Wut brüllend, warf Schakal sein ganzes Gewicht nach hinten und zerrte mit jedem Muskel seines Körpers an seinem Feind. Er spürte, wie das Gleichgewicht kippte und sie alle stürzten. Schakal wurde zwischen Verbündetem und Gegner eingeklemmt, aber er hörte, wie Schlitzohr nach Luft schnappte, als sich der Griff des Schlammmanns löste. Schakal lockerte seinen eigenen Griff nicht, rollte sich ab und schleuderte den Schlammmann gegen die Seite des Schuppens. Dann rappelte er sich auf.

Der Moorbewohner war schneller.

Er war auf den Beinen, bevor Schakal sein Gleichgewicht wiedergefunden hatte, und stürmte mit fliegenden Fäusten an den Enden langer, bleicher Arme auf ihn zu. Der Schlammmann war ein grobknochiger Fleischklumpen mit kaum einer Andeutung von definierten Sehnen, aber Schakal wich seinen Schlägen verzweifelt aus, weil er wusste, dass ein einziger Treffer seinen Schädel zertrümmern könnte.

Der schmale Plankenweg bot nur wenig Spielraum. Schakal konnte nicht ewig wegtänzeln. Er wartete, bis der Schlammmann Übergewicht bekam, stürzte sich auf ihn, zog an seinem Schlagarm und rammte ihm ein Knie in den Magen. Die Befiederung des Bolzens ragte noch immer aus der Seite des Schlammmannes und Schakal hämmerte ihn mit dem Handballen tiefer hinein. Der Schlammmann stieß ein Gurgeln aus und ging auf ihn los. Eine Hand schnellte hervor, um seine Kehle zu packen. Schakal gelang es, die Hand wegzuschlagen, aber der Schlammmann stieß ihm einen Fuß gegen die Brust und raubte ihm den Atem. Eine Planke schnellte nach oben und traf ihn. Alles verschwamm vor seinen Augen. Die Übelkeit, die in seiner Kehle aufstieg, wurde schnell von dem Schrei vertrieben, den er ausstieß, als der Schlammmann auf seinen linken Unterarm trat und den Knochen zertrümmerte.

Schakal wälzte sich auf den Planken und zuckte vor Schmerzen. Er hörte wimmernde Schmerzenslaute und wusste, dass sie von ihm selbst stammten. Er kämpfte darum, nicht ohnmächtig zu werden, und sah sich um.

Schlitzohr hatte sich hingekniet und sog immer noch röchelnd die Luft ein. Der Schlammmann ging steifbeinig auf den Zauberer zu, der ihm den Rücken zuwandte, und wollte ihn erledigen. Draußen in der Lagune lichtete sich der Zaubernebel, und die Schlämme begannen wieder, sich zu bewegen. Der große Schlamm, der dem Steg am nächsten war und der seinen Meister ausgespien hatte, stand immer noch fast senkrecht, reglos im Griff der Dämpfe, die schwach aus Schlitzohrs umgestürztem Rohr sickerten. Was auch immer der Zauberer getan hatte, es würde nicht mehr lange anhalten.

Schakal stützte seinen nutzlosen Arm mit der Hand und erstickte an den unablässigen Schmerzen. Das war Wahnsinn! Der Schlammmann konnte nicht verletzt werden. Sie würden hier sterben, getötet von einem Sumpfdämon in Menschengestalt. Nur die Hölle wusste, was mit dem armen Elfenmädchen passieren würde, gefesselt und entblößt zum Vergnügen dieses Schlammsaugers. In Schakals Eingeweiden brodelte es vor Wut.

»Scheiß drauf«, knurrte er.

Zähneknirschend erhob er sich und stürzte sich geduckt auf den Schlammmann. Das Geräusch seiner Stiefel auf den Planken alarmierte den Dämon, aber nicht mehr rechtzeitig. Der große Mann hatte sich nur halb umgedreht, als Schakal gegen ihn prallte.

Schakal rammte seine gesenkte Schulter von hinten gegen die Beine des Schlammmanns. Der Schlammmann verlor das Gleichgewicht, verlor den Bodenkontakt und fiel nach hinten. Sein Gesäß und sein unterer Rücken drückten schwer auf Schakals Hals und Gesicht. Der gebrochene Arm protestierte lauthals, als Schakal ihn um den Hals seines Gegners hakte und dessen Rücken rücklings über seine

Schultern zog. Der Schlammmann begann, sich zu wehren, und grub seine kräftigen Finger in Schakals gebrochene Knochen. Schmerz und Erbrochenes überfluteten Schakals Mund, aber seine gesunde Hand schob sich zwischen die strampelnden Beine des Unmenschen und ergriff das weiche Fleisch seiner Genitalien. Schakal drückte fest zu und hörte einen Schmerzensschrei. Der Schlammmann kämpfte verzweifelt und schlug um sich.

»Tut das weh?«, höhnte Schakal. »Dämon oder nicht, manche Teile werden gebraucht. Warum sonst sollte ein nacktes Mädchen gefesselt und am Leben bleiben?« Er ließ die Kronjuwelen des Schlammmanns gerade lange genug los, um eine Faust zu ballen und blindlings auf das nun breiige Organ einzuschlagen. Mit jedem Schlag schrie er triumphierende Beschimpfungen. »Du! Moor! Lutschendes! Arschloch!«

Schakal wirbelte um die eigene Achse, drehte sich immer schneller und schleuderte den Schlammmann in die Lagune. Mit einem Platschen durchbrach er die schwarze Wasseroberfläche und verschwand unter dem Schaum des aufgewühlten Schlicks.

Torkelnd und atemlos sah Schakal Schlitzohr, der auf den Beinen war und das immer noch besinnungslose Elfenmädchen auf seinen Armen trug.

»Lauf!«, schrie Schakal und stolperte hinter dem fliehenden Zauberer her. Sie stürmten über den Steg, weg vom Haus des Schlammmanns. Die Schlämme in der Lagune zitterten heftig, als die beiden vorbeiliefen, und versuchten, sich von der durch Schlitzohrs Rauch verursachten Lethargie zu befreien. Schakal wusste nicht, wie lange die Kreaturen noch in diesem Zustand verharren würden. Er konzentrierte sich darauf, so schnell wie möglich durch den Sumpf zu kommen, und wagte es nicht, zurückzublicken.

8

Schlitzohr brach zusammen. Er hatte sich tapfer bemüht, aber das Gewicht des Elfenmädchens zusätzlich zu seiner eigenen Masse hatte den Zauberer schnell erschöpft.

Schakal kam zum Stehen, während sein Begleiter die feuchte Luft tief einatmete. Er humpelte vor Schmerzen und war genauso oft gestolpert wie Schlitzohr. Beide waren schmutzig und durchnässt von zahlreichen Überschwemmungen im Moor.

Schließlich riskierte Schakal einen Blick zurück und sah blinzelnd auf den Sumpf, den sie durchquert hatten. Er konnte den Bereich des Schlammmanns nicht mehr sehen. Allerdings konnte er auch keine Anzeichen für eine Verfolgung entdecken, allen Totengöttern sei Dank. Das hatte nichts zu bedeuten. Sie waren quälend langsam vorangekommen. Hatten sie einen Kilometer zurückgelegt? Zwei? Weniger? Es spielte keine Rolle. Sie hatten die Keiler nicht erreicht und die Keiler waren das Leben.

Schakal schleppte sich zu der gefallenen Elfe hinüber. Ein tiefes, erschöpftes Knurren grollte in seiner Brust, als er ihre schlaffe Gestalt aus dem Dreck hob.

»Freund Schakal«, protestierte Schlitzohr. »Dein Arm …«

Schakal sagte nichts, er war zu müde, um zu sprechen. Es kostete ihn all seine Kraft, die Frau auf seine linke Schulter zu hieven und seinen gebrochenen Arm über ihren unteren Rücken zu legen. Er würde seine gesunde Hand brauchen, um sich abzufangen, falls er stürzte … *wenn* er stürzte.

Sie stapften weiter und versuchten, nicht mehr zu rennen. Die untergehende Sonne und die aufsteigenden Fliegen waren unaufhaltsam, beides eine Plage für die Augen.

»Bist du dir des Weges sicher?«, fragte Schlitzohr nach einiger Zeit.

Wieder antwortete Schakal nicht. Er kannte die ungefähre

Richtung der Bäume, wo sie die Keiler zurückgelassen hatten, aber gebrochene Knochen und eine verzweifelte Flucht vor der Gefahr hatten sein Gedächtnis ordentlich durcheinandergebracht. Es wäre schon schwierig genug gewesen, den Weg zurück zu finden, wenn er ruhig und unverletzt gewesen wäre. Die Alte Jungfer war eine unveränderliche Hölle voller Sauerampfer und stehender Tümpel. Es dauerte Jahre, sie richtig kennenzulernen, Jahre, in denen sie versuchte, ihre Entdecker zu töten. Außerdem kannte Schlitzohr die Antwort auf seine eigene Frage. Warum sollte er fragen, wenn er sicher gewesen wäre, dass Schakal sie richtig führte?

Die Nacht brach herein und zwang sie, anzuhalten. Selbst mit dem Vorteil von Ork-Augen waren die Chancen gering, die Keiler in der Dunkelheit zu finden. Schlitzohr half Schakal, die Elfe auf den Boden zu legen, und sie sanken neben ihr in sich zusammen. Insekten ersetzten das Licht, ohrenbetäubend in ihrer Vielzahl. Schakal ließ sich in dem Lärm treiben und gab sich der Freiheit der Nutzlosigkeit hin. Sie konnten nicht weitergehen, sie konnten nicht kämpfen. Sie würden die Schlämme in der Dunkelheit auf keinen Fall sehen. Deren schwarze Körper würden mit den Schatten eins werden, bis es zu spät war. Es gab nichts mehr, was Schakal tun konnte. Es war eine köstliche Erleichterung. Er würde die Nacht überleben oder nicht; so oder so konnte er die Zeit in glorreicher, unvermeidlicher Machtlosigkeit verbringen.

Schlitzohr war emsiger.

Schakal hörte, wie er in der Tasche kramte, die er wie durch ein Wunder behalten hatte. Dann hörte er das Geräusch von reißender Seide. Der Verstand war von Schmerz und Erschöpfung getrübt, und Schakal nahm nur noch schwach wahr, wie der Zauberer seinen Arm schiente und ihn überredete, auf einem bitter schmeckenden Klumpen zu kauen. Der Rest der Nacht verging in einer Flut von Froschgesang und Fieberträumen.

Der Morgen fand sie alle lebendig. Als Schakal seine Augen öffnete, sah er Schlitzohr neben dem Elfenmädchen hocken und die Blutegel entfernen, die sich in der Nacht an ihr festgesetzt hatten. Der Zauberer hatte aus einem der vielen Tücher, die zu seinen Gewändern gehörten, ein grobes Kleidungsstück gebastelt, und als er das Mädchen von den Blutsaugern befreit hatte, zog er es ihr über den Kopf und band es mit einer Schnur fest.

»Sie ist immer noch bewusstlos«, sagte Schlitzohr unnötigerweise.

Schakal hatte einen scheußlichen Geschmack im Mund. Er beugte sich zum Spucken vor und sah den Schatten. Von der Morgensonne geworfen, schob er sich über das blasse Gras, wurde länger als breit und verschlang schon Schakals Silhouette.

»Runter!«, schrie er und warf sich mit dem Gesicht voran in den Sumpf, wo er sich sofort überschlug.

Ein Zornesschrei, schlagende Schwungfedern, und dann zog der Schatten vorbei.

Schakal riss den Kopf hoch und sah, wie der Roch seinen Sturzflug beendete und im Aufsteigen mit seinen großen Flügeln schlug. Schlitzohr richtete sich auf, weg von der am Boden liegenden Elfe, die er mit seinem Körper geschützt hatte. Der Zauberer hätte sich keine Sorgen machen müssen. Schakal war die anvisierte Beute gewesen. Warum sollte man das dickste Kalb nehmen, wenn das verletzte ausreichte?

Der Roch stieg stetig hoch und flog direkt davon. Bald würde er in der Ferne und im grellen Licht verschwinden; unsichtbar, bis er wieder zuschlug. Der riesige Greifvogel würde sich ihnen lautlos nähern, wie zuvor.

Schlitzohr durchsuchte jetzt seine unförmige Tasche, den Kopf beinahe in ihren Tiefen vergraben.

»Halt die Augen offen, verdammt!«, knurrte Schakal und ließ nur so lange in seiner Wachsamkeit nach, um nach irgendetwas Waffenähnlichem zu suchen. Da war nichts. Keine großen Baumstämme oder anständigen Felsen. Nichts als Sumpfwasser und Gras in der Farbe von Erbrochenem.

Zischend vor Frustration suchte Schakal wieder den Himmel ab, vor allem im Osten, wo die Sonne blendete. Verdammt, er konnte nichts tun! Nur war der Gedanke jetzt nicht mehr so tröstlich wie in der tiefen Nacht. Mit dem Morgen kam der Lebenswille, angetrieben von der Illusion, dass Überleben möglich sei, dass Kämpfen etwas wert wäre. Es war eine grausame Lüge. Zwanzig Männer hätten im Schatten der Schwingen dieses Roch Schutz finden können. Selbst mit einer Armbrust, einem vollen Köcher und zwei gesunden Armen wäre es für Schakal schwer gewesen, den Vogel zur Strecke zu bringen. Und hier war er nun und suchte nach Steinen zum Werfen.

Schlitzohr kramte weiter in seinem Sack herum. Wofür, etwa für mehr Rauch? Nein, ihre einzige Chance bestand darin, das Elfenmädchen zurückzulassen und dem Roch etwas zu geben, das noch leichter zu fressen war als ein verwundeter Halb-Ork. Der Gedanke machte Schakal nur noch wütender und fachte seinen Kampfeswillen an. Er hatte immer noch einen Mund voller Zähne. Sollte das gefiederte Ungeheuer doch kommen! Er würde hier stehen, wenn es kam.

Der Roch ließ nicht lange auf sich warten.

Schakal sah ihn im Süden, wo er einen Flügel zur Erde neigte, als er zu einem weiteren Vorbeiflug ansetzte. Dies würde kein Sturzflug aus den Wolken sein. Nein, der Vogel würde dicht über dem Boden schweben und seinen Schnabel vorstrecken. Verdammt, er wollte gesehen werden, wollte seine Beute erschrecken, damit sie weglief, sodass er sie leichter erwischen konnte.

»Was auch immer du tust, tu es schnell!«, rief Schakal Schlitzohr über seine Schulter hinweg zu.

Der Roch glitt nun rasch über den Sumpf, ein natürlicher, anmutiger Jäger, der sich seiner Fähigkeit zu töten sicher war. Als der Abstand zwischen ihnen schrumpfte, widerstand Schakal dem Drang zu fliehen und beobachtete, wie der Vogel mit jedem Herzschlag größer wurde.

Zwei Objekte rasten an Schakals Kopf vorbei, so schnell, dass sie fast unsichtbar waren und nur ein Flüstern der Luft am Rande des Hörbaren hinterließen.

Der Roch kreischte, als die Bolzen einschlugen. Er taumelte mitten im Flug und kam mit wildem Flügelschlag von seinem Weg ab. Schakal drehte sich um und sah vier Keiler durch den Sumpf platschen, zwei davon mit Reitern. Er kannte ihre Umrisse gut.

Vollkorn und Augenweide luden im Laufen nach, ihre Bogensehnen schnappten, als sie eine weitere Salve auf den Roch abfeuerten, der sich zurückzog. Heimelig und der Keiler, auf dem Schlitzohr geritten war, trotteten mit ihnen durch den Morast und schleuderten Sumpfwasser in alle Richtungen.

Schakal lächelte breit, als seine Freunde vor ihm ihre Reittiere zügelten. Vollkorn hielt seine Armbrust fest gegen seine Schulter gepresst und auf den Himmel gerichtet. Augenweide stützte den Kolben ihrer Waffe auf ihre Hüfte, während sie auf Schakal hinuntersah und den Kopf schüttelte.

»Die Alte Jungfer hat dich ganz schön zugerichtet«, sagte sie. Ihre grüne Haut war mit nassen Grashalmstücken gesprenkelt. »Du solltest durch den Sumpf reiten, Schakal, und sie nicht die ganze Nacht rittlings auf deinem Gesicht sitzen lassen.«

Für eine Antwort blieb keine Zeit. Heimelig trabte heran und stieß Schakal mit seinem nassen Rüssel so fest an, dass dieser beinahe umfiel.

»Sei froh, dass der Keiler deinen Geruch so gut kennt«, sagte Weide.

»Matsch hat dich zu ihm geführt«, sagte Schakal und sah Vollkorn an. Es war keine Frage.

Der große Grobian antwortete nicht, aber ein Lächeln erschien auf seinem Gesicht, während er seinen Keiler zwischen den Ohren kraulte. Matschepatsch schnaubte.

Schlitzohr räusperte sich vom Boden aus. »Wenn man mir

helfen würde, diese Frau auf mein Reittier zu setzen, werde ich sie während unseres Ritts von hier weg pflegen.«

Augenweides Lippen kräuselten sich. »Du hast also den Lieblingszauberer des Häuptlings geklaut und jetzt sammelt ihr beide nackte, tote Elfenmädchen.«

»Sie ist nicht tot«, antwortete Schakal. »Und Schlitzohr hat recht. Wir müssen aus diesem verdammten Sumpf verschwinden.«

»Schlitzohr?«, fragte Weide.

Der Zauberer senkte sein Kinn. »Uhad Ul-badir Taruk Ultani, zu euren Diensten.«

Vollkorn, der immer noch in den Himmel schaute, kicherte und schüttelte den Kopf.

»Dann bleibt es bei Schlitzohr«, sagte Weide und stieg ab.

Sie hätte das Elfenmädchen leicht allein hochheben können, aber Schakal und Schlitzohr halfen ihr dabei. Der Zauberer kletterte auf den Rücken des Keilers und hielt das bewusstlose Mädchen in seinen Armen, wobei er es wie ein Kind an seinen großen Körper drückte.

»Was ist da passiert?«, fragte Augenweide und musterte Schakals verletzten Arm.

»Später.«

Sie sah aus, als wollte sie nicht nachgeben, aber Vollkorns barsche Stimme zwang sie, sich umzudrehen.

»Der Vogel kommt zurück.«

Augenweide biss die Zähne zusammen. »Zeit, diesem Geier einen Bolzen ins Auge zu jagen.«

Sie schritt zurück zu ihrem Keiler, stieg auf und spannte ihren Bogen. Der Roch kam zielstrebig auf sie zu. Sein winziges Gehirn war nicht in der Lage, die Jagd aufzugeben. Als er sich mit der Sonne im Rücken näherte, schwang Schakal sich auf Heimelig und zog einen Speer aus dem Sattelgeschirr. Er würde ihn nicht brauchen. Augenweide war die beste Schützin in der Rotte und würde ihrem Ruf gerecht werden. Der Roch würde mit ihrem Bolzen in seinem Auge fallen und auch Vollkorn würde ihn nicht verfehlen.

Der riesige Vogel schoss schnell heran und ging aus dem Sturzflug in einen Gleitflug über den Sumpf hinweg über. Er befand sich in Reichweite des Bogens, aber Vollkorn und Augenweide hielten ihre Bolzen zurück und warteten darauf, dass sich ihnen die Gelegenheit zum Fangschuss bot. Mit jedem Schlag seiner beeindruckenden Flügel kam der Roch näher, bis Schakal kaum noch an sich halten konnte und seine Gefährten auffordern wollte zu schießen. Der Schnabel öffnete sich und stieß ein Kreischen aus, das von allen Seiten zu kommen schien, nur nicht von dem Vogel. Er stellte seine Flügel auf und zog sie zurück, um die Luft mit massiven, farblosen Schwungfedern einzufangen, sodass er mit den Krallen voran den Angriff ausführen konnte.

Vollkorn ließ seinen Bolzen los und durchbohrte die Brust des Vogels, aber der wurde nicht langsamer. Seine Klauen öffneten sich, die Krallen lang wie Krummsäbel.

»Weide!«, schrie Schakal. »Hol ihn runter!«

Das Moor vor dem Roch platzte auf. Gewaltige Wasserkaskaden stiegen hoch in die Luft, als eine schwarze Gestalt in die Höhe schoss. Heimelig und die anderen Keiler quiekten auf und schreckten vor dem plötzlichen Tumult zwischen ihnen und dem Vogel zurück.

Schakal riss die Augen weit auf.

Das war der größte Schlamm, den er je gesehen hatte. Er sprang aus dem Wasser und breitete sich mit höllischer Geschwindigkeit aus. Einen schrecklichen Augenblick lang formte sich die schwarze Masse so, dass sie zu dem Roch passte, und fächerte sich mit perfekter Symmetrie auf, um das Tier aus der Luft zu reißen. In weniger als einem Herzschlag wurde der Greifvogel von der zähflüssigen Schlammgestalt verschlungen, die wie eine Schlange aus dem Sumpf heraus zuschlug.

»REITET!«

Schakal war sich nicht sicher, wer von seinen Freunden das Wort geschrien hatte. Womöglich war er selbst es gewesen.

Heimelig reagierte instinktiv, warf sich im Laufen herum und floh vor der unnatürlichen Kreatur. Schakal war gezwungen, seinen Speer fallen zu lassen, um mit seiner gesunden Hand nach der Mähne des Keilers zu greifen. Er klammerte sich fest, während der Keiler über den Sumpf raste, die Matschlöcher umging und von einem Stück festen Bodens zum nächsten flitzte. Schakal hatte keine andere Wahl, als darauf zu vertrauen, dass sein Barbar einen sicheren Weg finden würde. Ohne zwei funktionierende Hände konnte er es nicht riskieren, nach Heimeligs Sauenhebeln zu greifen, also hielt er sich an den Borsten des Tieres fest und konzentrierte sich darauf, nicht den Halt zu verlieren.

Schlitzohr ritt direkt voraus und hatte Mühe, sich und das Elfenmädchen auf dem Rücken seines Keilers zu halten, während er über das unwegsame Gelände raste. Der Zauberer war ein Narr, weil er ohne Sattel ritt, und Schakal war ein doppelt so großer Narr, weil er ihm erlaubte, die Verantwortung für das hilflose Elfenmädchen zu übernehmen. Ohne Sattel konnte der fette Zauberer nicht hoffen, auf dem Reittier zu bleiben, schon gar nicht bei dem panischen Tempo, das sein Keiler vorlegte.

Schakal drehte sich im Sattel um und warf einen Blick zurück. Vollkorn und Augenweide waren keine vier Schritte seitlich hinter ihm. Hinter ihnen befand sich ein lebendiger Albtraum.

Der riesige Schlamm verfolgte sie und krachte durch den Sumpf, eine Flutwelle aus hungrigem Schwarz. Das zähflüssige Ungeheuer wogte über das Land, stieß durch die Tümpel und teilte wütend das Wasser. Das Ding war so breit, dass es sie nicht einzeln niederwalzen musste. Wenn es sie erwischte, würden sie alle in einem Schwung hinuntergezogen und von dem pechschwarzen Fleisch verschlungen werden.

Schakal winkte mit seinem gebrochenen Arm und bedeutete Vollkorn und Augenweide aufzuholen. Weide schloss zuerst zu ihm auf, und Schakal deutete auf Schlitzohrs Rücken, um ihr wortlos mitzuteilen, dass er Hilfe brauchte. Augenweide trieb ihren Keiler zu größerer Anstrengung an und begann, den Abstand zu verringern.

Schakal sah wieder zurück und erkannte, dass der Schlamm zurückfiel, doch seine Erleichterung hielt nicht lange. Die Keiler konnten dieses Tempo nicht halten. Sie würden lange vor dem Ende der Alten Jungfer ermüden. Der Schlamm würde ihnen weiter folgen, ohne zu straucheln, ohne Atem zu holen oder sich ausruhen zu müssen.

Vorne ritt Augenweide jetzt neben Schlitzohr und forderte ihn mit einer Geste auf, ihr die Elfe zu übergeben. Der Zauberer versuchte es, war dabei aber ungeschickt, unsicher und unbeholfen. Schakal knirschte mit den Zähnen und wünschte sich nichts sehnlicher, als dass sein Arm nicht gesplittert wäre. Augenweide würde die Geduld verlieren und den Versuch wahrscheinlich aufgeben, wenn sie Schlitzohr nicht vorher aus Frust vom Keiler warf.

Nach einigen Fehlversuchen gelang es Augenweide, das behelfsmäßige Kleidungsstück des Elfenmädchens zu ergreifen und sie mit Schlitzohrs unsicherer Hilfe zu sich hochzuziehen.

Genau in diesen Moment kam die Elfe zu sich.

Schakal hörte, wie Augenweide einen erschrockenen Fluch ausstieß, als das Mädchen mit einem Ruck aufwachte. Es strampelte verwirrt und ängstlich und versetzte Schlitzohrs Keiler einen Tritt in die Rippen. Der Barbar taumelte davon und der Zauberer konnte das Mädchen nicht länger festhalten. Augenweide versuchte, sie mit einem Arm den Rest des Wegs herüberzuholen, verlor aber das Gleichgewicht und den Halt, als ihr Keiler um einen dichten Schilfgürtel raste. Beide Frauen stürzten zu Boden, rollten und platschten über den wassergesättigten Boden.

»Los!«, rief Schakal und deutete auf die Elfe.

Vollkorn brauchte keine weitere Erklärung. Er lenkte Matschepatsch bereits zu dem Mädchen. Schakal ritt zu Augenweide. Sie war schon auf den Beinen und stand ihm zugewandt mit weit gespreizten Beinen und wippte leicht auf den Fußballen. Als Heimelig vorbeistürmte, streckte Schakal seinen verletzten Arm aus, biss die Zähne zusammen und vertraute darauf, dass Weide den Rest erledigen würde. Sie packte den Arm und sprang. Schakal schrie seinen Schmerz hinaus, als sie hinter ihm aufsprang. Rechts von ihnen hatte Vollkorn das Elfenmädchen an den Haaren gepackt und warf sie bäuchlings über sein Sattelhorn.

»Was zur Hölle macht der fette Scheißer da?«, brüllte Augenweide in Schakals Ohr.

Schlitzohr war direkt vor ihnen. Zu Fuß. Er stand ihnen gegenüber, aber sein Blick war abwesend. Schakal musste sich nicht umdrehen, um zu wissen, worauf der Blick des Zauberers gerichtet war. Er spürte, dass der Schlamm immer noch dort hinten war – unerbittliche Rache, die sich manifestierte.

Schakal ritt ein paar Dutzend Galoppsprünge an dem Zauberer vorbei, bevor er Heimelig zum Umdrehen zwang.

»Was machst du da?«, wollte Weide wissen. »Reite weiter!«

Vollkorn zügelte neben ihnen sein Reittier. Das Elfenmädchen wehrte sich kraftlos, aber der Rohling hielt sie mit einer kräftigen Hand auf dem Rücken fest.

»Schak?«, fragte er. »Was tun wir hier?«

»Wir können nicht zu dritt auf einem Tier reiten«, sagte Weide. »Nicht einmal Matschepatsch könnte das zusätzliche Gewicht dieses Sacks tragen.«

Vollkorn brummte. »Sie hat recht. Wir müssen weg.«

Schakal ignorierte sie und beobachtete weiter den Zauberer.

Schlitzohrs schlammdurchtränkte Gewänder hingen schwer an seinem beleibten Körper. Er drehte sich nicht um, um zu sehen, ob seine Gefährten zurückkehrten, sondern stand entschlossen da und beobachtete den sich nähernden Schlammklumpen. Gelegentlich hob er den rechten Arm und neigte den Kopf nach hinten, als würde er trinken.

Schakal sah eine große Karaffe in der Faust des Zauberers, die in der unbarmherzigen Sonne glitzerte.

»Bruder?«, grummelte Vollkorn. »Was machen wir hier?« Augenweide blies ihren Atem heiß in seinen Nacken. »Verdammt, lass uns abhauen!«

»Nein«, sagte Schakal.

Der Schlamm war jetzt bei Schlitzohr, türmte sich bei der Annäherung auf, und der Zauberer wirkte vor der formlosen schwarzen Wand winzig. Die Welle erreichte ihren Höhepunkt, brach am Wellenkamm und begann herabzustürzen; begierig darauf, auf den Zauberer niederzufahren.

Schlitzohr stampfte einmal fest auf, stieß die Arme zurück und den Kopf nach vorn. Ein Schwarm glühender Aschepartikel schoss hervor, begleitet von intensivem Windrauschen. Ein brennender Wind. Unzählige flammende Körnchen griffen den Schlamm an, trafen die schwarze Membran und hielten den Ansturm auf. Schakal und seine Freunde zuckten zusammen, als ein Rückstoß sengender Luft sie mit einer unsichtbaren Welle traf. Die Unmenge brutzelnder Staubkörnchen strömte aus Schlitzohr heraus, und als er seinen Kopf hin- und herdrehte, um die gesamte Breite des Schlamms zu erfassen, sah Schakal, dass sie aus dem Mund des Zauberers geblasen wurden. Mit aufgeblähten Wangen spie Schlitzohr die höllischen Körnchen aus, jedes eine infernalische Paarung aus Insekt und Flamme. Sie flogen direkt in den Schlamm, und Tausende von ihnen erloschen an seiner pechschwarzen Oberfläche, bis er Blasen schlug und zu kochen begann.

Die Kreatur versuchte verzweifelt, den Zauberer zu erreichen, aber Schlitzohrs Lungen kannten keine Grenzen. Der Kampf zwischen dem Schlamm und dem Feuerschwarm war für ein paar furchtbare Herzschläge festgefahren, doch dann sah Schakal, wie die Schwärze zu weichen begann. Das Fleisch des Schlamms schälte sich zurück, gehäutet von einer Million winziger Flammen. Tief in der Mitte befand sich der Schlammmann.

»Die Hölle ist überlastet!«, keuchte Augenweide.

Schakal biss die Zähne zusammen, und er beobachtete, wie der Schlamm seine Umarmung um den Mann löste. Die Augen des Schlammmannes waren auf Schlitzohr gerichtet, das Fleisch seines Gesichts bebte vor Wut. Er schrie, als ihn das Brennen erreichte, ein animalischer Laut. Sein blasses Fleisch färbte sich rosa und begann dann zu versengen. Rote Brandflecken erschienen auf seinem Gesicht und seinem Bauch. Vor Wut heulend, wich der Schlammmann zurück und warf sich tiefer in den Schlamm, während sich die gesamte Masse ins Moor zurückzog. Dampf stieg aus dem Wasser empor, in dem er versank.

Schakal, Vollkorn und Augenweide saßen regungslos auf ihren Keilern, als Schlitzohr sich umdrehte und langsam und gleichmäßig über das Moor hinweg zu ihnen kam. In seiner Hand hielt er ein verbeultes Kupfergefäß, das dick mit Grünspan überzogen war. Nachdem er die Karaffe wieder in seinen Sack gesteckt hatte, sah Schlitzohr hoch und betrachtete sie alle mit einem freundlichen Blick.

»Wie?«, fragte Vollkorn und schüttelte langsam den Kopf.

Schlitzohr dachte einen Moment lang darüber nach, bevor er mit den Schultern zuckte.

»In Begriffen, die du verstehen kannst?«, fragte er lächelnd. »Es ist verdammte Magie.«

9

Niemand sprach ein Wort, bis sie den Sumpf der Alten Jungfer hinter sich gelassen hatten. Schließlich hielt Augenweide an einem Feigenbaumhain am Ufer des Alhundra an. Glücklicherweise war es ihr und Schlitzohr gelungen, ihre Keiler zurückzuholen, bevor sie an Rochs oder Sumpflöcher verloren gingen. Jeder Reiter in ihrer kleinen Gruppe war schmutzig und müde, aber der Schlaf würde warten müssen. Im Moment waren Antworten wichtiger.

»Warum wollte der Schlammmann uns töten?«, fragte Augenweide, als sie abstieg und ihren Keiler zum Tränken an den Fluss trieb.

»Weil wir sie mitgenommen haben«, antwortete Schakal und nickte zu dem Elfenmädchen, während Vollkorn sie aus dem Sattel zerrte. Ihre Beine gaben nach, sobald sie den Boden berührte, aber sie krabbelte schnell in den Schutz der Bäume und warf den Halb-Orks einen wilden Blick zu.

»Ganz ruhig«, sagte Schlitzohr in sanftem Ton und hockte sich mit ausgebreiteten Händen hin. »Niemand hier wird dir etwas tun.«

»Wer ist sie?« fragte Vollkorn, der weiter vor dem kauernden Mädchen stand.

Schakal scheuchte seinen Freund mit einer Geste weg. Er führte Weide und Vollkorn näher an den Fluss heran und gab Schlitzohr die Möglichkeit, ihre gerettete Gefangene zu beruhigen.

Schakal schüttelte den Kopf. »Ich weiß es nicht. Aber sie könnte eine Sprosse sein. Sie könnte auch die Bezahlung vom Lehmmaster für die Hilfe des Schlammmanns sein.«

»Verdammt!«, fluchte Weide, die zusehends aufgebrachter wurde.

Vollkorns bärtiges Gesicht verfinsterte sich. »Bist du sicher?«

»Nein«, gab Schakal zu. »Bei nichts davon. Aber wir müssen es herausfinden. Und das werden wir nicht tun, wenn du weiterhin wie ein bärtiger, verdammt hässlicher Berg vor ihr aufragst.«

Die Spannung brach, als Vollkorn lächelte. Augenweide boxte ihn auf einen seiner baumdicken Arme.

»Dreiblutmonster«, stichelte sie.

Vollkorn schlug verlegen ihre Hand weg, wodurch sie eine halbe Drehung machte. Sie grinsten alle drei einen Moment lang.

»Danke, dass ihr mir das Leben gerettet habt«, sagte Schakal zu seinen Freunden.

Vollkorn packte ihn an der Schulter. »Das werden wir bis zu dem Tag, an dem wir es nicht mehr tun, Bruder.«

»Mir scheint, wir sollten uns bei Fleischbacke da drüben bedanken«, sagte Augenweide und zeigte mit dem Daumen auf Schlitzohr.

»Ich will immer noch wissen, wie er das gemacht hat«, brummte Vollkorn.

Der Zauberer hatte es geschafft, etwas näher an die Elfe heranzukommen, und versuchte nun, ihr einen Wasserschlauch anzubieten.

»Schlitzohr ist ein Rätsel für sich«, sagte Schakal, »eines, das jetzt nicht gelöst werden muss. Was habt ihr beide bei Sancho herausgefunden?«

Vollkorn stieß ein wütendes Knurren aus, während Weide antwortete.

»Wir kamen nicht nah genug heran, Schak. Die Soldaten vom Kastell waren überall.«

»Die Jungs von Hauptmann Bermudo?«

Vollkorn nickte grimmig.

»Leck mich doch am Arsch!«, spie Schakal. Bermudo brachte Sancho in seine Gewalt. Er würde ebenfalls nach seinen verlorenen Cavaleros suchen. Die waren jetzt fettige Asche, aber das machte nichts, der Schaden war angerichtet.

Weide sah Vollkorn an. »Du hättest ihn mit dem Eimer töten sollen.«

Vollkorn hob die schweren Brauen. »Vielleicht. Vielleicht hätten wir sie alle auf der Stelle töten sollen. Das hätte zwar einigen Ärger im Kastell verursacht, aber Ignacio hätte das mit genug Silber wiedergutmachen können. Schwer vorstellbar, dass es noch schlimmer kommen könnte.«

»Was wäre, wenn ich dir sagte, dass Ignacio diese Cavaleros in die Brennerei gelockt hat und der Lehmmaster mich und Blindschleiche beauftragt hat, sie umzubringen?«, fragte Schakal.

Vollkorn warf einen Blick auf Augenweide.

»Ja«, sagte er.

»Das ist noch schlimmer«, stimmte sie zu.

Der Gedanke an den bürgerlichen Hauptmann ließ Schakal stutzen.

»Sancho hat Ignacio auch belogen«, sagte er. »Er sagte ihm, er habe dem Schlammmann Garcias Pferd wie vereinbart gegeben.«

»Und?« Weide zuckte mit den Schultern. »Jeder in den Geteilten Landen weiß, dass Ignacio die Münzen des Lehmmasters annimmt. Wenn Sancho Bermudo gegen unsere Rotte unterstützt, hat er allen Grund, Ignacio anzulügen.«

»Ich weiß«, sagte Schakal, während die Frustration an den Rändern seiner Erschöpfung nagte. »Aber wenn Bermudo Sancho das Pferd abgepresst hat, warum nicht auch Garcias Leiche? Das stinkt doch.«

»Lass uns zur Brennerei zurückkehren«, riet Vollkorn, »dort können wir es herausfinden.«

Das entlockte Schakal ein kurzes, bitteres Lachen. »Das ist der letzte Ort, an dem wir sein wollen. Ich bin ohne Befehl gegangen. Der Lehmmaster wird mich bei lebendigem Leib häuten.«

Das konnte Vollkorn nicht von der Hand weisen und kratzte sich am Bart. »Was dann?«

»Wir werden brave kleine Mischlinge sein und tun, was man uns gesagt hat«, sagte Weide mit einer gewissen giftigen Schärfe. Sie gab Vollkorn einen Klaps mit der Hand vor die Brust. »*Wir* hatten Befehle. Wir sollten Antworten finden.«

»Dann lass uns mit den offensichtlichen Fragen beginnen.« Schakal richtete seinen Blick auf das Elfenmädchen und ging auf die Feigenbäume zu.

Schlitzohr fing ihn auf halbem Weg ab und hielt seine pummeligen, mit Ringen versehenen Hände mit einer beruhigenden Geste hoch.

»Sie ist immer noch sehr verängstigt.«

Schakal ging um den Zauberer herum. »Ich muss nur mit ihr sprechen.«

»Das ist unmöglich.«

Schakal blieb stehen und wirbelte auf dem Absatz herum. »Wieso? Willst du mir sagen, dass ein Klugscheißer wie du die Elfensprache nicht kennt?«

»Nur ein paar Worte«, kam die Antwort. »Genug, um Freundschaft zu vermitteln. Aber das meinte ich nicht. Sie spricht nicht. Überhaupt nicht. Vielleicht konnte sie es nie. Aber ich denke, es ist eher eine Folge ihres Leidenswegs.«

Schakal drehte sich um und runzelte die Stirn. Das Mädchen beobachtete ihn aus dem Schatten der Bäume, die Knie unter das Kinn gezogen. Ihre leicht schräg stehenden Augen waren auf ihn gerichtet. Mit langsamen und leichten Schritten ging er hinüber und hockte sich einige Schritte von dem Mädchen entfernt hin. Sie igelte sich noch weiter ein und ihre gebräunten, sehnigen Arme legten sich schützend um ihre Beine. Schakal schätzte sie auf ein paar Jahre jünger, als er selbst war. In ihren Augen lag mehr Widerwillen als Weisheit, in ihren Bewegungen mehr Angst als Kampf. Doch die Zeit, die sie als Gefangene des Schlammmannes verbracht hatte, hätte selbst die Standhaftesten entnervt. Das Mädchen war stark, trotz ihrer Körperhaltung.

Schakal achtete darauf, nicht zu lächeln, um seine unteren Stoßzähne so gut wie möglich zu verbergen. Halb-Orks waren in den Geteilten Landen keine Seltenheit, aber wenn diese Elfe ein ganzes Leben lang in geschützter Abgeschiedenheit unter ihren Verwandten in Hundsfälle gelebt hatte, war sie vielleicht nicht an das Aussehen eines rußhäutigen Mischlings gewöhnt. Trotz der Schmeicheleien zahlreicher Huren, die ihm sagten, er sei das anmutigste Halbblut, das sie je gesehen hatten, wusste Schakal, dass er weit von der angeborenen Schönheit des Elfenvolks entfernt war. Verdreckt und ausgezehrt vom Sumpf, musste dieses arme Mädchen ihn noch eher für einen Dämon halten als den Schlammmann.

Er kratzte mit seiner unverletzten Hand den getrockneten Dreck von seiner linken Schulter und deutete auf die Tätowierung darunter. Zerbrochene Ketten umrahmten die Spur eines Schweinehufs. Er sagte nichts, sondern achtete darauf, dass das Elfenmädchen das Zeichen betrachtete, und wartete auf ihre Reaktion. Als ihr Blick auf der Tinte verweilte, wurde sie ruhig, aber das rührte nicht von Gelassenheit her. Nein, es war eine distanzierte Akzeptanz, als hätte sie ihren Tod umarmt, obwohl sie noch atmete.

»Grauer Bastard«, sagte Schakal langsam und tippte mit dem Finger auf die Tätowierung. »Kennst du das?«

Die Elfe sah ihm wieder in die Augen, aber ansonsten gab sie keinen Hinweis darauf, dass sie verstanden hatte. Schakal deutete langsam auf das Mädchen, dann formte er seine Hand zu einer groben Darstellung eines Geweihs und legte seinen Daumen an die Schläfe.

»Gehörst du zu den Sprossen?«

Er wusste nicht einmal, ob die Elfenrotte sich so nannte, aber etwas Besseres fiel ihm nicht ein. Das Mädchen schwieg, aber auf ihrem Gesicht war keine Verwirrung zu sehen.

Schakal gab das Geweih auf und fuhr sich mit den Fingerknöcheln durch sein schmutziges Haar, um das Rasieren seiner Kopfhaut zu imitieren.

»Sprosse?«

In den Augen war ein winziges Aufflackern von Begreifen zu erkennen.

Schakal ließ seine Hand sinken und stieß einen Seufzer durch seine Nasenlöcher aus. Er stand auf und wich zurück, wobei er versuchte, dem Mädchen einen beruhigenden Blick zuzuwerfen, während er sie im Auge behielt, falls sie plötzlich reagierte. Er blieb stehen, als er Schlitzohr erreichte, und winkte dann Vollkorn und Augenweide mit dem Kopf heran. Alle drei sahen ihn erwartungsvoll an.

»Sie ist eine Sprosse«, sagte Schakal etwas lauter als im Flüsterton. Vollkorn knurrte und Weide fluchte und begann, in einem kleinen Kreis zu laufen.

Schlitzohr beobachtete ihre Reaktionen, sein Mund stand vor Verwunderung leicht offen. »Ich fürchte, ich verstehe nicht.«

»Die Elfenrotte hier in Ul-wundulas«, erklärte Schakal, »wir nennen sie Sprossen, wegen der Hirsche, auf denen sie reiten. Sie haben bei der Landauslosung von Hispartha eine reiche Parzelle mit Bergen und Hochlandwäldern gezogen.«

Allmähliches Verstehen breitete sich auf dem molligen Gesicht des Zauberers aus. »Nach dem Einmarsch, ja? Ich erinnere mich daran aus meiner Lektüre.«

»Sie verstecken sich in einer Schlucht namens Hundsfälle«, polterte Vollkorn. »Meistens bleiben sie unter sich, aber sie dulden keine Eindringlinge.«

»Auf ihrem Land oder bei ihren Frauen«, warf Augenweide ein und warf Schlitzohr einen spitzen Blick zu.

»Ahh, ich verstehe.«

»Nein, du verstehst nicht«, sagte Schakal und beugte sich hinunter, bis er direkt in das Ohr des Zauberers sprach. »Wir müssen die Kleine jetzt alle genau beobachten. Denn merk dir, diese spitzohrige Heimatlose wird sich in dem Moment umbringen, in dem wir auch nur mit der Wimper zucken.«

Er wartete, bis der andere die Worte verinnerlicht hatte, dann richtete er sich auf. Schlitzohrs Gesicht war ruhig.

»Und ich hätte gedacht, er wäre zumindest ... verblüfft«, kicherte Augenweide.

»Nein. Nein, überhaupt nicht«, entgegnete Schlitzohr. »Es ist nachvollziehbar. Die Elfen sind in der ganzen Welt dafür bekannt, sich abzuschotten. Tatsächlich sind sie ein Volk von Flüchtlingen, seit ihre Heimat ...«

»Halt die Klappe, Hängebacke«, sagte Augenweide. »Schakal, was sollen wir mit ihr machen?«

Schakal hatte keine Antwort parat.

Weide schon. »Am besten lassen wir sie hier. Drückt ihr ein Messer in die Hand und reitet weg. Die Sprossen könnten uns alle töten, wenn sie uns mit ihr sehen.«

»Sie hier alleinzulassen, ist so, als würden wir ihr selbst die Kehle durchschneiden«, sagte Vollkorn.

Augenweide verdrehte die Augen. »Also vergiss das Messer und lass sie von einer Klippe springen, sobald wir ihr den Rücken zudrehen. Spitzohren mögen es nicht, besudelt zu werden. Das kannst du nicht ändern.«

»Und wenn wir uns irren?« Schakal schüttelte den Kopf. »Nach allem, was wir über die Gepflogenheiten der Sprossen wissen, muss sie in Hundsfälle sterben.«

»Jetzt erfindest du nur noch Mist«, sagte Weide.

»Und wenn es so wäre, Weide? Sie hat Wasser in der Nähe und die Sonne geht immer noch im Osten auf. Wenn sie sich nicht umbringt, kehrt sie zu ihresgleichen zurück. Wenn sie ihre Sprache wiederfindet, was erzählt sie dann ihrem Volk? Dass eine Schar Halb-Orks sie vor dem Schlammmann gerettet hat, klar. Aber wie wurde sie überhaupt erst zu seiner Gefangenen? Denn ich bin bereit zu wetten, dass ihre Geschichte von einem haarlosen, vernarbten Mischling von der Farbe eines Schlangenbauchs handeln wird. Nicht viele passen auf diese Beschreibung.«

»Glaubst du, dass Blindschleiche etwas damit zu tun hat?«, fragte Vollkorn.

»Wenn es auf Befehl des Häuptlings geschah, wer sonst?«, antwortete Schakal. »Schleichs Ruf ist unter den Nomaden wohlbekannt. Die Elfen werden nicht lange brauchen, um herauszufinden, wo er sich zurzeit herumtreibt. Und wir haben sie dem Schlammmann entrissen. Der Schlammmann macht Geschäfte mit den Mischlingsrotten, das wissen alle in den Geteilten Landen. Und wo wurde das Mädchen festgehalten, als er sie mitnahm? Bei Sancho. Sancho! Ein weiterer Mann, der als Freund der Grauen Bastarde bekannt ist. Jede Wendung in der Geschichte des Mädchens weist auf uns hin. Wenn sie redet, bedeutet das Krieg. Glaubt ihr, es interessiert die Sprossen, dass wir drei das Mädchen gerettet haben, wenn sie die Brennerei überfallen? Wir werden nur drei weitere Halb-Orks sein, mit denen man rechnen muss. Wollt ihr beide sie immer noch laufen lassen?«

»Verdammt, Schakal«, schoss Augenweide zurück, »sie ist schon eine halbe Leiche. Sie wird es auf keinen Fall bis Hundsfälle schaffen.«

»Wir können das Risiko nicht eingehen. Sie muss bei uns bleiben.«

Weide war nicht bereit, die Sache auf sich beruhen zu lassen. »Glaubst du nicht, dass wir schon genug zu tun haben?«

»Doch. Und wir brauchen sie, wenn wir alles in Ordnung bringen wollen.«

»Sie sieht geistig umnebelt aus, Schakal. Wozu ist sie gut, wenn sie nicht sprechen kann?«

»Sie braucht nicht zu reden. Nur zu zeigen. Ein Blick auf Schleich, und sie wird wissen, wer sie zu Sancho gebracht hat, und niemand in der Rotte wird leugnen können, dass der Lehmmaster ihm den Befehl dazu gegeben hat. Damit riskiert er einen Krieg mit den Sprossen und zeigt, dass er nicht mehr in der Lage ist, unser Anführer zu sein! Das ist unsere Chance. Wir können ihn endlich loswerden!«

Zu spät wurde ihm klar, was er gesagt hatte. Wut, Müdigkeit und gebrochene Knochen hatten seine Vorsicht einschlafen lassen. Weide und Vollkorn waren starr, keiner der beiden sah ihn an. Schakal folgte ihren Blicken dorthin, wo Schlitzohr stand und sie alle mit verblüfftem Amüsement betrachtete. Wenn er für den Lehmmaster spionierte, verbarg er es hervorragend.

»Oder du hast ihm gerade alles geliefert, was er braucht, um dich endlich loszuwerden«, sagte Weide, deren leiser Tonfall zwischen Bedauern und Abscheu lag.

Schakal sah den Zauberer scharf an. »Das glaube ich nicht.«

»Bist *du* geistig umnebelt?«, fragte Weide. »Er hat sich beim Häuptling eingenistet, seit er hier ist. Du kannst ihm nicht trauen!«

»Du hast selbst gesagt, dass wir unser Entkommen aus dem Sumpf ihm zu verdanken haben.«

»Er hat auch seinen eigenen fetten Kadaver gerettet!«

Schakal war den Streit leid und wandte sich an Schlitzohr. »Können wir dir verdammt noch mal vertrauen?«

»Das könnt ihr, Freund Schakal.«

»Was sollte er auch sonst sagen?«, zürnte Weide.

»Welche andere Wahl haben wir denn?«, konterte Schakal. »Er hat es gehört. Es ist gesagt worden! Jetzt ist nichts mehr zu machen! Was schlägst du vor, Weide? Sollen wir drei versuchen, ihn hier und jetzt zu ermorden?«

»Ich werde diese Lösung nicht akzeptieren«, sagte Schlitzohr.

»Da habt ihr es.« Schakals Finger zeigte auf den Zauberer, aber sein Blick blieb bei seinen Freunden. »Wir haben heute alle gesehen, wozu er fähig ist. Fühlt ihr euch in der Lage, ihm zu trotzen? Ich nämlich nicht.«

Weide sah ihn mitleidig an. »Ich kann nicht sagen, wer dich mehr verzaubert hat, die kleine Elfe oder der Zauberer mit dem eingewickelten Kopf.«

Schlitzohr räusperte sich. »Wenn ich darf ...«

»Ruhe, Dickwanst!«, schnauzte Weide. »Du hast in Rottenangelegenheiten nichts zu sagen.« Augenweide riss sich ihre Brigantine herunter und warf Schakal die schwere Weste ins Gesicht. »Du musst dich daran erinnern, wer du bist! Ein beschissener Grauer Bastard, falls du das vergessen hast. Ich habe auf die Rotte geschworen! Nicht auf den Schutz irgendeiner Elfenschlampe und nicht auf irgendeinen fetten Tyrkanianer!«

»Sprich leise«, warnte Schakal.

»Nur die Ruhe, ihr zwei«, sagte Vollkorn.

Aber Schakal war jetzt wütend und machte einen aggressiven Schritt auf Weide zu. Sie kam ihm auf halbem Weg entgegen, fletschte die Zähne und presste ihre Stirn grob gegen seine. Die Hitze ihres Atems waberte in dem kleinen Raum zwischen ihnen.

»Du glaubst, du erinnerst mich an etwas?«, knurrte Schakal, seine Stimme war tief und bedrohlich. »All das ist für die Rotte!«

»All das ist für dich, um die Rotte zu führen!«

»Jemand muss es tun. Die Zeit des Lehmmasters ist vorbei. Bleibt er, wird die Rotte sterben. Ihr wisst es! Willst du mir helfen, einen Ausweg zu finden, oder willst du weiterhin beweisen, dass zwischen deinen Beinen etwas anderes ist? Ich brauche deinen Verstand auf meiner Seite, Weide, nicht noch einen schwingenden Lümmel!«

Sie blieben einige Augenblicke lang aneinandergepresst stehen und keiner gab unter dem wachsenden Druck nach. Schakal drückte und Weide drückte zurück, der Schweiß auf ihren Stirnen vermischte sich. Sie starrten sich in die Augen; in den ihren loderte es. Schakal beobachtete, wie Weide an seinen Worten zu knabbern hatte. Schließlich grinste sie und wich schnell zurück. Auf ihrem Gesicht lag ein Ausdruck des Triumphs.

»Du willst einen Ausweg?«, fragte sie. »Hier ist er, direkt aus dem Gehirn oberhalb meiner Möse. Wir töten die Elfe. Schmeißen sie zurück ins Moor. Keine Geschichte für die Sprossen. Kein Krieg. Wir machen uns auf dem Rücken unserer Keiler davon. Und bevor du dich sträubst, Blut an deinen Händen zu haben, bedenke, ob du recht hast. Falls der Lehmmaster sie ausgeliefert hat ... Was, glaubst du, wird er tun, wenn wir mit ihr auftauchen und sie auf uns zeigt? Glaubst du, er lässt uns überhaupt an den Wahltisch? Oder werden wir uns mit Schleich im Abferkelstall wiederfinden? Du glaubst, dass dies eine Chance ist, aber ich sage dir, es ist die falsche, um sie zu ergreifen.«

»Schak«, sagte Vollkorn langsam. »Sie hat nicht unrecht.«

Schakal machte sich nicht die Mühe, seinen großen Freund anzusehen, sondern er richtete seinen Blick auf diejenige, die wirklich überzeugt werden musste. Ihre Bemerkung, dass er Blut an seinen Händen fürchtete, hatte ihn verärgert, und er konnte nicht verhindern, dass ihm die

Galle hochkam. »Doch, hat sie. Das ist unsere Weide – flink wie ein Bolzen und kaum zu bändigen, wenn sie erst einmal losgelassen ist.«

Er beobachtete, wie Augenweide sich bei seinen Worten wand. Ihr Unbehagen war subtil, gut unterdrückt, aber es war da. Sie wollte seine Meinung willkommen heißen, stolz auf seine Worte sein, aber sie fürchtete eine Falle. Sie kannte ihn genauso gut wie er sie.

»Wir haben einen Mann getötet«, sagte er ohne Umschweife. »Und er hatte es verdient. Jetzt sind sechs weitere tot und ein Mädchen verkauft, alles, um den ersten Mord zu begraben, und alles auf Befehl des Lehmmasters. Er glaubt, dass er der Rotte hilft, aber er begräbt die Bastarde zusammen mit Garcia und macht sich die Sprossen zum Feind, um zu verhindern, dass er das Kastell gegen sich aufbringt. Wenn wir das jetzt nicht in Ordnung bringen, wird es keine weitere Chance mehr geben.«

Weide hörte nicht länger zu und kaute noch auf seinen ersten Worten herum, ohne sie kleinzubekommen.

»Ich habe einen Mann getötet. Nicht du, nicht Vollkorn. Sondern ich! Ich habe Garcia getötet. Und wir würden jetzt nicht hier stehen, wenn du mir das einfach gegönnt hättest!«

»Du hast recht. Ich und Vollkorn und Schlitzohr würden ohne irgendwelche Konsequenzen in der Brennerei stehen, weil der Häuptling einen Zauberer wesentlich lieber in der Rotte hätte als eine Frau!«

Der letzte Teil schmerzte sie, und es schmerzte ihn, es zu sagen. Schakal stemmte sich gegen den Schmerz in Weides Augen und den noch größeren in seiner Brust. Sie löschte ihren so schnell aus, dass Schakal sich nicht sicher war, ob er ihn überhaupt gesehen hatte. So harsch die Wahrheit auch war, sie wusste, dass er recht hatte. Weide atmete langsam ein.

»Sieht so aus, als hättest du doch ein Mitspracherecht«, sagte sie zu Schlitzohr. »Willkommen in der Familie.«

Der Zauberer sagte nichts, aber Schakal spürte seine Blicke.

»Was kommt denn nun als Nächstes, Schak?« fragte Vollkorn während der kurzen Stille.

»Wir gehen zurück zu Sancho«, antwortete er. »Konfrontieren ihn mit dem Elfenmädchen. Bringen ihn dazu, etwas über den kleinen Sklavenhandel des Lehmmasters auszuplaudern.«

Vollkorn hob die Schultern in lässiger Zustimmung. »Und Bermudos Soldaten?«

»Das werden wir auf dem Ritt herausfinden. Im Moment müssen wir dafür sorgen, dass das Sprossenmädchen nicht wie eine gefolterte Gefangene aussieht, für den Fall, dass wir von ihren Leuten gesehen werden.« Schakal warf Augenweide einen Blick zu und machte sich auf einen weiteren Streit gefasst. »Du musst ihr beim Waschen helfen.«

Ein Hauch von Trotz blitzte auf, aber Weides Stolz erlaubte es ihr nicht, sich vor einer so einfachen Aufgabe zu drücken.

Ohne den Blickkontakt zu unterbrechen, schnallte sie ihren Schwertgürtel ab und ließ ihn zu Boden fallen. »Ich könnte auch eine Reinigung gebrauchen.«

»Das könnten wir alle«, sagte Schakal und lächelte, aber Weide ignorierte seinen schwachen Versuch, die Wogen zu glätten. Sie schlenderte an ihm vorbei und ging auf das Sprossenmädchen zu. Schakal hasste sich selbst dafür, dass er Weide nicht vertraute, doch er wartete und beobachtete, wie sie allmählich Fortschritte machte und die Elfe zum Aufstehen überredete. Als sich die beiden auf den Weg zum Flussufer machten, stieß Schakal Vollkorn gegen den Ellbogen.

»Lassen wir ihnen etwas Platz.«

»Weide könnte das Mädchen genauso gut ertränken«, sagte Vollkorn, der mit schweren Schritten neben Schakal herlief.

»Schlitzohr wird sie beobachten.«

Vollkorn grinste und senkte seine Stimme. »Ich beneide ihn um die Show.«

»Ich glaube, er würde lieber dich nackt sehen, Vollkorn.«

Das große Dreiblut fuhr sich mit der Hand über die Glatze und versuchte, nicht über die Schulter zu sehen. »Du meinst ... er kommt durch die Hintertür?«

Schakal gluckste leise. »Ich weiß es wirklich nicht. Vielleicht.«

Vollkorn war mehr verblüfft als beleidigt. »Ergibt Sinn. Man sagt, Frauen rauben einem die Kraft. Ich wette, das gehört dazu – wenn man ein Zauberer ist, muss man Mösen abschwören. Ich frage mich, ob es ihn stärker macht, sich mit anderen Lümmeln zu beschäftigen? Meinst du?«

Schakal warf seinem Freund einen Blick übertriebenen Entsetzens zu. »Ich werde dir nicht dabei helfen, herauszufinden, ob du ein Zauberer bist!«

Mit einem finsteren Blick und einem angewiderten Geräusch stieß Vollkorn Schakal weg und warf ihn dabei um. Er landete hart und konnte sich mit seinem gebrochenen Arm nicht richtig abfangen.

»Scheiße, Schakal!«, rief Vollkorn aus. »Tut mir leid, Bruder.«

Um die Schuldgefühle seines Freundes zu lindern, lachte Schakal über den Schmerz und ließ sich aufhelfen.

»Du musst das behandeln lassen«, sagte Vollkorn und betrachtete stirnrunzelnd die Schiene.

»Wenn wir beim Bordell fertig sind«, sagte Schakal zu ihm. »Aber zuerst will ich die Alte Jungfer von mir runterbekommen. Hilf mir runter zum Wasser. Und komm nicht auf dumme Gedanken!«

Vollkorn schnaubte. »So hübsch bist du nicht, Schakal-Junge. Wenn es sein müsste, hätte ich lieber den fetten Zauberer. Wenigstens hat er Titten.«

Später saß Schakal nackt auf einem sonnenverbrannten Felsen mit Blick auf den Alhundra und ließ seine Haut von der Hitze des Tages trocknen. Er hatte einige Schwierigkeiten, sein feuchtes Haar zurückzubinden. Er hatte den Verband an seinem Arm nicht abgenommen und die Seide war nun lose und durchnässt. Vollkorn stand noch immer brusttief im Fluss, spülte sich den Dreck aus dem Bart und versuchte, einen Blick auf die Stelle zu erhaschen, an der Augenweide und die Elfe noch immer in einem durch einige Felsbrocken abgeschirmten Becken badeten. An jedem anderen Tag wäre Schakal mit ihnen dort draußen gewesen, um etwas Erfreuliches zu erspähen, aber er war so verdammt müde, und ein Ende der Schinderei war nicht in Sicht.

Es war wahrscheinlich ein Fehler, das Sprossenmädchen zu behalten. Zurück zu Sancho zu gehen, ebenfalls. Aber Schakal sah keine andere Möglichkeit. Weide hatte recht. Dem Lehmmaster verletzt gegenüberzutreten und alles auf ein stummes Elfenmädchen zu setzen, wäre ein verzweifelter Schachzug. Das könnte jede Chance zunichtemachen, den Häuptling abzulösen. Also musste er so viel wie möglich herausfinden, bevor er sich dem Rest der Rotte stellte.

Ein Schatten fiel auf Schakals Rücken, und er spürte, wie sein Haar von zwei ruhigen Händen zusammengehalten wurde. Schnell und geschickt wurden seine nassen Locken zu einem Pferdeschwanz gebunden und fielen ihm in den Nacken. Schakal drehte sich um und blinzelte zu Schlitzohr hinauf.

»Ich dachte, du wärst Weide«, sagte er, zu müde, um etwas anderes zu tun, als seine Überraschung unverblümt zum Ausdruck zu bringen.

Er konnte das Lächeln in der Silhouette des Zauberers spüren, es in seiner Stimme hören. »Wäre sie wirklich so schnell bereit, zu verzeihen?«

Achselzuckend wandte sich Schakal wieder dem Fluss zu. »Warum nicht? Ich bin es. Sie hat mir einen Tritt in die Nüsse verpasst, aber siehst du, dass ich ihr das übel nehme?«

Schlitzohr kam und stellte sich neben ihn. »Ah, ja. Aber mit Gewalt und körperlichem Schmerz seid ihr beide vertraut. Heute, Freund Schakal, hast du einen ungewohnten Angriff gestartet.«

Schakal wünschte, die Worte des Zauberers hätten ihn verwirrt. Stattdessen fand er sie nur allzu deutlich.

»Solltest du nicht auf unsere unberechenbare Elfe aufpassen?«, fragte er scharf. »Aufpassen, dass Weides Vertrautheit mit Gewalt nicht zum Vorschein kommt?«

»Und was könnte ich dann deiner Meinung nach tun?«, fragte Schlitzohr mit einem Hauch von trauriger Belustigung in seinem seltsamen Akzent. »Augenweide töten, weil sie sich mir widersetzt hat? Das würde dich und das Dreiblut nur zu meinen Feinden machen. Wer profitiert davon? Ich nicht. Du nicht.«

»Dann halte sie auf, ohne sie zu töten«, antwortete Schakal ohne viel Mitgefühl.

Schlitzohr lachte ihn aus. »Weil ich ein so mächtiger Zauberer bin, dass alles in meiner Macht steht? Du verstehst nicht sehr viel, Freund Schakal. Nein, ich muss mit Bedauern zugeben, dass das Leben der Elfe eine Kleinigkeit ist, wenn man es mit dem Vertrauen deiner Rotte vergleicht. Ich muss auf die Nachsicht deiner Freundin vertrauen und darauf, dass sie die Wahrheiten akzeptiert, mit denen du sie verwundet hast.«

Schakal war verärgert. Und nackt. Es war schwierig bei einer Debatte mit einem Mann einen Vorteil zu finden, wenn man unbekleidet zu dessen Füßen saß.

»Warum sind wir dir wichtig?«, fragte er. »Die Grauen Bastarde. Warum bist du zu uns gekommen? Warum bist du mit mir in den Sumpf gegangen?«

Schlitzohr ließ sich auf dem Felsen nieder. Sein Gesicht und seine Hände waren vollkommen sauber, obwohl Schakal ihn nicht hatte baden sehen. Der Zauberer atmete tief und zufrieden ein und starrte auf den Fluss hinaus.

»Ul-wundulas ist wirklich ein wunderbares Land. Und nur ihr könnt mich hindurchführen.«

»Es gibt noch sieben andere Halb-Ork-Rotten in den Geteilten Landen«, sagte Schakal zu ihm. »Aber es mussten die Grauen Bastarde sein.«

»Niemand außer den Grauen Bastarden würde das tun.«

Schlitzohr sagte dies leichthin, aber irgendetwas an seiner Körpersprache und der Art, wie er das Wasser beobachtete, verriet, dass er das Thema nicht weiter diskutieren würde.

»Vielleicht habe ich dir heute jemanden zum Feind gemacht«, sagte Schakal nach langem Schweigen. »Augenweide, meine ich.«

»Die Welt ist ihr Feind«, antwortete Schlitzohr, immer noch mit Blick auf den Alhundra. »Das muss so sein, sonst könnte sie nicht sein, wer sie ist.«

»Und was glaubst du, wer sie ist?«, fragte Schakal und wusste, dass er absurd beschützerisch klang.

Ein schwaches Lächeln erschien auf Schlitzohrs Gesicht, als er sich umdrehte.

»Jemand, der zu ungeheurer Größe fähig ist.«

Schakal brummte. Schlitzohr hatte nicht unrecht.

»Ich bin neugierig«, wagte der Zauberer sich vor, »wie sie in eure Bruderschaft gekommen ist. Das ist selten, ja? Dass eine Frau einer Rotte beitritt?«

»Das ist unmöglich«, sagte Schakal. »Aber sie hat es geschafft. Na ja, ... wir drei haben es geschafft.«

»Es gibt da eine Geschichte.«

Schakal verzog den Mund. »Keine große. Es braucht nur zwei eingeschworene Brüder, um einen anderen zur Aufnahme in die Rotte vorzuschlagen. Als Schlammkopf zu dienen, ist hilfreich, aber nicht erforderlich. Danach ist es eine Frage der Abstimmung. Vollkorn und ich haben Augenweide vor ein paar Jahren vorgeschlagen. Sie hat die Stimmen bekommen. Das war's. Sie war würdig und hatte sich ihren Platz verdient.«

»Ich glaube, das lag daran, dass du sie ausgebildet hast«, sagte Schlitzohr beiläufig.

Verdammt, diesem Zauberer entging nichts. Schakal sah ihn einen Moment lang von der Seite an. Schlitzohr trug ein geduldiges, sorgloses Grinsen auf den Lippen.

»Ja«, gab Schakal zu. »Obwohl es in gewisser Weise ihre Idee war. Vollkorn und ich haben nur fortgesetzt, was ein anderer begonnen hatte ... und was Weide nicht loslassen konnte.« Ihm war nicht sehr nach Erzählen zumute, aber er ertappte sich dabei, dass er trotzdem redete. Schuldgefühle lockerten seine Zunge, als könne die Schilderung von Weides Vorzügen seine harschen Worte an sie irgendwie wiedergutmachen.

»Es gab mal ein altes Dreiblut bei den Bastarden. Grasmücke. Er war ein Veteran des Einmarschs, half bei der Gründung der Rotte und war der vertrauenswürdigste Reiter des Lehmmasters. Vollkorns Mutter, Beryl, war sein Bettwärmer, obwohl es eher der Wahrheit entspräche, zu sagen, dass er ihr Bettwärmer war. Wenn er nicht gerade auf Patrouille war oder etwas für den Häuptling tat, war Grasmücke im Waisenhaus. Er war das, was für uns alle einem Vater am nächsten kam. Natürlich war er vernarrt in Vollkorn, weil dieser ein Dreiblut und Beryls Sohn war. Aber Vollkorn, Augenweide und ich waren unzertrennlich, sosehr Grasmücke auch versuchte, uns zu spalten. Er lehrte uns kleine Dinge – mehr, als wir älter wurden – über die Pflege von Keilern und Waffen, über die Rotte und die Bräuche der Dickhäuter, ihre Sprache. Wir waren jung, aber er bereitete uns darauf vor, Bastarde zu werden. Wenigstens zwei von uns. Wir waren acht, vielleicht neun Jahre alt, als er den Lehmmaster um den Häuptlingssitz herausforderte. Ich weiß nicht genau, warum, aber er warf seine Axt. Andere schlossen sich ihm an, aber nicht genügend. Die Herausforderung scheiterte. Die Bastarde, die ihn unterstützten, holten ihre Äxte zurück und baten den Lehmmaster um Vergebung. Aber nicht Grasmücke. Als Anstifter der Herausforderung musste er sich vor den Baumstumpf stellen und dem Häuptling erlauben, selbst eine Axt zu werfen. Das ist unser Kodex. Der Lehmmaster zeigte Gnade. Ich schätze, wegen der Jahre, die er und Grasmücke während des Kriegs gemeinsam verbracht hatten, erlaubte er ihm, Nomade zu werden.

Das Leben ging ohne ihn weiter, ein paar Jahre lang mehr oder weniger wie gehabt. Bis zu dem Tag, an dem Vollkorn und ich zur Brennerei gingen, um Schlammköpfe zu werden, und Weide in Teilsieg zurückließen. Sie lief in jener Nacht weg. Beryl musste den Lehmmaster anflehen, Reiter zu schicken, um sie zu suchen. Sie fanden sie innerhalb eines Tages. Vollkorn und ich durften sie besuchen. Sie sagte uns, sie wolle Grasmücke finden, damit er ihr das Reiten beibringen könne. Schon damals war sie halsstarrig, und wir wussten, dass sie tun würde, was sie sagte. Also versprachen Vollkorn und ich, ihr alles beizubringen, was wir gelernt hatten, um sie davon abzuhalten, wegzugehen. Das war der einzige Grund, nur um sie zu beschützen. Ich glaube, wir haben es beide damals eigentlich nicht ernst gemeint, aber was hätten wir sonst tun sollen? Beryl hätte ihr eine weitere Flucht vielleicht durchgehen lassen, aber der Häuptling nicht. Niemand hätte Weide gesucht, wenn sie ein zweites Mal verschwunden wäre. In den ersten Jahren war es fast unmöglich. Vollkorn und ich kamen nur selten aus der Brennerei heraus, aber Weide war geduldig.« Schakal stieß ein kleines Lachen aus. »Das kann man sich heute kaum noch vorstellen. Jedenfalls war das Leben ohne sie nicht dasselbe. Wir spürten es beide, Vollkorn und ich, und was als leerer Schwur begann, wurde zu einem wahren Ziel. Wir wollten sie bei uns in der Rotte haben. Es wurde einfacher, als wir dann eingeschworene Brüder waren. Weide war während unserer Zeit als Schlammköpfe nicht untätig gewesen und konnte mit einer Armbrust besser zielen als wir. Aber ein Keiler ließ sich nicht so gut im Stroh verstecken wie eine Armbrust, und so war sie eine miese Reiterin. Schon einen Monat, nachdem wir Bastarde geworden waren, nahmen wir sie heimlich mit auf Patrouillen. Wofür wir fast acht Jahre gebraucht hatten, meisterte sie in weniger als drei Jahren. Als es so weit war, setzten Vollkorn und ich uns für sie ein. Damals gab es noch ein paar Mitglieder mehr und wir hatten Freunde gefunden. Wir gewannen die Abstimmung und zogen den Zorn des Häuptlings auf uns, aber das spielte keine Rolle. Wir waren wieder zusammen.«

Wie gerufen erschien Weide am Ufer und half dem Sprossenmädchen aus dem Wasser. Beide tropften. Die zarten, rostbraunen Gliedmaßen des Elfenmädchens standen in scharfem Kontrast zu Weides grünem, kurvigen und muskulösen Körper. Schnell liefen sie zum Feigenhain, wo Augenweide in ihren Satteltaschen nach trockenen Kleidern kramte.

»Sie ist wunderschön«, sagte Schakal und beobachtete sie. Die Frauen waren weit genug entfernt, dass er ohne große Scham hinsehen konnte. Außerdem war er nackt. Das machte seinen prüfenden Blick sicher weniger aufdringlich.

Schlitzohr folgte seinem Blick und nickte einmal, bevor er sich wieder dem Fluss zuwandte.

Mit einiger Mühe folgte Schakal dem Beispiel des Zauberers.

»Aber das ist nicht der Grund für ihren Rottennamen«, fuhr er fort. »Als sie in die Bastarde gewählt wurde, sagte der Lehmmaster, dass Frauen nur für zwei Dinge gut seien. Zum Ficken ...«

»Und als Augenweide«, beendete Schlitzohr ausdruckslos. Er streckte die Hand aus und begann, Schakals durchnässte Schiene auszuwickeln. Als er wieder sprach, war sein Ton mitfühlend. »Und heute hast du sie daran erinnert.«

»Nein«, entgegnete Schakal und verzog den Mund mit nachempfundener Bitterkeit. »Sie hat es nie vergessen.«

10

Schakal war froh, dass Delias Zimmer im Erdgeschoss des Bordells lag. Der Gedanke, mit einem zertrümmerten Arm klettern zu müssen, war ihm nicht geheuer. Die Verletzung schmerzte ihn nach wie vor sehr, und in Abständen wurde er von Fieberkrämpfen heimgesucht. Er kauerte im Schatten unter dem Fenster, lauschte den Geräuschen von Delia, die zwei von Bermudos Soldaten unterhielt, und knirschte mit den Zähnen, als sich das Ächzen und Stöhnen der Weichlinge intensivierte. Delias eigenes vorgetäuschtes Stöhnen der Lust war gedämpft. Schakal versuchte, nicht daran zu denken, was in ihrem Mund steckte. Irgendwo hinter ihm in der Nacht, auf dem Hügel aus Felsbrocken und Gestrüpp, grinste Weide zweifellos wölfisch. Sollte sie doch spotten, solange sie ihm seinen verdammten Rücken deckte!

Der Mond stand schon hoch am Himmel, als das schwere Atmen nachließ und durch die angespannte Stille eines Raums mit schlummernden Bewohnern ersetzt wurde. Delia wartete immer, bis ihre Stecher eingeschlafen waren, bevor sie sich leise zum Waschen davonmachte. So hatte sie es auch mit Schakal gemacht, in den ersten Tagen, als er noch nichts weiter war als ein Mischling, der für eine Möse bezahlte. Aber er hatte seit fast fünf Jahren nicht mehr gespürt, wie sie nach der Vereinigung aufstand. Er war jetzt mehr als nur ein klebriger Gestank, der bei der ersten Gelegenheit weggeschrubbt werden musste. Deshalb war er zuerst zu ihrem Fenster gekommen, anstatt sich direkt in Sanchos Gemächer zu schleichen und mit einem Messer unter dem Kinn des schlampigen Hurenmeisters Antworten zu verlangen.

Schakal richtete sich auf, spähte durch die zerbrochenen Lamellen und wartete darauf, dass sich der vertraute Schatten von dem überfüllten Bett löste. Sobald Delias Silhouette auftauchte, zischte er heftig. Die Gefahr, die Soldaten zu wecken, war gering. Sanchos Mädchen wussten, wie man einen Mann auslaugte.

Schakal beobachtete, wie Delia innehielt. Sie hatte es gehört. Sie verließ den Raum geräuschlos, und Schakal ging wieder in die Hocke, bevor er an der Bordellwand entlang zum Zaun eilte, der das äußere Badehaus umgab. Von außen gab es keine Tür, also wartete Schakal, bis zwei leise Klopfgeräusche von der anderen Seite des Holzes ertönten. Dann sprang er auf und hielt sich mit der gesunden Hand am oberen Ende des Zauns fest. Er zog sich hoch, hakte ein Knie um den Pfosten und hebelte sich hinüber. Sein geschienter Arm machte den Absprung schwierig, doch Delia war an seiner Seite, bevor er sich aufrichten konnte.

»Du bist verletzt«, flüsterte sie.

»Nicht schlimm«, log Schakal und suchte in der feuchten Düsternis des kleinen Innenhofs nach Anzeichen für andere Leute.

»Es ist niemand da«, versicherte Delia ihm. »Hier entlang.«

Sie führte ihn zu dem niedrigen, grob gezimmerten Holzgebäude, das Sancho für die Mädchen und seine Gäste gebaut hatte. Schakal fand das Badehaus abstoßend und zog die Reinheit eines fließenden Flusses der abgestandenen Suppe in dem halben Dutzend Wannen vor.

»Als würde man sich in Eierschweiß einweichen«, murmelte Schakal halb zu sich selbst, als Delia ihn zu einer Bank führte.

»Wir holen frisches Wasser aus dem Brunnen, du Trottel.«

Schakal setzte sich, starrte auf die nächste Wanne und verzog das Gesicht. »Trotzdem ...«

Delia schlüpfte aus ihrem dünnen Gewand und schüttete Wasser aus einem Krug in ein nahe gelegenes Waschbecken. Sie nahm einen Lappen und verschwand hinter einer Sichtblende aus Weidengeflecht. Ihre Stimme drang leise von jenseits der Trennwand herüber.

»Also, warum der heimliche Besuch?«

Schakal reagierte nicht sofort. Er hielt seine Augen auf den Eingang zu den Bädern gerichtet, und lauschte auf sich nähernde Geräusche. Delia wusch sich rasch und trat hinter dem Wandschirm hervor, ihr rotes Haar dunkel vom Wasser. In Schakals Kopf tauchte unwillkürlich das Bild von Augenweide auf, die mit dem Sprossenmädchen vom Fluss kam, und er verglich Delias Schönheit mit ihnen. Er gab es nur ungern zu, aber die menschliche Hure konnte leider nicht mithalten.

Obwohl sie noch in ihren Zwanzigern war, hatte ein hartes Leben mit beruflicher Ausschweifung seinen Tribut gefordert. Delias Gesicht wies feine Falten an Mund und Stirn auf, ihre Brüste und ihr Bauch begannen gerade, abzusacken. Irgendwie wirkte sie sowohl weich als auch unterernährt. Doch trotz all der Unvollkommenheiten, die bei dem ungerechten Vergleich mit Weide und der Elfin zutage kamen, spürte Schakal, wie sein Blut beim Anblick ihres vertrauten Körpers in Wallung geriet.

Er neigte den Kopf, damit sie das Aufflackern der Lust nicht sehen konnte, aber er war nicht schnell genug.

»Ist das alles?«, stichelte Delia. »Wegen eines kurzen Stoßes, um den Schmerz deiner Verletzung zu lindern, die ›nicht schlimm‹ ist?«

Sie kam näher, schwang ein Bein über die Bank und setzte sich auf seinen Schoß, bevor sie das andere Bein um ihn herumschlang. Sie saß rittlings über ihm, ihr nasses Haar kitzelte kalt an seiner Nase, und Delia hob sein Kinn mit einem Finger an.

»Ich habe mich schon gefragt, wie lange die Kavallerie dich aufhalten wird«, flüsterte sie. Sie musste einen Minzzweig gekaut haben, denn ihr Atem kühlte den Zentimeter Luft zwischen ihnen.

»Und wie lange will Hauptmann Bermudo seine Truppen hier einquartieren?«, schaffte Schakal trotz seines wachsenden Verlangens zu fragen.

Sie schnalzte mit der Zunge an seiner Nasenspitze.

»Bis der Beutel an ihrem Gürtel oder der zwischen ihren Beinen leer ist.«

Schakal schlang seinen bandagierten Arm um Delias Rücken und drückte sie an sich, wobei er den schmerzhaften Druck auf seine Knochen ignorierte. Mit seiner gesunden Hand schob er ihr die nassen Locken aus dem Gesicht und griff ihr dann grob an den Unterkiefer, was sie zum Grinsen brachte.

»Verdammt, Hure«, sagte er ohne Groll, »ich brauche keine Spielchen. Wie lange?«

»Ich weiß es nicht«, antwortete sie und genoss seine Berührung. »Bermudo lässt sie in Schichten kommen. Nie weniger als acht Mann. Jeden Tag oder so gehen zwei, aber erst, wenn sie vom Kastell abgelöst werden.«

»Verdammt«, fluchte Schakal. »Hat er vor, dies zu einer dauerhaften Kaserne zu machen?«

Delia schien über diese Frage verwirrt zu sein. »Du hast ihn bewusstlos geschlagen, Schak. Hast seinen Mann umgebracht. Was hast du denn erwartet?« Sie begann, ihre Hüften in Schakals Schoß zu bewegen und biss sich auf die Unterlippe.

Schakals Verlangen verflüchtigte sich. Er spürte kaum die einladenden Drehungen, die gehauchten Küsse auf seinem Hals. »Erwartet? Ich hatte ihn an jenem Morgen nicht hier erwartet. Oder dass er uns töten lassen würde. Ich hatte wohl keine Ahnung, was ich von Hauptmann Bermudo zu erwarten hatte. Oder von irgendjemandem.«

Delia bewegte sich nicht mehr, ein besorgter Ausdruck lag auf ihrem Gesicht.

»Schak?«

»Ich glaube, unser Häuptling hat das Bordell benutzt, um ein Sprossenmädchen an den Schlammmann zu liefern.«

»Wie bitte?«

»Wusstest du das nicht?«

»Warum ... warum sollte ich etwas über deine Rotte wissen, was du selbst nicht weißt?«

»Du hast nicht gesehen, dass Sancho ein Elfenmädchen hergebracht hat?«

Delia sah ihn an, als habe er den Verstand verloren. »Elfen huren nicht, Schak.«

»Nein. Sie war eine Gefangene. Wir haben sie in der Alten Jungfer gefunden.«

»Wir?«

»Ich und Vollkorn und Weide, und dieser ... neue Rekrut. Wir haben es geschafft, das Mädchen zu befreien.«

Delias Augen weiteten sich. »Du hast sie dem Schlammmann weggenommen?«

Schakal nickte. »Als ich ihm sagte, er könne sie nicht behalten, wurde er wütend. Noch wütender als sonst. Er hätte uns alle beinahe umgebracht. Das Mädchen ist in Sicherheit, aber ...«

»Jetzt hast du eine Tochter der Sprossen am Hals«, sagte Delia und schüttelte nur leicht den Kopf. »Schak ...«

»Ich weiß«, unterbrach er sie, bevor ihn die Hoffnungslosigkeit in ihrer Stimme ansteckte. »Schlimmer noch, es könnte sein, dass der Lehmmaster das alles arrangiert hat. Ist Blindschleiche in letzter Zeit hier gewesen?«

Delia runzelte die Stirn. »Ist das der geisterhaft Aussehende mit den vielen Narben?«

»Ja.«

»Ein oder zwei Mal, um bei Sancho einzutreiben. Aber schon Monate nicht mehr. Er bleibt nie lange, nimmt sich nie eine Frau. Das ist auch gut so. Er macht uns Angst.«

Huren waren nicht leicht zu erschrecken, vor allem nicht im Brachland. Es brauchte schon etwas wie Blindschleiche, um das zu schaffen. Schakal starrte auf den Boden hinter Delias Taille. Hatte er sich bei all dem geirrt? Delia hätte Schleich nicht gesehen, wenn er nicht gesehen werden wollte. Aber Bauchgefühle und ein Verdacht reichten nicht aus.

Die düsteren Gedanken mussten sich auf seinem Gesicht abgezeichnet haben, denn Delia hakte einen Finger unter sein Kinn und lenkte seine Aufmerksamkeit wieder auf ihr Gesicht. »Was hast du vor?«

»Das Einzige, was ich kann. Ich gehe zu Sancho und schnitze die Wahrheit aus ihm heraus.«

»Verdammt, Schakal!«, fluchte Delia, wobei ihre Stimme etwas lauter wurde, als ihm lieb war.

Schakal warf ihr einen scharfen Blick zu, schubste sie

von seinem Schoß und schlich zur Tür des Badehauses. Er wartete, bis er sicher war, dass niemand etwas gehört hatte, und drehte sich dann wieder zu Delia um. Sie stand jetzt ebenfalls, wieder in ihr Kleid gehüllt, und starrte ihn mit einer Mischung aus Besorgnis und Wut an.

»Hast du den Verstand verloren?« Ihre Stimme war wieder leise, aber sie schaffte es, ihren Worten Nachdruck zu verleihen. Sie deutete mit dem Finger in Richtung des Bordells. »Da schlafen zehn Cavaleros einen Pissstrahl von dir entfernt.«

»Genau«, sagte Schakal. »Schlafen. Die Hälfte ist betrunken und alle sind müde vom Ficken. Ich kann rein und raus, bevor sich einer von ihnen umdreht.«

»Wofür?« Delia zischte. »Um Sancho dazu zu bringen, zuzugeben, dass er Fleisch für deinen Häuptling geschmuggelt hat? Es ist sicherer, deinem Bauchgefühl zu vertrauen und ihn in Ruhe zu lassen.«

»Er muss nichts wegen der Elfe zugeben. Er muss mir sagen, warum er sich nicht an die Abmachung gehalten und sich gegen den Lehmmaster gewendet hat.«

»Gegen ihn gewendet?«

»Sancho hat Garcias Pferd freigelassen. Ich nehme an, er hat kalte Füße bekommen, hatte aber nicht den Mut, eine Kehrtwende zu machen. Also benutzte er das Pferd, um Bermudos Aufmerksamkeit zu erregen und die Cavaleros hierher zurückzubringen, ohne zuzugeben, dass er etwas weiß. Irgendetwas ließ ihn entscheiden, dass es besser ist, sich mit dem Kastell anzulegen als mit dem Lehmmaster. Ich muss wissen, was das war.«

Ein Anflug von Verwirrung machte sich auf Delias Gesicht breit, legte sich aber schnell wieder. »Schak ... es war nicht Sancho.«

Schakal verstummte.

»Es war Olivar«, sagte Delia ihm.

»Der Stallbursche?«

Delia nickte mit einem mitfühlenden Gesichtsausdruck,

als würde sie Schakal mitteilen, dass jemand gestorben sei. »Er war es nicht gewohnt, mit einem Schlachtpferd umzugehen. Es war zu temperamentvoll für ihn. Wir mussten Sancho zu dritt von ihm wegziehen, als er es herausfand. Wir dachten, er würde Olivar umbringen, so wie er ihn verprügelt hat.«

Schakal biss die Zähne zusammen. Also kein Verrat, sondern ein Unfall. Ein verdammter Unfall. Sechs Männer abgeschlachtet und verbrannt, nur weil Garcias Reittier so widerspenstig war wie sein Herr und sich an dem unterernährten Stallburschen eines Bordells vorbeischlängelte. Schakal rieb sich das Gesicht und spürte, wie sich sein Mund nach oben verzog. Er fing an zu lachen und musste sich anstrengen, nicht laut herauszuplatzen.

»Ach, leck mich doch am Arsch. Das ist ... *Scheißdreck*.«

Delia machte einen Schritt auf ihn zu. »Schakal, du musst von hier verschwinden.«

»Das geht nicht«, sagte er, und seine Stimme beruhigte sich. »Sancho hat immer noch Antworten, die ich brauche.«

»Du schöner, tapferer Narr.« Delia sagte es beinahe zu sich selbst und ließ ihren Blick über ihn gleiten. Nach zwei weiteren langsamen Schritten streckte sie die Hände nach oben und legte sie um sein Gesicht. »Hör mir zu. Gier und Angst sind alles, was Sancho kennt. Bermudos Männer füllen seine Hände mit Münzen und seine Hallen mit Schwertern. Sollte er argwöhnen, dass die Bastarde hinter ihm her sind, würde ich vermuten, dass er im Vorteil ist. Du hast es bereits gesagt. Was auch immer er vorhat, das Kastell steht jetzt hinter ihm.«

»Weichlinge auf Wallachen«, spottete Schakal. »Die Grauen Bastarde ...«

»Nein!«, versetzte Delia, schüttelte sein Gesicht grob und zwang ihn, sich auf sie zu konzentrieren. »Hör zu! Du wurdest in den Geteilten Landen geboren, Schakal, aber ich war in Hispartha. Alle Mischlingsrotten zusammen könnten es nicht mit einer der Armeen der Krone aufnehmen.«

»Pisse«, erwiderte Schakal und entzog sich ihr. »Wenn sie so mächtig wären, bräuchten sie uns nicht, um ihre Türschwelle zu bewachen. Sie würden sich nicht darauf verlassen, dass wir die Schurken in Schach halten.«

Delias Gesicht verfinsterte sich. »Das glaubst du wirklich, nicht wahr? Ihr seht Ul-wundulas nicht als das, was es ist.«

»Und was ist es, Delia?«

»Abfall!« Sie beugte sich vor und flüsterte das harte Wort so nachdrücklich, dass ihr die Spucke zwischen den Zähnen herausflog. »Ein Haufen Gedärme und Knorpel und mit Scheiße verschmierte Innereien. Die Reste eines Festmahls, Dreck, der nur von Orks und Geiern und ... Schakalen verdaut werden kann.«

»So siehst du mich also? Als Aasfresser?«

Delia lächelte bitter und wandte den Blick ab. »Das sind wir doch alle. Du, ich, Sancho. Sogar Bermudo und die anderen wohlgeborenen Cavaleros. Du weißt es. Du hast es selbst gesagt. Ich hörte dich an dem Morgen, als Augenweide den Gecken tötete. ›Hierhergeschickt, um vergessen zu werden.‹ Das hast du ihnen gesagt. Denkst du, du bist besser?«

»Wie du schon sagtest«, murmelte Schakal, »ich bin hier geboren.«

»Und du wirst hier bald sterben, wenn du heute Nacht dein Glück herausforderst.«

Schakal presste frustriert die Kiefer zusammen. »Ich kann nicht zulassen, dass der Lehmmaster uns weiter anführt, Delia. Das kann ich nicht. Es war vielleicht ein Fehler, Garcia zu töten, aber er macht es mit seinem Wahnsinn noch schlimmer. Ich muss ihn aus dem Weg räumen. Früher oder später werde ich ihn herausfordern. Und das wird eine reine Glückssache sein, wenn die anderen nicht sehen, was er getan hat. Ohne Antworten kann ich es ihnen nicht zeigen. Antworten, die Sancho hat. Was kann ich sonst tun?«

»Ich weiß es nicht«, antwortete Delia, »aber ich kann nicht zulassen, dass du dein Leben wegwirfst.«

»Was soll das bedeuten?«

»Es bedeutet: Es tut mir leid.«

Bevor er sie aufhalten konnte, schnappte sich Delia ein Waschbecken von der Bank und warf es in einen Haufen Tongefäße auf einem anderen Tisch. Die Töpferwaren zerbrachen und fielen hinunter, was durch die nächtliche Stille hallte. Schakal zuckte bei dem Getöse zusammen, dann erstarrte er und glotzte Delia an.

»Geh«, sagte sie.

Stimmen hallten bereits hohl durch die Wände des Bordells. Die eiligen Schritte würden nicht mehr lange auf sich warten lassen.

Mit gefletschten Zähnen und einem leisen Knurren floh Schakal aus dem Badehaus und rannte zum Zaun. Er kletterte an der Seite hoch, und als er oben angekommen war, stellte er fest, dass Delia ihm nach draußen gefolgt war. Sie legte ihm eine Hand auf die Wade und sah flehend zu ihm hoch.

»Beschützt das Mädchen«, forderte sie. »Behalte Vollkorn und Augenweide in deiner Nähe. Beschütze dich selbst.«

Schakal begegnete ihrem Blick und nickte, bevor er sich auf die andere Seite des Zauns fallen ließ. Er sprintete los, sobald seine Füße den Boden berührten. Raue Stimmen erklangen im Hof, noch bevor er ein Dutzend Schritte zurückgelegt hatte. Sie befragten Delia, aber die Worte gingen im Pochen seines Blutes unter, als er in den Schutz der Felsen rannte.

Augenweide kam ihm auf halbem Weg entgegen, ihre Armbrust gab ihm bei seiner Flucht Schutz. Sobald er an ihr vorbeigelaufen war, drehte sie sich um und holte ihn ein. Sie sagte aber nichts, bis sie sicher zwischen den Felsbrocken kauerten.

»Hast du den fleischverhökernden Arsch erwischt?«

Schakal schüttelte den Kopf. »Nein. Wir müssen zurück zu Vollkorn und den Keilern. Die Cavaleros könnten mir bald auf den Fersen sein.«

»Könnten?«

Schakal hatte keine Lust, Augenweide zu erklären, warum Delia ihn verraten hatte. Stattdessen drängte er sie, sich zu beeilen, und vermied dadurch eine Antwort. Sie eilten durch die Nacht, sprangen über Felsbrocken und rasten über Buschland. Sie schlitterten den Abhang einer Schlucht hinunter und erreichten Vollkorn, der über die Sprosse und die Keiler wachte.

»Was ist passiert?«, fragte das große Dreiblut.

»Wir haben die Cavaleros geweckt«, antwortete Schakal schnell und schwang ein Bein über Heimeligs Rücken. »Wir müssen losreiten.«

Augenweide war bereits aufgesessen, das Elfenmädchen saß sittsam im Sattel vor ihr.

Vollkorn runzelte die Stirn. »Was ist mit dem Schlammpflug?«

Schakal warf ihm einen verärgerten Blick zu. »Womit?«

»Der Zauberer«, stellte Vollkorn klar. »Willst du nicht auf ihn warten?«

Schakal sah sich um. In seiner Eile hatte er nicht bemerkt, dass ein Keiler ohne Reiter dastand.

»Wo ist er hin?«, fragte Schakal.

Vollkorn zuckte unschuldig mit den Schultern. »Zu Sancho.«

»Was zur Hölle?«, sagte Weide.

»Er ging nicht lange nach euch beiden«, erklärte Vollkorn, und seine Stimme wurde wütend, als er sich verteidigte. »Er sagte, es sei Teil des Plans. Ich dachte, du wüsstest es!«

»Wüsste was, Vollkorn?« Schakal brüllte fast. »Dass er sich auf seinen eigenen geheimnisvollen Weg macht, während du hier sitzt und Gedichte für Matschepatsch schreibst?«

»Was hätte ich denn tun sollen?«

»Versuchen, ihn aufzuhalten«, schlug Weide vor.

»Er atmet brennendes Ungeziefer«, sagte Vollkorn scharf zu ihr. »Damit lege ich mich nicht an!«

»Vergiss es«, sagte Augenweide. »Lass uns einfach gehen!«

Schakal war geneigt, ihr zuzustimmen, doch bevor er

eine Entscheidung treffen konnte, kam Schlitzohr unbeholfen mit wogendem Bauch unter seiner Robe den Rand der Schlucht heruntergehüpft.

»Entschuldigt«, sagte der Zauberer atemlos, als er sich näherte. »Wir können jetzt aufbrechen.«

»Was hast du gemacht?«, blaffte Schakal.

Schlitzohr saß nun rittlings auf seinem Barbaren und wischte sich mit einem Seidentuch über die Stirn.

»Oh«, antwortete er lässig. »Ich war im Freudenhaus.«

Vollkorn stieß ein ungläubiges Lachen aus. »Hast du dich gerade für einen Fick gebückt?«

»Wahrlich«, sagte der Zauberer und fächelte sich Luft zu. »Man hat Bedürfnisse.«

Vollkorn sah verwirrt aus. »Ich dachte, du wärst ein Hinterlader?«

Schakal war weder amüsiert noch verwirrt. Er wollte einfach nur weg. Aber Weides Misstrauen war geradezu greifbar.

»Dort war alles die ganze Nacht über tot«, sagte sie. »Wen hast du gefunden, der bereit war, so spät die Beine breitzumachen? Vor allem für einen Halb-Ork, wenn die Cavaleros dort übernachten, um uns fernzuhalten?«

»Eva«, antwortete Schlitzohr schlicht, und seine Wangen blähten sich bei jedem Atemzug auf.

»Eva?«

Vollkorn lachte grunzend. »Oh, klar, wer auch sonst.«

Schakal zögerte. Konnte der Zauberer wirklich in das Bordell eindringen, eine willige Frau finden, mit ihr ins Bett gehen und unbemerkt wieder verschwinden? Er hatte auf jeden Fall genug Zeit gehabt; Schakal hatte eine ganze Weile unter Delias Fenster gewartet.

»Schakal!« Augenweides Stimme durchbrach seine Gedanken.

»Das klären wir später«, sagte er. »Wir müssen weiter.«

»Kein Grund zur Eile«, sagte Schlitzohr, holte einen Trinkschlauch aus seiner Tasche, entfernte den Korken und nahm einen großen Schluck. »Ich habe jegliche Verfolgung während meines Fortgehens peinlichst unterbunden.«

»Noch mehr verdammte Magie?«, erkundigte sich Vollkorn – sein Gesicht misstrauisch, aber seine Stimme anerkennend.

»Freund Vollkorn«, zwinkerte Schlitzohr, »zehn inkontinente Pferde haben nichts Mystisches an sich. Wenn die Weichlinge, wie ihr sie alle nennt, die Jagd aufnehmen wollen, werden sie das auf ihren eigenen Füßen tun müssen.« Der Zauberer steckte den Stöpsel mit dem Handballen wieder in den Schlauch und machte eine Geste. »Sollen wir?«

Schakal sah in die Nacht. »Lasst uns reiten.«

»Wohin?«, fragte Vollkorn.

Schakal dachte einen Moment nach. Er musste seinen Arm behandeln lassen, und zwar schnell. Er brauchte beide Hände, wenn er sich Hoffnungen machen wollte, diesen Schlamassel in den Griff zu bekommen.

»Zu Zirko«, sagte er schlicht.

Vollkorn verzog das Gesicht. »Bruder, ich weiß nicht ...«

»Bist du bekloppt?«, fragte Augenweide. »Der kleine Scheißer wird dir nicht helfen.«

»Ich habe keine andere Wahl!«, schnauzte Schakal, und seine Wut über Delias Handeln kochte über. Er hielt seinen verletzten Arm vor sich und biss die Zähne zusammen, um nicht zu schreien. »Ich kann ihn kaum noch spüren, Weide! Er ist schon zu lange abgebunden. Soll ich ihn vom Gemüsehändler abschneiden lassen? Denn etwas anderes bleibt mir nicht übrig, wenn der Priester mir nicht hilft. Du musst nicht mitkommen, aber ich reite nach Strava.«

Weide mahlte bei seinen Worten mit den Kiefern, aber ihr Blick wurde etwas weicher. »Er wird einen Preis verlangen.«

»Ich weiß.«

Augenweide brütete einen Moment über seiner Antwort. »Nimm die Sprosse. Ich übernehme die Spitze. Vollkorn: Nachhut.«

Das Dreiblut nickte.

Augenweide ließ die Elfe los und versuchte gar nicht erst, ihre Freude darüber zu verbergen, dass sie die zusätzliche Reiterin loswurde. Die Sprosse war weniger erfreut und klammerte sich einen Moment lang an Weides Sattel. Das Zittern war jedoch nur von kurzer Dauer, und ein paar sanfte Worte von Schakal, gepaart mit den ungeduldigen Schubsern von Augenweide, brachten sie dazu, auf Heimeligs Rücken zu steigen. Schakal legte seinen verletzten Arm um die schmale Taille des Mädchens, um sie festzuhalten, griff mit der anderen Hand in die Mähne des Barbaren und schlug ihm die Fersen in die Flanken.

Er hörte, wie Schlitzohr und Vollkorn hinter ihm miteinander scherzten.

»Also ... du stehst *doch* auf Frauen?«

»Wie sagt man hier? ›Im Sturm nimmt man jeden Hafen‹? Ich denke, du verstehst.«

»Ah. Tja ... dann brauchst du ein neues Sprichwort. Wie: ›In der Nacht nimmt man jeden Arsch.‹ Denn im Dunkeln ist das alles dasselbe, ja?«

»Na ja, es sind nicht alle gleich. Ich bin mir sicher, dass ich es gemerkt hätte, wenn es das Gesäß von, sagen wir, einem strammen Dreiblut gewesen wäre.«

»Immer langsam, Zauberer. Ich bin kein Hinterlader. Aber wenn ich es wäre, kannst du sicher sein, dass ich nicht der ... Empfänger oder was auch immer wäre.«

»Nein, ich bin sicher, dass das stimmt.«

Es entstand eine lange Pause; dann dröhnte Vollkorns Stimme wieder, er sprach langsam und dachte offensichtlich immer noch verwirrt nach.

»Eva mag es aber zwischen den Backen. Das kostet natürlich extra.«

Schlitzohr kicherte. »Aber natürlich!«

Schakal stieß Heimelig die Fersen in die Flanken und ritt weiter voraus, um das Lachen von Vollkorn und Schlitzohr hinter sich zu lassen. Augenweide war irgendwo in der Nacht und kundschaftete alles aus. Sie war so weit vor ihnen, dass sie nicht mehr zu sehen war. Schakal gewöhnte sich schnell an den Rhythmus zweier Reiter und versuchte, seine Aufmerksamkeit auf die schattige Landschaft zu richten, um nach Anzeichen von Ärger Ausschau zu halten. Doch sein Kopf schwirrte vor lauter Anstrengung, die Ereignisse der letzten Tage zu entwirren. Nachdenken war schwierig. Jetzt, da er die Wahrheit über seinen Arm laut ausgesprochen hatte, schien die Wunde schnell schlimmer zu werden, um seine Worte zu bestätigen. Jeder von Heimeligs Schritten sandte einen Schmerzimpuls durch Schakals geschwollenen Arm, aber der Schmerz war besser als das schleichende, mulmige Taubheitsgefühl. Krank und schwitzend ritt er durch die Nacht, und schon bald musste er seine ganze Kraft zusammennehmen, um sich im Sattel zu halten.

11

Die Halblinge lebten in der Gruft ihrer Götter. Strava war kaum mehr als ein großer Hügel aus verrottender Erde, gekrönt von einem bröckelnden Turm. Es war ein Krebsgeschwür auf dem ohnehin schon unschönen Antlitz des Flachlands. Das gesamte Bauwerk war ein verfallener, farbloser Anblick, doch seine Hüter mit ihren verkrüppelten Gliedmaßen verehrten es als heiligen Ort.

Schakal verglich Religion mit Wahnsinn. Er hatte gehört, dass es im Norden, in den großen Städten Hisparthas, mehr Tempel als wohlgenährte Kinder gab, dass hundert gesichtslose Götter den Reichtum der Adligen und die ängstlichen Bitten der Bauern entgegennahmen. Es fiel ihm schwer, sich das vorzustellen, aber Delia, Ignacio und andere hatten ihm versichert, es entspreche der Wahrheit. Zum Glück war ein solcher Glaube in Ul-wundulas so gut wie unbekannt. Das Brachland mochte gottverlassen sein, aber Schakal zog es vor zu glauben, dass die Geteilten Lande die Heimat derer waren, die keine unsichtbaren alten Männer, hundeköpfigen Dämonen und sauertöpfischen Hexen brauchten. Hier vertraute man lieber auf ein starkes Reittier, eine geladene Armbrust und ein paar zuverlässige Gefährten.

Im Moment hatte Schakal zwei dieser drei Dinge. Seine Armbrust war im Sumpf verloren gegangen, aber wenigstens war Heimelig unter ihm und seine Freunde waren an seiner Seite. Sie starrten alle mit geröteten Augen auf Strava und blinzelten gegen die Sonne, die hinter dem gezackten Turm aufging. Der Ritt war lang und dicht am Gebiet der Zentauren gewesen. Doch das Glück war ihnen hold geblieben und es kamen keine nach Blut brüllenden Pferdedödel aus den Schatten galoppiert.

»Bemerkenswert«, sagte Schlitzohr und schirmte seine Augen mit einer Hand an der Stirn ab, während er den Turm betrachtete.

»Mir wäre die Brennerei viel lieber«, nörgelte Augenweide. »Ich hasse diesen Ort. Wie ein verdammter Kadaver, all diese kleinen schwarzen Scheißer, die sich hier rein- und rauswinden.«

»In Ordnung«, fiel Schakal ihr ins Wort. »Ich brauche Hilfe von hier, also keine Beleidigungen mehr. Das gilt auch für ›kleine schwarze Scheißer‹. Vollkorn, wer ist ihr Gott? Ich will keinen Stumpf davontragen, nur weil ihr hier Mist redet.«

»Belico«, antwortete Vollkorn pflichtbewusst, »aber man nennt ihn auch ...« Das Dreiblut verzog das Gesicht, als ihm der andere Name nicht einfiel, aber Augenweide kam ihm zu Hilfe.

»Der Meistersklave«, sagte sie, und ihre Stimme nahm einen gelangweilten Ton an, während sie schnell Fakten aufzählte. »Er war vor tausend Jahren ein Mensch und ein großer Krieger. Er kämpfte gegen einige Götter und gewann, aber er hätte es ohne seinen stämmigen Diener nicht geschafft.«

Schakal warf ihr einen scharfen Blick zu.

»Ohne seinen *Halbling*-Diener«, korrigierte Weide sich zähneknirschend.

»Und der Name des Dieners?«, drängte Schakal.

Weide sah ihn an, als wäre er schwachsinnig. »Zirko. Sie heißen alle so.«

»Nur der Hohepriester«, sagte Schakal zu ihr. »Vollkorn?«

»Belico fragte den ersten Zirko, wie er ihn belohnen könne, und der kleine Scheißer ...«

Schakal hob eine Hand. »Verdammt ...«

»Tut mir leid«, sagte Vollkorn und versuchte, nicht zu grinsen. »Zirko hat um ... eine Frau gebeten. Und darum, nach Hause zurückzukehren. Und um ein eigenes Volk.«

»Das ist nicht richtig.«

Es war Schlitzohr, der gesprochen hatte, und aller Augen richteten sich auf ihn.

»Ehefrau. Heim. Volk«, wiederholte der Zauberer, wobei er den fernen Turm nicht aus den Augen ließ. »Das nahm Zirko erst für sich in Anspruch, nachdem er seine wahre Belohnung erhalten hatte. Das Geschenk, das er von Belico erbat, so behaupten die Halblinge, war: ›Meister, ich möchte, dass du jetzt so bist, wie ich war.‹ Mit diesen Worten stellte der kleine Sklave einen Gott unter seinen Befehl.«

Schakal nickte. »Willst du es zu Ende erzählen?«

Schlitzohr wandte sich ihm zu und plusterte lächelnd seine dicken Wangen auf. »Glaubst du wirklich, dass ich den Rest nicht kenne, Freund Schakal?«

»Ich denke, das werden wir gleich herausfinden«, sagte Schakal und starrte den fetten Zauberer an.

Mit einem Schulterzucken wandte Schlitzohr seine Aufmerksamkeit wieder Strava zu.

»Belico erfüllte den Wunsch seines treuen Sklaven und stellte seine Macht in Zirkos Dienste. Zirko nahm sich die schönste aller Frauen zur Frau. Sie war nicht verkrüppelt, doch der neue Prophet verkündete, dass alle ihre Kinder so sein würden wie ihr Vater. Aus Zirkos Lenden ging das Volk der Halblinge hervor.«

»Und alle Krüppelchen lobten seine Eier bis zum Ende«, spottete Augenweide.

»So ist es«, antwortete Schlitzohr, ohne auf ihren Spott einzugehen. »Sie nennen ihn den Heldenvater, aber es ist Belico, den sie am meisten verehren, und nur ihn erkennen sie als Gott an.«

Weide streckte ihren Rücken im Sattel und stieß ungeduldig ihren Atem aus. »Sind wir jetzt alle über die Religion der Watschler im Bilde, ja? Gut. Lasst uns reiten. Bringen wir es hinter uns.«

Augenweide trieb ihr Reittier an, ritt voran und schlängelte sich durch das Gestrüpp, bevor sie direkt über die Ebene auf Strava zusteuerte.

»Ich glaube, die Halblinge mögen es nicht, wenn man sie Watschler nennt«, sagte Vollkorn und stachelte Schakal damit gezielt an. Grinsend schnalzte der große Mischling, um Matschepatsch anzutreiben, und ritt hinter Augenweide her.

Schakal ritt langsamer. Irgendwann vor der Morgendämmerung war das Sprossenmädchen eingeschlafen, und er wollte sie nicht wecken, wenn er es vermeiden konnte. Ihr Kopf ruhte an dem Arm, mit dem er Heimelig lenkte, während sein anderer Arm sie im Sattel festhielt. Nach stundenlangem Reiten waren seine Glieder verkrampft und die Muskeln schrien förmlich nach einer Veränderung der Position. Er ertrug das wachsende körperliche Unbehagen, um etwas Ruhe in seine Gedanken zu bringen. Wenn sie wach war, war die stumme Passivität der Elfe zermürbend. Schakal hasste es, dass sie ihn fürchtete. Es war hochmütig, aber er hatte sie von einem wahren Schrecken befreit und spürte, dass ihre anhaltende Ängstlichkeit ihn irgendwie mit der Verderbtheit des Schlammmanns in Verbindung brachte.

»Es ist wirklich ein Wunder«, durchdrang Schlitzohrs Stimme sein Grübeln.

Schakal drehte sich um und entdeckte den Zauberer, der neben ihn ritt. Schlitzohr deutete auf Strava.

»Man erzählt sich, dass der Kriegsherr Belico, bevor er zur Gottheit aufstieg, seinen restlichen Männern befahl, nach Ul-wundulas zu reiten, dem einzigen Land, das er noch nicht betreten hatte. Auf dem Weg dorthin sollte jeder Mann seinen Helm mit Erde füllen und einen Stein auf seinem Schild mitschleppen. Auf diese Weise wurde der Hügel aufgeschüttet und sein Turm mit den eroberten Gebeinen aus fernen Ländern errichtet.«

Schakal brummte. »Ich habe die Legende schon mal gehört.«

»Tatsächlich«, erwiderte Schlitzohr freundschaftlich. »Ich bin von deinem Wissen beeindruckt, Freund Schakal.«

»Es ist wichtig, genug über die Religion der Halblinge zu wissen, um sie nicht zu beleidigen«, sagte Schakal. »Leute, die an Götter glauben, sind oft kratzbürstig.«

»Kratzbürstig. Das ist ein gutes Wort. Eines, das dich in diesen letzten Stunden beschreibt, denke ich.«

»Wenn du etwas zu sagen hast, Zauberer, dann sag es.«

»Du hast Angst, mir zu vertrauen.«

Schakal drehte sich um und sah Schlitzohr an. Sein pummeliges Gesicht lächelte immer noch hinter seinem gepflegten Bart.

»Du gibst keine ehrlichen Antworten«, sagte Schakal zu ihm. »Nicht darauf, warum du mit mir in den Sumpf geritten bist, und nicht darauf, warum du in dieses Bordell gegangen bist. Du hast letzte Nacht keine Hure gevögelt, egal, was du behauptest.«

»Das ist so«, gab Schlitzohr ruhig zu.

»Willst du es mal mit der Wahrheit versuchen?«, fragte Schakal, wobei seine mürrische Stimmung die Frage in eine Drohung verwandelte.

»Ich bin hineingegangen, um sicherzustellen, dass du wieder herauskommst. Das ist auch der Grund, warum ich mit dir in den Sumpf gegangen bin. Beides ist die Wahrheit.«

»Schlitzohr, wenn ich am Ende jeder deiner Erklärungen fragen muss, *warum*, werde ich deinen fetten Arsch vom Keiler herunterprügeln.«

Die Perle, die am Bart des Zauberers baumelte, tanzte, als er kicherte. »Ich will nur das, was du willst, Freund Schakal. Dass du die Grauen Bastarde anführst. Und bevor du mich schlägst: Der Grund dafür ist, dass auch ich mir etwas wünsche. Meine Hoffnung ist, dass du und die Rotte – die ich dir helfen werde, zu beanspruchen – mir helfen werden, wenn die Zeit gekommen ist. Aber heute stehe ich dir zu Diensten. Ich hoffe, das genügt und hält deine Katzenbürste von meinem Fleisch fern.«

»Kratzbürste«, korrigierte Schakal und konnte ein Lächeln beim besten Willen nicht unterdrücken.

Er ließ die Sache auf sich beruhen und vertraute auf sein Bauchgefühl. Es hatte ihm gesagt, dass ihm Schlitzohr etwas über das Bordell verheimlichte, und es hatte recht gehabt. Jetzt sagte es ihm, dass der Zauberer die Wahrheit sprach, wenn auch nicht die ganze. Schakal wusste nicht, was Schlitzohr von den Bastarden wollte, und im Moment war es ihm auch egal. Er hatte keine Eide geschworen, keine Abmachungen getroffen und war nicht verpflichtet, den Zauberer bei seinen Ambitionen zu unterstützen. Im Moment hatte Schakal einen mächtigen Zauberer auf seiner Seite, der ihm helfen wollte, den Lehmmaster zu ersetzen. Am besten prüfte er die Hauer des Schweins nicht zu genau. Seine unmittelbarsten Sorgen lagen vor ihm, wo sich eine Gruppe von Reitern auf Augenweide und Vollkorn zubewegte.

»Sind das …«, begann Schlitzohr.

»Unyaren«, bestätigte Schakal. »Die Nachkommen von Belicos Armee. Sie sind den Halblingen gegenüber sehr loyal. Los, komm. Wir sollten Weide einholen, bevor sie etwas sagt, das ihr einen Pfeil in die Lunge einbringt.«

Schakal kümmerte sich nicht mehr um den Schlaf des Elfenmädchens und trieb Heimelig zu schnellem Trab an.

Das Rütteln weckte sie auf. Als sich ihr Kopf von seinem Arm löste, drückte ihr Gewicht nicht mehr gegen seinen Oberkörper, was sowohl eine Erleichterung als auch eine Enttäuschung war. Schakal konnte ihr Gesicht nicht sehen, aber er spürte, wie sie die Situation schnell erfasste und ihre Aufmerksamkeit auf die acht Reiter richtete, die Vollkorn und Augenweide nun umringten. Wie immer hatten die Unyaren ihre Recurve-Bogen in der Hand, aber Schakal war erleichtert, als sie keine Pfeile spannten.

Er verlangsamte Heimeligs Tempo, als er näher kam, und ritt vorsichtig zwischen den Pferden hindurch, um sich seinen Gefährten anzuschließen. Schlitzohr folgte seinem Beispiel.

Die Unyaren überragten auf ihren Pferden die Halb-Orks auf ihren Keilern und die Männer sahen mit ihren scharfen, schräg stehenden Augen auf sie herab. Sie waren von gedrungener Statur, kleiner als der durchschnittliche Hisparthaner, und ihre gebräunte Haut war gelblich gefärbt. Ihre breite Brust war mit Schuppenpanzern bedeckt und an ihren Gürteln hingen volle Köcher, stabile Wurfäxte und gebogene Schwerter. Schakal erkannte ihren Anführer an der Trompete, die an seinem Sattelhorn hing.

»Wir sind Mitglieder der Grauen Bastarde«, sagte Schakal zu dem Mann. »Wir kommen in aller Bescheidenheit zu euch, um die Weisheit von Zirko, dem Hohepriester von Belico, zu erbitten.«

Der Unyar ließ seinen Blick über die Gruppe schweifen und verweilte für einen Moment bei dem Elfenmädchen. Ihr Anblick veranlasste den Mann, unsicher an seinem langen, dünnen Schnurrbart zu zupfen. Schakal tat so, als würde er es nicht bemerken, und wartete mit offener Miene.

Schließlich zischte der Anführer und riss sein Reittier an den Zügeln herum. Seine Reiter wendeten ebenfalls ihre Rösser in Richtung Strava und trieben Schakal und seine Gefährten über die Ebene. Es war immer beunruhigend, von diesen Reitern eskortiert zu werden. Ihre Fertigkeit im berittenen Bogenschießen war fast so legendär wie die ihres göttlichen Kriegsherrn. Allein diese acht Männer, die sie umzingelten, konnten Schakal und seine Leute in Sekundenschnelle mit Pfeilen durchlöchern und Keiler wie Reiter töten.

Die Unyaren waren die älteste Rotte in den Geteilten Landen. Sie hatten bereits seit Jahrhunderten in Ul-wundulas gelebt, bevor Hispartha das Land für sich beanspruchte. Der Hügel und der Turm von Strava waren schon alt, als die ersten Heere aus dem Norden heranmarschierten. Halblings-Pilger von Belico waren schon lange durch die Welt gezogen, um nach Reliquien aus der Zeit zu suchen, als ihr Gott noch ein Mensch war, und die Hispartha-Könige hatten sie schon oft beherbergt. Daher beschlossen sie, dass der Schrein unter dem Schutz Hisparthas stehen sollte, aber nicht seinen Gesetzen unterworfen war. Während des Orkeinmarschs waren die Unyaren unentbehrliche Verbündete gewesen, die kleine Scharmützel bestritten und das Dickicht in den Ebenen durchpflügten. Doch ihre Loyalität galt ihrem Gott und den Halblingen, die als seine Priester dienten. Sie sorgten in erster Linie für die Sicherheit ihrer Heimat. Keine Ork-Armee kam jemals auch nur in die Nähe von Strava. Am Ende des Kriegs nahm Hispartha die Länder um Strava von der Auslosung aus, um Belico und seine Anhänger nicht zu verärgern. Die Halblinge und ihre Unyaren-Beschützer waren eine neutrale, wenn auch nicht völlig unparteiische Präsenz in Ul-wundulas. Nur die Zentauren führten Krieg gegen sie, aber lediglich während des Verrätermonds, wenn alle zu Beute wurden.

Bald ragte Strava vor ihnen auf. Als Schakal nach oben sah, hatte er den schwindelerregenden Eindruck, dass der Turm umstürze, wobei die sich bewegenden Wolken im Hintergrund die Illusion noch verstärkten. Der Turm mochte einst viereckig gewesen sein, aber die Winde der Jahrhunderte hatten an den Steinen genagt, unzählige Regenfälle den Mörtel aufgelöst. Aus der Nähe sah das ganze Ding aus, als würde es einstürzen, ebenso wie der ausgetrocknete Hügel, auf dem der Turm stand.

Ein ausgedehntes Dorf lag am Fuße von Strava. Hütten und Pferdeställe erstreckten sich strahlenförmig über den Hügel. Menschenkinder hüteten Ziegen und dünne graue Ochsen in Pferchen, während die Frauen verschiedenen Arbeiten nachgingen, die sie seit dem Morgengrauen beschäftigten. Jede Dritte schien Pfeile zu befiedern. Alle Männer mit zwei gesunden Beinen und einem geraden Rücken saßen auf Pferden, ritten zur Jagd oder zur Patrouille aus oder hielten in der Nähe des Turms Wache. Von den Halblingen war keine Spur zu sehen. Alle würden sich in Strava, im Turm oder unterhalb des Hügels aufhalten.

Die Reiter eskortierten die Keiler um den Westhang herum und führten sie zu einem leeren Korral. Größe und Form des Pferchs sowie der kleine Stall an einem Ende erweckten den Eindruck eines Trainingsplatzes. Die Tröge außerhalb des Stalls waren voll und die Keiler stürzten sich eifrig darauf. Die Unyaren warteten, während Schakal und die anderen abstiegen, und der Anführer bedeutete ihnen, im Schatten des Stalldachs Schutz zu suchen. Mehrere Frauen betraten den Stall und trugen mit Leinen bedeckte Krüge und Holzteller. Es stellte sich heraus, dass sie mit Ziegenmilch und -fleisch gefüllt waren. Kaum hatten sie den Proviant auf dem Boden abgestellt, gingen die Frauen wieder. Die Reiter verweilten nur einen Augenblick länger. Der Anführer nickte Schakal einmal zu und folgte dann seinen Männern.

»Ich glaube, wir müssen noch ein bisschen warten«, erklärte Vollkorn mit einem Bissen Ziegenbraten im Mund.

Schakal nickte nur, während er die Beine ausstreckte und die Elfe im Auge behielt. Sie ging und stellte sich im hinteren Teil des flachen Stalls in den tiefsten Schatten. Schlitzohr folgte ihr und hielt ihr einen der Krüge hin. Sie nahm ihn, ohne zu zögern, und trank mit tiefen, aber vorsichtigen Zügen, ohne einen Tropfen über ihr Kinn zu verschütten.

Schakal spürte einen Stoß an seinem gesunden Arm und sah, dass Augenweide ihn mit einem Tablett anstupste. Als er das fettige Fleisch sah, erwachte Schakals Hunger, und er nahm ein großes Stück mit seinen Fingern.

»Höflich von ihnen, uns nicht zu bewachen«, sagte er, bevor er seinen ersten Bissen nahm.

Weide schnaubte. »Das weißt du doch besser, Schak.«

Er brummte zustimmend und nickte. Er wusste es besser.

Sie verbrachten den Vormittag damit, sich im Schatten auszuruhen. Vollkorn kümmerte sich um die Keiler und inspizierte jeden einzelnen sorgfältig, bevor er sich im Stall auf seine Bettrolle legte. Innerhalb von Sekunden schnarchte der Grobian, was ihm einen verärgerten Blick von Augenweide eintrug. Schlitzohr saß mit dem Rücken zur Wand, die dicken Beine unter sich angezogen und die Augen geschlossen.

»Kümmerst du dich um sie?«, fragte Schakal Weide und deutete mit seinem Kopf auf die Elfe, die sich nun mit dem Rücken zu ihm zusammengerollt hatte.

»Schlaf«, sagte Weide nachdrücklich.

Er drückte ihr dankbar das Knie, lehnte sich gegen den Sattel und war auch schon eingeschlafen, noch ehe er einen zweiten tiefen Atemzug tun konnte.

Er erwachte sanft und langsam, und als seine Augen wieder scharf sehen konnten, erkannte er eine kleine Gestalt, die neben ihm kniete. Die Verbände waren von seinem gebrochenen Arm gelöst, obwohl er nicht gespürt hatte, dass sie entfernt worden waren, und die Gestalt tastete mit stumpfen Fingern, die die Farbe von fruchtbarer Erde hatten, sanft seine Knochen ab.

»Verzeih mir«, sagte Zirko, ohne den Blick von seiner Aufgabe abzuwenden. »Ich wollte dich nicht wecken.«

Schakal sagte nichts und beobachtete den Halbling bei seiner Arbeit. Seine langen, gedrehten schwarzen Locken wurden durch ein Band aus schwerem, ungefärbtem Leinen von seinem Gesicht ferngehalten. Leuchtend grüne Augen tanzten und begleiteten seine Hände bei der Inspektion.

»Das ist ein böser Bruch, Schakal der Grauen Bastarde«, sagte Zirko schließlich, seine Stimme war erstaunlich tief für einen so kleinen Mann. »Und du warst nicht nett zu ihm. Es wird zwei Monde dauern, vielleicht auch länger, bis er sich erholt hat, und selbst dann wird der Arm vielleicht nicht gerade sein.«

»Deshalb bin ich hier«, antwortete Schakal. »Er muss jetzt geheilt werden.«

Zirko blies einen langen Atemzug aus seinen Nasenlöchern. Er sah Schakal zum ersten Mal in die Augen und musterte sein Gesicht. Der Halbling sagte eine ganze Weile nichts. Schließlich stand er auf und ging an den Rand der Schatten, die inzwischen lang geworden waren. Der Himmel über dem Korral war in die Farben der Dämmerung getaucht.

Schakal setzte sich auf und sah sich um. Alle waren wach, und er stellte peinlich berührt fest, dass er wohl der Einzige war, der die Ankunft des Hohepriesters verschlafen hatte. Vollkorn war in die Hocke gegangen, um nicht vor Zirko aufzuragen, dessen Kopf nicht einmal bis zum Schritt des Dreibluts reichte.

Der Halbling wirkte nachdenklich und wandte ihnen den Rücken zu. Sein Gewand war einfach und schmucklos, ebenso wie die Sandalen an seinen Füßen. An seiner Seite trug er ein breites Schwert mit gerader Klinge, das im alten Imperiumstil geformt war. Den Halblingen war durchaus zuzutrauen, dass es tatsächlich aus dem alten Imperium stammte. Auf der anderen Seite des Korrals warteten zwei weitere Halblinge, deren Haut und Haare ebenso dunkel waren wie die des Hohepriesters und die genauso schlicht gekleidet waren. Schließlich drehte sich Zirko wieder um und strich mit der Hand über den kurz geschorenen Bart, der seine wulstigen Lippen umgab.

»Ich versuche, mich daran zu erinnern, wann sich das

letzte Mal ein Halb-Ork in die Hände des Großen Belico begeben hat.« Vollkorn antwortete: »Es war dieses Mitglied der Bruderschaft der Kessel, nicht wahr? Derjenige, der einen Orkspeer in den Bauch bekam. Ich kann mich nicht mehr an seinen Namen erinnern.«

»Schwarten«, sagte Augenweide.

»Genau der«, stimmte Vollkorn zu.

Zirko hob einen Finger als Zeichen, dass er sich erinnerte. »Ah, ja. Und er hat uns seither bei jedem Verräter begleitet, zusätzlich zu dem traditionellen Reiter, den die Bruderschaft der Kessel stellte. Ich frage mich, ob euer Lehmmaster darüber genauso erzürnt sein wird wie der Häuptling der Bruderschaft? Die Mischlingsrotten haben sich oft schwergetan, einen Reiter herzuschicken. Zwei sind nahezu undenkbar.«

Schakal versuchte, keine Grimasse zu schneiden.

Das alles gehörte zu einer Vereinbarung, die am Ende des Einmarsches getroffen worden war, lange bevor er eine Brigantine getragen hatte. Jeder Halb-Ork schickte einen Reiter, der den Unyaren bei ihren unergründlichen Streifzügen gegen die Zentauren zur Seite stand. Im Gegenzug warnte Zirko sie vor der Ankunft des nächsten Verrätermonds. Der kleine Priester hatte getan, was Hisparthas beste Sterndeuter nicht konnten, und das Geheimnis entdeckt, wie man die chaotische Veränderung des Monds vorhersagen konnte.

Seit die Pferdedödel zum ersten Mal von den zerstörten Inseln des Sintflutmeeres nach Ul-wundulas gekommen waren, hatten sie den Verräter mit einer Orgie des Blutvergießens gefeiert. Als Junge hatte Schakal sich gefragt, ob es die plötzliche Veränderung des Mondes schon vor der Einwanderung der Zentauren gegeben hatte, aber niemand hatte es ihm je sagen können. Der Verräter und die Zentauren waren schon Jahrhunderte, bevor er anfing, Fragen zu stellen, im Brachland ansässig gewesen, und sie waren ein seit Langem akzeptiertes Übel. Und böse waren sie obendrein.

Die Zentauren hatten keine Strategie bei ihren Angriffen.

Sie hatten kein anderes Ziel als Abschlachten und Plündern, um ihre herzlosen Götter zufriedenzustellen. Die Überfälle waren brutal und unberechenbar, doch meistens blieb die Brennerei unbehelligt, und der unheilvolle Mond wich der Morgendämmerung, ohne dass auch nur ein einziger 'Taur gesichtet worden war. Doch für jede ignorierte Siedlung wurde eine andere gnadenlos angegriffen. Eine Rotte, die glaubte, ohne Zirkos Warnung auskommen zu können, spielte mit ihrem Glück. Und das Glück war in der Vergangenheit wankelmütig gewesen.

Erst vor sechs Jahren hatten sich die Spitzbuben geweigert, einen Reiter nach Strava zu schicken, um während eines drohenden Verräters zu kämpfen. Im darauffolgenden Sommer schickte Zirko ihnen keine Nachricht über den nächsten Mond. Die Spitzbuben wurden überrumpelt, und obwohl ihre Festung standhielt, blieben von ihrem Nachbardorf nur Asche und Leichenfliegen übrig. Die Rotte versuchte, wieder auf die Beine zu kommen, aber Ul-wundulas war ein raues Land. Ohne Ernte, ohne Bettwärmer, ohne Kinder waren die Spitzbuben gezwungen, sich aufzulösen, und ihre Mitglieder wurden von den übrigen Rotten übernommen. Iltis war ein Spitzbube gewesen, bevor er mit den Bastarden ritt.

»Ich brauche das, Zirko«, sagte Schakal. »Wenn ich bei jedem Verräter an deiner Seite stehen muss, wenn das dein Preis ist, dann sag es.«

Das schien den Halbling zu betrüben. Er neigte den Kopf und lächelte mürrisch.

»Wie klein und begehrlich müssen wir dir vorkommen«, sagte Zirko leise. Als er wieder hochsah, lag eine Sanftheit auf seinem Gesicht, die Schakal noch nie gesehen hatte. Der Ausdruck grenzte beinahe an Selbstmitleid. »Ich weiß, dass du uns für geizig hältst. Aber die Lasten meines Volkes und die Forderungen meines Gottes sind dir unbekannt. Und sie existieren jenseits eurer oberflächlichen Urteile, die ihr im Inneren hegt. Du weißt nicht, was wir jedes Mal opfern, wenn wir unseren Gott um die Heilung eines Ungläubigen bitten.«

»In den Geteilten Landen wird zu jeder Mahlzeit ein Opfer serviert«, antwortete Schakal. »Wir bluten hier alle. *Daran* glaube ich.«

»Und warum sollten wir unseren Gott weiter für dich anflehen, Halb-Ork?« In Zirkos Antwort lag keine Bosheit, sondern nur grimmige Neugier.

»Das kannst nur du beantworten«, sagte Schakal zu ihm. »Wie du sagst, weiß ich nichts von deiner Last. Aber das heißt nicht, dass ich nicht helfen kann, sie zu lindern, wenn ich die Chance dazu habe.«

Der Hohepriester stand ruhig da und betrachtete die Bewohner des Stalls. Schließlich gab er seinen Bediensteten ein Zeichen. Die beiden Halblinge überquerten die Koppel und stellten sich neben ihren Herrn. Beide waren weiblich, ihr krauses schwarzes Haar war fast bis auf die Kopfhaut kurz rasiert.

»Ich frage mich, Schakal«, sinnierte Zirko, »bist du bereit, die Hilfe meines Gottes anzunehmen, ohne vorher den vollen Preis zu kennen? Ich sage dir jetzt, dass es nicht ausreicht, dich mit uns gegen die Zentauren zu stellen, wenn der Meistersklave das verlangt.«

Augenweide atmete scharf ein und wollte etwas sagen, aber Schakal drehte sich um und brachte sie mit einem Blick zum Schweigen. Er sah Zirko direkt in die Augen.

»Wenn es bedeutet, dass mein Arm wieder ganz ist«, erklärte er, »dann ja.«

»Ach, verdammt«, stöhnte Vollkorn.

»Sehr gut«, sagte Zirko. Er drehte sich um und nahm mehrere Gegenstände von seinen Bediensteten entgegen. Es handelte sich um drei Keramikgefäße, von denen das größte kaum die Größe einer richtigen Tasse hatte. Der Halblingpriester stellte sie in abnehmender Reihenfolge ihrer Größe vor Schakal auf den Boden.

»Fülle dies mit deinem Urin.« Zirko wies auf das größte

Gefäß. »Das nächste mit Blut. Und das letzte mit deinem Samen.«

Schakal runzelte die Stirn, aber es war Vollkorn, der die Frage stellte.

»Ist das die Bezahlung?«

»Nein«, antwortete Zirko schlicht und beobachtete Schakal immer noch.

»Aber es ist erforderlich?«, fragte Schakal.

Der kleine Mann ließ lächelnd weiße Zähne aufblitzen. »Oh ja. Was am schwersten zu geben ist, sagt viel über einen Mann aus, nicht wahr?«

Ohne einen weiteren Kommentar verließ Zirko den Stall und ging auf die andere Seite der Koppel. Seine Bediensteten blieben erwartungsvoll zurück und warteten.

»Scheiße«, fluchte Schakal und stand auf. Als er sich umdrehte, sah er Augenweide ganz in der Nähe stehen. Ihr Blick war hungrig und sie lächelte leicht.

»Ich denke«, sagte sie mit kehliger Stimme, »das erste Gefäß schaffst du schon allein. Aber ich wäre bereit, dir mit den anderen zu helfen.«

Sie nahm seine unverletzte Hand in ihre eigene und begann, sie zu einer der vollen Brüste unter ihrem Leinenhemd zu führen. Ohne sich darum zu kümmern, dass die anderen zuschauten, öffnete Schakal begierig seine Finger. Er stöhnte auf, als Schmerz über seine Handfläche zuckte, und riss seine Hand zurück. Augenweide hatte sich so schnell bewegt, dass er nicht einmal gesehen hatte, wie sie das Messer zog.

»Bitte sehr«, sagte sie und lachte. »Du brauchst mir nicht zu danken.«

Auch Vollkorn kicherte. Mit geballter Faust und gefletschten Zähnen starrte Schakal die beiden an.

»Verschwende es besser nicht, Bruder«, riet Vollkorn und musterte die Gefäße.

Schakal ging in die Hocke und drückte das Blut aus der Wunde in das mittlere Gefäß. Er spürte, wie sein Puls in seiner Hand pochte, während das Blut das Gefäß schnell füllte. Schlitzohr reichte ihm einen Verband, und Schakal begann, seine aufgerissene Handfläche zu umwickeln.

»Zwei schlechte Hände machen das Pissen zu einer Herausforderung«, sagte Vollkorn mitfühlend, »und das letzte Gefäß wird ein verdammter Albtraum.«

Schakal warf Weide einen vernichtenden Blick zu. »Manchmal bist du wirklich eine Fotze.«

»Scheiße, Schak«, erwiderte sie und sah wirklich zerknirscht aus. »Daran habe ich nicht gedacht.« Als ihr nicht vergeben wurde, und sie weiterhin nur vernichtende Blicke erntete, zuckte Augenweide mit den Schultern und hob ihre Stimme. »Entschuldigung! Was weiß ich denn schon vom Melken eines Schwanzes? Ich denke nicht die ganze Zeit darüber nach, so wie ihr beiden.«

»Vielleicht sollten wir unserem Freund Schakal etwas Ruhe gönnen«, schlug Schlitzohr vor und deutete auf den Korral, wo es schnell dunkel wurde.

Der Zauberer überredete die Gruppe, den Stall zu verlassen, und schenkte dem Sprossenmädchen im Vorbeigehen ein freundliches Lächeln. Schakal versuchte, sie nicht anzusehen, aus einer jungenhaften Angst heraus, sie könne verstanden haben, warum man ihn allein ließ. Zirkos Bedienstete entfernten sich ebenfalls etwas weiter, aber er bemerkte, dass sie den Stall weiterhin im Auge behielten.

Obwohl Schakal seine Jugend damit verbracht hatte, seine Boa zu würgen, hatte er Mühe. Seine Verletzungen behinderten ihn natürlich, aber die größte Schwierigkeit lag in seinem Geist. Er beschwor das Gefühl von Delia auf seinem Schoß im Badehaus herauf, aber das anfängliche Anschwellen verflog schnell. Schakal wünschte sich, er hätte sich Vollkorn angeschlossen, um die Elfe beim Baden zu beobachten. Er stellte sich vor, was er verpasst hatte, aber das brachte seine Gedanken auf Augenweide und seine frisch aufgeschnittene Hand, was ihn daran erinnerte, dass sie ihm in die Eier geboxt hatte. Das ließ ihn fast völlig verkümmern. Glücklicherweise erinnerte er sich auch an die unterbrochene Begegnung mit Cissy, an ihren entblößten Hintern auf einem Fass und an ihre Lust auf Grobheit. Vor seinem geistigen Auge tat er alles, was Weide verhindert hatte, und seine Fantasie ging weiter, als selbst Cissy es erlaubt hätte.

Nachdem das dritte Gefäß erledigt war, war das Pissen in das größte Gefäß nur noch eine Frage der Zeit.

Die Halblinge brachten die Gefäße weg, zu welchem Zweck, wusste Schakal nicht. Er versuchte, nicht darüber nachzugrübeln. Vollkorn und Augenweide amüsierten sich immer noch über die ganze Tortur, aber ihr Grinsen und ihre Sticheleien verbargen eine tiefere Besorgnis über die unbekannte Abmachung, die Schakal gerade getroffen hatte. Schlitzohr hingegen blieb beunruhigend ausdruckslos.

Als die Nacht hereinbrach und der Mond höher stieg, gab es kein Zeichen von Zirko oder einem seiner Diener. Drei Unyar-Frauen brachten Essen und Wasser, aber ansonsten war der Korral ein unbewachter Käfig.

Schließlich gesellte sich Vollkorn zu Schakal an den Zaun, wo er sich vor Stravas Schatten, der sogar Sterne verdunkeln konnte, mit der Nachtwache herumquälte.

»Weide und ich werden schlafen«, sagte das Dreiblut leise. »Schlitzohr kümmert sich um das Spitzohr.«

»Gut.« Das war alles, was Schakal als Antwort einfiel. Er wartete, denn er wusste, dass sein Freund noch mehr zu sagen hatte.

»Wir müssen morgen zur Brennerei zurückkehren, Schak. Die Rotte muss wissen, dass wir alle noch am Leben sind.«

»Ja«, stimmte Schakal langsam zu. »Bei Sonnenaufgang brichst du mit Augenweide auf. Schlitzohr und ich werden mit dem Mädchen folgen, sobald wir können.«

»Willst du sie wirklich mit zurücknehmen? Was wird der Häuptling tun, wenn er sie sieht?«

»Genau«, sagte Schakal. »Was? Seine Reaktion wird uns etwas verraten. Hoffentlich genug.«

»Und wenn seine Reaktion darin besteht, sie zu töten? Und dich?«

Schakal hatte bereits darüber nachgedacht. »Er muss nicht wissen, was wir vermuten. Er wird nur das mit Sicherheit wissen, was wir ihm sagen. Der Schlammmann hat versucht, uns zu töten, als er nach dem Pferd gefragt wurde. Wir haben ihn zur Strecke gebracht und seine Elfensklavin gerettet. Was immer es sonst noch geben mag, er wird es uns verraten müssen. Wir können nur hoffen, dass er das tut und wir schnell genug sind, um das auszunutzen.«

Ein grollender Seufzer entfuhr Vollkorn. Er tätschelte kurz Schakals Hinterkopf und schüttelte ihn gleichermaßen liebevoll wie grob, bevor er zurück zum Stall ging.

Heimelig trottete herbei, wühlte geräuschvoll herum und ließ sich dann im Staub nieder. Bald grunzte und schnüffelte der Keiler im Schlaf. Schakal sank erschöpft auf den Boden und fühlte sich fast krank. Die beängstigende Taubheit hatte sich jetzt vollkommen in seinem gebrochenen Arm ausgebreitet. Wenn er sich auf das dumpfe, tote Gefühl konzentrierte, wurde Schakal übel, also versuchte er, es zu verdrängen. Er legte sich mit dem Rücken gegen Heimelig, wobei sein Kopf und seine Schultern auf dem Bauch des Keilers ruhten. Der Rhythmus des Barbarenatems ließ Schakals Augenlider schnell zufallen.

12

Schakal erwachte hustend. Die Luft war muffig und schwer von einer Mischung unangenehmer Gerüche. Heimelig musste in der Nacht woanders hingegangen sein, denn Schakal lag flach auf dem Rücken. Er blinzelte gegen die anhaltende Verwirrung seiner Schläfrigkeit an und setzte sich auf, wobei ihn der Morast, der in seine Lungen sank, beinahe würgen ließ. Der Rauchgestank war am stärksten, mit widerlichen Untertönen von Rost und verrottetem Leder.

Zirko stand vor ihm.

»Du bist stark geworden, Schakal der Grauen Bastarde.«

Es war verdammt dunkel, der Himmel mond- und sternlos. Der Hohepriester war nur durch die Fackel in seiner Hand zu sehen.

»Du bleibst in Gesellschaft eines Dreibluts und dieser einen Frau«, fuhr Zirko fort, »doch jetzt fügst du deinem Gefolge einen Zauberer und eine Elfensklavin hinzu. Manche würden das als Wahnsinn bezeichnen.«

Schakal blinzelte gegen das grelle Licht der Fackel und seine eigene Verwirrung an und stand auf.

Zirko drehte sich um und sein Licht enthüllte das steinerne Gewölbe eines niedrigen Tunnels direkt hinter ihm.

Schakal zuckte zurück, als sich seine Wahrnehmung auf brutale Weise änderte. Er hatte geglaubt, er befinde sich im Korral, unter dem weiten, offenen Himmel, doch nun wurde ihm klar, dass er sich unter der Erde befand, umgeben von grobem Schmutz und bedrohlichen Felsen. Die drückende Luft, gepaart mit dem Gestank von tausend alten Gräbern, begann ihn zu ersticken. Er spuckte und hustete und kämpfte inmitten der unbestreitbar bleiernen Schwärze darum, zu atmen und nicht zu würgen.

Zirkos Stimme durchdrang die Panik.

»Es gab viele, die Belico für verrückt hielten, als er mit nur zwei Brüdern, vierzehn Männern und einem Zwergensklaven loszog, um seine Nachbarn zu erobern.«

»Wo ...«, röchelte Schakal, bevor ihn ein trockener Hustenanfall schüttelte.

»Am Ende wagte es niemand mehr, ihn einen Verrückten zu nennen. Kriegsherr. Geißel. Gott. Das waren die Worte, die nun in aller Munde waren.«

Wütend über seine eigene Schwäche, knurrte Schakal und zwang seinen Körper zum Gehorsam.

»Wohin hast du mich gebracht?«, fragte er.

»Komm«, Zirko winkte in Richtung des Tunnels. »Erlaube mir, dich zu führen.«

Klamm vor Schweiß, aber leichter atmend, ging Schakal auf den Halbling zu. Zirko wartete geduldig, bis er nur noch ein paar Schritte entfernt war. Dann trat er in das gähnende Maul ein. Schakal musste sich ducken, um ihm zu folgen.

Das Licht der Fackel beleuchtete den engen Schlund. Holz und gemauerte Steine hielten die Erde zurück, doch dieser Kampf war schon alt, und kleine Lawinen trockener Erde rieselten durch Risse im Mauerwerk. Sie gingen lange Zeit schweigend, und Schakals Beine begannen zu brennen, weil er sich in der Hocke vorwärtsbewegen musste. Zahlreiche Gänge kreuzten ihren Weg, unheimliche Schattenschlunde, die sich in unregelmäßigen Abständen links und rechts öffneten. Zirko bog mehrmals ab, und Schakal fragte sich bald verzweifelt, ob er jemals den Weg zurück zum freien Himmel finden würde.

Gelegentlich kamen sie in den Seitentunneln an anderen Halblingen vorbei, die stehen blieben und sich verneigten, als Zirko vorbeiging. Jeder von ihnen trug eine Fackel oder einen anderen Gegenstand bei sich, den er sorgfältig und ehrfürchtig hielt. Schakal bemerkte mit Rost oder Grünspan überzogene Waffen und Rüstungen, von denen einige kaum mehr als unförmige Klumpen waren. Mehrere Halblinge hatten seidene Beutel oder kleine Schatullen dabei, deren Inhalt ein Geheimnis war. Die meisten trugen jedoch Knochen. Nachdem er einen vierten Halbling gesehen hatte, der einen Schädel an seine Brust drückte, vermied Schakal es, in die anderen Tunnel zu schauen, und konzentrierte sich auf Zirkos Rücken.

Schließlich betraten sie eine annähernd kreisförmige Kammer. Die Decke war gewölbt und erlaubte es Schakal, aufrecht zu stehen. Die Kammer mochte einst recht groß gewesen sein, aber die an der gebogenen Wand aufgetürmten Abfallhaufen nahmen viel Platz weg und erstickten den Raum. Schätze lagen neben Müll: zerbrochene Töpferwaren inmitten goldener Urnen, verrottete Sättel lagen auf offen stehenden Münztruhen, zerbrochene Bogen auf geplatzten Säcken mit Edelsteinen. Über all dem lag ein schmieriger Film aus Staub, Patina und Altersgeruch. In der Mitte des Horts der Plünderungen stand eine schräg angestellte Steinbahre, auf der das Skelett eines Mannes lag. Das Skelett war in eine vermoderte Rüstung gekleidet und von zerfressenen Waffen umgeben. Die Knochen auf der Totenbahre waren dem Tunnel zugewandt.

Zirko bahnte sich einen Weg durch die Trümmer und stellte sich neben die Bahre, wobei er seine Fackel in die Höhe hielt, um die Überreste besser in flackerndes Licht zu tauchen.

»Das war Attukhan«, sagte der Halbling mit vor Respekt gedämpfter Stimme. »Einer der ursprünglichen vierzehn Männer, die den Mut hatten, sich Belico anzuschließen.«

Schakal verweilte am Eingang des Tunnels und sagte nichts.

»Dein Humor sagt mir, dass du viel mit Attukhan gemeinsam hast, Schakal«, fuhr Zirko fort. »Mut, Ehrgeiz, ein rücksichtsloses Vertrauen, das manche als Dummheit bezeichnen würden. Das wird hervorragend passen. Ich bete, dass du dessen würdig bist.«

»Wessen würdig?«, wagte Schakal zu fragen.

Zirko ignorierte die Frage und deutete mit einem trägen Finger auf den Inhalt des Grabes. »Weißt du, wie lange mein Volk gebraucht hat, um all das zu finden? Wie viele Halblings-Pilger durch die Welt zogen, unermüdlich auf der Suche nach den Gegenständen, die Attukhan im Leben besaß? Wie viele mit leeren Händen zurückkehrten, ihr Glaube in Scherben? Wie viele ... überhaupt nicht zurückkehrten?«

Schakal schüttelte den Kopf.

Zirko lächelte. »Nein. Und es kümmert dich auch nicht. Warum sollte es auch?«

Vorsichtig streckte der Halbling seine freie Hand nach der Bahre aus, fuhr mit den Fingern unter die linke Unterarmschiene des Skeletts und hob die Unterarmknochen heraus.

»Vielleicht«, sagte Zirko und hielt die Knochen dicht an seine Brust, »genügt es zu sagen, dass deine Bitte etwas sehr Kostbares erfordert.«

»Ich sagte doch, ich bin bereit, den Preis zu zahlen«, erklärte Schakal.

»Weil du nicht weißt, was es ist. Dir fällt es leicht, dich in eine unbekannte Gefahr zu stürzen, vielleicht findest du es sogar beruhigend. Aber ich frage mich, ob du so kühn wärst, wenn du ihr direkt ins Gesicht starren müsstest.«

Schakal spürte, wie seine Geduld schwand. »Du hast mich gefragt, ob ich mich blind auf einen Handel einlassen würde, und ich habe zugestimmt. Jetzt stellst du meinen Mumm infrage! Heile mich oder lass es, Priester, aber verschone mich mit deinen Einblicken in mein Wesen.«

Zirko holte tief Luft. »Wusstest du, dass der erste Zirko im Süden geboren wurde? In Dhar'gest, das die Orks jetzt für sich beanspruchen?«

Schakal hatte etwas in der Art gehört, erinnerte sich aber erst jetzt daran. Er wurde der Fragen müde und war nicht in der Stimmung, eine Antwort zu geben. Der Hohepriester schien auch keine zu erwarten.

»Bevor er von Sklavenhändlern entführt und an das Imperium verkauft wurde«, erzählte der Halbling, »war Zirko der verkrüppelte Sohn eines Löwenjägers. Sein Vater verkaufte ihn auf dem Fleischmarkt, als klar war, dass er nie größer als ein Junge werden würde. Jahre später wurde er einem unbedeutenden Steppenhäuptling als Tribut für einen kleinen Dienst übergeben. Er sollte diesem Häuptling schließlich helfen, Göttlichkeit zu erlangen. Doch am meisten wünschte er sich, in die Steppen seiner Kindheit zurückzukehren.

Als er schließlich zurückkehrte, war Zirko der Patriarch seines eigenen Stammes, der Anführer der Unyar-Reiter und Prophet des von Menschen und Halblingen gleichermaßen verehrten Gottes. Sein früheres Volk sollte seinen Glanz jedoch nie sehen. In den langen Jahren, die Zirko als Sklave verbrachte, hatten die Orks sein Heimatland überrannt. Zirko wandte sich an den Meistersklaven und bat den Gott, die Schlächter seines Geburtsvolks zu vernichten. Doch Belico, frischgebackener Gott, konnte die uralten Mächte, die sich aus den Opferfeuern der Orks speisten, nicht bekämpfen. Zirko war gezwungen, über den Schlauch nach Norden zu fliehen, und kam hierher nach Ul-wundulas. Während der Reise befahl er den Unyaren, ihre Helme mit Erde zu füllen und Steine auf ihren Schilden mitzuschleppen, damit er Strava aus der Seele seiner Heimat errichten konnte.«

Schakal bemerkte zu spät, dass er grinste.

»Ist etwas lustig?«, fragte Zirko milde.

»Nein«, sagte Schakal zu ihm. »Tut mir leid. Schlitzohr hatte die Geschichte falsch erzählt. Ich hatte mich nur darauf gefreut, ihm das unter die Nase zu reiben.«

Zirko gluckste. »Für Zauberer ist jegliches Wissen eine Waffe. In ihrer Eile, ihren Köcher zu füllen, sehen sie oft nicht nach, ob die Schäfte gerade sind.«

»Warum erzählst du mir das?«

»Damit du den Preis verstehst«, antwortete Zirko, und sein Lächeln verschwand. »Ich habe keine Lust auf Tricksereien. Ich konnte vor deinen Gefährten einfach nicht über die Bedingungen sprechen. Deine Rottenschwester hätte wahrscheinlich versucht, mich zu töten, wenn sie den Preis für meine Hilfe erfahren hätte.«

»Dann nenn ihn mir.«

»Es gibt zwei Preise. Den einen, den du mir zahlen musst, kennst du bereits. Der zweite muss an den mächtigen Belico gezahlt werden.«

»Sprich, Priester!«

»Für mich musst du bei jedem Verrätermond hier in Strava dabei sein. Bist du einverstanden?«

»Wird gemacht.«

Zirko musterte ihn mit zweifelndem Blick. »Du antwortest schnell, Schakal. Ich dachte, Loyalität gegenüber der eigenen Rotte sei absolut. Du würdest deine Brüder in der Nacht, in der sie dich wahrscheinlich am meisten brauchen, im Stich lassen?«

»Sie sind Bastarde«, sagte Schakal. »Sie können ein paar Nächte ohne mich klarkommen.«

»Aber kannst du ein Leben ohne sie ertragen?«, fragte Zirko leise.

Schakal zögerte. Irgendetwas in der Stimme des Halblings ließ ihm das Blut in den Adern gefrieren. Der kleine schwarze Mann sah sich langsam um und betrachtete in aller Ruhe die unzähligen Reliquien.

»Mein Namensvetter hat seinen Wunsch nach Rache nie aufgegeben. Nach langen Jahren hatte Zirko eine Offenbarung. Als Gott konnte Belico nicht gegen die Orks antreten, aber als Mensch gab es keine Armee, die er nicht besiegen konnte. Also widmeten meine Pilger ihr Leben dem Sammeln der Überreste von Belicos Heer und brachten sie alle hierher in seinen Tempel. Wenn er sieht, wie die Macht seines sterblichen Lebens noch einmal zusammenkommt, wird er in Fleisch und Blut zurückkehren und seine Männer vom Tod zurückholen. Belico wird wieder reiten und Orkblut vergießen, bis nichts mehr übrig ist, um die Welt zu beflecken.«

Schakal sah, wie sich die beunruhigende Leidenschaft des Glaubens in Zirkos ganzem Körper ausbreitete, während er sprach. Seine kleine Statur spielte keine Rolle mehr. Im Zentrum seines eigenen Eifers war der Halbling ein gewaltiger, kontrollierter Sturm. Wäre er von Dickhäutern umgeben gewesen, hätte der Priester sie alle mit Leichtigkeit niedergemäht, daran hatte Schakal keinen Zweifel. Der Gedanke an hundert Tempel in Hispartha war plötzlich gar nicht mehr so schwer vorstellbar, wenn der Glaube an den Gesichtslosen so etwas selbst aus dem kleinsten Mann machen konnte.

Zirko hielt die Knochen auf Armeslänge vor sich und kam näher.

»Ich werde dir Attukhans Arm geben. Aber du musst hier unter dem heiligen Strava schwören, dass du, wenn der große Gott Belico zurückkehrt, während du noch atmest, an seiner Seite reiten wirst, anstelle des Champions, dessen Knochen dich geheilt haben. Du musst schwören, dich von allen Loyalitäten loszusagen und nur den Wünschen des Meistersklaven zu dienen. Das ist der Preis, den mein Gott verlangt.«

Schakal brauchte lange, um zu antworten, obwohl er keinen Widerwillen mehr verspürte. Dies war eine Abmachung, die niemals eingelöst werden musste. Götter waren Fabelwesen und Menschen kehrten nicht vom Tod zurück. Aber Schakal nahm sich einen Moment Zeit, um sich seine Erleichterung nicht anmerken zu lassen. Es war klar, dass Zirko an das glaubte, was er sagte, aber selbst verloren in der Inbrunst seiner Gottesverehrung, war der Priester kein Narr. Eine zu schnelle Antwort könnte ihn auf Schakals Zweifel aufmerksam machen.

»Ich schwöre«, sagte Schakal feierlich, »dass ich Belico dienen werde, wenn er zu meinen Lebzeiten zurückkehrt.«

Zirkos Fackel begann zu flackern. In dem zuckenden, schwachen Licht sah Schakal, wie der Halbling seine Hand öffnete und die Unterarmknochen auf den Boden der Gruft fallen ließ. Beide waren in zwei Teile zerbrochen. Schwärze strömte aus der Kuppel herab, bemächtigte sich der geschwächten Flamme und löschte sie aus. Schakal war blind.

Und dann öffnete er die Augen.

Der Morgenhimmel war neugeboren, noch gelbstichig vor dem eigentlichen Sonnenaufgang. Die Feuerstelle fühlte sich warm und stechend an Schakals Haut an. Benommen und steif rollte er sich zusammen und stemmte sich vom Boden hoch. Heimelig schlief einfach weiter und strampelte nur ein wenig, weil er gestört wurde. Als Schakals Blick über den Korral schweifte, sah er, dass Augenweide und Vollkorn bereits ihre Barbaren sattelten. Schlitzohr und das Sprossenmädchen schliefen wohl noch.

Schakal war auf halbem Weg durch den Korral, als er stutzte und erkannte, was er getan hatte. Aus alter Gewohnheit hatte er beim Aufstehen beide Hände vor sich auf den Boden gelegt und sein ganzes Gewicht nach oben gedrückt. Schakal hielt seinen linken Arm hoch, betrachtete ihn und beugte die Finger. Da waren keine Schmerzen, keine furchtbare Schwellung oder ein schmerzhafter Druck. Kein ekelerregendes Taubheitsgefühl. Das verdammte Ding fühlte sich gut an. Als er die Schiene abnahm, untersuchte Schakal seinen Arm genauer. Sein Fleisch roch ein wenig säuerlich, weil er unter den Verbänden geschwitzt hatte, aber ansonsten war es normal. Während er ging, schüttelte Schakal schnell seine Hand an der Seite und näherte sich Vollkorn von hinten.

»Wir reiten los«, sagte der Grobian, der zu sehr mit Matschepatsch beschäftigt war, um sich umzudrehen.

»Wir reiten alle zusammen«, sagte Schakal.

Vollkorn drehte sich langsam um und runzelte die Stirn. Augenweide sah von ihrem Keiler auf. Schakal hob seinen Arm, zeigte ihnen seinen Handrücken und wackelte mit den Fingern.

»Dann ist das also erledigt«, murmelte Augenweide und kümmerte sich wieder darum, ihre Speere zu sichern.

Vollkorn klappte vor Erleichterung und Verwunderung die Kinnlade herunter. »Wann zum ... Worum hat er dich gebeten?«

»Nichts«, antwortete Schakal. »Ich werde jeden Verrätermond hier verbringen, wie er gesagt hat.«

»Hm«, grunzte Vollkorn. »Lehmmaster wird Gift pissen.«

»Ab nach Hause«, sagte Schakal, ignorierte die letzte Bemerkung und klopfte dem Dreiblut auf die Schulter. Er pfiff schrill über den Korral und weckte Heimelig. Der Keiler kam auf die Hufe und trabte herbei. Schakal verschwendete keine Zeit und sattelte ihn. Schlitzohr kam zu ihm, als er den Sattelgurt ein letztes Mal festzog.

»Also«, sagte der Zauberer, »ich nehme an, es wurde ein Pakt geschlossen?«

Schakal grinste ihn an. »So solide wie der zwischen dir und mir. Oh, und du lagst falsch mit den Helmen voller Dreck. Es war nicht Belico, der den Unyaren den Befehl dazu gab. Es war Zirko.«

»Tja. Also, er wird es wissen«, antwortete Schlitzohr amüsiert. »Er war dabei.«

Schakal lachte kurz auf. »Der erste Zirko war dabei.«

»Wie du meinst«, erwiderte Schlitzohr und ging bereits auf seinen Barbaren zu.

»Fettarsch mag es nicht, wenn er sich irrt«, sagte Schakal zu Heimelig, immer noch kichernd. Als er hochsah, entdeckte er das Elfenmädchen, das im Stall wartete und die Vorbereitungen beobachtete.

Weides Ersatzreithose war der Elfe zu groß und mit einem schmutzigen Seil um die Taille geschnürt. Das Hemd war nicht so schlimm, obwohl die Elfe es weit weniger ausfüllte als seine Besitzerin. Schakal fiel ihr Haar auf. Sie musste Weide erlaubt haben, es am Fluss abzuschneiden, da es vom Sumpf zu verdreckt war, um es richtig zu reinigen. Seine Verletzung und seine Sorgen hatten Schakal bisher davon abgehalten, es zu bemerken, aber jetzt fiel ihm die leuchtende Farbe auf – so schwarz, dass es fast blau war. Augenweides Messer hatte es bis knapp unter den Kiefer der Elfe gekürzt, was ihr ein struppiges, wildes Aussehen verlieh.

Als ihm bewusst wurde, dass er sie anstarrte, wandte sich Schakal ab und stieg auf.

»Vollkorn«, rief er, »du kümmerst dich um das Spitzohr.«

Sobald die Sprosse auf Matschepatschs Rücken saß, ritten sie alle aus dem Korral. Dort wartete eine Gruppe von Reitern auf sie. Zirko, der auf einem Esel ritt, war bei ihnen. Schakal und die anderen zügelten ihre Keiler.

»Die Unyaren werden euch sicher wegbringen«, sagte der Priester zu ihnen.

»Wir danken euch«, antwortete Schakal und senkte respektvoll sein Kinn.

Als die Reiter sich in Bewegung setzten, um die Keiler zu eskortieren, hob Zirko seine Hand in Richtung Schakal.

»Auf ein letztes Wort, bevor du aufbrichst.«

Der Trupp hielt nicht an und machte deutlich, dass der Priester sich allein mit Schakal unterhalten wollte. Vollkorn und Augenweide zögerten.

»Geht schon«, sagte Schakal. »Ich komme gleich nach.«

Zirko wartete, bis alle Reiter außer Hörweite waren, bevor er sprach.

»Ich vertraue darauf, dass wir uns wiedersehen.«

»Der Verrätermond«, sagte Schakal. »Solange du vor seinem Kommen warnst, werde ich hier sein.«

»Gut«, antwortete der Priester. »Strava wird dadurch sicherer sein. Nimm auch das hier.«

Aus einer Tasche an seinem Gürtel holte Zirko ein Lederpäckchen hervor und warf es Schakal zu.

»Teeblätter?«, fragte Schakal und schnupperte an dem Inhalt.

»Die helfen gegen die Übelkeit.«

»Ich fühle mich nicht krank.«

»Nicht für dich«, sagte Zirko. »Für deine Elfenfrau. Noch einen Monat und sie wird sie jeden Morgen gebraut brauchen.«

Schakal spürte, wie sein Kiefer herunterklappte. »Du glaubst, sie ist schwanger?«

»Ich weiß, was sie nicht weiß. Noch nicht.«

»Verdammter Schlammmann!«, knurrte Schakal.

Zirko schnalzte mit der Zunge. »Ich fürchte, ihre Zeit ist weniger als sieben Monde entfernt. Das ist nicht der Samen irgendeines Mannes in ihrem Bauch.«

»Dieser dreckige Sumpftrottel ist kein Mann ...«

Schakal brach ab, als sein Gehirn begriff, was der Halbling gerade gesagt hatte.

»Sieben Monate? Du meinst ...?«

Zirko senkte den Blick als Antwort.

Schakal fuhr sich mit seiner frisch geheilten Hand durch die Haare. Das arme Mädchen trug einen Halb-Ork in sich.

13

Schuhnagel war der erste Bastard, den sie sahen, nachdem sie durch den Tunnel der Brennerei geritten waren. Er hob weder seine Armbrust noch schlug er Alarm oder forderte die Schlammköpfe auf, Schakal in Ketten zu legen. In seiner Stimme lag eher Erleichterung als Groll.

»Fick alle Höllen«, fluchte er und trabte hinüber, um ihnen bei der Versorgung ihrer Keiler zu helfen. »Wir haben euch alle für tot gehalten. Wo ist Vollkorn?«

Schakal gelang es, Augenweide keinen überraschten Blick zuzuwerfen. Sie hatten sich auf eine Konfrontation vorbereitet, nicht auf einen einfachen Empfang.

Schuhnagel deutete sein Zögern als schlechte Nachricht. »Scheiße. Sag mir nicht, dass er …«

»Vollkorn geht's gut«, fiel Schakal ihm ins Wort und schwang sich aus dem Sattel. »Er ist noch in Teilsieg. Ein längst überfälliger Besuch bei seiner Mutter.«

Das war die Wahrheit. Vollkorn war nicht glücklich darüber gewesen, aber das Sprossenmädchen musste irgendwo untergebracht werden, und Schakal konnte sich keinen besseren Ort vorstellen als Beryls Haus. Er hatte nicht vor, sie in die Brennerei zu bringen – noch nicht –, und er konnte sie nicht völlig unbewacht lassen. Das bedeutete, Vollkorn musste den Wachhund spielen, während er gepiesackt und mit Essen vollgestopft wurde.

»Na ja, dein Bericht an den Häuptling ist schon lange überfällig«, sagte Schuhnagel und hielt einen von Heimeligs

Sauenhebeln fest. »Er war nur ein Fotzenhaar davon entfernt, die Rotte nach dir suchen zu lassen.«

Schakal bemerkte, dass Nagels Blick während seiner Worte zu Schlitzohr wanderte. Der Lehmmaster machte sich also Sorgen um seinen potenziellen Zauberer. Deshalb wahrscheinlich auch die ganze Zurückhaltung. Was auch immer der Grund war, Schakal wollte sich die Chance nicht entgehen lassen.

»Wo ist Honigwein?«, fragte er und hoffte inständig, dass der nicht auf Patrouille war.

»Der fummelt an den Öfen herum, glaube ich«, antwortete Nagel und wirkte verblüfft. »Hörst du nicht? Du sollst zum Häuptling.«

»Ich habe es gehört«, sagte Schakal.

Er nickte Augenweide zu und sie eilte in Richtung der inneren Festung davon. Honigwein sprach die Elfensprache. Weide sollte ihn nach Teilsieg bringen, um zu sehen, ob er die Sprosse zum Reden bringen und ihnen Hinweise auf die Beteiligung des Häuptlings an ihrer Gefangennahme geben konnte. Honigweins Boa hatte sich schon für Augenweide aufgerichtet, als er noch ein Schlammkopf war, also dürfte es nicht weiter schwierig sein, ihn davon zu überzeugen, zu helfen. Wenn er noch ein paar Antworten beitragen konnte, bevor Schakal zum Lehmmaster ging, wäre das umso besser.

Schuhnagel beugte sich vor und packte Schakal am Ellbogen. »Sagst du mir jetzt mal, was zum Teufel hier los ist?«

Nagel war zwar kein Dreiblut, aber dennoch groß, und er trug einen Bart, den er mit Rosenkraut rot gefärbt hatte. Er brachte sein Gesicht dicht vor Schakals und musterte ihn mit brennendem Blick. Schakal ließ sich nicht einschüchtern und grinste.

»Das wirst du am Tisch herausfinden, Nagel. Zusammen mit allen anderen.«

Schuhnagel ließ ihn los, sein Gesicht erschlaffte. »Du rufst uns zusammen?«

Schakal boxte Nagel beruhigend gegen die Schulter. Der

größere Mischling war völlig durcheinander. Es war das Beste, es dabei zu belassen. Schakal stellte weiter seine eigenen Fragen.

»Sind irgendwelche Brüder draußen zum Reiten?«

Schuhnagel schüttelte den Kopf. »Nur ein paar Schlammköpfe.«

Das war enttäuschend, aber Schakal versuchte, sich das nicht anmerken zu lassen. Er hatte gehofft, dass wenigstens einer der Bastarde durch die Gegend streifte. Bei einem Treffen am Tisch mussten alle eingeschworenen Mitglieder der Rotte anwesend sein. Jetzt mussten Vollkorn, Weide und Honigwein alles so lange wie möglich hinauszögern, aber der Lehmmaster konnte ihnen befehlen, aus Teilsieg zurückzukehren. Und genau das würde der von der Pest geplagte Tyrann tun, sobald er erfuhr, dass sie weg waren. Glücklicherweise hatte Schakal einen glänzenden Köder, den er vor dessen Nase baumeln lassen konnte.

Inzwischen hatte sich eine Gruppe von Schlammköpfen bei den Keilern eingefunden und Trinkschläuche mit Wasser und Wein mitgebracht, um sie den heimkehrenden Reitern anzubieten. Schakal griff sich einen, vergewisserte sich, dass es Wasser war, und nahm einen langen Schluck. Er wartete, bis die Schlammköpfe genug Aufsehen erregt hatten, ehe er Schlitzohr einen bedeutsamen Blick zuwarf. Der Zauberer schenkte ihm die leiseste Andeutung eines Grinsens und schlich sich neben Schuhnagel.

»Ich möchte mich bei eurem Lehmmaster entschuldigen, dass ich so unerwartet fortgegangen bin«, sagte Schlitzohr. »Würdest du mich zu ihm bringen?«

»Sicher«, sagte Nagel, dem es sichtlich unangenehm war, mit dem Fremden zu sprechen. Er warf Schakal einen beinahe entschuldigenden Blick zu. »Der Häuptling wird auch mit dir reden wollen.«

»Ich kümmere mich erst mal um meinen Keiler«, sagte Schakal und deutete auf die Schlammköpfe. »Ich kann ihn doch nicht mit diesen Fotzenlippen zurücklassen.«

»Weiß ich doch«, stimmte Schuhnagel zu und stürzte sich zum Spaß auf einen der Anwärter, woraufhin dieser zusammenzuckte. »Bis gleich, Schak.«

Als Nagel Schlitzohr über den Hof führte, hörte Schakal den Zauberer freundlich plaudern.

»Schuhnagel? So genannt, weil du stumpf bist, aber in schwierigen Situationen auf den Füßen bleibst?«

»Äh ...«

»Oder ist es vielleicht einfach die Form deines Penis, die zu diesem Namen geführt hat?«

Grinsend eilte Schakal in die entgegengesetzte Richtung und überließ Heimelig der Obhut der Schlammköpfe. Trotz seiner Vorurteile durfte er in den Ställen keine Zeit verlieren. Auf dem Weg zur Versorgungshalle sah er Augenweide und Honigwein auf den Tunnel zum Torhaus zureiten.

Gut. Sie würden bald in Teilsieg sein.

Natürlich hing alles davon ab, dass das Sprossenmädchen auch wirklich redete, aber das lag nicht in Schakals Hand. Honigwein war recht jung und hatte für einen Halb-Ork ein weiches Gesicht. Die Bastarde hatten ihn immer dafür gescholten, dass er sein Haar nach Sprossenart trug, aber vielleicht würde sich diese Vorliebe heute als nützlich erweisen und dem Spitzohr helfen, Vertrauen zu fassen. Wenn Zirkos Vorhersage zutraf, sollte sie sich besser an Halbblüter gewöhnen.

Schakal hatte niemandem von der Enthüllung des Halblings erzählt. Wenn die Elfe wirklich schwanger war und das Kind eines Dickhäuters in sich trug, würde das nur noch mehr Öl ins Feuer gießen. Außerdem, wenn Zirko recht damit hatte, dass das Mädchen es nicht wusste, war das Letzte, was es brauchte, es von einem Haufen Halb-Orks zu erfahren, die es für seine Entführer hielt.

Schakal wusste nicht, was aus der Sprosse werden würde, ganz gleich, wie sein Plan ausging. Selbst wenn er auf dem Platz des Häuptlings saß, konnte er sie nicht davon abhalten, sich das Leben zu nehmen. Wahrscheinlich würde er über ihre Rückkehr zu den Ihren verhandeln müssen, um Wiedergutmachung zu leisten. Er benutzte sie, genauso wie der unbekannte Ork, der sie vergewaltigt hatte, genauso wie der Schlammmann. Es war nicht richtig, aber es war auch nicht richtig, nackten, flehenden Männern in Ketten das Leben zu nehmen. All diese Übel hatte man ihm ohne sein Zutun aufgedrängt. Er konnte das nur beenden, indem er demjenigen alles entriss, der ihm das eingebrockt hatte.

Es bestand kein Zweifel daran, dass Schlitzohr in der Lage war, den Lehmmaster zu beschäftigen, vor allem, wenn die unvermeidlichen Fragen und die Verärgerung des Häuptlings plötzlich versehentlich dazu führten, dass der Zauberer beleidigt wurde. Das wiederum würde eilige Entschuldigungen und Anbiederungen nach sich ziehen, damit die Rotte ihre Aussichten auf Zauberei nicht verlor.

Schakals Grinsen wurde noch breiter, als er die Versorgungshalle betrat.

»Sieh mal, wer da endlich wieder angekrochen kommt«, dröhnte Krämer von seinem üblichen Platz hinter dem Tresen. »Hast du den Vogelkäfig, den du gestohlen hast?«

»Tut mir leid. Der Schlammmann war ganz darin vernarrt. Ich habe ihn ihm geschenkt.«

Der Krämer schnaubte angewidert. »Dieser verdammte Sumpfficker! Ich hatte diesen Käfig zweiundzwanzig Jahre lang. Der Alte Schleimer hatte ihn gemacht, bevor die Dickhäuter ihm den Schädel gespalten haben. Und du gibst ihn einfach so weg ...«

»Krämer«, unterbrach Schakal den Griesgram, »wen kümmert's?«

Das Gesicht des alten Mischlings verzog sich und er starrte finster. »Hast du dem Lehmmaster wenigstens seinen sandfressenden Zauberspruchweber zurückgebracht?«

»Uhad Ul-badir Taruk Ultani?«, sagte Schakal leichthin.

Krämers faltiges Gesicht wurde noch missmutiger. »Verdammtes ausländisch klingendes Kauderwelsch ...«

»Nenn ihn einfach Schlitzohr«, sagte Schakal ungeduldig.

»Ja, er ist hier. Ich brauche neue Ausrüstung. Eine komplette Ausrüstung, bis auf Brigantine und Speere.«

Der Quartiermeister war jetzt ernsthaft beleidigt. »Hast du das alles bei irgendeiner Hure eingetauscht? Geschieht dir recht, denn du hast schließlich dafür gesorgt, dass wir jetzt für Mösen bezahlen müssen.«

»Als ob du noch eine Ladung in deinem verschrumpelten Schwanz hättest, alter Mann. Du bist so geizig, dass es dir unerträglich wäre, dich von deinem Samen zu trennen, selbst wenn du einen Steifen bekommen könntest.«

Schakal war darin geübt, ebenso gut auszuteilen wie einzustecken, und achtete darauf, gerade genug Leichtigkeit in seine Beleidigungen zu legen, um ohne Kränkung zurückzuschlagen.

Krämer gluckste finster. »Was glaubst du, warum ich ins Bier pisse? Ich kann es nicht ausstehen, es zu verschwenden, und ihr jungen Böcke merkt den Geschmack nicht.«

»Wir bemerken ihn. Wir mögen ihn einfach. Jetzt hol mir eine verdammte Armbrust und etwas zum Aufschlitzen von Dickhäutern. Ich fühle mich schon seit Tagen nackt.«

Krämer rutschte von seinem Hocker und schlich nach hinten, um die Ausrüstung zu holen. Weder er noch Schuhnagel hatten ein Wort darüber verloren, dass Schakal ohne Befehl weg gewesen war. Beide hatten sich neugierig und frustriert über seine Abwesenheit gezeigt, aber nicht verärgert. Und Schakal glaubte zu wissen, warum. Der Lehmmaster hatte nicht verraten, dass einer seiner Reiter ohne seine Zustimmung fortgeritten war. Damit hätte er zugegeben, dass sein Einfluss auf die Rotte nachließ. Das bedeutete, der Boden unter Schakals Füßen war stärker, als er zu hoffen wagte.

»Hier«, sagte Krämer widerwillig, als er zurückkam und einen Talwar, eine Armbrust, zwei Dolche und einen vollen Köcher auf den Tresen legte. »Das ist das Letzte, was du in diesem Jahr von mir bekommst, also behalte alles besser.«

Schakal lachte über die leere Drohung, während er sich die Waffen umschnallte. Was auch immer jetzt geschah, zumindest würde er bewaffnet sein. »Ist irgendetwas Interessantes passiert, während ich weg war?«

»Die Dickhäuter haben Schwarzer Knöchel angegriffen«, antwortete Krämer. »Die Bruderschaft des Kessels hat sie zwar abgewehrt, aber sie haben einen ihrer Leute und vier Barbaren verloren.«

»Nichts auf unserem Gebiet?«

Krämer schnaubte spöttisch. »Nun, Rundungen behauptet, er habe auf seiner Patrouille eine Sprosse herumschnüffeln sehen, aber sein Mund ist so voller Scheiße wie sein Schädel.«

Schakal erstarrte einen halben Herzschlag lang. Er versuchte, es als ein kurzes Problem mit seiner Schwertscheide abzutun, aber Krämer war pfiffiger als Nagel. Ihm entging nichts.

»Es sei denn, du weißt etwas, das ich nicht weiß«, sagte der alte Mischling.

Schakal sicherte seinen Talwar und sah auf. »Sei einfach bereit, an den Tisch zu kommen.«

Ohne auf die Reaktion von Krämer zu warten, schulterte Schakal die neue Armbrust und verließ die Versorgungshalle.

Dass möglicherweise eine Sprosse auf dem Gebiet war, änderte alles.

Er schnappte sich den ersten Schlammkopf, den er sah, und fragte nach Rundungen. Als der Jugendliche auf die Schlafbaracke zeigte, rannte Schakal los. Genau deshalb brauchte er Zeit – um Informationen einzuholen, um sich Dinge zu überlegen und um sicherzugehen, dass ihn am Tisch so wenig Überraschungen wie möglich ereilten.

Schakal betrat das schummrige Gebäude, und ihm war aufgrund des Grunzens und Stöhnens klar, dass Rundungen nicht schlief. Jeder Bastard hatte seine eigene Kammer, deren Stuckwände zwar dick waren, doch die Brettertüren waren dünn. Nicht, dass Rundungen sich die Mühe machte, seine Tür zu schließen.

Schakal spähte um den Türpfosten herum und kniff sofort leicht angewidert die Augen zusammen. Er hatte gehofft, Distel in einer angenehm kompromittierenden Position zu erwischen, aber er bekam einen gesunden Blick auf Rundungens pumpenden, schweißüberströmten Hintern.

»Du könntest dir die Flagge von Hispartha in die Arschritze stecken, Rundungen«, erklärte Schakal.

»Bist du das, Schak?«, fragte Rundungen, der sich nicht die Mühe machte, einen Stoß auszulassen.

Zum Glück hatte Distel etwas mehr Selbstachtung und drängte und schubste ihren unbeirrbaren Liebhaber, bis er aufhörte zuzustoßen. Mit einem schweren, verärgerten Atemzug löste Rundungen sich von Distel und setzte sich auf dem knarrenden Bett auf die Fersen. Er drehte sich zur Tür und atmete durch den Mund.

»Schön, dass du wieder da bist. Du bist immer noch hübsch. Und jetzt hau ab.«

Schakal neigte seinen Kopf zur Seite, um Distel zuzuzwinkern. »Ich bin es nicht, der hübsch ist.«

»Geh und setz deinen Charme bei jemand anders ein, Schak«, sagte die Frau. Es gelang ihr, sich ein Lächeln zu verkneifen, aber sie konnte nichts gegen das Erröten tun. Distel war eine schwere Frau, aber eine der hübschesten Weichlinge, die Schakal je gesehen hatte – und blond, was in den Geteilten Landen selten war.

»Warum?«, neckte er. »Du bist doch schon ausgezogen und im Bett. Die harte Arbeit ist getan.«

»Ich bin auch noch hier«, beschwerte sich Rundungen und schob Distel einige der zerwühlten Laken zu, damit sie sich bedecken konnte. Die Frau bemühte sich, aber wie die Rotte nur allzu gern sagte, hatte sie die größten Brüste in Ul-wundulas. Sie diente als Amme für Beryls Waisenkinder und war für ihre Pflichten bestens bestückt. Rundungen hatte sich sofort in sie verguckt, als sie nach Teilsieg kam. Er mochte größere Frauen, was in Anbetracht seiner berühmten Proportionen eine Gnade war. Schakal mochte Distel. Nicht viele menschliche Frauen würden sich bereit erklären, eine Schar von Halb-Ork-Kindern aus ihrem eigenen Körper zu ernähren.

»Schatz«, sagte Schakal, »würdest du mir und dem Rammbock hier einen Moment Zeit geben?«

Mit einem letzten resignierten Schnaufen nickte Rundungen Distel zu. »Warte einfach im Gemeinschaftsraum.«

»Nein«, schimpfte Schakal, packte Rundungens Arm und zerrte ihn vom Bett. »Sie kann bleiben und *wir* werden gehen. Was ist denn los mit dir?«

Rundungen war nicht auf den plötzlichen Ruck vorbereitet, verlor das Gleichgewicht und fiel ungeschickt und nackt vom Bett. Schakal hielt ihn fest und ging zur Tür hinaus. Fluchend schaffte Rundungen es, sich aufzurappeln, und torkelte in den Korridor. Schakal ließ ihn gerade lange genug los, um ihn in den Schwitzkasten zu nehmen, und sie rangelten, bis sie den Gemeinschaftsraum der Schlafbaracke erreichten. Rundungen kämpfte sich frei und trat zurück, wobei das Lächeln auf seinem Gesicht den Ärger darüber, dass sein Spaß unterbrochen worden war, größtenteils verdrängte. Rundungen war klein für einen Halb-Ork, aber seine fast schwarze Haut, seine großen Stoßzähne und sein grässlich breiter Schwanz deuteten auf ein Dreiblut irgendwo in der weiblichen Linie hin.

»Was ist los, Schakal? Und ich hoffe, es ist gut.« Rundungen machte sich nicht die Mühe, sich zu bedecken, sondern stand einfach da, ohne auf seine Erektion zu achten.

»Ich muss etwas über die Sprosse wissen, die du gesehen hast.«

»Hätte das nicht warten können? Scheiße, das war nur ein verdammter Elf.«

»Und du bist dir sicher?«

»Ich wüsste nicht, wer sonst auf einem Hirsch reiten sollte.«

Mit einem Kopfschütteln machte sich Rundungen auf den Weg zurück in den Korridor.

Schakal legte eine Hand auf die Brust des kleineren Halb-Orks. »Ich muss es wissen. Es ist wichtig.«

Es war mehr sein Tonfall als seine Hand, was Rundungen aufhielt.

»Klar, Schakal«, sagte er und trat wieder zurück. »Ähm. Ich war in der Nähe der Guliat-Rinne unterwegs. Der Häuptling schickte uns nur noch einzeln los, weil du, Weide und Vollkorn nicht da waren. Ich hielt an, um meinen Keiler zu tränken, und als ich wieder aufstieg, sah ich ihn am anderen Ufer, weiter oben in der Schlucht. Einen verdammt großen Hirschen mit einem verdammt schimmernden Geweih und auf seinem Rücken saß ein Reiter. Der Scheißkerl beobachtete mich. Ich rief ihm zu, was er auf unserem Gebiet zu suchen hätte, und ritt los, um das Wasser zu durchqueren. Als ich am anderen Ufer ankam, war er nicht mehr zu sehen. Aber die Spuren waren da, genau dort, wo er gewartet hatte. Ich weiß, ich weiß, du denkst, ich hätte zu viel Sonne abbekommen oder so, aber ...«

»Nein«, unterbrach ihn Schakal, »nein, ich glaube dir. Wann war das?«

Rundungen dachte nach. »Vor zwei Tagen. Es war nur ein Reiter, Schak! Kein Grund zur Sorge.«

Schakal sagte nichts. Ein Reiter, kein Grund zur Sorge. Genau das war der Punkt. Ein Reiter war keine Bedrohung und leicht zu ignorieren, aber er reichte aus, um sich umzusehen. Die Sprossen waren auf der Suche nach ihr.

»Kann ich jetzt weitermachen?«, fragte Rundungen und deutete den Korridor entlang.

»Ja«, antwortete Schakal.

Rundungen war auf halbem Weg zurück in sein Zimmer, als Schakal ihm nachrief.

»Du musst mir einen Gefallen tun.«

Rundungen drehte sich um, ging aber weiter rückwärts und machte ein Gesicht, das zur Eile mahnte.

»Nimm Distel mit zurück nach Teilsieg, wenn du fertig bist«, sagte Schakal. »Sag Weide und Vollkorn, dass ich sie sehen muss. Auf der Stelle. Reite mit ihnen zurück. Und sag ihnen, sie sollen das Mädchen mitbringen.«

»Mädchen?«

»Du wirst es sehen, wenn du dort bist.«

Rundungen rollte mit den Augen, drehte sich auf dem Absatz herum, winkte ab und trabte zu seinem Zimmer. Das Stöhnen setzte wieder ein, bevor Schakal die Schlafbaracke verlassen konnte.

Scheiße.

Weiteres Hinhalten war sinnlos. Sie konnten die Elfe nicht in Teilsieg festhalten. Ihr Volk war auf der Suche nach ihr. Wenn sie schon länger das Gebiet der Bastarde auskundschafteten, war es sehr gut möglich, dass ein Vorreiter der Sprossen Schakal und seine Gefährten mit dem Mädchen auf dem Heimweg gesehen hatte. Und sie hätten die Elfenfrau, die gefangen auf einem Barbaren ritt, nicht übersehen können. Ein einzelner Späher wäre nicht so töricht gewesen, sich mit vier Halb-Orks anzulegen, aber wenn eine Nachricht nach Hundsfälle gelangt war, könnte eine Gruppe wütender Spitzohren schon auf dem Weg zur Brennerei sein. Er hatte keine andere Wahl, als über das Sprossenmädchen auszupacken. Und sich darauf einzustellen, was als Nächstes geschehen würde.

Der Kopf des Lehmmasters ruckte hoch, als Schakal in sein Privatgemach eindrang. Schlitzohr lümmelte sich auf dem Stuhl gegenüber dem Schreibtisch. Ein träges Lächeln umspielte seinen Mund, der bei Schakals Eintreten aufhörte, zu sprechen. Es war die Szene, die Schakal mit dem Zauberer während der Reise von Strava entworfen hatte. Schlitzohr war entspannt. Die Augen des Häuptlings unter den Verbänden blickten sehr nachdenklich.

Schakal presste seine Lippen zusammen, um nicht hämisch zu grinsen.

Schlitzohr bemerkte Schakals unterschwellige Freude

und warf ihm einen mäßigenden Blick zu. »Ah, da ist er ja. Ich habe gerade unser gemeinsames Abenteuer beschrieben und erzählt, wie dieser Teufel, der Schlammmann, uns angegriffen hat. Es blieb uns nichts anderes übrig, als uns zu verteidigen.« Er sprach zu niemand bestimmtem, warf seine Worte achtlos in den Raum, doch sie waren mit Botschaften gespickt.

Der Lehmmaster trommelte mit seinen geschwollenen Fingern auf den Schreibtisch und grübelte. Schließlich richteten sich seine weit aufgerissenen Augen auf Schakal.

»Ihr hättet euch nicht verteidigen müssen, wenn ihr euch vom Sumpf ferngehalten hättet. Aber die Klöten dieses Mischlings schwellen an bei dem Gedanken, mir zu trotzen. Nicht wahr, Schakal?«

»Ich war wütend, Häuptling«, antwortete Schakal und meinte es ernst. »Es ist nicht gut, wenn meine Rotte in Gefahr ist. Ich konnte das nicht auf sich beruhen lassen. Ich musste wissen, dass Garcias Leiche uns nicht noch teuer zu stehen kommt. Aber er ist jetzt Sumpfabschaum.«

Der Lehmmaster nickte. »Verdammte Schwachköpfe. Wenn Bermudo geglaubt hat, er könnte diese Rotte mit nichts als einem verlorenen Pferd und einem schmierigen Abschaumverkäufer zu Fall bringen, hat er keine Ahnung, wer wir sind. Jetzt, wo wir vollständig sind, können wir entscheiden, wie wir es ihm zeigen.«

Das war nicht der Häuptling, den Schakal erwartet hatte. Er hatte sich darauf eingestellt, dass er wüten, schreien und sich sinnlos aufregen würde. Aber der Mischling, der auf der anderen Seite des Tischs saß, klang wie der alte Lehmmaster aus Schakals Schlammkopftagen, der furchterregende Anführer, der die berühmteste Rotte in den Geteilten Landen geschmiedet hatte.

Der Lehmmaster sah zu Schakal hoch und plötzlich glitzerten seine Augen. »Wann kommt Vollkorn mit dieser Spitzohrmuschi zurück?«

Schakal verschluckte sich fast und musste verhindern, dass sein Blick zu Schlitzohr wanderte. Dieses Detail hätte er nicht preisgeben dürfen. Schakal hatte den Lehmmaster mit dem Anblick der Elfe überrumpeln wollen. Aber die Falle war zu früh zugeschnappt.

»Ich habe Augenweide geschickt, um sie zu holen«, antwortete Schakal, der sich schnell genug erholte, um nicht zu stottern. »Honigwein ist mit ihr gegangen. Rundungen schließt sich ihnen auf dem Rückweg an. Ich hörte, dass er eine Sprosse gesichtet hat, und dachte mir, je mehr Gedränge um das Mädchen, desto besser.«

»Bist du deshalb hier reingeplatzt?«, fragte der Lehmmaster, und seine Stimme wurde ein wenig hitziger. »Glaubst du, wir bekommen gleich Besuch?«

Schakals Blick wanderte zu den Pioniertöpfen auf dem Regal. »Häuptling, wir waren auf dem Rückweg vorsichtig, aber wenn eine Sprosse nicht gesehen werden will, wird sie nicht gesehen. Wenn sie uns mit dem Mädchen gesehen haben, wissen sie, dass sie hier ist.«

Der Lehmmaster stützte sich mit den Fingerknöcheln auf den Schreibtisch und stemmte seine unförmige Masse auf die Beine.

»Lasst uns gehen.«

Sie folgten dem Lehmmaster aus seinem Privatgemach hinaus. Schakal warf Schlitzohr einen finsteren Blick zu und erhielt im Gegenzug ein Zwinkern. Im Schankraum sahen zwei Schlammköpfe den beiden mit erwartungsvollen Gesichtern entgegen.

»Auf die Mauern, ihr sackhaarlosen Welpen«, bellte der Häuptling, als er vorbeistapfte. »Ich will, dass auch der letzte Schlammkopf mit einem Speer in der Hand auf dem Wehrgang entlangläuft. Los!«

Die jungen Halb-Orks rannten zur Tür und ließen sie hinter sich offen. Der Lehmmaster trat hinaus in die Hitze des Hofes. Sein aufgedunsener Körper, schwer vom Alter und in Verbände gehüllt, schien unter dem grellen Licht zu schrumpfen. Doch er suchte keinen Schatten, sondern stellte sich in den heißen Staub und betrachtete die Festung, die er gebaut hatte.

»Die Sprossen werden versuchen, sich über die Mauern zu schleichen«, murmelte er, »und nicht frontal angreifen. Wenn sie kommen, wird es Nacht sein. Das gibt uns etwas Zeit. Dieses Mädchen – macht es Ärger?«

»Nein«, antwortete Schakal. »Zuerst war es verängstigt. Jetzt ist es nur noch ...«

»Resigniert«, schlug Schlitzohr vor.

Der Lehmmaster grunzte. »Gut. Dann sollten ein paar Schlammköpfe reichen, um es zu beobachten.«

»Vielleicht sollte ich diese Aufgabe übernehmen«, sagte Schlitzohr.

»Gut. Wir brauchen sowieso aller Augen auf den Mauern.«

»Was ist mit Teilsieg?«, fragte Schakal. »Sollen wir sie reinholen?«

»Sie werden das Dorf nicht angreifen«, sagte eine dünne Stimme hinter ihnen.

Schakal drehte sich um und entdeckte Blindschleiche, der an der Wand des Sitzungssaals direkt neben der Tür lehnte und in dem Schatten blieb, den das Gebäudedach warf. Schakal war sich sicher, dass er vor einem Moment noch nicht dort gewesen war.

Er trug eine lockere, tiefe Kapuze, wie es seine Gewohnheit war, wenn er sich in der Sonne aufhalten musste. Dieses unhörbare Fortbewegen und seine nervtötende Tendenz, selten zu blinzeln, hatten ihm seinen Rottennamen eingebracht.

»Das ist nicht ihre Art«, beendete er seinen Satz.

»Schleich hat recht«, sagte der Lehmmaster. »Elfen sind keine 'Tauren. Sie werden Teilsieg in Ruhe lassen.«

Von der anderen Hofseite näherte sich Krämer, dessen dünner, sehniger Körperbau ihn trotz seines Alters schnell vorwärtsbrachte. Aus Richtung der Ställe kamen Schuhnagel und Iltis. Die drei gingen auf den Lehmmaster zu.

»Meine Schlammköpfe wurden gerade zu den Mauern abgezogen«, sagte Krämer. »Was haben wir?«

»Versammlung am Tisch«, sagte der Lehmmaster. Sein Blick schweifte über den Hof zu dem unsichtbaren Torhaustunnel, der von der Masse der Burg blockiert wurde. Wie aufs Stichwort ritten bald darauf Vollkorn, Honigwein, Augenweide und Rundungen herbei. Schakal sah, dass Weide das Sprossenmädchen mitbrachte. Die Reiter zügelten ihre Keiler vor ihren wartenden Brüdern.

Nagel, Krämer und Iltis starrten die gefangene Elfe an, wobei sich die Verwunderung in ihren Gesichtern auf unterschiedliche Weise zeigte. Sogar Rundungen schien immer noch ein wenig überrascht zu sein, obwohl er den ganzen Weg von Teilsieg bis hierher Zeit gehabt hatte, sich an ihre Anwesenheit zu gewöhnen. Der Häuptling zeigte keine Reaktion. Warum sollte er auch? Schlitzohr – verdammt sollte er sein – hatte jede Chance vereitelt, ihn zu überrumpeln. Was Schleich betraf, so machte Schakal sich nicht die Mühe, nachzusehen. Eine Viper würde vor diesem Mischling zurückschrecken.

»Bringt eure Barbaren in die Pferche«, befahl der Lehmmaster, »dann bewegt eure Ärsche an den Tisch. Wir haben einiges zu besprechen. Augenweide, übergib das Mädchen dem Zauberer.«

Schlitzohr näherte sich Weides Keiler und hob langsam seine Arme, um der Elfe herunterzuhelfen. Sie gehorchte, aber sie sah sich um und musterte die umliegende Festung und die neuen Gesichter. Ihre Blicke kehrten immer wieder zu dem Lehmmaster zurück, was Schakal bemerkte. Verunsicherte seine Entstellung sie oder etwas anderes? Erkannte sie ihn wieder? Der Häuptling erwiderte den Blick, aber in seinen Augen war nur das Abwägen einer neuen Gefahr zu sehen. Doch er war nicht der Einzige, der sie eindringlich musterte. Iltis war bereits dabei, das Sprossenmädchen mit seinen Augen zu entkleiden. Nachdem er seine anfängliche Verwirrung überwunden hatte, zeigte der axtgesichtige

Lüstling nacktes Interesse, und seine Mundwinkel begannen, nach oben zu zucken.

Schakal ging zu Schlitzohr und versperrte Iltis absichtlich die Sicht.

»Bring sie in die Schlafbaracke«, sagte er zu dem Zauberer, laut genug, dass die anderen es hören konnten. »Es gibt Essen in den Gemeinschaftsräumen. Wenn sie schlafen will, mein Zimmer ist die zweite Tür rechts.«

Augenweide knirschte auf ihrem Keiler mit den Zähnen. »Auf der anderen Seite des Flurs ist mein Zimmer, Schlitzohr. Das ist das Beste für sie.«

»Mein Zimmer!«, beharrte Schakal und warf Weide einen warnenden Blick zu. Sie schnitt eine verwirrte und beleidigte Grimasse angesichts seines Ausbruchs. Gelächter war um sie herum zu hören.

»Passt auf, Brüder!«, johlte Schuhnagel. »Unsere beiden Hübschesten bekommen sich wegen des neuen Fleischs in die Haare.«

»Keine Sorge, Schak«, säuselte Iltis, »ich habe gehört, dass Elfenmädchen nach Möpsen und Schwänzen hungern. Wahrscheinlich wird es ihr nichts ausmachen, eine Brücke zwischen euch zu bilden.«

Rundungen brach in schallendes Gelächter aus, und Honigwein versuchte neben ihm, ein Kichern zu unterdrücken.

Ein Gebrüll des Lehmmasters brachte die Spötter schnell zum Schweigen.

»Genug! Ich sagte, ihr sollt die Keiler in den Stall bringen, und ich meinte *jetzt*! Wir haben ein langes Gespräch vor uns, also lasst uns anfangen!«

Die Reiter trieben ihre Keiler zu den Ställen, während Schakals kichernde Brüder zurück in die Versammlungshalle schlenderten. Er stand draußen und sah zu, wie Schlitzohr das Sprossenmädchen wegführte. Sie warf einen Blick über ihre Schulter, und ihre Blicke trafen sich, bevor Schakal sich abwenden konnte. Er hatte sie vor dem Schlammmann gerettet und sie der Gnade der Grauen Bastarde unterworfen.

Und diese Rotte war nicht gerade für ihre Barmherzigkeit bekannt.

14

Es herrschte lange Stille, als der Lehmmaster schließlich schwieg. Er sah sich am Tisch nach den Reaktionen um. Das von Äxten zerkratzte Holz des Wahlstumpfs umrahmte seinen buckligen Rücken. Abgesehen von der verfrühten Enthüllung der Rettung der Elfe, schien es, als hätte Schlitzohr dem Häuptling die gemeinsam geplante Geschichte erzählt. Eigentlich hätte er die Genesung in Strava auslassen sollen, aber Schakals Vertrauen in die Diskretion des Zauberers war geschwunden. Wenn der Lehmmaster jedoch wusste, dass Schakal mit Zirko einen Handel für Hilfe geschlossen hatte, sagte er der Rotte nichts davon.

Iltis ergriff als Erster das Wort.

»Also ... wir glauben, dass Sancho die Spitzohrmöse verkauft hat, sind uns aber nicht sicher, weil er Cavaleros beherbergt, die nach demjenigen suchen, den Schak getötet hat. Der ist ja dank des Schlammmannes Blutegelfutter. *Der* wiederum ist durchgedreht, weil wir ihm sein Sprossenspielzeug weggenommen haben, und jetzt haben wir ihre Leute am Hals, die sie zurückholen und ein Hühnchen mit uns rupfen wollen?« Iltis' Zunge fuhr die Innenseite seines Mundes ab, und er schüttelte den Kopf. »Was in aller Welt übersehe ich? Ich habe nämlich das Gefühl, dass wir hüfttief in einer Schweinerei stecken, die nicht einmal einen Stiefel hätte dreckig machen dürfen.«

Die Köpfe am Tisch nickten zustimmend. Schakal blieb still. Er mochte Iltis nicht besonders, aber in diesem Moment hätte er den ehemaligen Spitzbuben umarmen können. Das waren genau die Fragen, die gestellt und beantwortet werden mussten. Er musste seine Brüder zur Wahrheit drängen und hoffen, dass sie die Unwahrheiten witterten. Das geschah bereits, aber Schakal hütete sich, seine Gedanken auch nur mit der kleinsten Regung preiszugeben.

Vollkorns große Gestalt neben ihm war ähnlich angespannt. Auf der anderen Seite von Schakal saß Augenweide auf ihrem Stuhl, scheinbar desinteressiert an allem, was gesagt wurde.

»Was auch immer wir noch brauchen, wir werden es von Sancho bekommen«, sagte der Lehmmaster.

Am anderen Ende des Tischs drehte sich Blindschleiches kahler Kopf. Der Lehmmaster nickte ihm zu. Alles, was es sonst noch gab, würde zusammen mit Sanchos ausgeweidetem Kadaver begraben werden.

Das konnte Schakal nicht zulassen.

»Im Bordell wimmelt es von Bermudos Männern«, sagte er. »Lasst mich mit Schleich gehen. Ihm Rückendeckung geben.«

Als Antwort warf der Lehmmaster seinem Lieblingslaufburschen nur einen Blick über den Tisch hinweg zu. Schakal folgte seinem Blick, um zu sehen, wie die Antwort lauten würde. Die schwarzen Abgründe in Blindschleiches Schädel bohrten sich in ihn hinein und für einen schrecklichen Augenblick erschien ein Funke Leben.

»Du kannst mitkommen.«

»Falls«, ergänzte der Lehmmaster, »wir dich nicht anderweitig brauchen. Wir werden jede Armbrust in der Nähe haben wollen, wenn die Kavallerie des Kastells oder Sprossen an unser Tor klopfen.«

»Hältst du das für wahrscheinlich?«, fragte Schuhnagel.

»Ich werde Hauptmann Ignacio benachrichtigen«, antwortete der Lehmmaster, »und herausfinden, was er über die Absichten seines adligen Gegenstücks weiß. Das Kastell wird kein Problem sein, solange Ignacio und die einfachen Cavaleros auf unserer Seite sind. Zumindest werden sie nicht gegen uns reiten, und Bermudo ist nicht stark genug, um uns mit seinen Blaublütern zu besiegen.« Der Häuptling hielt inne und holte tief Luft. Er sah Honigwein direkt an. »Was die Sprossen betrifft, so kann ich dazu nichts sagen.«

Honigwein wurde sichtlich nervös, aber nicht mehr als jeder andere frischgebackene Bastard, dem die Aufmerksamkeit des Häuptlings zuteilwurde. Schakal konnte sich nicht daran erinnern, in seinem ersten Jahr als eingeschworener Bruder vom Lehmmaster direkt angesprochen worden zu sein.

»Nun ... ich habe mit ihr gesprochen«, sagte Honigwein. »Und ich hatte nicht viel Zeit, also ... ich meine, sie hat Angst.«

»Du hast also nichts herausgefunden«, sagte Krämer.

Honigwein rutschte unruhig herum und machte eine hoffnungslose Geste. »Ich habe ihren Namen erfahren.«

Schakal beugte sich vor. Zum Glück waren die anderen zu sehr damit beschäftigt, Honigwein zu beschimpfen, um es zu bemerken.

»Nun, das nenne ich einen Sieg«, sagte Rundungen und tätschelte Honigweins Kopf grob. »Unser kleiner Elfisch sprechender Hinterlader hat es geschafft, ihr den Namen einer Frau zu entlocken.«

»Denk dran, Junge«, mischte sich Iltis ein, »wenn du sie nach vorn beugst, wirst du kein Paar Eier herunterhängen sehen. Lass dich nicht verwirren.«

Honigwein legte ein angespanntes Lächeln auf und nickte langsam. Das hatte sich seit Langem bewährt, um derartigen Spott zu überstehen. Vollkorns Lachen machte Schakal bewusst, dass er selbst sich nicht beteiligt hatte. Um den Anschein zu wahren, beugte er sich noch weiter über den Tisch und packte eine Handvoll von Honigweins Sprossenmähne.

»Keine Sorge, sie wird dir zeigen, was zu tun ist. Du weißt doch, dass die Spitzohren ihre Haare deshalb so tragen, oder? Damit sie den Kopf ihrer Frauen führen können!«

Die Bruderschaft brach über den Scherz in schallendes Gelächter aus und Honigwein schlug seine Hand weg. Schakal lehnte sich zurück und erhielt von Vollkorn einen anerkennenden Klaps auf den Rücken. Augenweide blieb zurückhaltend und drehte müßig ihre Wahlaxt auf dem Tisch. Als das Gelächter verstummte, sah sie zu Honigwein hinüber.

»Aber eigentlich hat sie nichts gesagt.«

Das brachte das Lachen zu einem verwirrten Ende. Die Rotte starrte Honigwein an.

»Nein«, stimmte er Weide zu. »Sie gab einen Ruf von sich.«

Schuhnagel sah beunruhigt aus. »Einen Ruf?«

Honigwein zögerte einen Moment, weil er keine weitere Aufmerksamkeit wollte. »Einen Vogelruf. Er war perfekt ... unverwechselbar. Ein Sperling. Also fragte ich sie, ob das ihr Name sei. Und ... sie nickte.«

»Sperling.« Iltis rümpfte die Nase. »Das klingt nicht ... elfisch.«

»Sie würde es natürlich nicht so aussprechen, wenn sie es könnte, du Trottel«, sagte Honigwein, der sich über eine Revanche freute. »Aber das bedeutet er in ihrer Sprache. Ihr Bastarde würdet euch anhören, wie der schwachsinnige Stallbursche auf der Burg, wenn ihr ihn aussprechen wolltet.«

»Der, der vom Esel getreten wurde?«, fragte Vollkorn. »Fick dich, Honigwein, er kann nichts dafür, wie er sich anhört!«

Als der jüngere Halb-Ork das Stirnrunzeln des Grobians sah, hob er entschuldigend die Hände.

Schuhnagel schnaubte. »Vollkorn. Champion aller Einfaltspinsel.«

»Wenn ich von diesem Stuhl aufstehe und dir eine verpasse, Nagel, gehörst du auch dazu«, sagte Vollkorn.

Der Lehmmaster fand das nicht lustig. »Haltet die Klappe, ihr alle. Honigwein? Willst du mir sagen, dass wir im Moment nichts weiter über sie wissen?«

»Ich werde noch einmal mit ihr sprechen, Häuptling. Mit mehr Zeit ...« Honigwein brach ab, als der Lehmmaster seinen bandagierten Kopf in eine geschwollene Hand stützte und sich über die rheumatischen Augen rieb, die in dem fleckigen Leinen eingebettet waren. Es konnte eine Geste der Frustration sein. Oder der Erleichterung.

»Wir haben vielleicht nicht mehr viel Zeit«, sagte der Häuptling, der immer noch sein Gesicht in den Händen vergrub. »Die Sprosse, die Rundungen gesehen hat, deutet stark darauf hin, dass die Elfen nach diesem Mädchen suchen. Wenn sie sie beim Hereinkommen entdeckt haben, könnten wir bis heute Abend Probleme bekommen. Das heißt, wir müssen wachsam bleiben. Schlammköpfe auf den Mauern, Bastarde ziehen im Hof ihre Kreise. Derweil müssen wir entscheiden, was wir mit ihr machen.«

»Ich schlage vor, wir ketten sie vor der Brennerei an«, sagte Krämer. »Sollen ihre Leute sie doch zurückholen. Honigwein kann draußen sitzen und sie notfalls anschnauzen und den Spitzohren sagen, dass wir ihr nichts getan haben. So einfach ist das.«

Schuhnagel und Rundungen nickten daraufhin.

Der Lehmmaster grübelte.

Auch Schakal wog das Ergebnis ab. Der Häuptling würde sie nicht zurückgehen lassen. Er würde sie eher töten, als zu riskieren, dass sie etwas enthüllen könnte. Noch ein unschuldiges Leben genommen. Schakal spürte, wie sein kleiner Finger den Griff seiner Wahlaxt berührte.

Sperling. Honigwein hatte gesagt, ihr Name sei Sperling.

»Wir können sie noch nicht gehen lassen«, entschied der Lehmmaster. Schakals Hand zuckte vom Axtstiel weg. »Sie könnte der einzige Beweis sein, den wir für Sanchos Machenschaften haben. Wenn die Sprossen unser Blut wollen, brauche ich das Mädchen, damit es auf den Hurenbock zeigt und dem die Schuld gibt, dem sie gehört. Wenn wir sie jetzt zurückgeben, verlieren wir diese Chance.«

»Diese Chance werden wir ohnehin nicht haben, wenn sie heute Abend kommen«, sagte Krämer.

»Damit befassen wir uns, wenn es so weit ist«, sagte der Lehmmaster. »Aber ich will, dass alle hier sind, falls es passiert. Sobald der Tag anbricht, wird Blindschleiche Sancho einladen, sich zu uns zu gesellen.«

Schakal entging nicht, dass sein Name bei dieser Aufgabe nicht genannt wurde.

»Was ist mit dem Schlammmann?«, fragte Rundungen.

»Was soll mit ihm sein?«, fragte der Lehmmaster.

»Klingt, als wäre es nicht sicher, dass der Tyrkanier ihn getötet hat. *Wenn* er tot ist, steht die Alte Jungfer allen weit offen. Wenn er es *nicht* ist, wird er mächtig sauer auf uns sein. Ich meine ... worauf sollen wir hoffen? Dass die Dickhäuter durch den Sumpf kommen oder dass der Schlammmann sich rächen will?«

»Das ist ein Sattel aus Dornen«, stimmte Schuhnagel zu.

Schakal wartete darauf, dass man ihm die Schuld an dieser Misere gab, aber der Häuptling überraschte ihn erneut.

»Wenn der Schlammmann in unsere Richtung schlittert, werden wir ihn erledigen. Was die Orks angeht, so werden die Rotten schon mit ihnen fertig, so wie wir es immer getan haben. Fürs Erste habt ihr eure Befehle. Ist jemandem etwas unklar?« Der Lehmmaster drehte den Kopf und grunzte zufrieden über das Nicken seiner Reiter. »Dann an die Arbeit!«

Stühle quietschten über die Dielen, als die Grauen Bastarde aufstanden.

»Ihr drei ...« Der Lehmmaster zeigte auf Schakal, Weide und Vollkorn. »Wartet mal.«

Vollkorn setzte sich wieder hin, während Augenweide sich auf ihre Stuhllehne stützte. Schakal blieb stehen und wartete, bis die anderen den Raum verlassen und die Türen geschlossen hatten.

»Dieser Zauberer«, begann der Lehmmaster langsam, »erzählt mir von ihm.«

Vollkorn stieß ein irritiertes Schnauben aus. »Er ist ein echter Zauberer, Häuptling. Ich habe ihn seltsame Dinge tun sehen. Aber er hat uns in der Alten Jungfer den Hintern gerettet.«

»Er ist fett und ein absolut beschissener Reiter«, warf Weide achtlos ein.

Der Lehmmaster hörte nicht hin. Sein hässliches, halb verdecktes Gesicht war Schakal zugewandt.

»Vollkorn hat recht. Euch hätten drei Bastarde gefehlt, wenn Schlitzohr nicht mit mir in den Sumpf gekommen wäre. Ich glaube, er will der Rotte helfen. Aber ich kann mir nicht erklären, warum.«

Nichts davon war eine Lüge, aber es enthielt auch wenig Wahrheit.

Seine Antwort schien den Lehmmaster zu amüsieren. »Nun, du hast ihn überzeugt, mit dir zu reiten, Schakal. Du hast ihm einen Rottennamen gegeben. Und jetzt gestehst du ihm zu, dass er dein Leben gerettet hat. Klingt für mich wie ein Bruder. Ich denke daran, ihn als Grauen Bastard vorzuschlagen.«

Das überrumpelte Schakal. Er zögerte, aber seine Freunde reagierten schnell. Sie sprachen fast gleichzeitig.

Vollkorn klatschte mit seiner großen Hand auf den Tisch. »Verdammt richtig!«

»So ein Scheiß!«, rief Augenweide aus und sprang auf.

Der Lehmmaster warf ihnen allen einen Blick zu, doch dann sah er sofort wieder Schakal an. Der Häuptling wartete, geduldig wie eine Spinne.

»Ich glaube, dafür ist es noch zu früh«, sagte Schakal und versuchte, ungezwungen zu klingen. »Die anderen sollten sich erst an ihn gewöhnen.«

Der Lehmmaster schwieg eine lange, unangenehme Zeitspanne, wobei sich sein Grinsen immer weiter verbreitete.

»Verdammt«, sagte er schließlich und klang zufrieden. »Ich schätze, ich bin nicht zu alt, um überrascht zu werden. Denn ich kann mich nicht erinnern, dass ihr drei jemals nicht einer Meinung wart.«

Der Lehmmaster genoss seinen kleinen Sieg und entließ sie mit einer Bewegung seiner geschwollenen Hand.

Draußen auf dem Hof ließ Schakal seiner Wut freien Lauf.

»Was, zur Hölle, war das denn?«, fragte er und wirbelte zu seinen Begleitern herum.

»Das nennt man einen Hinterhalt«, antwortete Weide und ging an ihm vorbei.

»Und ihr zwei seid direkt hineingestolpert!«

»Nur weil wir hineingeführt wurden, Schak.«

Schäumend ging Schakal schneller und schnitt Augenweide den Weg ab.

»Wenn du dir ein Beispiel an mir genommen hättest, hättest du den Mund gehalten«, sagte er zu ihr.

Weides Hand schnellte nach vorn und packte den Riemen von Schakals Armbrust. Sie zog ihn grob zu sich und sagte scharf: »Ich spreche nicht nur mit Eurer Erlaubnis, Prinz Schakal.«

Weide stieß ihn weg und ging weiter. Nur Vollkorn, der eine Hand nach ihm ausstreckte und ihn zurückhielt, hinderte Schakal daran, ihr zu folgen.

»Lass es, Bruder.«

Schakal hatte es satt, herumgeschubst zu werden, und befreite sich aus dem Griff des Dreibluts, blieb aber, wo er war. Er sah zu, wie Augenweide den Hof überquerte und in der entfernten Schlafbaracke verschwand. Mit einem Knurren riss sich Schakal das Tuch vom Kopf und fuhr sich ärgerlich durch die Haare.

»Und was sollte das von dir?«, blaffte er Vollkorn an. »Schlitzohr so lautstark zu unterstützen?«

»Ich wusste nicht, dass ich dafür gehängt werde«, erwiderte der Grobian leichthin. »Und ich sehe keinen Grund zur Sorge. Die Rotte braucht frisches Blut und jemand mit Schlitzohrs Fähigkeiten würde uns nicht schaden.«

»Bis es uns doch schadet!«

Vollkorn verschränkte seine massiven Arme vor seiner riesigen Brust. »Du bist mit ihm so dick befreundet wie sonst keiner. Und jetzt traust du ihm nicht?«

»Ich traue ihm zu, dass er sich selbst hilft«, sagte Schakal. »Aber ich glaube nicht, dass er sich uns anschließen will.«

»Was denn dann?«

»Ich weiß es nicht. Und jetzt weiß der Häuptling, dass ich es nicht weiß. Er hat die wachsende Allianz gerochen, Vollkorn. Zwischen mir und Schlitzohr. Vielleicht hat der Zauberer es ihm sogar gesagt. Er hat ihm sicher schon viel erzählt. Unsere Position in dieser Rotte wird immer unsicherer, und zwar schnell.«

Vollkorn schüttelte den Kopf und sah auf den Staub des Hofs hinunter. »Ich weiß, dass du Häuptling werden willst, und wenn die Zeit gekommen ist, werde ich meine Axt werfen. Aber bis dahin, Bruder, solltest du aufhören, wütend auf uns zu sein, weil wir deine Pläne durchkreuzen, die du ständig auf die Schnelle änderst.«

Damit schritt das Dreiblut langsam davon, wobei Schakal im Vorbeigehen noch einen kräftigen Klaps auf die Schulter von ihm erntete.

Der Grobian hatte recht. Schakal versuchte, in der Dunkelheit stumme Grillen zu fangen. Sie mussten anfangen zu singen.

Vollkorn sprach bereits mit Rundungen, Schuhnagel und Iltis, als Schakal die Schlafbaracke betrat. Sie arbeiteten gerade die Patrouillenreihenfolge für die Nacht aus. Schakal überließ sie ihrer Aufgabe und ging schnell in sein Zimmer. Er fand dort Schlitzohr, nicht aber Sperling.

»Sie schläft in Augenweides Kammer«, erklärte der Zauberer, als er Schakals Stirnrunzeln sah. »Ich dachte, das wäre akzeptabler, falls elfische ... Abgesandte ankommen, um sich nach ihrer verschwundenen Jungfrau zu erkundigen.«

»Ich denke, wir wissen beide, dass sie keine Jungfrau ist, Uhad«, sagte Schakal, entledigte sich seiner Armbrust und seines Köchers und ließ sich auf die Bettkante sinken.

Schlitzohr ließ sich auf dem einzigen Hocker des kleinen Raums nieder und lehnte sich mit dem Rücken an die Wand.

»Du benutzt meinen richtigen Namen«, sagte der Zauberer und legte seinen Kopf schief. »Habe ich nicht mehr das Recht auf eine fantasielose Bezeichnung?«

»Das ist ganz allein deine Entscheidung«, antwortete Schakal. »Der Lehmmaster hat vorgeschlagen, deinen Namen für die Bruderschaft ins Spiel zu bringen. Du scheinst Eindruck gemacht zu haben.«

Schlitzohr lächelte und wickelte seinen Bartzopf um einen pummeligen Finger. »Du denkst, ich habe hinter deinem Rücken mit ihm verhandelt. Ich habe ihm von unserer geretteten Elfe erzählt – was du lieber selbst erzählt hättest –, und im Gegenzug erhalte ich weiteres Vertrauen und alle anderen geheimnisvollen Bedingungen, die ich gestellt habe.«

»So ähnlich«, gab Schakal zu.

»Ich versichere dir, das war nicht der Fall.«

Schakal beugte sich vor. »Du hast ihm jedenfalls mehr erzählt, als ich wollte. Das ist passiert. Warum sollte ich glauben, dass der Rest nicht passiert ist?«

»Ich habe eurem Lehmmaster alles gesagt, was er wissen musste«, antwortete Schlitzohr. »Wäre es von dir, seinem Rivalen, gekommen, hätte er nur auf die Worte gehört, die du nicht gesagt hast, und die Falle gesehen. Aber bei mir war er aufmerksam und lauschte begierig jedem meiner Zungenschläge, denn er will mir vertrauen, damit ich ihm vertraue. Das sparte Zeit. Oft ist der beste Plan gar keiner. Deine Rotte befindet sich jetzt in einer ziemlichen Skorpiongrube. Um zu überleben, musste ihr derzeitiger Anführer schnell auf die Gefahren aufmerksam gemacht werden. Das heißt aber nicht, dass ich seinen Nachfolger verraten habe.«

Schakal warf einen Blick auf die geschlossene Tür. Schlitzohr machte keine Anstalten, leise zu sprechen. Jedes an das Holz gepresste Ohr hätte ihr Gespräch hören können. Schakal beschloss, sich davon nicht beunruhigen zu lassen. Sollte es sich doch ruhig bis zum Lehmmaster herumsprechen, dass Schakal und der Zauberer in ein Gespräch vertieft waren. Das konnte dem alten Mann nur noch mehr Angst einjagen.

»Nur so aus Neugier«, sagte Schlitzohr und senkte seine Stimme mit gespielter Vorsicht, »wie würde meine Aufnahme in die Rotte ablaufen?«

»Ich dachte, du hättest kein Interesse daran, ein Bastard zu sein?«

»Habe ich auch nicht. Aber es würde mir gut zu Gesicht stehen, das Verfahren zu kennen, oder? Du hast gesagt, mindestens zwei müssen ein neues Mitglied vorschlagen.«

»Nicht, wenn der Häuptling dich vorschlägt. Das Wort des Lehmmasters ist Gesetz. Es sei denn ... einer von uns ist anderer Meinung. Jedes Mitglied kann gegen Befehle des Häuptlings stimmen, indem es eine Axt in einen Baumstumpf hinter seinem Stuhl wirft. Das ist bei jeder Entscheidung so, die er trifft.«

Schlitzohr blinzelte langsam. »Symbolisch. Und doch nicht subtil.«

»Es ist eine Herausforderung«, erklärte Schakal. »Eine offene Zurschaustellung von Aggression gegen den Willen des Lehmmasters. Sobald eine Axt geworfen wurde, können sich andere der Opposition anschließen. Wenn die Mehrheit der Rotte nicht einverstanden ist, ist der Befehl des Häuptlings nichtig oder wird von dem Bruder, der zuerst geworfen hat, abgeändert.«

»Und wenn die Abstimmung fehlschlägt?«

»Alle Gegner holen ihre Äxte ohne Konsequenzen zurück ... außer dem Herausforderer. Wer zuerst gegen den Lehmmaster wirft, muss sich vor den Stumpf stellen und dem Häuptling erlauben, eine Axt zu werfen. Wer sich weigert, ist feige, und Feiglinge werden in der Rotte nicht geduldet. Ein wahrer Bastard wird sich stellen und jedes Schicksal akzeptieren.«

»Ich hoffe, dein Lehmmaster ist gnädig«, sagte Schlitzohr mit grimmigem Humor.

Ein Bild von Grasmücke tauchte in Schakals Kopf auf, so wie jedes Mal, wenn er an den Tisch kam und die einsame Axt in dem Stumpf sah.

»Nur ein Narr würde darauf hoffen«, sagte er.

»Wenn ...«, sagte Schlitzohr und sprach das Wort sehr langsam aus, »wenn man mich für eure Gemeinschaft vorschlägt, und niemand es wagt, sich zu widersetzen, was dann?«

»Du könntest dich weigern«, sagte Schakal zu ihm, »aber das wäre eine große Respektlosigkeit gegenüber den Grauen Bastarden, und du wärst hier nie wieder willkommen. Du würdest aus der Brennerei eskortiert werden, bis an die Grenzen unseres Landes. Es wäre ein Fehler, noch einmal herzukommen.«

Schlitzohr sah beeindruckt aus. »Also muss der Lehmmaster mich nur umarmen, wenn er mich loswerden will.«

»Es sei denn, es wird mehrheitlich gegen deine Aufnahme gestimmt. Dann hast du dich nicht geweigert, sondern bist einfach von der Rotte abgelehnt worden. Wie alle anderen, die nicht für würdig befunden wurden, könntest du immer noch unter dem Schutz der Rotte bleiben, solange du einen gewissen Nutzen bietest.«

»Wie der Weinanbau in eurer Stadt Teilsieg?«, fragte der Zauberer, und seine Augen funkelten in seinem prallen Gesicht.

»Oder als Berater des neuen Lehmmasters«, bot Schakal pointiert an.

Schlitzohrs weiße Zähne strahlten. »Und so stehe ich hier, zwischen Alt und Neu. Ich frage mich, was dabei herauskommen wird.«

»Das Gleiche, was immer passiert, wenn zwei Männer mit nur einem Messer ringen«, antwortete Schakal.

15

Schakal wartete schlaflos auf den Beginn seiner Wachschicht. Die Decke seiner Kammer forderte ihn immer wieder auf, die Augen zu öffnen und auf die Holzstreben über ihm zu starren, die kaum mehr waren als breite Balken aus schwerem Schatten im Dämmerlicht. Schlitzohr war schon lange fort, um selbst Ruhe zu finden, und hatte Schakal allein mit einer brennenden Kerze und dem unruhigen Stimmenmeer im Kopf zurückgelassen.

Einige lustlose Stunden später hörte er, wie sich die Tür von Augenweides Zimmer auf der anderen Seite des Flurs öffnete und wieder schloss. Seine eigene öffnete sich einen Spalt und ließ nichts als eine Stimme herein.

»Du bist auf Mädchen-Wache, Schak.«

Ohne die Tür zu schließen oder auf eine Antwort zu warten, zog sich Augenweide zurück. Ihre vertrauten Schritte wurden leiser, als sie die Schlafbaracke verließ, um auf dem Hof ihre Runden zu drehen. Schakal setzte sich in seinem Bett auf, schwang seine Beine über den Rand und atmete aus. Vollkorn hatte bei der Festlegung des Wachwechsels geholfen. Er hatte Weide mit Krämer und Iltis zusammengetan und sich selbst mit Schleich und Schuhnagel. Offensichtlich wollte keiner von Schakals Freunden in dieser Nacht seine Gesellschaft.

Er nahm seine Waffen, schlich zu Weides Tür und schob sie vorsichtig auf.

Sperling lag schlafend auf dem Bett. Eine einsame Decke lag zerknittert auf dem Boden, wo Augenweide geruht haben musste. Dieser kleine Beweis des Entgegenkommens überraschte Schakal, aber er schalt sich sofort einen Dummkopf. Weide war nicht von Natur aus grausam, nur hart, wie es sich für einen Bastard gehörte. Sie wurden alle in der Hitze Ul-wundulas geschmiedet, durch den Druck des

Brachlands gehärtet und im Brackwasser des Lebens in den Rotten gelöscht. Vielleicht war es Schakal, der seine Schärfe verlor und zu brüchigem Schrott wurde. Weide hatte keine schlaflosen Nächte wegen des Mordes an Garcia gehabt. Wahrscheinlich hätte sie auch keinen Schlaf wegen der Cavaleros im Abferkelstall verloren, wenn sie mit deren Ermordung beauftragt worden wäre. Hätte sie Sperling am Fluss getötet, wenn er damit einverstanden gewesen wäre? Er wusste es nicht. Er wusste nur, dass er es nicht konnte.

Er stand in der Tür und betrachtete Sperlings schlummernde Gestalt. Plötzlich überkam ihn das Bedürfnis, sie zu wecken, behutsam, mit sanften Berührungen und zarten Worten, oder grob, mit lüsternem Knurren und einer Faust in ihrem Haar. Es spielte keine Rolle. Schakal wollte, dass sie ihn ansah, ganz gleich, ob ihre Augen nun voller Beklemmung oder Angst waren. Wenn sie ihn weichgemacht hatte, wollte er es beweisen, es zeigen. Würde sie zulassen, dass ein Rottenreiter-Mischling sie tröstend berührte? Das durfte bezweifelt werden. Aber ihre Zurechtweisung würde ihm erlauben, zurückzuschlagen. Er könnte zu dem werden, wofür sie ihn hielt, und sich an ihrer Angst weiden, sich mit groben Liebkosungen von jedem Gedanken an ihr Wohlbefinden befreien und sie zerschunden und schluchzend zurücklassen. Denn das war der Mischling, den man brauchte, um eine Rotte zu führen: ein Mischling ohne Gnade, einer, der Kehlen aufschlitzte, mit Fleisch handelte und sich von hilflosen Mädchen nahm, was er wollte.

Er stand lange Zeit so da, während abscheuliche Visionen in seinem Kopf aufkeimten. Er war so sehr in vergebliche Hoffnungen und dunkle Fantasien versunken, dass er nicht bemerkte, wann genau sich die Augen der Elfe geöffnet hatten. Sie hatte sich nicht gerührt, nicht einmal gezuckt, und doch erschienen zwei winzige, glitzernde Mondlichtreflexe in der Silhouette über ihren scharfen Wangenknochen. Die beiden kaum wahrnehmbaren Lichter strahlten ihn ohne zu blinzeln an. Schakal, der sich bereits bei seinen Grübeleien nicht bewegt hatte, erstarrte vollends. Er schämte sich, als Sperlings Augen den Felsen seines Geistes anhoben und die krabbelnden Dinge darunter erblickten. Da es keine Rückzugsmöglichkeit für ihn gab, blieb er einfach stehen und trotzte den unnachgiebigen Fleckchen, bis Sperling sich mit dem Gesicht zur Wand drehte. An der Anspannung ihrer schlanken Schultern konnte er sehen, dass das Mädchen den Atem anhielt.

Abscheu brodelte in Schakals Eingeweiden und er schüttelte seine Gedanken ab. Er machte einen Schritt in den Raum, schloss die Tür hinter sich und legte sich auf Weides dünne Decke auf dem Boden, wobei er darauf verzichtete, einen weiteren Blick auf das Bett zu werfen, damit die perversen Dämonen nicht wieder auftauchten.

Als Augenweide Stunden später zurückkehrte, stand Schakal auf.

»Alles ruhig«, berichtete sie und beantwortete damit die Frage, die nur durch sein Verweilen gestellt wurde. Ohne ein Wort zu sagen, ging er an ihr vorbei und verließ die Unterkunft.

Draußen erwartete ihn ein Schlammkopf mit Heimelig, der fertig gesattelt war. Schakal stieg auf und ritt zügig zum Keilerbuckel, froh, das Warten hinter sich lassen zu können.

Der Lehmmaster hatte befohlen, die Öfen nicht anzuzünden. Die Holzvorräte waren knapp, und die Mauern mit tödlicher Hitze zu füllen, wäre eine Verschwendung von Brennstoff gegen einen Feind, der sich wahrscheinlich in geringer Zahl über die Brüstungen schleichen würde. Der Keilerbuckel war der wichtigste Punkt, den es zu schützen galt, denn jeder Angreifer, der es in den Hof schaffte, konnte die große Rampe herunterlassen und seinen Verbündeten einen direkten Weg in die Brennerei eröffnen. Zehn Schlammköpfe standen rund um das Konstrukt Wache, fünf auf dem Boden rund um die Keiler, die an den Zahnrädern angekettet waren, und fünf auf der Mauer darüber. Der Keilerbuckel war auch der Sammelpunkt für die Reiter, die ihre Wachkreise zogen, und der Ort, an dem die Schichten abgelöst wurden.

Iltis und Rundungen saßen auf ihren Keilern unter der dunklen Masse des Geräts. Schakal hielt vor ihnen an.

»Schlafenszeit«, sagte er zu Iltis.

Der axtgesichtige Mischling seufzte vor Erleichterung. »Scheiße, endlich ... Cissy wartet in meinem Bett. Viel Glück, Brüder.«

Iltis trieb seinen Barbaren zu einem schnellen Trab an und verschwand. Schakal war erleichtert und verärgert zugleich, weil er nicht gewusst hatte, dass Cissy in der Schlafbaracke war. Er hätte Iltis' Zimmer aufsuchen können, bevor er Sperling bewachte. Es wäre zwar dumm gewesen, die Elfe unbeaufsichtigt zu lassen, aber es wäre eine willkommene Erleichterung gewesen. Cissy hätte es wahrscheinlich nicht gestört.

»Und meine Schicht ist erst halb vorbei«, sagte Rundungen bedauernd, als Iltis in der Nacht verschwand.

»Besser, als wenn sie gerade erst angefangen hätte«, sagte Schakal zu ihm und wies auf die Schlammköpfe. »Und diese armen Scheißer sind die ganze Nacht hier.«

Als sie seine Worte hörten, stellten sich die jüngeren Halb-Orks alle etwas gerader neben ihre Speere und versuchten, frisch und aufmerksam zu wirken. Schakal erkannte Biro, den Schlammkopf, der ihn aus Teilsieg zurückbegleitet hatte, bei den niederen Wachen.

»Es sind Nächte wie diese, an die man sich erinnern wird, wenn eure Namen jemals für die Bruderschaft vorgeschlagen werden«, sagte Schakal zu den Schlammköpfen. »Bleibt wachsam und haltet die Augen offen.«

Die Anwärter konzentrierten sich alle wieder sichtlich auf ihre Aufgabe und Schakal nickte Biro leicht zu.

»Bist du jetzt fertig mit der Inspektion des Pfeilfutters?«, fragte Rundungen und spielte seine Rolle in dem heiklen Tanz aufbauender Herabwürdigung, der zum Einsatz kam, wenn man mit den Anwärtern sprach. »Wir müssen diese Keiler schwindlig machen.«

»Welches Tempo haben du und Iltis vorgelegt?«, fragte Schakal.

»Ferkel. Ich dachte als Nächstes an Federn.«

Schakal nickte. »Federn, dann Wachhund. Den Rest überlegen wir uns beim dritten Durchgang.«

»Verstanden.«

Rundungen ritt vorbei und entlang der Mauer nach Westen. Schakal nahm den entgegengesetzten Weg und spornte Heimelig zu vierzig Sprüngen zum Trab und dann vierzig Sprüngen zum vollen Galopp an. Die Keiler waren gut auf diese Gangart trainiert und lernten das Muster schnell. Auf diese Weise war es für lauernde Eindringlinge schwierig, die Patrouillen zeitlich abzupassen, und gleichzeitig war sichergestellt, dass sich die Runden an bestimmten Punkten entlang der Mauer trafen. Bei Federn passierten Schakal und Rundungen einander zuerst am Tunneltor und dann wieder am Keilerbuckel. Während seiner ersten Runde beobachtete Schakal vor allem die Brüstungen oberhalb, um zu sehen, ob die dort stationierten Schlammköpfe die Mauern richtig abliefen. Es war das Beste, dafür zu sorgen, dass ihre erste Verteidigungslinie nicht nachlässig war.

Er und Rundungen erreichten das Tunneltor exakt zur selben Zeit. Rundungen stand perfekt ausbalanciert in den Steigbügeln und wirbelte seinen entblößten Schwanz in einer Hand herum, als er vorbeikam. Das verdammte Ding war so dick wie ein Bierkrug. Schakal musste unwillkürlich lachen. Solche Faxen waren bei Nachtwachen Tradition, um die Stimmung hochzuhalten. Allerdings machten sie so etwas nie in Gegenwart von Schlammköpfen, sodass Schakal etwas Zeit hatte, sich eine Reaktion darauf auszudenken.

Die Nacht war warm und trocken. Der Mond war fast voll, aber teilweise durch einen Wolkenschleier verdeckt. Die Sterne beherrschten jedoch den größten Teil des Himmels und spendeten reichlich Licht. Die Sprossen würden sich schwertun, ungesehen in die Brennerei zu gelangen. Dennoch erlaubte Schakal es sich nicht, selbstgefällig zu werden. Elfen waren dafür bekannt, auf schattigen Pfaden zu wandeln, und selbst das schärfste Ohr konnte taub sein für ihre Schritte.

Die Mauern der Brennerei waren an der Basis fast zehn Meter dick, sodass der Hof darin viel kleiner war, als es der Blick von außerhalb der Festung vermuten ließ. Es dauerte nicht lange, bis Schakal und Rundungen den vollen Kreis abgeritten hatten und sich ihre Wege am Keilerbuckel wieder kreuzten. Sie spielten keine Streiche, aber Rundungen grinste herausfordernd, als er vorbeiritt. Schakal ließ Heimelig ins Wachhund-Tempo verfallen, das langsamer und gleichmäßiger war als das vorherige Muster. Das bedeutete, Schakal hatte bis zu den Ställen Zeit, sich einen Scherz auszudenken.

Bei diesem Rundgang richtete er seine Aufmerksamkeit vor allem auf das Innere der Festung. Die Brennerei war so angelegt, dass der ovale Hof größtenteils offen war. Man konnte deshalb schnell durch die Anlage reiten und Eindringlinge fanden nur wenige Verstecke. Die Mitte des Hofs wurde von dem Bauwerk beherrscht, das der Festung ihren Namen gab. Seine runde, bauchige Masse war imposant hinter der Ringmauer verschanzt und wurde von einem hoch aufragenden Schornstein gekrönt. Dieser Bergfried teilte den Hof im Wesentlichen in zwei Hälften und ließ im Osten und Westen genug Platz, dass drei Keiler nebeneinander reiten konnten. In der nördlichen Hälfte des Hofs befanden sich die Versammlungshalle, der Wohnsitz des Lehmmasters, die Vorratshalle und der Keilerbuckel. Die südliche Hälfte war stärker bevölkert und beherbergte die Ställe, die Zuchtpferche, den Abferkelstall, das Schlafhaus, die Kaserne für die Schlammköpfe und das Tunneltor. Als Schakal den südlichen Hof erreichte, achtete er besonders darauf, die dunklen Gassen zwischen den Gebäuden nach Bewegungen abzusuchen.

Es war wichtig, dass sich niemand herumtrieb, denn das konnte zu einem Fehlalarm führen. Die Schlammköpfe standen alle auf den Mauern Wache, und einige hielten sich in den Ställen auf, um die Keiler der Bastarde zu versorgen und bereitzuhalten. Von der Bruderschaft durften nur die Kreisreiter unterwegs sein, die anderen sollten sich in ihren Kojen ausruhen. So waren die Muskelprotze der Rotte auch in der Nähe von Sperling, falls die Elfen versuchen sollten, sie zu erreichen.

Die Sauen und Ferkel lagen alle zufrieden in den Hütten ihrer Zuchtpferche und erfüllten die warme Luft mit einem vertrauten, erdigen Gestank. Als Schakal an den Ställen vorbeikam, warf er einen Blick hinein, ohne Heimeligs Trab zu verlangsamen, und freute sich, zwei Schlammköpfe zu sehen, die einen Barbaren bürsteten, während ein dritter draußen Wache hielt. Schakal war mit seinen Gedanken so sehr mit der Patrouille beschäftigt gewesen, dass er vergessen hatte, sich einen Konter auf Rundungens Schwanzwackelei auszudenken. Er schaute nach vorn und bereitete sich darauf vor, blöde Sprüche zu kassieren.

Doch von seinem Partner war keine Spur zu sehen.

Nach dem Muster der Wachhunde hatte der westlichere Reiter die größere Strecke zurückzulegen, sodass es möglich war, dass Rundungen lediglich das Tempo verfehlt hatte. Schakal drängte Heimelig zu mehr Tempo, passierte das Tunneltor und ritt um die südliche Schleife der Mauer.

Immer noch nichts.

Schakal stieß einen Fluch aus. Wenn Rundungen herumalberte, würde er eine Tracht Prügel beziehen. Schakal sah sich um und brachte Heimelig zum Stehen, damit Rundungen die Chance hatte, ihm einen schweinebeschissenen Streich zu spielen, aber der dickschwänzige Mischling tauchte nicht auf. Schakal schwang seine Armbrust, riss die Sehne zurück und lud einen Bolzen. Er zielte auf das Innere des Hofs, gab seinem Keiler einen Tritt und machte sich auf den Weg, um den Rundkurs mit Tempo zu absolvieren.

Die Schlammköpfe, die den Keilerbuckel bewachten, waren verwirrt, als sie ihn allein zurückkehren sahen.

»Ihr habt Rundungen nicht gesehen?«, fragte er die Gruppe und erhielt als Antwort ein Kopfschütteln. Er verkniff sich einen weiteren Fluch.

»Soll ich laufen und die anderen wecken?«, fragte Biro hilfsbereit.

»Ihr bleibt, wo ihr seid«, knurrte Schakal. »Niemand rührt sich von hier weg, verstanden?«

Alle nickten zum zweiten Mal und er ritt los und durchquerte den Hof. Er passierte die Versammlungshalle und Lehmmasters Domizil und überlegte kurz, den Häuptling zu wecken. Aber das Gebrüll des alten Mannes und seine Suche nach Schuldzuweisungen würden Schakal nur aufhalten. Es war besser, die Sache schnell zu erledigen.

Als er den Bergfried erreichte, zog Schakal Heimelig nach rechts und steuerte auf den westlichen Teil der Ringmauer zu – zurück zu Rundungens erster Hälfte der Rundstrecke. Die weiß getünchten Wände der Vorratshalle leuchteten vor ihm, einsam und still. Schakal wollte gerade vorbeireiten, als Heimelig protestierend grunzte und stur in Richtung des Gebäudes zog. Da Schakal wusste, wann er seinem Keiler vertrauen musste, gab er dem Tier den Kopf frei. Heimelig trabte zur Rückseite des Gebäudes, wo die Schatten am dichtesten waren. Rundungens Keiler stand in der Dunkelheit, lautlos und nervös. Der Sattel des Barbaren war leer.

Schakal ließ Heimelig näher herangehen, stieg ab und suchte mit Blicken und seiner Armbrust im Anschlag die Traufe der Vorratshalle ab, während er sich dem Keiler vorsichtig näherte. Abgesehen von einem krampfhaften Zittern an der Schulter war das Tier völlig regungslos. Schakal wusste, dass es verletzt war. Mit beruhigenden Geräuschen näherte er sich ihm und griff sanft nach einem der Sauenhebel des Tieres. Er zog gerade genug, um den Kopf des Keilers von der Hauswand wegzudrehen, und ging dabei in die Hocke. Schakal beugte sich vor, um einen Blick auf die andere Seite des Keilers zu werfen und zischte. Eine tiefe Wunde klaffte nass im Bauch des Tieres. Herabhängende Eingeweide verstopften die Wunde, sodass nur wenig Blut austrat. Sobald er den Stoßzahn losließ, vergrub das Schwein sein Gesicht wieder an dem schattigen Putz und verharrte in gespenstischer Reglosigkeit.

Beim Überprüfen des Sattelgeschirrs stellte Schakal fest, dass alle Speere von Rundungen vorhanden waren, ebenso wie sein Signalhorn. Was auch immer geschehen war, es war schnell gegangen.

Schakal widerstand dem Drang, in sein eigenes Horn zu stoßen und Alarm zu schlagen. Das würde nur dazu führen, dass ihm alle zu Hilfe eilten, was wenig sinnvoll war. Der Feind war nicht hier, nur der Beweis, dass er sich innerhalb der Mauern befand. Die Schlammköpfe von ihren Posten wegzulocken, konnte dem Eindringling nur helfen.

Schakal durchsuchte den Staub und fand die Blutspur des Tieres. Sie schien um die Ecke zur anderen Seite der Versorgungshalle zu führen. Er ließ Heimelig bei dem anderen Barbaren und folgte den Blutspritzern, seine Armbrust gegen die Schulter gepresst. Er pirschte sich um die Ecke der Halle und ließ sich weiterhin vom Blut leiten. Bald fand er sich an der Ringmauer wieder. Er sah die Spuren der Patrouillenreiter; die frischesten hatte Heimelig hinterlassen, als er mit Schakal auf der Suche nach Rundungen im Galopp vorbeigeritten war, bevor sie am Keilerbuckel nachgesehen hatten. Das Blut wäre bei dieser Geschwindigkeit unmöglich zu sehen gewesen, selbst mit den Augen eines Halb-Orks.

Während Schakals Gedanken rasten, warf er einen Blick nach oben und reckte den Hals, um den Wall zu betrachten. Er begann im Stillen zu zählen. Als er bei achtzig angelangt war und es keine Anzeichen für eine Schlammkopf-Patrouille gab, knurrte Schakal und eilte zur nächsten Treppe. Er nahm zwei Stufen auf einmal, bis er die Zinnen erreichte. Er wirbelte in beide Richtungen und vergewisserte sich schnell, dass die Mauer frei von Feinden war. Nichts bewegte sich, aber der Wall war nicht vollkommen leer. Eine Leiche lag auf dem Mauerweg im Süden. Schakal eilte hinüber und fand einen jungen Halb-Ork, der mit einem Speer in den leblosen Fingern auf dem Boden lag. Sein Kopf lag in einem unnatürlichen Winkel zu den Schultern.

Schakal lief zur Außenkante der Mauer und warf einen Blick über die Brüstung. Unten war das sternenklare Gestrüpp Ul-wundulas stumm und leer. Es gab keinen Sprossen-Trupp, der die Mauern erklomm. Zumindest nicht hier.

Schakal zögerte. Wenn er nach Norden an der Mauer entlanglief, würde er den Keilerbuckel erreichen. Das war der wahrscheinlichste Ort für einen Angriff, falls die Elfen eine größere Anzahl von Leuten in die Brennerei bringen wollten. Aber südlich lag die Schlafbaracke und das, was sie suchten.

Sperling.

Schakal steckte sich zwei Finger in den Mund und stieß einen schrillen Pfiff aus, bevor er zum Sprint ansetzte. Er rannte nach Süden.

Als er einen Blick nach unten warf, sah er, wie Heimelig unter ihm durch den Hof rannte und mit ihm an der Mauer entlang Schritt hielt. Schakals Stiefel stießen gegen die Planken und er umklammerte seine Armbrust fest mit beiden Händen.

»HALT!«, ertönte eine Aufforderung vor ihm. Die Stimme war laut und klang doch unsicher. Schakal antwortete dem Schlammkopf mit eiserner Stimme.

»Bleib auf deinem Posten! Eindringlinge sind innerhalb der Mauern! Bleib auf deinem Posten!«

Er raste an der Wache vorbei, ohne anzuhalten, und ignorierte den halb nach ihm ausgestreckten Speer. Zu seiner Linken schien die Masse des Bergfrieds vorbeizukriechen, und Schakal zwang sich, schneller zu laufen. Er verlor Heimelig für einen Moment aus den Augen, als der Keiler gezwungen war, dichter an der Mauer zu laufen, um das große Zentralgebäude zu passieren. Zwei weitere Wachen forderten ihn heraus und erhielten dieselbe Antwort wie die erste. Sobald er den Bergfried hinter sich gelassen hatte, sah Schakal wieder sein Reittier und sein Ziel.

Die Schlafbaracke war ein langes, schmales, dreistöckiges Gebäude, das fast halb so hoch war wie die Wehrmauer. Die leere Weite zwischen den beiden Gebäuden war jedoch beängstigend. Da er bei seinem Vorhaben keine geladene Waffe in den Händen halten wollte, riss Schakal am Auslöser seiner Armbrust und schoss den Bolzen über die Mauer hinaus in die Nacht. Er behielt das Dach der Schlafbaracke im Auge, nahm in einem Winkel nach links Anlauf und sprang.

Einen Herzschlag lang erlebte er das Wunder der Schwerelosigkeit. Beim nächsten Herzschlag blieb Schakal beinahe die Luft weg, als sich sein Sprung schnell in einen Sturz verwandelte. Seine Füße schlugen eine Handbreit vom Rand entfernt auf dem Dach auf und zerbrachen Ziegel. Seine Beine gaben nach und die Scherben bohrten sich in seine Knie. Er fiel nach vorn, fing sich aber. Die Ziegel unter seinen Stiefeln rutschten weg und fielen in den Hof. Schakal fand sein Gleichgewicht wieder, stand auf und schlang sich seine Armbrust über die Schulter. Er ging hinüber zu einem Bereich mit unversehrten Ziegeln und ließ sich langsam über die Dachkante hinab, bis er an seinen Fingern hing. Die Fenster der Schlafbaracke waren kaum mehr als Schießscharten, aber sie boten guten Halt. Er trat nach vorn, griff mit der rechten Hand nach dem nächstgelegenen Fenster und schaffte es, sich am oberen Fensterbrett festzuhalten. Der Rest des Abstiegs war einfach, er musste sich nur von Fenster zu Fenster hangeln.

Heimelig wartete unten auf ihn und ging neben Schakal her, als dieser durch die Schlafbaracke marschierte und unterwegs seine Armbrust nachlud. In dem Moment, als er die Tür erreichte, wurde sie aufgerissen und gab den Blick auf Schuhnagel und Vollkorn frei, die dort mit erhobenen Armbrüsten standen.

»Verdammt«, fluchte Nagel und nahm seinen Finger vom Abzug seiner Armbrust. »Was zum Teufel machst du da? Willst du sterben?«

»Sie waren noch nicht hier«, sagte Schakal. Es war keine Frage. Er drehte sich, um den Hof hinter sich mit Blicken abzusuchen.

»Sprich mit uns, Bruder«, drängte Vollkorn.

Schakal trat einen Schritt zurück, durchsuchte aber weiter die Schatten. »Die Sprossen sind eingedrungen. Mindestens ein Schlammkopf auf der Palisade ist tot. Und Rundungen ist verschwunden.«

»Was?«, fragte Schuhnagel. Rundungen war sein Partner auf Streifgängen.

»Hab sein Schwein hinter der Versorgungshalle gefunden. Nahezu ausgeweidet.«

»Scheiße!«

Schakal spürte, wie Nagel versuchte, hinauszulaufen, und hörte, wie Vollkorn ihn zurückhielt.

»Nicht allein«, grollte das Dreiblut.

»Dann kommt ihr zwei verdammt noch mal mit!«

Hinter Schakal entstand eine angespannte Stille. Er spürte, dass Vollkorn ihn ansah. Als er sich umdrehte, stellte er fest, dass er recht hatte.

»Nimm Krämer und geht«, sagte Schakal zu Schuhnagel.

»Ich nehme keine Befehle von dir an.«

Schakal redete schnell. »Das ist kein Befehl, Nagel. Es ist das verdammt Klügste, was wir tun können. Augenweide und Honigwein müssen hier bei dem Mädchen bleiben. Vollkorn, du auch. Wir brauchen unsere stärkste Kraft hier, wenn die Spitzohren sie holen wollen. Ist Schlitzohr noch hier?«

»Hat ein Zimmer im zweiten Stock«, antwortete Vollkorn.

»Gut. Holt ihn auch. Schleich und Iltis müssen den Häuptling erreichen und sicherstellen, dass er Bescheid weiß und in Sicherheit ist.« Schakal drehte sich wieder zu Schuhnagels vor Zorn glühendem Gesicht um. »Dann bleibt nur noch Krämer, um dir zu helfen, Rundungen zu finden.«

»Und du?«, fragte Nagel voller Abscheu.

»Ich gehe zum Keilerbuckel«, sagte Schakal zu ihm. »Sorge dafür, dass die Schlammköpfe die Stellung halten.«

Vollkorn schüttelte den Kopf. »Dieselben Regeln. Nicht allein.«

»Ich werde schnell reiten«, sagte Schakal und schwang bereits ein Bein über Heimelig. »Und ich werde nicht allein sein, wenn ich dort bin, es sei denn, etwas ist sehr schiefgelaufen. Das ist die beste Aufteilung für uns.«

Schuhnagel hatte die Debatte nicht abwarten wollen, war bereits wieder drinnen und rief die anderen zusammen.

»Lass mich mit dir gehen«, sagte Vollkorn. »Drei für das Mädchen sind genug.«

»Ich brauche dich hier«, beharrte Schakal. »Mit Schlitzohr im Rücken können du und Weide eine ganze Armee aufhalten. Und ihr könntet Honigwein brauchen, falls die Sprossen beschließen, zu reden.«

»Sie haben bereits einen Schlammkopf getötet, Bruder. Die Zeit für Worte ist vorbei.«

Schakal nickte grimmig. »Ich weiß.«

Damit stieß er Heimelig seine Fersen in die Flanken und ritt davon, bevor Vollkorn ein weiteres Wort sagen konnte.

Schakal ritt direkt nach Osten, vorbei an der unteren Kurve des Bergfrieds. Er musste den Keilerbuckel so schnell wie möglich erreichen, aber die Schlammköpfe in den Ställen mussten von der Gefahr unterrichtet werden und einen Vorsprung bekommen, um die Reittiere der Rotte bereit zu machen. Danach konnte sich Schakal an der Ostmauer entlang vorarbeiten und einen Blick auf die andere Hälfte der Festung werfen. Die Sprossen mussten irgendwo sein.

Er hörte die Keiler quieken, bevor er die Ställe erreichte. Irgendetwas stimmte nicht.

Schakal hatte Angst, dass es brannte, und stürmte voran. Als das Gebäude in Sichtweite kam, sah er keine Flammen, keinen Rauch, aber die Schlammköpfe lagen am Boden. Schakal konnte im Schein der Laternen sehen, wie sie in Betten aus rotem Stroh lagen. Er ritt mit seinem Keiler direkt in den Stall und sprang mitten im Lauf ab. Einer der Schlammköpfe bewegte sich noch. Der arme Junge versuchte kraftlos zu verhindern, dass sein Leben aus seiner aufgeschlitzten Kehle floss. Es gelang ihm nicht. Schakal kniete sich neben ihn, denn er wusste, dass er nichts mehr tun konnte. Sie sahen sich an und das schwindende Licht im Blick des Jungen las das Unvermeidliche in Schakals Augen.

»Wie viele?«, fragte Schakal.

Unfähig zu sprechen, hob der junge Halb-Ork einen mit Blut verklebten Finger. Die Hand fiel zu Boden.

Schakal biss die Zähne zusammen, stand auf, wandte sich von der Leiche ab und schwenkte seine Armbrust suchend umher. Aus den umliegenden Ställen ertönte ein grässlicher Chor kreischender und quiekender Keiler. Das Holz ächzte unter den Schlägen der Hufe und Stoßzähne. Die Barbaren wehrten sich wie verrückt und kämpften darum, aus ihren Ställen befreit zu werden. Sie waren Kriegsreittiere und für den Kampf gezüchtet, das Blut dreier junger Halb-Orks hätte sie nicht in eine solch furchterregende Raserei versetzen dürfen.

Eine eiskalte Erkenntnis durchfuhr Schakal. Es waren nicht die Sprossen.

Als hätte er seine Aufmerksamkeit gespürt, trat der Ork aus einem leeren Stall am anderen Ende des Raums. Das große, gebogene Messer in seiner Hand tropfte. Sein dunkelgraues Fleisch war durch Rußflecken, die ihn in der Dunkelheit noch besser tarnen sollten, dunkler geworden. Er trug keine Rüstung, nichts, was in der Nacht glänzen würde, nur einen einfachen Lederschurz um seine Lenden.

Seit er den Stall betreten hatte, war Heimelig immer unruhiger geworden, denn das Verhalten seiner eingesperrten Verwandten sprang auf ihn über. Die Keiler spürten das größere Raubtier und ihre natürliche Neigung zu fliehen war dank sorgfältiger Auswahl ihrer Vorfahren durch den Drang zum Angriff ersetzt worden. Der Anblick des Orks zwang Heimelig zum Angriff.

Schakal reagierte schnell, ließ seine Armbrust fallen und packte den Barbaren an den Sauenhebeln, um ihn zu bremsen. Er konnte nicht zulassen, dass er abgeschlachtet wurde. Er stemmte seine Fersen in den Boden und zog mit aller Kraft, doch er wurde ein oder zwei Schritte mitgeschleift, bevor er das Tier aufhalten konnte. Der Ork stand weiterhin im hinteren Teil des Stalls und fletschte mit brutaler Belustigung seine langen Hauer. Schakal musste aufsteigen, die volle Kontrolle über Heimelig bekommen, aus diesem geschlossenen Raum hinausreiten. Dies zu tun, bedeutete zu fliehen, wenn auch nur für einen Moment, und das spöttische Grinsen auf dem Gesicht des Dickhäuters ließ das nicht zu.

Mit einem kräftigen Ruck an Heimeligs Stoßzähnen zwang Schakal ihn, sich der Tür zuzuwenden, und versetzte ihm einen kräftigen Schlag auf die Hinterkeule. Der Keiler, der schon lange an die Hand seines Reiters gewöhnt war, trabte aus dem Stall.

Schakals Armbrust hing immer noch an ihrem Riemen bis hinunter auf seinen linken Oberschenkel, aber der Bolzen hatte sich gelöst. Der Ork wäre bei ihm, bevor er nachladen konnte. Dickhäuter waren immer größer, aber sie waren selten langsamer. Den Blick auf die grinsende Bestie gerichtet, hakte Schakal einen Daumen unter seinen Armbrustriemen und befreite sich von der Waffe. Er zog seinen Talwar und seinen Dolch, sodass er scharfen Stahl in den Händen hielt. Das steigerte die Belustigung des Dickhäuters nur noch weiter.

»Du wirst nicht im Sattel sterben, Halbblut«, sagte er in der widerwärtigen Sprache der Orks.

»Nein«, antwortete Schakal in derselben Sprache, »ich werde bis zu den Eiern in deiner Augenhöhle stecken.«

Er stürzte sich auf den Ork und raubte ihm die Chance zum Angriff. Der Ork duckte sich, um ihn in Empfang zu nehmen, und war so groß, dass sein Kopf dennoch auf gleicher Höhe mit dem von Schakal blieb. Schakal schwang seinen Talwar vor sich, um den Ork zum Rückzug zu zwingen, und wollte ihn mit dem Rücken an die Wand drängen. Aber der Ork wich nicht zurück. Stattdessen sprang er auf geschnürten Beinen geradewegs nach oben und warf einen langen, wulstigen Arm hoch, um den untersten Balken zu erwischen. Als Schakals Schwert die Luft zerteilte, schwang sich der Ork nach vorn, ließ den Balken los, verdrehte geschickt seinen schweren Körper und landete, wobei sie ihre Positionen tauschten. Das große Messer stach bereits nach Schakals Wirbelsäule.

Schakal ließ sich durch den Schwung seines verfehlten Schlags herumwirbeln, parierte und stach mit seinem eigenen Dolch nach dem Gesicht des Orks. Der Dickhäuter zuckte zurück, nur um sofort wieder vorzuspringen und Schakal eine Faust ins Gesicht zu schlagen. Dieser drehte seinen Kopf mit dem Schlag weg, um der Bewusstlosigkeit zu entgehen, die sich inmitten des flirrenden Schmerzes breitmachte. Das Messer kam erneut auf ihn zu, und Schakal brauchte beide Klingen, um die Schneide zu stoppen, sodass er einem Knie ausgeliefert war, das in seine Rippen krachte. Er verlor das Gleichgewicht und wich dem Angriff aus, indem er mit seinem Talwar einen Abwehrschlag ausführte, der den Ork daran hinderte, den Angriff fortzusetzen.

Schakal war übel, und er blutete, sodass er einen weiteren Schritt zurückwich. Die Stallwand war hinter ihm, sein Feind vor ihm, leere Ställe zu beiden Seiten. Der Stall war breit genug, dass vier Keiler nebeneinanderreiten konnten, aber Schakal hatte wenig Hoffnung, an dem Dickhäuter vorbeizukommen, nicht bei dessen beängstigender Geschwindigkeit und Reichweite. Er hatte sich noch nie einem Ork zu Fuß und allein gestellt. Aber er brauchte nicht zu gewinnen – er musste nur überleben, lange genug überleben, bis die anderen eintrafen. Schleich und Iltis, Schuhnagel und

Krämer, sie alle sollten unterwegs sein, um ihre Keiler zu holen. Bald würden sie eintreffen und diesen großen Halsabschneider mit Armbrustbolzen eindecken.

Überleben.

Schakal stürzte sich auf den wartenden Ork, schlug mit seinem Talwar zu und hielt seinen Dolch zum Kontern bereit. Der Ork hatte nur sein Messer, aber es war in seinen Händen wie eine Schlange, die mit beängstigender Geschwindigkeit jedem Angriff auswich. Die Schneiden der Waffen schabten aneinander, schlugen Funken und sangen inmitten des Trommelns der eingesperrten Keiler. Doch trotz des Klirrens der Klingen wich der Ork nicht einen einzigen Schritt zurück. Er war ein Bollwerk aus Muskeln und Mord, eine Ausgeburt pantherhafter Anmut und monströser Wildheit.

Mit zusammengebissenen Zähnen grunzte Schakal eine wortlose Herausforderung und kämpfte. Er beließ es bei einer schwachen Offensive, die einen Angriff des Orks verhinderte. Allerdings war er selbst dadurch auch nicht in der Lage, Blut zu vergießen. Jahrelang hatte er sich gefragt, wie es wohl sein würde, ernsthaft gegen Vollkorn zu kämpfen. Jetzt wusste er es.

Verflucht! Wo waren seine Brüder?

Wut keimte in ihm auf. Wut über das Eindringen in sein Haus, Wut über die toten Schlammköpfe, Wut über seine Unfähigkeit, ihren Mörder zu töten. Er schlug mit beiden Klingen zu und verzichtete auf jede Verteidigung. Der Ork wehrte den Talwar ab, vergaß aber den Dolch, und dieser fuhr quer über den Bauch des Scheusals. Knurrend stieß der Dickhäuter seinen Kopf nach unten und versuchte, Schakals Gesicht mit seiner schrägen Stirn zu zerschmettern. Schakal sprang zurück und rettete sich, prallte aber gegen das unnachgiebige Holz der Wand. Nicht gewillt, in der Falle zu sitzen, stürzte er vorwärts, drückte sich von den Planken ab und stieß mit seinem Schwert zu. Der Ork schlug die Klinge mit der bloßen Hand weg, aber Schakal ließ nicht locker und stach seinen Dolch in den Oberschenkel seines Gegners. Der Dickhäuter rächte sich sofort und schnitt mit seinem Messer eine bösartige Wunde in die Unterseite von Schakals linkem Unterarm. Schakal schluckte den Schmerz hinunter, aber seine Hand ließ aus Reflex den Dolch los. Er riss seinen Talwar nach oben und die Klinge bohrte sich zwischen den Rippen in die Seite des Orks. Das große Messer fuhr auf seine Kehle los. Schakal hatte keine Wahl, ließ auch sein Schwert los, griff mit beiden Händen nach dem Handgelenk des Orks und riss die Klinge zur Seite. Ihm wurde die Luft aus den Lungen gepresst, als das Knie des Orks erneut zustieß und in seinen Eingeweiden landete.

Schakal krümmte sich, die Welt drehte sich, und er sah das Messer wieder kommen. Verzweifelt griff er nach seinem Dolch, der noch immer aus dem Oberschenkel des Orks ragte, und riss ihn heraus. Er stieß die Klinge während der Abwärtsbewegung in das Handgelenk des Dickhäuters, fing dessen Stich ab und durchtrennte die Sehnen. Das Messer fiel aus den nutzlosen Fingern, aber die andere Hand des Orks packte Schakal an der Brigantine, hob ihn hoch, wirbelte ihn herum und schleuderte ihn zu Boden. Alle drei Klingen lagen nun zu Füßen des Dickhäuters, aber er stieg verächtlich über sie hinweg, um Schakal zu treten, bevor der aufstehen konnte. Schakal lag mit dem Blick zur Tür, seine heruntergefallene Armbrust war auf halbem Weg zwischen ihm und dem Ausgang.

Schakal stürzte sich halb kriechend auf die Waffe, seine Hände ruderten im Stroh, während er versuchte, sich aufzurappeln. Er spürte einen Griff an seinem Knöchel und wurde zurückgerissen. Sein Kinn schlug auf dem Boden auf, bevor sich sein Blick zur Seite wandte. Er wurde an seinem Fuß festgehalten und durch die Luft geschleudert. Dann prallte er gegen eine Stalltür. Mit dröhnendem Kopf fand er sich erneut auf dem Boden wieder. Er versuchte aufzustehen, wurde aber von seinen vernebelten Sinnen betrogen, kippte um und sackte in sich zusammen. Hinter seinem Rücken gab es ein ständig wiederkehrendes, heftiges Vibrieren und ein ohrenbetäubendes Krachen.

Der Ork hatte sein Messer zurückerobert und schwang es in seiner unverletzten Hand, während er auf Schakal zustürmte. Das Grinsen war wieder da.

Schakal war angeschlagen und desorientiert, der Inhalt seines Magens stieß ihm sauer auf. Sein Blick war verschwommen und in seinen Ohren dröhnte es. Aber er war in diesen Ställen aufgewachsen, hatte sie als Jugendlicher ausgemistet, hatte lange Stunden damit verbracht, unter diesem Dach Zaumzeug und Geschirre zu flicken. Er wusste genau, wo er saß. Der Dickhäuter türmte sich direkt vor ihm auf, da erwiderte Schakal sein Grinsen.

»Ork, darf ich vorstellen: Matschepatsch.«

Schakal streckte die Hand nach oben, zog am Riegel der Stalltür und lehnte sich aus dem Weg. Vollkorns riesiger Keiler stürmte aus dem Verschlag und schrie vor aufgestauter Wut. Matsche schlug die Tür beiseite, traf Schakal und warf ihn völlig um. Schakal hörte einen scharfen, erschrockenen Schrei, gefolgt von einem furchtbaren, krachenden Splittern von Holz. Die Ställe hallten von dem Aufprall und dem immer lauter werdenden Quieken der Keiler wider, die dadurch angefeuert wurden.

Schakal richtete sich auf.

Matschepatsch hatte den Ork an die gegenüberliegende Wand gedrängt und ihm seine beiden Hauer durch den Bauch gebohrt. Der Keiler drängte weiter nach vorn, schüttelte seinen Kopf wild hin und her und arbeitete seine Hauer immer tiefer hinein, während der Ork kraftlos nach seinen Schultern schlug. Sein Messer lag weit entfernt und war auf das Stroh gefallen. Schakal ging langsam hinüber, hob seine Armbrust auf und legte einen Bolzen ein, während er zu dem Ork zurückkehrte. Der Dickhäuter, der sich nicht mehr wehrte, drohte an seinem eigenen Blut zu ersticken und war nicht mehr in der Lage, Fragen zu beantworten. Schakal war ohnehin nicht in der Stimmung zu reden. Der Ork hob seinen kahlen Kopf und sah ihn an. Seine glühenden Augen hätten die Brennerei entzünden können.

Schakal hielt seine Armbrust neben der Hüfte und zielte.

»Was hatte ich gesagt? Die Augenhöhle?«

Er betätigte den Abzug.

16

Rundungens Leiche wurde in der Kaserne der Schlammköpfe gefunden. Das große Messer des Orks hatte ihn unter dem Kiefer, direkt unterhalb des Ohrs, getroffen. Es war eine Wunde, die Rundungen stumm machte und leiden ließ. Der Tod war grausam langsam eingetreten. Die Kaserne der Schlammköpfe war leer, alle Anwärter waren zum Wachdienst abgezogen. Der Ork musste Rundungen auf dem Weg zu den Ställen hier abgesetzt haben. Zum Glück hatte der sterbende Schlammkopf recht behalten; nur ein Dickhäuter war in die Brennerei eingedrungen.

Einer, und er hatte sechs Leben genommen.

Rundungen, die drei Schlammköpfe in den Ställen, der Wachposten, den Schakal auf dem Wall gesehen hatte, und ein weiterer, den sie am Morgen draußen am Fuße der Mauer zerschmettert auf einem Felsen liegend gefunden hatten. Der Ork hatte ihn wahrscheinlich zuerst getötet, indem er ihn über die Brüstung riss, kurz bevor er seinen Aufstieg vollenden konnte.

Blindschleiche und Iltis hatten den Stall erreicht, kurz nachdem Schakal den Eindringling zur Strecke gebracht hatte. Schuhnagel und Krämer trafen nur Sekunden später ein. Sie reagierten schnell, sattelten die Keiler und ritten los, um den Keilerbuckel, den Lehmmaster und den Bergfried zu sichern, und zwar in dieser Reihenfolge. Vollkorn, Augenweide und Honigwein wurden von Sperling abgezogen, sodass nur Schlitzohr auf sie aufpasste. Die Bedrohung durch die Sprossen war nichts im Vergleich zu einem nächtlichen Überfall von Orks.

Die Morgendämmerung brach an, ohne dass sich weitere Feinde blicken ließen.

Die Grauen Bastarde blinzelten gegen die frische Sonne an und ritten hinaus – jedes Mitglied in voller Montur –, um ihr Gebiet abzusuchen. Teilsieg lag in tiefem Schlaf, unbehelligt und unbeeindruckt von dem Blutvergießen. Schakal atmete erleichtert auf, als er Beryl und die Waisen in Sicherheit sah. Der Lehmmaster wandte sich von seinem Streitwagen aus schnell an die versammelte Stadt und erzählte von dem Dickhäuter-Mörder. Während der Häuptling sprach, hielt Schakal seinen Blick auf Distel gerichtet. Sie stand mit einem Halb-Ork-Baby im Arm da. Rundungen wurde nicht namentlich erwähnt, als der Lehmmaster die Dorfbewohner über die Toten informierte, aber Distel konnte sehen, wer fehlte. Die Frau verzog keine Miene und holte sogar eine Brust hervor, um das Findelkind zu stillen, als es nach der Hälfte der Verkündung des Häuptlings zu schreien begann. In diesem Moment empfand Schakal Weichlinge als einen unwürdigen Namen für Menschen.

Mit einer letzten Anweisung an die Dorfbewohner, bei Sonnenuntergang zur Festung zu kommen und die Nacht innerhalb der Mauern zu verbringen, befahl der Lehmmaster der Rotte, weiterzuziehen.

Sie blieben zunächst zusammen und patrouillierten mehrere konzentrische Kilometer um die Brennerei herum. Dann teilten sie sich in zwei Hälften auf, um die Patrouille zu erweitern, und danach gleich noch einmal, nachdem zehn Kilometer gesichert waren. Schließlich ritt jeder von ihnen allein und überprüfte die entlegensten Winkel ihrer Ländereien. Am Ende des Tages kehrten alle mit demselben Bericht in ihre Festung zurück:

keine Orks, keine Elfen.

Schakal sattelte Heimelig in den Ställen gemeinsam mit

seinen Rottenkameraden ab. Die Leichen waren verschwunden und das blutige Stroh ausgefegt, aber der Ort war nun von einer nagenden Scham erfüllt. Niemand sprach. Schweigend hängten sie Zaumzeug und Geschirre auf, und jeder kümmerte sich müde grübelnd um sein Reittier.

Die Schmerzen in Schakals Körper wurden durch den Schlafmangel nun noch verstärkt. Als er seinen Sattel aufhing, fiel der Blick aus seinen brennenden Augen auf seinen linken Arm, den ihm der Ork aufgeschlitzt hatte. Verwirrt blieb er reglos stehen und starrte. Da war keine Wunde. Er hatte sie weder verbunden noch hatte er überhaupt darüber nachgedacht. Er hatte keine Zeit gehabt. Er war den ganzen Tag geritten, ohne sich darum zu kümmern, und jetzt, als er sein Fleisch betrachtete, begann er sich zu fragen, ob er den Schnitt überhaupt jemals erhalten hatte. Nein, die Wunde war dort gewesen. Er erinnerte sich an den Schmerz, an die Schneide des großen Messers, die ihn aufschlitzte. Doch auf der graugrünen Haut seines Unterarms waren nur die blassen Schatten alter Narben zu sehen, die durch den Staub des Rittes hindurchschimmerten.

»Macht dir der Arm immer noch zu schaffen?«

Blinzelnd sah Schakal auf und entdeckte Vollkorn, der sich über die Trennwand zwischen ihren Ställen lehnte.

»Ich würde Zirko den Kopf abreißen, wenn er dich schlecht geheilt hätte«, knurrte das Dreiblut.

Schakal sah wieder nach unten. Verdammt, es war derselbe Arm. Das war ihm gar nicht aufgefallen. War der Hokuspokus des Halblings so stark, dass er noch Tage nach der Beschwörung Wunden heilen konnte? Schakal stellte fest, dass er zu müde war, um sich den Kopf darüber zu zerbrechen.

»Alles gut damit«, sagte er zu Vollkorn und machte den Rest seiner Ausrüstung fertig.

Sie standen lange schweigend da und wateten in geteilter Müdigkeit, geteiltem Kummer. Ihr stilles, mürrisches Mitgefühl wurde plötzlich unterbrochen, als ein Krachen zu hören war und von den Dachsparren widerhallte. Es kam von Schuhnagel, der einen Eimer in die Sattelkammer schleuderte und aus den Ställen stürmte.

Vollkorn schüttelte verständnisvoll den Kopf. »Es wäre besser gewesen, wenn wir heute auf ein paar *ulyud* gestoßen wären. Dann hätten wir eine Chance gehabt, die Rechnung zu begleichen.«

»Es gäbe keine Rechnung zu begleichen, wenn der Häuptling die Orks am Batayat-Hügel nicht hätte laufen lassen«, gab Schakal zurück. »Die Dickhäuter wittern jetzt Schwäche bei uns. Das hat sie mutig gemacht.«

»Wir denken es alle, Bruder.«

»Und jemand muss es aussprechen.«

»Mag sein«, räumte Vollkorn ein. »Aber vielleicht solltest ausnahmsweise nicht du es sein.«

»Wer dann?«, wollte Schakal ohne großen Groll wissen.

Die hängenden Schultern des Dreibluts zuckten oben auf der Trennwand. »Sieht aus, als hätte Nagel ein paar Dinge zu sagen.«

Schakal grunzte verhalten. Schuhnagel war dem Häuptling gegenüber immer loyal gewesen. Nicht kriecherisch wie Iltis oder unverbesserlich wie Krämer, sondern standhaft unterstützend. Rundungens Tod hätte Nagel sicherlich zu Schakals Gunsten beeinflussen können, aber das bedeutete nicht, dass er dessen Pläne für die Führung unterstützen würde. Zur Hölle, Schuhnagel könnte sich selbst für den Häuptlingssitz bewerben, und das machte ihn zu einem Rivalen.

Aber all das konnte warten. Es gab einen Bruder zu verbrennen.

Schakal ging mit Vollkorn in den Hof hinaus und machte sich auf den Weg zum Bergfried. Hinter dem Bauwerk wurde ungesehen der Keilerbuckel heruntergelassen, damit die Bewohner von Teilsieg hereinkommen konnten. Die Dämmerung war gerade hereingebrochen, und die Schlammköpfe hatten den strikten Befehl, alle Dorfbewohner vor Einbruch der Dunkelheit ins Innere zu bringen.

Der Bergfried besaß nur eine einzige Tür, einen winzigen Nabel im Bauch des Bauwerks. Dieses einsame eiserne Portal machte es einfacher, die Bastion von innen zu verteidigen. Für den unwahrscheinlichen Fall, dass die Ringmauer durchbrochen wurde, war der Bergfried die letzte Verteidigungsmöglichkeit der Bastarde. Er war über zwei Brunnen erbaut und enthielt nicht nur den Ofen für den Mauertunnel, sondern auch die Schmiede, die Backöfen und die Küchen.

Schakal kam nur selten hierher. Er zog es vor, seine Mahlzeiten in der Schlafbaracke oder oben auf der Palisade einzunehmen, wo er den Wind spüren und das Gelände überblicken konnte. Er und Vollkorn betraten die stickige Dunkelheit und gingen einen gewundenen Korridor entlang, bis dieser in den höhlenartigen Schlund der Ofenkammer mündete. Sie war ein gewölbter, kuppelförmiger Ring, der das hochaufstrebende Mauerwerk des großen Schornsteins umgab. Entlang der Wände führten Treppen und Leitern hinauf zu Laufstegen und Gerüsten, die aus dem oberen Teil des Ofens ragten. An der Basis des Ungetüms standen Öfen unterschiedlicher Größe, einige davon groß genug, um sie zu betreten, ohne sich ducken zu müssen.

Als Schakal und Vollkorn um den elefantösen Fuß des Bauwerks herumgingen, erreichten sie bald den einen Ofen, der für die Einäscherung verwendet wurde.

Rundungen lag auf einer Holzbahre mit Rädern, die vor den geschlossenen Türen des Ofens stand. Der Lehmmaster war nach der ersten Wachrunde des Tages zum Ofen zurückgekehrt und hatte den Leichnam selbst vorbereitet, den Schmutz und die Blutspuren abgewaschen und Rundungen in seine Brigantine und Reiterkluft gekleidet. Der Häuptling stand neben der Bahre und wartete auf seine Rotte. Schuhnagel war der Letzte, der eintraf.

Der Kopf des Lehmmasters bewegte sich langsam und er musterte jedes Mitglied. Er schwitzte von der sengenden Hitze, die hinter den Ofentüren hervorquoll. Seine Hände und die Bandagen in seinem Gesicht waren rußverschmiert. Er ließ es niemals zu, dass die Schlammköpfe ihm beim Schüren eines Leichenfeuers halfen.

Langsam begann der Häuptling zu sprechen. Die Worte waren vertraut.

»Die Halb-Ork-Rotten von Ul-wundulas begannen als Sklaven. Es gibt nur noch wenige von uns, die sich an die Ketten und die Peitsche erinnern. Hispartha hielt uns für Lasttiere, Grubenkämpfer, Bergleute, für alles, was einen starken Rücken erforderte. Sie bearbeiteten uns und viele starke Rücken brachen unter ihren edlen Launen. Wir waren der Mischlingsnachwuchs des Feindes der Weichlinge und ihrer eigenen geschändeten Frauen. Wir wurden gehasst und benutzt. Diejenigen von uns, die nicht bei der Geburt getötet wurden, waren nach einem kurzen Leben der Knechtschaft für die Massengräber bestimmt. Und dann kam der Einmarsch. Viele von uns wurden aus den Minen und Arenen geholt, damit wir dem Krieg dienen konnten.

Die ersten Grauen Bastarde waren Töpfer, benannt nicht nach unserer Haut, sondern nach dem trockenen Ton, der sie bedeckte. Wir kannten Feuer, Hitze und Schlamm bis zu dem Tag, an dem wir auf dem Rücken von Keilern, die nur das Joch des Versorgungswagens kannten, in die Schlacht ritten. An diesem Tag wurden wir zu Kriegern. Wir bahnten uns einen Weg in die Freiheit, auch wenn wir es damals noch nicht wussten. Wir bahnten ihn uns mit Schwertern, die aus den Händen unserer fliehenden Herren gefallen waren, und wir bahnten ihn uns durch das Fleisch unserer Ork-Väter.

Und so sind wir nicht länger Sklaven, nicht länger Töpfer. Wir sind eine Rotte, und wir besitzen dieses Land, das unser Gebiet ist. Wir reiten frei, wir kämpfen frei, wir leben und sterben ... frei.«

Der Lehmmaster hielt inne und wandte seinen Blick von den Lebenden ab, um auf den Toten herabzusehen.

»Rundungen war ein guter Reiter. Ein treuer Bruder. Ein

wahrer Bastard. Er lebte im Sattel und starb auf dem Keiler.« Der Häuptling sah noch einmal auf und lächelte unter seinen Verbänden. »Für jeden anderen wäre das unser Abschiedsgruß. Aber ich denke, wir wissen alle, was dieser dickschwänzige Hurensohn gern gehört hätte. Er hatte Schneid. Er hatte Mumm. Und vor allem hatte er ...«

»RUNDUNGEN!!!«

Der Ofenraum hallte von dem gleichzeitigen Schrei der Rotte wider. Schakal lächelte, als er das Wort rief, ebenso wie jeder seiner Rottenkameraden.

Der Lehmmaster winkte sie alle mit seiner geschwollenen Hand nach vorn. »Kommt und verabschiedet euch von eurem Bruder.«

Nach und nach traten die Grauen Bastarde vor und beugten sich hinunter, um Rundungen auf die Stirn zu küssen, einige flüsterten private Abschiedsworte, andere legten ihm eine Hand auf die Schulter. Schuhnagel schlug dem Körper spielerisch mit den Fingerknöcheln in den Schritt.

»Dieser Stamm wird den Ofen eine Woche lang befeuern«, sagte er mit einem Lachen in der Stimme und Tränen in den Augen.

»Schicken wir ihn los«, sagte der Lehmmaster leise. Er trat vor und schwang die eine Hälfte der Ofentür auf. Vollkorn nahm die andere. Die glühende Hitze strömte aus dem tosenden Ofen und raubte den Lungen die Luft. Schakal, Schuhnagel, Iltis und Krämer ergriffen die Bahre und schoben sie in die lodernde Höhle. Als die Türen zugeschlagen wurden, warfen sie alle einen letzten Blick auf Rundungen, der auf einem Bett aus aufsteigenden Flammen lag.

Die Rotte verließ schweigend die Kammer und überließ es den vier Schlammköpfen, die respektvoll auf der anderen Seite des Schornsteins warteten, sich um den Ofen zu kümmern. Die Leichen der fünf Anwärter befanden sich ebenfalls auf Rollbahren. Sie würden von ihresgleichen verbrannt werden. Die Bastarde traten in das Zwielicht des Hofes und beobachteten einen Moment lang, wie der Rauch in den purpurnen Himmel stieg. Dann machten sich alle auf den Weg zur Versammlungshalle.

Schakal sackte auf seinem Stuhl zusammen und fügte seinen eigenen Seufzer dem Chor der müden Atemzüge hinzu, die um den Tisch herum ausgestoßen wurden.

»Also«, sagte der Lehmmaster, als er sich setzte. »Wir haben einen Mann weniger. Wir sind alle erschöpft und müssen noch eine Nacht lang wachsam bleiben. Die heutige Patrouille hat uns gesagt, dass es in der Nähe keine nennenswerte Streitmacht gibt, aber vielleicht schleicht noch ein ascheverschmierter Halsabschneider herum und wartet darauf, dass wir schlafen. Also wird das niemand tun. Außer Schakal.«

Die Erwähnung seines Namens weckte Schakal aus seiner Erstarrung. Er sah auf und runzelte die Stirn.

Der Lehmmaster sah ihm direkt ins Gesicht. »Das hast du gut gemacht mit dem Dickhäuter. Es hätte eimerweise mehr Blut vergossen werden können, wenn du nicht so schnell gehandelt und noch schneller gedacht hättest. Die Schlammköpfe sagten, du hättest sie bei der Stange gehalten. Alles gute Arbeit. Ruh dich etwas aus, Schak. Das hast du dir verdient.«

Die Aussicht auf Schlaf machte Schakal fast euphorisch, das Lob hingegen misstrauisch.

»Ich würde nicht schlafen können, Häuptling«, sagte Schakal respektvoll. »Nicht, wenn meine Rotte ohne mich Wache hält.«

Dies wurde von den meisten am Tisch mit einem schnellen Trommelwirbel quittiert. Nur die Fäuste von Krämer, Schuhnagel und Augenweide ballten sich nicht. Das war keine Überraschung. Weide hatte schon früh gelernt, bei Tisch keine Aufmerksamkeit auf sich zu lenken. Der Lehmmaster sah Schakal weiterhin an, als das Trommeln nachließ.

»Dann schlaf nicht«, sagte er barsch. »Behalte diese Sprosse im Auge. Wir brauchen immer noch jemanden, der sie bewacht, für den Fall, dass ihre Verwandten sie suchen kommen.«

»Schlitzohr kann das tun«, sagte Schakal. Er wollte Blindschleiche im Auge behalten. Bei all dem Chaos des vergangenen Tages und der zurückliegenden Nacht hatte er sein Ziel nicht aus den Augen verloren, nämlich Sancho am Leben zu erhalten.

Der Lehmmaster schüttelte den Kopf. »Ich brauche ihn für etwas anderes.«

Das brachte Schakal aus dem Konzept, und seine Müdigkeit verhinderte, dass er es verbergen konnte.

Zwei Männer. Ein Messer.

Nach einer Alternative suchend, hätte Schakal beinahe vorgeschlagen, dass Beryl auf Sperling aufpassen könnte, aber er hielt den Mund. Sie würde heute Abend alle Hände voll damit zu tun haben, sich um die Waisen zu kümmern. Einige würden sich freuen, die Nacht in der Brennerei zu verbringen, andere würden sich fürchten. So oder so, Beryl und die anderen Frauen würden es nicht leicht haben. Honigwein war sowieso die bessere Wahl, erkannte Schakal, als sich sein vernebeltes Gehirn erholte. Wenigstens konnte er mit ihr reden. Schakal beugte sich vor.

»Ich kann auf sie aufpassen, Häuptling«, bot Augenweide an, bevor er etwas sagen konnte.

»Habe ich dich etwa gefragt?«, schnauzte der Lehmmaster. »Schakal macht das.«

Weide lehnte sich zurück und nahm ihre übliche distanzierte Haltung wieder ein.

»Schak? Hörst du mich?«

»Ja, Häuptling.«

»Gut. Die Schlammköpfe haben die Leute aus Teilsieg zwischen ihren Baracken und den oberen Etagen des Schlafsaals aufgeteilt. Genau wie während des Verrätermonds. So handhaben wir das hier. Muss ich euch daran erinnern, wie die Patrouillen funktionieren?«

»Nein, Häuptling«, sagte Iltis und verlieh dem allgemeinen Kopfschütteln eine Stimme.

»An die Arbeit.«

Stühle scharrten, die Bastarde standen auf und schlenderten aus dem Raum.

Schakal verbrachte die erste Hälfte des Abends in der Schlammkopf-Baracke, wo Beryl und ihre Waisen zusammen mit den Familien aus Teilsieg, die Kinder hatten, untergebracht waren. Sperling war ebenfalls dort und saß still für sich, mit einer unangetasteten Schüssel Eintopf neben sich. Seltsamerweise saß sie auf dem alten Bett von Vollkorn, direkt unter dem Bett, das Schakal einst für sich beansprucht hatte. Rottenanwärter bekamen keine eigenen Zimmer, und so bot die Kaserne viel Platz zum Spielen für die Kleinen. Sie hüpften zwischen den Kojenreihen umher, lachten und jagten sich gegenseitig, bis ihr Spiel so ungestüm wurde, dass sie von den Frauen ein warnendes Zischen zu hören bekamen, dann begann der Kreislauf von Neuem. Schakal beobachtete die Spiegelbilder seiner Kindheit, die in dem großen Raum umherhuschten, in dem er seine Jugend verbracht hatte. Er aß Beryls wohlbekanntes Essen und versuchte, nicht einzunicken. Es wäre eine wunderbare Art gewesen, den Abend zu verbringen, wäre da nicht die drohende Gefahr vor den Türen gewesen.

Endlich wurden die Kinder ins Bett gebracht, zwei und drei in einer Koje. Cissy, Feger und Beryl schlichen um sie herum, trösteten oder schimpften, wo es nötig war. Unsichere Stille legte sich über die Kaserne. Schakal saß auf einem Stuhl, von dem aus er den Raum gut überblicken konnte und den perfekten Schusswinkel zu den Türen hatte. Seine Armbrust lag ungeladen auf seinem Schoß. Beryl kam und setzte sich auf die leere Koje neben ihm.

»Wie geht es meinem Sohn?«, flüsterte sie.

Schakal schnitt gut gelaunt eine Grimasse. »Ich wünschte, er hätte mit dem Ork gekämpft und nicht ich. Er hätte sich besser geschlagen.«

»Ich meinte nicht Vollkorn.«

Schakal drehte sich um und sah sie an. Jahrzehnte der Kindererziehung hatten Beryl unempfindlich gegen Müdigkeit gemacht. Sie zehrte davon wie ein alter Baum, der durch lebenslange Stürme stark geworden war. Als sich ihre Blicke trafen, wollte eine Hälfte von Schakal seinen Kopf an sie lehnen und in den Schlaf sinken, die andere Hälfte fand in ihrer Gegenwart neuen Aufwind. Sie regte den Jungen an, Trost zu suchen, und ermutigte den Mann, sich zu stählen. Beide wollten, dass der Junge siegte.

Schakal richtete sich auf seinem Stuhl auf, mahlte mit dem Kiefer und überprüfte den Zug seiner Armbrustsehne.

»Mir geht es gut. Keine Verletzungen.«

Beryl musterte sein Gesicht. »Das würde ich nicht sagen.«

Schakal nickte in Richtung der Koje, in der Distel schlief. Der kleine Dreikäsehoch Schlauberger lag an ihrer Brust und nuckelte im Schlaf träge daran.

»Wie geht es ihr?«, fragte er leise.

»Sie nimmt es gut auf«, antwortete Beryl nach kurzem Überlegen. »Sie wollte in Rundungens Zimmer schlafen, aber ich habe es ihr ausgeredet. Es würde nichts Gutes dabei herauskommen.«

Schakal nahm das schweigend hin. Zweifellos sprach Beryl aus Erfahrung, wie sie es bei fast allem tat, obwohl er sich nicht daran erinnern konnte, dass sie sich jemals in Grasmückes Zimmer schlafen gelegt hatte, nachdem dieser fortgegangen war. Vielleicht hatte sie es nur in Erwägung gezogen und ihre Weisheit hatte über schwachen Trost gesiegt.

Während sie zusahen, wachte Schlauberger auf. Ruhig löste er sich von Distels Brust und glitt, ohne sie zu stören, von der Pritsche hinunter, wobei er seine pummeligen Beine durchstreckte, um nach dem Boden zu tasten. Beryl öffnete ihre Hände und gab ihm ein Zeichen, als der Blick des kleinen Mischlings auf sie fiel, aber er drehte schläfrig den Kopf und sah Sperling an.

Das Elfenmädchen war immer noch wach und saß am Kopfende der Koje, mit dem Rücken zur Wand, versunken in die private Hölle, die sie auch nach ihrer Befreiung noch gefangen hielt. Schlauberger war den halben Weg zu ihr hingewatschelt, bevor Sperling bemerkte, dass er kam. Ohne auf ihre verwirrte Anspannung zu achten, kletterte der kleine Halb-Ork auf die Matratze und kroch schläfrig vorwärts.

»Ich hole ihn«, sagte Schakal und wollte aufstehen, aber Beryl packte ihn am Arm und hielt ihn auf. Ihr Blick war unverwandt auf die Koje gerichtet.

Hätte Sperling sich umgesehen, hätte sie bemerkt, dass sie beobachtet wurde, aber sie schien von dem Kind fasziniert zu sein. Sie betrachtete den Kleinen einen Moment lang mit unsicherer Miene. Er hielt abwartend in seinem Vormarsch inne, seine Hände auf ihren Beinen. Sperling streckte langsam die Hand aus und griff dem Kleinen sanft unter die Arme. Schlauberger ließ sich vertrauensvoll halb hochheben, halb ziehen und machte es sich bequem, als Sperling ihn in ihrem Schoß wiegte. Innerhalb weniger Augenblicke war er wieder eingeschlafen.

»Nun, das ist ein Glück«, sagte Beryl leise. »Es ist wahrscheinlicher, dass sie jetzt ihr eigenes behalten wird.«

Schakal riss den Kopf herum und starrte sie mit offenem Mund an. »Woher weißt du ...«

Beryl rollte mit den Augen und stieß einen halb beleidigten Atemzug aus. »Also bitte, Schakal.«

Dass Zirko es behauptete, war eine Sache. Dass Beryl zustimmte, war eine andere.

»Niemand sonst weiß es«, sagte Schakal zu ihr.

»Das dachtest du vor einem Moment auch. Du solltest diesen Fehler vielleicht nicht wiederholen.«

»Die Sprossen werden sie töten, wenn sie es herausfinden. Oder sie wird es selbst tun.«

Beryl warf einen verstohlenen Blick zurück zu Vollkorns alter Koje. Sperlings Augen waren jetzt geschlossen und Schlauberger ruhte bequem im Nest ihrer Arme und Beine.

»Mit der Zeit wird es immer unwahrscheinlicher werden, dass sie das tut«, sagte Beryl. »Was die Sprossen betrifft, so wird Lehmmaster sie nicht an sie heranlassen, sobald er davon erfährt.«

Schakal runzelte ungläubig die Stirn. »Er würde keinen Krieg wegen eines Mischlingsbabys riskieren.«

»Ein Mischlingsbaby, das ein Halbelf ist?«, schimpfte Beryl. »Schakal, es gibt nicht viel, was man in den Geteilten Landen nicht dafür riskieren würde. Seltenes ist wertvoll, und was sie in ihrem Bauch hat, ist genug wert, um dafür zu sterben.« Beryl tätschelte das Bett, auf dem sie saß, und erhob sich. »Und jetzt ruh dich aus.«

Da er dem Blick, den sie ihm zuwarf, nicht widersprechen konnte, willigte Schakal ein. Er versuchte herauszufinden, was der Lehmmaster mit einem solchen Baby wollen könnte, abgesehen von einem zukünftigen Rekruten, aber sein erschöpftes Gehirn zerrte ihn in die Dunkelheit, bevor sich eine Antwort zeigte.

17

Ein Schrei weckte ihn auf.

Ohne zu wissen, wie lange er geschlafen hatte, rollte Schakal sich aus der Koje. Überall um ihn herum begannen Babys zu weinen und Kinder wimmerten. Alle waren von demselben gequälten Geheul aus dem Schlaf gerissen worden. Es kam von draußen, laut genug, um die Wände der Kaserne zu durchdringen.

»Bleibt hier«, befahl Schakal einigen der Männer aus Teilsieg, die alarmiert mit Holzäxten in der Hand herumstanden. »Verriegelt die Tür hinter mir.«

Sperling war wach und hielt mit großen Augen ihre Hände schützend über Schlaubergers Ohren, um ihn vor dem schrecklichen Geräusch abzuschirmen. Es kam in Wellen, durchbrach brüllend die Stille und verschwand wieder, nur um dann mit neuer Wut von Neuem zu beginnen. Schakal warf Beryl einen beruhigenden Blick zu und stürmte aus der Kaserne.

Er lud seine Armbrust direkt vor der Tür und wartete, bis der Riegel hinter ihm einrastete, bevor er losrannte. Der schreckliche Schrei ertönte erneut, beleidigte die Nacht und hallte aus dem Norden des Geländes wider.

Der Keilerbuckel.

Schakal rannte aus Leibeskräften, bis seine Beine und seine Lunge brannten.

Die große Rampe kam in Sicht. Die Grauen Bastarde saßen auf ihren Keilern im Hof. Lehmmaster und Schlitzohr waren zu Fuß unterwegs und standen am Ende der Rampe, die gerade begann, sich vom Boden zu heben. Der gequälte Schrei stammte von etwas, das sich auf der Rampe krümmte. Schakal trabte vorwärts.

Ein Ork war an den Keilerbuckel genagelt, gekreuzigt an das Holzskelett des Unterbodens. Der Kopf des Dickhäuters hing nach unten, richtete sich aber langsam auf, als die Zugkeiler die Rampe höher in die Luft zogen.

Schakal stand in der Nähe von Blindschleiche.

»Ihr habt noch einen erwischt?«

»Nein«, antwortete Schleich. Seine starren Augen waren voll hungriger Schadenfreude und blieben unverwandt auf den geplagten Ork gerichtet.

Verwirrt sah Schakal wieder hin zu dem heulenden Gefangenen. Wie der, den er getötet hatte, trug auch dieser Ork nichts als einen ledernen Lendenschurz. Zwei klaffende, kreisrunde Wunden zierten seinen Bauch. Wunden, wie sie die Stoßzähne eines Keilers verursachen würden.

»Verdammt«, hauchte Schakal, als er den Armbrustbolzen entdeckte, der aus einer der Augenhöhlen ragte. Es war der Dickhäuter, den er getötet hatte.

Der Keilerbuckel stieg weiter und nahm den Ork mit nach oben und außer Sichtweite, während sich die Rampe weiter gen Himmel aufrichtete. In der Nähe reckte der Lehmmaster den Hals und legte Schlitzohr eine Hand auf die Schulter. Der Zauberer wirkte erfreut. Seine Zähne glänzten im Sternenlicht.

Als der Keilerbuckel vollkommen senkrecht stand, gab der Lehmmaster den Schlammköpfen ein Zeichen, die Zugkeiler anzuhalten. Die Hälfte der Rampe war nun ein Turm, der an seiner Spitze hoch über der Palisade sanft schwankte. Von der anderen Seite der Spitze aus schrie der Ork, der nun dem Brachland jenseits der Mauer zugewandt war.

Der Lehmmaster drehte sich zu seiner Rotte um, seine lädierte Gestalt strahlte Triumph aus. »Die Hälfte von euch, ab in die Kojen. Auch Schlammköpfe. Wir brauchen jetzt nicht mehr alle.«

»Ich werde nicht viel Schlaf bekommen, wenn das so weitergeht«, beschwerte sich Schuhnagel und deutete nach oben zu dem unsichtbaren Ork.

»Unser Freund wird sein Geheul gleich einstellen«, verkündete Schlitzohr. »Wenn wir es wieder hören, ist das ein Zeichen dafür, dass seine Kameraden in der Nähe sind, auch wenn ich bezweifle, dass sie es wagen werden, näher zu kommen.«

Weide war die Erste, die fortging. Sie warf dem Zauberer einen angewiderten Blick zu, bevor sie ihren Keiler wendete und davonritt. Krämer, Honigwein und Iltis folgten ihr. Die anderen unterhielten sich über den Rest der nächtlichen Patrouille, aber Schakal hörte nicht hin. Mit starrem Blick ging er an dem grinsenden Lehmmaster vorbei und näherte sich Schlitzohr.

»Freund Schakal«, sagte der Zauberer mit einer freundlichen Verbeugung. »Jetzt können wir alle ruhiger schlafen, nicht wahr?«

Anklagend hob Schakal seinen Arm und deutete gen Himmel. »Dieser Ork war tot.«

»Oh«, kicherte Schlitzohr, »das ist er immer noch.«

Schakal konnte weder antworten noch war er überrascht. Von dem Moment an, als Schlitzohr aus der tödlichen Hitze der Mauern aufgetaucht war, hatte er nichts getan, um seine Macht zu verbergen. Die Sache mit dem Schlammmann war anscheinend noch lange nicht alles, wozu der fette Beschwörer imstande war. Diese neueste Darbietung – die Beherrschung und Manipulation der Toten – diente nur dazu, etwas zu verfestigen, das Schakal seit seiner Jugend wusste.

Zauberer musste man fürchten.

Seit dem Ende des Einmarschs residierte einer in der Garnison. Dessen bloße Anwesenheit reichte aus, um einen Angriff auf Hisparthas einzige verbliebene Festung in Ulwundulas zu verhindern. Den Elfen wurde nachgesagt, sie könnten Zauberer ausscheißen, und obwohl dies wahrscheinlich eine Übertreibung der Wahrheit war, war es ein weiterer Grund, nicht in die Länder der Sprossen einzudringen. Aber die Halb-Ork-Rotten hatten es nie geschafft, einen Zauberer in ihre Mitte zu holen. Der Lehmmaster hatte, solange Schakal sich erinnern konnte, davon geträumt, einen zu bekommen. Würde der Häuptling ihn nun, da er ihn hatte, den anderen Mischlingsrotten offenbaren oder Schlitzohr als Klinge in seinem Ärmel behalten? Eine Klinge, die Schakal anvertraut hatte, dass sie in beide Richtungen schneiden würde. Natürlich hatten Schlitzohr und der Lehmmaster viele Stunden hinter verschlossenen Türen verbracht. Es war Schakal nicht entgangen, dass der Zauberer dem Häuptling möglicherweise Versprechungen über seinen jungen Rivalen ins Ohr geflüstert hatte. Zweifellos galt seine wahre Loyalität nur sich selbst und den Plänen, deretwegen er in die Geteilten Lande gekommen war. Schakal vertraute darauf, dass Schlitzohr, der gefährlich klug war, keinen Nutzen darin sah, wenn ein müder, von der Pest gezeichneter alter Kauz die Bastarde anführte.

Mit einem Nicken, das Zustimmung vortäuschte, verließ Schakal Schlitzohr, ging zum nächsten Schlammkopf und befahl, dass man ihm seinen Keiler brachte. Der Anwärter rannte davon. Schakal schlenderte dorthin, wo Vollkorn und die anderen immer noch auf ihren Keilern saßen, und mischte sich in das Gemurmel.

»Ich werde mich euch anschließen«, sagte er ihnen.

»Gut«, sagte Vollkorn. »Wir werden zu zweit vorgehen. Schleich, du und Nag...«

»Nein«, warf Schuhnagel ein, »ich werde mit Schakal reiten.«

Vollkorn stutzte kaum merklich und nahm die plötzliche Forderung gelassen hin. »Bist du damit einverstanden, Schak?«

Schakal nickte.

Nagels roter Bart zitterte, während er an seiner inneren Wut zu knabbern hatte. Er wollte niemandem in die Augen sehen. Wahrscheinlich gab er Schakal die Schuld an Rundungens Tod. Was kam als Nächstes? Stand Schakal eine Patrouille bevor, bei der er sich durch seinen Partner in größerer Gefahr befand als durch ein Orkmesser? Einen anderen Bastard zu töten, verstieß zwar gegen den Rottenkodex, aber es war schon vorgekommen. Ul-wundulas war voll von unabhängigen Reitern, die man aus ihrer Rotte verbannt hatte, weil eine persönliche Fehde zu weit gegangen war.

»Lass uns losreiten«, drängte Blindschleiche Vollkorn.

Die drei wirkten einen Moment lang unsicher.

»Er hat recht«, sagte Schakal. »Reitet nur. Nagel und ich werden uns anschließen. Wir entscheiden uns für ein Muster, wenn sich unsere Bahnen das erste Mal kreuzen.«

Bevor er losritt, sah Vollkorn nach unten, und sein Gesicht bat Schakal, keinen Staub aufzuwirbeln.

Schuhnagel blieb stumm und mürrisch, während sie darauf warteten, dass der Schlammkopf mit Schakals Keiler zurückkehrte. Ein paar Dutzend Schritte entfernt standen Schlitzohr und der Lehmmaster weiterhin unter ihrem unnatürlichen Alarmruf und unterhielten sich leise. Bald darauf gingen sie in Richtung von Lehmmasters Domizil davon. Schakal verdrängte die aufkommenden Sorgen. Wenn Schlitzohr ihn für dumm verkaufen wollte, konnte er nur wenig tun. Außerdem war der Zauberer allein schon ein furchtbarer Gegner. Er würde weder die Hilfe des Lehmmasters noch die eines anderen brauchen, wenn er Schakal schaden wollte. Nein, Schlitzohrs undurchschaubare Machenschaften konnten warten.

Als der Schlammkopf mit Heimelig ankam, stieg Schakal auf und spannte zielstrebig seine Armbrust. Er wollte vorbereitet sein, falls Schuhnagel etwas versuchte. Sie versetzten ihre Keiler in Trab und ritten auf die östliche Biegung der Mauer zu, direkt gegenüber der Stelle, wo Vollkorn mit Schleich hingegangen war. Schakal stellte sicher, dass er der Innenreiter war, um nicht zwischen Nagel und der Mauer eingeklemmt zu werden. Sie kamen schnell voran, und schon bald tauchten vor ihnen die Silhouetten der Ställe und Zuchtpferche auf. Vollkorn und Blindschleiche bogen um die Kurve. Als sie vorbeiritten, hielt Schakal seine rechte Hand mit vier ausgestreckten Fingern hoch. Schleich erwiderte die Geste und bestätigte damit das Besen-Muster. Das war eine Runde in schnellem Tempo für die beiden Paare. Schakal wollte nicht zu lange aus den Augen der anderen verschwinden.

»Hast du Angst, mit mir allein zu sein?«, fragte Schuhnagel und lachte aus vollem Halse.

»Ich halte nur die Barbaren wach«, antwortete Schakal.

Nagel lachte wieder, als er seinen Keiler anspornte. Direkt westlich des Keilerbuckels trafen sie wieder auf Vollkorn und Schleich. Vollkorn signalisierte Wachhund, aber Nagel konterte mit Joch, der langsamsten Gangart im Drill. Vollkorn bestätigte instinktiv und Schakal stieß in seinem Kopf Flüche aus. Sie begannen mit dem schwerfälligen Tempo, und Schuhnagel warf einen Blick über seine Schulter, um zu sehen, wann das andere Paar außer Sichtweite war. Schakals Hand wanderte zu seinem Dolch.

»Entspann dich«, brummte Schuhnagel und sah immer noch nach hinten. »Ich werde dich nicht abstechen, Schak. Ich muss reden. Und ich will nicht über Wind und Hufgetrappel hinwegschreien, um das zu tun.«

Schakal behielt seine Hand nahe am Griff des Dolches. »Dann rede.«

Trotz der Aufforderung sagte Schuhnagel eine ganze Weile nichts. Als sie an den Baracken der Schlammköpfe vorbeikamen, machte er endlich den Mund auf.

»Rundungen hätte nie auf diese Weise sterben dürfen.«

»Es gab nichts, was ich …«

»Halt dein Maul und lass mich gefälligst ausreden!«

Schakal wollte in die Luft gehen, doch etwas in Schuhnagels Stimme hielt ihn von seinem Ausbruch ab. Es lag Wut in dieser Stimme, aber sie trieb in einem Meer von Scham.

»Rundungen ist tot«, sagte Nagel tonlos, »weil der Lehmmaster diesen Dickhäutern am Batayat Gnade erwiesen hat. Er hat den Orks Schwäche gezeigt und jetzt stellen sie uns in unserer eigenen Festung auf die Probe.«

Schakal blieb vorsichtig stehen und behielt den neben ihm reitenden Bruder im Auge, der genau die Worte wiederholte, die er zu Vollkorn gesagt hatte. Nagel schien erleichtert zu sein, dass er seinem Unmut Luft gemacht hatte. Die Wut begann, die Beschämung wegzukochen.

»Der Häuptling hätte es besser wissen müssen!«, bellte er. »Er hat es besser gewusst … früher. Aber jetzt nicht mehr.«

»Was willst du damit sagen, Nagel?«, fragte Schakal langsam.

Schuhnagel zügelte seinen Keiler und zwang Schakal, das Gleiche zu tun. Über seinem Bart zuckten die Muskeln in Nagels Gesicht und kämpften gegen eine gefährliche Mischung aus Wut, Schmerz und Selbstverachtung an.

»Ich sage, seine Zeit ist vorbei.«

»Nicht jeder an unserem Tisch würde dem zustimmen«, antwortete Schakal gleichmütig.

»Ja, aber du schon! Du hast schon seit Jahren ein Auge auf diesen Stuhl geworfen, das wissen wir alle. Zum Teufel, ich auch. Aber ohne Rundungen habe ich kein Lager, um den Krieg zu beginnen. Die Jungs mochten ihn, hätten vielleicht seine Axt unterstützt. Allein werde ich die Stimmen nie bekommen.«

Schuhnagel holte tief Luft und sah Schakal direkt in die Augen.

»Du hast das Arschloch getötet, das Rundungen umgebracht hat. Das zählt für mich. Du warst der Einzige, der sich bei Batayat beschwert hat. Es hätten sich mehr von uns zu Wort melden müssen.«

Auch Weide hatte die Entscheidung des Häuptlings angefochten, aber Schakal schwieg und wartete ab, was Nagel noch zu sagen hatte.

»Wir brauchen neues Blut am Kopfende unseres Tischs, Schakal«, fuhr Nagel fort, »und zwar bald. Also ... du forderst den Lehmmaster heraus, und ich werde meine Axt zu deinen Gunsten werfen.«

Ohne eine Antwort abzuwarten, trieb Nagel seinen Keiler an und wollte die Erklärung hinter sich lassen. Für den Rest der Patrouille sagte er nichts mehr und Schakal bedrängte ihn nicht. Die Worte waren gesagt, und es hatte keinen Sinn, weiter daran herumzupicken, um mehr Fleisch zu bekommen.

Schon Nagels Unterstützung änderte alles. Damit hatte Schakal die Mehrheit der Rotte auf seiner Seite. Vollkorn und Weide würden hinter ihm stehen. Honigwein ebenfalls, solange seine Sehnsucht nach Augenweide ihn dazu bewegte, ihrem Beispiel zu folgen. Damit blieben dem Lehmmaster nur noch Iltis, Blindschleiche und Krämer. Iltis und Schleich waren Findelkinder, der eine ein ehemaliger Spitzbube und der andere ein unnahbarer unabhängiger Reiter, der von allen anderen Rotten in den Geteilten Landen geächtet wurde. Der Häuptling hatte beiden einen Platz angeboten, als sie keinen hatten, und sie in die Grauen Bastarde aufgenommen, obwohl die Abstimmung in Schleichs Fall knapp ausgefallen war. Trotzdem konnte sich Schakal nicht vorstellen, dass einer der beiden gegen den alten Mann stimmen würde. Was Krämer anbelangte, so hatte er die Bastarde mitgegründet und würde niemals einen anderen Anwärter auf die Führung unterstützen.

Dennoch würde Schakal mit fünf zu vier Stimmen die Mehrheit erlangen.

Er müsste sich nicht mehr auf die Zunge beißen, wenn er sich gegen törichte Bastardbefehle wehrte, er müsste nicht mehr seinen nächsten Schritt gegen die kleinlichen Eifersüchteleien eines alternden, kranken Hundes abwägen. Keine Intrigen mehr. Es gab ein paar Schlammköpfe, die sehr vielversprechend waren. Sobald Schakal auf dem Häuptlingsstuhl saß, konnte er ihre Namen für die Bruderschaft vorschlagen, die Rotte stärken und dafür sorgen, dass er eine loyale Mehrheit behielt. Er könnte ohne Einmischung entscheiden, was mit Sperling geschehen sollte, und den Kampf um Schlitzohrs Loyalität beenden. In Strava hatte der Zauberer behauptet, er wolle, dass Schakal die Kontrolle über die Grauen Bastarde übernimmt. Der einzige Weg, um mit Sicherheit herauszufinden, ob der Fremde es ernst meinte, war, nach dem Stuhl zu greifen.

Aber war es an der Zeit?

Schuhnagel hatte recht, der Lehmmaster musste bald abgesetzt werden. Zur Hölle, er hätte schon vor Jahren abgesetzt werden müssen. Aber ein Vorsprung von einer Stimme war eine brüchige Brücke. Wenn Nagel seine Meinung änderte oder Honigwein sich auf die Seite der alten Garde schlug, dann war Schakal erledigt. Der Lehmmaster würde ihn niemals verschonen, wie er es mit Grasmücke getan hatte. Die beiden hatten zusammen als Sklaven geschuftet, sich Seite an Seite gegen die Grausamkeit der Hisparthaner gequält und später während des Einmarsches gegen die Dickhäuter gekämpft. Sie waren schon lange Jahre Brüder gewesen, bevor sie die Grauen Bastarde gebildet hatten. Grasmücke war jahrzehntelang die verlässliche rechte Hand des Häuptlings gewesen, bevor ihre unbekannten Meinungsverschiedenheiten zum endgültigen, fast blutigen Bruch geführt hatten. Schakal war für den Lehmmaster nie etwas anderes gewesen als ein streitsüchtiger Emporkömmling. Es gab keine Zuneigung zwischen ihnen, nichts, was den Häuptling davon abhalten könnte, ihm bei der ersten Gelegenheit eine Axt in den Schädel zu rammen.

Herausfordern und Gewinnen hieß Führen. Wer herausfordert und verliert, muss sterben.

Die Dämmerung brach an, bevor Schakal eine Entscheidung treffen konnte.

Die Patrouille traf sich zum letzten Mal am Keilerbuckel. Alle vier Reiter zügelten ihre Reittiere und nickten einander müde zu zur Bestätigung, dass ihr Auftrag erfüllt war. Blindschleiche stieg wortlos ab und führte seinen Keiler in Richtung von Lehmmasters Domizil. Schakal sah ihm beunruhigt nach. Er konnte unmöglich Nagels Erklärung belauscht haben, aber es sah ganz danach aus, als würde er dem Häuptling Bericht erstatten. Was er natürlich auch tat, aber über die Patrouille. Schakal schüttelte seinen unsinnigen Verdacht ab und bemerkte, dass Vollkorn an seiner Seite wartete. Schuhnagel hatte sich bereits auf den Weg zu den Ställen gemacht.

»Etwas zu essen finden?«, schlug das Dreiblut vor.

»Nein«, antwortete Schakal. »Finde Weide. Ich muss mit euch reden.«

Vollkorn runzelte die Stirn. »Ist etwas passiert?«

»Das kann ich dir mitten im Hof nicht sagen. Wie wär's, wenn du Essen für drei suchst, ich suche Weide, und wir treffen uns alle auf dem Wall, gleich westlich des Torhauses?«

»Na gut«, sagte Vollkorn mit einem Anflug von Verärgerung, »aber ich hoffe, du erwartest nicht, dass ich rede. Ich will Brot und Bier im Mund haben, keine Worte.«

»Hat Beryl dir nicht letztes Jahr beigebracht, zuzuhören und zu kauen?«, stichelte Schakal.

Ohne ein Wort wendete Vollkorn seinen Keiler, aber gerade als er losreiten wollte, stieß Matschepatsch einen donnernden Furz aus. Schakal drängte Heimelig weg von der übel riechenden Attacke und schüttelte den Kopf. Er schwor, dass Vollkorn Matsche darauf trainiert hatte, das auf Kommando zu tun.

Nachdem er seinen Keiler gut im Stall untergebracht wusste, schlich sich Schakal in Weides Zimmer in der Schlafbaracke. Sie war nicht da. Honigwein kam verschlafen den Korridor entlang.

»Hast du sie gesehen?«, fragte Schakal.

Honigwein betrachtete Weides Tür mit trüben Augen. »Nein.«

»Wenn du sie siehst, sag ihr, dass ich sie oben auf der Mauer über dem Torhaus brauche.«

Honigwein zuckte zustimmend mit den Schultern und setzte seinen Weg fort. Schakal musste sich auf die Zunge beißen, damit er das Jungblut nicht zurückrief, um herauszufinden, wie es zu dem Lehmmaster stand. Es würde ihn beruhigen, sicher zu wissen, ob er mit Honigweins Unterstützung rechnen konnte, aber es war zu riskant. Wenn der Häuptling erfuhr, dass Schakal ein direktes Vorgehen gegen ihn in Erwägung zog, konnte die Herausforderung zunichtegemacht werden, bevor sie überhaupt ausgesprochen worden war.

Er erinnerte sich daran, Augenweides Keiler im Stall gesehen zu haben, was bedeutete, dass sie sich irgendwo in der Festung aufhielt, aber Schakal hatte keine Lust, auf der Suche nach ihr herumzulaufen. Er erteilte jedem Schlammkopf, dem er begegnete, den Befehl, die Augen nach ihr offen zu halten, und wiederholte seine Anweisung, dass sie ihn treffen sollte. Natürlich wartete sie bereits auf ihn, als er ankam. Nur Weide konnte Schakal dazu bringen, zu einem von ihm einberufenen Treffen zu spät zu kommen.

Sie lehnte sich an die Brüstung, ihre Armbrust neben den Füßen aufgestützt. Am Morgen wehte eine lebhafte Brise, und Schakal nahm sich einen Moment Zeit, sein Tuch über den Kopf zu binden, um die Haare aus seinem Gesicht zu halten. Weides schwere Dreadlocks blieben unbewegt.

»Wenn du ein Reh gewesen wärst, wäre ich verhungert«, kommentierte Schakal.

»Dann wärst du ein beschissener Jäger«, erwiderte Augenweide und grinste. »Obwohl ich es mir zur Regel gemacht habe, schwer aufzuspüren zu sein, wenn man mich herbeiruft.« Sie betonte das letzte Wort widerborstig, sodass Schakal mit dem Mundwinkel zuckte. »Ein halbes Dutzend Schlammköpfe muss mich angezirpt haben, damit ich herkomme.«

»Wie viele hast du geschlagen?«

Weide versuchte, ein ernstes Gesicht zu machen, was ihr nicht gelang. »Keinen! Ich habe zwei getreten. Na ja ... einen, der andere hat es geschafft, aus dem Weg zu hüpfen.«

Schakal lachte auf und lehnte sich neben sie.

»Warum bin ich hier oben, Schak?«

»Warten wir auf die Schüssel mit dem Brei.«

Während sie warteten, kam der schlaksige Wachposten dieses Mauerabschnitts vorbei, dessen Schritte durch die Anwesenheit zweier Bastarde auf seinem Weg unsicher wurden. Weide und Schakal ließen ihn unbehelligt an sich vorbeiziehen und verzichteten auf ihre Pflicht, allen Anwärtern bei jeder Gelegenheit das Leben schwer zu machen. Außerdem traf der arme Welpe auf Vollkorn, der aus der anderen Richtung kam, und machte bald Liegestütze, während das Dreiblut drohte, ihn anzupinkeln. Die Beschimpfungen waren beeindruckend deutlich angesichts der Tatsache, dass Vollkorn einen Apfel zwischen den Zähnen hielt. Dem geplagten Schlammkopf entging, dass die angedrohte Pissdusche so gut wie unmöglich war, da Vollkorns Arme so mit Essen beladen waren, dass er seinen Lümmel niemals aus der Hose hätte befreien können. Nach dem sechzigsten bebenden Liegestütz wurde dem Schlammkopf eine Gnadenfrist gewährt und er durfte weiterziehen.

Vollkorn kicherte immer noch hinter dem Apfel hervor, als er sich näherte.

»Schweinearsch«, warf Schakal ihm scherzhaft an den

Kopf und rettete einen Krug Bier und einen halben Käselaib aus Vollkorns Vorräten.

»Du hast verdammte Zwiebeln mitgebracht?«, brummte Weide und inspizierte den Inhalt des Sacks, den sie an sich genommen hatte.

Vollkorn sah verwirrt aus. »Wafff?«

Sie legten ihre Schwertgürtel und Köcher ab, setzten sich an den Rand des Laufgangs und ließen ihre Beine auf der Hofseite baumeln. Dann teilten sie das Essen zwischen sich auf.

»Was hast du da an?«, fragte Schakal Vollkorn und betrachtete das Arrangement aus losem Stoff kritisch, das sich das Dreiblut um Kopf und Hals geschlungen hatte.

Vollkorn hörte lange genug auf, an einer Lammhaxe zu knabbern, um ein beleidigtes Gesicht zu machen. »Was ist damit?«

»Du siehst aus wie ein Uljuk-Ziegenhirte«, erklärte Weide, ohne von dem Granatapfel hochzusehen, den sie mit ihrem Messer aufschnitt.

Schakal steckte sich eine Olive in den Mund und lachte zustimmend.

»Nun«, erwiderte Vollkorn verlegen, »ich fand, es wirke ...«

»Schlitzohrig?«, bot Schakal an.

»Ich wollte sagen, gerissen.«

Weide brach in Gelächter aus, während sie an der Frucht lutschte.

»Ich konnte kein Kopftuch finden«, beschwerte sich Vollkorn, »und ich habe keine Haare, die die Sonne von meinem Schädel fernhalten, so wie ihr zwei! Verdammtes Treffen oben auf der Mauer.«

»Sprich leise«, flüsterte Weide. »Du erschreckst noch die Ziegen.«

Schakal verschluckte sich fast an einem Olivenkern.

Sie aßen und lachten und scherzten, spielten kleine Streiche und stichelten mit den alten Neckereien, die im Waisenhaus erfunden und in der Rotte perfektioniert worden waren. Die Morgensonne ging immer weiter auf, und der Wind, den die Morgendämmerung mit sich brachte, schwächte sich zu einer Brise ab, die wie ein Todeshauch wirkte. Schakal erwähnte nicht den Grund, warum er sie hierhergebracht hatte. Noch nicht. Er genoss es, dass seine Freunde neben ihm saßen, jeder halb betrunken von Müdigkeit und Bier zum Frühstück. Viel zu schnell würde der Morgen vorbei sein, sehr bald würde er ihnen seine Absichten mitteilen, und die Stimmung würde sich ändern, wahrscheinlich für immer. Wenn alles nach Plan verlief, würde Schakal mit der Unterstützung seiner Freunde Häuptling werden. Indem sie seine Herausforderung unterstützten, würden sie ihn auch über eine einfache, reine Kameradschaft hinaus aufwerten. Als er an der Mauer das Brot brach und sie Scherze austauschten, stellte Schakal fest, dass er es nicht eilig hatte.

Doch nichts war von Dauer.

»Und?«, sagte Augenweide, das Wort auf einem Rülpser segelnd. »Warum sind wir hier?«

Schakal drehte den Kopf, sah von einer Seite zur anderen und betrachtete die erwartungsvollen Gesichter seiner Geschwister. Er nahm einen letzten Schluck aus dem Krug, stellte ihn beiseite und stützte die Ellbogen auf die Knie. Ein tiefer Atemzug, der ihm helfen sollte, eine einfache Aussage zu machen, blieb Schakal im Halse stecken.

Unten auf dem Hof ritt ein Keiler auf das Tunneltor zu. Er trug zwei Reiter. Beide Gestalten kamen ihm bekannt vor, aber sie zusammen zu sehen, die eine eng vom Arm der anderen umschlungen, damit sie nicht entkommen konnte, war fremd und beängstigend. Unnatürlich.

Blindschleiche und Sperling.

»Wohin, zur Hölle?«, fluchte Schakal, rappelte sich auf und stieß dabei den Bierkrug vom Wehrgang.

»Schak!«

»Bruder, was machst du …«

Schakal ignorierte die Ausrufe seiner Freunde und

schnappte sich seinen Talwar. Er hatte keine Zeit, all seine Waffen zusammenzusuchen, und er konnte sich nicht die Mühe machen, eine Armbrust zu laden, nicht jetzt. Seine einzige Sorge war es, den Hof zu erreichen, bevor Schleichs Keiler den Tunnel betrat. Er sprintete über den oberen Teil der Mauer und rannte den Schlammkopf-Wachposten auf seinem Weg zur Treppe um. Er nahm zwei Stufen abwärts auf einmal, bis er auf halber Höhe war, sprang dann seitlich hinunter und landete direkt im Dreck. Blindschleiche war fast an den Mauern, und Schakal stürzte sich auf ihn, um ihn abzufangen. Er schlitterte vor den Tunnelausgang und riss seinen Talwar aus dem Futteral, das er in den Staub warf. Blindschleiche ließ seinen Keiler anhalten. Sein Gesicht war vermutlich ausdruckslos, aber Schakal sah ihn nicht an.

Sperling saß rittlings auf dem Barbaren, erschlafft und mit gesenktem Blick. Sie sah langsam auf, als der Keiler anhielt, und schien sich nicht für das plötzliche Erscheinen von Schakal zu interessieren. Ganz gleich, was sie glaubte, welches Schicksal ihr durch die Hände ihrer Entführer bevorstand, es berührte sie nicht.

»Was tust du, Schleich?«, verlangte Schakal zu wissen.

»Ich bringe sie weg«, antwortete Blindschleiche tonlos.

»Wohin?«

Die tief liegenden Augen in Blindschleiches Gesicht blinzelten nicht. Verdammt, hatten sie das jemals getan? Es gab keine Antwort.

»WOHIN?!«

Schleichs Keiler quiekte auf und zuckte leicht zurück, aber keiner seiner Reiter reagierte.

Immer noch keine Antwort.

Durch das heiße Pochen des Blutes in seinen Ohren hörte Schakal, wie Vollkorn und Weide hinter ihm auftauchten. Eine Hand griff nach seinem Arm. Er war sich nicht sicher, wem sie gehörte, aber er wich der Berührung mit einem Ruck aus.

»Du bleibst hier stehen, Schleich«, knirschte Schakal mit vor Wut zusammengebissenen Zähnen. Er senkte seinen Talwar und ging schnell an dem Keiler vorbei.

»Lasst ihn nicht gehen!«, rief er barsch über die Schulter.

Schakal riss die Türen des Sitzungssaals auf und stürmte durch den Gemeinschaftsraum, ohne die diensthabenden Schlammköpfe zu beachten. Er drängte in den leeren Abstimmungsraum und ging direkt zu seinem Platz. Er schnappte sich die Axt vom Tisch und schleuderte sie in den Baumstumpf hinter dem Stuhl des Lehmmasters, wobei das Holz seine Entscheidung wie ein Gong verkündete, als die Klinge einschlug.

18

Die Luft um den Tisch herum war von widersprüchlichen Strömungen durchdrungen. Augenlider hingen schwer herab, während Kiefer mahlten, Finger trommelten schnell unter zusammengesunkenen Schultern, Kannen wurden hastig geleert oder unberührt gelassen. Niemand warf auch nur einen Blick auf den leeren Stuhl von Rundungen oder den, auf dem Schakal saß. Die Blicke bohrten sich in die Oberfläche des Tischs oder richteten sich seitlich auf den Lehmmaster.

Eine Rotte überlebte durch ein strenges Regime. Reitübungen, Patrouillen- und Schutzgänge, Schlammkopf-Ausbildung. All diese Aufgaben wurden Tag für Tag in strikter Reihenfolge absolviert. Die Langeweile führte nur deswegen nicht in den Wahnsinn, weil sicheres Chaos entstehen würde, wenn auch nur eine einzige Aufgabe vernachlässigt wurde. Ul-wundulas verlangte Wachsamkeit, Beständigkeit und unbeugsame Geduld. Selbst dann würde das Land Prüfungen bereithalten. Eine Hungersnot, ein Orküberfall, der

Verrätermond – all das trat ohne Vorwarnung auf, und die Reaktion einer Rotte musste in der Gefahr dieselbe sein wie im Frieden. Auf Bedrohungen wurde schnell und entschlossen reagiert. Brutal. Nur so konnte man in den Geteilten Landen leben.

In letzter Zeit war das reglementierte Leben der Grauen Bastarde immer wieder unterbrochen worden. Garcia. Batayat. Schlitzohr. Sperling. Rundungens Tod. Und die Rotte hatte nicht mit dem nötigen Tatendrang reagiert. Das sichere Fundament ihrer Ordnung war durch die Ereignisse erschüttert worden, aber ihre Fähigkeit, mit gewohnter Kraft zu reagieren, war ihr durch den Lehmmaster verwehrt worden. Die Pocken des Häuptlings waren nicht mehr ansteckend, aber seine Intrigen hatten sie alle infiziert.

Schakal sah, wie sie in all seinen Rottengefährten wüteten. Es herrschte Ungewissheit, doch alle suchten weiterhin beim Häuptling nach Antworten, als wäre jedes seiner Worte ein weiterer Stein auf dem steinernen Grabhügel der Grauen Bastarde.

Schakal hatte es satt, durch die Herrschaft des Häuptlings weiter belastet zu werden. Schluss jetzt.

Keine hinterhältigen Machenschaften mehr, kein konspiratives Flüstern und kein Rackern für Unterstützung. Schakal hatte niemandem gesagt, was er vorhatte. Er war der Chance dazu beraubt worden. Aber der Lehmmaster hatte sich auch unwissentlich seines größten Vorteils beraubt. Sein Versuch, Sperling zu beseitigen, hatte Schakal in Zugzwang gebracht, und jetzt blieb dem Häuptling keine Zeit mehr, seine Autorität zu festigen. Die Herausforderung war ausgesprochen, ohne dass eine der beiden Seiten Zeit gehabt hätte, sich innerhalb der Bruderschaft einen Vorteil zu verschaffen.

Schakal vertraute Vollkorn und Weide vollkommen, und er war zuversichtlich, dass Schuhnagel sein Wort halten würde. Warum hätte er sonst seine Unterstützung offenbart? Nagel war nicht gerissen genug, um Schakal in eine

Falle zu locken – man hätte ihm die Lüge angesehen. Außerdem war er zu störrisch, um nicht zu seiner Entscheidung zu stehen. Honigwein war die einzige wirkliche Unbekannte. Seine Zuneigung zu Augenweide würde seine Entscheidung beeinflussen, aber er war auch erst ein Jahr davon entfernt, ein Schlammkopf gewesen zu sein, und könnte den Lehmmaster immer noch als einen absoluten Herrscher ansehen, den man fürchten musste. Hoffentlich würde sein Schwanz für ihn denken und über die kindliche Angst siegen.

Schakal entspannte sich auf seinem Stuhl und wartete.

»Es wurde eine Herausforderung ausgesprochen«, begann der Lehmmaster und verkündete förmlich, was alle wussten. »Schakal hat seine Axt geworfen, um sich meiner Entscheidung zu widersetzen, unsere Rotte von der gefangenen Sprosse zu befreien. Als Grauer Bastard hat er das Recht, seine Gründe zu nennen.«

Schakal sah zu dem Häuptling und versuchte zu verhindern, dass sich ein verwirrter Ausdruck auf seinem Gesicht ausbreitete. Hatte der Lehmmaster Schakals Herausforderung wirklich missverstanden? Oder wollte er ihm nur eine Chance geben, von dem größeren Vorhaben abzurücken?

Scheiß drauf.

»Ich habe meine Axt gegen dich geworfen, Lehmmaster«, sagte Schakal mit ernster Miene. »Gegen dich, der du auf diesem Stuhl sitzt.«

Stille senkte sich über den Raum.

Die durch die Bandagen gedämpfte, tiefe Stimme des Häuptlings nuschelte über den Tisch.

»Du glaubst also, dass du hier sitzen kannst, Junge?«

»Das tue ich.«

Krämer sprang auf die Füße, seine Axt in der Hand. Er warf Schakal einen finsteren Blick zu und hob seinen sehnigen Arm, bevor er mit einem Schlag die Axt in die Tischplatte rammte – das Zeichen der Unterstützung für den derzeitigen Anführer. Niemand sonst bewegte sich, während die Becher und Kannen durch den Aufprall tanzten.

»Es scheint, dass einige nicht daran interessiert sind, deine Gründe zu hören, Schakal«, sagte der Lehmmaster hämisch.

Krämer blieb auf den Beinen und schäumte vor Wut. Schakal ignorierte ihn und sah sich am Tisch um.

Honigwein war sichtlich aufgewühlt, was nichts Gutes verhieß. Iltis war leicht verblüfft. Schakal glaubte, Verzweiflung bei dem ehemaligen Spitzbuben zu erkennen, als fürchte er, eine weitere Rotte zu verlieren. Obwohl er unbeweglich dasaß, schien Vollkorn noch größer zu werden, während seine Entschlossenheit im Angesicht des Aufruhrs zunahm. Weide war typisch mürrisch und Schuhnagels Körpersprache grenzte an Feindseligkeit. Doch sein Zorn richtete sich gegen den Lehmmaster. Jedes Wort aus dem Mund des Anführers schien Nagels Geduld auf die Probe zu stellen. Am anderen Ende des Tischs, in Stille und Halbschatten in sich selbst versunken, saß Blindschleiche und bot eine nervtötende Erscheinung.

»Nun, Schakal?«, drängte der Lehmmaster. »Willst du etwas sagen oder einfach nur dasitzen und jung und hübsch aussehen?«

Schakal wollte keine dummen Sprüche klopfen, aber es war offensichtlich, dass Honigwein und Iltis zwischen den Stühlen saßen. Er brauchte mindestens einen von ihnen.

»Die Grauen Bastarde können selbst entscheiden, wer ihrer Meinung nach auf diesem Stuhl sitzen sollte«, sagte Schakal und wandte sich direkt an den Lehmmaster. »Aber so, wie ich das sehe, ist Rundungen tot, weil du fünf Schurken am Leben gelassen hast. Wir brauchen weniger Orks in den Geteilten Landen und mehr Bastarde, aber du scheinst das ins Gegenteil verkehrt zu haben. Und der Rest von uns wird Rundungen folgen, wenn du so weitermachst.« Schakal warf den Bastarden einen Blick zu. »Er hat diese Sprosse dem Schlammmann übergeben, Brüder, und damit einen

Krieg mit Hundsfälle riskiert. Jetzt versucht er, sie zu begraben, so wie er Blindschleiche und mich die neuen Cavaleros aus dem Bordell begraben ließ.«

Bei diesen Worten regten sich die Bastarde. Vollkorn holte tief Luft und hielt sie an. Schuhnagels Stirnrunzeln vertiefte sich, während Honigwein jedes Gesicht in der Umgebung nach Klarheit absuchte. Krämer sah aus, als bedauere er, dass er seine Axt in den Tisch statt in Schakals Gesicht geschlagen hatte.

»Aber der Ärger ist nicht mit den Leichen begraben worden«, fuhr Schakal fort. »Bermudo sucht immer noch nach einem Weg, uns zu vernichten. Ihr könnt euren Arsch darauf verwetten, dass die Sprossen nicht einfach mit Sperling verschwinden werden.«

Der Lehmmaster beugte sich vor und stützte seine Arme auf den Tisch, langsam wie ein mahlender Mühlstein. Er wandte sich nicht an die Rotte. Seine Antwort war nur für Schakal bestimmt. »Du glaubst das, nicht wahr? Dass ich die Wurzel allen Übels auf der Welt bin. Ich weiß nicht, woher der Schlammmann das Elfenflittchen hat, Schakal. Es ist mir egal. Ich weiß aber, wie ich sie bekommen habe. Durch dich. Du hast sie hergebracht. Genauso wie du den Ärger aus dem Kastell mitgebracht hast. Ihr seid ohne meine Erlaubnis in die Alte Jungfer gegangen, habt euch einen starken Verbündeten zum Feind gemacht, ihn wahrscheinlich getötet. Wenn der Schlammmann weg ist, bleibt der Sumpf unbewacht. Im Hochsommer werden die Schurken in Scharen durchkommen. Und zwar wegen euch. Und doch forderst du mich heraus, willst mich ersetzen, weil ich versucht habe, uns von dem Dreck zu befreien, den du in unsere Mitte geschleppt hast.«

Schakal glaubte die Lügen des Lehmmasters über Sperling nicht, aber es hatte keinen Sinn, sie anzufechten. Er konnte seinen Verdacht nicht beweisen. Die Zeit dafür war vorbei. Er konnte ihn nur in die Köpfe seiner Brüder pflanzen und hoffen, dass er sich zu Zweifeln entwickelte. Aber der Häuptling hatte gerade seine eigene Saat gesät, und es waren viele Samen. Schakal hatte nur seine Überzeugung, um sie zu zerstreuen.

»Der Zauberer, den du umworben hast, hat den Schlammmann umgebracht, nicht ich. Abgesehen von dem gefesselten Mann, den ich für dich ermorden musste, bin ich nur denjenigen zu Leibe gerückt, die uns zu Leibe rücken wollten! Meinetwegen haben wir weniger Feinde, deinetwegen haben wir weniger Brüder. Ich will, dass diese Rotte überlebt, und ich denke, es gibt einige an diesem Tisch, die das Gleiche wollen.«

Das Lächeln des Lehmmasters wirkte selbst unter den Verbänden herablassend.

»Finden wir heraus, ob du damit recht hast. Jungs, gebt eure Stimmen ab.«

Eine Axt wirbelte am Kopf des Häuptlings vorbei, nahe genug, um die Haarsträhnen flattern zu lassen, die zwischen seinen Bandagen hervorsprossen, und traf den Stumpf. Schuhnagel hatte sich so schnell bewegt, dass Schakal nicht einmal gesehen hatte, wie er aufstand, geschweige denn, wie er warf. Der Lehmmaster zuckte nicht einmal mit der Wimper. Aber das tat Schakal auch nicht, als eine Axt in einem Bogen herüberkam und sich direkt neben seiner Hand in den Tisch bohrte. Blindschleiche hatte den zielsicheren Wurf ausgeführt, ohne sich von seinem Platz zu erheben.

»Zwei gegen mich, zwei für mich«, sagte der Lehmmaster. »Und natürlich fühle ich mich dort wohl, wo ich bin.«

Der Häuptling nahm seine Axt in eine geschwollene Hand und hämmerte sie träge und mühelos in das Holz vor ihm, ohne seinen Platz zu verlassen. Mit einer fast lächerlichen Hingabe stand Iltis auf und folgte dem Beispiel des Lehmmasters.

Vier zu zwei.

Schakal spürte, wie sich Zweifel in seiner Brust breitmachten. Doch dann erhob sich Vollkorn.

»Tut mir leid, Häuptling«, polterte das Dreiblut und schleuderte seine Axt in den Stumpf, wobei die Wucht des Schlags mehrere neue Kerben in das alte Holz riss. Auf der anderen Seite des Tischs schrammte ein Stuhl zurück, und Honigwein stand auf. Er hielt seine Wahlaxt in der Hand, und Schakal sah, dass er den Atem anhielt. Der Wurf ging ein wenig daneben und erreichte den Lehmmaster nicht, aber er traf den Baumstumpf hinter ihm.

Schakal lächelte, als ein wilder Blick in den Augen des Lehmmasters erschien. Er hatte es geschafft, seine Überraschung darüber zu verbergen, dass Schuhnagel sich gegen ihn gestellt hatte, aber er hatte eindeutig gedacht, dass die Loyalität des Jungbluts ihm gehöre. Was er nicht gesehen hatte – was er sich geweigert hatte zu sehen –, war der Einfluss eines bestimmten Mitglieds seiner Rotte. Seit ihrer heftig umstrittenen Aufnahme in die Bastarde war Augenweide schlechtgemacht und herabgewürdigt worden. Die meisten der Brüder hatten sie akzeptiert, ja, sogar geliebt. Nicht der Lehmmaster, niemals der Lehmmaster. In blinder Ignoranz hatte der Häuptling sie mit offener Feindseligkeit behandelt, wann immer es möglich war, und mit herablassendem Hohn, wenn sie in seiner Gegenwart die nötige Zurückhaltung an den Tag legte.

Als er nach links sah, erkannte Schakal, dass sie jetzt ihre Maske aufgelegt hatte – die wortkarge Augenweide, die nur in diesem Raum existierte, ein falsches Gesicht, das sie geschaffen hatte, um dem Zorn des Lehmmasters zu entgehen. Diese Maske wurde nicht länger gebraucht. Ihre Stimme war die letzte, die noch abzugeben war, und Schakal hätte beinahe triumphierend geschrien, weil ihr endlich Gerechtigkeit widerfuhr. Es war nur recht und billig, dass ihre Axt diejenige war, die den Häuptling endlich zu Fall brachte.

»Begrab ihn, Weide«, drängte Schakal leise.

Sie stand auf, ihre Hand griff nach ihrer Axt und ließ sie von der Tischkante gleiten. Aller Augen waren auf sie gerichtet, doch sie schien sich der Aufmerksamkeit nicht bewusst zu sein. Die Axt hing in ihrer Hand, die flache Seite der Klinge schlug leicht gegen ihren Oberschenkel, während sie ihr Handgelenk in schnellen Bewegungen drehte. Sie schien sowohl in Gedanken versunken als auch von einer wütenden Konzentration ergriffen zu sein. Der Raum begann, sich mit Erwartung zu füllen. Schakal würde sie nicht hetzen, sie hatte sich den Moment verdient.

Der Lehmmaster war nicht so gnädig.

»Wirf die verdammte Axt, du feige Möse!«

Augenweides Kopf drehte sich ruckartig dem Häuptling zu, die Muskeln in ihrem Nacken spannten sich vor Wut. Atem kam hörbar aus ihren geblähten Nasenlöchern. Schakal war nah genug bei ihr, um zu spüren, wie ihr ganzer Körper vibrierte. Ihre Aggression entledigte sich ihrer Ketten, die Axt hob sich über ihren Kopf und hing einen Herzschlag lang in der Luft, bevor ihr Arm nach unten fuhr. Das Holz hallte erschreckend unter dem Stahl wider.

Schakals entsetzte Augen starrten auf Augenweides Axt, die im Tisch steckte.

»Die Hölle ist überlastet«, zischte jemand, wobei der Schock die Stimme unkenntlich machte.

Schakal hob seinen Blick und sah zu Weide hoch. Er erkannte sie nicht. Das war nicht Augenweide. Augenweide hätte ihn niemals verraten. Die Fremde starrte auf ihn hinunter und ihr Körper wappnete sich gegen einen Vergeltungsschlag. Aber Schakal konnte nicht aufstehen. Er konnte nur noch in das gestohlene Gesicht derjenigen starren, die ihn gerade umgebracht hatte.

»Augenweide, was hast du getan?«

Die Stimme von Vollkorn, verwirrt und erstickt.

»Sie hat mir soeben die entscheidende Stimme gegeben«, sagte der Lehmmaster, wobei sein eigener Tonfall voller Unglauben war. Der alte Schurke erholte sich schnell. »Schakal, deine Herausforderung ist gescheitert, fünf zu vier. Du kennst den Kodex diese Rotte.«

Schakal kannte ihn. Er musste sich nun vor den Stumpf

stellen, seine Axt wurde vom Lehmmaster auf ihn zurückgeworfen, sein Schicksal entschied sich durch seine eigene Klinge in den Händen desjenigen, den er zu verdrängen versucht hatte. Seltsamerweise konnte er in der Verkündung des Häuptlings kein Vergnügen erkennen.

Er wollte wissen, warum Weide das getan hatte, aber er wollte nicht zulassen, dass seine letzten Momente von quengelnden Fragen geprägt waren. Schakal wagte nicht, sie anzusehen, damit das Bedürfnis nach Rache nicht von seinen Gliedern Besitz ergriff, und richtete sich auf. Vollkorn war da, sein bärtiges Gesicht bat um Verzeihung für einen Verrat, den er nicht begangen hatte. Keiner der anderen Brüder wollte ihn ansehen.

»Warte.«

Es war Krämer, der sprach. Sein verkniffenes Gesicht starrte auf den Stumpf.

»Lehmmaster hat kein Stimmrecht«, sagte der alte Geizhals.

Schakal sah hin. Fünf Äxte ragten aus dem Stumpf. Und fünf steckten im Tisch. Woher war die fünfte Stimme gekommen? Und dann wurde es ihm klar.

»Grasmückes Stimme steht«, verkündete Vollkorn. »Rotten-Kodex.«

»Nur wenn er noch lebt«, fügte Iltis hinzu.

Der Lehmmaster sah den Tisch entlang zu dem einzigen anderen Bastard, der noch saß.

»Nun, Blindschleiche?«, fragte der Häuptling. »Du hast immer noch Freunde unter unabhängigen Reitern. Was gibt's Neues von Grasmücke? Atmet er noch?«

Blindschleiche hob seinen haarlosen Kopf. »Ja, das tut er.«

Vollkorn stieß einen erleichterten Atemzug aus. Schakal spürte, dass sich der Abgrund entfernte, und kam wieder zu sich. Er sah den Lehmmaster an.

»Wir haben ein Unentschieden«, sagte Schakal. Es war eine ebenso überflüssige Erklärung wie die des Häuptlings über die Herausforderung, aber Schakal musste sie laut ausgesprochen hören, um die Heuchelei zu vertreiben, die ihm den Boden unter den Füßen weggerissen hatte.

»Mittag«, ordnete der Lehmmaster an, »innerhalb des Bergfrieds. Bis dahin dürfen die gegnerischen Seiten keinen Kontakt haben.«

Schakal stimmte wortlos zu und bedachte seine Unterstützer – zu denen Augenweide unfassbarerweise nicht gehörte – nacheinander mit Blicken. Er führte Vollkorn, Honigwein und Schuhnagel aus dem Abstimmungsraum und ließ Weide zurück.

»Was passiert jetzt?«, fragte Honigwein, als die vier die Abgeschiedenheit des Hofes erreichten.

»Urteil durch Kampf«, sagte Schuhnagel zu ihm.

Honigweins Stimme war kaum zu vernehmen. »Schak wird gegen den Häuptling kämpfen?«

»Wie ist dein dummer Arsch nur zum Bastard geworden?«, tadelte Nagel den jüngeren Halb-Ork.

»Lass ihn in Ruhe«, mahnte Schakal nüchtern. »Es ist ja nicht so, als hätte einer von uns das schon einmal erlebt.«

»Das ist bei anderen Rotten schon vorgekommen«, konterte Schuhnagel ohne viel Energie. »Er sollte den Kodex kennen.«

Schakal trat einen Schritt näher an den verdutzten Honigwein heran. »Lehmmaster und ich wählen jeweils einen Champion, der in der Prüfung kämpft. Auf diese Weise bleibt die Rotte nach dem Kampf nicht ohne Anführer zurück.«

»Dieser Scheiß geht bis zum Tod?«, fragte Honigwein und sah noch erschrockener aus.

»Nicht immer«, sagte Schakal.

»Als die Hauer der Vorväter einen neuen Häuptling gewählt haben, war es so«, erklärte Schuhnagel.

Schakal warf ihm einen scharfen Blick zu. »Wir sind nicht die Hauer. Es ist ein Kampf mit bloßen Fäusten. Die Grauen Bastarde können bestimmt einen Sieger ausrufen, ohne dass ein Schädel eingeschlagen oder eine Kehle herausgerissen wird.«

»Also ... auf wen fällt deine Wahl, Schakal?«, fragte Honigwein.

Schakal wandte sich an den Einzigen von ihnen, der noch nicht gesprochen hatte.

Vollkorn stand mit vor der Brust verschränkten Armen da, seine Augen starrten brennend auf den Sand unter seinen Füßen. Als er Schakals Blick spürte, sah das Dreiblut auf. Sie hatten gewusst, dass es so weit kommen würde, hatten jahrelang geplant und gegrübelt und sich das Hirn zermartert. Sie alle drei. Aber jetzt standen nur noch Schakal und Vollkorn hier, und ihr Schweigen war die Wiederholung von hundert Gesprächen unter vier Augen. Alles hatte sich verändert ... und doch nichts. Die Möglichkeit eines Unentschiedens war immer gegeben gewesen. Schakal würde herausfordern, Vollkorn würde siegen. Er war das einzige Dreiblut in der Rotte, der Größte und Stärkste unter den Bastarden.

»Wen wird der Häuptling wohl auswählen?«, fragte Vollkorn, der sich bereits auf den bevorstehenden Kampf einstellte.

Schuhnagel stieß ein kurzes Lachen aus. »Das wäre dann wohl ich gewesen.«

Schakal nickte langsam zustimmend. Nagel kam Vollkorn von Statur und Muskelkraft her am nächsten, ohne ihn würde es dem Lehmmaster an roher Kraft fehlen. Aber da war noch jemand anderes.

»Es wird Schleich sein«, sagte Schakal und sah nur Vollkorn an.

Sein Freund nahm das entschlossen zur Kenntnis, aber in seinem vertrauten, bärtigen Gesicht war ein Flackern zu erkennen. Schakal war sich sicher, dass er der Einzige war, der es bemerkte, so winzig war die Reaktion. Er konnte ihm die Beklommenheit nicht verdenken. Blindschleiche war kein Gegner, den man auf die leichte Schulter nehmen sollte.

Honigwein war bleich geworden. »Hat Schleich nicht einmal eine ganze *ulyud* getötet, als er ein unabhängiger

Reiter war? Sechs Dickhäuter, eigenhändig. Ich hörte, er war nicht einmal beritten.«

Schuhnagel verpasste ihm eine harte Kopfnuss. »Hast du gesehen, dass er in Batayat etwas dergleichen getan hat? Oder bei einem der anderen halben Dutzend Male, die er geritten ist, um einen Überfall zu verhindern? Das wäre nützlich gewesen! Wie kannst du die Sprache der Sprossen sprechen, Honigwein, und mit dem Feuer der Alchemisten in den Öfen herumspielen, und trotzdem so verdammt dumm sein?«

»Ja ... nein, ich weiß. Aber es ist anders, wenn er mit uns zusammen ist. Deshalb schickt ihn der Häuptling auch immer allein raus. Er hat seine eigenen Methoden, wenn niemand hinsieht.«

»Tja, während des Kampfs werden alle zuschauen«, sagte Schakal, der dem Ganzen ein Ende setzen wollte.

Sie alle hatten die Geschichten über Blindschleiche gehört, aber jeder, der jahrelang als unabhängiger Reiter überlebte, machte sich einen Namen. Unter den Nomaden gab es nur die Toten und die Berühmten. Es war sinnlos, die Fakten von den Legenden trennen zu wollen. Sicher war nur, dass Schleich seit seinem Eintritt in die Rotte das Schoßhündchen des Häuptlings war, und es bestand kein Zweifel, dass er gefährlich war.

Schakal zog Vollkorn zur Seite.

»Lass dich nicht von den Geistergeschichten beeindrucken. Er wird schnell sein und ein paar schmutzige Tricks draufhaben. Vermeide einen Ringkampf und werde nicht müde. Diese bleiche Schlange wird nicht mehr als ein paar Schläge von dir einstecken können. Zum Teufel, das kann keiner von uns. Wähle den richtigen Moment und schalte ihn aus.«

Vollkorn hörte aufmerksam zu und kaute auf den Ratschlägen herum. Nachdem er sie einen Moment lang verdaut hatte, klopfte er Schakal auf die Schulter, doch dessen zuversichtliche Miene verblasste schnell.

»Warum hat sie es getan, Schak?«

Alles, was Schakal als Antwort hatte, war schmerzvolle Aufrichtigkeit. »Ich weiß es nicht. Wir werden sie fragen, wenn wir die Sache hinter uns haben. Danke ... dass du mir beigestanden hast.«

Vollkorns kräftige Finger ballten sich zusammen. »Nur noch ein kleines Stückchen zu reiten, Bruder. Die Keiler wittern Wasser.«

Es wurde Mittag.

Das Innere des zentralen Bergfrieds war brütend heiß. Es war zwar immer heiß darin, aber Schakal fühlte sich jetzt, als würde er auf dem Grund eines kochenden Meeres nach Luft ringen. So viel Hitze konnte nur eines bedeuten: Der Lehmmaster hatte angeordnet, die Öfen anzuzünden.

»Warum sollte er das Holz verschwenden?«, fragte Honigwein mit einer gehörigen Portion verletzten Stolzes. Die Öfen waren im letzten Jahr seine Aufgabe gewesen.

»Eine Vorsichtsmaßnahme«, log Schakal. »Sie helfen, die Festung zu schützen, während wir durch den Kampf abgelenkt sind.«

Der wahre Grund war viel schlimmer. Ein Kampf in dieser sengenden Luft war schrecklich. Der Anführer versuchte, Blindschleiche einen Vorteil zu verschaffen. War der hagere Mischling immun gegen Hitze? Schakal behielt seinen Verdacht für sich. Es gab keinen Grund, Vollkorn mit unbekannten Sorgen über die seltsamen Talente seines Gegners zu belasten. Der Rohling ging rechts von Schakal, bereits bis zur Hüfte entkleidet. Vollkorn sah bereit aus, Furcht einflößend, er hatte in den letzten Stunden sogar etwas Schlaf nachgeholt.

Als Schakals Gruppe die große Kammer betrat, sah er keine Anzeichen von Schlammköpfen. Was sich hier abspielen würde, durfte nur die Bruderschaft miterleben. Der Lehmmaster und sein Gefolge waren bereits anwesend. Es gab keine abgesperrte Arena, sondern nur einen weiten Bereich unterhalb des großen Kamins. Die beiden Fraktionen standen sich zu beiden Seiten des harmlos wirkenden, staubigen Bodens gegenüber.

»Ist dein Champion bereit?«, erkundigte sich der Lehmmaster.

Vollkorn antwortete für sich selbst, indem er einen großen Schritt nach vorn machte und den Kopf auf seinem Stiernacken über seinen gestrafften Schultern hin- und herdrehte. Seine Aufmerksamkeit galt Blindschleiche, der im Vergleich dazu geschrumpft und kränklich wirkte und am Rande des Häuptlingskaders lauerte. Schakal versuchte, in der eingefallenen Visage zu lesen, aber der Kerl blieb ihm wie immer ein Rätsel.

»Keine Waffen«, verkündete der Lehmmaster und klang dabei beinahe gelangweilt. »Kein Ergeben. Ein Champion ist nur besiegt, wenn er bewusstlos geschlagen ... oder getötet wird. Habt ihr verstanden? Dann lasst uns das erledigen.«

Der Häuptling winkte kurz, aber Blindschleiche rührte sich nicht.

Es war Augenweide, die den Kampfplatz betrat.

Schakals Kehle schnürte sich zusammen. Er hatte es vermieden, sie anzuschauen, und hatte die Veränderung ihrer Kleidung nicht bemerkt. Ihre Reithose war durch eine lockere Leinenhose ersetzt worden, die oberhalb des Knies abgeschnitten war, und ihre Brüste waren fest in denselben Stoff eingewickelt. Ein glitzernder Film aus Schweineschmalz glänzte auf ihrer entblößten Haut und in ihrem zusammengebundenen Haar. Die Haltung ihres Kopfes, die Art und Weise, wie sie leicht auf den Ballen ihrer nackten Füße wippte, das weit entfernte Feuer in ihren Augen, all das deutete auf eine kampfbereite Augenweide hin.

Vollkorn war erstarrt, als er ihrer ansichtig wurde, aber jetzt machte er einen wütenden Schritt nach vorn.

»WEIDE! Was für ein beschissenes Spiel ist das?«

Sie wich leicht vor dem brüllenden Dreiblut zurück, ihre Fäuste hoben sich in entspannter Verteidigungshaltung. Vollkorns Hände blieben an seinen Seiten, die Finger in flehender Verwirrung gespreizt. Genauso plötzlich, wie er nach vorn gestürmt war, wirbelte Vollkorn herum und eilte von ihr weg, die Augen voller schmerzhafter Panik, den Kopf ungläubig schüttelnd.

»Schakal ...«

Schakal legte seine Hände um das Gesicht seines Freundes und spürte den angstvoll zusammengebissenen Kiefer unter dem Bart.

»Was ... was«, stammelte Vollkorn, »was ist sie ... Ich kann nicht ...«

»Hör zu«, versuchte Schakal, den fast verrückten Bruder zur Besinnung zu bringen. »Hör zu!«

Vollkorns Blicke blieben auf ihm haften, gerade so. Schakal senkte seine Stimme fast zu einem Flüstern.

»Ich weiß nicht, warum. Aber es ist nun mal so. Du lässt dich von ihr verunsichern und das wollen sie. Sie haben niemanden, der dich besiegen kann, also greifen sie zu diesem Mittel. Du darfst nicht zulassen, dass sich dadurch etwas ändert.«

»Ich kann ihr nicht wehtun, Schak.«

»Dann setz mich ein«, sagte Schuhnagel hinter Schakal, »ich werde die tollwütige Fotze zur Strecke bringen.«

Vollkorn stürzte sich auf ihn.

Schakal gelang es, den Angriff des Grobians aufzuhalten, aber erst das höhnische Gelächter aus dem Lager des Lehmmasters brachte ihn wirklich zum Stehen. Schakal warf Schuhnagel einen warnenden Blick zu und richtete seine Aufmerksamkeit wieder auf Vollkorn.

»Ich will auch nicht, dass sie verletzt wird«, versicherte er und war überrascht, dass er es ernst meinte, »aber sie hat sich selbst in diese Lage gebracht. *Sie* hat uns in diese Lage gebracht. Vollkorn ... sie versucht, mich umzubringen.«

Letzteres schien seinen Freund wachzurütteln; die Wahrheit der Worte wirkte wie ein Eimer kalten Wassers. Er beruhigte sich ein wenig, obwohl Schakal spüren konnte, wie jeder Muskel zuckte, zitternd von der eiskalten Erkenntnis.

»Das werde ich nicht zulassen«, schwor Vollkorn.

Dankbar atmete Schakal auf und zog Vollkorns Kopf mit seinen Händen nach vorn, bis sich ihre Stirnen berührten.

»Sie wird schnell sein. Denk daran. Werde nicht müde. Lass ihr Temperament die Oberhand gewinnen und lösche ihre Kerze aus. Wenn sie wieder zu sich kommt, werden wir beide Antworten bekommen.«

Vollkorn nickte, seine Stirn streifte die Schakals, dann trat er zurück.

Weide wartete in der Mitte des Kampfgeländes auf ihn.

Die beiden hatten sich schon oft im Training gegenübergestanden. Schwertübungen, Ringkämpfe, nur halb ernst gemeinte Faustkämpfe. Seit sie nicht mehr bei Beryl waren, hatten sie sich gegenseitig Veilchen und aufgesprungene Lippen verpasst. Doch als Schakal jetzt sah, wie Vollkorns muskelbepackter Rücken sich Weides federnder Haltung näherte, überkam ihn ein mulmiges Gefühl im Bauch.

Schuhnagel bellte bereits aufmunternde Worte und auf der anderen Seite trieben Iltis und Krämer Augenweide mit Eifer an. Schakal hatte keine Stimme. Er wagte kaum zu atmen.

Vollkorn bewegte sich auf Weide zu, unerbittlich wie eine Schlammlawine. Er war gut einen Kopf größer und hatte auch die größere Reichweite, aber er ließ seine Hände unter seinem Kinn schweben, noch lange nachdem er den Abstand überwunden hatte. Weide glitt nach rechts und beschrieb einen wendigen Halbkreis, damit er sie nicht umstoßen konnte. Zweimal sah Schakal, wie sich ihre linken Zehen leicht vom Boden abhoben, aber sie hielt die Tritte zurück.

Sie waren beide zurückhaltend, vorsichtig und benutzten ihren Kopf statt ihres Körpers. Vollkorn bedrängte sie weiterhin, zwang Weide, weiterzuhuschen, und wollte sie zu einer Reaktion verleiten.

Clever.

Irgendwann würde sie die Nase von dem Katz-und-Maus-

Spiel voll haben und ihre Wut würde ausbrechen. Dann würde sie etwas Dummes tun. Schakal starrte angestrengt auf ihre Füße und wollte, dass sie ausholte. So frisch wie Vollkorn war, würde er das Bein mit Leichtigkeit abfangen und diesen Versuch schnell vereiteln. Aber auch Weide war schlau. Sie bewegte sich mit der natürlichen, mühelosen Anmut, die ihr seit ihrer Jugend zu eigen war. Sie bewegte sich doppelt so viel und doch schien sie Vollkorn doppelt so hart arbeiten zu lassen. Der Schweiß tropfte bereits von seinem Bart.

»Mach die Grille platt, Vollkorn!«, brüllte Schuhnagel, und Schakal brachte ihn mit einer Berührung zum Schweigen. Diese Art von Gerede würde Vollkorn zu einem Fehler verleiten.

Der Grobian stellte seinen Vormarsch ein und begann, sich lediglich zu drehen, um Weide im Blick zu behalten. Sie blieb in gefährlicher Nähe, aber außerhalb der Reichweite von Vollkorns Fäusten. Schakal sah, wie sich ihre Zehen wieder aufrichteten. Vollkorn sah es auch. Und deshalb verpasste er den Schlag, den Weide in sein Gesicht pflanzte. Sie war kaum in Reichweite, und ihre Knöchel streiften nur seinen Wangenknochen, aber der Schlag war genauso eine Finte wie der angehobene Fuß. Sie wich dem Haken aus, mit dem Vollkorn konterte und mit dem sie wohl gerechnet hatte, versetzte ihm ein paar schnelle Schläge in die Körpermitte und war wieder weg.

Vollkorn war nicht verletzt, wie Schakal erleichtert feststellte, aber Weide hatte ihn dreimal berührt, ohne dass es zu einer Vergeltung gekommen wäre, und diese Tatsache war auf dem besorgten Gesicht des Dribluts abzulesen. Trotzdem konnte sie den ganzen Tag lang sticheln und würde den Baum nicht zu Fall bringen, während Vollkorn nur einen einzigen gut platzierten Schlag brauchte.

»Warte ab, Bruder!«, erinnerte Schakal seinen Champion.

Vollkorn neigte den Kopf und zeigte, dass er gehört und verstanden hatte. Er stapfte zurück zu Augenweide und beugte sich tiefer. Sein Kopf und sein Gesicht waren in ihrer Reichweite, doch hinter seinen angespannten Unterarmen versteckt. Er war eine sich bewegende Wand aus geballten Muskeln, bereit, mit ganzer Kraft auf einen einzigen Fehler seiner Gegnerin zu reagieren, einen Fehler, den er jetzt provozierte. Diesmal feuerte er schnelle, kompakte Hiebe auf Weide ab und seine großen Fäuste zerstörten ihre Geschmeidigkeit. Sie wich aus, aber ihre Bewegungen hatten etwas Hässliches, Unstetes an sich. Ein Schlag erwischte sie beinahe, und sie war gezwungen, ihn mit einer Hand zur Seite zu schlagen, was sie aus dem Gleichgewicht brachte. Vollkorn witterte die Lücke und stürmte hindurch, wobei er mit dem Ellbogen Weides Schulter traf und dann nach ihr griff. Einen halben Herzschlag lang hatte er sie gefesselt, aber seine Hände rutschten an dem Schmalz ab. Weide riss sich los, und schaffte es nicht nur, den Griff zu durchbrechen, sondern auch, mit dem Handballen einen Befreiungsschlag gegen Vollkorns Kiefer zu landen.

Verdammt, sie hatte sich so schnell bewegt, dass Schakal sich nicht sicher war, wie sie das geschafft hatte.

Vollkorn spuckte einen Schwall Blut und einen Fluch aus. Zum Glück wurde er nicht wütend. Er drückte den Handrücken vorsichtig gegen seine Zähne und hielt inne. Augenweide hatte sich einige Armlängen zurückgezogen und er beobachtete sie aufmerksam. Er wartete, holte Luft, kühlte sich ab.

»So ist es richtig«, zischte Schakal vor sich hin und biss sich auf die Innenseite seines Munds, um nicht zu grinsen.

Vollkorn verweigerte die Offensive. Wenn Weide sich mit ihm auseinandersetzen wollte, musste sie zu ihm kommen. Jeder Augenblick, den sie zögerte, war ein weiterer Moment, in dem Vollkorn sich sammelte. Er brauchte sie nicht über den ganzen Kampfplatz zu jagen, wenn er einfach abwarten konnte, bis sie versuchte, den Berg zu bezwingen.

»Was ist los, Honigkuh?«, spottete Schuhnagel. »Kannst du nur in eine Richtung laufen?«

Schakal sah, wie Weides Kiefer mahlte und ihr Stolz gefährlich hochkochte. Gefährlich und rücksichtslos.

Du hattest hier noch nie etwas zu suchen!

Die Worte lagen Schakal auf den Lippen, aber sie erstarben, bevor er sie aussprechen konnte. Er konnte eine solche Lüge nicht einsetzen, selbst wenn sie seiner Sache diente. Er machte allerdings keine Anstalten, Schuhnagel zum Schweigen zu bringen.

»Komm schon, du nichtsnutzige Schlampe! Hör auf, uns hinzuhalten, und kämpfe wie ein Bastard!«

Augenweide fletschte leicht ihre Zähne. Sie ging auf Vollkorn los, aber es war nicht der überstürzte, tollkühne Vorstoß, den Schakal sich erhofft hatte. Nein, sie ging mit geradem Rücken zielstrebig auf Vollkorn zu. Auf halbem Weg hoben sich ihre Fäuste und verharrten ruhig unter den Augen, die eiskalt und entschlossen funkelten. Ihr erster Hieb, schnell wie eine zubeißende Schlange, wurde von einem beinahe trägen Schlag Vollkorns erwidert. Er fing den darauf folgenden Schlag mit seinem angewinkelten Arm ab, den er dann mit einem wuchtigen Hieb gegen Weides Gesicht ausfuhr. Sie ruckte weg und kam direkt zurück, wobei sie ihre Hüfte verdrehte, um einen Tritt auszuführen. Ihr langes, kräftiges Bein krachte so laut in Vollkorns Seite, dass Schakal über den Aufprall hinweg gerade noch ein Grunzen hörte. Vollkorn versuchte, nach dem Bein zu greifen, aber Weide hatte es bereits zurückgezogen und wieder unter ihren Körper gebracht, um ihren Angriff fortzuführen.

Die beiden entfesselten einen Sturm der Gewalt zwischen sich. Vollkorn sandte Schläge in einem wilden Trommelwirbel mit seinen dicken Armen aus, jeder ein unerfülltes Versprechen auf einen gebrochenen Knochen. Augenweide wich aus und konterte, ihre Gliedmaßen waren ein Vipernnest. Das dumpfe Klatschen von Fleisch begleitete ihre keuchenden Wutausbrüche. Vollkorn blockte mehr ab, als er auswich, und ertrug die Knie und Ellbogen seiner flinken Gegnerin. Er war immer weniger in der Lage, Gegenschläge auszuführen, während Weides Angriffe geradezu fieberhaft weitergingen. Helle Schweißtropfen perlten von beiden Champions ab, aber Vollkorn wurde unter der spürbaren Hitze deutlich schwächer.

Drei Schläge durchbrachen seine Deckung, wobei der erste den Weg für die nächsten beiden ebnete. Vollkorns Kopf schwankte zur Seite und wieder zurück, und außer Schweiß floss nun auch Blut. Ein bestialisches Knurren entrang sich seiner Kehle, und nachdem er alle Versuche, sich zu schützen, aufgegeben hatte, stürzte sich das Dreiblut nach vorn und rammte sein Knie direkt in Augenweides Körpermitte. Sie klappte zusammen, als sie von den Füßen gehoben und nach hinten geschleudert wurde, wobei ein würgender Luftstoß zwischen ihren Lippen hervorkam.

Schakal schauderte. Bis zu diesem Punkt hatte es nichts gegeben, was nicht auch auf dem Trainingsplatz passiert wäre, aber die schiere Brutalität des Angriffs, den Vollkorn gerade ausgeführt hatte, schien die Zeit anzuhalten. Eine Schwelle war soeben überschritten worden. Irgendwo in einer dumpfen Leere krächzte Schuhnagel. Aus Weides schmerzverzerrtem Maul floss Speichel, aber irgendwie hielt sie sich auf den Beinen, als sie wieder auf dem Boden aufkam. Unzufrieden mit dem Ergebnis, ging Vollkorn weiterhin auf sie los. Er stürmte auf Augenweide zu, umschlang sie mit seinen Armen und schleuderte sie in der Luft herum, sodass sie kopfüber wieder in seinen Armen landete. Vollkorn nutzte den Schwung seines Angriffs und seine ungeheure Kraft, um sich seine umgedrehte Gegnerin über die Schulter zu werfen.

Von beiden Seiten ertönten alarmierte Rufe der Zuschauer, als Augenweide ihre Beine um Vollkorns Hals schlang und sich mit demselben Schwung aufrichtete. Sie saß nun rittlings auf seinen Schultern, sein Gesicht war in ihrem Bauch vergraben, und sie begann, Ellbogenschläge auf seine Glatze niederprasseln zu lassen. Durch den Körper seiner Angreiferin blockiert, konnte Vollkorn seine eigenen Arme nicht richtig heben, um sich zu verteidigen. Er schlug wirkungslos um sich, während Augenweide auf seinen Schädel eindrosch, bis er schließlich stehen blieb und versuchte, sie mit Verrenkungen seines Körpers abzuwerfen. Da Schakal gesehen hatte, wie Augenweide so manchen Keiler unter den Sattel gezwungen hatte, wusste er, dass Vollkorns Versuche nutzlos waren.

»Bring sie zu Boden!«, schrie er und hoffte, dass Vollkorn ihn durch Weides Umklammerung mit den Oberschenkeln hindurch hörte.

Seine Stimme, oder sein Instinkt, waren wohl zu Vollkorn durchgedrungen, denn er packte Weides Beine und warf sich mit seinem Gewicht nach vorn, sodass ihre Schulterblätter in den Boden gerammt wurden. Das Manöver hatte Vollkorn auf ein Knie gezwungen, und er versuchte aufzustehen, aber Schakal konnte durch den aufgewirbelten Staub sehen, dass Augenweide ihn festhielt und den Rücken anspannte, um ihren Gegner am Boden zu halten. Doch Vollkorns Arme waren immer noch frei, und er schlug Augenweide bösartig in die Nieren, einmal, zweimal. Sie ließ los, warf ihre Beine über ihren Kopf und machte eine Rolle nach hinten, um wieder auf die Beine zu kommen.

Vollkorn schoss aus der Hocke vorwärts und steckte einen Scherentritt ins Gesicht ein, um den Abstand zu verringern. Er stolperte, beschrieb einen Bogen mit dem Arm, griff nach Weides Knöchel und brachte sie neben sich zu Fall. Sie wälzte sich herum, rammte ihm einen Ellbogen in die Rippen und versuchte aufzustehen, aber er erwischte sie. Das Schmalz auf ihrer Haut war jetzt mit dem Sand des Bodens vermischt und nutzlos. Vollkorn packte sie am Hals und an einem Handgelenk. Er zog sie hoch und herum, bis sie sich beide gegenüberknieten. Weides freie Hand schlug trotzig nach Vollkorns Kiefer, aber er verhinderte einen zweiten Schlag, indem er seine Stirn in ihr Gesicht hämmerte.

Schakal zuckte zusammen und murmelte einen Fluch, als Vollkorn das noch einmal wiederholte.

Augenweide war jetzt blutverschmiert, ihre Augen rollten unkonzentriert umher. Vollkorn ließ sie los und stand auf. Er stand ein wenig unsicher über ihr, seine Faust ballte sich. Schakal konnte nicht mit ansehen, was jetzt passierte, und sah sich um. Honigwein hatte seinen Blick komplett abgewendet. Nagel beugte sich vor, begierig auf den letzten Schlag. Auf der anderen Seite starrte das bandagierte Gesicht des Lehmmasters dem bevorstehenden Ende seiner Herrschaft entgegen.

Vollkorn zögerte nur einen Moment, dann schlug er mit der Faust zu. Schakal kniff seine Augenlider beim Aufprall zusammen und riss sie sofort wieder auf.

Weide war nicht gefallen.

Ihr ganzer Körper taumelte nach dem gewaltigen Hieb, aber sie fing sich, die Knöchel einer Hand gruben sich in den Schmutz. Eine gefühlte Ewigkeit verharrte sie so, bewegungslos, bis auf das Heben und Senken ihres Brustkorbs, während sie durch ihren blutüberströmten Mund Luft holte. Schakal konnte nicht sagen, ob Vollkorn sich bei seinem Schlag zurückgehalten hatte oder ob Weide einen mit voller Kraft geführten Schlag eingesteckt hatte. Beide Gedanken waren herzzerreißend.

Vollkorn drehte sich um und sah Schakal mit seinem zerschrammten Gesicht an. Schakal konnte nur nicken.

Noch mal.

Verdammt, Weide. Willst du, dass er dich tötet?

Vollkorn kniff die Augen vor dieser grässlichen Aufgabe zusammen, drehte sich um und hob erneut den Arm. Er holte aus.

Und Augenweide erhob sich vom Boden. Ihre kräftigen Beine ließen sie nach oben schießen, und sie erwischte Vollkorns ganzen Arm, den sie in einem geschlossenen Griff festhielt. Bevor er reagieren konnte, sprang sie erneut ab und drehte sich in der Luft, um ein Knie hinter Vollkorns Kopf einzuhaken und das andere unter seine Achselhöhle zu schieben. Sie nutzte seinen Arm als Hebel und warf ihn kopfüber zu Boden. Sein Arm war noch immer in ihrem Griff, ihr Bein lag nun quer über seiner Kehle, und Augenweide richtete sich mit jedem Muskel ihres kräftigen Körpers auf. Schakal hörte, wie Vollkorn zu keuchen begann und dann würgte. Er versuchte, sie mit seinem freien Arm zu schlagen, aber es war keine Kraft zu spüren. Die Muskeln am Rumpf des Dreibluts spannten sich an und arbeiteten gegen den Druck nach unten. Zentimeter für Zentimeter begann er, sich zu erheben, aber Zentimeter für Zentimeter wurde er stranguliert. Speichel schoss zwischen seinen zusammengebissenen Zähnen hervor, während Weide ihre Lippen aufeinanderpresste und festhielt.

Schakal stand wie gelähmt da, als die erschreckende Willenskraft seiner beiden liebsten Freunde sie gegenseitig zu Staub zermalmte. Vollkorns Kraft war ungeheuerlich. Er mühte sich mit leeren Lungen ab und schaffte es dennoch, sich unter Qualen zu erheben. Augenweide bestrafte ihn auf Schritt und Tritt – ihre Fähigkeit, ihn zu bändigen, war eine nahezu unglaubliche Leistung. Hätte Schakal es nicht mit eigenen Augen gesehen, hätte er es nie für möglich gehalten. Da er nichts anderes tun konnte, beobachtete er den Albtraum.

Vollkorn stand fast aufrecht, und Augenweide war nahezu auf die Seite gedreht, um die Kontrolle zu behalten. Plötzlich ließ sie ihn los und rollte sich auf die Füße. Mit keuchendem Atem gelang es Vollkorn, auf die Knie zu kommen, aber mehr ging nicht. Er sackte zurück und setzte sich auf seine Fersen. Er schwankte wie betrunken, wobei sein Gesicht die weit entfernte Decke der Kammer zu suchen schien.

Weide schritt vor ihm auf und ab und beobachtete ihn. Nach einem Moment sprang sie vor und rammte ein Knie gegen die Seite von Vollkorns Schädel, direkt über dem Ohr. Schakal spürte, wie sich seine Eingeweide bei diesem Geräusch zusammenzogen. Das Einzige, was noch schmerzhafter war als dieses Geräusch, war der Anblick von Weide, die Vollkorn auffing, als er umfiel, und seinen Kopf sanft auf den Boden bettete.

19

Schakal stand vor dem Baumstumpf.

Die Stiele der Äxte, die ihn bei seiner Herausforderung unterstützten, ragten um ihn herum aus dem Stumpf und waren so trostlos wie die Umarmung eines Leichnams. In all den langen Stunden, die Schakal im Abstimmungsraum verbracht hatte, hatte er ihn noch nie aus diesem Blickwinkel gesehen. Das Kopfende des sargförmigen Tischs war zum Greifen nah. Der Tisch streckte sich von ihm weg und verjüngte sich zu den Türen hin. Die Rückenlehne des Häuptlingsstuhls war nur einen einzigen spöttischen Schritt entfernt und doch für immer unerreichbar.

Die Grauen Bastarde standen hinter ihren Stühlen. Jeder versuchte, steinern zu wirken, aber Schakal sah, wie sich von Emotionen verursachte ölige Filme auf die Oberfläche der vertrauten Gesichter legten. Kummer. Scham. Enttäuschung. Zorn. Mitleid. Das Letzte war das Schlimmste, aber zum Glück sah Schakal keine Schadenfreude. Niemand lachte in Erwartung seines Endes. Selbst der Lehmmaster, der am anderen Ende des Tisches stand und die Türen im Rücken hatte, war mürrisch. Großzügigerweise hatte er Schakal erlaubt, diesen Moment hinauszuzögern, bis er sicher war, dass Vollkorn ihm nicht in den Tod folgen würde.

Normalerweise war Krämer für die Behandlung von Verletzungen zuständig, aber Schakal hatte darauf bestanden, dass auch Schlitzohr sich um Vollkorn kümmerte. Sie brachten ihn in das Domizil des Lehmmasters und sperrten sich dort stundenlang ein; Stunden, die Schakal im Hof verbrachte, nur wenige Schritte von der Tür entfernt. Es wurde keine Wache für ihn abgestellt. Seine Rotte wusste, dass er nicht weglaufen und sich entehren würde. Außerdem war seine Sorge um Vollkorn groß genug, um ihn an die Festung zu fesseln.

Der Lehmmaster kam und ging mehrmals, immer an Schakal vorbei, ohne ein Wort zu sagen. Von Augenweide gab es kein Zeichen. Schakal fürchtete und wünschte sich ihr Erscheinen; fürchtete, was er sehen, was er tun könnte. Aber sie kam nicht. Selbst nachdem Krämer aufgetaucht war, um Schakal mitzuteilen, dass Vollkorn sich erholen würde, und dann gegangen war, um den Rest der Rotte zu informieren, kam sie nicht. Jetzt aber war sie da, im Abstimmungsraum, und wartete mit all den anderen Reitern darauf, die Hinrichtung einer der ihren mitzuerleben.

Schakal starrte sie an, verzweifelt darauf bedacht, eine Antwort zu erhalten, bevor sich seine Sicht für immer verdunkeln würde. Aber ihr geschwollenes, von blauen Flecken übersätes Gesicht zeigte nichts als tiefe Nervosität, als wolle sie die bevorstehende Tat hinter sich bringen. Schakal teilte ihre Ungeduld nicht.

Er wollte nicht sterben. Zumindest nicht auf diese Weise. Er sehnte sich nach dem Gewicht eines Talwars in seiner Hand, damit er sich auf den Raum stürzen und Augenweide, den Lehmmaster und alle, die sich ihm in den Weg stellten, niederstrecken konnte. Ein Teil von ihm hoffte, dass sie alle versuchen würden, ihn aufzuhalten, sogar Nagel und Honigwein, die versucht hatten, ihm zu helfen.

Hätte er einen derartig undifferenzierten Hass empfunden, wenn Vollkorn im Raum gewesen wäre? Hätte sein Instinkt, um sein Leben zu kämpfen, sich denjenigen zum Feind gemacht, der am meisten gegeben hatte, um sein Streben nach Macht zu unterstützen? Schakal hoffte es nicht, und er war dankbar, dass er es nie erfahren würde. Vollkorn lag im Bett und wusste dank seiner Verletzungen nicht, was hier vor sich ging. Schakal war froh, dass seinem Freund der

Anblick erspart bleiben würde. Sein bärtiges Gesicht wäre zweifelsohne ein Trost gewesen, aber ein egoistischer. In Wahrheit wollte Schakal nicht, dass irgendetwas in diesem Raum das Letzte war, was er sah. Lieber hätte er seinen Blick auf die sonnenverwöhnte Freiheit der Geteilten Lande gerichtet.

Aber er blieb standhaft in dieser dunklen, unbarmherzigen Kammer. Und wartete.

Ein eisiger Schauer durchfuhr ihn, als der Lehmmaster sich ihm näherte. Dies würde das Letzte sein, was er sah. Die vorgebeugte, kranke Gestalt des alten Mannes, den er nicht zu Fall bringen konnte. Das war bedauernswert treffend.

Der Häuptling kam um den Tisch herum und schob sich zwischen Schakal und die Rückenlehne seines Sitzes. Er beugte sich vor und streckte einen Arm aus, um den Stiel von Schakals Axt zu ergreifen, der jetzt knapp über dessen linker Schulter steckte. Aus dieser Nähe roch der Lehmmaster nach abgestandenem Schweiß, feuchten Verbänden und getrocknetem Eiter. Schakals Nase rümpfte sich angesichts der Gerüche. Durch die Maske aus Verbänden musterten die blutunterlaufen Augen des Häuptlings gleichgültig Schakals Gesicht. Trotz seines verkrümmten Rückens war der klapprige Mischling immer noch gleich groß. In seiner Blütezeit musste er ein Monster gewesen sein. Er stand lange Zeit so da, die Hand auf dem Axtstiel ruhend, ohne die Axt aus dem Stumpf zu entfernen. Als er sprach, war seine Stimme leise, und seine Worte waren nur für denjenigen bestimmt, den er gleich töten würde.

»Du warst schon immer viel zu ehrgeizig, Junge. Du hast nie verstanden, wo dein Platz ist.«

»Ich bin an dem Ort, an dem du mich immer haben wolltest«, erwiderte Schakal.

Der Lehmmaster grinste. »Du wirst einfach weiterhin denken, dass du immer recht hast. Bis zum Ende.«

»Offensichtlich habe ich mich in einigen Dingen geirrt.« In jemandem.

»Ich wünschte fast, du hättest Erfolg gehabt. Ich hätte mich zurücklehnen und zusehen können, wie du unter der Last, Häuptling zu sein, zerbrichst. Unter der Last der Erkenntnis, dass du nicht alle Antworten kennst.«

»Vollkorn und ich hätten sie herausgefunden. Alle.«

Das Gesicht des Lehmmasters verfinsterte sich leicht. »Tja, jetzt werden wir es nie erfahren.«

»Räche dich nicht an ihm«, sagte Schakal, wobei die Worte weder wie eine Drohung noch wie ein Flehen klangen, sondern nur wie eine letzte Bitte.

»Schakal«, sagte der Häuptling, »jetzt, wo du weg bist, wird Vollkorn in dieser Rotte aufblühen.«

Und dann sah Schakal es, etwas, das er jahrelang übersehen hatte, das aber jetzt durch die Nähe seines Rivalen offensichtlich wurde. Nicht einmal die fleckigen Leinenbinden konnten die Hoffnung verbergen, die Schakal im Gesicht des Lehmmasters sah.

»Du willst, dass er nach dir die Führung übernimmt«, sagte er.

»Die Dickhäuter respektieren Macht«, sagte der Lehmmaster. »Ein Dreiblüter am Kopfende unseres Tisches beweist, dass wir sie haben. Du bist schlau genug, Schakal, und du lässt die Frauen feucht werden, aber unsere Feinde sind keine Huren und Ammen. Sie sind Orks. Du bist nicht der Anführer, den die Grauen Bastarde brauchen. Das warst du noch nie und wirst du auch nie sein.«

Ohnmächtige Wut zerriss Schakals Geduldsfaden und er beugte sich zum Gesicht des Häuptlings vor. »Dann zieh die verdammte Axt heraus und werd mich los!«

Der Lehmmaster tat es ihm gleich und Schakals Nase streifte die abscheulichen Verbände. Die Stimme des Anführers hob sich und war nun für alle im Raum vernehmbar.

»Wenn ich die Axt herausziehe, bist du tot, Junge. Vertraue nicht auf die vergebliche Hoffnung, dass dieser mit Eiterbeulen übersäte Kadaver der Aufgabe nicht gewachsen ist, dich in alle Höllen zu schicken. Ich werde dieses Kriegsbeil in deinem verdammten Herzen vergraben, wenn du dich dafür entscheidest!« Der Lehmmaster ließ die Worte einen Moment wirken.

Entscheidest? Verwirrung ließ Schakals Wut gerinnen.

Der Häuptling holte langsam Luft und zog sich ein wenig zurück, bevor er mit ruhigerer, aber immer noch für die Rotte gut hörbarer Stimme fortfuhr:

»Ich werde dir eine Wahl geben. Eine Chance. Werde unabhängiger Reiter und du kannst leben.«

Die Energie im Raum veränderte sich. Schakal spürte, wie seine Brüder bis auf den Lehmmaster schweigend auf dieses plötzliche Gnadenangebot reagierten. Einige verblüffte Blicke wurden ausgetauscht. Augenweide rührte sich vorsichtshalber nicht.

Schakal war ebenso überrascht und stand wie gebannt da. Er versuchte zu verstehen, warum der Häuptling ihn am Leben lassen sollte. Dann dämmerte es ihm. Ihn zu töten, würde Vollkorn nur weiter wegtreiben und die Zeit verlängern, die der Lehmmaster brauchte, um ihn auf seine Seite zu ziehen. Seit seiner Kindheit hatte Schakal Einfluss auf Vollkorn gehabt; Einfluss, den der Häuptling gern hätte. Das war der Grund, warum er Schakal all die Jahre verachtet hatte – er war neidisch auf den Einfluss Schakals auf denjenigen, den er zu seinem Nachfolger auserkoren hatte. Viel zu spät war alles so verdammt klar! Nun, Schakal hatte nicht vor, dem Lehmmaster dabei zu helfen, Vollkorn zu überreden, seine Marionette zu sein.

Schakal hob sein Kinn und sprach so, dass alle im Raum es hören konnten:

»Ich bin nicht irgendein Nomade«, sagte er. »Ich werde so sterben, wie ich bin, als Grauer Bastard.«

Krämer, Iltis und Schuhnagel nickten zustimmend. In Honigweins Augen stand eine Mischung aus Entsetzen und Anbetung. Weides Augen waren geschlossen, ihr Kinn war gesenkt.

Der Lehmmaster beugte sich noch einmal vor, seine Stimme sank wieder zu einem verschwörerischen Flüstern: »Du solltest dir diese Entscheidung gut überlegen, Junge. Und zwar schnell.«

»Vollkorn mag eines Tages Häuptling sein«, zischte Schakal zurück, »aber nur, weil er dich unter seinem Absatz zermalmen wird, um sich an dir für den Mord an seinem Freund zu rächen, und nicht, weil du ihn wie einen Hund mit dem Versprechen von mehr Fleisch in Versuchung geführt hast.«

»Na schön«, sagte der Lehmmaster, und sein Lächeln wurde bösartig. »Du wirst es nicht für dich tun. Aber was ist mit dem Sprossenmädchen? Was, glaubst du, wird mit ihr geschehen, wenn du tot bist? Geh als Nomade, und du hast mein Wort, dass du sie mitnehmen kannst. Reite, wohin du willst. Steh hier voller Stolz und stirb, und ich schwöre bei jedem Gott, der nach Blutvergießen giert, dass ich diese Elfenmöse an Iltis ausliefern werde.«

Als er Schakals Reaktion sah, wurde das Lächeln des Lehmmasters Gesicht noch breiter und zeigte seine vergilbten Zähne.

»Du weißt, was die Spitzbuben vor dem Krieg waren, nicht wahr, Schakal? Sie waren Bettsklaven, Mischlingshengste, die den verdrehten Geschmack von Hisparthas Adligen befriedigten. Und nicht nur den der Frauen. Iltis ist etwas zu jung, um sich daran zu erinnern, aber das Erbe der Spitzbuben hat Degenerierte schon immer angezogen. Er wird sie auf eine Weise benutzen, die ein Ork nicht ertragen könnte, und was auch immer der Schlammmann ihr angetan hat, wird ihr wie die zärtlichen Küsse eines Vaters erscheinen. Ich wette, er lässt sogar den Rest von uns zugucken, um die Unterhaltung zu teilen.«

Schakal war nicht gefesselt, keine Ketten oder Seile hielten ihn an dem Baumstumpf fest. Er hätte leicht eine Axt ziehen und dem Häuptling das Gesicht spalten können. Seine Handflächen brannten vor Verlangen. Verdammt, er könnte die Hand ausstrecken und ihn erdrosseln, ihm das

Genick brechen, bevor die anderen sich überhaupt bewegen konnten. Er hatte nicht genug Freunde in diesem Raum, um die Tat zu überleben. Nicht einmal Schuhnagel würde einen solchen Mord unterstützen. Es verstieß gegen den Kodex. Und Schakal würde die Bastarde vernichten, wenn er den Anführer jetzt tötete. Es gab niemanden, der stark genug war, sie aus dem Chaos zu führen, das darauf folgen würde, nicht mit Vollkorn, der mit einem gebrochenen Schädel darniederlag. Schakal wollte nicht, dass sein Name in die Geschichte einging als der des gescheiterten Herausforderers, der seinen Häuptling heimtückisch ermordet und den Untergang der Grauen Bastarde herbeigeführt hatte. Mehr als das, er konnte Sperling nicht im Stich lassen. Er konnte sterben, um die Pläne des Häuptlings zu vereiteln, oder er konnte leben und frei reiten, während ihre Sicherheit in seinen Händen lag.

Es gab wirklich keine andere Wahl.

»Gib mir die Elfe«, sagte Schakal, »und ich werde gehen.«

Der Lehmmaster neigte seinen Kopf leicht nach hinten. »Sag es ihnen.«

Schakal sah an dem Häuptling vorbei auf die Rotte und stellte fest, dass seine Kehle plötzlich trocken war. Die Worte mussten gesagt werden, aber es war möglich, dass er wegen des Verrats daran ersticken würde. Schakal schluckte schwer und erhob seine Stimme.

»Unter der ehrenvollen Bedingung, dass ich mit der Sprosse Sperling gehen darf, erkläre ich mich zum unabhängigen Reiter und ... entsage dieser Rotte. Ich schwöre, dass ich bei Androhung von Todesstrafe nie wieder einen Fuß auf dieses Land setzen werde. Von diesem Moment an bin ich kein Grauer Bastard mehr.«

Die Gesichter seiner nun ehemaligen Brüder wurden wahrhaftig zu Stein.

»Dein Keiler und deine Ausrüstung gehören dir«, verkündete der Lehmmaster, »und die Elfe auch. Ihr habt bis zum Morgengrauen Zeit. Wenn du dich danach noch auf dem

Land der Bastarde befindest, wirst du gejagt werden. Reiter, holt eure Äxte und markiert diesen Deserteur.«

Die Grauen Bastarde näherten sich nacheinander dem Baumstumpf und rissen ihre Äxte aus dem Holz. Dann nahmen sie die Klinge und fuhren damit über Schakals Haut, wobei sie gezackte Schnitte über seine Tätowierungen zogen. Der Schmerz des scharfen Stahls war nichts im Vergleich zu der gefühllosen Verzweiflung über ein ausgelöschtes Leben. Er war mit denen geritten, die ihn jetzt schnitten, hatte mit ihnen gegessen, trainiert und gekämpft, einige waren Freunde, andere Feinde, aber sie alle gehörten zur Familie. Er hatte sie im Laufe der Jahre gemeinsamer Unruhen und gefeierter Siege mal mehr und mal weniger geliebt und verachtet. Aus seinem Mund hatte er die Verwandtschaft gekappt, und nun kamen sie bereitwillig, um ihn zu verletzen. Es war ein Schwur, was sie tun würden, sollte er jemals zurückkehren. Schakal biss die Zähne bei den Schnitten der Klingen zusammen und wartete darauf, dass es zu Ende ging.

Als Augenweide kam, blutete Schakal bereits aus Schnitten an beiden Schultern, beiden Armen und seiner Brust. Ihre Augen suchten nach einer Stelle, an der sie ihn markieren konnte, und er sah ein Zögern in den eisigen Kugeln schimmern. Schakal drehte sich um und präsentierte die Tätowierungen auf seinem Rücken, die richtige Stelle für ihre Klinge.

Als alles vorbei war, verließ Schakal zum letzten Mal den Abstimmungsraum, sein Körper weinte purpurrot.

Draußen war die Dämmerung der Dunkelheit gewichen. Die im Hof wartenden Schlammköpfe wichen vor ihm zurück, als sie die blutenden Wunden sahen, die feucht das Mondlicht reflektierten. Sie wussten, was die Schnittwunden bedeuteten. Keiner der Anwärter würde ihm jetzt helfen. Er musste seine Wunden versorgen, aber er wollte Schlitzohr nicht von Vollkorn ablenken. Es gab nur einen Ort, an den er gehen konnte.

Beryls Gesicht verzog sich und erstarrte schnell wie Kerzenwachs, als sie ihn sah. Der Lehmmaster hatte den Dorfbewohnern von Teilsieg noch nicht die Erlaubnis erteilt, nach Hause zurückzukehren, und so wohnten sie und ihre Waisen immer noch in der Schlammkopf-Kaserne. Zögernd blieb Schakal an der Tür stehen, während sie sich näherte.

»Nomade?«, fragte Beryl mit stockender Stimme. Sie war erleichtert, aber überrascht. Ihre Blicke wanderten über seine Verletzungen und trauerten. »Die Kinder sollten dich so nicht sehen.«

»Könntest du mir mit den Schnitten helfen?«, wagte Schakal zu fragen. »Der Lehmmaster könnte etwas dagegen haben ...«

»Scheiß auf den Lehmmaster. Ich suche ein paar Sachen zusammen und treffe dich in deiner Kammer.«

Schakal nickte dankbar und ging.

Die Schlafbaracke fühlte sich bereits fremd an. Als er über die Schwelle trat, überkam Schakal dasselbe beklemmende Gefühl, das er einst als Schlammkopf verspürt hatte, wenn er die Quartiere der Bastarde reinigen musste. Er war wieder ein Eindringling. Mit schnellen Schritten ging er den Flur entlang und betrat sein Zimmer, das ihm nur noch wenig Trost zu spenden vermochte. Er würde keine Zeit zum Schlafen haben. Die nächstgelegene Grenze zum Gebiet der Bastarde war einen mehrstündigen Ritt entfernt. Bis seine Wunden verbunden, Heimelig vorbereitet und seine Ausrüstung zusammengesucht war, würde Schakal dringend aufbrechen müssen. Außerdem musste er auch an Sperling denken. Mit etwas Glück würde sie ihn genauso fügsam begleiten, wie sie es mit Blindschleiche getan hatte. Widerstand würde nur zu Verzögerungen führen und Verzögerungen könnten sie beide das Leben kosten.

Beryl traf mit einer brennenden Lampe und einer vollen Umhängetasche ein. Sie betrat wortlos das Zimmer und setzte sich neben ihn auf das Bett. Er wartete, während sie seine Schnitte im Licht der Flamme untersuchte.

»Keiner davon ist sehr tief«, sagte sie leise. »Deine Brüder waren gut zu dir. Der auf deinem Rücken braucht nicht einmal einen Verband.«

Schakal lachte unwillkürlich auf, verbiss es sich aber schnell, als er das Schluchzen in seiner Kehle hörte. Beryl begann, seine Wunden zu säubern, wobei der weingetränkte Lappen noch quälender war als die Axtklingen. Schakal saß zusammengesunken und starrte vor sich hin.

»Das mit Vollkorn tut mir leid«, sagte er nach einiger Zeit.

»Die Schlammköpfe sagen, er wird heilen«, antwortete Beryl. Er konnte den unterdrückten Zorn in ihrer Stimme hören und wusste, dass sie ihn um seinetwillen zurückhielt. Wie tief war er gefallen? Wie erbärmlich war er geworden, dass er von dem berechtigten Groll einer Frau verschont blieb, die sich nie gescheut hatte, ihn zu schelten? Es wäre besser gewesen, Beryl hätte ihn beschimpft, ihn einen Narren genannt, ihm alle Wahrheiten über seine Torheit an den Kopf geworfen. Aber jetzt war er nicht einmal mehr der Verachtung würdig, nur noch ein Schatten, der mit der Sonne verschwinden würde. Es war Wahnsinn, Schatten anzuschreien.

»Der Lehmmaster will, dass Vollkorn Häuptling wird«, sagte Schakal, ohne genau zu wissen, warum.

»Er wird diesen Platz niemals einnehmen, Schakal.«

»Das sollte er. Sag ihm von mir, er soll es tun. Und sag ihm, er soll sich nicht an Augenweide rächen, nicht, wenn er aufwacht, und nicht, wenn er am Kopfende des Tisches sitzt.«

Beryls müde Missbilligung war an ihrem gesamten Körper abzulesen. »Schakal, Schakal ... Du warst schon immer blind, wenn es um sie ging. Wie lange willst du sie noch beschützen?«

»Nein«, protestierte Schakal, »darum geht es nicht. Vollkorn sollte ihr nie wieder vertrauen, aber er sollte auch nicht auf Rache aus sein. Wenn er das tut, bekommt der Lehmmaster alles, was er immer wollte. Mich und Weide weg und Vollkorn unter seiner Fuchtel. Sie hat sich für eine Seite entschieden. Das war ihr Recht als Grauer Bastard. Wir, Vollkorn und ich, haben ihr geholfen, einen Platz in dieser Rotte zu bekommen, aber ihre Stimme gehört ihr. Wenn Vollkorn sie mit Verachtung behandelt, sobald er Häuptling ist, dann ist er nicht besser als der Lehmmaster, und er muss besser sein, Beryl. Er muss besser sein!«

Lange Zeit herrschte Schweigen, während Beryl seine Wunden verband und so tat, als würde sie seine Tränen nicht sehen.

»Wo willst du hin?«, fragte sie, als der letzte Verband angelegt war.

»Ich weiß es nicht«, gab er zu. »Ich hätte nie gedacht, dass ich Nomade werden würde. In meinem Kopf lautete der Plan immer: Sieg oder Tod. Selbst wenn ich über ein Leben als unabhängiger Reiter nachgedacht hätte, hätte ich mir nie vorstellen können, dass eine schwangere Frau, mit der ich nicht sprechen kann, meinen Sattel teilt.«

»Du wirst es schwer haben, euch beide da draußen am Leben zu erhalten, Schakal.«

Er konnte nur schwach nicken.

Beryl beugte sich vor, umfasste sein Gesicht und küsste ihn auf die Schläfe. Sie stand abrupt auf und ging zur Tür, nahm ihre Lampe mit, ließ aber die Tasche zurück.

»Wechsle deine Verbände täglich«, wies sie an, und ihre Stimme klang erstickt. »Lass dir von der Sprosse helfen.«

Sie flüchtete vor dem Schmerz des Abschieds und Schakal hielt sie nicht davon ab.

»Sag deinem Sohn, dass es mir leidtut.«

Beryl versprach es mit einem schmerzerfüllten Geräusch und war weg.

Er saß lange Zeit da und wusste, dass er seinen Aufbruch vorbereiten sollte, doch er konnte sich nicht bewegen. Vertraute Geräusche in der Halle signalisierten die Rückkehr einiger seiner Rottenkameraden. Ehemaliger Rottenkameraden. Schakal erkannte sie an den markanten Schritten und an den Türen, die sich in der Halle schlossen. Schuhnagel. Iltis.

Augenweide.

Schakal verkrampfte sich, als er hörte, wie sich ihre Tür, die direkt gegenüber der seinen lag, öffnete und schloss. Er saß in der Dunkelheit und zitterte vor Wut und einer nicht unerheblichen Angst; ein Gefühl, das so fremd und unwillkommen war, dass es ihn nur noch wütender machte. Eine gefühlte Ewigkeit kämpfte er mit tausend Impulsen, die im Widerspruch zu jeglicher Vernunft standen. Erst als sein Körper aufhörte zu zittern, stand er auf und griff entschlossen nach seinem Dolch.

Im Flur hielt er inne, als er sah, dass die Tür gegenüber einen Spalt offen stand. Kein Licht flackerte, aber Schakal kannte Weide und wusste, dass sie noch wach war. Schwerfällig stieß er die Tür auf.

Sie saß im Schneidersitz auf ihrem Bett. Die Stiefel, die Brigantine und die Reithosen waren achtlos auf den Boden geworfen worden, sodass sie nur mit einem Hemd und dem nächtlichen Schatten bekleidet war. Sie sah hoch, sagte aber nichts.

Schakal betrat den Raum und schloss die Tür, ohne seinen Blick von ihr abzuwenden.

»Ich hätte erwartet, dass du eine Armbrust mitbringen würdest«, erklärte Augenweide, bevor er etwas sagen konnte. »Das geht schneller. Ein Dolch lässt einen Kampf zu ... braucht Zeit.«

Seltsamerweise hatte sie keine eigenen Waffen zur Hand, nur einen schlaffen Weinschlauch.

»Ich bin nicht gekommen, um dich zu töten«, sagte Schakal zu ihr.

Zum Beweis seiner Worte stach er den Dolch in den Türpfosten und ließ ihn dort stecken.

»Warum, Weide?«

Sie schüttelte langsam den Kopf, wobei ihr Gesicht immer wieder aus dem Schatten hervortrat. »Das ist eine Frage, die ich dir oft gestellt habe. Warum? Warum hast du behauptet, Garcia getötet zu haben? Warum bestehst du darauf, diese Sprosse zu schützen? Warum hast du diesem verdammten Zauberer vertraut?«

Weides Stimme wurde mit jeder Frage leiser, aber der Zorn wuchs, sodass ihre letzten Worte bebend geflüstert wurden.

»Warum habe ich *dir* vertraut?«, knurrte Schakal.

Weides Kopf ruckte herum und sie sah ihn an. »Hast du das? Denn ich erinnere mich nur daran, dass du dir lediglich Sorgen gemacht hast, ich würde deine heiklen kleinen Pläne ruinieren. Ich konnte mich nicht einmal zum Pissen hinhocken, ohne dass du mich im Auge behalten hast.«

»Ich habe versucht, dich am Leben zu erhalten. Den Lehmmaster von seinem Stuhl zu stoßen und ihn davon abzuhalten, dich mit einem Apfel im Mund und einem Lächeln auf dem Gesicht an Bermudo auszuhändigen. Mit Sperling …«

Weide spottete. »Alles, was du mit diesem Spitzohr getan hast, ist, die Sprossen zu uns zu bringen. Sie hat uns einen Scheißdreck geholfen und das weißt du.«

Die Verzweiflung in ihrer Stimme überraschte Schakal und machte Augenweide wütend. Sie schoss hoch und stand einen Moment lang auf ihrem Bett, bevor sie herunterhüpfte. Jede ihrer Bewegungen zeugte von Aggressivität. Ihre Hände fuhren hoch und rieben ihre Locken mit frustrierter Schnelligkeit. Durch die Bewegung hob sich ihr Hemd und der Haarschopf zwischen ihren Beinen wurde plötzlich im Mondlicht sichtbar.

»Du weißt es, verdammt noch mal!«, sagte sie wieder.

Schakal spürte, wie sein Blut heiß wurde. »Also, wer war es dann, Weide? Wer hat mich in die Irre geführt: Schlitzohr oder das Mädchen?«

»Beide!« Sie war jetzt direkt vor seinem Gesicht, ihr Atem roch nach Wein. »Deinetwegen haben wir Sprossen, die in der Brennerei herumschnüffeln. Deinetwegen haben wir einen Zauberer unter uns, der aus toten Orks Puppen macht. Ich dachte, du wolltest diese Rotte führen, Schakal, und nicht begraben.«

»Meinetwegen?«, wiederholte Schakal mit zusammengebissenen Zähnen. »Meinetwegen bist du ein Mitglied dieser Rotte, Augenweide. Meinetwegen wärmst du nicht eins unserer Betten. Du bist eine eingeschworene Reiterin der Grauen Bastarde, die auf einem Keiler sitzt, respektiert und gefürchtet. Nur meinetwegen.«

Er spürte, wie Augenweide vor kaum unterdrückter Wut zitterte, und sah, wie die winzigen Zwillingsfeuer des Mondlichts, die ihre Augen waren, schimmerten.

»Und meinetwegen«, konterte sie, »bist du es nicht.«

Knurrend packte Schakal Augenweide an der Kehle. Sie zuckte weg, aber er hielt sie fest, und sie stolperten durch den kleinen Raum. Augenweide versetzte Schakal einen Schlag ins Gesicht und Schmerz fuhr durch seine Zähne. Er fing ihren nächsten Schlag mit seinem freien Arm ab und trat ihr die Füße unter dem Leib weg. Im Fallen packte sie ihn an den Haaren und riss ihn mit sich hinunter. Er wäre ohnehin zu Boden gegangen, da er seinen Griff um ihren Hals nicht lockern wollte. Seine verkrampften Finger gruben sich tiefer in den eisernen Widerstand von Augenweides Muskeln und spürten, wie ihr Herzschlag sich beschleunigte. Schakal konzentrierte sich darauf und sehnte sich danach, zu spüren, wie der Puls unter seiner Berührung langsamer wurde und dann ganz aufhörte.

Sie krachten auf den Boden.

Schakal wehrte die Schläge ihrer Fäuste ab und benutzte beide Hände, um sie zu würgen. Die Schläge hörten auf, und Augenweide schlang ihre Beine um Schakals Taille und warf ihn mit einer kraftvollen Drehung ab. Beide rollten herum, dann war sie auf ihm und versetzte ihm einen Schlag gegen den Wangenknochen. Durch das dumpfe Aufflackern des Schmerzes hindurch spürte Schakal, wie sie sich losriss. Er schnappte nach ihr, während sie noch auf Händen und Knien war, und erwischte ihre Haare zwischen seinen Fingern. Er schlang seinen anderen Arm um ihre Taille, riss sie zurück und zerrte sie wieder nach unten. Sie sahen nun beide zur Decke, und Schakal löste seine Hand aus ihrem Haar und legte seine Armbeuge fest um ihren Hals. Ihr Kopf wand sich an seinem Schlüsselbein, hörte aber bald wieder auf, als er den Druck erhöhte.

Ein schwankender Ton drängte sich allmählich durch Augenweides kurze, erstickte Atemzüge – tief und angestrengt.

Sie lachte.

Schakal spürte, wie sich ihre Hüften drehten und sie ihr Gesäß gegen ihn drückte, was seine Aufmerksamkeit auf das Objekt ihrer plötzlichen Erheiterung lenkte. In seiner Hose, unter dem Druck von Augenweides Körper, war Schakal hart.

Er musste seinen Griff gelockert haben, denn Weides Lachen klang jetzt rau und freier. Schakal löste seinen Arm von ihrer Kehle und legte ihr die Hand über den Mund, um das Geräusch zu beenden. Amüsierte Atemstöße trafen seine Hand und er wurde sich seiner anderen Hand auf den krampfhaft zuckenden Muskeln ihres Bauches bewusst. Ihr Fleisch war glatt und beinahe fiebrig. Augenweide kippte ihre Hüfte ein wenig von seinem Schritt weg. Schakal versuchte, die fliehende Hüfte zu ergreifen, um sie wieder nach unten zu ziehen, aber Augenweide schlug seine Hand mit ihrer beiseite. Dann schob sie sie in den quälenden Spalt, den sie zwischen ihnen geschaffen hatte, und versuchte, die Bänder seiner Reithose zu lösen, was ihr nicht gelang.

Frustriert riss sie seine Hand von ihrem Mund weg und setzte sich auf. Sie setzte sich rittlings auf seinen Bauch und machte sich schnell daran, die Bänder aufzuknüpfen, aber Schakal störte ihre Versuche, denn die schattigen Grübchen über ihrem Hintern zwangen ihn geradezu, nach unten zu rutschen und sie auf sein Gesicht zu ziehen. Er hörte, wie ihr Atem stockte, als seine Zunge sie berührte. Sie schmeckte nach süßem Salz und Sattelleder. Weide hatte wohl vor seiner Reithose kapituliert, denn Schakal spürte, wie sich sein Schwanz weiter verhärtete, halb befreit, die Schnürbänder schmerzhaft eng um sein Fleisch gezogen. Es war ihm egal, er verlor sich in dem Akt, sie zu verschlingen.

Eine Stimme rief durch die Tür. Schakal konnte sie kaum hören. Jemand musste das Handgemenge gehört haben und fragte nun nach Weide.

»Verpiss dich!«, erwiderte sie, und durch ihre gespielte Wut entkam ein leichtes Kichern.

Schakal genoss es, wie sich ihr Gewicht auf ihn senkte, bis er kaum noch atmen konnte. Augenweide erlaubte ihm, sie mit Hingabe zu erforschen, dann übernahm sie die Kontrolle über ihr Vergnügen und rieb sich an seiner Zunge, bis ihre Schenkel bebten.

Das warme, berauschende Gewicht verließ ihn. Das Bett war nah, und Augenweide erhob sich gerade lange genug, um sich auf die Decken zurückfallen zu lassen. Schakal stand schnell auf und drehte sich um, während er an seinen Schnürbändern zerrte. Weide lag auf dem Bett und stützte sich auf ihre Ellbogen, ein Knie in der Luft. Schakals Hose hing um seine Oberschenkel, als sie ihre Wade um seinen unteren Rücken schlang und ihn zu ihren gespreizten Beinen zog. Sie griff nach seinen Früchten und zog sie nach unten, bis sein Aal sich von seinem Körper löste und sich ihr entgegenstreckte. Schakal ließ sich nach vorn fallen und fing sein Gewicht mit ausgestreckten Armen ab. Seine Stirn drückte gegen Weides, als sie ihn in sich hineinwuchtete. Ein Stöhnen entkam tief aus seiner Kehle und Augenweide zischte. Ihre zusammengebissenen Zähne öffneten sich schnell mit einem Ausdruck wilder Freude. Ihre Blicke trafen sich und paarten sich mehr als ihre Körper, die kleine Spanne zwischen ihnen war durchdrungen von lebenslanger Beherrschung, die zerschmetterte. Als Schakal zustieß, begegnete Augenweide seinem Blick kühn, forderte ihn heraus, wie sie es immer getan hatte, verführte ihn sogar jetzt. Er suhlte sich in diesem aufgewühlten, unbezwingbaren Blick, gefangen in der nackten, blinden Lust, die sich darin spiegelte. Beide schienen einen einzigen, bösartigen Atemzug aufrechtzuerhalten und ihn zwischen ihren offenen Lippen auszutauschen, die nur einen Fingerbreit voneinander entfernt waren.

Augenweide verschränkte ihre Finger hinter seinem Nacken und rollte Schakal auf den Rücken. Er glitt aus ihr heraus und knirschte vor Wut mit den Zähnen, aber Weide nahm ihn schnell in die Hand und hielt ihn aufrecht, während sie sich darauf senkte. Er bäumte sich in ihr auf, aber sie packte fest seinen Kiefer und schüttelte ihren Kopf, bis er still lag. Auf den Fußballen balancierend, fuhr Augenweide auf und nieder. Ihre Hände lagen auf seiner Brust, aber schon bald bewegte sie sie zu ihren Knien, um sich abzustützen, während sie ihn mit immer größerer Inbrunst ritt. Augenweide hüpfte mit zunehmender Kraft auf ihm, ließ ihn nie entkommen und hatte ihren Körper perfekt unter Kontrolle. Schon bald knirschte Schakal mit den Zähnen und kniff gegen seinen Willen die Augen zusammen, weil der Druck in seinen Lenden so herrlich war. Kein anderer Teil von ihr berührte ihn außer dieser rasend gleitenden Hitze. Das Blut dröhnte in seinen Ohren, und Schakals ganzer Körper spannte sich an, als das Ende kam. Augenweide stand im letzten Moment auf, was dazu führte, dass Schakals zuckender Schwanz schwer auf seinen Körper klatschte und seine Ergüsse heiß auf seiner Brust landeten, während die kleineren seinen Bauch bespritzten. Er stöhnte mit vor Erleichterung und Verärgerung zusammengebissenen Zähnen.

Nach einem Moment setzte er sich auf und blickte ärgerlich auf das Durcheinander hinunter, das Weide aus ihm gemacht hatte. Sie stand auf dem Boden, nahe dem Fußende des Betts, und legte grinsend den Kopf schief.

»Geschieht dir recht, für jedes Mal, wenn du das mit einer Hure gemacht hast«, sagte sie heiser, zog ihr zerknittertes Hemd aus und warf es ihm über den Kopf. »Mach dich sauber. Du musst losreiten.«

Nachdem er sich abgewischt hatte, stand Schakal auf und spürte all die Schmerzen, die Zorn und Lust in Schach gehalten hatten. Die Schnitte, die seinen Körper überzogen, brannten. Einige von ihnen waren wieder aufgerissen und bluteten aufs Neue. Die Knochen in seinem Gesicht schmerzten von Weides Schlägen, und auch seine Früchte schmerzten – die dumpfen Schmerzen, die sich nach dem Sex immer einstellten. Auch Augenweides eigene Verletzungen waren plötzlich sichtbar. Selbst im schwachen Licht konnte Schakal jetzt die blauen Flecken auf ihren Rippen sehen, die klaffende Wunde über ihrem Auge, den geschwollenen Buckel ihrer gebrochenen und gerichteten Nase. Nichts davon war sein Werk. Das waren alles Andenken an Vollkorn.

»Sag mir einfach, warum, Augenweide.«

Sie hörten beide das Flehen in seiner Stimme. Er erwartete, dass sie sich über ihn lustig machen würde, aber schockierenderweise machte sie einen Schritt auf ihn zu, und es sah so aus, als wolle sie sein Gesicht berühren. Die Andeutung einer Bewegung war so schwach, dass Schakal sie sich hätte einbilden können. Stattdessen zog sie seinen Dolch vom Türpfosten und hielt ihn ihm hin.

»Du denkst, ich hätte dir das angetan«, sagte sie fest. »Das habe ich nicht. Ich habe das getan, um die Rotte zu retten. Wenn du mich für eine Lügnerin hältst, dann nimm dieses Messer und schneide mir mein verdammtes Herz heraus.«

Schakal öffnete die Tür. Sein Blick wanderte zu der Waffe in ihrer ausgestreckten Hand.

»Behalte es. Biete Vollkorn die gleiche Wahl an ... Wenn er aufwacht.«

Er drehte sich um und verließ den Raum.

20

Nur eine Gestalt wartete am Eingang des Tunnels, um Schakal und Sperling zu verabschieden: eine breite Silhouette mit Turban, die gelassen in der Nacht stand.

»Und so wird der Ort, an dem wir uns zum ersten Mal trafen, zu dem Ort, an dem wir uns trennen«, sagte Schlitzohr, wobei sein Lächeln sogar im Schatten zu sehen war.

Schakal brachte Heimelig zum Stehen und saß einen Moment lang schweigend da. »Aus welchem Grund auch immer du hergekommen bist, Uhad, du hast es wohl nicht genug gewollt.«

»Weil du kein erfolgreicher Usurpator bist? Willst du das damit sagen?«

Schakal schnaubte verbittert. Schlitzohrs Beherrschung der Hisparthan-Sprache nahm ganz nach Belieben zu oder ab, je nachdem, was er wollte. »Du hast mir nicht geholfen, den Häuptlingssitz zu bekommen, also kann ich dir jetzt auch nicht helfen.«

Die pummeligen, ringbeladenen Finger des Zauberers spreizten sich in einer unnützen Geste.

»Wärst du mit deinen Absichten zu mir gekommen, Freund Schakal, hätte ich dich vor voreiligem Handeln gewarnt.«

»Man muss kein Zauberer sein, um eine beschissene Zukunft zu sehen, die schon gestern ist.«

»Das stimmt wohl«, beschwichtigte Schlitzohr.

»Was wirst du jetzt tun?«

»Wahrlich, auch wenn es alles andere als ideal ist ...«

»Genug«, unterbrach Schakal ihn müde. »Es spielt keine Rolle. Es ist nicht mehr meine Aufgabe, mich darum zu kümmern.«

Er trieb seinen Keiler vorwärts in das reine Schwarz des Tunnels und ließ Schlitzohr im Sternenlicht stehen.

Vor ihm war Sperling ein wenig angespannt, da sie blind ritten. Sie wusste nicht, ob sie den Instinkten des Keilers im Schlund der Mauer trauen konnte.

»Wir sind bald durch«, versicherte er ihr und hielt ihre Taille noch fester umschlungen.

Zum Glück hatte sie sich nicht gewehrt, als er sie aus der Versorgungshalle abgeholt hatte. Die Schlammköpfe, die sie bewachen sollten, sahen ihn nicht an und boten ihm keine Hilfe an. Sie gingen ihren Pflichten in der Vorratshalle nach und übergaben die Elfin schweigend an Schakal, als wäre sie ein Sack Bohnen. Das war es, was sie geworden war, eine Ware, die zwischen Säcken mit Getreide und Fässern mit Olivenöl gelagert wurde und deren stumpfe Eintönigkeit teilte. Ein Hauch von Lebenskraft erschien, als sie die Schnitte an Schakals Armen und Brust sah, aber es war keine Angst in ihrem Gesicht zu erkennen, nur grimmige Neugierde. Er nahm sie mit und holte den Rest der ihm zugeteilten Ausrüstung aus dem Regal.

Und nun lag die Brennerei für immer hinter ihnen beiden.

Heimelig wollte losrennen, sobald er den Tunnel verlassen hatte. Schakal erlaubte es ihm und kontrollierte den Schritt des Tieres gerade so weit, dass Sperling sich wohlfühlte. Sie folgten nur der Laune des Keilers, denn Schakal hatte keine Ahnung, wohin sie reisen sollten. Ul-wundulas stand ihm offen und forderte ihn heraus, dort hinzugehen, wo er wollte. Er war ein unabhängiger Reiter, ein Nomade ohne Eide oder Schwüre, die ihn banden, ohne eingeschworene Brüder, die seine Flanke bewachten. Er und Sperling würden durch die Entscheidungen, die er traf, leben oder sterben, und das auch nur, wenn die Geteilten Lande ihnen wohlgesonnen waren. Wenn die Sonne aufging und sie in den Ländern der Bastarde fand, dann würden sie sterben, durchbohrt von Armbrustbolzen, weil seine ehemaligen Brüder es nicht ertragen konnten, sich ihm zu nähern, um ihn zu töten.

Der kürzeste Weg führte nach Norden, in Richtung des Umbragebirges, aber das würde sie an den Rand des Sprossenlands bringen. War das der beste Weg? Sperling einfach an den bekannten Grenzen freilassen und fertig? Vorausgesetzt, er konnte nahe genug herankommen, ohne dass die Elfen ihn schneller aufspürten als die Grauen Bastarde. Selbst wenn er das könnte: Würden sie Sperling am Leben lassen? Würde sie selbst sich am Leben lassen, wenn sie die Wahrheit über ihren Zustand erfuhr?

Es gab immer noch die anderen Rotten.

Das Gebiet der Schädelsäer war das nächstgelegene, aber bei dem Gedanken, in der Furche zu leben, bekam Schakal eine Gänsehaut. Er hatte die Brennerei oft als zu eng empfunden, aber das war nichts gegen diese unterirdische Festung. Die Orkflecken lebten gleich hinter dem Batayat-Hügel, aber sie nahmen nur Dreiblute auf. Die Hauer der Vorväter waren für Schakals Geschmack zu sehr von dämlichen Göttern besessen, und zwischen ihm und den Scherben herrschte bereits böses Blut. So blieben nur drei Möglichkeiten: die Bruderschaft der Kessel, die Stoßzahnflut und die Söhne der Verdammnis. Aber keiner von ihnen würde in Erwägung ziehen, ihn mit Sperling im Gepäck aufzunehmen. Und wenn, dann würden sie sie als Hure wollen. »Das Einzige, was noch seltener ist, als eine Elfin zu sehen, ist, eine zu ficken«, sagte ein Sprichwort. Nein, Schakal würde auf die anderen Rotten verzichten müssen, zumindest bis er wusste, was er mit seiner Gefährtin tun sollte.

Damit blieb nur noch ein einziger Ort übrig.

Strava.

Es war die offensichtliche Wahl, aber Schakal zögerte, dorthin zurückzukehren, nachdem er Zirkos verrückter Abmachung zugestimmt hatte. Er hatte nicht damit gerechnet, dass er vor dem Verrätermond zurückkehren würde, wenn überhaupt. Dennoch war es der am ehesten geeignete Zufluchtsort für Sperling und ihn. Sie waren bereits zusammen dort gewesen und hatten Hilfe erhalten. Sicherlich würden sie dort wieder willkommen sein. Zirko glaubte, dass Schakal eine der wertvollen Reliquien der Halblinge in seinem Arm trug. Warum sollte der kleine Priester ihn abweisen, nachdem er ihn aufgefordert hatte, dem Gott Belico und irgendeinem verrückten Kreuzzug gegen die Orks Treue zu schwören? Außerdem wusste Zirko von dem Halbblut, das Sperling in sich trug, sodass es keinen Grund für Lügen gab. Außerdem war es undenkbar, dass die Halblinge oder die Unyaren die Elfin als Spielball fordern würden. Sie würden dort sicher sein, so sicher, wie man in den Geteilten Landen eben sein konnte.

Schakal lenkte die Zügel nach Westen.

Es war mindestens eine viertägige Reise, aber sobald sie den Alhundra überquert hatten, waren sie den Grauen Bastarden entkommen. Sie konnten es vor dem Morgengrauen schaffen, wenn auch nur knapp.

Schakal trieb Heimelig an, obwohl der Keiler nur wenig Ansporn brauchte. Ein nächtlicher Ritt durch das Brachland war für den Barbaren nichts Neues, und er freute sich – unbelastet von dem Wissen, dass ihm die Heimat für immer verschlossen war – über die Freiheit und die Chance, umherzustreifen. Zu rennen. Schakal konzentrierte sich auf den Ritt und suchte das Terrain nach Gefahren und die Dunkelheit nach Feinden ab. Er versuchte, sich in seinen vertrauten Rhythmus einzufinden, aber das war schwierig, wenn er den Geruch von Sperlings Haar in der Nase hatte. Seine Gedanken schweiften immer wieder zu Augenweide zurück, zu dem verzehrenden Schmerz ihres Verrats, dem Gefühl ihrer Haut, ihrem Geschmack.

Kurz fragte er sich, ob sie deshalb mit ihm geschlafen hatte, um den Verrat zu überspielen, aber er wusste, dass das nicht der Grund war. Er hatte es schon gewusst, als er in sie eindrang. Es war die letzte Chance, für sie beide. Jegliche Sippenverwandtschaft war durch ihre Taten zerstört worden, aber auch alle Hindernisse. Sie waren keine Freunde mehr, keine Rottenkameraden, sie lebten nicht mehr in den

Schatten von Schakals möglicherweise bevorstehender Führungsposition. Es stand ihnen frei, ein Liebespaar zu sein. Augenweide hatte die Rotte davon überzeugt, dass sie auf Frauen stand, und Schakal hatte sich im Laufe der Jahre darauf eingelassen, das zu glauben, obwohl die Erinnerungen an ihre Jugend das Gegenteil bewiesen. Die ersten Küsse, die ersten Streicheleinheiten, alles unbeholfen und zittrig. Aber das hatte aufgehört, als Weide ihre Gedanken auf die Rotte richtete. Schakal hatte nichts dagegen, er verstand es sogar. Er wollte, dass sie eine von ihnen wurde, und er wusste, dass sie dazu eine von ihnen *werden* musste. Außerdem hatte es viele andere Mädchen gegeben, die willig und großzügig waren, und das war alles, was Schakals jugendliche Niedertracht verlangte. Nach ein paar Jahren und einer Handvoll gemeinsamer Besuche in Sanchos Bordell war es ein Leichtes, Weides vorgegebene Vorlieben zu unterstützen, bis sie zur Wahrheit wurden.

In ihrer beider schlimmstem Moment hatte Weide den Betrug beiseitegeschoben und sich genommen, was sie wollte und von dem sie wusste, dass sie beide es wollten. Die letzte Chance. Es war quälend und machte wütend. Der Schmerz und die Wut wurden durch die Tatsache, dass Schakal ihr Begehren erwiderte, nur noch heftiger.

Er kündigte schnell eine kurze Pause an, damit Sperling nicht mit einem Sattelhorn vor und hinter sich reiten musste. Schakal zügelte Heimelig an einem felsigen Vorsprung über einem Abhang, stieg schnell ab und drehte sich um, um Sperling herunterzuhelfen. Aber sie hatte bereits ein Bein übergeschwungen und ignorierte seine Hände. Schakal gab vor, dass seine Beine steif waren, und entfernte sich, um das eigentliche Unbehagen zu vertreiben. Sperling blieb in Heimeligs Nähe, und die natürliche Anmut ihres Volks zeigte sich sogar in den kleinen Schritten, die sie machte. Beryl hatte ihr Kleidung besorgt, die ihr passte: Reithosen aus Hirschleder, ein Leinenhemd, eine Reithaube und einen Mantel. Sauber, ordentlich gekleidet und unbewacht, wirkte sie nicht mehr so sehr wie ein in die Enge getriebenes Tier, aber dennoch fehl am Platz. Sie erinnerte Schakal an Regenfälle an einem sonnenhellen Tag: natürlich, aber selten. Und unharmonisch. Ihre Gefangenschaft in der Hütte des Schlammmanns war eine Gräueltat gewesen, ihre Gefangenschaft in der Brennerei eine grobe Notwendigkeit. Schakal konnte sich nicht vorstellen, dass es in Strava viel besser sein würde. Er fragte sich, ob es einen Ort auf der Welt gab, an den sie gehören würde.

Zur Hölle, das Gleiche könnte man ihn fragen. Zwei Personen stiegen gerade aus Heimeligs Sattel und beide waren Fremde für Schakal.

Er schlenderte den flachen Abhang hinauf, um Sperling etwas Raum zu geben, und stellte sich oben auf den Gebirgsausläufer. Als er sah, was sich auf dem Weg hinter ihnen bewegte, stürzte er sofort wieder hinunter.

»Wir müssen los«, sagte er zu Sperling, stieg auf und streckte die Hände nach unten. Diesmal ignorierte sie ihn nicht, denn die Dringlichkeit in seiner Stimme war unüberhörbar. Er trieb Heimelig in den Galopp und ließ ihn so lange wie möglich am unteren Ende der Hänge laufen, um zu vermeiden, dass ihr Verfolger eine Silhouette am Horizont erkennen konnte.

Ein einsamer Reiter. Auf einem Keiler. Keinen Kilometer hinter ihnen.

Verdammt sei der Lehmmaster! Er hatte die Jungs bereits losgeschickt, was bedeutete, dass sie nicht auf den Sonnenaufgang warteten. Es war alles eine Lüge, die Gnade des Häuptlings, nichts als eine List. Der miese Hundesohn hatte nie die Absicht gehabt, Schakal und Sperling am Leben zu lassen. Schakal hatte jetzt keine Zeit mehr, sie abzuhängen und seine Spur zu verwischen. Die Morgendämmerung brach an, und das Leben war jetzt ein Wettlauf zum Fluss.

»Greif nach vorn«, rief Schakal hinter Sperlings Ohr. »Ergreif seine Borsten.«

Er nahm eine ihrer Hände, führte sie in Heimeligs Mähne

und drückte auf ihre Knöchel, bis er spürte, wie sich ihre Finger schlossen. Sie verstand und tat dasselbe mit ihrer anderen Hand.

»Nicht daran ziehen, halte einfach still und lass deine Arme mit ihm mitgehen.«

Schakal wusste nicht, wie viel Sperling davon verstehen würde, aber er war erleichtert, dass sie seiner Anweisung folgte. Heimelig nahm jetzt Tempo auf, und Schakal zählte ein halbes Dutzend der tiefen Atemzüge des Keilers, bevor er Sperlings Taille losließ. Er hielt sich nur mit den Beinen fest, spannte seine Armbrust, zog die Sehne zurück und lud einen Bolzen. Er drückte den Schaft der Waffe fest gegen seinen Oberschenkel und hielt sie mit einer Hand, dann packte er Heimeligs raue Mähne und beugte sich für einen harten Ritt vor. Es gab keinen Barbaren in den Ställen der Grauen Bastarde, der schneller war als Heimelig, aber seine ehemaligen Brüder waren nicht zu zweit auf einem Keiler. Sobald sie entdeckten, dass er die Flucht ergriffen hatte, würden sie ihren Keilern die Sporen geben, um aufzuholen. Sobald sie in Schussdistanz waren, wäre es vorbei.

Gestrüpp und Felsbrocken, die silbern im Mondlicht schimmerten, rauschten vorbei, während Heimelig dahinstürmte. Schakal ignorierte den Boden unmittelbar vor ihnen, vertraute auf sein Reittier und richtete den Blick nach vorn. Schnell schätzte er das bevorstehende Terrain ab und nahm mit seinem Körpergewicht kleine Kurskorrekturen vor. Der Keiler reagierte, ohne zu zögern, und nahm die subtilen Befehle vorweg. Sie hielten sich an die Ebene und donnerten über sandige Schneisen, die vom Licht der Sterne erhellt wurden und sich weiß von der Dunkelheit abhoben. Das offene Gelände würde sie zu einem leichten Ziel machen, aber es war die einzige Möglichkeit, einen Vorsprung zu gewinnen.

Schakal drehte sich im Sattel um und sah, dass ihn niemand verfolgte. Noch nicht. Sie würden jeden Herzschlag brauchen.

Sperling konnte ihren Sitz gut halten, ihr Gleichgewicht war perfekt. Heimelig rannte, als würde er das zusätzliche Gewicht nicht bemerken. Der Alhundra kam vor ihnen in Sicht, die Sternbilder spiegelten sich auf der Wasseroberfläche. Schakal warf einen Blick zurück und fluchte. Er wusste nicht genau, wie lange der andere Reiter schon in Sichtweite war, aber jetzt war er es auf jeden Fall.

Sie würden den Fluss vor ihrem Verfolger erreichen, aber vielleicht nicht vor einem Bolzen in ihrem Rücken. Schakal hatte eine vage Vorstellung davon, welcher Abschnitt des Alhundra vor ihnen lag, aber es gab nur eine einzige Furt in beide Richtungen. In der Nacht, nach einer verzweifelten Flucht, waren die Chancen, den Übergang zu finden, gering, und dann würde ihnen nichts anderes übrig bleiben, als sich zu stellen und zu kämpfen.

Heimelig stürmte auf den Fluss zu, seine Flanken bebten, als er Wasser witterte. Der Keiler mobilisierte seine Geschwindigkeitsreserven und hielt direkt auf das Ufer zu. Seine Hufe schlugen auf Felsen auf, als er in die Schlucht am Rande des Flusses sprang. Beinahe hätte Schakal einen der Sauenhebel des Keilers nach hinten gerissen, um zu verhindern, dass das Tier kopfüber ins Wasser stürzte, doch im letzten Moment hielt er seine Hand zurück. Wasser sprudelte unter ihnen auf, als Heimelig selbstbewusst durch die Furt stapfte.

Schakal lächelte und stieß beinahe einen Triumphschrei aus.

»Heimelig, du schöner, kluger Sohn einer Sau«, sagte er und streichelte den Keiler kräftig.

Sie erreichten schnell die andere Seite und Schakal wendete sein Reittier. Es war an der Zeit zu sehen, wer sie verfolgte.

Einen Moment später kam der andere Reiter in Sicht. Der Alhundra war breit, aber die blasse, kahle Gestalt war unverkennbar.

»Blindschleiche.«

Schakal fluchte den Namen leise, seine Stimme wurde vom Rauschen des Flusses verschluckt, aber Schleichs Blick traf ihn in diesem Moment, als hätte er ihn gehört. Sie starrten sich über die flüchtige Barriere der Strömung hinweg an, und plötzlich fühlte es sich an, als würde das Wasser Schakals Rücken hinunterfließen. Er las Blindschleiches Gedanken. Die Anspannung seiner Schultern verriet, dass er hinüberreiten wollte.

Schakal fletschte leise fluchend die Zähne, wirbelte mit seinem Reittier herum und machte sich auf den Weg zu der Felsgruppierung, die er beim Überqueren der Furt entdeckt hatte. Die anderen Bastarde hatten seine Verfolgung nicht aufgenommen, dessen war er sich jetzt sicher. Der Lehmmaster hatte seinen Lieblingsmörder geschickt, um dafür zu sorgen, dass man Schakal und Sperling am nächsten Morgen auf dem Land der Rotte fand, egal, wo sich ihre Füße befunden hatten, als sie starben. Bei jedem anderen wäre Schakal weitergeritten, weil er gewusst hätte, dass die Tradition der Sicherheit aufrechterhalten werden würde. Aber dies war Blindschleiche.

Schakal ritt zügig die Anhöhe hinauf und sprang aus dem Sattel, sobald die Felsen ihm die Sicht versperrten. Mit der Armbrust in der Hand ließ er Sperling rittlings auf Heimelig zurück und kletterte die Felsbrocken hinauf. Als er den unebenen Gipfel erreichte, ließ er sich fallen und kroch auf dem Bauch, bis er den Fluss überblicken konnte. Gerade noch rechtzeitig. Schleich hatte bereits mehr als die Hälfte der Strecke zurückgelegt.

Schakal hätte sich lieber direkt mit dem Spion mit den toten Augen auseinandergesetzt, seiner Wut mit klirrenden Schwertern freien Lauf gelassen, aber er konnte das Risiko nicht eingehen. Er musste den Lehmmaster wissen lassen, dass es ein Fehler war, ihn zu jagen, und der Rotte klarmachen, dass jeder, der ihn jagte, nicht lebend zur Brennerei zurückkehren würde. Schakal drückte den Schaft seiner Armbrust fest an seine Schulter und zielte an dem

Bolzen entlang, wobei er die stachelige Spitze des Bolzens immer ein Stück vor Blindschleiche hielt. Der schleichende Schmarotzer trieb seinen Keiler nicht an und ritt beinahe gemächlich, als wolle er diejenigen verhöhnen, die vor ihm flohen. Nun, Schakal war nicht auf der Flucht. Er holte tief Luft und hielt sie an. Sollte Schleichs kalte Zuversicht ihn doch in alle Höllen begleiten.

»Nimm den Finger vom Abzug, Junge.«

Die Stimme war tief, wie vom Donner gelöster Kies, und auf einzigartige Weise volltönend. Man konnte diese Stimme nie vergessen.

Schakal neigte den Kopf nach rechts und sah, dass ein Pfeil auf ihn gerichtet war, ruhig an der gespannten Sehne eines Recurvebogens angelegt. Der Bogenschütze stand zwischen den Felsblöcken, seine Position war perfekt gewählt. Schakal würde niemals in der Lage sein, seine Armbrust herumzuschwingen und einen Bolzen zu lösen, bevor er einen Pfeil durch die Rippen bekam. Er gehorchte dem Befehl, spreizte seine Finger vom Abzug weg und sah zu, wie sich ein Phantom aus seiner Vergangenheit aus dem Schatten löste.

Grasmücke.

Der ältere Halb-Ork hatte sich in all den Jahren kaum verändert. Seine dichte, gewellte Haarmähne war jetzt durch und durch silbern, aber er schien keine einzige Strähne verloren zu haben. Das entfernt vertraute Gesicht war faltiger, als Schakal es in Erinnerung hatte, mit demselben eisernen Blick und den hervorstehenden Hauern, die ihm als Kind oft Angst gemacht hatten. Sein Rumpf war etwas weicher geworden, aber seine Schultern waren immer noch breit, und das Alter hatte seine Wirbelsäule nicht gekrümmt. Verdammt, er war immer noch größer als Schakal. Das war enttäuschend, aber nicht überraschend. Immerhin war Grasmücke ein Dreiblut.

»Ich bin's, Kampfkeiler«, sagte Schakal. »Sieh genau hin, ich bin es, Schak.«

»Bin ja nicht blind«, kam die leise Antwort. »Ich weiß, wer du bist, Schakal der Grauen Bastarde. Aber nach diesen Schnitten zu urteilen, vielleicht nicht mehr.«

Schakal war überrascht, als er seinen Rottennamen hörte, einen Namen, den er noch nicht besessen hatte, als Grasmücke die Brennerei verließ.

»Du machst einen Fehler«, sagte Schakal zu ihm.

Der breite Kopf rührte sich nicht. »Nein, Junge, ich verhindere einen. Und jetzt mach die Bolzenführung leer.«

Zähneknirschend streckte Schakal die linke Hand aus und zog den Bolzen aus seiner Waffe.

»Lass die Sehne los«, befahl Grasmücke.

Schakal zögerte. Die Sehne des Recurvebogens ächzte, als Grasmücke sie straffer zog. Da er keine andere Wahl hatte, zog Schakal den Abzug an seiner ungeladenen Armbrust und ließ die Sehne leer nach vorn schnappen.

»Leg sie weg und steh auf.«

Schakal ließ seine Armbrust los und stand langsam auf. »Ich habe einen Mörder auf den Fersen. Er wird bald auf diesen Felsen sein. Ich weiß, es ist viele Jahre her, Grasmücke, aber du musst mir vertrauen.«

»Mörder?« Grasmücke schien sich über das Wort zu amüsieren und grinste eine ganze Weile, bevor er einen scharfen, kontrollierten Pfiff ausstieß. »Blindschleiche ist so verdammt viel mehr als ein Mörder.«

Schakal hörte Schritte auf den unteren Felsen, und Schleich erschien, hielt seinen Talwar locker in der einen Hand und Sperling fest in der anderen.

»Verdammt viel mehr«, sagte Grasmücke wieder, als der bleiche Teufel an seine Seite kletterte, »und im Moment vertraue ich ihm um alles in der Welt mehr als dir.«

21

Schakal war an Händen und Füßen gefesselt und konnte nur starren, während Blindschleiche und Grasmücke sich leise unterhielten. Die Vertrautheit in ihrem geheimen Gespräch war geradezu unmöglich zu vereinbaren. Grasmücke stellte eindeutig Fragen, und die Antworten wurden bereitwillig, aber grimmig und knapp gegeben. Obwohl ihre geflüsterten Worte über die Entfernung nicht zu verstehen waren, war dies das meiste, was Schakal Schleich je hatte sprechen hören. Er bemerkte mehr als nur ein paar Gesten und Blicke auf Sperling, die ungefesselt weniger als einen Steinwurf von dem Ort entfernt saß, an dem Schakal kniete.

Er fragte sich, ob sie überhaupt versucht hatte, zu fliehen, obwohl Heimelig auf die Befehle eines fremden Reiters nicht gut reagiert hätte. Der Keiler war jetzt an einen Ginsterstrauch angebunden, abseits der Stelle, an der Schleich und Grasmücke vollkommen entspannt neben ihren eigenen Reittieren standen. Wahrscheinlich hatte Blindschleiche sich langsam an sie herangepirscht, der hinterhältige Mistkerl. Sein Geruch war Heimelig vertraut und der Keiler, auf dem Schleich saß, ebenfalls. Zweifellos hatte er einfach die Hand ausgestreckt und sich Heimeligs Sauenhebel geschnappt, ohne auch nur ein protestierendes Quieken hervorzurufen. Nein, Sperling hatte nicht versucht zu fliehen. Sie war kein so großer Narr wie Schakal.

Er sah zu ihr hinüber und begegnete ihrem Blick.

»Sie werden dir nichts tun«, sagte er und versuchte, entschlossen zu klingen. Sie wandte fast sofort den Blick ab. Sie war in der Tat nicht dumm, die Zusicherungen eines Entführers zu ignorieren, der jetzt mit Lederriemen gefesselt war.

»Nein, wir werden euch nichts tun«, verkündete Grasmücke unwirsch und kam auf sie zu.

Er ging zu Sperling und hockte sich hin. Dann wartete er in aller Ruhe, bis sie seinem Blick begegnete, und sprach in der Elfensprache zu ihr. Sie klang nicht schön, selbst mit Grasmückes markanter Stimme, doch der alte Mischling beherrschte die Sprache sicher. Schakal schien es, als würde Sperling eine wortlose Bestätigung geben. Grasmücke blieb tief in Gedanken versunken auf seinen Fersen hocken. Er nickte leicht vor sich hin und zog ein Messer aus seinem Stiefel.

Schakal sprang auf und schaffte es, auf die Füße zu kommen, aber eine unsichtbare Hand umklammerte seinen Hals und zwang ihn zurück auf die Knie.

»Eines Tages, Schleich«, knurrte Schakal, »wird es dir nicht mehr gelingen, so verdammt leise zu sein.«

Mit einer geschickten Bewegung drehte Grasmücke das Messer um, packte es an der Klinge und hielt es Sperling langsam mit dem Griff voran hin. Sie nahm es bereitwillig und eifrig, wobei ihre Hand mit der Geschwindigkeit eines Skorpionstachels vorschnellte. Im Stehen betrachtete sie die Klinge einen Moment lang, dann huschte ihr Blick zu Grasmücke. Er blieb, wo er war, und machte nur eine kleine, zustimmende Geste mit der Hand. Schakal sackte unter Blindschleiches Griff zusammen. Grasmücke hatte Sperling soeben die Wahl gelassen, die er nicht treffen konnte, und ihre Entscheidung stand ihr in ihr gequältes Gesicht geschrieben.

Als sie sich umdrehte, fiel ihr Blick auf Schakal, kurz wie die Landung eines Schmetterlings, und dann war sie weg. Sie eilte mit dem Instrument ihrer Rettung in der Hand in die Nacht.

In vergeblicher Wut biss Schakal die Zähne zusammen und ließ den Kopf hängen. Seine Rotte, seine Freunde, sein Leben – alles verloren für den Schutz einer Elfe, die nichts anderes wollte als sterben.

Grasmücke kam näher und ging wieder in die Hocke.

»Du hast den Lehmmaster herausgefordert.«

Das war keine Frage.

Schakal sah auf. »Genau wie du.«

Grasmücke rieb sich unbewusst das Geflecht aus wulstigen Narben auf seinen Armen. Zu seiner Zeit hatte es mehr Brüder gegeben, mehr Äxte am Tisch.

»Als ich es tat, hatte der Häuptling keinen Zauberer, der ihm das Ohr kitzelte.« Grasmücke schnaubte und schüttelte den Kopf. »Du hattest schon immer Eier, Jaco. Bist deswegen lustiger gewatschelt als die meisten kleinen Welpen. Ich hatte gehofft, dass etwas von diesem faltigen Fleisch seinen Weg in deinen Schädel finden würde.«

»Mein Lernen fand ein abruptes Ende ... als mein Mentor dafür sorgte, dass er ins Exil geschickt wurde.«

Grasmücke ignorierte das. »Schleich sagt, Isabet hat die Seiten gewechselt. Hat dich den Sitz gekostet.«

»Es heißt Augenweide«, sagte Schakal mit zusammengebissenen Zähnen, »und Schakal. Nicht Isabet, nicht Jaco. Augenweide und Schakal, unsere Rottennamen. Wir haben sie uns verdammt noch mal verdient.«

Grasmücke nickte zustimmend. »Du hast recht.«

Der Blick des alten Mischlings wanderte nach oben und sein Kinn hob sich kurz. Die Fesseln um Schakals Handgelenke lösten sich. Ein weiterer schneller Schnitt von Blindschleiche befreite seine Knöchel. Schakal stand auf und Grasmücke tat es ihm gleich. Schleich stellte sich zwischen die beiden und zog sein Messer aus der Scheide.

»Der Tyrkanier hatte von Anfang an eine gespaltene Zunge, Schakal«, sagte Grasmücke. »Er hat lediglich den größten Rivalen des Lehmmasters ausfindig gemacht. Sag es ihm.«

Blindschleiche starrte Schakal unverwandt an. »Es war die Idee des Zauberers. Er hat mich mit der Elfe losgeschickt. Sagte mir, dass es deine Herausforderung vorzeitig provozieren würde.«

»Und was solltest du mit ihr machen?«, fragte Schakal.

»Vergewaltigen und vom Gipfel des Batayat werfen«, sagte

Blindschleiche hölzern. »Es wie das Werk von Orks aussehen lassen.«

Schakal schäumte. »Hast du das auch getan, als du sie aus Hundsfälle geholt hast? Es so aussehen lassen, als wäre es das Werk von Orks?«

»War ich nicht«, antwortete Schleich. »War auch nicht der Lehmmaster. Hast dich geirrt.«

Schakals Mund war trocken und schmeckte nach bitteren Wahrheiten. So eine Scheiße. Weide hatte recht. Sie hatte ihm das nicht angetan. Es war alles sein eigenes, törichtes Werk. Der größte Rivale des Lehmmasters? Schakal war noch nie nah dran gewesen, überhaupt ein Rivale zu sein; er hatte nur seine eigenen, hochfliegenden Ambitionen gehabt. Der alte Mann hatte nur abwarten und zusehen müssen, wie er sich bei seinem überstürzten Lauf an die Spitze selbst zu Staub zermahlte. Er hatte geglaubt, es sei seine letzte Chance, und er war gewarnt worden, dass es falsch sei, sie zu ergreifen. Er hätte es in jedem einzelnen von hundert Momenten anders machen können. Er hätte alles anders machen können.

»Und was, wenn Schlitzohr sich geirrt hat?«, wollte Schakal von Blindschleiche wissen. »Was, wenn ich dich mit ihr hätte gehen lassen?«

Grasmücke schaltete sich ein. »Er hätte sie zu mir gebracht. Wie du gesehen hast, haben wir ihr nichts Böses getan.«

»Nichts Böses?«, blaffte Schakal. »Sie ist immer noch tot, Grasmücke!«

»Ein sauberer und in ihren Augen ehrenvoller Tod, Junge. Das hättest du tun sollen, als du sie gefunden hast.«

Schakal schob das Tuch von seinem Kopf, kratzte sich die Haare und entfernte sich von den anderen beiden.

Strava. Er hatte sie nach Strava bringen wollen! Ein Ort, an dem sie sicher war, ein Ort zum Leben. Und jetzt lag sie da draußen in der Dunkelheit und bereitete ihr eigenes Ende vor, oder sie war bereits tot, schlaff und abkühlend im

Mondlicht. Am nächsten Morgen würden nur die Aasvögel wissen, wo sie lag. In einem Monat wäre sie nichts weiter als ein weiterer Fetisch aus gebleichten Knochen, der das uralte, unbarmherzige Ul-wundulas schmückte.

»Und warum würde er sie zu dir bringen?«, verlangte Schakal zu wissen, wirbelte herum und gestikulierte wild zwischen Grasmücke und Blindschleiche hin und her. »Was ist das hier?«

»Ich bin seit über fünfzehn Jahren unabhängiger Reiter«, erklärte ihm Grasmücke, »aber Schleich ist schon so gut wie sein ganzes Leben hier draußen. Ich habe ihn gebeten, sich den Bastarden anzuschließen, dem Lehmmaster nahezukommen und meine Augen und Ohren zu sein. Es hat lange gedauert, bis ich jemanden gefunden hatte, dem ich diese Aufgabe zutraute.«

Schakal warf einen Blick auf Blindschleiche. »Und warum tust du das für ihn?«

Es kam keine Antwort.

»Ich war nie weg, Schakal«, fuhr Grasmücke fort, »nicht in meinem Herzen. Sie haben meine Bastard-Tätowierungen verunstaltet, aber die Rotte sitzt tiefer als das Fleisch. Der Lehmmaster hat zu lange geherrscht. In den letzten Monaten hat Schleich mir gesagt, dass es so aussieht, als würdest du seinen Platz einnehmen wollen. Ich habe gerade erfahren, dass du gescheitert bist. Der Lehmmaster muss geglaubt haben, dass du eine Chance hast, und hat Schritte unternommen, um dich zu stürzen.«

Schakal dachte einen Moment darüber nach. »Du denkst, er kannte Schlitzohr die ganze Zeit und hat es so arrangiert, dass er zur Brennerei kommt?«

»Ich weiß es nicht«, gab Grasmücke zu.

»Nein«, sagte Schakal, sein Verstand arbeitete schnell. »Dieser fette Wichser hat seine eigenen Pläne. Er mag mich verraten haben, aber er war keine Marionette des Lehmmasters. Es ist genau andersherum.«

»Ja«, stimmte Blindschleiche zu.

Schakal holte tief Luft und wartete gespannt auf die Antwort auf seine nächste Frage.

»Und Weide? Wie lange gehorcht sie schon den Befehlen des Häuptlings?«

Schleichs Totenmaske blieb unbewegt.

»Ich habe sie nie miteinander sprechen sehen. Nicht bis nach der Abstimmung. Sie hat sich freiwillig als Champion gemeldet. Der Häuptling wusste, du würdest Vollkorn wählen. Sie behauptete, sie sei die Einzige, die ihn schlagen könne. Lehmmaster wollte nichts davon hören, dann sprach er mit dem Zauberer unter vier Augen. Danach sagte er, dass sie kämpfen dürfe. Niemand hat im Voraus geahnt, dass ihre Axt auf dem Tisch aufschlagen würde.«

Es war wahr. Obwohl Schakal entgeistert gewesen war, erinnerte er sich an das genauso verblüffte Gesicht des Häuptlings.

»Sie hat ihre Wahl getroffen«, knurrte Grasmücke, »jetzt ist es an der Zeit, dass du deine triffst.«

»Und welche wäre das?«

»Ob du weiter versuchen willst, die Grauen Bastarde zu retten oder nicht.«

Ein angewiderter Laut kam über Schakals Lippen. »Wovor? Vor dem Lehmmaster? Wir sind beide Zeugen dafür, wohin das führt, Grasmücke. Wenn du nur geduldig gewesen wärst, wenn ich nur geduldig gewesen wäre, hätte einer von uns seine Nachfolge antreten können. Er wird in ein paar Jahren tot sein.«

Das dünne Lächeln von Grasmücke grenzte an Spott. »Glaubst du das?«

»Was weißt du, was ich nicht weiß?«, sagte Schakal.

»Einen dampfenden Schweinescheißhaufen«, bellte Grasmücke, »aber du kannst mir auch viel beibringen, vor allem, was diesen schwadronierenden Zauberer angeht. Den Lehmmaster mit einem Zauberer allein zu lassen, ist eine Katastrophe, Schakal, ganz gleich, wer von den beiden die Zügel in der Hand hält. Hilf mir, das verkrüppelte Rückgrat dieses alten Scheißers zu brechen, und räche dich an dem heimtückischen Tyrkanier.«

Jetzt war es an Schakal, spöttisch zu lächeln. »Also vertraust du mir jetzt?«

»Nicht unbedingt«, sagte Grasmücke, »aber ich kenne dich nicht mehr, Junge. Mir scheint, du hast ein paar dumme Entscheidungen getroffen ... Aber das habe ich auch. Schleich hat sich für dich verbürgt, er sagt, du warst fest entschlossen, den Lehmmaster auszuschalten. Das gibt uns genug Gemeinsamkeiten, um anzufangen, soweit es mich angeht.«

Schakal beäugte Blindschleiche und grinste. »Hat für mich gebürgt. Aber hat nicht für mich gestimmt. Warum ist das so, Schleich? Hättest du deine Axt in den Baumstumpf geschlagen, würden wir drei nicht hier stehen und uns im Staub verschwören.«

Blindschleiche schien nicht antworten zu wollen, also übernahm Grasmücke das.

»Er hatte keine andere Wahl. In den Augen der Rotte muss Schleich dem Lehmmaster bis zum Ende treu sein.«

»Hätte er sich mit mir eingelassen, wäre es das Ende gewesen«, antwortete Schakal bitter.

Schleich wandte sich unbekümmert ab und ging zu den angebundenen Keilern.

»Du traust ihm nicht«, sagte Grasmücke, »und das ist gut so. Das solltest du auch nicht. Aber gib mir acht Tage, und ich wette, du wirst anfangen, mir zu vertrauen. Wenn nicht, dann bist du jetzt ein unabhängiger Reiter und kannst gehen, wohin du willst.«

Blindschleiche kehrte zurück, bevor Schakal antworten konnte, und trug eine Armbrust. Schakals Armbrust.

»Sie werden mir niemals glauben, dass ich ihn nicht eingeholt habe«, sagte Blindschleiche zu Grasmücke und gab ihm die Waffe zusammen mit einem einzelnen Bolzen.

Schakal spannte sich an, als der alte Mischling die Armbrust lud.

»Ich könnte stattdessen den Keiler erledigen«, bot Grasmücke an. Der Blick, den Blindschleiche ihm zuwarf, hätte die Ernte verdorren lassen. Grasmücke kicherte düster. Schakal beobachtete die beiden und fühlte sich plötzlich daran erinnert, wie er und Vollkorn miteinander scherzten.

Bis Grasmücke einen Schritt zurücktrat und den Bolzen auf Blindschleiches Oberschenkel losließ. Er schoss aus der Hüfte, doch er war treffsicher und durchbohrte das Fleisch, ohne den Knochen zu treffen. Schleichs Knie knickte leicht ein, aber er blieb aufrecht und balancierte auf seinem unverletzten Bein. Sein Atem kam in schnellen, lauten Stößen aus seinen Nasenlöchern, aber er stöhnte nicht einmal gegen den Schmerz an.

Himmel, Arsch und Zwirn. Schakal schaffte es, das nicht laut auszusprechen.

»Gut gezielt, Junge«, verkündete Grasmücke und warf Schakal seine leere Armbrust zu. »Bring Schleich seinen Keiler. Das ist das Mindeste, was du tun kannst, nachdem du ihn mit Federn gespickt hast.«

Schakal tat, wie ihm befohlen wurde, und schlang sich dabei seine Armbrust über den Rücken. Er gab Heimelig einen Klaps auf die Flanke, als er Schleichs Barbaren holte; ein mageres Tier von der Farbe alter Asche, das keinen Namen hatte, den Schakal je gehört hatte. Blindschleiche ignorierte alle Versuche von Grasmücke, ihm beim Aufsteigen zu helfen, und schwang sein aufgespießtes Bein über den Sattel.

»Weißt du, was du ihnen sagen sollst?«, fragte Grasmücke.

Blindschleiche nickte.

»Dann viel Glück, Bruder. Lebe im Sattel ...«

Ohne zu antworten, schnalzte Schleich mit der Zunge und ritt davon.

»Stirb auf dem Keiler«, sagte Schakal, der das Glaubensbekenntnis nicht unvollendet lassen konnte. »Er hat es nicht gesagt.«

»Das tut er nie«, murmelte Grasmücke und beobachtete

immer noch den rasch schwindenden Schatten. Nach einem Moment schlenderte er zu den Keilern hinüber und begann, den Gurt seines Barbaren festzuziehen, offensichtlich in der Absicht, zu reiten. Schakal gesellte sich zu ihm und begann, Heimeligs Sattelzeug zu richten. Er hatte sich noch immer nicht entschieden, was er tun wollte, aber jede Entscheidung würde bedeuten, dass sein Hintern auf Leder schaben würde. Nach langem Schweigen sah er über Heimeligs Rücken zu Grasmückes Keiler.

»Wann hast du Grenzlord verloren?«

»Im ersten Sommer, nachdem ich die Brennerei verlassen hatte«, antwortete Grasmücke, immer noch auf seine Aufgabe konzentriert. Hufentzündung.«

Schakal nickte mitfühlend, obwohl Grasmücke ihn nicht ansah.

»Und der hier?«, fragte Schakal.

»Ich nenne ihn Gemeiner Alter Mann«, antwortete Grasmücke und warf einen letzten Blick auf das fast pechschwarze Schwein.

»Das ist Heimelig«, sagte Schakal und merkte dann, dass er nicht gefragt worden war. Verdammt, seine eigene Stimme klang zehn Jahre jünger und winselte um Anerkennung. In diesem Moment wäre er beinahe aufgesessen, hätte dem Keiler die Fersen in die Flanke gestoßen und wäre losgeritten. Sein bisheriges Leben war vorbei. Warum sollte er mit einem alten Ausgestoßenen, der ihm das Gefühl gab, ein Kind zu sein, noch tiefer in der Vergangenheit waten?

Die Antwort thronte in seinem Schädel.

Dieser alte Ausgestoßene hatte Schakal zu dem gemacht, was er war. Genau wie Weide und Vollkorn. Als sie jünger waren, hatten sie alle gedacht, sie würden eines Tages unter seinem Kommando reiten, und hatten lange Nachmittage damit verbracht, gemeinsam von diesem glorreichen, zukünftigen Leben zu träumen. Grasmücke würde ihr Anführer und sie seine treuesten Reiter sein. Sie hatten seinen plötzlichen, schmerzlichen Sturz nicht begreifen können.

Bis zum heutigen Tag gab es vieles, was Schakal über Grasmückes gescheiterte Herausforderung nicht wusste. Und er wollte es wissen. Er wollte endlich den Champion seiner Jugend kennenlernen.

»Was wird Schleich dem Lehmmaster sagen?«, fragte Schakal. »Dass ich tot bin?«

Grasmücke schnaufte. »Dass du am Leben bist. Dass du entkommen bist. Die Wahrheit ist die einzige Möglichkeit. Früher oder später wirst du andere Nomaden treffen, und es wird sich herumsprechen, von unabhängigem Reiter zu unabhängigem Reiter. Schließlich wird es bis zur Brennerei vordringen. Wenn Blindschleiche sich bei einer so großen Lüge erwischen lässt, wird der Lehmmaster misstrauisch werden. Außerdem wird es ihn ins Schwitzen bringen, wenn er weiß, dass du irgendwo hier draußen bist.«

»In Ordnung«, sagte Schakal. »Und jetzt sag mir, was wird in acht Tagen passieren, von dem du glaubst, dass ich dir danach helfen will?«

»Ein Ritt nach Norden«, antwortete Grasmücke und schwang sich in den Sattel.

»Ein achttägiger Ritt nach Norden«, rechnete Schakal, »bringt uns nach ...«

Erschrocken sah er hoch.

Grasmücke nickte kurz und bestätigend. »Hispartha.«

Damit wendete das alte Dreiblut seinen Keiler, warf einen Blick zu den Sternen, um sich zu orientieren, und ritt los.

Schakal zögerte einen Moment und sah in eine andere Richtung, in die nur kaum wahrnehmbare Fußspuren im Staub führten. Sie verschwanden in einer stillen Landschaft, die durch die Nacht so gut wie keine Merkmale aufwies.

»Leb wohl, Sperling.«

22

Das Gerippe von Kalbarca lag ausgebreitet am Ufer des Flusses. Im Licht der aufgehenden Sonne bildeten die bröckelnden Gebäude einen Kadaver, einen altersschwachen Pilger, der in Reichweite des Wassers verdurstet war. Die langen Bogen der alten kaiserlichen Brücke ragten aus den Ruinen heraus und überspannten die schlammigen Untiefen des Guadal-kabir, als wollten sie dem Verfall der einst großen Stadt entfliehen. Die Brücke war ein uraltes Bauwerk, doch sie stand unversehrt, während die umliegenden Gebäude der hisparthanischen Architekten allmählich zu Staub zerfielen und Schande über die Genialität ihrer kaiserlichen Vorfahren brachten.

Drei harte Tage im Sattel waren nötig gewesen, um diesen Ort zu erreichen. Zuerst war Schakal verwirrt gewesen, weil ihr Kurs eine Kurve nach Westen beschrieb, aber jetzt verstand er.

Kalbarca lag oberhalb des Herzens von Ul-wundulas und wurde im Norden und Westen von der Gebirgskette des Schmelzgebirges begrenzt. Obwohl sich die Ruinenstadt nie von der Zerstörung durch Orks während des Einmarsches erholt hatte, war sie immer noch ein Ausgangspunkt der Kaiserstraße. Dieses gepflasterte Wunderwerk – eine weitere Erfindung des untergegangenen Imperiums – war nicht nur eine Straße, sondern mehrere, die die Geteilten Lande durchzogen und die einst für den Handel und die rasche Bewegung von Legionen unerlässlich gewesen waren. Schakal wusste nicht, was aus den Kaisern geworden war, nur dass es einen ersten und einen letzten gab und dass sich seit ihren Tagen viel verändert hatte. Nach ihnen waren die Hisparthan-Könige aufgestiegen, doch auch sie hatten ihre Macht über Ul-wundulas verloren. Das dünn besiedelte Brachland, das Schakal seine Heimat nannte, hatte wenig Verwendung für Straßen und Wegweiser. Sie mieden die Mischlingsrotten und zogen es vor, querfeldein durch das Gestrüpp und über die Felsen zu reiten. Eindringende Dickhäuter würden sich dort aufhalten und nicht auf einer sauber gepflasterten Allee entlangmarschieren.

Die Straße war jedoch der schnellste Weg nach Hispartha.

»Wir werden die Keiler hier ausruhen lassen«, erklärte Grasmücke und sah von dem Aussichtspunkt auf einem Bergrücken auf Kalbarca hinunter. »Sobald die Sonne hoch am Himmel steht, nehmen wir die Kaiserstraße und legen bis zum Einbruch der Nacht eine gute Strecke zurück.«

Sie stiegen ins Tal hinab und erreichten den Fluss, als der Morgen noch jung war. Die Ruinen lagen auf dem Gebiet der Krone, doch Schakal sah keine Anzeichen von Soldaten, als sie die Brücke überquerten und sich den Überresten der Mauern näherten. Er wusste aus Gesprächen mit Ignacios Männern, dass es hier nur wenige Patrouillen gab. Die Grauen Bastarde hatten selten Grund, so weit vorzudringen, und Schakal war bisher nur einmal in Sichtweite von Kalbarca geritten.

Grasmücke jedoch kannte sich offensichtlich aus. Er führte sie durch die schuttübersäten Gassen, vorbei an den schattigen Öffnungen von Türen und Fenstern, wo schon lange niemand mehr wohnte. Die Orks hatten die Stadt jahrelang besetzt, nachdem sie die Verteidigungsanlagen durchbrochen hatten, und Schmierereien ihrer wilden Kalligrafie befleckten die Tünche – mit Blut geschriebene Prahlereien für ihre gierigen Götter. Dickhäuter hatten kein Talent zum Bauen. Sie warfen wahllos Stein- und Holzhaufen in die Lücken, die sie in die Mauern gerissen hatten, um ihre Beute gegen einen Gegenangriff zu sichern. Aber das spielte keine Rolle. Hispartha hatte nie versucht, die Stadt zurückzuerobern. Sie wurde vom Feind erst aufgegeben, als die große Seuche über Ul-wundulas hereinbrach, Orks und Menschen auf einen Schlag tötete und so den Krieg beendete.

»Die Weichlinge sind nie zurückgekommen«, kommentierte Schakal und reckte seinen Hals, um sich das Puzzle der zerstörten Behausungen anzusehen. »Sie müssen sich zu sehr geschämt haben.«

Vor ihm schnaufte Grasmücke. »Sie werden zurückkommen. Sobald irgendein König die Rückeroberung der Ländereien anordnet, wird dieses Straßengewirr von mehr Soldaten als Ratten bevölkert sein.«

Schakal war skeptisch, aber er hielt den Mund.

»Im Moment«, fuhr Grasmücke fort, »ist es ein guter Ort für unabhängige Reiter. Es gibt viele Orte, an denen man sich verkriechen, ausruhen und verstecken kann, wenn es sein muss. Halte dich nur von dem alten Mausoleum und den Tunneln fern, die unter die Erde führen. Die Halblinge haben hier eine ständige Kolonie und graben nach jedem Scheiß, den Belico je angefasst hat. Wenn sie glauben, dass du ihre Arbeit geplündert hast, wirst du es nicht lebend aus Kalbarca herausschaffen.«

Schakal gefiel der belehrende Ton von Grasmücke nicht. Das hier war nicht sein erster Ritt.

»Ich kann mit Halblingen umgehen. Ich und ihr Hohepriester haben eine Abmachung.«

Grasmücke drehte sich im Sattel und schielte einen Moment lang zu Schakal. Er sagte nichts und wandte sich kurz darauf wieder um.

Sie ritten auf das, was von einem Platz übrig geblieben war, stiegen ab, sattelten ihre Barbaren ab und verstauten das Sattelzeug in einem nahe gelegenen Gebäude.

»Wir führen die Keiler zu einer Stelle, die ich kenne, wo sie trinken können, und kommen dann zurück, um uns auszuruhen.«

Sie verschliefen den Morgen in den kühlen Schatten der Ruinen. Schakal gab sich bereitwillig dem Schlummer hin, verfiel aber in unruhige Träume von Sperling. Er erwachte mit Schmerzen und Übelkeit und hatte noch einige Stunden bis zum Mittag vor sich. Er brauchte die Sonne auf seiner Haut und ging hinaus auf den Platz, wo er sich auf einen rissigen Sockel setzte. Er beschäftigte sich mit der Pflege seiner Waffen und säuberte zunächst seine Klingen, bevor er sich seiner Armbrust zuwandte.

Als er die Bogensehne wieder am Wurfarm befestigen wollte, tauchte Grasmücke auf.

»Du solltest am besten anfangen, mit dem Bogen zu üben«, stellte das alte Dreiblut fest. »Diese Armbrust wird kein Jahr in diesem Leben überstehen.«

»Benutzt du deshalb dieses Stück Treibholz von den Unyaren?«, fragte Schakal. »Konntest du deine Armbrust nicht warten?«

Grasmücke lachte nur und schüttelte den Kopf, während er sich in das Gebäude zurückzog, um seinen Sattel zu holen.

Schakal wusste, dass das alte Dreiblut recht hatte, aber die ständigen Ratschläge reizten sein Temperament. Jedes Wort aus Grasmückes Mund, ja, sogar seine bloße Anwesenheit erinnerte ihn daran, dass dieses Leben von Dauer war. Sosehr er sich auch bemühte, Schakal wurde das Gefühl nicht los, dass er sich einfach nur auf einer weiteren Patrouille befand, einem ausgedehnten Streifzug in unbekanntem Gebiet, und wenn er fertig war, würde er zur Brennerei zurückreiten. Aber diese Vorstellung existierte nur an der Oberfläche seines Geistes. Sich ihr hinzugeben, würde nichts als Schmerz verursachen, denn die Wahrheit der vergangenen Tage vergiftete die über Jahre gewachsene Vertrautheit.

Sie verließen Kalbarca vor dem Mittag und nahmen die alte Straße. Die gerade, flache Linie aus hellen Steinen führte hypnotisch in Richtung der Schmelzlinge. Die Ausläufer der Berge schimmerten in der Hitze. Grasmücke legte ein gleichmäßiges, ermüdendes Tempo vor. Der Gemeine Alte Mann schien daran gewöhnt zu sein, aber Heimelig hatte seine Probleme damit. Er wollte rennen und wurde, wenn man ihn zurückhielt, immer langsamer, bis er nur noch vor sich hin schlurfte. Schakal konzentrierte sich darauf, die Kontrolle zu erlangen, und ritt bald neben seinem Nomadengefährten. Sie hielten selten an und sprachen kein Wort.

Die Kaiserstraße verlief den größten Teil des Tages in nordöstlicher Richtung an den Bergen vorbei. Schließlich, am späten Nachmittag, gabelte sie sich, wobei der Hauptteil direkt nach Norden verlief, während der kleinere Ableger sich der untergehenden Sonne zuwandte. Grasmücke zog seinen Keiler nach Osten und zeigte dem Schmelzgebirge sein Hinterteil. Die Dämmerung brach an und hielt kurz, aber schön Hof am Himmel, bevor sie anmutig der Nacht wich. Dennoch ritten sie weiter, und Schakal genoss die rasch abkühlende Luft, bis Grasmücke einen Halt einlegte. Er führte sie abseits der Straße zu einem Kiefernbestand und erklärte, dass sie hier ihr Lager aufschlagen würden.

Die Rationen in Schakals Ausrüstung würden für den Ritt nicht ausreichen, wenn er sie nicht streckte, also nahm er nur Züge aus seinem Wassersack, während er auf seiner Bettrolle lag und sich an seinen Sattel lehnte. Er war gerade dabei, einzuschlafen, als ihn ein rasselndes Gewicht an der Brust traf. Er nahm den geschleuderten Beutel von seiner Brust und löste die Schnur.

»Mandeln«, sagte er und sah hoch zum Werfer des Säckchens, der unter dem gegenüberliegenden Baum saß. Aber Grasmücke hatte die vernarbten Arme vor der Brust verschränkt und die Augen bereits geschlossen.

Im Morgengrauen saßen sie bereits im Sattel und machten Tempo, bevor die Hitze zu groß wurde. Grasmücke legte früh eine Pause ein und bog von der Straße zu einem Zitronenbaumhain ab. Sie hielten nur so lange an, bis sie einige erlesene Exemplare gepflückt hatten, und ritten dann weiter, aßen die Früchte während des Ritts und hoben die Schalen für ihre Schweine auf. Die Landschaft wurde zusehends üppiger, als sie sich wieder nach Norden wandten, obwohl die staubigen, sonnengebleichten Felsen immer noch weitaus zahlreicher waren als das Grün. Schakal war sich nicht sicher, wann genau es geschah, aber gegen Mittag wurde ihm unmissverständlich klar, dass sie sich nun in einem Land befanden, das er noch nie zuvor bereist hatte. Er wollte fragen, warum sie nach Hispartha unterwegs waren, behielt seine Frage aber für sich.

Die Straße war alles andere als verlassen, und sie trafen allmählich auf andere Reisende, überholten einen einsamen Halblingspilger und trafen später drei unabhängige Mischlingsreiter, die nach Süden unterwegs waren. Grasmücke hielt an und sprach mit ihnen allen. Die Gespräche waren kurz, fast rituell.

Woher kommst du?

Wohin bist du unterwegs?

Was hast du auf der Straße gesehen?

Die Antworten auf diese Fragen wurden ohne Umschweife und ohne Arglist gegeben. Grasmücke antwortete immer wahrheitsgemäß und Schakal konnte bei seinen Gesprächspartnern keine Ausflüchte entdecken. Die Informationen waren spärlich, aber wertvoll. Selbst keine Neuigkeiten wurden geschätzt; eine ereignislose Reise war oft eine sichere Reise. Mit dem Halbling wurden keine Namen ausgetauscht, aber Grasmücke legte Wert darauf, Schakal den Halb-Ork-Nomaden vorzustellen. Jeder der drei akzeptierte seinen Namen mit einem knappen Nicken, und ihre staubverschmierten Gesichter zeigten eine verhaltene Mischung aus Trauer und Verachtung, als ob sie seine Entscheidung, sich ihren Reihen anzuschließen, bedauerten und verabscheuten.

Schakal spürte, wie die gleiche widersprüchliche Brühe in seinem Bauch kochte, als er ihre Blicke erwiderte. Dies waren unabhängige Reiter, Ausgestoßene, die aus allen möglichen unausgesprochenen Gründen aus ihren Rotten geworfen worden waren. Schakal wusste nur zu gut, dass die Gründe für die Verbannung nicht immer unehrenhaft waren, doch er konnte sich des Eindrucks nicht erwehren, dass er sich nun in einer Gesellschaft von Lügnern, Feiglingen und Verwandtschaftstötern befand. Zweifellos wurden die gleichen unbewiesenen Vorwürfe im Stillen auch gegen ihn erhoben.

In den nächsten Tagen sprachen sie mit anderen unabhängigen Reitern, die meisten allein, einige aber auch zu zweit oder in kleinen Gruppen. Sie alle waren schmutzig, zerlumpt und wortkarg. Ihre Keiler waren mager und schäbig, ihre Waffen angelaufen. Schakal bemerkte mit leisem Missmut, dass es darunter keine einzige Armbrust gab. Er prägte sich alle ihre Namen ein, fragte sich aber, ob er bei einem zweiten Treffen jemals einen vom anderen unterscheiden könnte. Grasmücke war allen wohlbekannt, aber er genoss keinen besonderen Respekt. Er war, wie sie alle, nur ein weiterer herrenloser Reiter, der sich durch die Geteilten Lande treiben ließ.

Vielleicht war es Schakals wohlgenährter Keiler oder sein geschmeidiger Sattel, vielleicht seine Armbrust, aber irgendetwas an ihm schien die Mienen der anderen unabhängigen Reiter zu verdüstern. Zuerst dachte er, es sei die übliche Verachtung, mit der alle Neuankömmlinge bedacht wurden, aber es war zu unerschütterlich und hatte nichts von dem gefühllosen Hohn, mit dem man sich über Schlammköpfe lustig machte.

»Es ist, als ob sie dir nicht glaubten«, sagte er schließlich zu Grasmücke während ihres sechsten Nachtlagers. »Als ob sie nicht glauben würden, dass ich ein Nomade geworden bin.«

»Es ist schwer zu glauben, dass ein Mann seine Rotte verloren hat, wenn er unmarkierte Bastard-Tätowierungen trägt«, erwiderte Grasmücke und warf einen spitzen Blick auf Schakals Arme.

Als Schakal nach unten sah, bemerkte er, dass Grasmücke recht hatte. Die Schnitte waren verschwunden. Sein Fleisch und die darunter liegende Tinte waren unversehrt. Er hatte es nicht bemerkt, so sehr war er daran gewöhnt, dass sie ein Teil von ihm waren.

Schakal strich sich verblüfft mit einer Hand von der Schulter zum Handgelenk.

»Ich bin ... ich bin schnell geheilt«, bot er eine schwache Erklärung an.

Grasmücke brummte. »Hast du wirklich einen Deal mit Zirko gemacht?«

Die Frage zwang Schakal, sich von der verwirrten Betrachtung seiner Haut zu lösen. Er sah auf und bemerkte, dass ihn das alte Dreiblut stirnrunzelnd ansah und auf eine Antwort wartete, ohne wirklich eine zu verlangen.

»Ich bin zu ihm gegangen«, gab Schakal zu. »Mein Arm war zerschmettert und musste geflickt werden. Es hatte zu lange gedauert. Ich wusste, dass er abgetrennt werden musste, es sei denn ...«

»Es sei denn, dir geschieht ein Wunder.«

»Ich hatte von den Gerüchten über Strava gehört. Zur Hölle, du hast uns immer Geschichten darüber erzählt. Vollkorn und Wei... Ich wurde davor gewarnt, aber ich hatte keine andere Wahl. Zirko sagte, es würde einen Preis geben. Zwei, um genau zu sein. Ich war bereit, sie zu bezahlen. Also, ja, ich habe ein Geschäft gemacht. Aber der kleine Scheißer ist halb verrückt. Er glaubt, dass sein Gott zurückkehrt und eine Armee nach Dhar'gest führen wird, um alle Dickhäuter zu vernichten.«

Grasmücke schüttelte spöttisch den Kopf. »Dazu müsste man schon ein Gott sein. Und selbst dann ...«

Eine entfernte, gespenstische Blässe verschmolz mit den Schatten auf dem Gesicht des älteren Halb-Orks.

»Du warst dort«, wurde Schakal klar. »Die Dunklen Lande. Du warst dort, verdammt!«

Grasmücke schüttelte wieder den Kopf, aber eher aus Widerwillen als zur Verneinung. »Einmal.«

Schakal fühlte sich plötzlich wie ein Kind, das auf dem Schoß des alten Haudegens um Geschichten bettelte, aber er konnte nicht anders, als die Frage zu stellen.

»Warum?«

»Aus demselben Grund, aus dem sich jeder in Gefahr begibt«, antwortete Grasmücke langsam. »Weil man sich manchen Dingen einfach stellen muss.«

Schakal wollte nicht weiter nachhaken, damit er nicht auch noch Verlangen nach einer Titte voll Milch bekam, und ließ das Thema fallen.

Am siebten Tag ihrer Reise erreichten sie den Rand des dicht bewaldeten Hochlands. Die Straße setzte ihren Weg fort und stieg auf dem abschüssigen Gelände an, aber Grasmücke zog den Gemeinen Alten Mann von den Pflastersteinen weg und ritt querfeldein nach Osten. Es gab immer mehr Bäche und Flüsse, und Schakal staunte über die grünen Ebenen, die sich zwischen den braunen Hügeln erstreckten. Er begann, Bäume zu sehen, die er nicht benennen konnte, deren Blätter so dick und grün waren, dass sie fast so schwarz erschienen wie der wohltuende Schatten, den sie spendeten.

»Ist das hier Sprossenland?«, fragte Schakal, wandte sich nach Süden und sah dort die fernen, dunstigen Gipfel des Umbragebirges.

»Ganz im Gegenteil«, sagte Grasmücke zu ihm. »Das gehört der Krone. Dachtest du, der Adel würde die besten Grundstücke nicht für sich behalten?«

»Gibt es Kastelle? Kavallerie? Wer hält hier Wache?«

»Niemand. Dies ist das Grenzland, Schakal. Vor dem Einmarsch gab es hier nur wenige Siedlungen, und seitdem wurde keine mehr errichtet.« Grasmücke deutete über die sanften Hügel nach Norden. »Die Geteilten Lande enden weniger als einen halben Tagesritt von hier. Lange bevor es dunkel wird, werden wir in Hispartha sein.«

»Und dann?«

»Besser gesehen als erzählt.«

Grasmücke sprach während des Rittes nicht mehr, nicht einmal, um zu verkünden, dass sie Ul-wundulas verließen.

Doch Schakal spürte es.

Länder wurden nicht nur durch Namen getrennt, sie

besaßen ihre eigene Natur, ihre eigenen Seelen. Das Land, durch das Heimelig trottete, war nicht das Brachland, in dem Schakal geboren worden war. Ja, es war grüner, die Winde kühler, aber der Unterschied bestand nicht nur in der Schönheit und den schöneren Gegenden. Dieses Land war vergebend und verzeihend, es ruhte gebieterisch oberhalb seiner oft vergewaltigten Schwester. Ul-wundulas hatte keine Tränen mehr, weder für sich selbst noch für sein Volk; es war erschöpft und verbittert in dem Wissen, dass seine hässliche, sonnenverbrannte Oberfläche es nicht vor einem weiteren Angriff bewahren würde. Doch das edle Hispartha war rein und unverdorben, zufrieden damit, den Zahn der Zeit und den Einmarsch zu ignorieren, solange die staubigen Schenkel Ul-wundulas zwischen ihm und Dhar'gest lagen.

Als Schakal zum ersten Mal aus einem Bach in Hisparthan trank, dessen Wasser kälter und reiner war als jedes andere, das seine Kehle je berührt hatte, wusste er, dass er nie wieder gehen wollte. Plötzlich verstand er zu seiner Schande, warum die Dickhäuter so versessen darauf waren, dieses Land zu erreichen.

»Ist es das, was du mir zeigen wolltest?«, fragte er, als er sich von dem verführerischen Bach entfernte. »Das Land, das wir beschützen? Das Land, das uns von den Weichlingen, für deren Sicherheit wir sorgen, verwehrt wird?«

Grasmücke war nicht abgestiegen, als sie anhielten. Er blinzelte in die Ferne und schüttelte den Kopf.

»Du bist hier, damit du siehst, dass wir nichts beschützen.«

Sie folgten dem Bach, der durch ein sporadisch bewaldetes Tal floss und schließlich inmitten der Hügel in einen großen See mündete. Über die ruhige Wasseroberfläche ragte ein stumpfer Felszahn, dessen freiliegender Buckel unter dem Nachmittagshimmel schmollte. Grasmücke führte sie dorthin und ritt am Westufer des Sees entlang. Die Bäume, die in der Nähe wuchsen, waren jung und begannen, den

Hang hinaufzuwachsen, um den einsamen Gipfel zurückzuerobern. Schakal folgte Grasmücke vom Ufer weg, und sie ritten im Schatten des Zahns, bis der See aus dem Blickfeld verschwand. Vor ihnen wichen die Bäume einem blendend weißen Streifen staubigen Bodens, der mit hohen Haufen loser Steine übersät war.

Der Staub und der Schutt waren die Türschwelle einer gähnenden Höhle, die sich tief im Fuß des Vorgebirges befand. Spuren von Holzgerüsten blichen in der sengenden Hitze aus.

Grasmücke stieg ab und ließ den Gemeinen Alten Mann im Schutz der Bäume stehen.

»Was war das hier, eine Mine?«, fragte Schakal und folgte seinem Beispiel.

Grasmücke stieß ein zustimmendes Brummen aus und holte zwei vorbereitete Fackeln aus seiner Satteltasche. Er übergoss die umwickelten Enden mit Öl aus einem Lederschlauch und reichte einen der Stäbe weiter, bevor er sich auf den Weg zum Eingang machte. Als Schakal die Bäume hinter sich ließ und in die pralle Sonne trat, blähten sich seine Nüstern.

Der Ort roch nach Heimat.

Die Öffnung der Mine war größer, als es aus der Ferne gewirkt hatte. Als er näher kam, sah Schakal, dass sie mehr als doppelt so groß war wie er und breit genug, um ein Dutzend Männer nebeneinander durchzulassen. Eine spürbare Kälte strömte aus dem Schacht, unangenehm trotz der brutalen Hitze der Sonne. Grasmücke zog sein Messer und ein Stück Feuerstein und schlug Funken, bis beide Fackeln brannten. Mit starrer Miene blickte er zu dem Stützpfeiler hinauf.

»Das Imperium hat so viel Silber ausgegraben, dass es Elefanten brauchte, um es herauszubringen. Hispartha setzte die Arbeit fort, benutzte aber Halb-Orks ... bis die Adern versiegten.«

Schakal musterte das Profil des alten Dreibluts eingehend. »Du warst hier Sklave?«

Grasmücke nickte. »Ich wurde hier geboren. Nun ... ich kann es nicht beschwören, aber es ist sicherlich die erste Fotze, aus der ich herausgekrochen bin. Ich wünschte, ich wäre das Schlimmste, was aus diesem Schoß hervorgegangen ist.«

»Du meinst den Lehmmaster?«

Grasmückes Lippen verzogen sich zu einem traurigen Lächeln. »Nein. Er ist hier als Held weggegangen. Komm mit.«

Gemeinsam stiegen sie mit ihren Fackeln in den kalten Tunnel. Der Schacht war gut mit Balken abgestützt und tief in den Fels gehauen. Schakal unterdrückte ein Schaudern bei dem Gedanken an einen Elefanten, der am Rande des Fackellichts mit verrückten Augen und trompetend aus dem Schatten trat. Er hatte nur eines dieser riesigen Geschöpfe jemals gesehen, als eine Truppe von Schaustellern durch die Geteilten Lande zog. Sie waren in Teilsieg aufgetreten und dann weitergezogen, wurden aber von Ork-Räubern niedergemäht, bevor sie das Gebiet der Schädelsäer erreichten. Vollkorn hatte geweint, als sie den abgeschlachteten Elefanten fanden, obwohl Schakal so getan hatte, als würde er es nicht bemerken.

Nach einer gefühlten Ewigkeit des Abstiegs öffnete sich der Schacht zu einem Felssims aus grob behauenem Stein, der über ein riesiges Meer aus Schatten hinausragte. Selbst die Fackeln vermochten nicht, es zu durchdringen. Schakal spürte eine große Weite, als die seltsame unterirdische Brise durch sein Haar fuhr. Eine gewaltige Rampe aus angehäufter Erde stieg zum Felssims hinauf, und Grasmücke begann ohne zu zögern den Abstieg. Schakal folgte ihm und rutschte ein wenig auf den losen Steinen, die den harten Boden bedeckten.

Als sie unten ankamen, machte sich Grasmücke auf den Weg in die Leere, wobei seine Fackel nur ihn zu beleuchten schien. Schakal stapfte hinterher und fuchtelte mit seiner eigenen Fackel, um der Dunkelheit Formen zu entlocken. Die langen Gänge aus tiefen Schatten erwiesen sich als Gräben, die kurz aufflackernden Kreuze als Stützbalken von Wachtürmen. Alle Votivgaben in diesem riesigen Grabmal der Industrie ließ Grasmücke ohne einen Blick links liegen. Er ging zielstrebig durch die Höhle, bis sich die Dunkelheit vor ihm zu einer schwarzen Rundung an der gegenüberliegenden Wand verdichtete, dem Eingang eines weiteren Tunnels. Auch dieser fiel nach unten ab, war jedoch viel kleiner als der Eingangsschacht und zwang Schakal und Grasmücke dazu, sich zu bücken, während sie im Gänsemarsch gingen.

Die Luft wurde wärmer, je tiefer sie kamen, und hatte einen zunehmend beißenden Beigeschmack. Als der Tunnel in eine niedrige Kammer mündete, schwitzte Schakal und traute sich nicht mehr, tief einzuatmen, so verdorben war die Luft. Das Licht der Fackeln enthüllte die Quelle des Gestanks.

Haufen winziger Knochen waren bis zur halben Höhe der Höhlenwände aufgeschichtet, eingebettet in den Unrat von längst zerfressenem Fleisch und Fell. Tausende faustgroße Rippenkäfige ragten neben unzähligen spitzen, mit Reißzähnen versehenen Schädeln scharf aus dem Abfall heraus.

»Ratten?«, vermutete Schakal, dem die schale Fäulnis die Kehle zuschnürte.

Grasmücke reagierte nicht. Er suchte mit seiner Taschenlampe die ungesunde Kammer ab und betrachtete die beiden Ausgänge, bevor er sich für einen entschied.

»Hier entlang«, brummte er und ging weiter.

Sie durchquerten weitere Leichenhöhlen, die alle mit den Überresten von Ungezieferhorden gefüllt waren. Oft waren sie an den Wänden aufgestapelt, als wären sie dorthingeschaufelt worden, aber manche lagen auch in tiefen Gruben, die in der Mitte des Bodens ausgehoben worden waren. Nach dem ersten derartigen Raum hörte Schakal auf, die Gruben zu inspizieren, und ging vorsichtig um sie herum, ohne einen Blick darauf zu werfen. Er folgte Grasmücke wie betäubt, wobei sein Geist abdriftete, um seinen Körper davon abzuhalten, zurück an die Oberfläche zu fliehen. Ohne einen Führer würde ihn eine solche Flucht nur noch tiefer in die verwinkelten Tunnel treiben. Er würde sich verirren, bis die Schatten seine Fackel und dann seine Existenz verschluckten. Grasmücke bewegte sich mit der zögerlichen Sicherheit, die aus Erinnerungen geboren wurde. Diese Gänge genau zu kennen, würde Monate der Kartierung oder Jahre der Gefangenschaft erfordern.

Schakal versuchte, nicht daran zu denken, wie es gewesen sein musste, von der ersten Erinnerung an begraben zu sein. Zum Glück hatte er weder die Vorstellungskraft noch den Wahnsinn, um sich ein klares Bild zu machen.

Bis sie die Käfige erreichten.

In schreckliche Tagträume versunken, war sich Schakal nur schemenhaft bewusst, dass er die Höhle betreten hatte. Es war der Geruch, der ihn wachrüttelte. Rost, säuerlich und stechend. Es war der Gestank von altem Metall, das nicht von Wasser, sondern von Pisse und Schweiß korrodiert war, von den furchtbaren Körpersäften, die einst aus unzähligen Sklaven gesickert waren und die Stäbe und Ketten durchnässt hatten, die sie unter der Erde hielten.

Grasmücke nahm zum ersten Mal seit dem Betreten der Mine seine Umgebung in Augenschein. Er hielt seine Fackel hoch, aber das Licht konnte nicht bis in die oberen Bereiche der Käfige vordringen. Sie waren übereinandergestapelt und verschwanden in der Schwärze. Jeder Käfig war ein geschmiedetes Rechteck, groß genug, dass ein einzelner Mensch darin stehen konnte, sofern er nicht sehr groß war. Das spärliche Licht erhellte gnädigerweise nur wenig, aber Schakal konnte trotzdem spüren, wie sich die gewaltigen Käfigblöcke über die Dunkelheit hinaus erstreckten. Zwischen den Blöcken verliefen kleine Alleen. Grasmücke schritt langsam eine davon entlang, bis er eine Kreuzung erreichte, an der er stehen blieb. Der Wald aus Eisenstäben ließ das alte Dreiblut winzig erscheinen.

»LEBT NOCH JEMAND?!«

Schakal zuckte zusammen, nicht darauf gefasst, dass die sonore Stimme von Grasmücke die Höhle herausforderte. Das Echo verhallte schnell, als würde es von den abblätternden Silhouetten der Gitterstäbe festgehalten.

»Das haben sie immer gerufen«, sagte Grasmücke und senkte seine Stimme. »Nach jeder Prüfung fragten sie, ob noch jemand von uns am Leben sei. Nach dem ersten Mal überlegte ich immer, nicht zu antworten. Aber wir haben nie gesehen, was sie mit den Leichen gemacht haben ... wie sie die Käfige geleert haben. Ich hatte mehr Angst vor ihren Künsten als vor den Ratten.«

Schakal konnte ihn kaum hören. Er konnte seine Füße nicht dazu bringen, sich vorwärtszubewegen. Die Aussicht, den Gang zwischen und unter den vielen Käfigen entlangzugehen, lähmte ihn.

»Wer?«, fragte er und sandte seine Stimme dorthin, wo seine Schritte nicht hingehen wollten.

»Die Zauberer«, antwortete Grasmücke. Er senkte den Kopf und stieß angewidert die Luft aus. »Ich hasste die Aufseher, als ich ein Junge und dies noch eine Mine war. Sie hatten Peitschen und laute Stimmen, und sie benutzten beides. Ich hasse sie, aber ich fürchtete sie nicht. Sie waren nur Menschen und konnten getötet werden ... Und das wurden sie auch oft. Für einen Mischling war es leicht, einen Weichling zu töten. Zur Hölle, sie haben uns nicht einmal dafür hingerichtet. Sie zerschmetterten dir nur ein Knie und ließen dich weiterarbeiten. So verkrüppelt, würde es nicht lange dauern, bis du einen anderen Sklaven anflehen würdest, dir den Schädel einzuschlagen. Sie ließen uns hier unten graben, lange nachdem das Silber ausgegangen war. Einmal fragte ich nach dem Grund und erwartete eine Tracht Prügel. Aber der Schnapper lachte nur und sagte: ›Für eine Ader Hoffnung.‹ Ich verstand das erst, als ich älter war.

Irgendwann danach brach der Krieg aus, obwohl keiner von uns hier unten etwas davon wusste. Selbst die Aufseher dachten sich zunächst nicht viel dabei. Sie schrien und peitschten weiter, und wir gruben weiter. Und dann ... kam der Zauberer. Der erste. Er übernahm die Kontrolle über das Bergwerk und brachte so viele Sklaven herein, dass ich dachte, wir würden uns gegenseitig die Luft abdrücken.«

Grasmücke deutete mit einem Finger nach oben und vollführte eine kreisförmige Geste. Er stieß ein seltsames Kichern aus. »Wir höhlten das hier aus und, verdammt noch mal, wir fanden – Silber. Der Zauberer befahl, es auszugraben ... und auf den Schlackenhaufen zu werfen, zusammen mit all dem anderen Gestein. Da wussten wir, dass sich etwas verändert hatte. Da begann ich, mich zu fürchten. Ein weiterer Zauberer kam, dann ein dritter. Ich weiß nicht, wie viele es am Ende waren, aber wir hassten sie mehr, als wir die Aufseher jemals gehasst hatten. Einer der neuen Jungs, einer der Sklaven, die man von der Oberfläche geholt hatte, versuchte, einen zu töten. Keiner von uns hat es je wieder versucht.«

Schakal erwartete nicht, dass Grasmücke das noch weiter ausführen würde, und das musste er auch gar nicht. Er hatte gesehen, wozu Schlitzohr fähig war, und doch hatte er ihn nie im Zorn handeln sehen. Er war immer ruhig und kühl. Der Gedanke an einen Zauberer, der durch einen Anschlag auf sein Leben in Wut versetzt wurde, war nicht angenehm.

»Der große Orkeinmarsch«, fuhr Grasmücke fort, »so nannten die Zauberer den Krieg. Sogar hier unten bekamen wir Nachrichten über die Kämpfe. Als sie uns befahlen, diese Käfige in die neue Ausgrabungsstelle zu schleppen, dachten wir, das hier würde ein Gefängnis für die Dickhäuter werden. Stattdessen fanden wir uns darin wieder. Ich hatte mein Leben als Sklave unter der Erde verbracht. Aber das war das erste Mal, dass ich mich gefangen fühlte. Der Sklave in dem Käfig über mir schiss sich ein, als sie seine Tür zuschlugen, und es tropfte überall auf mich herunter. Ich schwor mir, ihn bei nächster Gelegenheit umzubringen. Dann ließen sie die Ratten frei und der Inhalt meiner Eingeweide lief auch an meinen Beinen hinunter.

Sie kamen wie eine Flut. Keckernd, kauend, beißend. Die

Schreie aus den Käfigen, als sie durch die Gitterstäbe krabbelten ...«

Grasmücke hielt inne, seine tiefe Stimme stockte für einen Moment.

»Ich habe auch geschrien. Aber ich habe gestampft und zugepackt und gequetscht und gebissen und gekaut und gewürgt. ›Lebt noch jemand?‹ Ich erwachte nach dem ersten Ruf, bis zum Kinn in toten Ratten. Irgendwo in einem anderen Block war eine Antwort zu hören, dann noch eine. Ich weiß nicht, wie viele es waren, bis ich rief und sie meinen Käfig öffneten. Nicht den über mir. Die Ratten hatten ihm das angetan, was ich zu tun geschworen hatte. Von Tausenden hatten vielleicht ein paar Hundert von uns überlebt. Sie brachten uns weg und ketteten uns in einer anderen Höhle an. Ich schlief. Das taten wir alle. Doch niemand hatte die Kraft zu kämpfen, als sie kamen, um uns wieder in die Käfige zu bringen. Die Toten waren verschwunden, sowohl die Ratten als auch die Sklaven, aber die Käfige waren mit weiteren Halb-Orks von der Oberfläche gefüllt. Sie wussten nicht, was sie erwartete.

Und wieder kamen die Ratten. Ich weiß nicht, wie. Es schien, als hätten sie beim ersten Mal jede lebende Ratte auf der Welt losgelassen, aber da war sie wieder, diese abscheuliche, tödliche Flut. Ich hatte das verfluchte Glück, wieder zu überleben. Und wieder. Ich weiß nicht, wie viele Versuche es gab, nur dass jedes Mal weniger von uns überlebten. Die meisten Überlebenden wurden krank. Nässende Wunden, Pusteln am ganzen Körper, schwarze und geschwollene Finger. Meistens überlebten sie den nächsten Versuch nicht oder starben in der Zeit dazwischen. Ich wurde nie krank, ich weiß nicht, warum. Aber es gab ein paar Dutzend von uns, die nie krank wurden. Und es waren noch weniger, die krank wurden, aber nicht starben. Es waren neun. Und einer war zäher als alle anderen.«

Schakal schluckte schwer und wartete. Grasmücke legte den Kopf schief und sah ihn durch den Gang direkt an.

»Man nannte ihn damals schon den Lehmmaster. Er hatte bereits die Fesseln der Sklaverei abgeworfen und sich dem Krieg angeschlossen, indem er seine Töpferbrüder bei Angriffen auf die Dickhäuter auf dem Keilerbuckel anführte. Es waren die Weichlinge, die sie zuerst die Grauen Bastarde nannten, und der Häuptling nahm den Namen an, als er Schlachten für seine Entführer gewann. Hispartha benutzte ihn als Sklaven, dann als Soldat und hier als Experiment.«

»Die Halb-Ork-Reiter wendeten das Blatt«, beharrte Schakal, verwirrt und zunehmend erregt. »Sie waren der Grund dafür, dass die Dickhäuter zurückgedrängt wurden.«

»Lügen, mein Sohn«, sagte Grasmücke zu ihm. »Einige der Sklaven kämpften und waren erfolgreich, zumindest eine Zeit lang. Hätte Hispartha ihnen erlaubt, im Feld zu bleiben, wäre die Geschichte, die du glaubst, vielleicht wahr gewesen. Aber die Weichlinge gerieten in Panik und trieben die Bastardtruppen zusammen. Sie brachten sie als Futter für die Zauberer und ihre Schöpfung hierher.«

»Welche Schöpfung?«

»Die verdammte Seuche. Sie war nicht natürlich. Die Zauberer hatten sie erschaffen, hier unten, und uns benutzt, um das zu tun. Ich vermute, sie wollten sie perfektionieren, bevor sie sie auf die Orks losließen, aber sie hatten nie die Chance dazu.«

»Ihr seid entkommen«, sagte Schakal.

Grasmücke nickte. »Das sind wir. Angeführt von Lehmmaster. Ich erinnere mich nicht an ihn, bevor die Seuche ihr Werk tat. Er war nur ein weiteres Gesicht in der Herde. Aber ich kannte seine Stimme. Sie war immer die erste, die sich meldete, wenn sie fragten, wer am Leben sei. Ohne zu zögern. ›Lebt noch jemand?‹ Und dann war sie da, seine Stimme, stark und trotzig. Jedes Mal, wenn ich daran dachte, zu schweigen und zuzulassen, dass sie mich mit den Toten entsorgten, hörte ich diese Stimme, und sie gab mir den Mut, noch einmal zu leben. Verdammt, mein Leiden war nichts im Vergleich zu seinem, so verdreht und verunstaltet, wie er war. Aber er wollte einfach nicht sterben, also konnte ich es auch nicht.

Einhundertvierunddreißig von uns haben es lebend aus dieser Mine geschafft. In Hispartha hätten wir niemals überlebt. Also zogen wir auf Befehl des Lehmmasters nach Süden, nach Ul-wundulas, wo der Krieg noch immer tobte. Der Konflikt verschaffte uns Bewegungsfreiheit. Wir erbeuteten Waffen und Keiler und befreiten andere Halb-Orks, um unsere Reihen zu verstärken. Wir kämpften gegen jeden, ob Mensch oder Ork, der uns begegnete. Wir töteten Hunderte. Die Seuche, die der Häuptling und die anderen acht mit sich brachten, tat ihr Übriges. Sie waren Mischlinge, Menschen und Orks, und die Zauberkrankheit in ihrem Blut machte sich in beiden Armeen breit. Innerhalb eines Sommers war der Krieg zu Ende, denn es war niemand mehr übrig, der kämpfen konnte. In unserer Gier nach Rache brachten wir Frieden. Die verbliebenen Orks schlichen zurück nach Dhar'gest und die Weichlinge zogen sich ins glorreiche Hispartha zurück.«

»Und wir bekamen die Geteilten Lande«, sagte Schakal.

»Das war der Preis, den der Lehmmaster verlangte. Andernfalls drohte er damit, nach Norden zu reiten und die Seuche direkt in den Thronsaal des Königs zu bringen.«

Schakal schüttelte den Kopf. »Warum die Lügen? Die Geteilten Lande wurden euch nicht gegeben, ihr habt sie euch genommen. Das sollte uns stolz machen. Warum es verheimlichen?«

»Die Krone verlangte die Lüge, um ihr Volk ruhig zu halten. Es musste so aussehen, als stünden die Mischlingsrotten unter der Herrschaft des Königs, ob es nun so war oder nicht, um eine Hysterie in ganz Hispartha zu vermeiden. Das waren die Bedingungen.«

»Aber warum habt ihr euch daran gehalten?«

»Weil das Königreich nicht machtlos war. Sie hatten immer noch ihre elfischen Verbündeten. Und dann waren da auch die Zauberer. Sie entkamen aus der Mine, als wir uns auflehnten, und huschten zurück zu ihren Herren. Der Lehmmaster hätte dem Königreich den Krieg erklären und seine Drohung wahr machen können. Aber ohne eine Möglichkeit, der Zauberei entgegenzuwirken, war dies ein zu großes Risiko. Es war besser, Ul-wundulas als Beute zu nehmen und in Frieden zu leben ... Das dachte ich zumindest.«

»Er hat nie aufgehört zu suchen«, rief Schakal aus. »Der Lehmmaster hat nie aufgehört, nach einem eigenen Zauberer zu suchen. Und jetzt hat er einen.«

Grasmücke senkte sein Kinn in grimmiger Zustimmung. »Und jetzt hat er einen.«

23

Die Sterne waren noch nie so weit weg gewesen wie jetzt. Schakal genoss glückselig ihren Anblick und ließ zu, dass die Millionen leuchtender Retter ihm die erdrückende Last der Mine von den Schultern nahmen. Der Rand des Sees plätscherte an den Steinen, nur wenige Zentimeter von seinen Stiefelspitzen entfernt. Hinter ihm ließ Grasmücke das Lagerfeuer brennen. Bald mischte sich der Geruch von gekochtem Fisch in den Rauch des Holzes und Schakal gab seine tröstliche Himmelswache auf.

Als er sich umdrehte, saß Grasmücke bereits kauend da und hielt seinen dampfenden Anteil an dem Fang auf einem kleinen Spieß in seinen Händen. Schakal setzte sich neben ihn und zog den anderen Spieß aus den Flammen weg. Er aß nicht sofort, obwohl er einen Bärenhunger hatte. Essen, Feuer, Freiheit. Irgendwie fühlte es sich beschämend an, das vor Grasmücke zu genießen, jetzt, wo Schakal wusste, was er alles durchgemacht hatte.

»Wenn du kalten Fisch magst«, sagte das alte Dreiblut mit

vollem Mund, »dann gib mir, was du in der Hand hast, und fang dir einen neuen aus dem See.«

»Du kannst ihn haben«, sagte Schakal ohne Groll und hielt ihm sein Essen hin.

Grasmücke warf ihm einen strengen Blick zu. »Hör auf, mich zu bemitleiden, und iss dein Abendbrot, Jaco.«

Schakal überhörte den Namen und nahm einen Bissen.

Grasmücke schnaubte. »Früher musste ich dich nicht zum Essen ermuntern.«

»Das lag daran, dass Vollkorn in der Nähe war«, erinnerte sich Schakal und grinste. »Man musste alles am Stück runterschlucken, bevor er mit seiner Portion fertig war, sonst hatte man seine Hand im Mund.«

Grasmücke grunzte voller Zuneigung, während er eine Gräte aus seinen Zähnen fischte. »Der kleine Scheißer konnte fressen. Er ist der einzige Mischling, den ich kenne, der sich seinen Rottennamen schon verdient hatte, während er noch ins Bett pisste.«

»Ich erinnere mich!«, erklärte Schakal, ganz überrascht ob dieser Eingebung. »Du sagtest, er solle Haferbrei heißen, aber er konnte es kaum erwarten, bis der Brei fertig gekocht war.«

»Kaum?«, sagte Grasmücke und riss seine Augen verärgert weit auf. »Er konnte es *überhaupt nicht* erwarten. Ich habe ihn so oft dabei erwischt, wie er seine Hand in den Topf steckte, als dieser noch kalt war. Der kleine Scheißer hat alles roh gegessen! Rohes Vollkorn, wie ein verdammter Esel.«

»Warum dann nicht Esel?«

Grasmücke schüttelte reumütig den Kopf. »Sein Schwanz war zu groß.«

Schakal prustete Fischflocken ins Feuer und erstickte fast, als er lachte.

»Dort ging das ganze Futter hin«, sagte Grasmücke und versuchte, sein eigenes Lachen zu unterdrücken. »Sein Aal wog so viel wie ein Futtersack. Überlastete Höllen! Es überrascht mich, dass er auf einem Keiler sitzen kann.«

»Deshalb ist er so groß geworden«, fügte Schakal hinzu, »damit er nicht im Staub schleift.«

»Nein, er ist nicht groß genug geworden. Das sind keine Muskeln! Das ist nur sein Schwanz, der um seinen ganzen Körper gewickelt ist.«

Danach brauchten beide einige Zeit, um wieder zu Atem zu kommen.

»Ich schätze, es ist gut, dass es doch ›Vollkorn‹ wurde«, sagte Schakal und kicherte immer noch. »Beryl war darüber schon sauer genug.«

Das breite Lächeln auf Grasmückes Gesicht verschwand. »Er wird immer ihr kleiner Idris sein.« Er räusperte sich, aß weiter und starrte ins Feuer.

»Du hast nicht nach ihr gefragt«, sagte Schakal langsam.

Grasmücke riss den Kopf herum. »Nein, habe ich nicht. Und erzähl mir auch nichts. Ich sage dir dasselbe, was ich Blindschleiche gesagt habe: keine Neuigkeiten von Beryl. Entweder ist sie mit einem anderen zusammen oder nicht. Ich weiß nicht, was schmerzhafter zu hören wäre, und ich will es auch nicht herausfinden.«

Schakal nickte langsam, in der Hoffnung, dass es verständnisvoll wirkte.

»Du hast uns aber doch gesehen«, sagte er.

Grasmücke legte seine Stirn in Falten.

»Du hast Vollkorns Muskeln erwähnt«, erklärte Schakal, »also hast du uns gesehen.«

»Das hat sich herumgesprochen«, antwortete Grasmücke. »Aber ja, ich habe euch im Laufe der Jahre ein paarmal gesehen. Meistens aus der Ferne. Einmal war ich bei Sancho, als ihr drei angeritten kamt.«

Schakal grinste ihn spöttisch an. »Geiler alter Bock.«

»War nur zum Baden da, Schakal.«

»Verdammt.« Schakal verzog seine Lippen. »Kein Wunder, dass ich dich nicht gesehen habe. Warum nicht einfach den Fluss nehmen?«

»Frag mich noch einmal, wenn deine Gelenke so alt sind wie meine.«

Schakal akzeptierte das mit einem Hochziehen der Augenbrauen und warf seine Fischgräten ins Feuer. Es war gut, wieder mit dem alten Mischling zu reden.

»Ich verstehe, warum du mich hierhergebracht hast«, sagte Schakal nach langem Schweigen. »Ohne die Mine zu sehen ... diese Käfige, die Knochen, hätte ich dich für verrückt gehalten.«

Grasmücke brummte. »Zu viel Zeit allein, das Gehirn von der Sonne verdorrt? Ja, ich weiß. Ich wünschte, ich wäre nur ein verrückter Nomade. Dann hätten wir viel weniger Scheiße zu bewältigen.«

»Du sagtest, ich sei hier, um zu sehen, dass wir nichts beschützen. Was hast du gemeint?«

Grasmücke holte tief Luft. »Ich meinte, dass die Rotten es nicht tun. Die Grauen Bastarde, die Orkflecken, die Hauer, die Söhne, der ganze Rest. Bevor die Spitzbuben von den Pferdedödeln vernichtet wurden, gab es neun Halb-Ork-Rotten. Neun. Eine für jeden Bastard, der mit der Seuche im Gepäck aus der verdammten Mine entkam. Als der Einmarsch vorbei war, verlangte der Lehmmaster, dass Ul-wundulas uns gehört. Aus Angst vor ihm stimmte Hispartha zu. Aber sie konterten, indem sie es zwischen uns, der Krone und den Elfen aufteilten, ganz zu schweigen von den Teilen, die bereits im Besitz der 'Tauren und Halblinge waren. Der Häuptling konnte nichts tun, es sei denn, er wollte wieder in den Krieg ziehen. Die Elfen waren immun gegen die Seuche und uns war ein Sieg gegen Hispartha auch ohne ihre spitzohrigen Verbündeten nicht sicher. Also nahmen wir, was wir kriegen konnten, und gründeten die Geteilten Lande.

Der Lehmmaster teilte unseren Anteil durch neun und steckte in jedes Gebiet einen Seuchenträger. Die Rotten wurden gebildet, um *sie* zu schützen, Schakal. Soweit es die Menschen und die Orks betraf, so waren neun Bärenfallen in Ul-wundulas aufgestellt, von denen jede einzelne die Krankheit auslösen konnte, die sie während des Krieges mehr oder weniger ausgerottet hatte. Der Lehmmaster wollte sicherstellen, dass weder die Weichlinge noch die Dickhäuter jemals versuchen würden, das Land, das wir gewonnen hatten, zurückzuerobern.«

Grasmücke stand kurz auf, um noch etwas Holz auf das Feuer zu werfen. Als er sich wieder hinsetzte, starrte er Schakal mit einem vielsagenden Blick an.

»Die Orks bleiben nicht draußen, weil ein paar Banden von Halbblütern auf Keilern durch die Geteilten Lande patrouillieren, mein Sohn. Und Hispartha versäumt es auch nicht, Städte wie Kalbarca unseretwegen umzusiedeln. Sie halten sich fern, weil sie die Seuche fürchten.«

Schakal hörte aufmerksam zu und kaute auf Grasmückes Worten herum. Es ergab alles auf eine erdrückende Weise Sinn. Delia hatte gesagt, dass alle Mischlingsrotten zusammen keine Chance gegen eine einzige Armee der Hisparthaner hätten. Er hatte darüber gespottet, voll von hohlem Stolz. Aber sie hatte recht gehabt. Auch was ihn anging, hatte sie recht. Er war ein tapferer Narr, der eine Lüge in einem Land lebte, das nur für Aasfresser geeignet war.

Geier und Schakale.

»Aber Dickhäuter kommen trotzdem her«, knurrte er, verärgert über sein Bedürfnis nach Rechtfertigung. »Wir haben schon viele Überfälle vereitelt!«

»Und das bereits seit über dreißig Jahren«, erklärte Grasmücke ihm. »Sie sind nur auf der Suche, Schakal. Meistens auf der Suche nach ein bisschen Plünderung und Mord. Manchmal wollen sie aber auch sehen, was sich verändert hat. Nachsehen, wie viele der neun übrig geblieben sind.«

»Und wie viele sind das?«, fragte Schakal, der die Antwort bereits kannte.

Grasmücke hielt einen Finger hoch. »Lehmmaster ist schon lange der Letzte.«

»Deshalb hat er diese Orks am Batayat-Hügel laufen lassen«, erkannte Schakal. »Sie sollten die Nachricht nach Dhar'gest bringen, dass er noch am Leben ist.«

»Solange er es ist, wird es keinen weiteren Überfall geben.«

Schakals Gedanken überschlugen sich. »Warum zum Teufel hast du dann versucht, ihn zu ersetzen?«

»Warum hast du es getan?«

»Weil ich dachte, er sei nichts weiter als ein alternder Krüppel! Ich dachte, er würde weich werden und beschissene Entscheidungen treffen. Weil er ein hasserfüllter alter Sack ist. Weil ich dachte, ich wäre ein besserer Häuptling! Ich wusste nicht, dass er allein durch seinen Atem verhindert, dass die Geteilten Lande zwischen zwei Feinden zerrieben werden!«

Irgendwann sprang Schakal auf die Füße und Grasmücke sah mit einem ruhigen, vom Feuerschein gezeichneten Gesicht zu ihm auf.

»Du hast recht«, sagte das alte Dreiblut ruhig.

»Womit?«

»Mit allem. Er wird alt. Und er hat schon schlechte Entscheidungen getroffen, als ich noch an seiner rechten Seite saß. Schakal, er ist ein hasserfüllter alter Sack. Das ist er, seit er aus dem Bergwerk kam. Jahrelang habe ich versucht, ihn nicht so hart zu verurteilen. Ich habe das auch durchgemacht, habe die Ratten und den Krieg überlebt, aber ich war nicht von der üblen Schöpfung der Zauberer besessen. Mein Körper war nicht korrumpiert und verkrümmt. Er hatte immer schon ständig Schmerzen, mein Sohn, und es ist ein Wunder, dass er nicht verrückt geworden ist. So ist es den meisten anderen ergangen. Sie konnten nicht damit leben, dass die Seuche sie als Träger benutzte. Sie knabberte nur an ihren Körpern, aber sie verschlang ihren Verstand. Im ersten Jahr der Geteilten Lande nahmen sich zwei von ihnen das Leben. Aber nicht der Lehmmaster, nicht er! Er lebte und lebt noch immer. Sein Bedürfnis, Hispartha für seine Taten leiden zu sehen, hält ihn am Leben. Sie haben ihn in einer Pattsituation festgesetzt, und fast zwanzig Jahre lang habe ich ihm beigestanden, während er nach einem Weg suchte, sie zu durchbrechen. Am Anfang habe ich es auch gehasst, aber die Zeit hat mich gezwungen zu sehen, was wir gewonnen haben. Ein Land. Ein Zuhause. Freiheit. Ich hatte eine Bruderschaft und eine Frau ... und euch Kinder.

Ich habe den Häuptling gedrängt, sich auf den Aufbau der Geteilten Lande zu konzentrieren und bessere Beziehungen zu Hundsfälle und Strava zu unterhalten. Ich habe ihm sogar angeboten, mit einem Schiff nach Osten zu fahren, nach Traedria, Al-Unan und Tyrkanien, um Allianzen zu schmieden, aber er wollte nichts davon hören. Er konnte es nicht sehen! Als die anderen Seuchenträger einer nach dem anderen starben, begann Hispartha, sich zurückzuziehen. Sie blieben zwar auf dem ihnen zugewiesenen Land, aber sie wurden mutiger. Sie hatten schon seit Monaten einen Zauberer in der Burg, bevor wir davon erfahren hatten. Ich hatte schon gedacht, der Häuptling würde auf der Stelle nach Norden reiten und endlich seine Drohung wahr machen, die Seuche in ganz Hispartha zu verbreiten. Glücklicherweise weigerten sich die beiden anderen verbliebenen Seuchenträger. Wie ich hatten sie sich an das neue Leben gewöhnt und wollten es nicht wegwerfen. Es war das erste Mal, dass ich jemanden sah, der dem Lehmmaster nicht folgte. Danach verlor er schnell seinen Einfluss auf die anderen Rotten. Die Jahre vergingen, und er wurde hinter den Mauern der Brennerei immer verbitterter. Als du im Waisenhaus von Teilsieg zurückgelassen wurdest, waren die Grauen Bastarde nicht mehr die größte Macht in den Geteilten Landen. Wir waren nur eine weitere Mischlingsrotte, die im Brachland ums Überleben kämpfte.«

Mit knackenden Knien stand Grasmücke erneut auf, schlenderte zu seinen Satteltaschen und kramte einen Trinkschlauch heraus. Er zog den Stöpsel und nahm einen langen Zug. Dann kam er zurück und reichte Schakal den Schlauch.

»Es ist nicht gerade lecker«, gab das alte Dreiblut zu, »aber ich habe schon seit Jahren nicht mehr so viel geredet. Ich dachte, wir könnten eine kleine Befeuchtung gebrauchen.«

Schakal nahm einen Schluck und zog eine Grimasse, als der saure Wein über seine Zunge lief.

»Wirst du mir erzählen, warum du ihn schließlich herausgefordert hast?«, fragte er und rülpste unbehaglich.

Grasmücke nahm den Schlauch zurück und trank. Er wischte sich den Mund mit dem Handrücken ab und schüttelte langsam den Kopf.

»Ich wünschte, ich könnte sagen, dass es da eine Geschichte gibt. Die Wahrheit ist, dass ich es schon seit Jahren tun wollte, aber nie den Mut dazu hatte. Ich habe es mir immer wieder ausgeredet.«

Schakal beobachtete, wie Grasmücke entrückt ins Feuer starrte. Die Augen des alten Dreibluts tränten, aber ob es am Rauch, dem verdorbenen Wein oder der Erinnerung lag, konnte Schakal nicht sagen.

»Als wir in der Mine rebellierten«, sagte Grasmücke erstickt, »wurde ich verletzt. Ich bekam einen Speerstoß in den Oberschenkel. Als alle Aufseher tot waren, legte der Lehmmaster meinen Arm über seine Schultern und half mir, aus diesem verdammten Loch herauszukommen. Das ... war das erste Mal, dass ich die Sonne gesehen habe. Dieses helle, heiße, blendende Biest, das viel mehr wehtat als der Speer. Aber, bei Belicos Schwanz, ich habe mich in diesem Schmerz gesonnt! Vielleicht verstehst du jetzt, warum ich Jahre brauchte, um meine Axt zu werfen. Weil es bedeutete, den Anführer herauszufordern, der mich ins Licht getragen hatte.«

Grasmücke stopfte den Korken zurück in den Weinschlauch, warf ihn neben sich und atmete tief durch.

»Aber egal. Wie du weißt, habe ich die Abstimmung verloren.«

»Aber der Häuptling hat dich verschont«, sagte Schakal. »Er hätte dir den Schädel spalten können.«

»Genau wie bei dir.«

Schakal spuckte ins Feuer. »Blindschleiche ist der Beweis dafür, dass ich gar nicht überleben sollte. Er wollte mir nur Schmerz zufügen. Und das hat er getan. Wir mögen beide unsere Herausforderungen verloren haben, alter Haudegen, aber ist dir einer deiner treuesten Verbündeten in den Rücken gefallen?«

»Nein«, sagte Grasmücke nüchtern. »Bei meiner Abstimmung war ich der Verräter.«

Schakal beugte sich an dem alten Dreiblut vorbei und zog den Weinschlauch zu sich. Man musste sich nur für die ersten paar Schlucke überwinden, danach wurde das Getränk schmackhaft. Er reichte ihn Grasmücke.

Schakal gestattete sich ein kleines Lächeln und starrte ins Lagerfeuer, während das alte Dreiblut trank. Er musste sich in den prasselnden Flammen verloren haben, denn Grasmücke stieß ihn mit dem Ellbogen an.

»Was liegt dir auf der Seele, Junge?«

»Der Lehmmaster«, gab Schakal zu.

Ein halb betrunkenes Lachen blubberte aus Grasmücke heraus. »Ja, das ist ansteckend.«

»Aber *er* ist es nicht. Niemand, an den ich mich erinnern kann, hat die Seuche bekommen.«

»Halb-Orks sind immun, Schakal, alle außer den ursprünglichen neun. Ich bezweifle, dass die Zauberer das wollten, aber wir haben unsere Ketten gesprengt, bevor sie den Scheiß vollenden konnten.«

»Ich verstehe, aber der Häuptling kennt sich mit Weichlingen aus. Ignacio. Distel. Unzählige andere. Warum ist Teilsieg kein Friedhof?«

Grasmückes Augen wurden trüb. »Weil er die Seuche seit vielen Jahren nicht mehr freigesetzt hat. Sei dankbar. Ich hoffe, du siehst sie nie. Ich habe sie seit dem Krieg nicht mehr gesehen und das ist auch gut so.«

»Er kann sie kontrollieren?«, fragte Schakal verunsichert.

»Er lässt eher zu, dass sie ihn kontrolliert. Ich weiß es

nicht. Ich kann nicht behaupten, dass ich die Zauberei verstehe.«

»Aber Schlitzohr schon.«

Schakal hatte es leise gesagt, fast zu sich selbst, aber der düstere Gesichtsausdruck von Grasmücke wurde durch grimmige Entschlossenheit ersetzt.

»Wozu ist er fähig?«

Bilder füllten Schakals Geist. Der Zauberer stand unversehrt im Schmelztiegel der Brennereiwände. Schlämme, die durch Pfeifenrauch leblos wurden. Der Schlammmann selbst, verschlungen von einem feurigen, lebendigen Atem. Der Ork-Attentäter, tot und doch schreiend.

»Zu allem.«

Eine andere Antwort fand Schakal nicht.

Grasmücke fuhr sich mit der Hand durch seine silberne Haarmähne und seufzte. »In der Zeit, die du mit ihm verbracht hast: Hat dieser Schwadroneur nie was gesagt, das uns helfen könnte, seinen Plan zu durchschauen?«

Schakal ging langsam noch einmal alles durch. Schlitzohrs plötzliche Ankunft, ihre Zeit im Sumpf der Alten Jungfer, sein Versprechen, Schakal im Austausch für einen ungenannten Gefallen zu helfen, Häuptling zu werden, alles. Als alles gesagt war, saß Grasmücke lange Zeit stirnrunzelnd da.

»Er sagte, ›es mussten die Grauen Bastarde sein‹? Das waren seine Worte?«

Schakal nickte. »Er sagte, er wolle Ul-wundulas sehen ... bevor es weg ist.«

»Leck mich doch am Arsch«, fluchte Grasmücke. »Die Bastarde auszusondern, deutet darauf hin, dass der Lehmmaster für irgendetwas gebraucht wird. Er ist das Einzige, was uns unter den Rotten noch einzigartig macht.«

»Uns?«, merkte Schakal an.

Grasmücke starrte ihn an. »Sag mir, dass du dich nicht immer noch wie einer von ihnen fühlst.«

Schakal sagte nichts.

Grasmücke sah, dass er recht hatte, und klopfte Schakal auf den Rücken. »Also, was machen wir jetzt, Bastard?«

»Wir versuchen, gemeinsam das zu tun, was uns einzeln nicht gelungen ist«, antwortete Schakal. »Unsere Rotte zu retten.«

»Bist du sicher?«, fragte Grasmücke grinsend und deutete in die Nacht hinaus. »Du hast ganz Hispartha da draußen und dahinter noch Anville. Du könntest dich davonschleichen und Arbeit als Söldner finden. Vielleicht wirst du zum Hurenbock. Ich wette, es gibt eine Menge adliger Damen, die dafür bezahlen würden, dass ein hübscher Halb-Ork ihre Möse leckt.«

Schakal lächelte und schüttelte den Kopf. »Die Geteilten Lande sind mein zu Hause, alter Haudegen. Ein Haufen Gedärme, Knorpel und mit Scheiße verschmierte Innereien, sagte eine andere Hure, die ich kenne. Aber das macht nichts. Es ist immer noch mein zu Hause. Und wenn Schlitzohr denkt, dass es sie bald nicht mehr gibt, dann weiß er etwas. So wie ich das sehe, können die Geteilten Lande nur verschwinden, wenn sie zurückerobert werden. Also, woher weht der Wind? Hispartha oder die Dickhäuter? Schlitzohr glaubt ganz bestimmt, dass es einer von ihnen sein wird. Aber egal, wer, wir können das nicht zulassen.«

»Nein, das können wir nicht«, stimmte Grasmücke zu und erhob sich. »Er weiß also mehr als wir. Wer weiß mehr als er?«

»Ein anderer Zauberer«, vermutete Schakal.

Grasmücke neigte den Kopf nach Norden. »Es gibt mehr als ein paar in dieser Richtung.«

»Und einen in dieser Richtung«, sagte Schakal und hob sein Kinn nach Süden, in Richtung Ul-wundulas. »Einer, der die Geteilten Lande kennt. Außerdem, wenn wir nach Norden gehen, werde ich mich wahrscheinlich am Geruch der adligen Mösen berauschen und nie mehr zurückkehren.«

Grasmücke grinste. »Also, auf zum Kastell. Meinst du, die lassen uns tatsächlich rein?«

»Ganz bestimmt.«

»Warum?«

Schakal zuckte mit den Schultern. »Da gibt es einen Mann, der mich unbedingt hängen will.«

24

Sancho schrie auf, als Schakal die Tür zu seinem Schlafgemach mit einem Tritt zu Kleinholz verarbeitete. Der schrille Schrei mochte nur durch den Schock verursacht worden sein, es war aber auch möglich, dass das Mädchen, das den Mund um den Schwanz des Hurenmeisters gelegt hatte, in ihrem Schreck versehentlich zugebissen hatte. Sie kroch schnell in eine Ecke, als Schakal in den Raum stürmte. Sancho versuchte aufzustehen, aber die Panik und die Hosen um seine Knöchel brachten ihn zum Stolpern. Er fiel rückwärts über den Stuhl, den er gerade hatte verlassen wollen, und stürzte zu Boden. Schakal schleuderte den umgekippten Stuhl weg und trat mit dem Absatz auf den kleinen Schwanz des schwitzenden Zuhälters, der kaum zwischen seinen speckigen Schenkeln hervorlugte. Der Schrei ertönte erneut, und Sanchos Augen weiteten sich, als Schakal sich nach vorn beugte.

»Wo kommt das Sprossenmädchen her?«, brüllte er. Er hatte nicht viel Zeit, und es gab keinen Grund, leise zu sein.

Sancho versuchte, seinen Namen zu sagen, aber alles, was er herausbrachte, war ein gerauchtes »Scha.«

Schakal warf der Hure in der Ecke einen kurzen Blick zu. Es war das neue Mädchen – das Mädchen aus Anville –, das er in der Nacht, bevor Weide Garcia gtötet hatte, mit Delia genossen hatte.

»Schon gut, Süße«, sagte Schakal zu ihr. »Du bist nicht diejenige, die hier verletzt werden wird.«

Er nahm seinen Fuß aus Sanchos Schritt, streckte seine Hand nach unten, hob den Sack Schweinefett vom Boden auf und drehte ihn herum. Schakal wollte sein breites Kreuz zwischen sich und der Tür haben, für den Fall, dass sich Bermudos Jungs entschließen würden, mit schwingenden Schwertern herbeizueilen.

»Woher, Sancho?«, wollte Schakal wissen und schlug ihm mit der Hand auf den Mund.

Als der Kopf des Hurenmeisters nach hinten ruckte, waren die schwarzen Stoppeln auf seinen Wangen mit Blut verschmiert.

»Schakal«, jammerte er, »du wurdest ausgestoßen. Ich habe gehört ...«

»Du hast richtig gehört! Ich habe jetzt keine Rotte mehr, dicker Mann. Nichts zu verlieren und nichts, was mich zurückhält. Und du bist zur Hälfte daran schuld. Sag es mir! Bevor ich dir die Haxen abschneide.«

Trotz seiner Drohung ließ Schakal sein Messer im Futteral stecken. Er hatte nicht einmal seine Armbrust mitgebracht, sondern sie bei Grasmücke gelassen. All das war sinnlos, wenn die Soldaten ihn auf der Stelle töteten. Schakal schüttelte Sancho grob und starrte ihm aus kürzester Entfernung direkt ins Gesicht.

»Ich will wissen, wie du an eine von Orks vergewaltigte Sprosse gekommen bist.«

»Aber ... ich ... ich habe nicht ...«

Schakal stieß ein Knie in Sanchos dicken Bauch. »Lüg mich noch ein Mal an!«

Der Hurenmeister klappte nach vorn, würgte und keuchte. Schakal zwang ihn, sich wieder aufzurichten.

»Mach endlich den Mund auf, du fetter, beschissener Schwächling, oder ich trete dir deine Gedärme durch deine verdammte Kehle raus.«

Sancho schüttelte schwach den Kopf, während ein Rinnsal rosafarbenen Speichels von seinen bebenden Lippen tropfte.

»Der Schlammmann sagte mir, er habe sie eingetauscht«, sagte Schakal. »Er hatte sicherlich genug Geld. Wo sonst hätte er sie herbekommen sollen, wenn nicht von hier?«

Trotz brannte durch die Angst und den Schmerz in Sanchos Augen.

»Ich hatte mit dieser verdammten Elfe nichts zu schaffen!«, rief er aus und bebte vor ohnmächtiger Wut. »Ich habe Ignacio gesagt, dass sie ein Fehler war. Keine Elfen aus Hundsfälle, das wusste er! Ich sagte, er solle sich an den Schlammmann wenden und verschwinden.«

Verwirrung brachte Schakals Blut in Wallung.

»Ignacio? Was redest du da?«, wollte er wissen und hob den Hurenmeister fast an seinem befleckten Waffenrock vom Boden hoch. Aber Sancho hörte kaum zu.

»Was sollte ich ... bei allen verdammten Fotzen, was sollte ich denn tun?«, murmelte er, sein Zornesausbruch hatte sich so schnell abgekühlt, wie er gekommen war, und ließ ihn zerbrechlich zurück. »Welche Wahl habe ich denn, eingeklemmt zwischen dem Schlammmann und einem Hauptmann des Kastells?«

Schakal schlug alle Vorsicht in den Wind, riss sein Messer aus dem Gürtel und setzte die flache Seite der Klinge an Sanchos Aal. Der Hurenmeister erstarrte, das Gefühl des kalten Metalls brachte seine Konzentration zurück.

»Welche Wahl?«, zischte Schakal. »Ich werde dir zwei Möglichkeiten geben. Rede vernünftig und bleibe gesund oder plappere weiter und werde kastriert.«

Schakal hatte noch nie einen Mann reden hören, ohne zu atmen, aber irgendwie schaffte Sancho dieses Kunststück.

»Ignacio hat Spitzohren aus Hispartha hergebracht. Sklavinnen, einzeln. Es ist einfacher, sie unter den anderen Mädchen zu verstecken. Sie bleiben hier, bis der Schlammmann kommt. Er bezahlt in Münzen. Das war's. Ich behalte sie nur einen oder zwei Tage und kassiere meinen Anteil.«

Das Geräusch scharrender Stiefel auf dem Flur. Bermudos

Cavaleros, vier an der Zahl; die letzten vier, die im Bordell stationiert waren. Sie hatten es nicht eilig. Schakal konnte sie noch nicht sehen, aber seine Ohren verrieten ihm, dass sie sich vorsichtig näherten, wahrscheinlich, um sich zu vergewissern, was vor sich ging, bevor sie sich einmischten. Sancho war kein Mann, der große Eile verdiente.

»Und die Sprosse?«, knurrte Schakal und senkte seine Stimme. »Wann war sie hier?«

»Ich sagte dir doch«, flehte Sancho leise, »sie ist nicht hier gewesen. Nicht für mehr als einen Moment. Ich habe mich geweigert, sie anzunehmen. Ich habe Ignacio weggeschickt. Das pockennarbige Arschloch muss gierig geworden sein, wenn er riskierte, eine Sprosse zu entführen.«

»Wann war das?«

»In der Nacht, bevor Augenweide den Schädel dieses Trottels aufgespießt hat.«

»Keilerscheiße!«, schrie Schakal. »Wir waren hier! Vollkorn und Weide und ich!«

»Ihr wart hier«, stichelte Sancho. »Besoffen und fickend. Wie immer.«

Schakal war wie betäubt. Eine kleine Stimme in ihm hatte immer wieder geflüstert, dass der Lehmmaster etwas damit zu tun hatte und dass es ihm gelungen war, seine Rolle vor allen zu verbergen. Aber jetzt war dieses Flüstern verstummt. Sperling war hier und wieder weg gewesen, bevor Garcia starb. Sie war nie die Bezahlung für Garcias Beseitigung gewesen. Sie war nur eine von wer weiß wie vielen, die für einen bösen Handel, der aus der Gier und Zusammenarbeit dreier böser Männer entstanden war, entführt und verkauft worden war. Und der Schlammmann hatte es ihm verdammt noch mal gesagt! Er hatte gesagt, Schakal wäre nicht in die Machenschaften seines Hauptmanns eingeweiht, aber er hatte nicht den Hauptmann der Bastarde gemeint, sondern den, der unter ihrer Kontrolle stand. Verdammter Ignacio!

Sie war hier gewesen und wieder gegangen, während

Schakal vom willigen Fleisch geblendet und vom fließenden Alkohol betäubt war.

Über Sanchos Schulter lugte ein behelmter Kopf um den Türpfosten.

Zeit für das Glücksspiel.

Schakal steckte schnell seine Klinge weg und boxte Sancho gegen den Kiefer. Daraufhin stürmten die Cavaleros mit gezogenen Schwertern herein.

Schakal ließ seinen Talwar in der Scheide, griff nach dem Stuhl und zerschmetterte ihn auf dem Brustpanzer des ersten Mannes, der durch die Tür kam. Dieser wurde gegen die Wand geschleudert und fiel fluchend auf seinen Hintern. Schwerter waren in dem beengten Raum wenig hilfreich. Die Decke war niedrig, und jeder Mann, der hereinkam, machte es seinen Kameraden schwerer, richtig zu manövrieren. Er wehrte einen ungeschickten Schwerthieb mit den Resten des Stuhls ab und trat dem Angreifer gegen das Knie. Als der angeschlagene Mann vor Schmerz zusammensackte, griff Schakal nach der Feder an dessen Helm und riss daran. Der Soldat hatte ohnehin bereits das Gleichgewicht verloren und kippte um. Einer der beiden anderen hatte etwas Verstand und stach mit seinem Schwert zu, aber er war nicht so schnell wie seine Gedanken. Schakal wich der Klinge aus, packte das Handgelenk des Mannes und hämmerte auf seinen Ellbogen ein. Mit einem Aufschrei ließ der Cavalero sein Schwert fallen. Schakal wirbelte ihn an seinem Arm herum und warf ihn schwungvoll gegen den letzten Mann. Ihre Brustpanzer klapperten, als sie gemeinsam auf dem Boden aufschlugen.

Der erste Mann hatte sich erholt und rappelte sich wieder auf. Schakal sprang auf und schlug ihm das Schwert aus der Hand, ließ ihn aber aufstehen. Er musste das hier in eine Schlägerei verwandeln. Er schlug und trat mit Fäusten und Stiefeln zu und versuchte, die Cavaleros zu verärgern, ohne ihnen ernsthafte Verletzungen zuzufügen. Aber er kämpfte heftiger als beabsichtigt, denn sein Temperament war durch

Sanchos Enthüllungen hochgekocht. Schakal war nur unter einem Vorwand hierhergekommen, um ohne Verdacht zu erregen, ins Kastell gebracht zu werden. Dort hoffte er, Antworten zu finden, doch hier stieß er auf noch mehr Fragen. Schakal hatte die Nase voll von Rätseln, Geheimnissen und Betrügereien und wurde wütend.

Am Ende war es unmöglich zu sagen, wer mehr Glück hatte, in dem Kampf nicht getötet worden zu sein – Schakal oder die Cavaleros. Er spürte ihre Schläge kaum und ließ die meisten davon über sich ergehen.

Zwei der Männer hatten Zähne eingebüßt, als er endlich zu Boden ging, sodass sie ihn überwältigen konnten. Schwer atmend wurde Schakal auf die Beine gestellt und seine Arme gefesselt.

Der Hurenmeister hatte seine Hose wieder hochgezogen und fand genug Mut, um auf ihn zuzugehen und ihm einmal in die Eingeweide zu schlagen, während die Cavaleros ihn festhielten.

Schakal lachte. »Du solltest dich lieber darauf beschränken, Huren zu verprügeln, du miniaturschwänziges Fass.«

Sancho strich sich das fettige Haar glatt und schniefte einmal. Ein erbärmliches kleines Lächeln erschien.

»Das werde ich«, flüsterte der Hurenmeister und beugte sich dicht zu Schakal. »Weißt du, Schakal, ich verkaufe Mösen, seit ich ein Junge war. Angefangen habe ich in den Gassen von Magerit, wo ich das Geld einsammelte, während meine Schwestern ihre Beine in der Gosse breitmachten. Ich habe schon vor langer Zeit gelernt, einen Mann zu erkennen, der Gefühle für einen Münzschlitz hat. Du solltest also wissen, du verdammte Rußhaut, dass ich, wenn ich das Bedürfnis verspüre, eine meiner Huren zu schlagen, von nun an mit Delia anfangen werde.«

Schakal erwiderte das Lächeln. »Und du solltest wissen, dass ich mit dir anfangen werde, wenn ich das Kastell verlasse und mit dem Töten beginne.«

Als die Cavaleros Schakal aus dem Raum bugsierten,

starrte er Sancho mit einem starren Blick an. Der Weichling schaffte es, sein Lächeln beizubehalten, aber sein sonst so rötliches Gesicht war deutlich blasser geworden.

Draußen im Hof des Bordells nahmen die Cavaleros Schakal seine Klingen ab und fesselten ihn mit Handschellen, bevor sie ihn auf den Rücken eines Maultiers warfen. Das Blut schoss ihm ins Gesicht, und er wartete, während sie ihn mit Seilen festbanden.

Sobald sie auf ihren Pferden saßen, ritt ein Mann an der Spitze, einer führte das Maultier und die beiden anderen bildeten die Nachhut. Schakal fraß kilometerlang Staub. Irgendwo, versteckt zwischen dem Gestrüpp und den von der Hitze verursachten wogenden Gespenstern, folgte Grasmücke. Er sollte dafür sorgen, dass Schakal es in die Burg schaffte, bis zum Morgen warten und sich dann bei der Garnison als freiwilliger Späher melden. Das alte Dreiblut hatte einen guten Ruf in den Geteilten Landen; die Weichlinge wären dumm, ihn nicht zu nehmen. Zumindest würden sie ihn durch die Tore lassen, um mit einem der Hauptmänner zu sprechen. Sie hatten erwartet, dass es Ignacio sein würde, aber Schakal hatte nicht damit gerechnet, zu hören, dass Ignacio in irgendwelche dunklen Geschäfte mit dem Schlammmann verwickelt war. Der Hauptmann war ein reueloser Haufen Scheiße, aber Elfen-Sklaven schmuggeln? Und dann auch noch zum Schlammmann, zu welchem verdrehten Zweck auch immer. Dieses Wissen veränderte die Dinge.

Schakal überlegte, ob er die Cavaleros mit Beleidigungen provozieren sollte. Wenn er sie zwang, auf ihn einzuschlagen, wenn es so aussah, als würden sie ihn töten, dann würde Grasmücke sicher eingreifen. Das war nicht ganz der Plan, aber wenn Sancho Ignacio informierte, dass Schakal jetzt Bescheid wusste, würde der Marsch zum Galgen schnell gehen.

Allerdings hatte der Hurenmeister den Cavaleros, die ihm zu Hilfe kamen, nichts gesagt. Sie waren adlig und standen unter Bermudos Kommando.

Der Schweiß tropfte von seinem Gesicht und Schakal grinste.

Bermudo wusste es. Das musste der Grund gewesen sein, warum er an jenem Morgen in das Bordell gekommen war. Er wollte Ignacio auf frischer Tat ertappen. Sklaven gehörten zum Leben in Hispartha, aber Elfen waren illegal, damit ihnen das Bündnis mit den Spitzohren nicht um die Ohren flog.

Die Hauptmänner hatten sich schon immer über die Anwesenheit des jeweils anderen in den Geteilten Landen geärgert. Bermudo hasste es, dass sein Landsmann von niederem Stand so eng mit den Mischlingsrotten zusammenarbeitete. Halb-Orks waren schließlich unter der Würde eines Gentlemans. Ignacio betrachtete Bermudo mit der ererbten Verachtung, die alle Bauern für diejenigen hegen, die über sie herrschen. Außerdem war der Mann an einem Ort wie den Geteilten Landen so gut wie nutzlos. Dennoch hatte er es irgendwie geschafft, Ignacios Verbrechen auf die Spur zu kommen, und wollte sich die Chance nicht entgehen lassen, ihn loszuwerden. Schakal fragte sich, was der Blaublüter wohl denken würde, wenn er erfuhr, dass die Bastarde den Beweis für Ignacios Handel mit lebendigem Fleisch besaßen. Wäre der hochmütige Hauptmann doch nur etwas früher zum Bordell gekommen, hätte er Sperling selbst gefunden. Wenn Schakal nur nicht so viel getrunken hätte ...

Zur Hölle damit. Schakal würde sich an den Plan halten. Grasmücke würde reinkommen oder nicht. Schakal würde lebend herauskommen oder nicht. Es hatte keinen Sinn, den Keiler jetzt anhalten zu wollen.

Das Kastell erschien unter dem Mittagshimmel. Aus seiner kopfüber hängenden Position konnte Schakal die Festung nicht sehen, sondern nur ihre Präsenz spüren. Nicht weniger als sechs große Türme überragten die Festungsmauer, die einen steilen, kargen Hügel krönte. Die Straße führte in Serpentinen den Westhang hinauf zur Barbakane.

Schakal reckte seinen Hals, um einen Blick auf die Zinnen entlang der Mauer und über dem Tor zu erhaschen. Zu beiden Seiten des gähnenden Torbogens ragten zwei imposante Erkertürme hervor, die zweifellos mit Bogenschützen besetzt waren.

Dies war die letzte von Hispartha gehaltene Festung in Ulwundulas. Sie musste einmal einen Namen gehabt haben, aber niemand sprach ihn mehr aus. Das Kastell beherbergte eine beträchtliche ständige Garnison sowie zwei Kompanien Cavaleros, eine gewöhnliche und eine adlige, und verfügte damit über die größte Streitmacht des Landes. Von den Türmen aus konnte man meilenweit in alle Richtungen schauen. Und in einem dieser Türme residierte der Zauberer des Kastells. Wie die Festung trug er keinen Namen, und wie die Festung erinnerte allein seine Anwesenheit daran, dass die Krone noch immer große Macht in den Geteilten Landen besaß.

Das Kastell war größer als die Brennerei; sein höchster Turm war doppelt so hoch wie der zentrale Schornstein. Als die Heimat der Bastarde gebaut wurde, hatte man sich die Mauern mit dem extrabreiten Sockel, die diese Zitadelle umgaben, abgeschaut, aber die Brennerei reichte nicht annähernd an die imposante Größe des Kastells heran. Ein Heer von Orks hätte es schwer, diese Verteidigungsanlagen zu durchbrechen. Zahllose Wellen würden auf dem Hügel zerschmettert werden, der gesamte Aufstieg würde von vernichtenden Pfeilangriffen begleitet. Die Leichen müssten aufgehäuft werden, bevor die Zinnen erklommen werden konnten.

Seit seiner Kindheit war das Kastell ein arroganter, brutaler Bestandteil von Schakals Leben, aber noch nie hatte er seine schlummernde Unterdrückung so sehr gespürt wie jetzt, als er, an ein Maultier gebunden, in den Schatten des Tores trat. Stallburschen eilten herbei und nahmen die Pferde der Cavaleros entgegen, als diese abstiegen. Befehle wurden gebellt und zwei Gardisten zerrten Schakal grob vom Maultier herunter. Er warf einen kurzen Blick auf den großen Burghof jenseits der Barbakane, bevor er durch eine niedrige Tür im Sockel eines quadratischen Turms geschoben wurde. Verdammt, er war erst seit ein paar Herzschlägen innerhalb der Mauern und hatte schon mindestens vierzig Soldaten gesehen.

Eine seiner Wachen hob ein Gitter im Boden an und gab den Zugang zu einer Treppe frei, die spiralförmig in die Dunkelheit hinabführte. Als er den Abstieg begann, sagte eine Stimme in Schakals Kopf, dass dies vielleicht ein bescheuerter Plan war. Die Stimme klang zu sehr wie die von Augenweide. Schakal biss die Zähne zusammen und straffte die Schultern, während er stetig nach unten ging. Am Fuß der Treppe erwartete sie ein langer, schummriger Korridor, der von Fackeln beleuchtet wurde, die in großen Abständen angebracht waren. Die Wachen mussten vor ihm gewarnt worden sein, oder sie hatten eine gesunde Angst vor Halb-Orks, denn beide richteten ihre Hellebarden auf ihn aus – eine vor und eine hinter ihm –, bevor sie ihn den Gang hinuntertrieben, wobei der Anführer rückwärtsging.

Dieses mühsame Schlurfen brachte sie schließlich zu einer großen, übel riechenden Kammer mit einer schweren Tür. Die Wachen blieben jedoch in einiger Entfernung davor stehen, und Schakal hörte, wie der Mann hinter ihm eins von zehn Eisengittern im Boden öffnete.

»Runter«, befahl der Anführer der Wache mit einem gezielten Schlag seiner Hellebarde.

Schakal drehte sich um und sah in die Grube. Es handelte sich um einen engen Schacht vom Doppelten seiner Größe. Auf dem Grund stand Wasser, das den spärlichen Fackelschein trüb reflektierte.

Schakal spuckte aus, ging in die Hocke und setzte sich auf den Rand der Grube. Er stützte sich auf die Ellbogen, ließ die Beine baumeln und hielt sich mit den gefesselten Händen am Rand fest. Er ließ sich hinunter und hing mit ausgestreckten Armen, bevor er losließ und mit einem kräftigen Platschen im Wasser landete. Der unsichtbare Steinboden unter dem Becken war glitschig, aber er blieb auf den Füßen. Er achtete darauf, nicht nach oben zu sehen, damit die Wachen ihn nicht anpissten, was bei dem Geruch der knöcheltiefen Flüssigkeit durchaus möglich war. Zum Glück hörte er, wie das Gitter oben zugeschlagen wurde und die Schritte der Wachen sich zurückzogen, wenn auch nicht weit. Schakal konnte ihre leisen Stimmen hören, als sie sich in der Kammer miteinander unterhielten, aber die schwappende Flüssigkeit in der Zelle verschluckte die Worte. Sie unterhielten sich nur sporadisch, bis sie einige Zeit später von einem anderen Paar abgelöst wurden. Diese beiden schienen sich nicht besonders zu mögen, denn sie sprachen wenig.

Die Zelle war breit genug, damit Schakal sich setzen konnte, aber das Wasser machte selbst diese kleine Bequemlichkeit zu einer miserablen Angelegenheit. Also blieb er stehen und ging entweder auf dem engen, überfluteten Platz umher oder lehnte sich an die schleimigen Wände.

Die Zeit verrottete.

Schakal wollte gerade klein beigeben und sich setzen, als er hörte, wie die Tür erneut geöffnet wurde. Die Schritte waren nicht die schlendernden Schritte gelangweilter Soldaten, sondern die zielstrebigen, dröhnenden Schritte eines Befehlshabers. Ein Schatten fiel auf die quadratischen Löcher des Gitters.

»Ich wusste, dass es sich auszahlen würde, die Männer bei Sancho zu lassen«, sagte eine hämische Stimme. »Rache oder Lust. Eins von beidem würde dich sicher ins Bordell zurückbringen. Bastarde werden immer von niederen Bedürfnissen getrieben.«

»Ich helfe Euch gern, Eure Fähigkeiten unter Beweis zu stellen, Bermudo«, rief Schakal. »Jemand muss es tun.«

»Der einzige Beweis, den du lieferst, Halb-Ork, ist die Geistlosigkeit deiner Art. Stolz ohne Verstand, das ist es, was mich an euch Aschenfarbigen am meisten abstößt. Obwohl ich in diesem Fall dankbar dafür sein sollte. Schließlich war es dein Bedürfnis, dich für die Unfähigkeit des Bordellbesitzers zu rächen, das dich in Ketten gelegt hat. Dort, wo du hingehörst.«

Schakal verkniff sich ein Lachen. Bermudo glaubte wirklich, er habe ihn dank seiner Pläne erwischt. Dummheit und Stolz waren sicherlich vorhanden, nur nicht dort, wo der Hauptmann es behauptete. Dieser Plan war schließlich perfekt. Zumindest wäre er das ohne die Fesseln und die verschlossene Grube.

»Es ist dieses kindische Bedürfnis nach unverdientem Respekt«, leierte Bermudo weiter, »das mir den Magen verdirbt. Das ist es, was dich besiegt hat, nicht ich.«

»Naja, die Hälfte davon stimmt«, sagte Schakal leichthin.

Die Gestalt auf der anderen Seite des Gitters schwieg einen Moment lang.

»Acht Jahre. So lange bin ich schon in Ul-wundulas. Acht Jahre, von denen jedes einzelne schweißtreibend dahinkroch. Und dann wird mir ein Mann unterstellt, der mir die Chance bietet, ins zivile Leben zurückzukehren. Eine Chance, die du mir genommen hast.«

Schakal schnaubte. »Garcia hat wahrscheinlich Gänsescheiße ausgespuckt. Ihr würdet jedem glauben, der Euch das Versprechen ins Ohr flüstert, Ihr könntet nach Hause gehen. Im Ernst, Hauptmann, Ihr solltet Euch bei mir bedanken. Garcia war an diesem Morgen der Herrscher über Euch. In Eurem kostbaren hisparthanischen Sozialstandsscheißhaufen war diese Hasenscharte Euer Vorgesetzter. Noch ein Monat und er hätte die Blaublüter befehligt.«

»Du hast recht«, gab Bermudo zu, aber Schakal konnte das Lächeln hören. »Anfangs konnte ich es nicht sehen, aber ihn zu töten, hat mir einen Dienst erwiesen. Und jetzt erst recht. Ich habe gerade einen Boten mit einem Brief an Garcias Mutter nach Norden geschickt. In dem ... Haufen adliger Hisparthan-Scheiße ist sie eine fette Fliege, die ganz oben herumschwirrt.«

»So sagte man mir«, bestätigte Schakal.

»Ignacio, da bin ich mir sicher. Der Mangel an Ehre dieses Mannes wird doch glatt von seiner Dummheit abgehängt.«

»Ihr wart derjenige, der abgehängt wurde. Ihr habt ihn bei Sancho verpasst.«

»Wegen euch Rußhäuten.«

Schakal schüttelte den Kopf, unsicher, ob der Mann, der über ihm stand, die Geste überhaupt sehen konnte. »Ihr werdet es nicht glauben, aber die Bastarde haben Ignacio nicht geholfen. Er war schon weg, lange bevor Ihr gekommen seid.«

»Richtig«, sagte Bermudo und klang alles andere als erfreut. »Ich glaube es nicht. Ich hatte gehofft, ihn an diesem unglückseligen Morgen zu erwischen. Er hatte einige meiner Leute bestochen, also habe ich nur die Neuankömmlinge mitgenommen. Männer, die seitdem verschwunden sind. Kannst du mir sagen, was mit ihnen geschehen ist?«

»Lasst mich raus und ich werde es tun. Ich werde Euch auch sagen, wohin Ignacio die Sklaven bringt.«

»Ich werde sowieso bald alles von dir erfahren. Ignacio wird an deiner Seite hängen. Der Aufruhr, den ihr Halbblüter im Bordell verursacht habt, hat meine Bemühungen gegen ihn ins Stocken gebracht. Aber ich bin geduldig.«

»Garcia war schuld an dem Krawall und das wisst Ihr.«

»Der Mann war ein Schuft«, stimmte Bermudo zu. »Aber selbst Schufte haben Mütter, die sie lieben. Wenn sie hört, dass ich das Halbblut habe, das ihren Sohn ermordet hat, wird sie darauf bestehen, dass du zu ihr gebracht wirst, damit sie Gerechtigkeit üben kann. Ich werde mich natürlich höflich weigern und Ihre Ladyschaft darüber informieren, dass es einfach zu gefährlich ist, dich zu transportieren. Die Chance, bei dieser weiten Entfernung zu entkommen, ist ziemlich hoch. Ich habe die fragliche Dame noch nie getroffen, werde es aber bald tun, denn aufgrund ihres Rufs bin ich zuversichtlich, dass sie die Reise in die Geteilten Lande antreten und die unzähligen Gefahren auf sich nehmen wird, nur um zu sehen, wie dir am Galgen die Augen aus dem Kopf quellen. Ein solcher Besuch wird mir reichlich Zeit geben, mich der Gunst der trauernden Marquesa zu versichern, und mir so die Möglichkeit eröffnen, diesen Posten hinter mir zu lassen. Also, ja, danke, dass du ein mörderischer Köter bist, Schakal. Du sollst wissen, dass meine Dankbarkeit an dem Tag, an dem du an einem Seil baumelst, noch größer sein wird.«

Schakal brummte anerkennend. »Nun, falls diese Frau Euch ihre Gunst gewährt, werdet Ihr vielleicht diesen kleinen rosa Nippel sehen. Leckt daran. Glaubt mir, das wird helfen, sie für Euch zu gewinnen.«

»Du bist wirklich ein Tier.«

»Ich wollte nur hilfreich sein, Hauptmann. Da Ihr Euer ganzes Leben lang Schwänze gelutscht habt, dachte ich, Ihr wüsstet das nicht.«

Bermudo stieß ein kurzes Lachen aus. »Ich werde sicher oft wiederkommen und deinen Rat einholen. Es wird genug Zeit geben. Die Marquesa wird frühestens in einem Monat oder später eintreffen. In der Zwischenzeit kannst du dich dort unten aufhalten. Versuche, nicht zu verkümmern, Schakal. Wir wollen nicht, dass Garcias Mörder zu schwach und bemitleidenswert aussieht.«

Der Schatten über Schakals Kopf machte auf dem Absatz kehrt.

»Ihr wisst, dass ich ihn nicht getötet habe, oder?«, sagte Schakal.

Bermudo stutzte. »Glaubst du, das spielt eine Rolle für mich? Ich werde behaupten, dass du es warst. Sancho wird zustimmen. Die Dame wird glauben, dass der Gerechtigkeit Genüge getan wurde. Die Wahrheit ist, du bist ein Nomade, Schakal. Ich brauche nicht einmal einen Grund, um dich zu hängen. Ohne deine Rotte, die dich beschützt, bist du nichts weiter als ein wilder Hund.«

Nachdem Bermudo weg war, schmorte Schakal im Gestank der Zelle.

Die Wachen wechselten erneut, was den Ablauf unzähliger Stunden anzeigte. Schakal wusste, dass er noch keinen ganzen Tag hier war, noch nicht. Sein Durst und sein Hunger wären größer gewesen. Beides würde bald wahrscheinlich noch schlimmer werden. Es schien, als hätte Bermudo kein großes Interesse daran, ihn gesund zu halten. Da er wusste, dass er nur noch schwächer werden würde, versuchte Schakal, den Schacht zu erklimmen.

Mit seinen gefesselten Händen war es schwierig, aber die Enge der Wände ermöglichte es ihm, mit seinen Beinen eine solide Hebelwirkung zu erzielen, und bald war er oben. Die Wachen mussten ihn gehört haben, denn kaum hatte er sein Gesicht an das Gitter gepresst, wurde der Schaft einer Hellebarde hindurchgestoßen und traf ihn am Hals. Er fiel zurück in das ekelhafte Wasser, seine Fersen rutschten unter ihm weg und sein Hintern landete im Nass. Schakal blieb nichts anderes übrig, als dort hocken zu bleiben.

Ignacio kam später, und seine raue, ewig müde Stimme erteilte den Wachen die Erlaubnis, draußen zu warten.

»Ihr seid doch nicht etwa hier, um mich zu befreien?«, fragte Schakal, als die Gestalt des Hauptmanns das Gitter verdunkelte.

Die Tür der Grube schwang auf. Ignacio hockte am Rand und spähte hinunter, eine Laterne baumelte in seiner Hand. Sein hässliches, pockennarbiges Gesicht wirkte gequält.

»Du weißt, dass ich das nicht tun kann.«

Der Tonfall des Hauptmanns war beinahe bedauernd. Beinahe.

Schakal lächelte zu ihm auf. »Und ich dachte schon, Ihr wärt ein Freund der Bastarde.«

»Du bist kein Bastard mehr, Schak.«

»Das hier scheint eine sehr harte Strafe für jemanden zu sein, der einen Hurenbock verprügelt hat. Selbst für einen Nomaden.«

»Es geht um die Ermordung Garcias und das weißt du.«

Schakal unterdrückte ein verächtliches Schnauben. »Für

Bermudo vielleicht. Euch ist das doch bestimmt scheißegal.«

»So ist es«, gab Ignacio zu.

»Also lasst mich frei. Ein Gefallen um der alten Zeiten willen.«

»Das werde ich nicht tun. Und das alte Dreiblut auch nicht.«

»Wer?«

Ignacio lachte über den Versuch. »Ich hatte Grasmücke seit Jahren nicht mehr gesehen. Ich musste sogar lächeln, als er auftauchte. Es war verlockend, sich mit einem so erfahrenen unabhängigen Reiter einzulassen. Ich hätte es fast getan. Aber ich habe schon vor langer Zeit gelernt, mich vor verlockenden Dingen in den Geteilten Landen zu hüten, die einen zum Lächeln bringen. Also sagte ich den Jungs, sie sollen ihn wegschicken. Stell dir vor, wie ... bestätigt ich mich fühlte, als du kurz darauf hier ankamst. Ein alter unabhängiger Reiter, der sich plötzlich freiwillig meldet, und ein frischgebackener Nomade, der plötzlich ein Gefangener ist, beide ehemalige Bastarde. Wie stehen die Chancen? Du hättest es fast geschafft, Schakal, wenn mein Bauchgefühl nicht gewesen wäre. Hätte ich gewusst, wie richtig ich lag, hätte ich Grasmücke durch die Tore gelassen und ihn in die Grube neben dir geworfen, anstatt ihn friedlich davonreiten zu lassen. Also, was war der Plan? Was wolltet ihr beide hier drin?«

Schakal musste Ignacio von der Spur seiner wahren Beute ablenken.

»Bermudo töten«, log er, obwohl das schnell Teil des Plans wurde. »Ich dachte, er würde nicht aufhören, mich in Ketten legen zu wollen, also warum ihm nicht geben, was er will, und ihm dann die Kehle durchschneiden? Das könnte immer noch passieren. Würdet Ihr nicht davon profitieren, wenn er weg ist? Lasst mich raus.«

Ignacio überlegte nicht einmal. »Nein.«

»Habt Ihr Angst, was ich sagen könnte, Hauptmann? Was ich wissen könnte?«

»Was weißt du, Schakal?«

Es war eine einfache Frage und doch lag in jedem Wort eine kalte Bedrohung.

Ignacios entmutigtes Gesicht straffte sich vor Verärgerung, als Schakal nicht antwortete.

»Ich muss davon ausgehen, dass du alles weißt«, fuhr er fort, »was bedeutet, dass ich keine Zeit habe, die ganze verdammte Nacht hier zu hocken und steife Knie zu bekommen, während wir uns ein Wortgefecht liefern.«

»Habt Ihr Angst, dass Bermudo mich begnadigen könnte, wenn ich ihm erzähle, dass Ihr seine Männer zum Sterben ausgeliefert habt?«

Jetzt war Ignacio an der Reihe, zu lachen. »Dieser adlige Sohn einer Fotze würde auf die Reichtümer von Sardiz verzichten, um dich hängen zu sehen! Nichts wird ihn dazu bewegen, dich zu verschonen. Er hasst dich, Schakal. Ich empfinde dir gegenüber nichts, so oder so. Aber bevor du dich am Galgen einscheißt, muss ich wissen, wo dieses Sprossenflittchen geblieben ist.«

»Ihr meint Euren großen Fehler?« Schakal grinste. »Wie habt Ihr das geschafft, Hauptmann? Elfen-Sklaven sind schon gefährlich genug, auch ohne Hundsfälle zu provozieren, indem man eine der ihren entführt.«

»Ihr Fehler, meinst du«, sagte Ignacio. »So eine hübsche kleine Muschi sollte nicht allein herumlaufen. Man muss nehmen, was einem die Geteilten Lande geben, Schak. Ich dachte, du wüsstest das.«

»Und was ist mit der Vorsicht vor verlockenden Dingen?«

»Verlockende und gewinnbringende Dinge sind zwei verschiedene Dinge. Außerdem hat sie mich nie zum Lächeln gebracht. Sie hat gekämpft und geschrien wie im Rausch, bei jedem verdammten Schritt.«

Schakal war überrascht, als vor seinem geistigen Auge das Bild von Sperling, die sich wehrte und schrie, erschien. Das heraufbeschworene Bild ließ sein Herz vor Stolz erbeben und erdrückte es dann mit Bedauern.

»Und was ist Eure Belohnung?«, spie Schakal. »Der Schlammmann kann seine verdrehten Perversionen stillen, aber Ihr? Ihr bekommt ein paar Fäuste voll schleimigem Gold. Glaubt Ihr, Ihr könnt Euch damit freikaufen, bevor Ihr erwischt werdet? Daraus wird nichts mehr. Der Schlammmann ist tot.«

Ignacio kratzte sich einen Moment lang mit den Fingernägeln unter dem Kinn. »Ich schätze, du weißt doch nicht alles. Also ... wo ist die Elfe?«

Schakal zuckte mit den Schultern. »Es gibt keinen Grund, es Euch zu sagen. Ihr werdet mich nicht freilassen, also könnt Ihr mir nichts anbieten. Und einen Verurteilten zu bedrohen, ist schwach. Kurz gesagt, Hauptmann, Ihr seid so nützlich wie ein schlaffer Aal.«

Ignacio stellte die Laterne ab, stand auf und begann, seinen Gürtel abzuschnallen. »Nun ... für eins ist er gut.«

Schakal wandte sich ab. Es herrschte eine kurze Stille und dann kam der Pissstrahl.

Als die warme Flüssigkeit nicht länger auf seine Haut spritzte, schlug die Tür zur Grube zu.

Schakal konnte von Glück sagen, wenn er es bis zum Galgen schaffte. Die gesamte Garnison bestand aus Bauern, und zweifellos würde jeder von ihnen ihn in seiner Zelle ermorden, wenn Ignacio es anordnete, Bermudo sei verdammt.

Der Inhalt einer Sanduhr leerte sich um ihn herum. Seine Kraft würde in diesem erbärmlichen Gefängnis nicht lange anhalten. Und während er verkümmerte, würden Schlitzohr und der Lehmmaster weiterhin ihren Plänen für die Geteilten Lande nachgehen.

Sein Überleben war viel sicherer erschienen, als sie am Lagerfeuer Pläne geschmiedet hatten.

25

Das knarrende Geräusch der sich öffnenden Tür weckte Schakal aus einem unruhigen Schlummer. Er hörte die Stimmen der Wachen und eine Bewegung in der Kammer über sich. Schakal richtete sich ruckartig auf und fluchte, als ihn seine gefühllosen Beine und Füße im Stich ließen und er sofort wieder auf dem Hintern landete. Das Plätschern übertönte jede Chance, zu verstehen, was gesagt wurde. Als sich das Wasser beruhigt hatte und Schakal seine Ohren spitzte, ertönte ein lautes Lachen, und kurz darauf schloss sich die Tür wieder.

Es folgte Stille. Schakal wartete.

Diese Stille hielt lange an. Irgendwann war er sicher, dass der Raum über ihm leer war. Schakal stützte sich an den Wänden ab, stand wieder auf und rieb sich die Beine. Er zog seine Stiefel aus und goss das Wasser heraus, bevor er sie wieder anzog, dann kletterte er den Schacht hinauf. Diesmal begrüßte ihn kein Hellebardenschaft. Er konnte seinen Wangenknochen gegen das Gitter drücken und um eins der Löcher herumschielen, damit er so viel wie möglich sah. Aus seiner begrenzten Perspektive schien die Kammer leer zu sein, und seine Ohren bestätigten, was seine Augen vermutet hatten. Er hielt sich so lange wie möglich fest, aber nach einer gewissen Zeit begannen seine Muskeln zu verkrampfen und zu zittern. Er kletterte hinunter, bevor er fiel, und blieb in der Zelle stehen, um weiterzulauschen, das Gesicht nach oben gerichtet.

Endlich hörte er, wie sich die Tür erneut öffnete, wenn auch leiser. Das Schattenspiel oben deutete auf eine verstohlene Bewegung hin, bevor eine Gestalt die Löcher im Gitter verdunkelte.

»Schak?«, erklang ein scharfes Flüstern.

Schakals Eingeweide krampften sich zusammen. »Delia?«

Das Geräusch eines zurückgleitenden Bolzens kreischte schrill durch den Schacht. Das Gitter hob sich langsam und wurde lautlos beiseitegelegt. Die vertraute Silhouette der Frau kam wieder zum Vorschein.

»Kannst du hochklettern?«

Schakal verschwendete keine Zeit mit einer Antwort. Innerhalb weniger Augenblicke hievte er sich über den Rand der Grube. Immer noch auf den Knien, starrte er Delia an. Auch sie war in der Hocke und betrachtete ihn mit einem kurzen, nervösen Lächeln der Erleichterung, aber ihre großen Augen huschten immer wieder zur Tür.

»Hilf mir, das Gitter zurückzulegen«, flüsterte sie.

Schakal gehorchte. Nachdem sie die Aufgabe sorgfältig erledigt hatten, schob Delia den Riegel wieder in die richtige Position und zuckte bei dem Geräusch zusammen. Sie hielten beide einen Moment lang den Atem an, aber als keine Wachen erschienen, nahm Delia Schakal bei der Hand und führte ihn zur Tür. Sie öffnete sie einen Spalt und überprüfte den breiten, gewölbten Gang dahinter. Alles war still.

»Das Kastell schläft«, flüsterte sie, schloss die Tür wieder und wandte sich Schakal zu. »Aber wir müssen uns beeilen. Rhecia lenkt deine Wachen ab, aber sie werden zurück sein wollen, bevor ihre Ablösung kommt und ihr Verschwinden auffällt.«

»Rhecia?« Schakals Stirn legte sich in Falten, aber dann beruhigte sich sein Verstand. »Die aus Anville ... aber wie seid ihr zwei hier reingekommen?«

»Durch die Südpforte, wie immer«, antwortete Delia. »Huren müssen nicht lange betteln, Schakal. Befreien wir dich aus diesen Fesseln.«

»Hast du den Schlüssel gestohlen?«

Delia schüttelte den Kopf und begann, ihre Röcke hinter ihren Beinen zu raffen. »Zu riskant.«

Delia verzog kurz unbehaglich den Mund und holte dann ein dünnes, fingerlanges Wachsstäbchen nach vorn. Sie ließ ihre Röcke fallen, ging schnell zu einer der Fackeln und hielt das Stäbchen in die Hitze der Flammen. Das Wachs schmolz schnell und übrig blieb ein Dietrich.

Schakal stieß einen amüsierten Atemzug aus. »Beeindruckend. Aber ... hättest du den nicht einfach in den Falten deiner Kleidung verstecken können?«

»Ich war mir nicht sicher, ob ich noch etwas anhabe, wenn ich hier reinkomme«, antwortete Delia mit einem gespielt verärgerten Seufzer. »Außerdem ist es bei Weitem nicht das Unangenehmste, was ich je in meinem Hintern hatte.«

»Da bin ich ja der Übeltäter«, entgegnete Schakal, während sie sich an dem ersten Schloss zu schaffen machte. »Aber vielleicht tröstet dich die ausgleichende Gerechtigkeit ein wenig, wenn du weißt, dass ich jetzt überall ähnlich ausgerüstet hingehen werde.«

»Das könnte das Reiten ein wenig erschweren«, antwortete Delia und öffnete das erste Schloss mit geübter Hand.

»Stimmt«, räumte Schakal ein.

Delia hatte einige Schwierigkeiten mit der zweiten Handschelle. Schakal sah, wie sich die leichten Sorgenfalten in ihrem Gesicht mit wachsender Konzentration vertieften.

»Warum hast du das riskiert, Delia?«

Sie sah zu ihm hoch, kurz abgelenkt von der Dankbarkeit in seiner Stimme.

»Ich habe gesehen, wie man dich hinausgezerrt hat«, antwortete sie und wandte sich wieder ihrer Aufgabe zu. »Rhecia hat mir erzählt, was passiert ist. Sie hätte sich nicht die Mühe machen müssen. Sancho war direkt hinter ihr.«

»Dieser aufgeblasene Scheißkerl ist tot«, fluchte Schakal.

»Ja«, sagte Delia, als sich die zweite Manschette öffnete. »Das ist er.«

Ihr Gesichtsausdruck sagte alles.

»Du hast ihn getötet?«

Delia hob eine sommersprossige Schulter leicht an. »Er ging mit einer Geißel auf mich los, also schlitzte ich ihm die Kehle auf. Nach all den Jahren hätte er wissen müssen, dass ich immer ein Messer zur Hand habe.«

»Wann war das?«

»Kurz nachdem du entführt wurdest. Der Staub von den Pferden der Cavaleros hatte sich noch nicht gelegt, als Sancho an seinem eigenen Blut erstickte.«

»Verdammt, Frau«, sagte Schakal, »sie werden dich neben mir aufhängen.«

»Ich lasse mich nicht erwischen«, sagte sie ihm. »Und du auch nicht, wenn du jetzt gehst.«

»Das werde ich«, log Schakal. Es würde nichts nützen, zu gestehen, warum er wirklich hierhergekommen war, vor allem jetzt, wo sie ihr Leben für ihn aufs Spiel gesetzt hatte. Beinahe hätte er ihr gesagt, sie solle nach Teilsieg gehen, damit Beryl ihr Arbeit verschaffte, verwarf den Gedanken aber sofort wieder. Jeder Soldat kannte sie und wusste, dass sie seine Favoritin war. Wenn die Nachricht von Sanchos Tod Bermudo erreichte, würde sie nicht mehr sicher sein.

»Ich werde dich finden«, sagte er, »wenn das alles vorbei ist.«

Delia warf ihm einen zweifelnden Blick zu. »Wenn du das kannst, habe ich mich schlecht versteckt. Komm, ich führe dich zum Ausfalltor.«

»Nein«, sagte er und nahm ihr den Dietrich ab. »Du gehst. Wenn man dich mit mir sieht, werden sie es merken.«

Delia nickte widerstrebend und ging zur Tür. Dort zögerte sie.

»Ich muss dir etwas sagen«, begann sie, ohne sich umzudrehen.

Schakal wartete.

Als sie ihn ansah, war er erstaunt, Angst in ihren Augen zu finden.

»Ich war es«, gestand sie ihm. »Ich habe Garcias Pferd freigelassen.«

Schakal runzelte nur die Stirn, mehr verwirrt als verärgert.

»Ich wusste von den Elfenmädchen«, sagte Delia mit flatterndem Atem. »Sie waren gekommen und mit dem Schlammmann gegangen ... Sie wurden nie wieder gesehen. Als ich hörte, dass er den Cavalero und das Pferd holen wollte, ließ ich es frei, in der Hoffnung, es würde Sancho Ärger bereiten. Ich ... ich weiß nicht, ich dachte, wenn das Kastell anfängt, Fragen zu stellen, würde das alles aufhören. Ich wollte den Bastarden nicht schaden, Schak, das musst du mir glauben.«

Schakal trat einen Schritt vor und beruhigte sie. »Das tue ich.«

Delia suchte sein Gesicht verzweifelt mit Blicken ab, als ob sie an seiner Vergebung zweifelte.

»Aber am Ende hat es sich doch gelohnt, oder? Die, die ihr gerettet habt. Ist sie in Sicherheit?«

Diese Lüge war schwierig auszusprechen, denn Schakal schnürte es die Kehle zusammen.

»Ja. Sie ist in Sicherheit.«

»Gut«, sagte Delia und atmete erleichtert aus. »Gut.«

Schakal legte ihr sanft eine Hand in den Nacken. »Du musst gehen.«

Sie nickte und sah zu ihm hoch. »Versuch nicht, mich zu küssen. Ich bin fertig mit Männern, die nach Pisse riechen.«

Lächelnd ließ Schakal sie los und sie schlüpfte rasch aus der Tür.

Er blieb einen Moment stehen und überlegte, ob er warten und die Wachen überfallen sollte, wenn sie zurückkamen und vom Ficken schwach auf den Beinen waren. Das würde ihm zwar eine Waffe und nicht geringe Befriedigung verschaffen, aber keine Zeit, und das war das Wichtigste. Seine Entscheidung stand fest, und Schakal verließ die Kammer, durchnässt und unbewaffnet.

Es hieß, der Zauberer wohne in einem Turm, was bedeutete, dass Schakal nach oben musste. Hinauf in den Burghof, hinauf zu den Mauern, dorthin, wo alle Männer, die nicht schliefen, Wache hielten.

»Scheiße«, seufzte Schakal und schlich den Gang entlang. Schließlich erreichte er das Ende des Gewölbekorridors und fand links einen Torbogen und eine kleine Treppe, die zu einer leeren Türöffnung hinaufführte. Auf der anderen Seite des Torbogens waren Geräusche von Rhecia zu vernehmen, die seine ehemaligen Wachen unterhielt.

Schakal nahm die Treppe.

Alte Binsen knirschten unter seinen Stiefeln, als er die oberste Kammer betrat und sich in einem Untergeschoss wiederfand, das aus mehreren aneinandergrenzenden quadratischen Räumen bestand. Eine Abfüllanlage zu seiner Linken war mit Eisenstangen gesichert, aber Schakal konnte sich frei durch die übrigen Lagerräume bewegen. Seine Blicke huschten zwischen den Fässern und Säcken umher, auf der Suche nach etwas Nützlichem. Er fand einen alten Maurerhammer und einen vergessenen Sparrenhaken. Schakal verzichtete auf den schweren Hammer und nahm den Sparrenhaken an sich. Die einschneidige, gebogene Klinge saß lose in dem stumpfen Griff, aber sie konnte immer noch eine Kehle durchschneiden, wenn auch mit etwas Sägearbeit.

Ermutigt durch die Klinge in seiner Hand, bewegte sich Schakal durch das Untergeschoss, bis er eine Treppe fand, die spiralförmig nach oben führte. Sie endete in einem Raum, von dem er annahm, dass er sich am Fuß eines der Türme befand. Er war fast identisch mit dem Raum, den er betreten hatte, bevor er in die Kerker hinuntergeführt wurde.

Türme waren das, was er wollte, aber das Kastell hatte mindestens ein halbes Dutzend davon. Jeden einzelnen zu durchsuchen, wäre zu gefährlich. Die Morgendämmerung würde wahrscheinlich anbrechen, bevor er alle hinaufgeschlichen wäre, wenn er nicht vorher entdeckt wurde. Er musste mit Sicherheit wissen, wo der Zauberer hauste. Aber wie? Nicht einmal Ignacio hatte dieses Geheimnis je verraten, trotz all seiner Geschäfte mit den Rotten.

Der Höchste! Es musste der höchste Turm sein. Das mochte offensichtlich sein, aber Schakal konnte sich nicht vorstellen, dass ein mächtiger Mann sich mit einem niedrigeren zufriedengeben würde. Ein bescheidener Zauberer klang ebenso wahrscheinlich wie ein friedlicher Ork.

Schakal riss die Tür auf und spähte hinaus in den Hof. Silbernes Licht sammelte sich in der Vorburg, nur nicht an den Stellen, wo die Schatten unter den Mauern am dichtesten waren. Feurige Kugeln zeigten die Fackeln entlang der Zinnen an. Einige von ihnen bewegten sich und verrieten die Wege der Wachen. Der höchste Turm war nicht sofort zu erkennen. Der zentrale Bergfried war der größte, aber der Rundturm an der nordöstlichen Ecke der Festung war genauso hoch. Der Bergfried wäre leichtsinnig. Wahrscheinlich befand sich Bermudo darin und pflügte den Arsch irgendeines armen Stallburschen.

Und dann wusste Schakal, wohin er gehen musste.

Er wartete in der Sicherheit der Türöffnung und beobachtete die Muster der Wachen, um eine Lücke zu finden. Bevor er sich traute, hinauszugehen, zwangen ihn Schritte und ein Husten von der Treppe über ihm zum Handeln. Er schlüpfte auf den Hof hinaus und ließ die Tür einen Spalt offen, damit das Geräusch des Einrastens nicht denjenigen alarmierte, der den Turm hinunterkam. Er ging zügig über den Hof, weder rennend noch schleichend. Hoffentlich würde er von der Mauer aus wie ein Mann aussehen, der den Burghof zielstrebig überquerte, es sei denn, die Augen des Beobachters waren besonders scharf und entdeckten einen hemdlosen, langhaarigen Halb-Ork. Er erreichte die Kaserne, ohne herausgefordert zu werden, und duckte sich in die Schatten. Er versuchte, nicht an die vielen Männer zu denken, die jenseits der Mauer schliefen, die er gerade nutzte, um sich zu verbergen. Unauffällig eilte er unter den Fenstern an der Längsseite des Gebäudes entlang, bis er die Ecke erreichte. Die Ställe lagen keine fünfzig Schritte entfernt auf der gegenüberliegenden Seite eines beunruhigend hellen Hofs.

Verdammt, schien jeder einzelne Stern am Himmel bevorzugt auf diese eine verfluchte Staubschicht herab?

Er ließ sich Zeit, beobachtete die Patrouillen auf den Zinnen und rannte los, als er es für sicher hielt. Er konnte nur hoffen, dass nicht gerade ein schlafloser Soldat aus der Kaserne herausschaute.

Er schlitterte unter den Dachvorsprung der Ställe, blieb stehen und lauschte. Es gab keine Schreie, kein Trampeln von Verfolgerstiefeln, nur das gelegentliche Schnauben eines Pferdes aus den Dutzenden von Boxen jenseits der brusthohen Steineinfassung. Säulen stützten das Dach und ließen den Wind durch die Ställe wehen, der den starken Pferdegeruch aufnahm und weitertrug. Schakal blieb draußen und schlich an der Mauer entlang, bis er das hölzerne Doppeltor fand. Darin befand sich eine Pforte, durch die die Männer kommen und gehen konnten, ohne das Tor aufschwingen zu müssen. Zum Glück war sie nicht verriegelt.

Schakal atmete auf, als die penetrante Dunkelheit ihn einhüllte. Nur war es nicht völlig dunkel. Ein flackernder Lichtschein umriss die geschlossene Tür der Sattelkammer auf der rechten Seite. Das Kastell beschäftigte mehr als ein Dutzend Stallburschen und Schakal konnte ihr leises Schnarchen auf dem Heuboden über ihm hören. Einer arbeitete jedoch eindeutig in der Sattelkammer, denn niemand wäre so dumm gewesen, eine brennende Lampe unbeaufsichtigt zu lassen. Als Schakal die Tür öffnete, hoffte er, dass er mit seiner Vermutung richtig lag, wer so spät noch wach war.

Der Junge saß auf dem Boden, barfuß, und war damit beschäftigt, ein Zaumzeug zu reparieren. Er sah nicht auf, als Schakal den Raum betrat. Sein Kopf war weit zur Seite geneigt, während er auf seine Arbeit schielte. Wie alle Stallburschen war sein Haar kurz geschoren, um Läuse fernzuhalten, aber eine weiße Sichel kahler Haut umriss eine tiefe Einbuchtung über seinem rechten Ohr. Sein Mund stand leicht offen, und seine Zunge tauchte regelmäßig auf, während sein Gesicht unregelmäßig zuckte.

Vor etwa sieben Jahren hatte eine von Sanchos Huren Muro geboren. Noch bevor der Junge entwöhnt war, starb sie an einer Krankheit, die der Schwanz eines guabischen Händlers auf sie übertragen hatte. Vier Jahre später hatte das Maultier eines anderen Händlers Muro getreten, als er im Hof des Bordells spielte. Der Junge hatte sich nie davon erholt. Ignacio nahm ihn Sancho ab und brachte ihn ins Kastell. Schakal hatte ihn seither nur zweimal gesehen, einmal, als die Rotte dabei half, eine Warenkarawane zur Burg zu eskortieren, und ein zweites Mal, als Delia Muro ins Bordell zurückholte, um ihn während einer Krankheit zu pflegen, die der Reitmeister der Garnison immer wieder ignorierte.

Der Junge sah langsam hoch, als Schakal ihm gegenüber in die Hocke ging. Seine Augen waren leicht verdreht und er blinzelte heftig.

»Ich soll das fertig mach'n«, sagte Muro, langsam und mit dumpfer Stimme. Sofort wandte er seine Aufmerksamkeit wieder dem Zaumzeug zu. Er machte sich pflichtbewusst am Leder zu schaffen und versuchte, den Stirnriemen zu flechten. Das war eine Aufgabe, die flinke Finger erforderte, eine Arbeit von einer Stunde für jemanden mit Geschick. Der arme Junge hatte weder das eine noch das andere, aber er hatte verdammt viel Zeit damit verbracht, sich abzumühen, bis er nur noch eine halbe Fingerlänge davon entfernt war, fertig zu werden.

»Das fertig machen?«, fragte Schakal und deutete auf das Zaumzeug.

Muro nickte unendlich langsam. »Meister sagt, ich muss fertig mach'n, bevor schlaf'n.«

Schakal atmete schwer durch seine Nasenlöcher aus und sah über seine Schulter zur Tür der Sattelkammer. Vielleicht sollte er nachsehen, wo der »Meister« schlief.

»Darf ich dir dabei helfen?«, fragte Schakal und wandte sich wieder dem Jungen zu.

Muro hielt ihm das Zaumzeug hin. »Ja, danke, bitte.«

»Muro«, sagte Schakal sanft, während er begann, die Riemen zu flechten, »erinnerst du dich an mich?«

»Nöh.«

»Ich bin ein Freund von Vollkorn.«

Muros schlaffes Kinn verzog sich zu einem vergnügten Lächeln. »Bär'n un' Berge.«

Schakal grinste. »Das stimmt. Bären und Berge.«

Vollkorn hatte während der Rekonvaleszenz des Jungen mehr Zeit im Bordell verbracht als in den Jahren zuvor zusammengenommen. Als Muro endlich stark genug war, um das Bett zu verlassen, hatten die beiden tagelang miteinander gespielt, und Vollkorn hatte ihm alle Spiele beigebracht, die er kannte, und dann angefangen, neue zu erfinden. Das große Dreiblut wollte unbedingt, dass der Junge in Teilsieg blieb, aber der Lehmmaster weigerte sich, da das Waisenhaus nur für Mischlingskinder gedacht war, die eines Tages der Rotte dienen sollten, und nicht für Einfaltspinsel der Weichlinge. Wenn Vollkorn jemals seine Axt geschwungen hätte, dann an diesem Tag. Er tat es nicht, aber fortan setzte er alles daran, dass Schakal irgendwann Häuptling würde.

»Muro? Kannst du mir eine Frage beantworten?«

Der Junge, der sich noch immer lächelnd an den Ritt auf den Schultern von Vollkorn erinnerte, nickte.

»Wo wohnt der Zauberer?«

Es dauerte einen Moment, bis er die Worte verstand, aber dann schmolz das Lächeln dahin.

»Nöh.«

»Macht dir die Frage Angst?«

Muro nickte und wich ein wenig zurück.

»Tut mir leid«, sagte Schakal sanft zu ihm. »Das wusste ich nicht. Meinst du, du kannst es mir trotzdem sagen? Es bleibt auch ein Geheimnis zwischen uns.«

»Nöh.«

Der Junge schüttelte jetzt den Kopf und wurde immer

unruhiger. Aus Sorge, er könnte anfangen zu schreien, hob Schakal beschwichtigend die Hände.

»Muro, schon gut. Du brauchst es mir nicht zu sagen. Es tut mir leid.«

Die Verzweiflung des Jungen ließ nach und er beruhigte sich. Schakal sagte nichts mehr und machte das Zaumzeug schnell fertig. Er reichte es Muro zurück und zwinkerte ihm zu.

»Geh jetzt. Schlaf ein bisschen.«

Muro stand auf und hängte das Zaumzeug mit bedächtiger Miene auf. Er ging an Schakal vorbei, ohne ihn weiter zu beachten, und verließ die Sattelkammer. Schakal blieb nur lange genug, um ein paar Wallachmesser aus dem Regal zu nehmen, dann schlich er aus dem Raum. Das hier war doch verrückt. Er würde zum Ausfalltor gehen und fliehen, vielleicht Delia einholen und dafür sorgen, dass sie eine sichere Zuflucht fand. Als er sich den Stalltoren näherte, bemerkte er, dass die Durchgangspforte leicht geöffnet war. Schakal war sich sicher, dass er sie zuvor geschlossen hatte, und ging vorsichtig weiter, die gestohlenen Messer in der Hand.

Er spähte durch die Öffnung und entdeckte Muro, der direkt vor der Pforte stand. Schakal steckte seine Klingen weg und zischte, um seine Aufmerksamkeit zu erregen. Er musste den Jungen zurück ins Haus locken, bevor er Aufmerksamkeit erregte, aber Muro drehte nur den Kopf, betrachtete ihn einen Moment lang und sah dann wieder auf den Hof hinaus. Langsam hob er die Hand und zeigte auf etwas. Schakal trat neben ihn und folgte der Richtung seines Fingers.

Der östliche Turm. Der kleinste Turm.

Schakal lächelte und legte dankbar seine Hand auf Muros Kopf. »Tapferer Junge. Geh jetzt ins Bett.«

Muro kehrte in den Stall zurück und Schakal machte sich auf den Weg zum Turm.

26

Es gab keine Wachen.

Niemand war in der Nähe der Türen des kleinen Turms postiert und es patrouillierte auch keine Wache auf den nahen Zinnen. Das machte Schakal unruhig. Er wollte nicht gesehen werden, aber der fehlende Schutz um den Turm herum zeugte von einem Bewohner, der keinen Schutz brauchte. Schakal war im Begriff, in die Gemächer des gefährlichsten Weichlings in Ul-wundulas einzudringen. Er fragte sich, ob es ihm gelingen würde, ein Wort herauszubringen, bevor Schlangen aus seinen Eingeweiden quollen oder sich seine Augen in fleischfressende Käfer verwandelten.

»Langsam bewegen, schnell reden«, flüsterte Schakal vor sich hin und ging hinein.

Steinstufen schlängelten sich nach oben ohne Unterbrechung durch Podeste. Schakal nahm sie bis zur Tür des Dachbodens. Er atmete ein und tat das, von dem er sich nie hätte träumen lassen, dass es die letzte Tat seines Lebens sein könnte.

Er klopfte.

Sofort ertönten drinnen Bewegungsgeräusche. Erst fielen unbekannte Gegenstände klappernd auf den Boden, dann folgte eine Stimme, deren Worte nicht zu verstehen waren. Das Gemurmel jenseits der Tür ging weiter, aber Schakal blieb stehen in der Erwartung, qualvoll zu sterben, sobald der Zauberer eine Beschwörungsformel beendet hatte. Die Worte verstummten bald. Schakal merkte, dass er noch atmete. Er konnte immer noch Bewegungen hören und dann ein leises Stöhnen. Schakal griff nach der Türklinke und verschaffte sich langsam Zutritt zu dem Raum.

Alle Versuche, leise zu sein, wurden sofort zunichte gemacht, als der Gestank seine Nasenlöcher überfiel und ihn zum Würgen und Husten zwang. Altes Essen, Exkremente und ungewaschene Füße lagen in der Luft, eine Orgie aus üblen Gerüchen. Die Nase in der Ellenbeuge vergraben, sah sich Schakal in der Dachkammer um.

Das Mobiliar verlor sich in einem Gewirr aus feuchtem Pergament und aufgequollenen, schimmeligen Wälzern. Mehrere Ratten tummelten sich zwischen Stapeln aus Schriftrollen und Tellern mit altem Essen, und ihre Exkremente schmückten alles. Eine hagere Gestalt irrte ziellos zwischen dem stinkenden Gerümpel umher und schlurfte in chaotischen Mustern zwischen dem größten Haufen und dem mit Ungeziefer übersäten Nest aus Leinen, das ihm wohl als Bett gedient hatte, hin und her. Dahinter ließ das einzige Fenster, das nicht vom Müll verdeckt war, kaum das Mondlicht durch, denn das Bleiglas war durch dicke Schmutzfilme trüb geworden.

Die Gestalt drehte sich schwankend um und warf mit verrenktem Hals einen Blick in Schakals Richtung.

Schakal nahm den Arm von seinem Gesicht und ertrug den Gestank, um sprechen zu können.

»Ich muss mit Euch sprechen.«

Die Gestalt drehte eine letzte Runde, bevor sie sich entschloss, sich zu nähern. Es war ein alter Mann, der nur mit einem offenen Gewand bekleidet war. Sein Körper darunter war abgemagert. Harte Rippenlinien umrahmten einen grässlichen Schmerbauch. Sein altes Gehänge, das mehr Eier als Schaft war, baumelte erbärmlich zwischen streichholzdünnen Beinen, die zitterten, als er sich näherte.

»Weitere fünfhundert werden benötigt«, verkündete der arme Teufel mit belegter Stimme.

Schakal trat unwillkürlich einen Schritt zurück, als der Zauberer näher kam. Seine Augen waren wässrig und wild, und die dünne Bartsträhne, die an seinem bebenden Kinn klebte, war von getrocknetem Essen verkrustet.

»Ich habe dir einen Befehl gegeben«, beschwerte sich der alte Mann.

Ein Arm, dünn wie ein Schilfrohr, kroch aus dem voluminösen Ärmel des schmutzigen Gewands und versuchte, Schakal zu fesseln. Instinktiv reagierte er und schlug die Extremität beiseite. Doch der senile alte Narr kam immer wieder, tastete und schnappte mit seinen Skeletthänden, bis er Schakals Handgelenk packen konnte. Er reckte seinen Geierhals in die Höhe, sein Maul stand offen und stank wie das Arschloch einer Leiche.

»Du bist kein Sklave«, krächzte er.

»Nein«, sagte Schakal zu ihm, »das bin ich nicht.«

Die Nasenlöcher des Zauberers zogen sich zusammen, als würde er schnuppern. Seine Blicke huschten hin und her und krochen über Schakals gesamten Körper.

»In dir steckt Macht«, erklärte der Mann, und sein Mund verzog sich zu einem fast zahnlosen Lächeln der Freude. »Du bist er! Der Bastard!«

Der Zauberer setzte einen Blick triumphierender Erkenntnis auf, doch sein Wahnsinn machte ihn schnell wieder zunichte. Sein verwirrtes Stirnrunzeln kehrte zurück, er ließ Schakal los und wandte sich wieder seiner armseligen Behausung zu. Er fuhr mit der Hand über seinen kahlen, schuppigen Schopf.

»Weitere fünfhundert, du aschfarbenes Tier!«, schrie der Zauberer und wirbelte herum, um Schakal einen Finger entgegenzustrecken. »Tu es jetzt oder du wirst einer von ihnen sein!«

Schakals Geduld und Vorsicht schwanden. Er machte einen aggressiven Schritt vorwärts und packte den Weichling an seinem Gewand.

»Ich dachte, wir waren uns einig, dass ich kein Sklave bin«, knurrte er.

Das Flackern des Erkennens kehrte zurück, als der Zauberer zurückwich. »Du bist es!«

»Ich bin es«, erinnerte Schakal ihn grob. »Der Bastard.«

Woher dieses verrückte Skelett ihn kannte, war ihm ein Rätsel, aber er nahm an, dass selbst verrückte Zauberer ihre Mittel und Wege hatten.

Ein keuchendes Lachen entfleuchte aus dem grauen Zahnfleisch des alten Mannes.

»Oh, aber die Königin wird sich in die Hose pinkeln«, sagte der Zauberer hämisch. »Es ist köstlich, dass die Ausschweifungen ihres Onkels sie in Form deiner herrlichen Person heimsuchen. Ein Mischling *und* ein Bastard, und doch hast du den besseren Anspruch! Oh, ist das süß.«

Die rechte Schulter des Zauberers drehte sich auf merkwürdige Weise. Schakal sah nach unten und erkannte, dass der Verrückte seinen ausgetrockneten Schwanz streichelte. Mit einem angewiderten Stoß schickte er den Widerling zurück auf seine abscheuliche Matratze. Während der Kauz unter schallendem Gelächter weiter sein schlaffes Fleisch befummelte, dachte Schakal über sein Geschwafel nach.

Bastard, hatte er gesagt, aber er hatte nicht einen aus der Rotte gemeint. Nein, er meinte ein natürliches Kind, das Halbblut irgendeines Weichling-Königs. Verdammt, das Gehirn des Mannes war Brei.

»Ich muss etwas über einen Zauberer wissen«, knurrte Schakal die Kreatur unter ihm an.

Der alte Mann hörte auf, sich selbst zu missbrauchen, und sein Lachen erstarb augenblicklich. Er erhob sich, seine schnellen, aber mühsamen Bewegungen erinnerten Schakal an ein Insekt mit gebrochenen Beinen, das sich weigert, zu sterben.

»Ich bin er«, sagte der Zauberer kriecherisch. »Verzeiht mir. Ich bin Abzul, Zwiesprachler des Zirkels von Ul-zuwaqa, Würger der weißen Dämonin.«

»Ich habe es bemerkt«, sagte Schakal und versuchte, den katzbuckelnden Händen auszuweichen. »Aber du bist nicht der, den ich meinte, Scheintoter. Ich spreche von einem Halb-Ork-Zauberer, frisch in den Geteilten Landen angekommen.«

»Halb-Orks«, spie Abzul, »ja, viele und mehr werden gebraucht. Wenn die Hochwohlgeborenen sie nicht für gutes

Geld hergeben wollen, dann nehmt sie! Und tötet einen aus dem Haushalt. Wir werden sehen, was den adligen Familien mehr wert ist: ihre Mischlingssklaven oder ihre Frauen und Kinder. Dafür haben wir den Segen des Königs.«

Dieser vergessene alte Zauberer war nutzlos. Er schwamm wieder in der Vergangenheit und beschimpfte unsinnigerweise Phantome. Kein Wunder, dass er geheim gehalten wurde. Er war nur eine weitere Lüge und so fähig, die Burg zu verteidigen, wie die Rotte die Geteilten Lande schützen konnte. Schakal machte ihm Platz, während er sich aufregte und auf- und abging.

Abzul brüllte ihn plötzlich an. »Was stehst du da? Mach dich an die Arbeit! Benutze die Überlebenden und die Neuankömmlinge. Wir haben keine Zeit für separate Schmelztiegel. Fünfhundert weitere werden benötigt. Füll die Käfige!«

Schakal erstarrte. Er ignorierte den wütenden alten Mann und schaute sich langsam nach den Ratten um, die sich in der Kammer tummelten.

Ratten.

Käfige.

»Du«, sagte Schakal anklagend und machte einen Schritt auf Abzul zu. »Du warst einer von ihnen. Du hast die Seuche verursacht.«

Stolz sprudelte die Verblüffung des Zauberers hinweg. »Das habe ich. Eine mühsame Arbeit. Beschwörer. Zwiesprachler. Vivamancer. Alchemisten. Magier. Alle Weisheiten waren gefragt. Oh, wenn es uns nur erlaubt gewesen wäre, zu vollenden ...«

Abzul brach ab, seine Zunge fuhr schnell über seine Unterlippe.

Von Abscheu überwältigt, knurrte Schakal und packte den Zauberer an der Kehle.

»Ich denke, du hast lange genug gelebt, Made.«

Abzuls Augen quollen aus seinem Kopf und hörten auf zu rollen. Er starrte in Schakals zorniges Gesicht. Wimmernd knickten die Knie des Zauberers ein, aber Schakal hielt ihn am Hals aufrecht.

»Ich ... bin keine Bedrohung für Euch«, hustete der Zauberer hervor.

Schakal drückte noch fester zu. »Nein, bist du nicht.«

»Wahrhaftig«, flehte Abzul durch seine erstickten Atemwege, »es gibt ... niemanden, der Euch herausfordern könnte, mein Lord ... Ultani.«

Schakals Wirbelsäule wurde stocksteif. »Wie hast du mich genannt?«

Er ließ Abzul los und ließ ihn fallen. Schaudernd hob der Zauberer die Hand.

»Verzeiht mir, ich hätte Euren Namen nicht benutzen dürfen!«

»Nein, sag ihn. Den Namen. Sag ihn!«

Die Hände des alten Mannes ballten sich zu Fäusten und er hob flehend die Arme. »Ich wollte Euch nicht beleidigen ...«

»Sag ihn, verdammt!«

»Uhad Ul-badir Taruk Ultani!«

Schakal hob langsam die Hände und legte sie auf sein schmutziges Haar.

»Überlastete Hölle«, zischte er.

Er war hierhergekommen, um Informationen über Schlitzohr zu sammeln, und nicht, um von diesem geistesgestörten Lustmolch mit ihm verwechselt zu werden.

»Ich werde Euch zu Eurem Reich verhelfen, mein Lord!«, erklärte Abzul. »Ich bleibe von Nutzen!«

Der alte Zauberer fing an, laut zu werden, und obwohl Schakal vermutete, dass verrückte Tiraden aus diesem Turm üblich waren, brauchte er keinen Diener, der dem Lärm nachging. Irgendjemand fütterte diesen Bussard immer noch, obwohl es üblich zu sein schien, einen Teller fallen zu lassen und schnell wieder zu verschwinden.

»Genug, Abzul«, sagte Schakal, der seine Chance sah. »Ich werde dir nichts tun. Du bist von Nutzen. Das ist der Grund, warum ich hier bin. Ich möchte alles wissen, was du über mich weißt.«

»Nichts, mein Herr«, log der alte Mann dreist und schüttelte den Kopf.

»Du brauchst keine Angst zu haben«, beschwichtigte Schakal, »ich weiß, wer meine Verbündeten sind, Abzul. Es sind meine Feinde, die ich suche.«

»Verräterische Hunde! Das werden sie sein, mein Lord, wenn Ihr Euren Thron besteigt. Ich nicht! Ich habe hier auf Euch gewartet. Ich kehrte im Gegensatz zu den anderen nach Ul-wundulas zurück, um auf Eure Ankunft zu warten. Seit Eurer Geburt habe ich gewartet.«

»Der Thron von Hispartha«, sagte Schakal leichthin und beobachtete Abzuls Reaktion aufmerksam. »Glaubst du, ich kann ihn erobern?«

»Er gehört Euch, mein Lord. Eure Tante, die Hure, und ihr päderastischer Ehemann sind Anwärter auf die Krone Eures Großvaters. Ich hatte mich aus Protest gegen die Hinrichtung Eures Vaters nach seiner Rückkehr aus dem Exil von ihrem Hof losgesagt, während ich ihnen vorgaukelte, dass ich tapfer in die Geteilten Lande zurückgekehrt wäre, um über die dreckigen Ruß... Halbblüter zu wachen, die die Ehre haben, Euch zu ihnen zu zählen!«

Schakal biss die Zähne zusammen. Abzul war ein beschissener Lügner. Er versuchte, seine eigene Haut vor der Gefahr zu retten, in der er sich zu befinden glaubte. Er hatte nicht mehr genug Mut, um Loyalität zu zeigen, weder Hispartha noch jemand anders gegenüber. Die Gefängnisse seines klapprigen Körpers und seines verwirrten Geistes forderten seine ganze Loyalität. Dennoch hielt ihn die Angst in einer Art von Klarheit gefangen.

»Erzähl mir von meinem Vater«, drängte Schakal. Abgesehen von seiner Beleibtheit hatte Schlitzohr nicht das Aussehen eines Weichlings. Wenn sein Vater ein Mensch gewesen war, wie Abzul vermutete, konnte das nur bedeuten, dass seine Mutter eine Dickhäuterin war, und das war unerhört. Weibliche Orks wurden nie außerhalb von Dhar'gest gesehen. Es bedurfte eines starken Mannes, um sich mit einer zu paaren. Eines starken, völlig verrückten Mannes.

»Ihr solltet nicht auf Klatsch und Tratsch hören, mein Lord«, sagte Abzul. »Kann ein Prinz des Blutes wirklich als Vergewaltiger und Mörder beschuldigt werden, wenn es sich um seine eigenen Diener handelt? Ich sage: Nein. Und viele, darunter auch ich, haben nie geglaubt, dass er die Marquesa von Sparthis ertränkt oder ihre Söhne mit Hunden gejagt hat. Seine Verbannung war eine ungerechte List. Doch er fand Freunde im Osten. Ja! Freunde, die ihm Unterhaltungen boten, die seiner Vorliebe entsprachen. Freunde für ganz Hispartha, denn sie sorgten dafür, dass wir einen würdigen Anwärter auf den Thron bekamen. Ein Halbblut! Ein Zauberer, ausgebildet vom Schwarzen Schoß! Wer könnte uns besser helfen, ganz Dhar'gest zu zerstören und uns von der Bedrohung durch die Orks zu befreien?«

Abzul verbeugte sich nun bei jedem lustvollen Ausruf und aus seinem zahnlosen Mund liefen Sabberfäden.

»Was ist mit den Hispartha-Zauberern?«, fragte Schakal schnell und nutzte die Klarheit des alten Mannes aus. »Sind sie eine Bedrohung für mich?«

»Ich nicht, mein Lord«, betonte Abzul leidenschaftlich.

Schakal konnte nicht anders, als zu grinsen. Dieser Mann war eine Bedrohung für nichts anderes als für die Nase.

»Und die anderen?«

»Sie wären dumm, sich gegen Euch zu stellen.«

Die Art und Weise, wie Abzuls gelbliche Augen bei dieser Behauptung wegschauten, verriet, dass er nicht nur log, sondern auch wollte, dass »Schlitzohr« den Wettkampf versuchte und scheiterte. Es gab also Magiekundige in Hispartha, die stark genug waren, den Tyrkanier herauszufordern. Aber Schlitzohr war kein Narr. Er würde sich nicht unvorbereitet in die Länder seiner Feinde begeben. Nein, er kam zuerst nach Ul-wundulas, in die lange umkämpfte Schattenseite, und sammelte mächtige Verbündete. Der verdammte Lehmmaster! Wollte Schlitzohr dem Häuptling wirklich helfen, sich zu rächen? Wenn sie die Seuche in Hispartha entfesselten, was dann?

Schakal fiel es schwer, darüber besorgt zu sein.

Hispartha bedeutete ihm nichts. Die Menschen dort waren distanziert, gesichtslos und erschienen seinem geistigen Auge fett und unwissend gegenüber jeder Gefahr. Vielleicht war es an der Zeit, diese Ignoranz zu zerstören. Das würde unweigerlich geschehen. Das Imperium war gefallen, und eines Tages würde auch Hispartha fallen, ob es nun von Orks geplündert oder von einem fremden Halbblut mit Anspruch auf die Krone erobert wurde. Was kümmerte ihn das? Er war jetzt ein unabhängiger Reiter, der nur noch dem Keiler gegenüber loyal war, der ihn dorthin trug, wo er hinwollte. Es gab nichts, was ihn hier hielt. Delia konnte ihm gehören, sie würde mit ihm reiten, wenn er sie darum bat, dessen war er sich sicher. Sie könnten nach Anville oder Guabia oder in den Osten reiten. Hispartha war nicht die Welt, und Schakal hatte immer nur die Geteilten Lande gekannt, die Scheiße, die am Stiefelabsatz des Königreichs klebte. Er war ein Dummkopf, der das Brachland liebte. Aber wie die Weichlinge aus dem Norden wusste er nichts von allem anderen. Er hatte Jahre mit dem Versuch verschwendet, den Lehmmaster zu stürzen. War er wirklich bereit, sein Leben wegzuwerfen, um ihn und Schlitzohr zu bekämpfen, und das alles für eine Schar fauler Weichlinge im Norden?

Als sein Grübeln nachließ, fiel sein Blick auf den nächstgelegenen Haufen gehorteter Pergamente. Ganz oben lag eine Karte, von der nur eine Ecke verdeckt war. Es war eine Karte der Geteilten Lande. Nein, sie war älter als das, erstellt vor dem Einmarsch, als Ul-wundulas noch fest in Hisparthas Hand war, mit Ausnahme von Strava und den Zentaurenwäldern. Beide waren vom Kartenmacher definitiv eingezeichnet. Schakal sah sich die Karte interessiert an und war leicht überrascht, als er feststellte, dass es ihm ohne die Gebietsgrenzen schwerfiel, sich zu orientieren. Das Ganze wirkte größer, nicht mehr wie ein Quilt, sondern wie eine nahtlose Decke. Die Brennerei gab es noch nicht, und Schakal musste den Batayat-Hügel und den Alhundra-Fluss suchen, bevor er den künftigen Standort des Kastells ausmachen konnte. Die gesamte Karte war mit Kastellen gespickt, die jetzt nur noch als Tintenflecke existierten. Jedes war mit einem Namen versehen und mit einem kleinen Symbol der Wappen der Adelsfamilien, denen die Festung gehört hatte, bevor die Orks sie in Schutt und Asche legten. Eins davon erregte Schakals Aufmerksamkeit.

Es lag in der Nähe des Sumpfs der Alten Jungfer, wo es nur wenige Siedlungen gab. In der gesamten Region gab es lediglich vier gekennzeichnete Kastelle. Eins davon, tief im Inneren des Sumpfs, besaß ein Wappen, das Schakal schon einmal gesehen hatte: eine gelbe Ziege auf einem schwarzen Schild, umgeben von einem violetten Gürtel. Die Farben waren weniger leuchtend, aber das Gesamtbild war insgesamt größer gewesen, und so wusste Schakal, dass er sich nicht irrte. Es war dasselbe Wappen, das er auf dem ausgefransten und schmutzigen Banner im Schuppen des Schlammmanns gesehen hatte.

Schakal griff nach dem kauernden Abzul und hob ihn hoch.

»Was ist das?«, fragte er und tippte mit dem Finger auf das Wappen.

Abzul schielte angestrengt auf die Karte. »Das ... das ist das Wappen des Hauses Corigari. Eine alte Familie mit Wurzeln im Imperium.«

Schakal sah finster auf die Karte. »Gibt es von denen noch jemanden?«

»Ha!« Abzuls bellendes Lachen verriet, was er von diesem Gedanken hielt. »Alles in diesen Sümpfen wurde in den Anfängen des Einmarschs durch Magie in Schutt und Asche gelegt. Die Elfen trafen dort in der Schlacht auf die Dickhäuter und beide Seiten waren durch Zauberei gestärkt. Der Hass, der an jenem Tag in den Zaubern freigesetzt wurde, wird bis in alle Ewigkeit weiterleben.«

»Du meinst die Schlämme.«

Abzul sah auf die Karte hinunter. »Oh ja.«

»Warst du auch an diesem Bösen beteiligt, Zauberer?«

Der alte Mann warf ihm einen vernichtenden Blick zu. »Nein. Das war alles Spitzohr-Schamanismus und Ork-Blutmagie. Hispartha war dort nicht präsent, bis auf die sturen Adligen, die sich weigerten, ihre Besitztümer aufzugeben. Sie alle bezahlten für ihren störrischen Stolz mit dem Leben.« Während Abzul sprach, wurde seine Miene misstrauisch und seine Nasenlöcher zogen sich wieder mit demselben seltsamen Schnuppern zusammen, das er von sich gegeben hatte, als Schakal die Mansarde betreten hatte.

»Ich hätte gedacht, dass Ihr das wisst, Mylord«, erklärte der Zauberer.

Schakal nickte langsam, aber nicht wegen der Worte des alten Mannes. Der, mit dem Abzul ihn verwechselte, hatte es gewusst! Schlitzohr hatte zur Alten Jungfer gehen wollen. Er wusste von den Schlämmen und nannte sie Kinder der widersprüchlichen Zauber. Er hatte sogar eine gewisse Furcht vor ihnen gezeigt, doch er war vorbereitet gewesen, denn er wusste, wie er sie mit dem betäuben konnte, was aus dieser seltsamen Pfeife kam. Er nannte den Schlammmann einen Dämon und wartete sogar auf seine Ankunft. Verdammt, er war hingegangen, um ihn zu konfrontieren! Und warum sollte er das tun, wenn der Schlammmann keine Bedrohung darstellte? Schlitzohr hatte sich auf den Weg in den Sumpf gemacht, um seinen größten Rivalen auszuschalten.

Das Geräusch von raschelndem Pergament lenkte Schakal von seiner Erleuchtung ab. Überall um ihn herum bewegten sich die Stapel in der Mansarde und lösten kleine Lawinen aus, die von den größeren Haufen herabfielen, als sie von innen umgeworfen wurden. Abzul musste sich davongeschlichen haben, während Schakal in Gedanken versunken war, denn der Zauberer war nun nirgends zu sehen.

Seine Stimme war jedoch über das immer lauter werdende Geflatter des Mülls hinweg zu hören.

»Dreckiger Bastard! Du wagst es, mich zu betrügen! Ich lasse mich von einem rußhäutigen Wilden nicht so erniedrigen!«

Schakal versuchte herauszufinden, wo sich der Zauberer versteckte, aber seine wütenden Schreie erfüllten den Raum und kamen von überall und nirgends zugleich. Schakal zog den Sparrenhaken und ging zur Tür. Er war noch keine zwei Schritte weit gekommen, als ein Stapel Schriftrollen eine Masse quiekender Ratten ausspuckte. Sie ergossen sich in einem Strom aus glänzendem Fell und blassen Schwänzen. Schakal schreckte zurück, als die Masse auf ihn zustürzte, aber immer mehr sprangen aus den Trümmern hervor, flohen aus ihren Nestern und griffen an. Die Mansarde erwachte zum Leben, als der verrottende Inhalt des Raumes vor Ungeziefer wogte.

Von der herannahenden Flut umzingelt, schlug Schakal wild um sich. Er trampelte auf denen herum, die auf dem Boden heranhuschten, und schleuderte andere mit großen Schwüngen seiner Arme von den Möbeln.

Und gewann nicht mehr als einen Herzschlag Zeit, bevor der Schwarm über ihn herfiel.

Die Ratten krochen an seinen Beinen hinauf, sprangen auf seine Schultern und hüllten ihn in eine zappelnde Wolke aus beißenden Zähnen. Schakal schrie vor Entsetzen und Schmerz auf, wirbelte verzweifelt herum und versuchte, die Masse, die ihn verschlingen wollte, wegzuschleudern. Er kniff seine Augen vor den Ratten in seinem Gesicht zusammen. Er hörte sie in seinen Ohren zischen, bevor sich ihre Zähne mit einem grauenhaften Knacken in den harten Knorpel bohrten. Der Sparrenhaken fiel ihm aus der Hand, und er begann, sich die Nager vom Kopf zu reißen und sie zu Boden zu werfen, nachdem er ihre Wirbelsäulen in seiner Faust zerquetscht hatte. Doch an ihre Stelle traten immer neue.

Blind und stolpernd prallte Schakal gegen eine harte, flache Oberfläche. Es musste die Tür sein, denn die Wände der Mansarde waren voller Nester. Er warf seinen Körper gegen das Holz, wieder und wieder, zerquetschte die Ratten und ließ Dutzende von ihnen schlaff herunterfallen. Aber es war nicht genug. Er spürte, wie er schwächer wurde, wie seine Kraft aus Hunderten kleinen Einstichen rot und heiß aus seinem Körper sickerte. Er zitterte bereits, und seine Glieder begannen zu krampfen, als ein unnatürliches Fieber in seinem verwüsteten Fleisch auflöderte. Seine Gelenke pochten, während sie anschwollen und sich mit Flüssigkeit füllten, ebenso wie seine Lunge. Er hustete und würgte und begann, von innen heraus zu ertrinken.

Unfähig zu atmen, fiel Schakal auf die Knie. Sein ganzer Körper brannte. Er spürte nicht länger die Qualen der Rattenbisse oder die beängstigende Enge in seiner Lunge. Da war nur noch die Hitze, die aus der Tiefe aufzusteigen schien und sein Fleisch von unten her verbrannte. Er schrie gegen die Qualen an und merkte in diesem Schrei, dass er wieder atmen konnte. Die Ratten fielen von ihm ab, zuckten und starben in Scharen.

Als er wieder sehen konnte, entdeckte er, dass er nun in ihren unbeweglichen, abscheulichen Gestalten kniete. Er blutete noch immer aus seinem von Zähnen zerrissenen Fleisch, aber die Seuche hatte sich verzogen. Schakal erhob sich aus dem toten Ungeziefer und sah, dass Abzul auf der anderen Seite des Dachbodens stand.

»Es steckt *wirklich* Macht in dir, Mischling«, erklärte der Zauberer, »aber du bist kein Magus des Schwarzen Schoßes.«

»Nein, alter Mann, das bin ich nicht. Ich bin Schakal von den Grauen Bastarden. Und ich bin dabei, es mir zur Gewohnheit zu machen, Zauberer zu töten.«

Er machte einen Schritt nach vorn, seine Kraft kehrte mit dem Zorn zurück.

Abzul begann zu lachen, sein zahnloser Mund verzerrte sich zu einer Fratze verrückter Fröhlichkeit.

»Oh, aber hier findet sich süße Poesie!«, rief er vergnügt, und seine Augen blitzten so klar und lebendig, wie Schakal es bisher nicht gesehen hatte. Der Zauberer hob seine Hände und zeigte, dass er zwei Keramikgefäße in der Hand hielt. Sie waren am Boden bauchig, am Hals schmaler und oben gerifflt. Sie waren fast identisch mit den Reliquien, die im Privatgemach des Lehmmasters aufbewahrt wurden, nur dass diese mit Wachs verschlossen waren, während jene leer waren.

Pioniertöpfe.

Ihr Anblick ließ Schakal wie angewurzelt stehen bleiben.

Abzul war erfreut über sein plötzliches Zögern. »Ah! Ich sehe, du erkennst sie wieder. Und das solltest du auch, schließlich sind sie dein Erbe, Grauer Bastard. Das Schicksal hat dich zum Sterben hierhergebracht, wie es scheint! Dass du von den Hilfsmitteln getötet wirst, die von den Gründern deiner Rotte in den Tagen hergestellt wurden, als Halbblüter noch anständig angekettet waren, ist eine Freude, die ich auskosten werde.«

Schakal stürzte sich auf den Zauberer, als dieser mit beiden Händen warf.

Die Würfe waren schlecht gezielt. Schakal duckte sich und hörte, wie die Töpfe an der Wand hinter ihm zerbrachen. Ein scharfer Knall wurde schnell von einem erschütternden Druck auf die Trommelfelle verschluckt, bevor alle Geräusche durch ein durchdringendes Klingeln ersetzt wurden. Schakal sah den Flammenblitz und spürte, wie intensive Hitze an seinem Rücken leckte, als er heftig nach vorn katapultiert wurde. Er wurde direkt gegen Abzul geworfen und schlang seine Arme um die zerbrechliche Gestalt des Zauberers, als er mit ihm zusammenstieß. Gemeinsam wurden sie aus dem Fenster geschleudert, wobei Schakal Abzul als Rammbock benutzte, um das Glas zu zerbrechen.

Wind und das wehende Gewand des Zauberers schlugen Schakal ins Gesicht, als sie fielen. Abzuls Mund klaffte zu einem ungehörten Schrei auf. Hinter seinem skelettartigen

Kopf kam der mondbeschienene Abhang des zerklüfteten Hügels schnell näher.

27

Der Schmerz holte Schakal zurück ins Bewusstsein. Seine Ohren klingelten immer noch, als er die Augen öffnete und verschwommen die Sterne sah. Felsen gruben sich in seinen Rücken und drückten sich unsanft auf dem Abhang von allen Seiten an seinen Körper. Seine Füße lagen höher als sein Kopf, und er versuchte, sich umzudrehen, aber seine Rippen schrien vor Schmerz. Schakal hörte den Schrei, der sich seiner Kehle entrang, als dumpfes Ächzen. Etwas stieß gegen sein Bein. Als er seinen pochenden Schädel hob, sah er Abzul etwas weiter bergauf, der sich kraftlos krümmte. Das Gewand des Zauberers musste sich nach der Landung gelöst haben und war ihm beim Abrollen vom weißen Körper gerissen worden. Seine Gliedmaßen waren in einem schlimmen Winkel gekrümmt, sein Kiefer schnappte verzweifelt nach Luft.

Schakal biss in Erwartung des Schmerzes die Zähne zusammen, zog seine Beine mit den Fersen herum, bis sie bergab zeigten, und setzte sich auf. Benommen blieb er eine Weile zusammengesunken sitzen, bis sein Gehör zurückkehrte. Hinter ihm waren die Geräusche rutschender Steine und schweren Atems zu hören, als Abzul versuchte, wegzukriechen. Schakal machte sich nicht die Mühe, ihm nachzusehen. Der Wurm würde nicht weit kommen.

Ein aggressives Flackern auf den Felsen nahm zu, während Schakal dort saß, und ließ seinen Schatten hangabwärts tanzen. Er verdrehte seinen Hals und sah das Turmdach in Flammen stehen. Es war so weit entfernt, dass ihm mulmig wurde. Er glaubte, von den Zinnen her Schreie zu hören, aber er traute seinen verfluchten Ohren nicht genug, um sicher zu sein. Wie auch immer, der Alarm würde nicht seinetwegen ausgelöst werden. Die Garnison würde zu sehr mit der Bekämpfung des Feuers beschäftigt sein, um über die Mauern hinwegzuschauen. Wer konnte sich vorstellen, dass jemand aus dieser Höhe fallen und überleben würde?

Schakal drehte sich wieder um und bemerkte eine Bewegung im Gebüsch weiter unten auf dem Hügel. Er erkannte die Silhouetten. Zwei Keiler und ein Reiter, der gerade abstieg, um die Felsbrocken hinaufzuklettern. Schakal versuchte zu pfeifen, aber sein Mund hatte keine Spucke, um seine Lippen zu befeuchten.

Grasmücke fand ihn trotzdem.

»Verdammte Scheiße«, keuchte das alte Dreiblut, als er ihn sah. Das Feuer aus dem Turm beleuchtete sein schroffes, besorgtes Gesicht, das einen Moment lang starrte, bevor es sich hob, um das Feuer über den Mauern zu betrachten.

»Ich hätte schwören können, dass ich einen Pioniertopf gesehen habe«, sagte Grasmücke.

Schakal räusperte sich. »Mindestens zwei. Aber womöglich hatte er noch mehr, die unter all dem Rattenmist verborgen waren.«

»Wer?«

Schakal antwortete nicht sofort, sondern hob seine Hand als stumme Bitte um Hilfe beim Aufstehen. Grasmücke griff nach seinem Unterarm und zog ihn auf die Beine. Schakal bewegte sich sachte und führte Grasmücke über den Abhang. Abzul war weiter gekommen, als er erwartet hatte.

»Er«, sagte Schakal und deutete nach unten. Abzul musste es gehört haben, denn er schaffte es, seinen verstümmelten Körper umzudrehen. »Er ist ...«

»Ich weiß verdammt noch mal, wer er ist«, knurrte Grasmücke und sein Gesicht wurde grimmig. »Auch dreißig Jahre gealtert, erkenne ich dieses Gesicht wieder.«

Abzul starrte sie an, seine schmerzverzerrte Miene zuckte.

»Erstaunlich, dass er noch lebt«, bemerkte Schakal mit finsterer Belustigung.

»Zauberer sind verdammt schwer zu töten«, sagte Grasmücke.

Abzuls Augen rollten wütend herum. »Zu ... den Käfigen. Beide! Ihr seid für die Käfige.« Ein verrücktes, ersticktes Lachen drang aus dem Mund des Zauberers. »Lebt ... lebt noch jemand?«

Grasmücke machte einen Schritt auf ihn zu. »Ja. Ich lebe.«

»Nimm dir Zeit«, sagte Schakal, entfernte sich und suchte sich einen Felsen, auf den er sich setzen konnte.

Was Grasmücke tat, war weder schnell noch leise. Selbst durch das Klingeln hindurch hörte Schakal deutlich Abzuls letzte Schreie.

»Wir sollten gehen«, sagte er, als Grasmücke zurückkehrte. »Die Weichlinge könnten das gehört haben. Zumindest werden sie bald wissen, dass ich geflohen bin. Die Cavaleros werden jeden Stein umdrehen.«

»Ich kam nicht rein«, gestand Grasmücke. »Sie wollten mich nicht einmal ausreden lassen. Sie drohten damit, mich zu teeren und zu federn, wenn ich nicht weiterritte.«

Schakal schnaubte bitter. »Nicht deine Schuld. Es war ein beschissener Plan. Zum Glück steckt die Garnison gern etwas anderes als Pfeile in ihre Huren. Delia hat mich befreit.«

»Ich weiß. Ich habe sie gesehen. Hätte mich fast reingeschlichen, aber sie meinte, das sei zu riskant. Sagte, du würdest bald kommen. Sie ging davon aus, dass dich etwas aufgehalten hatte. Hast du etwas erfahren?«

»Ja«, sagte Schakal und stand auf. »Lass uns zu den Keilern gehen. Ich erzähle dir alles, wenn wir weg sind.«

Sie bahnten sich einen Weg den Hügel hinab, langsamer als Schakal lieb war, aber sein Körper rebellierte gegen Eile. Als sie endlich unten ankamen, streichelte er mit beiden Händen über Heimeligs Gesicht und legte seine Stirn kurz zwischen die Augen des Keilers.

»Schön, dich zu sehen, du schönes goldenes Vieh.«

Heimelig stieß eine Reihe tiefer, rhythmischer Grunzlaute aus.

Sobald Schakal wieder aufgestiegen war, gab Grasmücke ihm seine Armbrust zurück. »Wohin reiten wir?«

»Zur Alten Jungfer«, sagte Schakal und schlang sich die Waffe über den Rücken.

Das alte Dreiblut schaute zweifelnd. »Weshalb?«

Die Antwort wäre Schakal beinahe im Hals stecken geblieben. »Um den Schlammmann zu einem Verbündeten zu machen.«

Sie ritten den Rest der Nacht hindurch, um Abstand zwischen sich und das Kastell zu bringen. Nur einmal drohten sie entdeckt zu werden, als ein Trupp Cavaleros schnell, aber lautstark, hinter ihnen den Weg heraufdonnerte. Schakal und Grasmücke hatten genug Zeit, um sich auf die Felsen zu retten. Sie sahen zu, wie die Reiter, die nicht wussten, dass sie ihre Beute verloren hatten, vorbeirasten. Ignacio führte sie an, sein kahler Kopf und sein pockennarbiges Gesicht waren unverkennbar. Der Hauptmann sah besorgt aus.

»Das war pures Glück«, sagte Grasmücke, als sie weg waren.

»Für sie«, stimmte Schakal zu. »Sie machen nur Boden gut. Sie haben nicht einmal unsere Spuren gesehen. Nur zwanzig Reiter.«

Grasmücke schnaubte. »Sie teilen sich auf. Sie müssen sehr erpicht darauf sein, dich zu finden, mein Junge.«

»Viel Glück dabei«, sagte Schakal und grinste in der Dunkelheit.

Als die Morgendämmerung anbrach, war von den Soldaten nichts mehr zu sehen. Heimelig und Gemeiner Alter Mann hatten viele Kilometer zurückgelegt, ihre Rüssel nach Süden und Westen gerichtet. In der Gewissheit, dass die Cavaleros weit hinter ihnen waren, hielten Schakal und Grasmücke an, um unter einem Felsvorsprung mit Blick auf den Fluss Lucia zu rasten.

Nachdem er seinen Wasserschlauch geleert hatte, schlief Schakal.

Als Grasmücke ihn weckte, stand die Sonne bereits im Zenit.

»Du stinkst wie der Hintern einer Sau«, sagte das alte Dreiblut. »Geh lieber runter und schrubbe dich, es sei denn, Lucia leitet ihren Strom um, um dir auszuweichen.«

Schakal nahm den Vorschlag bereitwillig an. Nach einem ausgiebigen Bad in dem herrlich kühlen Fluss ging er nackt zurück zum Felsvorsprung.

»Wir tauschen«, sagte Grasmücke, warf ihm eine Birne zu und deutete auf die schmutzige Hose in seiner Hand. Schakal gab sie ihm und verabschiedete sich stumm, als Grasmücke sie auf das Feuer warf, das er angezündet hatte. Mit der Birne zwischen den Zähnen kramte Schakal eine neue Hose aus seiner Satteltasche.

»Das sieht schon besser aus«, stellte Grasmücke fest und schielte kritisch auf die Rattenbisse, die Schakals Körper bedeckten.

Schakal nickte und untersuchte sich beim Essen. Die Wunden verblassten allmählich. Die an seinem linken Unterarm waren so gut wie unsichtbar.

»Du fühlst dich nicht krank?«, fragte Grasmücke.

»Zuerst ja«, sagte Schakal und hüpfte in seine Hose. »Ich dachte, es wäre das Ende.«

Er lachte leichthin, als er das sagte, aber Grasmücke fand das nicht komisch und sah ihn einfach weiter aufmerksam an.

»Was ist da drin passiert, Schakal?«

»Was weißt du über den König von Hispartha?«

Grasmücke verzog den Mund, verärgert darüber, dass seine Frage mit einer Gegenfrage beantwortet wurde. »Welchen?«

»Der, den sie jetzt haben.«

Das alte Dreiblut kratzte seine weiße Mähne. »Er ist dem Namen nach König, aber er hat die wahre Macht *geheiratet*.

Die Königin hält die Blutlinie. Der alte König war ihr Vater. Warum?«

»Hat sie einen Bruder?«

»Mehr als einen, denke ich.«

»Wie wäre es mit einem, der älter und vollkommen durchgeknallt ist?«

Grasmücke zog die Augenbrauen hoch und seine Stirnfalten wurden tiefer. »Oh ja. Sie haben ihm den Kopf abgeschlagen, vor Jahren schon.«

»Nun, bevor sie das taten, wurde er verbannt und überlebte, weil er eine Orkfrau vögelte. Wahrscheinlich wurde das von einem Tyrkanier-Kalifen arrangiert, ich weiß es nicht genau.«

Grasmücke wurde ungeduldig. »Was weißt du, Jaco? Worauf willst du hinaus?«

»Schlitzohr ist sein Sohn«, sagte Schakal. »Der Halbblutsohn des enthaupteten Bruders. Verstehst du? Er wird nach der Krone von Hispartha greifen. Deshalb ist er hier.«

Grasmücke seufzte tief. »Weiß der Lehmmaster davon?«

Schakal konnte nur mit den Schultern zucken.

»Er muss es wissen«, entschied Grasmücke. »Das ist es, was er immer gewollt hat. Eine Chance, die Weichlinge zu vernichten. Zur Hölle, ein Halb-Ork-König! Sein lächerlicher Schwanz steht schon bei dem Gedanken daran stramm und ...«

Das alte Dreiblut brach mit leicht geöffnetem Mund ab.

»Du weißt nicht, dass er sich irrt«, beendete Schakal.

Grasmücke schüttelte verärgert den Kopf.

»Das dachte ich auch«, sagte Schakal und ging hinüber, um Heimelig den Rest der Birne zu geben.

Weder er noch Grasmücke sagten lange Zeit etwas. Der Tag war heiß, und der Schatten des Felsvorsprungs war eine Wohltat, da der spärliche Wind auf der Haut angenehm war. Schakal packte seine Ausrüstung zusammen und begann, seinen Keiler zu satteln. Als er fertig war, hatte Grasmücke sich immer noch nicht gerührt.

»Was beunruhigt dich?«, fragte Schakal, obwohl er die Antwort schon ahnte.

Das alte Dreiblut brauchte eine Weile, um zu antworten. Als Grasmücke sprach, drehte er sich nicht um, sondern blickte über das Ödland hinaus.

»Ich habe gerade Rache geschmeckt, Schakal. Ich wusste nicht, dass ich immer noch danach lechze. Nach so vielen Jahren war sie süßer, als wenn ich jeden Zauberer in der Mine am Tag unserer Flucht getötet hätte. Vergeltung ist nicht sauer, wie es scheint. Ich bin mir nicht sicher, ob der Lehmmaster es verdient hat, aus diesem Kelch zu trinken.«

»Er wird sich nicht mit einem Zauberer zufriedengeben, Grasmücke.«

»Warum sollte er? Du warst nicht dabei, mein Sohn. Du kannst dir nicht vorstellen, wie es war.«

Schakal deutete wütend auf seine Wunden. »Ich glaube, ich kann es.«

»Könntest du es noch einmal ertragen?«, verlangte Grasmücke zu wissen und drehte sich zu ihm um. »Und danach noch einmal? Was ist mit einem Mal danach? Und wieder und wieder und wieder, bis du nichts anderes mehr kennst? Bis du dich nicht mehr an einen Tag ohne diese knirschende, quietschende, zappelnde Qual erinnern kannst? Du glaubst, du verstehst das? Selbst ich verstehe es nicht! Wir sind frei von der Seuche, irgendwie, auf irgendeine Weise, wir sind frei! Er ist es nicht! Du sagst, dass es dich gepackt hat, dass du dachtest, es sei das Ende. Stell dir vor, du lebtest seit dreißig Jahren damit, länger als du verdammt noch mal am Leben bist! Wenn es jemand verdient hat, Hispartha niederzubrennen, dann er! Der Lehmmaster hat sich verdient, was immer er mit diesen Fotzen im Norden anstellen will!«

Schakal sah in Grasmückes gequältes Gesicht. »Du liebst ihn immer noch.«

In den zusammengekniffenen Augen des Dreibluts erschienen Tränen, was ihn noch mehr verärgerte.

»Er war mein Bruder! Mein Retter! Mein Hauptmann! Und ich habe ihn verraten!«

Schakal schüttelte den Kopf. »Wenn ich gewusst hätte, dass es dir den Schneid abkauft, hätte ich dir nie erlaubt, den Zauberer zu töten.«

»Erlaubt?«, wütete Grasmücke. »ERLAUBT?«

Das alte Dreiblut machte zwei Schritte und holte währenddessen mit seinem Arm weit aus. Seine harten Knöchel trafen Schakal am Kiefer und warfen ihn rücklings zu Boden.

»Du kannst gern sehen, wie viel Schneid ich noch in mir habe, Bürschchen!«, drohte Grasmücke und sah auf Schakal herab.

Dieser wischte sich das Blut vom Mund und sprang wieder auf die Beine. Grasmücke spannte sich an und ballte die Fäuste. Aber Schakal griff nicht an. Er baute sich vor dem alten Dreiblut fast Nase an Nase auf und starrte ihn mit unbewegtem Blick an.

»Der Lehmmaster will dein Mitleid nicht, alter Haudegen«, sagte Schakal langsam. »Er wollte nur deine blinde Loyalität. Das ist es, was er von uns allen wollte. Nichts anderes, als seinem Groll zu dienen. Du hast ihn geliebt, aber du hast die Rotte mehr geliebt, die Bruderschaft, die du mit aufgebaut hattest. Was passiert mit den Grauen Bastarden auf der Jagd nach Rache? Mit Teilsieg, dem Waisenhaus und Beryl? Du kennst die Antwort. Du kanntest sie schon, bevor ich auf einem Keiler saß. Warum sonst hast du den Kampf von außen fortgesetzt? Um unsere Rotte zu retten. Sag mir, dass ich falschliege.«

Grasmückes Zorn kühlte sichtlich ab. Er senkte den Kopf, trat einen Schritt zurück und konnte Schakal nicht länger in die Augen sehen.

»Nein, du liegst nicht falsch.«

Das alte Dreiblut schüttelte die Scham ab, packte Schakal im Nacken und zog ihn in eine raue Umarmung.

»Du warst schon immer viel zu schlau«, sagte Grasmücke,

wobei seine Stimme durch Schakals Schulter gedämpft wurde. Er ließ ihn los, trat einen Schritt zurück und tätschelte ihm unbeholfen den geschwollenen Kiefer. »Tut mir leid, mein Sohn.«

Schakal winkte ab. »Ich bin von Vollkorn Schlimmeres gewöhnt. Du wirst alt.«

»Muss wohl. Denn ich werde dich gleich fragen, was wir als Nächstes tun.«

Schakal dachte einen Moment nach und leckte über seine gespaltene Lippe.

»Der Lehmmaster wird benutzt«, verkündete er schließlich. »Wenn Schlitzohr über ein Ödland herrschen wollte, würde er sich zum König von Ul-wundulas machen. Er wird niemals zulassen, dass der Häuptling die Seuche in Hispartha verbreitet, das kannst du mir glauben. Das ist zu ... vulgär für ihn. Was immer er vorhat, es ist weitreichender als nur die Rache eines Häuptlings.«

Grasmücke stieß einen müden Seufzer aus. »Dir liegt wohl viel daran, ihn aufzuhalten, denn sonst würdest du dich nicht auf der Suche nach diesem nackten Abschaum Schlammmann durch die Alte Jungfer schlagen.«

»Das ist ja das Problem«, lachte Schakal verbittert. »Ich will ihn nicht aufhalten. In meiner Zeit mit dem fetten Arschloch erwies er sich als weise, fähig und als guter Verbündeter. Ich mochte ihn, Grasmücke. Das tue ich immer noch. Er wäre ein guter Bastard und – ganz ernsthaft – ein guter König, soweit ich das beurteilen kann.«

»Warum also gegen ihn kämpfen?«

»Weil ich einen Scheißdreck beurteilen kann. Ihn schon gar nicht. Auf den ersten Blick ist er ein Halb-Ork. Einer von uns. Darunter ist er ein Zauberer. Gräbt man weiter, findet man den Schwarzen Schoß, was immer das auch sein mag. Es ist so viel in ihm begraben, dass wir in der Falle sitzen, wenn wir versuchen, ihm auf den Grund zu gehen. Was auch immer in seinem Inneren ist, es wird nicht gut für uns sein. Die Mischlingsrotten werden nicht an der Seite von König

Uhad dem Fetten sitzen und Datteln essen, während Jungfrauen unsere Schwänze lutschen. Der Lehmmaster mag die Marionette des Zauberers sein, aber Schlitzohr tanzt auch nach den zuckenden Fingern anderer. Höchstwahrscheinlich Tyrkanianer, aber wir können immer nur raten. Ihm auf den Thron zu helfen, wird uns nur vernichten.«

»Du klingst nicht sicher.«

»Weil ich es nicht bin«, sagte Schakal feierlich.

Grasmücke schwieg geduldig.

Schakal spürte, wie Schmerz in ihm aufstieg, und räusperte sich. »Aber Augenweide war es. Sie hat mich davor gewarnt, ihm zu trauen. Sie hat von Anfang an einen Skorpion in der Decke gesehen.«

»Und sie hat ihn nicht zertreten«, sagte Grasmücke. »Sie hat dich zertreten.«

»Ich weiß. Und ich bin mir nicht sicher, warum. Aber ich war mir schon so oft sicher, dass ich alles richtig verstanden hatte ... und jedes Mal lag ich falsch.«

Schakal hob einen Stein auf und warf ihn weit in Richtung des Flusses, um sich von dem aufkommenden Selbstmitleid zu befreien.

»Also«, verkündete er, »hören wir jetzt auf ihr Bauchgefühl.«

Grasmücke brummte amüsiert. »Wer von uns beiden liebt jetzt immer noch einen Feind?«

»Sehen wir mal ...« Schakal machte eine abwägende Bewegung mit seinen Händen. »Ein verkrümmter, pestverseuchter, eitertriefender, rachsüchtiger alter Haufen Schweinescheiße gegen ... Augenweide. Hast du gesehen, was aus ihr geworden ist? Von uns beiden, alter Haudegen, bist du derjenige, der schwerer zu verstehen ist.«

»Reite auf deinem Rasiermesser, Jaco.«

Sie trabten bis zum Einbruch der Nacht dahin, schlugen ein weiteres unbequemes Lager auf und standen bei Sonnenaufgang wieder auf. Am Vormittag des vierten Tages begann der Staub allmählich den Feuchtgebieten zu weichen.

Schon bald kämpften sie sich durch dichte Schilfgürtel und umgingen Schlammlöcher.

»All die Jahre als unabhängiger Reiter«, schimpfte Grasmücke, »habe ich es geschafft, diese mückenverseuchte Achselhöhle zu meiden.«

Schakal grinste zu ihm hinüber. »Und doch badest du gern in Sanchos Bädern. Ich sehe da keinen großen Unterschied.«

Er hatte sie an den nördlichen Rand des Sumpfs geführt und ihn meilenweit westlich umgangen, bevor er schließlich nach Süden abbog und in die schlammigen Klauen eindrang. Abzuls Karte war in seinem Kopf verankert.

»Ich glaube, ich kann die Hütten des Schlammmanns wiederfinden«, sagte Schakal zu Grasmücke, »aber es gibt etwas, das ich vorher sehen will.«

»Was?«, fragte das alte Dreiblut und schlug nach den Sumpffliegen, die sich vor seinem finsteren Gesicht versammelt hatten.

»Eine Ruine«, antwortete Schakal. »Ich glaube, sie war vor dem Einmarsch sein Familiensitz. Kaum zu glauben, aber ich vermute, dass er einst dem Adel von Hispartha angehörte.«

Grasmücke stöhnte. »Es hat mich immer gestört, dass er wie ein Blaublüter sprach, aber aussah, als wäre seine Mutter auch seine Schwester gewesen. Natürlich sind diese beiden Merkmale bei näherem Nachdenken nicht völlig unvereinbar.«

»Und doch nennt man uns Halbblüter schmutzig.«

»Was hoffst du, in dieser Ruine zu finden?«

»Weiß nicht genau. Einen Vorteil vielleicht. Wenn er noch lebt, und das vermute ich, wird der Schlammmann nicht erfreut sein, mich wiederzusehen. Wahrscheinlich werden wir nichts weiter als versunkene Steine finden, wenn überhaupt, aber dieser Kurs sollte uns durch den Besitz der Corigari führen. So war sein Name.«

»Meinst du wirklich, ich muss das wissen?«, fragte Grasmücke mürrisch und führte Gemeiner Alter Mann um einen Sumpf herum.

Schakal zuckte mit den Schultern. »Wenn er mich auf der Stelle tötet, wäre es vielleicht eine gute Idee, wenn du ... höflich wärst.«

»Seit wann sind Halb-Orks höflich?«

»Noch nicht gehört? Wir werden bald einen eigenen König haben.«

»Was macht dich denn so fröhlich? Du tust so, als hätte dein Schwanz gelernt, sich selbst einen zu blasen.«

»Ich versuche nur, deine Griesgrämigkeit auszugleichen, alter Vater.«

Die Mittagszeit kam und ging. Schakal und Grasmücke waren längst gezwungen gewesen, abzusteigen. Sie wechselten sich mit der Führung ab, wobei der Späher mit der geladenen Armbrust oder dem Bogen in der Hand voranging, während der andere Heimelig und Gemeiner Alter Mann ein paar Schritte dahinter führte. Unabhängig von seiner Position hielt Schakal nach Rochs Ausschau und war erleichtert, dass er es bis hierher geschafft hatte, ohne einem der Riesenvögel zu begegnen. Außerdem hatte er bisher keine Schlämme entdeckt, was in ihm eine Mischung aus Erleichterung und Zweifel hervorrief. Bei seinem Besuch mit Schlitzohr im Sumpf waren sie nicht einmal annähernd so weit vorgedrungen, als die abstoßenden Kreaturen auftauchten. Zugegeben, sie waren aus dem Osten und nicht aus dem Norden gekommen, aber das machte wohl kaum einen Unterschied. Der Schlammmann hätte die Anwesenheit aller Besucher in seinem vermeintlich exklusiven Reich überwachen müssen. War er wirklich tot? War dies nur ein weiteres törichtes Unterfangen?

»Die Sonne geht schnell unter, Schakal-Junge«, sagte Grasmücke, als er zum dritten Mal die Spitze übernahm.

Schakal schirmte seine Augen gegen das diffuse Licht der Dämmerung ab und betrachtete den Horizont in alle Richtungen.

»Wir müssen einen höher gelegenen Platz für unser Lager finden«, sagte er, »am besten mit ein paar Bäumen. Dort vielleicht.«

Er deutete in Richtung Südosten, wo er in der Entfernung eine Anhöhe zu erkennen glaubte.

»Dann überlass mir die Keiler«, schlug Grasmücke vor. »Meine Augen sind nicht mehr so gut.«

»Deine Augen sind in Ordnung«, sagte Schakal und gab ihm die Führstricke. »Du zweifelst nur an mir.«

»Das auch.«

Schakal spannte seine Armbrust, lud sie mit einem Bolzen und begann, sich zu dem Hügel vorzuarbeiten, der sich nur als schwarzer Fleck vom dunkler werdenden Himmel abhob. Sie kämpften sich vorsichtig durch den Sumpf, doch je weiter sie kamen, desto fester wurde der Boden. Die Sümpfe wurden flacher und der schwammige Boden wurde durch Flächen mit dichtem Strandhafer gestützt. Das Land stieg bereits allmählich an. Auf halbem Weg zu ihrem Ziel konnte Schakal erkennen, dass er keiner Fata Morgana hinterherlief. Es war schon Nacht, als sie den Hügel erreichten, aber das Orkblut in ihren Augen zeigte ihnen, dass Schakal mehr als recht gehabt hatte.

»Mehr Glück als ein Keiler mit zwei Schwänzen«, kicherte Grasmücke leise.

Schakal sah mit nicht geringer Genugtuung nach vorn.

Es handelte sich nicht nur um eine Erhebung im Sumpf, sondern um die erodierenden Überreste eines von Menschenhand errichteten Bollwerks mit den gezackten Zähnen einer zerbrochenen Mauer. Dahinter dämmerten die Schatten eines alten Bergfrieds vor sich hin. Große Mauerteile und die Skelette umgestürzter Türme lagen verstreut um den Hügel herum, halb versunken im Sumpf. Es war unmöglich zu sagen, wie hoch der Turmhügel in seiner Glanzzeit gewesen war, aber er war schnell dem saugenden Boden erlegen und war jetzt kaum höher als Schakal. Das verlieh dem Überrest der Festung ein gedrungenes Aussehen. Er wirkte wie eine alte Steinkröte, die im Sumpf schmollte.

»Ist das hier, wonach du gesucht hast?«, fragte Grasmücke.

»Wahrscheinlich«, antwortete Schakal. »Wie auch immer, es ist ein gutes Lager. Morgen früh werden wir ...«

Er brach ab.

Etwas hatte sich in den Ruinen vor ihnen bewegt und huschte zwischen den Trümmern hindurch. Grasmücke sah es auch, denn er schlich lautlos neben Schakal her, seinen Bogen in der Hand und einen Pfeil im Anschlag.

Lange bevor Schakal Schlammkopf geworden war, hatte Grasmücke ihm die Handgesten beigebracht, die die Rotte benutzte, wenn Lautlosigkeit nötig war. Sie verständigten sich jetzt, indem sie schnell signalisierten, dass jeder von ihnen eine Gestalt gesehen hatte, und bestätigten den Standort. Schakal schlug vor, sich aufzuteilen. Grasmücke stimmte zu und verschwand sofort in den Schatten. Er würde sich von hinten an die Gestalt heranschleichen, während Schakal von vorn auf sie zugehen würde. Sie banden die Keiler nicht an, denn sie wussten, dass sie sich so besser verteidigen konnten, falls jemand so töricht sein sollte, sich ihnen zu nähern.

Geduckt eilte Schakal zur nächstgelegenen Deckung, einem umgestürzten Teil eines einst runden Turms, der jetzt wie ein zerschlagenes Ei im Dreck lag. Er drückte sich mit dem Rücken an die Steine und lauschte einen Moment lang aufmerksam, dann schlich er herum und bahnte sich verstohlen einen Weg zu der Trümmerreihe, die dicht am Hang des Turmhügels lag. Der Schatten, den er verfolgte, müsste sich von der anderen Seite her auf ihn zubewegen.

Er wartete und spitzte die Ohren. Bald darauf ertönte ein kaum hörbares Geräusch. Vorsichtig bewegten sich Füße auf aufgeweichtem Boden. Schakal wartete, bis es sich näherte, und sprang mit der Armbrust im Anschlag hinter dem Mauerwerk hervor. Er sah, wie sich das Mondlicht matt auf einer Dolchklinge spiegelte, die der Schatten zum Zustechen erhoben hielt, aber Schakal riss seine Finger vom Abzug der Armbrust, und seine Augen weiteten sich, als sie am Bolzen entlang auf ein schönes, vertrautes Gesicht starrten.

Sperling erkannte ihn ebenso erschrocken und hielt ihren Dolch zurück. Einen Moment lang standen beide zitternd da und versuchten, die Anwesenheit des jeweils anderen zu begreifen. Als Schakal wieder zur Besinnung kam, nahm er die Armbrust herunter.

Die Elfin war schmutzig und trug noch immer das Gewand, das Beryl ihr gegeben hatte. Ihr kurzes, mit einem Messer gestutztes Haar klebte an ihren schmutzigen Wangen unterhalb der leicht schräg gestellten Augen, die vor Überraschung funkelten. Sie wirbelte herum, als Grasmücke aus dem Schatten hinter ihr auftauchte, entspannte sich aber, als er schnell ein paar Worte in der Sprossensprache sagte.

»Was macht sie hier?«, fragte Schakal.

Als sie seine Stimme hörte, drehte sie sich um, und ihr Gesicht wurde entschlossener. Sie gab den beiden ein Zeichen, ihr zu folgen, und ging eilig den Turmhügel hinauf, wobei sie beim Klettern die Hände zu Hilfe nahm, wenn der Untergrund schwierig wurde. Nachdem sie einen Blick gewechselt hatten, folgten Schakal und Grasmücke ihr. Sie wartete oben auf sie und lief dann an der Mauer entlang, bis sie eine Öffnung erreichte, die groß genug war, damit sie alle hindurchgehen konnten.

Im Inneren des düsteren Hofs lag der Bergfried vor ihnen. Sperling hielt inne und starrte auf die schwarzen Wände des Bauwerks. Schakal, der hinter ihr stand, konnte ihr Gesicht nicht sehen, und doch spürte er die Furcht, die von ihren schlanken Schultern ausging. Schnell überwand die Elfin ihren Widerwillen und ging wieder vorwärts, um sie auf fast lautlosen Füßen über den Hof zu führen. Die Tür zum Bergfried war längst verfault, aber ein dicker Vorhang aus bärtigem Moos nahm ihren Platz im Torbogen ein. An der Schwelle hielt Sperling erneut inne und ihr Atem kam in hörbaren Schauern. Sie starrte vor Angst und Wut zitternd auf den Eingang. Schakal legte ihr eine Hand auf die Schulter, trat vor sie und warf ihr einen beruhigenden Blick zu, der sie um Erlaubnis bitten sollte, dass er zuerst eintrat.

Sperling nickte.

Schakal fegte das Moos beiseite und betrat den Bergfried.

Das Dach war eingestürzt und hatte die Böden der oberen Stockwerke mit sich gerissen. Alles, was blieb, war eine hohle Hülle. Eine Hülle voller Grausamkeit.

Schakal hörte, wie die anderen hinter ihm eintraten, aber er konnte seinen Blick nicht von dem abwenden, was er sah, obwohl er es in Wahrheit schon einmal gesehen hatte.

»Der Teufel soll mich holen«, wunderte Grasmücke sich düster.

Das Innere des Bergfrieds, vom mit Trümmern übersäten Boden bis zum gähnenden Loch an der Spitze, war glitschig von Schlamm, der sich langsam bewegte. Darin eingebettet, gefangen gehalten wie einst Sperling, lagen die nackten, schlaffen Formen weiblicher Elfen. Schakal zählte mit einem Blick vielleicht ein Dutzend. Er schaute mit offenem Mund zu Sperling hinüber und schüttelte betrübt den Kopf.

»Sie kam der anderen wegen zurück.«

28

Sechzehn waren in dem Schlamm gefangen. Die unheimliche schwarze Substanz umschloss sie und hielt sie fest, während sie sich träge, fast unmerklich, über ihre Hand- und Fußgelenke, ihre Oberschenkel, ihren Hals und ihren Bauch bewegte. Einige waren fast vollständig umhüllt, andere baumelten an ihren Gliedmaßen. Nur ihre Gesichter waren alle entblößt, obwohl keine von ihnen bei Bewusstsein war. Schakal war sich nicht sicher, ob sie überhaupt noch lebten.

Neben ihm erwachte Grasmücke aus seiner verstörten Erstarrung.

»Wir müssen sie aus dieser Scheiße befreien«, erklärte das alte Dreiblut und ging entschlossen auf die nächste Elfin zu.

»Warte«, mahnte Schakal mit ruhiger, aber fester Stimme. Grasmücke zögerte. »Werden sie angreifen?«

Es war eine direkte Frage, ohne Furcht von einem erfahrenen Krieger gestellt.

Schakal sah Sperling an und erinnerte sich daran, wie er sie zum ersten Mal gesehen hatte, wie zaghaft er nach ihr gegriffen hatte, um zu sehen, ob sie noch lebte und ob die Kreatur, die sie festhielt, aggressiv auf seine Einmischung reagieren würde. Das war nicht der Fall gewesen, aber er hatte auch nicht versucht, sie aus dem lebenden Dreck zu befreien. Jetzt stand sie da, umgeben von einem Schrecken, dem sie selbst entkommen war, einem Schrecken, zu dem sie freiwillig zurückgekehrt war, um derentwillen, die noch gefangen waren.

»Ich weiß es nicht«, antwortete Schakal und sah Sperling weiterhin an. »Wenn sie es tun, sind wir alle tot.«

»Wusstest du davon?«, fragte Grasmücke, und seine Frage klang wie ein Vorwurf.

»Nein. Bevor ich weggeschleppt wurde, gestand Sancho, dass es noch andere gegeben hatte, aber ich hielt sie für tot. Delia dachte das auch. Sperling war allein, als Schlitzohr und ich sie fanden. Aber sie war in einem Schuppen in der Nähe der Hütte des Schlammmanns.«

»Warum wurde sie getrennt gehalten?«

»Vielleicht, weil sie die einzige Sprosse war. Die anderen wurden alle von Ignacio aus Hispartha eingeschmuggelt.«

In der Nähe betrachtete Sperling die Notlage ihrer Mitelfen mit vagem Abscheu und drehte sich langsam auf der Stelle. Sie ignorierte Schakal und Grasmücke völlig, während sie sich im Bergfried umsah und ihre Blicke auf den

Elfen, die in den höchsten Bereichen untergebracht waren, am längsten verweilen ließ. Schakal beobachtete, wie sich Verzweiflung auf Sperlings Gesicht breitmachte. Sie hatte keine Ahnung, was sie als Nächstes tun sollte, so viel war klar. Sie hatte sich wohl allein darauf konzentriert, dieses Gefängnis wieder zu erreichen, zu Fuß. Vielleicht hatte sie nicht damit gerechnet, noch jemanden lebend vorzufinden. Wie groß auch immer ihre Hoffnung, ihre innerste Furcht sein mochte, sie war endlich angekommen, und die Niedergeschlagenheit, die ihr die Tränen in die Augen trieb, verriet, dass sie nicht wusste, wie es weitergehen sollte.

Diese Erschütterung verwandelte sich innerhalb eines Herzschlages in Härte.

Sie fletschte stumm die Zähne, schüttelte den Kopf, um jede Angst zu verleugnen, und ging schnell auf eine der Gefangenen zu. Mit ihrer freien Hand packte sie die Gefangene am Arm und begann zu ziehen, bevor Schakal sie aufhalten konnte. Der Schlamm griff nicht an, aber als die Frau allmählich freikam, leistete er Widerstand und spannte sich an, um seine Gefangene zurückzuziehen. Mit einem hörbaren Atemzug zog Sperling fester und begann, mit ihrem Messer die schwarz glänzenden Stränge zu zerschneiden. Schakal schlang sich seine Armbrust über den Rücken und kam ihr zu Hilfe. Er tauchte beide Hände tief in den Schlamm, packte die bewusstlose Elfin unter den Armen und zog. Aus den Augenwinkeln sah er, wie Grasmücke sich daranmachte, eine andere allein zu retten. Schakal und Sperling arbeiteten Seite an Seite und rangen der hartnäckigen Substanz ihre Gefangene Stück für Stück ab. Sie stöhnte schwach, als sie befreit war, und Schakal stützte sie. Sperling war bereits unterwegs zum nächsten Mädchen.

Ein Stück weiter an der Mauer entlang hatte Grasmücke ebenfalls Erfolg.

Die Elfen in Bodennähe waren schnell befreit. Um die nächsten drei zu erreichen, mussten Grasmücke und Schakal Trümmer aufstapeln. Der Untergrund war schmierig und die Rettung mühsam, aber sie schafften es nach einer gefühlten Ewigkeit.

»Die hier ist tot«, sagte Grasmücke leise und inspizierte die Letzte der drei, als sie sicher auf dem Boden angelangt waren.

Schakal sah nach unten und erstickte fast an der Wut, die in seiner Kehle aufstieg. Verdammt, sie wirkten alle halb tot. Ihre schmutzigen, nackten Gestalten waren erschreckend blass. Halb tot war jedoch ein Segen, wenn man sie neben der Leiche sah, bei der Grasmücke kniete. Sie lag so still; ihr fehlten selbst die flachen Atemzüge der anderen.

Schakal sah nach oben, zu den fünf verbleibenden Gefangenen, und fragte sich, wie viele von ihnen nicht mehr zu retten waren.

»Ich weiß nicht, wie wir sie erreichen können«, gab er laut zu.

Sperlings Blick war auf dasselbe Problem gerichtet.

Und so übersahen sie beide den großen Schlamm, der über den Rand des dachlosen Bergfrieds kroch. Kurz verdeckte er den sichtbaren Himmel und verschlang die Sterne, bevor er die Mauer hinabglitt.

Schakal warnte Grasmücke, indem er einfach seinen Namen sagte, wobei sein Tonfall ausreichte, um ihm die nahende Gefahr zu verdeutlichen. Grasmücke stand auf, nahm seinen Bogen in die Hand und zielte mit einem Pfeil auf die schwarze Masse. Schakal wusste es besser und ließ seine Armbrust über den Rücken geschlungen. Er beobachtete und wartete.

Der Schlamm wich den restlichen Gefangenen aus und sickerte an ihnen vorbei. Als er sich dem Boden näherte, sah Schakal, dass er den gesamten Schlamm, der auf seinem Weg lag, aufgesaugt hatte und eine breite Spur aus Steinen an den Wänden hinterließ. Der aufgesaugte Schlamm aus dem Bergfried vergrößerte die Kreatur. Als sie den Boden erreichte, türmte sie sich zu einer groben Kugel auf, fast so groß wie der verdammte Elefant, den Vollkorn beweint hatte.

Grasmücke trat einige Schritte zurück, wobei er sich von den Instinkten eines Bogenschützens leiten ließ. Sperling zog sich nur einen Schritt zurück und zwang sich dann, standhaft zu bleiben. Schakal weigerte sich, auch nur einen Schritt zurückzuweichen.

Die glatte, abgerundete Oberfläche brach auf und begann sich zu lösen, wie sich öffnende Blütenblätter einer großen, fauligen Blume. Die Gestalt, die sie umhüllte, war vertraut und doch auf schreckliche Weise verändert. Nur ein Gesicht und ein Teil des Rumpfs waren zu sehen, doch die Verletzungen, die Schlitzohrs Magie verursacht hatte, waren offensichtlich. Die Haut war grau und verdorrt, von tiefen, harten Falten gezeichnet, als wäre ranziges Fleisch geräuchert worden.

Der Schlammmann war nicht verbrannt worden, sondern ausgetrocknet.

Der schwarze Dotter, der ihn umgab, glitt immer wieder über seine entblößten Gesichtszüge, und für einen Moment erwachte das versteinerte Fleisch zu neuem Leben, nur um dann wieder sichtbar zu zerfallen. Allein seine Augen waren konstant. Sie bohrten sich mit der Gewalt von geschleuderten Speeren in Schakal.

»Der Leibeigene kehrt in unser Reich zurück«, murmelte der Schlammmann. »Damit hast du alles verwirkt, dies ist dein letztes Vergehen.«

Schakal verzog das Gesicht. »Ich habe alles riskiert, um hierherzukommen, Corigari. Was ich verwirkt habe, wird sich zeigen.«

Er sagte den Namen beiläufig, um den Schlammmann aus der Fassung zu bringen. Es funktionierte, denn sein Blick hellte sich auf.

»Unser wahrer Name ist zu ruhmreich für Mischlingszungen«, erklärte er. »Wir gestatten den Gebrauch unserer Bezeichnung nur, wenn ihr uns ansprecht.«

»Ich weiß nicht, was du damit meinst, Schlammmann«, gab Schakal leichthin zu.

»Und doch bist du in deiner Unwissenheit willfährig.« Der Blick des Schlammmanns kroch zu Sperling hinüber. »Und ihr kommt mit dem, was ihr gestohlen habt. Euer Häuptling ist weise, das zu liefern, was uns gehört. Noch weiser ist es, dass ihr Überbringer der Bastard ist, der uns so beleidigt hat.«

Schakal nickte langsam und ließ den Schlammmann in dem Glauben, sie seien vom Lehmmaster geschickt worden.

»Aber er wird denjenigen nicht ausliefern, der dir wirklich Schaden zugefügt hat«, erklärte er.

Der Schlammmann warf einen kurzen Blick auf Grasmücke, als würde er erst jetzt merken, dass er nicht fett und ohne Turban war.

»Der fremde Zauberer muss unseren Unmut zu spüren bekommen!«

»Der Tyrkanier ist jetzt der engste Berater meines Häuptlings«, sagte Schakal und schüttelte den Kopf. »Der Lehmmaster wird niemals zulassen, dass ihm ein Leid geschieht. Und es wird auch keine Elfenmädchen mehr geben. Deshalb bin ich gekommen, um dir zu sagen, dass der Lehmmaster die Abmachung zwischen dir und Ignacio aufgekündigt hat.«

»Das ist töricht«, sinnierte der Schlammmann, »von ihm und von dir. Denn euer Häuptling hat euch in den Tod geschickt und ihr seid bereitwillig marschiert.«

»Nicht, wenn wir eine neue Abmachung treffen«, bot Schakal an.

Die Augen des Schlammmanns verengten sich. Sein dunkler Kokon brodelte um sein ruiniertes Gesicht.

Schakal fuhr fort. »Ich kann dir den Zauberer geben. Du kannst dich an ihm rächen. An ihm und auch dem Lehmmaster.«

»Und was begehrst du dafür, Schurke?«

»Mein Leben und das Leben derer, die hier sind. Lass die

Elfen frei und erlaube meiner Begleiterin, mit ihnen zu gehen. Sobald sie sicher außerhalb des Sumpfes sind, zeige ich dir, wie du in die Brennerei kommst. Dort kannst du deine Rache nehmen.«

Der Schlamm überspülte das Gesicht des Moortrotters. Als sich die Schwärze zurückzog, lächelten die wiederbelebten Wangen des Schlammmanns.

»Du würdest zwei Leben für beinahe zwanzig bieten. Und wofür? Du denkst, eure Festung würde ein Hindernis für jemanden wie uns darstellen? Mauern schrecken uns nicht ab.«

»Was ist mit Zauberern?«, fragte Schakal. »Ich war Zeuge, wie er dich besiegt hat, Schlammmann. Und du siehst nicht gesund genug aus, um es noch einmal mit ihm aufzunehmen, nicht ohne das Wissen, das ich dir bieten kann. Ich bin mit dem Tyrkanier geritten. Ich kann dafür sorgen, dass du siegreich bist.«

Natürlich war das eine Lüge, aber Schakal überzeugte durch seine feste Stimme und den Ausdruck in seinem Blick.

»Warum verrätst du deine Rotte, Mischling?«

»Um sie anzuführen«, antwortete Schakal entschieden.

Das Lächeln des Schlammmannes verschwand in einer weiteren Liebkosung des Schlamms.

»Du erhoffst dir viel davon, uns als deinen Handlager zu benutzen. Sollen wir etwa dein Vasall sein? Ist das das Ausmaß deiner Unverschämtheit?«

»Wenn wir beide Erfolg haben wollen, ist das der richtige Weg«, sagte Schakal. »Du bestrafst den Zaubererschoßhund des Lehmmasters, und ich bekomme, was ich verdiene. Alle Abmachungen werden wiederaufgenommen. Als Häuptling kann ich dafür sorgen, dass die Elfen wieder in die Alte Jungfer gelangen.«

Eine weitere Lüge. Sie türmten sich auf, genauso instabil wie die umliegenden Trümmerhaufen.

»Doch ihr wollt uns dessen berauben, was wir bereits erworben haben«, sagte der Schlammmann und nickte mit dem Kopf in Richtung der am Boden liegenden Elfen.

»Um die Sprossen zu besänftigen«, sagte Schakal und deutete mit einer Kopfbewegung auf Sperling. »Ignacio sollte dir niemals Spitzohren aus den Geteilten Landen bringen. Der Lehmmaster entdeckte seine Machenschaften und befürchtete einen Krieg. Er schickte mich und den Zauberer, um das Mädchen zurück nach Hundsfälle zu bringen. Das taten wir, aber sie sprach mit ihrer Sippe über die anderen. Die Sprossen haben ihre Freilassung verlangt.«

Der Schlammmann lachte, und Schakal wusste, dass sein Kartenhaus der Täuschung eingestürzt war.

»Du wusstest nichts von ihr, als du unser Heim zum ersten Mal besudelt hast. Du sprachst erstaunt von Hurenmeistern und Pferden. Du plapperst jetzt, um dich zu retten, weil du wieder beim Einbrechen erwischt wurdest.«

»Ich wurde nicht erwischt, Schlammmann«, erwiderte Schakal. »Ich bin hierhergekommen, um dich aufzusuchen. Um dir eine Chance auf Vergeltung an dem Zauberer zu geben. Was ich nicht erwartet hatte, war dein verdammter Harem sterbender Elfen! Also, warum kommst du nicht aus diesem Scheißhaufen heraus und lässt mich dir wieder in die Fresse schlagen?«

»Was ist aus der Höflichkeit geworden?«, fragte Grasmücke.

»Scheiß drauf«, entgegnete Schakal, ohne sich umzudrehen.

»Das ist mein Junge.«

Das unansehnliche Gesicht des Schlammmanns bebte vor Wut.

»Harem?«, wiederholte er. »Es ist ein Altar! Die Jungfer verlangt ein Opfer. Orks und Elfen haben sie in ihrer Blutfehde geschändet. Deshalb wird sie mit Ork- und Elfenblut wieder heilig gemacht werden. Wir, die wir über sie herrschen, müssen ihr zuerst dienen und ihre Tafel mit dem Kopfgeld ihrer Plünderer schmücken. Das Haus Corigari hat dies treu getan und sich zu niederen Geschäften mit habgierigen Bauern herabgelassen, um die Opfergaben zu erhalten!«

Ein Opfer. Das war es, was all dies war, erkannte Schakal.

Der Schlammmann war wohl noch ein kleiner Junge gewesen, als der Überfall sein Elternhaus erreichte. Er musste die Schlachten zwischen den Dickhäutern und den Elfen miterlebt haben und in die Verwüstung ihrer Zauber hineingezogen worden sein. Diese Magie hatte den Sumpf verändert, war in das Land gesickert und hatte die Gewässer durchtränkt. Der Schlammmann könnte der einzige Überlebende gewesen sein. Was auch immer geschehen war, er war offensichtlich verrückt und mächtig geworden. Vielleicht kontrollierte er die Schlämme, vielleicht kontrollierten sie ihn, Schakal wusste es nicht, aber er verstand genug.

Dickhäuter kamen oft durch die Alte Jungfer, nachdem sie den Schlauch im Süden durchquert hatten, und nutzten die tückische und verlassene Weite, um in die Geteilten Lande zu gelangen. Sogar für sie hatte der Sumpf einen unheimlichen Ruf, und das aus gutem Grund. Der Schlammmann dezimierte die Räuberbanden oder vernichtete sie ganz. Aber er tötete die Orks nicht, um den Geteilten Landen zu helfen, er gab der Alten Jungfer die Hälfte des Blutes, von dem er glaubte, dass sie es begehrte.

Elfen jedoch waren eine andere Sache. Sie waren klug genug, sich nie hierherzuwagen. Für sie war der Schlammmann zu einem Tauschhandel gezwungen. Er brauchte nur jemanden, der bereit war, Spitzohren aus Hispartha und anderen Sklavenhöhlen einzuschmuggeln; jemanden, dessen Herz schwarz genug war, um einem solchen Übel zuzustimmen.

»Hauptmann Ignacio wird bald eine Schlinge um den Hals tragen«, sagte Schakal. »Seine Zeit als dein treuer Jagdhund ist vorbei. Deine Tage des Elfenmordens enden jetzt!«

Der Schlammmann war still geworden, doch der Schlamm um ihn herum bebte vor Wut.

»Sie enden, Halb-Ork, weil du alles zurückgebracht hast, was die Jungfer verlangt, die Elfin mit dem Orksamen, der in ihrem Bauch keimt.«

Schakal zwang sich, Sperling nicht anzusehen. Seine Gedanken rasten. Das war also der Grund, warum sie von den anderen getrennt worden war.

»Sie ist nicht mehr schwanger«, verkündete Schakal. »Die Sprossen haben den Abkömmling beseitigt.«

Der Blick des Schlammmanns kehrte zu Sperling zurück, und sie duckte sich vor der hungrigen Bedrohung weg, die in ihm steckte. Schakal stellte sich zwischen sie und den Dämon.

»Deine Lügen sind schwach«, sagte der Schlammmann. »Es wächst weiter. Wir können es spüren. Wir haben es an dem Tag gespürt, als wir hierher zurückkehrten und feststellten, dass die Orks sich an unseren Vorräten gütlich getan hatten. Das Schicksal führte sie hierher, während wir unterwegs waren, um euren toten Mann aus dem Bordell zu holen. Ihre Lust hatte die Oberhand über ihre Furcht gewonnen. Sie stillten ihre Wildheit und nur eine überlebte. Wir übergaben die Geschundenen der Jungfer und hätten das Gleiche mit der Elfe getan, aber wir hörten das Flüstern des Schicksals in ihrem Bauch zappeln. Ork-Blut, Elfen-Blut, eins geworden. Eine seltene und exquisite Monstrosität. Wir nahmen sie zu uns, um sie zu beschützen, bis sie den Preis der Jungfer zur Welt brachte. Aus dem Schoß der Mutter wird das Kind in den Schoß des Sumpfes wandern und unsere Länder werden wieder zu Ruhm gelangen.«

Der Kokon begann vorwärtszugleiten. Der Schlamm an den Wänden des Bergfrieds bewegte sich ebenfalls, rutschte nach unten und riss die verbliebenen Elfen mit sich. Er setzte sie auf den Trümmern ab, bevor er mit der grauenhaften Sänfte des Schlammmanns verschmolz. Als der immer größer werdende Dämon näher kam, griff Schakal nach seinem Talwar. Plötzlich fiel ihm ein, dass man ihm die Klinge im Kastell abgenommen hatte. Ein Pfeil durchschnitt die Luft und raste auf das Auge des Schlammmanns zu. Grasmücke hatte gut gezielt, aber eine Schlammranke schoss aus der Masse und verschlang das Geschoss, bevor es einschlug. Schakal machte einen Schritt zurück, schlang seine Armbrust von der Schulter und spannte die Sehne. Bevor er einen Bolzen laden konnte, blieb der Schlammmann stehen.

Sperling stand vor ihm und hielt sich das Messer an ihre Kehle.

Und sie begann zu sprechen.

Ihre Stimme driftete kaum hörbar bis zu Schakal zurück. Es war die Elfensprache, kompliziert und wohlklingend. Sie sprach leise, aber mit entschlossener Miene zu dem Schlammmann, und die fremden Worte flossen elegant in einem Schwall dahin. Die Stirn des Moortrotters legte sich konzentriert in Falten. Er hörte zu.

Schakal begab sich schnell an die Seite von Grasmücke. »Was sagt sie?«

»Sie hat dem Schlammmann gerade gesagt, dass er stirbt«, antwortete das alte Dreiblut mit leiser Stimme. »Sie sagt, die Magie des Zauberers tötet ihn. Dass er es auch weiß. Sie sagt, dass ihr Kind in einem halben Jahr geboren wird und dass der Schlammmann nicht mehr so lange lebt.«

Schakal stieß seinen angehaltenen Atem aus. Sie wusste es.

Jetzt sprach der Schlammmann und seine tiefe, nuschelnde Stimme verschandelte die elfische Sprache. Sperling verkrampfte sich bei seinen Worten, ihr Messerarm spannte sich an, als sie antwortete. Schakal hörte die Drohung heraus.

»Schlammmann hat gerade behauptet, er würde sie nehmen«, erzählte Grasmücke schnell. »Das Risiko eingehen. Sperling schwor, sie würde ihn abweisen. Sich umbringen.«

Schakal beugte sich vor und machte sich bereit zum Angriff.

»Bleib hier«, zischte Grasmücke. Sperling sprach immer

noch, und das alte Dreiblut hatte sichtlich Mühe, mitzuhalten, denn ihre Stimme wurde immer verzweifelter. »Sie bietet einen Handel an. Sie sagt, sie weiß, wo man einen anderen Halb-Ork mit elfischem Blut findet.«

Schakal warf Grasmücke einen verwirrten Blick zu und stellte fest, dass er genauso verblüfft aussah.

»Was meint sie ...«

Grasmücke brachte ihn knurrend zum Schweigen und versuchte zuzuhören.

»Sie verlangt unser Leben im Austausch gegen die Identität des Halbbluts. Ein Erwachsener, behauptet sie. Einer, der die Aalte Jungfer zufriedenstellen wird. Wenn er nicht zustimmt, will sie sich selbst die Kehle aufschlitzen. Sie sagt, er habe keine andere Wahl.«

Der Schlammmann zog sich leicht zurück, und der Kokon schien kleiner zu werden, als er sein ausgelaugtes Fleisch umhüllte. In der Umarmung des schwarzen Pechs nickte das Gesicht und sprach ein Wort.

Eine Vereinbarung.

Sperling begann wieder zu sprechen. Diesmal langsamer.

Grasmücke hatte keine Mühe, ihre zögerlichen Worte zu verstehen, doch er wirkte immer noch perplex, und die Falten in seinem sonnenverbrannten Gesicht vertieften sich.

»Was ist los, alter Haudegen?«, bohrte Schakal.

»Sie sagt, es sei einer von uns. Unserer Rotte, die Bastarde. Ich kann nicht ... Scheißdreck.«

Der Fluch kam als leises Flüstern heraus, doch der Schlammmann sah hoch zu Grasmücke. Sperling hatte aufgehört zu sprechen und drehte sich nun um, ihr Gesicht war ein Flehen um Vergebung.

»Grasmücke?«, drängte Schakal. »Was zur Hölle hat sie gerade gesagt?«

Das Gesicht des alten Dreibluts versteinerte und er sah den Schlammmann scharf an.

»Augenweide«, sagte er. »Sie hat ihm gesagt, es sei Augenweide.«

Schakal stieß ungläubig die Luft aus, aber als er Grasmücke ansah, erstarb jedes Wort in seiner Kehle.

»Du leugnest es nicht, alter Mann?«, erkundigte sich der Schlammmann.

Grasmücke schüttelte seinen weißhaarigen Kopf. »Nein, ich leugne es nicht. Die Elfin erzählt dir die Wahrheit. Meine Frau hat sich um alle Findelkinder gekümmert, also weiß ich es. Weide ist Halb-Elf.«

Der Schlammmann lächelte, und sein Gesicht begann, in den Kokon zurückzusinken. Die schwarze Masse versiegelte sich um ihn herum und bewegte sich zurück zur Wand.

»Nein!«, rief Schakal. »Sie lügen dich beide an, Schlammmann! Das ist Irrsinn!«

Er stürmte los, aber der Schlamm floss schnell die Wand hinauf. Mit einem frustrierten Schrei schoss Schakal einen Bolzen in seine glitzernde Form – ohne Erfolg. Der Klecks ignorierte den Angriff und verschwand über den Rand des Bergfrieds. Wütend ging Schakal auf Grasmücke los.

»Was, zum Teufel, war das?«

»Das war sie, die unsere Haut gerettet hat«, antwortete Grasmücke und zeigte auf Sperling.

Schakal versuchte, die Elfe anzustarren, aber er konnte sie nicht einmal ansehen.

»Stimmt das überhaupt?«, fragte er und marschierte auf Grasmücke zu. »Über Weide?«

Das alte Dreiblut warf ihm einen strengen Blick zu. »Was denkst du? Ihre Schönheit. Ihre Geschicklichkeit. Hast du jemals jemanden gesehen, der besser mit einer Armbrust zielen kann?«

Schakal fuhr sich verärgert mit der Hand durch die Haare. »Und du wusstest es?«

»Bis jetzt war ich mir nicht sicher«, sagte Grasmücke. »Aber ich habe es vermutet. Beryl war seltsam zurückhaltend, was das anging. Eine Frau lag bei ihr in den Wehen, zu der sie niemanden sonst lassen wollte. Als ich von einer Patrouille zurückkam, war da ein neues Baby. Beryl sagte, die

Mutter sei weggegangen, aber sie hatte Blasen an den Händen. Ich wusste, dass sie ein Grab geschaufelt hatte, und sie hatte immer denselben Blick, wenn sie eine im Kindbett verlor. Ich habe sie nie bedrängt. Ein Elfenblut anzuerkennen, würde nur Ärger zwischen den Bastarden und den Sprossen verursachen. Soweit es die Rotte betraf, war Isabet nur ein weiteres verlassenes Halbblut.«

»Und du hast gerade diesen Dämon auf sie gehetzt«, sagte Schakal mit zusammengebissenen Zähnen.

»Ich habe ihn auf die Brennerei gehetzt. Das war der Plan, Schakal. Du wolltest, dass er es mit dem Tyrkanier aufnimmt und auch mit dem Lehmmaster. Nun, er ist auf dem Weg zu ihnen. Wenn wir Glück haben, bringen sie sich gegenseitig um und ersparen uns die Mühe.«

»Und was, wenn er einfach reinschlüpft, Weide nimmt und wieder rausschlüpft? Er bringt sie hierher zurück und ertränkt sie in einem verdammten Sumpf.«

»Das ist möglich«, sagte Grasmücke und bewegte sich auf die letzten fünf Elfen zu, die von der Mauer heruntergeholt worden waren. »Aber wir werden nicht hier sein, wenn er es tut. Wir werden lebendig und weit weg sein. Genau wie diese armen Mädchen.«

Das alte Dreiblut hockte sich neben die Elfen und musterte sie einzeln. Schakal konnte an seiner Körpersprache erkennen, dass nur noch zwei lebten. Galle stieg in seiner Kehle auf. Der Schlammmann hatte gesagt, die Orks hätten alle Mitgefangenen von Sperling getötet. Das bedeutete, dass alle diese unglücklichen Frauen seit ihrer Flucht hergebracht worden waren. Ignacio, der Hundesohn, war sehr fleißig gewesen. Wahrscheinlich hatte er Sancho umgangen und diese Elfen persönlich abgeliefert, wie er es bei Sperling hatte tun müssen. Sie kümmerte sich jetzt um die sieben Überlebenden. Einige begannen, sich zu regen, und erwachten aus der seltsamen Lethargie, die der Schlamm verursacht hatte. Schakal konnte nicht zulassen, dass Augenweide so etwas passierte.

»Ich muss sie warnen«, sagte er.

Die Schultern des älteren Halb-Orks sackten herab. »Du wirst es nicht rechtzeitig schaffen.«

»Ich muss es versuchen.«

Grasmücke stand auf und sah ihn an. »Sie hat dich verraten, Jaco.«

»Sie hat ihre Stimme abgegeben. Das war ihr Recht als Grauer Bastard. Sie hat es nicht verdient, dafür zu sterben.«

»Du hast recht, aber sie hat für den Lehmmaster gestimmt. Ihr gewählter Anführer hat sie mit seinen Intrigen in Gefahr gebracht, nicht du.«

»Verdammt, Grasmücke, der Schlammmann könnte die ganze Rotte töten!«

»Das Risiko sind wir eingegangen, als wir ihn einbezogen haben. Du wolltest ihn als Verbündeten. Was du bekommen hast, ist ein Attentäter. Du kannst nur noch abwarten und sehen, wer stirbt.«

Schakal war wütend. »Das kann ich nicht machen.«

»Dann reite«, sagte Grasmücke zu ihm. »Und hoffe, dass dein Keiler schneller ist als dieser Teer. Selbst dann werden die Bastarde dich mit Armbrustbolzen vollpumpen, wenn sie dich sehen.«

Schakal nahm die Warnung mit einem Kopfschütteln zur Kenntnis und schlug sie sogleich in den Wind. »Was ist mit dir?«

»Mit *mir*?« Grasmücke warf ihm einen Blick zu, der seine Intelligenz infrage stellte. »Ich werde diese Elfen aus dieser Grube führen. Sie in Sicherheit bringen.«

»Wohin?«

Es war Sperling, die kurz und knapp eine Antwort gab, die keinen Widerspruch duldete. Grasmücke und Schakal drehten sich um und sahen, dass sie ihnen einen entschlossenen Blick zuwarf.

»Hundsfälle«, übersetzte Grasmücke.

Schakal spottete. »Wenn du das tust, alter Haudegen,

bin ich nicht der Einzige, der Gefahr läuft, mit gefiederten Schäften gespickt zu werden.«

»Und du hast keine Zeit, dir darüber den Kopf zu zerbrechen.«

Er hatte recht.

Schakal klopfte dem Alten dreimal auf die Schulter. »Lebe im Sattel.«

»Stirb auf dem Keiler.«

Grasmückes Antwort klang wie ein Omen.

Schakal schlang sich seine Armbrust über den Rücken, sprintete zum Torbogen und stürmte durch das hängende Moos. Er fand Heimelig und saß im Sattel, bevor er merkte, dass er Sperling nicht einmal einen Abschiedsblick zugeworfen hatte. Sie hatte getan, was sie tun musste, um mehr als nur ihr eigenes Leben zu retten. Jetzt musste Schakal dasselbe tun.

Er orientierte sich an den Sternen und begab sich direkt nach Norden. Er ritt, wenn er konnte, stieg ab und führte Heimelig, wenn der Boden zu sumpfig war. Ob mit dem Keiler oder zu Fuß, Schakal legte ein zermürbendes Tempo vor, so schnell, wie es die Jungfer zuließ. Dennoch dauerte es die ganze Nacht, bis er das durchnässte Land durchquert hatte.

Schakal konnte sich keine Pause erlauben. Da er wusste, dass das Gefühl von festem Boden Heimelig zum Laufen verleiten würde, quartierte er sich gut im Sattel ein und ritt wie der Teufel. Die Sonne ging bald direkt vor ihnen auf und blendete sie. Der Tag würde lang, heiß und unerträglich werden. Das unbarmherzige Licht erwies sich beinahe als Gnade. Es verhinderte, dass Schakal die beschwerlichen Kilometer, die noch vor ihnen lagen, sehen konnte; Kilometer, die nur noch länger werden würden, wenn die Kräfte von Halb-Ork und Keiler nachließen. Die Entfernung erschien ihm endlos. Um diesen Ritt in die Knie zu zwingen, musste das Land einfach nur existieren.

Doch Schakal spornte Heimelig weiter an.

Der Schlammmann würde einen großen Vorsprung haben, denn der Sumpf war für ihn kein Hindernis. Schakal konnte diesen Rückstand nur jetzt aufholen, da Staub und Felsen unter den Hufen seines starken Keilers lagen. Heimelig war ein ganz besonderer Barbar, aber selbst seine tierische Ausdauer hatte Grenzen. Nach zwei Märschen durch den Sumpf war er zwar nicht mehr taufrisch, aber auch nicht erschöpft.

Noch nicht.

Schakal ritt weiter, bis sie das Ufer eines Wasserlaufs erreichten, wahrscheinlich ein Nebenfluss des Alhundra. Hier hielt er lange genug an, damit Heimelig trinken konnte. Im Osten stand noch immer die helle Wand des Morgens. Dort mussten sie hin. Anstatt von der Sonne geblendet weiterzureiten, erwog Schakal, eine Pause einzulegen. Eine Pause würde es dem Tag erlauben, zu reifen, bis der Horizont nicht mehr in Flammen stand, und sie könnten sich endlich ausruhen. Aber eine Pause würde es dem Schlammmann auch ermöglichen, seinen Vorsprung auszubauen.

Schakal machte sich wieder auf den Weg.

Müde blinzelte er, um die Sonnenstrahlen von seinem schmerzenden Kopf fernzuhalten, und ritt weiter. Heimelig wandte sich immer wieder nach Norden und versuchte, dem blendenden Licht zu entkommen. Schakal war dazu gezwungen, ständig die Hauer zu packen und mit dem Keiler um die Kontrolle zu ringen. Da er wusste, dass Heimelig müde war, lauschte er genau auf die Atmung des Tieres und hörte zum Glück keine Geräusche einer Blutlunge.

Noch nicht.

Der Tag ließ die Sonne höher steigen und nahm ihnen die Glut aus den Augen, nur um sie erbarmungslos auf ihr Fleisch hinunterbrennen zu lassen. Schwitzend und mit schmerzenden Beinen ritt Schakal weiter, in der Hoffnung, den Zusammenfluss der Lucia mit dem Alhundra vor sich zu sehen. Die Brennerei war sein Ziel, aber sie war eine ferne, gefährliche Hoffnung. Schakal verdrängte sie aus seinem

Kopf, weil er befürchtete, dass allein der Gedanke an sie ihm den letzten Rest seiner Kraft rauben würde. Also konzentrierte er sich auf den Fluss zu seiner Linken und sehnte sich danach, das Wasser von dessen größerer Schwester zu sehen.

Es wurde Mittag, doch die Einmündung war noch immer nicht zu sehen. Zweimal schon hatte sich Heimelig seinem Befehl widersetzt und den Fluss durchquert. Schakal musste ihn fest an die Hand nehmen und die ganze Kraft seiner Muskeln und seiner Stimme aufwenden, um den Barbaren wieder auf Kurs zu bringen. Sein brennender Schädel ließ ihn allmählich die Geduld verlieren und Schakal trieb den Keiler zum Galopp an. Er musste Heimelig den Eigensinn austreiben. Er musste die verdammte Flusskreuzung sehen!

Sonnenflecken tanzten vor seinen Augen, als der Staub aufgewirbelt wurde. Er blinzelte heftig gegen die weißen Blitze an den Rändern seines Sichtfelds an, was zu dunklen Punkten führte. Diese schwarzen Flecken wurden zu Schlamm, und Schakal trieb Heimelig an, obwohl er wusste, dass er die Lügen seiner verbrannten Augäpfel verfolgte. Blut pochte gegen seine Trommelfelle und verdrängte die Geräusche von Heimeligs stöhnenden Atemzügen. Ein Tosen übertönte seinen rasenden Herzschlag. Wasserrauschen.

Vor ihm vereinigten sich die Flüsse und paarten sich spielerisch mit weißen Stromschnellen.

Heimelig wendete instinktiv an der Einmündung und donnerte wieder ostwärts bis zur Furt. Sie überquerten den zusammenlaufenden Wasserweg und stürmten tropfend auf die dahinter liegenden Ebenen. Schnaubend trotzte der Barbar der Müdigkeit und preschte über das Brachland, seine Hufe trommelten auf die Erde. Die Hitze machte auch dem Keiler zu schaffen. Manche Reiter würden befürchten, sie hätten ihre Reittiere überanstrengt, sie in den Wahnsinn getrieben, nicht aber Schakal. Er kannte Heimelig, konnte den Rausch in seinen pumpenden Gliedern spüren. Er hatte noch mehr zu geben.

Sie begannen, gegen die Meilen zu gewinnen, aber das Land wehrte sich und warf jede staubige Niederlage in Schakals ausgetrocknete Kehle. Er hustete und würgte, fluchte und kaute auf dem Schotter. Seine Beine schrien nach Erleichterung, als er sich tief im Sattel vorbeugte, um sich in die perfekte Position für die Geschwindigkeit zu bringen. Schweiß und lose Haarsträhnen stachen ihm in die Augen und jeder einzelne Muskel verkrampfte sich zusehends. Die Sonne begann zu sinken, doch der Keiler stürmte weiter – die Verfolgung eines Dämons machte ihn selbst zu einem.

Schakal ritt noch lange, nachdem er hätte aufhören sollen, lange, nachdem er aus dem Sattel hätte fallen sollen. Heimelig hätte zusammenbrechen müssen, aber er hielt durch, gierig nach dem Horizont. Keiler und Reiter kochten im Kessel von Ul-wundulas, aber sie gaben nicht auf. Die Hitze durchflutete sie, nährte sie, versetzte sie in einen Fiebertraum von unbezwingbarem Willen.

Die Dämmerung brach herein, und – unmöglich – plötzlich war da eine unerträgliche Silhouette.

Dort, vor dem sich verdunkelnden Horizont, ragte ein Schattenfinger von einem brütenden Buckel in die Höhe.

Während Heimelig auf seine Heimat zustürmte, überkam Schakal eine quälende Beunruhigung. Über der schwindenden Röte des Sonnenuntergangs kam die kommende Nacht wie ein grässlicher Bluterguss, das Purpur mit einem Hauch von kränklichem Grün. Der Mond tauchte aus einem Wolkenschleier auf, und vor seinen Augen nahm die alte Sichel zu und erstrahlte in einem fahlen Licht. Schakals Rückgrat kribbelte und er blickte verunsichert nach vorn.

Der Schatten der Brennerei wirkte nicht länger vertraut. Der Schornstein war zu kurz, die Wände zu schräg. Die umliegenden Ländereien waren nicht mit Weinbergen und Olivenhainen bedeckt, sondern eine karge Ebene, in der ein Haufen niedriger Hütten hockte.

Da wurde Schakal klar, wohin er wirklich geritten war.

Der Hügel und der Turm von Strava standen vor ihm, bescheiden unter dem bedrohlichen Schein des Verrätermonds.

29

Auf dem Hügel tummelten sich Reiter der Unyaren, die so sehr mit den Vorbereitungen beschäftigt waren, dass sie Schakal keinen zweiten Blick schenkten, als er langsam durch ihr Dorf ritt. Die Frauen brachten in aller Seelenruhe Kinder und Vorräte in die provisorischen Keller, die unter den Hütten gegraben worden waren. Strava hatte keine Mauern, nur den verfallenden Hügel und den zerbrochenen Turm, die beide für die Verteidigung nahezu nutzlos waren. Die Halblinge würden sich darin verstecken, aber die Menschen hatten nur die Bogen ihrer Reiter als Schutz. Löcher im Boden würden die Zentauren nicht von einem Gemetzel abhalten, wenn es den Reitern nicht gelang, sie abzuwehren.

Zirko stand auf dem Kamm des Hügels und überwachte seine fleißigen Anhänger. Schakal erwartete, angehalten zu werden, als er abstieg und seinen Keiler den Hang hinaufführte, aber der kleine Priester war unbewacht.

»Der böse Mond ist aufgegangen«, sagte der Halbling und begrüßte ihn mit einem Nicken. »Ich bin froh, dass du unsere Abmachung einhältst.«

»Ich hatte keine andere Wahl«, krächzte Schakal mit trockenen Lippen. »Du hast mich durch Zauberei hierhergebracht.«

Zirko schüttelte traurig den Kopf und ließ die schwarzen Strähnen seines zusammengebundenen Haares fliegen.

»Ich besitze keine Zauberei. Es war der Wille des Großen Belico, der dich hierhergebracht hat. Der Sklavenmeister sorgt dafür, dass alle seine Diener ihre Versprechen einhalten ... selbst, wenn sie Eide schwören, die sie nicht halten wollen.«

»Dein Gott hat meinen Keiler fast zu Tode gehetzt«, sagte Schakal.

Ein kleines Lächeln malte sich auf dem Gesicht des Halblings ab. »Sicherlich weißt du, dass die Winde des Todes dir nur schwerlich etwas anhaben können, seit du die Gebeine von Attukhan erhalten hast.«

Schakal klappte der Kiefer herunter. Er hatte gewusst, dass seine merkwürdige Genesung mit der Heilung seines zerschmetterten Arms zusammenhing, aber dass der Priester das zugab, war beunruhigend. Er holte tief Luft und schluckte seine Wut und sein Unbehagen hinunter.

»Ich kann nicht hier sein, Zirko«, sagte er unverblümt.

»Reite, wohin du willst«, sagte der Halbling achselzuckend, »aber ich denke, du wirst feststellen, dass heute Nacht alle Wege zum heiligen Strava führen.«

Wut kochte tief aus Schakals Innerem hoch. »Lass mich frei, Priester!«

»Und wohin willst du gehen? Die Zentauren verlassen schon jetzt ihre Schreine, um mit Mord und Vergewaltigung zu beten. Niemand ist bis zum Morgen sicher.«

Schakals Gedanken kreisten um Grasmücke und die Elfen. Hoffentlich hatte das alte Dreiblut die Alte Jungfer nicht vor dem Wechsel des Mondes verlassen. Selbst dieser schreckliche Sumpf war sicherer, als während des blutigen Rituals der Pferdedödel erwischt zu werden.

»Zirko, es wird Tote geben, wenn ich mich nicht beeile.«

»Es ist Verrätermond. Es wird immer Tote geben.«

»Es gibt größere Gefahren als Zentauren, die unter diesem Himmel frei herumlaufen!«

»Nicht hier.«

Schakal wurde wütend und seine Hand zuckte nach dem Schwert, das er nicht trug. Seine Aggression musste sich bemerkbar gemacht haben, denn Zirkos Gesicht wurde ernst, und seine Hand wanderte zum Griff der kräftigen kaiserlichen Klinge an seiner Seite.

»Du bist gesegnet, Schakal«, sagte der Hohepriester von Belico. »Aber es wäre unklug, die Grenzen deiner göttlichen Gaben auszutesten, besonders gegen mich.«

Der Halbling war kaum halb so groß wie Schakal, doch seine Worte waren Türme aus Eisen.

Schakal ließ sich nicht einschüchtern. »Du warst derjenige, der gesagt hat, dass ich es beruhigend fände, mich in Gefahr zu begeben.«

»Stimmt«, antwortete Zirko, das Weiß seiner Augen leuchtete im Schein des bösen Mondes. »Und ich glaube es immer noch. Ich glaube viele Dinge. Du hast meinen Glauben für Wahnsinn gehalten und einen leeren Eid geschworen, doch wo stehst du jetzt? Und jetzt, wo du hier bist – ob du es wolltest oder nicht –, was wirst du tun? Meinem Volk beistehen, wie geschworen, oder Belico die Treue brechen? Deine Entscheidung wird zeigen, ob die Seele Attukhans in einem würdigen Gefäß wohnt. Aber ich glaube, ich habe mit dir die richtige Wahl getroffen. Ich glaube, du wirst der Gefahr, die sich rasch nähert, begegnen und dein Wort halten. Sag mir, Schakal, macht mich dieser Glaube immer noch zu einem Wahnsinnigen?«

Schakal hielt dem intensiven Blick des Halblings stand, während dieser auf eine Antwort wartete.

»Es stimmt«, sagte Schakal nach einem Moment. »Ich habe einen leeren Schwur geleistet. Ich habe nicht geglaubt – und glaube immer noch nicht –, dass euer geliebter Kriegsherr ins Leben zurückkehren und die Orks vernichten wird. Das Versprechen, einem Mann zu dienen, der nie wieder einen Atemzug tun wird, hat mich nichts gekostet. Aber den Schwur, Strava zu verteidigen, den habe ich nicht wissentlich gebrochen. Ich wurde von meiner Rotte verbannt und hatte keine Warnung vor dem bevorstehenden Verrätermond.«

»Dann ist es ein Glück, dass Belico ein Auge auf dich geworfen und dich hierhergeführt hat.«

Der spärliche Speichel in Schakals Mund war bitter. »Ja. Welch ein Glück.«

Zirko gab keine Antwort.

»Ich werde ein Schwert brauchen«, sagte Schakal.

Der Hohepriester stieß einen Ruf aus und winkte einen der Unyar-Reiter heran. Der Mann trieb sein Pferd gehorsam den Hang hinauf und wollte absteigen, doch Zirko hielt ihn mit einem Wort auf. Er gab Befehle in der Sprache der Unyaren, woraufhin der Reiter eine Verbeugung andeutete und Schakal erwartungsvoll ansah.

»Dieser Mann wird sich um deine Bedürfnisse kümmern«, sagte Zirko. »Wieder einmal hat Belico meine Gebete erhört und mir geholfen, die Vorzeichen zu deuten. Ich konnte die Halb-Ork-Rotten vor dem kommenden Ansturm warnen und die meisten von ihnen haben Hilfe nach Strava geschickt. Zweifellos wirst du heute Nacht mit ihnen reiten wollen.«

Schakal nickte abwesend und sah zum Mond hinauf.

Es bestand wenig Hoffnung, dass der Verrätermond den Schlammmann aufhalten würde, aber es war möglich. Die Zentauren waren schrecklich unter seinem Licht. Stärker, schneller, ihre Sinne schärfer als die jeder anderen Bestie. Vielleicht waren sie verrückt genug, den Moortrotter anzugreifen, ihn womöglich sogar zu töten. Wie auch immer, er war jetzt außerhalb von Schakals Reichweite. Wenigstens würde Augenweide heute Nacht wachsam sein und hinter den Mauern der Brennerei mit allen Bastarden bereitstehen, bis auf den, den der Lehmmaster nach Strava geschickt hatte.

Es sei denn …

Schakal sah zu Zirko hinunter. »Ist Weide hier?«

»Nein«, antwortete der Halbling nüchtern. »Die Grauen Bastarde haben keine Hilfe geschickt.«

Das war besorgniserregend. Der Lehmmaster hatte die Verteidigung von Strava unermüdlich unterstützt und immer einen Reiter geschickt. Warum sollte er jetzt seine Unterstützung verweigern? Zirko war der Einzige, der in der Lage war, das Zunehmen des schrecklichen Mondes vorherzusagen. Weigerte sich eine der Mischlingsrotten, den Anhängern des Priesters beizustehen, so hielte er beim nächsten Mal die Warnung zurück. Die Spitzbuben waren die Letzten, die sich ihm verweigert hatten, und ihre Verluste während des folgenden Verrätermonds hatten die Auflösung der Rotte zur Folge gehabt. Warum sollte der Lehmmaster nach all dieser Zeit die Sicherheit der Bastarde riskieren?

Weil er damit rechnete, bald an Schlitzohrs rechter Seite neben dem Thron von Hispartha zu sitzen ... wurde Schakal klar, weit weg von der unberechenbaren Bedrohung durch Zentauren.

Er bedeutete dem Unyar ungeduldig, voranzugehen, und folgte ihm den Hügel hinunter ohne ein weiteres Wort an Zirko. Der Reiter lenkte sein Pferd gekonnt durch das geschäftige Treiben des Dorfs, doch Schakal ging zu Fuß, da er Heimelig so viel Ruhe wie möglich gönnen wollte. Die Frauen und Kinder waren alle unter den Hütten verschwunden und nur die Krieger organisierten sich zu kämpfenden Reiterzügen. Späher waren bereits in alle Richtungen der Nacht ausgeritten, um vor dem Herannahen der Zentauren zu warnen.

Unterwegs besorgte Schakals Führer ihm ein Schwert und reichte es ihm. Die Unyar-Klinge war gebogen, aber breiter und schwerer als ein Talwar. Die Schneide war gut geschliffen und die Schwertscheide stabil. Schakal befestigte die Waffe an seinem Gürtel und empfand das Gewicht als angenehm.

Der Stammesangehörige umrundete den Nordosten des Hügels und brachte Schakal zu einem Fleck Erde am Rande des Dorfes. Raues Gelächter und das Schnauben von Keilern waren von den massigen Silhouetten zu hören, die sich dort tummelten. Zehn Halb-Orks und ihre Keiler waren versammelt, einige waren bereits aufgesessen, andere noch dabei, ihre Waffen an den Geschirren zu befestigen. Alle Köpfe drehten sich um und sahen Schakal an, als sein Führer ihn in ihrer Mitte absetzte und davonritt.

»Der hübsche Schakal«, verkündete eine bekannte Stimme amüsiert.

Einer der Bastarde entfernte sich von seinem Barbaren und kam auf ihn zu.

Schakal ergriff den dargebotenen Arm. »Cairn.«

»Einen Moment lang dachte ich, die Bastarde würden nicht kommen«, bemerkte der Schädelsäer mit einem schiefen Lächeln.

»Das sind sie auch nicht«, polterte Steinmagen von den Orkflecken. »Es heißt, er sei jetzt einer von ihnen.«

Das korpulente Dreiblut deutete auf drei schäbige Reiter, die abseits von den anderen standen. Schakal erkannte sie als unabhängige Reiter, die er mit Grasmücke getroffen hatte. Nomaden waren in Strava während des Verrätermonds immer willkommen, solange sie kämpften. Für einige war es der sicherste Ort, an dem sie sein konnten, da sie keine andere Zuflucht hatten, um die böse Nacht zu überstehen. Doch wie Schakal jetzt nur zu gut wusste, erreichte die Nachricht von der bevorstehenden Veränderung des Mondes die Nomaden nicht oft. Nur diejenigen, die das Glück hatten, dass man es ihnen sagte, konnten rechtzeitig nach Strava reiten.

Cairn kratzte sich an einem Furunkel auf der Wange und sah fragend auf Schakals unversehrte Tätowierungen. »Stimmt das? Du wurdest rausgeschmissen?«

»Hab eine Herausforderung verloren«, bestätigte Schakal.

»Scheiße«, sagte Cairn. »Wir haben in der Furche nichts gehört.«

»Tja, dann kann er mit den anderen Ausgestoßenen reiten«, sagte ein junger Halb-Ork mit frischen Tätowierungen der Scherben.

»Verpiss dich, Grübchen«, murmelte der alte Rotnagel von der Stoßzahnflut. »Wir bleiben zusammen. Ich fange mir keinen 'Taurenspeer in den Eingeweiden ein, nur weil ein Frischling sich zu fein dazu ist, um mit Nomaden zu kämpfen.«

»Und was ist, wenn ich sage, dass der Abschaum unter sich bleibt?«, drohte Steinmagen. »Was sagst du dann, alter Kauz?«

»Ich sage, du weißt, wie das verdammt nochmal funktioniert«, schnauzte Rotnagel zurück. »Heute Nacht sind wir eine Rotte.«

»So ist es«, stimmte der Reiter von den Söhnen der Verdammnis zu.

Schakal ignorierte den aufkeimenden Streit und führte Heimelig durch die Mitte der Gruppe zu den anderen unabhängigen Reitern.

»Greifer, stimmt's?«, fragte er das ihm am besten bekannte Gesicht.

Der Nomade nickte und wies auf seine Gefährten. »Späne und Stummklotz, falls du dich nicht erinnerst.«

»Willkommen in der Scheiße«, sagte Späne mit einem strahlenden Lächeln. Seine kleine Statur und seine blasse Haut kennzeichneten ihn als einen Weichling.

Stummklotz machte seinem Namen alle Ehre.

Greifer beugte sich vor und spuckte in den Dreck. »Du wirbelst ganz schön Staub auf, Schakal.«

Schakal warf einen Blick zurück und sah, dass die eingeschworenen Brüder immer noch zankten und sich aufplusterten. Alle bis auf einen. Er saß auf seinem Keiler abseits des Streits und trug nichts als einen Lendenschurz. Eine große Tätowierung mit einem klaffenden, zahnbewehrten Maul bedeckte seinen muskulösen Bauch und an seiner Armbrust hingen Knochenfetische. Sein Barbar stampfte unablässig auf und sah so aus, als wäre seine vorherige Generation noch wild gewesen. Der Reiter beobachtete die anderen mit kaum verhohlener Verachtung und strich sich mit der Hand über sein rasiertes Haupt, um es vom Schweiß zu befreien.

»Ich sehe, die Hauer der Vorväter sind etwas zivilisierter geworden«, stellte Schakal trocken fest.

Greifer schnaubte. »Der hier kocht *vielleicht* sein Fleisch. Dickhäuter-liebende Wichser.«

»Ich habe noch nie einen unabhängigen Reiter getroffen, der von den Hauern rausgeworfen wurde«, kommentierte Späne und zupfte müßig an seinen Eiern in der Hose. »Bastarde. Söhne. Zur Hölle, Stummklotz hier gehörte zur Bruderschaft der Kessel. Aber nie ein Hauer.«

»Das liegt daran, dass sie ihre Ausgestoßenen alle töten«, sagte Greifer mürrisch.

Schakal hatte das Gleiche gehört, aber er hielt den Mund. Er ging zu der erbärmlichen Imitation eines Dattelpflaumenbaums, pflückte, was noch übrig war, und teilte die Früchte mit Heimelig, während er weiter zusah, wie sich die Halb-Orks gegenseitig anfauchten. Als klar wurde, dass es nichts mehr zu fressen gab, grunzte Heimelig enttäuscht und ließ sich in den Staub fallen. Schakal gesellte sich zu ihm, streckte seine Beine aus und lehnte sich mit dem Rücken gegen den Keiler.

Greifer drehte sich um.

»Du schläfst während des Verräters?«, fragte er beeindruckt. »Du willst wirklich keine Freunde haben.«

Schakal grinste nur und hielt seine Augen geschlossen.

An manchen Monden kamen die 'Tauren spät und manchmal gar nicht. Ul-Wundulas war riesig. So viele es auch waren, nicht einmal die Zentauren konnten das ganze Land in einer einzigen Nacht überfallen. Schakal erinnerte sich noch gut an die Schadenfreude, die Rundungen bei seiner Rückkehr aus Strava geäußert hatte, als er berichtete, dass die Pferdedödel nicht erschienen waren. Er hatte ihnen Lügen aufgetischt, dass er die ganze Nacht damit verbracht hatte, hübsche Unyar-Mädchen zu ficken. Schakal döste bei der Erinnerung an einen toten Freund ein, obwohl er wusste, dass der Schlummer nur Ärger heraufbeschwören würde. Erschöpft, wie er war, hatte er keine andere Wahl.

Es kam ihm so vor, als hätte er nur geblinzelt, als ihn jemand grob an der Schulter anstieß und ihn fast auf die Seite warf. Seine Haut war nass von der Berührung. Fluchend richtete sich Schakal auf und warf seinem Angreifer einen missmutigen Blick zu. Ein auffälliger Rüssel begrüßte ihn, das Tor zu einem warzigen, hässlichen Gesicht.

»Matschepatsch?«

»Du solltest nicht mit offenem Mund schlafen, Bruder«, grummelte der große Schatten neben dem Keiler. »Einer dieser Heiden wird wahrscheinlich seinen Aal hineinstecken.«

Mit einem Jauchzen ergriff Schakal die große Hand, die ihm entgegengestreckt wurde, und ließ sich von Vollkorn in eine erdrückende Umarmung ziehen. Sie umklammerten sich mit einem Schraubstock aus Muskeln und lachten. Schließlich riss sich Schakal los, trat zurück, um das große Dreiblut zu betrachten, und legte seine Hände um dessen bärtiges Gesicht.

»Verdammt, bin ich froh, dich zu sehen!«

Vollkorn packte ihn im Nacken und stieß ihre Stirnen gegeneinander, dann zog er sich lächelnd zurück. Schakal konnte vor Staunen nicht mehr loslassen.

»Das wirkt allmählich etwas hinterladermäßig«, sagte Vollkorn nach einem Moment.

»Pah, liebe ich eben Matsche!« verkündete Schakal, umarmte den Kopf des stinkenden Keilers und stieß gegen seine Wange, bis er vor Schmerz aufquiekte.

Die anderen Halb-Orks sahen zu und einige lachten. In der Nähe schnaubte Späne. »Ist das ein hässlicher Keiler.«

»Ja, nicht wahr?«, strahlte Vollkorn.

Schakal ersparte Matschepatsch weitere Zuneigung und drehte sich um.

»Zirko dachte, die Bastarde würden nicht auftauchen.«

Vollkorn zuckte mit seinen massigen Schultern. »Was weiß dieser Watschler schon?«

Schakal hörte die erzwungene Unbekümmertheit und schielte zu seinem Freund hinüber. »Das war aber knapp. Du hattest mindestens ... Was? Vier Tage Vorwarnung?«

Vollkorn versuchte erfolglos, nicht über seine Schulter zu

den anderen Mischlingen zu sehen. Die meisten hatten das Interesse verloren, nachdem Schakal aufgehört hatte, Matsche zu belästigen, aber Steinmagen und der wilde Bruder der Hauer spähten immer noch in ihre Richtung. Die drei unabhängigen Reiter standen am nächsten, und mit einer Kopfbewegung signalisierte Vollkorn Schakal, mit ihm außer Hörweite zu gehen.

»Der Lehmmaster hat mich nicht geschickt«, gab Vollkorn leise zu. »Er hat die Brennerei geschlossen und befeuert, nachdem wir Zirkos Vogel wegen des Verrätermonds bekommen haben. Teilsieg wurde wie üblich evakuiert, aber der Häuptling hat niemanden mehr hinausgelassen, nicht einmal tagsüber. Keine Patrouillen, keine Feldarbeiter, nichts. Er sagte, wir würden Strava dieses Mal nicht helfen. Ich erinnerte mich an die Abmachung, die du mit Zirko getroffen hattest, und dachte mir, dass du hier sein würdest, also musste ich kommen.«

»Wie kamst du hierher?«

»Ich habe die Schlammköpfe dazu genötigt, den Keilerbuckel herunterzulassen, und bin gegangen. Vor zwei Nächten.«

Vollkorns Gesicht war eine widersprüchliche Maske aus Trotz, Zweifel, Scham und Wut.

»Es ist nicht mehr dasselbe, Schakal«, fuhr das Dreiblut fort, als hätte er Angst, verurteilt zu werden. »Seit deiner Herausforderung ergibt nichts mehr einen Sinn. Als ich nach dem Kampf mit ... Als ich aufgewacht bin, herrschte totales Chaos. So froh ich auch war, zu hören, dass du lebst, konnte ich nicht verstehen, warum der Lehmmaster dich verschont hat. Es schien, als würde jeder immer nur das Gegenteil von dem tun, was man erwartet hätte. Also habe ich das auch getan.«

Vollkorn würde als Verräter gebrandmarkt werden. Es war unverzeihlich, seine Rotte während des Verrätermonds im Stich zu lassen. Schakal wusste das, sagte aber nichts, denn es musste nicht gesagt werden. Vollkorn wusste, was er getan hatte, die Last seiner Entscheidung war ihm am Gesicht abzulesen.

»Ich bin der Grund, warum du hier draußen bist, Bruder«, sagte Vollkorn, und seine Stimme war belegt. »Wenn ich nicht verloren hätte, dann ...«

»Nein«, zischte Schakal und trat einen Schritt vor. »Tu das nicht. Nein! Das haben viele verschuldet, auch ich, aber nicht du. Hast du mich verstanden?«

Vollkorn senkte das Kinn und schämte sich seiner Tränen.

Schakal legte ihm eine Hand auf die Schulter. »Erzähl mir von Schlitzohr.«

Vollkorn schniefte und räusperte sich. »Schlitzohr? Wie immer. Lächelt und stichelt. Manchmal bleiben er und der Häuptling unter sich, so wie früher, aber niemand weiß, worüber sie reden.«

»Thron und Krone, da bin ich mir sicher«, murmelte Schakal.

Vollkorns Stirnrunzeln vertiefte sich. »Hm?«

»Schlitzohr hat es auf Hispartha abgesehen. Sein menschliches Blut ist blau und er will mithilfe des Lehmmasters König werden.«

»Scheiße«, keuchte Vollkorn. »Sollte ich sonst noch etwas wissen?«

Schakal fuhr sich langsam mit der Hand durch die Haare. »Grasmücke badet im Bordell, Blindschleiche spioniert für ihn in der Rotte, der Lehmmaster kann die Seuche entfesseln, die den Überfall beendet hat, und Weide ist ein Halb-Elf, den der Schlammmann im Sumpf opfern will.«

»Keilerscheiße!« erklärte Vollkorn mit hochgezogenen Augenbrauen. »Grasmücke sitzt in diesen ekligen Wannen?«

»Ich will dem ein Ende setzen, Vollkorn.«

»Na klar, du willst doch nicht, dass der Schwanz des alten Mannes abfällt.«

»Genug, Schwachkopf.« Schakal hob eine Hand. »Ich hab ja verstanden, dass du mir nicht glaubst.«

Vollkorns Gesicht wurde ernst. »Natürlich tue ich das. Das

ist das Sinnvollste, was ich gehört habe, seit ich wieder bei Bewusstsein bin. Was willst du zuerst in Angriff nehmen?«

Ein Unyar-Horn ertönte als Warnung in der fernen Dunkelheit.

»Fangen wir damit an, die Nacht zu überleben«, antwortete Schakal.

30

»Aufsitzen!«, brüllte Rotnagel, als sich ein zweites Horn in den Nachhall des ersten mischte. »Sie kommen.«

Die Halb-Orks machten sich bereit, und diejenigen, die nicht bereits auf ihren Keilern saßen, schwangen sich schnell in den Sattel. Vollkorn nahm einen vollen Köcher mit Armbrustbolzen aus dem schwer beladenen Harnisch von Matschepatsch und warf ihn Schakal zu. Schnell befestigte Schakal ihn an seinem eigenen Gurt, überprüfte seine Speerscheide und lud die Armbrust. Rotnagel musterte die zusammengewürfelte Rotte, als sie sich versammelte.

»Wenn ihr Strava zum ersten Mal verteidigt, dann hört gut zu«, bellte der alte Mann und warf Grübchen, dem jungen Mitglied der Scherben, einen vernichtenden Blick zu. »Bleibt zusammen. Bleibt in Bewegung. Wir haben zwölf Reiter hier, mehr als ich in den meisten Jahren gesehen habe, es gibt also keinen Grund, warum wir bei Morgengrauen nicht mehr atmen sollten. Die Weichlinge haben Reiter um den Hügel verteilt, um die Watschler zu schützen. Sie sind auch in den Ebenen unterwegs, um die großen Herden auszudünnen, aber die 'Tauren kämpfen nicht sehr geordnet. Unsere Aufgabe ist es, diejenigen zu töten, die ins Dorf eindringen wollen. Hört ihr alle zu?«

Es wurde zustimmend genickt und gegrunzt.

»Und denkt daran«, sagte Cairn und grinste finster. »Wir

nennen sie zwar Pferdedödel, aber die Weibchen sind die schlimmsten. Wenn du ein Paar Titten siehst, hast du das Fohlen schon zu dicht an dich herangelassen.«

Das sorgte für einige Lacher.

Schakal hatte die anderen während Rotnagels Unterweisung aufmerksam beobachtet und ihre Reaktionen gedeutet. Der großmäulige Reiter der Scherben und der von den Söhnen der Verdammnis waren sicherlich noch Jungfrauen bei einem Verrätermond in Strava. Der Verdammnissohn sah ein wenig verängstigt aus. Das war gut, ehrlich, aber Grübchens Augen waren zu groß, seine Zähne zu fest aufeinandergebissen. Sein Gesicht war eine tapfere, spröde Maske. Schakal stieß Vollkorn an und deutete mit dem Kinn auf das Jungblut.

»Ja«, flüsterte Vollkorn.

Auch Greifer fing Schakals Blick auf und bestätigte ihm, dass er die Schwachstelle gesehen hatte.

»Wir reiten zu sechst«, verkündete Steinmagen und sah die unabhängigen Reiter mit Abscheu an.

»Ich habe gerade gesagt, dass wir zusammenbleiben, Dreiblut!«, beschwerte sich Rotnagel.

Die Hörner ertönten weiter und der nächste Streit würde entbrennen. Schakal drängte Heimelig einen Schritt vorwärts.

»Rotnagel«, sagte Schakal respektvoll. »Zwölf werden zu viele sein, wenn die Hütten so dicht beieinanderliegen. Zwei Gruppen in Sichtweite wären besser. Ich werde Vollkorn und die Nomaden und einen weiteren mitnehmen.«

»D'hez mulcudu suv'ghest s'ulyud wundu.«

Aller Augen richteten sich auf den Reiter der Hauer der Vorväter. Er wirkte hocherfreut.

Grübchen verzog die Lippen. »Was, zum Teufel, hat er gesagt?«

»Die Scherben bringen ihren Schlammköpfen wohl kein Orkisch mehr bei«, murmelte Cairn und schüttelte den Kopf. »Ignoranter kleiner Scheißer.«

Grübchen schäumte, aber Steinmagen polterte los, bevor der Junge etwas sagen konnte.

»Dann soll der Reißzahn mit den Nomaden und dem Bastard reiten«, erklärte er und sah Vollkorn an. »Ich würde dich einladen, mit uns zu reiten, Bruderherz, aber ich weiß, dass du dich nicht von deinem verstoßenen Geliebten trennen willst.«

»Wenn der Morgen anbricht, Orkfleck«, versprach Vollkorn, »werden wir beide eine Meinungsverschiedenheit haben.«

»Genug«, knurrte Rotnagel. »Zwei Gruppen also. Lasst uns mit dieser verdammten Nacht weitermachen.«

Die Reiter teilten sich auf.

Der Hauer näherte sich auf seinem widerspenstigen Keiler und schloss sich Schakals Gruppe an.

»Hast du einen Namen?«, fragte Greifer.

»Kul'huun«, antwortete der wilde Mischling. Alle Hauer der Vorväter nahmen Ork-Namen an und sprachen nie Hisparthanisch, weil sie glaubten, die Sprache der Weichlinge würde sie schwächen.

Späne verzog das Gesicht. »Was hast du da geplappert? Mein Orkisch war noch nie besonders gut.«

»Er sagte: ›Wir kämpfen mit den Händen der Orks‹«, antwortete Schakal. »Gruppen von sechs. Wie eine *ulyud*.«

Kul'huun neigte den Kopf und zeigte auf Schakal. »*T'huruuk*.«

Späne schnippte mit den Fingern. »Das kenne ich! ›Der Arm.‹ Richtig?«

Vollkorn hob die Augenbrauen und sah Schakal an. »Sieht aus, als wollte der Hauer dich als Anführer, Bruder.«

Schakal wandte sich an Greifer. »Es sei denn, du würdest lieber ...«

»Würde ich nicht.« Der Nomade schnaubte und spannte gekonnt seinen Bogen. Keiner der Nomaden hatte eine Armbrust.

»Verdammt, ich würde sagen, lasst das Stummklotz machen«, kicherte Späne, »aber unser Kriegsschrei könnte ein wenig darunter leiden.«

Stummklotz sah auf seinen Schwächling-Begleiter hinunter. Und sagte nichts.

»Also schön.« Schakal seufzte und nahm die Aufgabe an. »Wir werden in Jagdspitzenformation vorgehen. Kul'huun und ich übernehmen die Spitze. Stummklotz, Späne, ihr reitet seitlich hinter unseren Schultern.«

»Dann bleiben Greifer und ich für die Flanken übrig«, sagte Vollkorn.

»So weit alles klar?«, fragte Schakal und erntete zustimmendes Nicken. »Lasst uns ein paar 'Tauren töten.«

Alle nahmen ihre Positionen ein, als Schakal losritt, Kul'huun zu seiner Linken und Stummklotz hinter Heimeligs rechter Keule. Vollkorn ritt hinter dem Stummen. Es war ein gutes Gefühl, dass ein enger Freund die Nachhut bildete. Es war ein gutes Gefühl, wieder Teil einer Rotte zu sein.

Im Trab kehrten sie in das Dorf der Unyar zurück und ritten zwischen den Hütten hindurch. Der Turm von Strava hob sich vor ihnen schwarz von den Sternen ab. Links von ihnen, in Schussentfernung, hielt Rotnagels Gruppe mit ihnen Schritt.

»Behaltet die anderen im Auge, Jungs«, rief Schakal seinen Gefährten zu. »Sie haben zwei unerfahrene Reiter. Wenn sie mit den Pferdedödeln in Berührung kommen, kommen wir ihnen zu Hilfe.«

Dies war Schakals drittes Mal bei den Unyaren, genau wie Vollkorns. Er vermutete, dass die Reiter, die ihn begleiteten, ebenso viel Erfahrung hatten, vielleicht sogar mehr. Die Halb-Orks waren eine kleine, aber entscheidende Kraft in Stravas Verteidigung. Die Halblinge waren den Zentauren nicht gewachsen und ihre menschlichen Beschützer verließen sich ausschließlich auf ihre unvergleichlichen Fähigkeiten als berittene Bogenschützen. Ein Unyar-Bogenschütze konnte im Galopp schnell und präzise schießen, aber wenn er in den Nahkampf gedrängt wurde, standen die Überlebenschancen schlecht. Zentauren waren weitaus stärker als Weichlinge, selbst wenn sie nicht unter dem Verrätermond in Raserei verfielen. Halb-Orks, die von der Kraft eines barbarischen Reittiers getragen wurden, waren jedoch in der Lage, es mit der Grausamkeit der 'Tauren aufzunehmen. Deshalb brauchte Zirko sie hier, um den Feind zu vernichten, der die Pfeilattacken seiner treuen Unyaren überlebt hatte. Dennoch würde sich nur ein unkluger Krieger zu sehr auf den Nahkampf einlassen. Armbrustbolzen und Speere blieben die besten Waffen gegen die 'Tauren, obwohl nur selten ein Verrätermond ohne leere Köcher vorüberging, und der Nahkampf war oft unausweichlich.

Ein gellender Schrei durchbrach die Nacht, ein Geräusch, das die Ohren umging und direkt in die Wirbelsäule drang.

Schakal sah, wie Rotnagel links von ihm reagierte und seine Reiter in Richtung des Geräusches lenkte. Es kam von den westlichen Grenzen des Unyar-Dorfes. Die Zentauren griffen nie nur aus einer einzigen Richtung an, aber Schakal konnte Rotnagel nicht ohne Unterstützung belassen. Er nahm mit Heimelig die Verfolgung auf und seine Kolonne folgte ihm.

Die Hütten und Tierställe der Stammesangehörigen versperrten den direkten Weg. Durch die Lücken in den niedrigen Bauten sah Schakal die andere Rotte, die sich durch das Dorf schlängelte und nach dem Feind suchte. Während er sie im Auge behielt, lenkte er seine eigenen Reiter ein wenig hin und her, um mehr Boden abzudecken. Der schaurige Kriegsschrei erklang wieder, viel näher, und übertönte fast Vollkorns Warnung.

»Von rechts!«

Ein Rudel Zentauren stürmte hinter einer Ansammlung von Hütten hervor und übersprang mit lautem Geschrei die Zäune eines Ziegenstalls. Schmutziges dunkles Haar fiel von ihren kreischenden Köpfen. Schakal zählte auf einen Blick vier, die schnell angriffen und ihre großen Speere ausrichteten.

»Schnecke nach links!«, schrie er.

Kul'huun griff nach dem Sauenhebel seines Keilers und zog daran. Einen Augenblick später tat Schakal es ihm gleich. Die Rotte folgte ihnen und bildete einen engen, sich drehenden Kreis, um dem entgegenkommenden Feind zu begegnen. Das Manöver war perfekt ausgeführt, aber sie entgingen nur knapp einem Angriff von der Flanke. Schakal hatte kaum Zeit, den Abzug zu ziehen, als er sich den beutegierigen Tiermenschen stellte.

Sein Bolzen schlug in den Brustkorb des führenden Zentauren ein und verwandelte seinen Galopp in ein Chaos aus rudernden Gliedmaßen. Armbrust- und Bogensehnen sangen, als die Rotte losschoss und zwei weitere Zentauren tötete, doch der letzte überstand die Salve. Grimmig kreischend, stürmte er auf die kleine Lücke zwischen den Reitern an der Spitze zu. Schakal erkannte jetzt, dass es sich um ein Weibchen handelte, sehnig und wütend. Heimelig und Kul'huuns Keiler quiekten auf, als der 'Taur mit ihnen zusammenstieß. Die mondsüchtige Fotze stürzte sich einfach gegen ihre Hauer und stach mit ihrem Speer zu. Einen schrecklichen Augenblick lang wurde sie mitgeschleift, bevor die Kraft der Barbaren ihr die Vorderbeine brach, ihren Bauch durchbohrte und sie in die Luft schleuderte, um vom Rest der Rotte zertrampelt zu werden.

Nachdem sie sich von den Leichen entfernt hatten, gab Schakal ein Zeichen zum Anhalten. Er drehte sich im Sattel um und freute sich, alle fünf seiner Reiter zu sehen.

»Alle noch ganz?«

»Du bist der Einzige, der tropft, Häuptling«, sagte Späne und deutete auf etwas.

Schakal sah nach unten und stellte fest, dass er aus einer Wunde an seiner linken Schulter blutete. Die Zentaurenfrau musste ihr Ziel wohl knapp verfehlt haben.

»Es ist nichts«, sagte Schakal. Er sah sich um und entdeckte keine Spur von der anderen Rotte. Rotnagel hatte entweder nicht bemerkt, dass sie angegriffen wurden, oder er hatte sich entschieden, keine Hilfe zu leisten. Letzteres war unwahrscheinlich, denn der alte Stoßzahn hatte von Anfang an darauf gedrängt, zusammenbleiben zu wollen. Es war wahrscheinlicher, dass er gezwungen gewesen war, auf eine andere Bedrohung zu reagieren.

»Suchen wir die Übrigen«, befahl Schakal.

Zuerst fanden sie weitere Pferdedödel.

Neun der Wilden hatten eine Gruppe von Unyar-Reitern erwischt und waren gerade dabei, das Gemetzel zu beenden, als Schakals Rotte auf sie traf. Stampfend und hackend, die Schwänze der Männchen vor Blutlust aufgerichtet, bemerkten die Zentauren die Ankunft der Halb-Orks nicht. Die Gruppe zügelte ihre Reittiere und Schakal wies ihnen lautlos Ziele zu. Sechs Bogensehnen sangen und sechs 'Tauren starben. Die übrigen drei drehten sich um, hoben ihre tropfenden Waffen und griffen an, wobei Blut hochspritzte. Die blutverschmierten Muskeln ihrer Pferdegliedmaßen spielten unter der Haut, als sie vorwärtsstürmten und mit Schaum vor den Lippen Schreie ausstießen. Schakal und seine Gefährten luden in aller Ruhe nach und schickten die Bestien in die Hölle, die ihnen lieb und teuer war.

»Verrückte Wichser«, sagte Späne angewidert, während sie unter den niedergemetzelten Unyaren nach Überlebenden suchten. Es gab keine. Die Zentauren hatten weder Pferd noch Mensch verschont. Glücklicherweise war keine der nahe gelegenen Hütten geplündert worden, die darin versteckten Bewohner waren durch das Opfer ihrer Männer verschont geblieben.

Andere hatten weniger Glück.

Ein Stück weiter stießen sie auf die Ruinen mehrerer Hütten, die wahrscheinlich von der gleichen Bande zerstört worden waren, die sie gerade getötet hatten. Die unschuldigen Unyaren waren aus ihren Verstecken gezerrt worden. Aufgespießt von Speeren, unter Hufen zertrampelt, auseinandergerissen von Lassos, lagen die Erschlagenen in den Trümmern verstreut.

Kul'huun stieg ab und ging kurz in die Hocke, um die aufgewühlte Erde zu inspizieren, bevor er tiefer in das Herz des Dorfes deutete.

»*Hesuun m'het Strava rhul.*«

»Wie viele?«, fragte Schakal.

Kul'huun hielt eine ausgestreckte Hand hoch.

Schakal musterte seine Rotte. »Fünf haben sich von ihnen getrennt. Wir werden sie verfolgen. Und zwar schnell.«

Sie stießen tiefer in das Dorf vor – so schnell, wie es die Gebäude zuließen. Die Nacht war voll von Unheil verkündenden Geräuschen. Ein Chor aus Pferdeschreien, gequälten Männerschreien und ekstatischem Gebrüll erhob sich zum Mond, jeder Schrei eine flüchtige Chance, Hilfe zu leisten, Blut zu vergießen, zu spät zu kommen oder getötet zu werden. Sie hielten sich an die Spur der Zentauren, ein Nordstern der Rache, der in einem Meer des Todes funkelte. Kul'huun führte sie nun an, die Knochen, die an seinen Waffen hingen, klapperten. Sie holten die Zentauren in der Nähe eines großen Übungskorrals ein und stellten fest, dass sich die fünf, die sie gejagt hatten, einer anderen Gruppe angeschlossen hatten.

Schakal zählte elf, alle sturzbetrunken und wild.

Er gab das Signal zum Angriff.

Diesmal sahen die Zentauren sie kommen und stürmten auf sie zu. Schakal schoss seinen Bolzen ab und verwundete sein Ziel, konnte es aber nicht ausschalten. Er ließ seine Armbrust los, schnappte sich einen Speer aus dem Gurt und schleuderte ihn in den Bauch eines anderen 'Tauren. Ihm blieb gerade noch genug Zeit, sein Schwert zu ziehen.

Ein Speer flog auf seine Brust zu, aber Schakal schlug ihn mit seiner Klinge weg und nutzte den Rückschwung, um einen anderen Zentauren im Vorbeireiten aufzuschlitzen. Heimelig warf seinen Kopf nach rechts und links und zerstreute die heranstürmenden Feinde, die seinen Stoßzähnen auswichen. Auf der linken Seite schlug Kul'huun mit seinem orkischen Krummsäbel zu und die schwere, grausame Klinge spaltete den Arm eines kreischenden Weibchens. Vier der Tiermenschen bäumten sich vor ihnen auf, eine Wand aus stampfenden Hufen und schlagenden Speeren. Schakal war gezwungen, seinen Keiler zu zügeln, und der Angriff wurde blockiert. Unter Druck gesetzt und zahlenmäßig unterlegen, stürzten sich Schakal und Kul'huun in den Kampf, standen im Sattel und wehrten die Speerstöße mit ihren gebogenen Klingen ab.

Die Zentauren teilten sich auf, um mit den Halb-Orks fertigzuwerden, und Schakal kämpfte gegen zwei, während Kul'huun sich mit dem anderen Paar anlegte. Sie kämpften und vertrauten darauf, dass ihre Brüder die anderen erledigen würden.

Die Zentauren waren größer und hatten eine höhere Reichweite, sodass es schwierig war, eine Lücke zu finden. Schakal schaffte es, einem Speer die Spitze abzuschlagen, aber sein Angreifer drehte den Speer schnell um und rammte ihm den zersplitterten Stiel in die Rippen. Im Sattel taumelnd, schlug Schakal wild um sich, um nicht überwältigt zu werden. Die Zentauren, so verrückt sie auch waren, wichen vor dem herumwirbelnden Stahl zurück. Wütend und knurrend nutzte Schakal den Moment, schleuderte sein Schwert, und es wirbelte in den Schädel eines der Pferdedödel, wo es mit einem dumpfen Aufprall stecken blieb. Der andere Zentaur brüllte vor Wut und stürzte sich auf ihn. Schakal drehte sich im Sattel, packte dessen Speer mit beiden Händen und riss daran. Der Zentaur klammerte sich an seine Waffe und wurde nach vorn gezogen, nahe genug für Heimelig, um ihm bösartig die Beine unter dem Körper wegzufegen. Schakal versetzte ihm mit dem gestohlenen Speer den Todesstoß.

In der Nähe schlug Kul'huun, der aus mehreren kleinen Wunden blutete, seinem verbliebenen Feind den Kopf ab.

Hinter ihnen quiekte ein Keiler vor Schmerzen. Mit einem schnellen Blick sah Schakal, dass Stummklotz nicht mehr im Sattel saß und sein Barbar sich am Boden krümmte. Zwei

Speerschäfte ragten aus seinem Körper. Zwei 'Tauren umkreisten den gefallenen Reiter und machten sich bereit, ihn hinterrücks aufzuspießen. Schakal schleuderte seinen gestohlenen Speer, der sich in die Keule eines der Pferdedödel bohrte. Der bockte vor Schmerzen, bevor ein von Späne abgeschossener Pfeil ihn niederstreckte. Der andere 'Taur war lange genug abgelenkt, dass Stummklotz auf die Beine kommen und mit seinem Talwar nach oben schlagen konnte. Die Eingeweide des Pferdes ergossen sich auf den Boden, während die Menschhälfte wimmerte.

Drei 'Tauren waren noch übrig.

Greifer kämpfte gegen einen, aber die anderen beiden hatten es geschafft, Lassos um Vollkorn zu werfen, eines um sein Handgelenk, das andere um seinen Hals. Das hünenhafte Dreiblut saß noch immer rittlings auf Matschepatsch und stemmte sich gegen die Seile, die in entgegengesetzte Richtungen zogen.

»*T'huruuk!*«

Auf Kul'huuns Schrei hin drehte Schakal sich um und der wilde Mischling warf ihm den Ork-Säbel zu. Schakal fing die Waffe auf und trieb Heimelig zu seinem angeschlagenen Freund. Er durchtrennte das Seil um Vollkorns Handgelenk, und als die Spannung plötzlich nachließ, stürzten sowohl der Zentaur als auch der Halb-Ork zu Boden. Schakal spaltete zwar den Schädel des gestürzten 'Tauren, aber der andere galoppierte davon und schleifte Vollkorn am Hals mit.

»Scheiße«, zischte Schakal und nahm seine Armbrust wieder auf.

Bevor er sie laden konnte, schaffte Vollkorn es, die Füße unter sich zu ziehen, und schlitterte einen Moment lang weiter, bevor er Halt fand. Er packte das Seil mit beiden Händen und riss mit einem Grunzen daran, wodurch der Zentaur langsamer wurde, bis er zum Stehen kam.

Schakals Bolzen schlug im selben Moment bei dem 'Tauren ein wie Matschepatsch. Der Pferdedödel wurde von den Füßen gerissen und verlor schnell Seil und Leben.

Späne kam Greifer zu Hilfe und gemeinsam erledigten sie den letzten 'Taur. Schakal atmete erleichtert auf, als er sah, dass jeder Einzelne seiner Rotte noch lebte. Der Keiler von Stummklotz regte sich jedoch nicht mehr – ihr einziger Verlust. Der stumme Mischling kniete kurz neben dem Tier und legte ihm zum Abschied eine Hand auf den Rüssel.

Schakal ritt zu Vollkorn, der seinen Keiler nur mit Mühe von dem verstümmelten Zentauren wegziehen konnte. Schakal stieg ab, packte Matschepatschs anderen Sauenhebel und half, den Barbaren von seinem Opfer wegzuziehen.

Vollkorn rieb sich die Kehle.

»Geht es dir gut?«, fragte Schakal.

»Ja«, brummte Vollkorn. »Bin froh, wenn diese verfluchte Nacht vorüber ist.«

»Das geht uns allen so.«

Der Rest der Rotte rettete schnell die Speere, die sie finden konnten. Kul'huun näherte sich, Schakals Schwert in der Hand. Er hielt ihm die Waffe hin, und Schakal nahm sie, wobei er lachend den Krummsäbel der Hauer zurückgab.

»Es gibt kein orkisches Wort für Dankbarkeit«, überlegte Schakal.

Kul'huun grinste. »Nein, gibt es nicht.«

»Ohhh!« Vollkorn neckte Kul'huun. »Kauf mir eine Hure, sonst verrate ich dich an die anderen Hauer.«

»*S'hak ruut ulu.*«

Vollkorn schnaubte. »Er hat mir gerade gesagt, dass ich mich selbst ficken soll.«

»Ich habe es gehört«, sagte Schakal und grinste.

Die anderen hatten sich versammelt, Stummklotz ritt mit Späne auf dessen Keiler.

»Was nun?«, fragte Greifer mit müdem Blick.

Bevor Schakal antworten konnte, erregte das Geräusch von Hufschlägen ihre Aufmerksamkeit. Greifer, Späne und Stummklotz richteten ihre Bogen in Richtung des Geräuschs, während der Rest aufsaß. Sobald er rittlings auf Heimelig saß, lud Schakal schnell seine Armbrust und drückte sie fest an seine Schulter. Die Hufschläge waren langsam, schwer und kamen von den Hütten hinter dem Korral.

»Klingt wie unsere Leute«, sagte Vollkorn, kurz nachdem Schakal zu demselben Schluss gekommen war.

Rotnagel und seine Gruppe ritten hinter den Hütten hervor. Die meisten von ihnen.

Vier Mischlinge auf drei Keilern.

Schakal trieb Heimelig vorwärts, um ihnen entgegenzureiten, und seine Rotte folgte ihm.

»Sieht aus, als hättet ihr Ärger bekommen«, sagte Rotnagel und betrachtete die elf getöteten Zentauren.

»Ihr auch«, antwortete Schakal.

Der alte Stoßzahn nickte. Steinmagen und der junge Verdammnissohn waren bei ihm. Hinter Steinmagen saß Cairn und konnte sich kaum im Sattel halten. Sein Gesicht war wächsern, seine Augen offen, aber leer. Steinmagens Sattel und die Keulen seines Schweins waren blutüberströmt. Die Befiederung eines Armbrustbolzens ragte aus Cairns Seite hervor.

»Grübchen geriet in Panik«, erklärte Rotnagel. »Verdammter nutzloser Schwachkopf! Die Pferdedödel haben uns angegriffen, und er hat mein Signal missverstanden und einen verdammten Bolzen direkt in Cairn gejagt. Dann hat er den Schwanz eingezogen. Die 'Tauren haben uns wie ein Ei geknackt und diesen Kessel-Bruder getötet.«

»Schwarten«, sagte Späne.

Rotnagel nickte und schämte sich ein wenig, dass er den Namen nicht kannte.

»Wir haben uns freigekämpft«, sagte Steinmagen und zeigte auf den Verdammnissohn. »Sandsturm hat einen klaren Kopf behalten.«

Alle nickten dem jüngeren Mischling anerkennend zu, was dieser mit bebendem Stolz akzeptierte.

»Bei all meinen Verteidigungseinsätzen haben wir bezwungene Reiter zum Hügel gebracht«, sagte Schakal und sah die anderen zur Bestätigung an.

»So wurde es schon immer gemacht«, stimmte Greifer zu. Rotnagel nickte einmal.

»Dann machen wir das also«, beschloss Schakal. »Die Halblinge können Cairn vielleicht helfen und Stummklotz kann sich dort bei der Verteidigung nützlich machen. Der Rest von uns wird dann gemeinsam wieder hinausreiten. Wer Einwände hat, kann auf dem Hügel bleiben oder allein reiten.«

Diese letzte Feststellung richtete Schakal an Steinmagen, aber der Orkfleck machte nur kurz ein finsteres Gesicht, dann senkte er zustimmend sein Kinn.

»Dann sind wir noch acht«, sagte Greifer und atmete schwer aus. »Es stand schon mal schlimmer um uns.«

»Die 'Tauren sind diesmal spät gekommen«, sagte Schakal mit Blick auf den Verrätermond. »Die Morgendämmerung ist nicht mehr fern.«

Noch während er den Himmel musterte, erklang ein Unyar-Horn in der Nacht. Vier lange Töne, eine Pause, dann die gleichen vier langen Töne.

Vollkorn runzelte die Stirn. »Das habe ich noch nie gehört.«

»Ich schon«, sagte Rotnagel grimmig. »Nur einmal in siebzehn Einsätzen für Strava. Es bedeutet, dass der Hügel und der Turm Gefahr laufen, überrannt zu werden.«

»Klingt wie ein Signal für uns, den Keilern die Hacken zu geben und uns zu verpissen«, erklärte Späne.

»Nomadenabschaum!«, spie Steinmagen.

»Ganz genau«, erwiderte der Weichling schnippisch. »Ich bin hier, um den Verrätermond zu überleben. Was können die Watschler mir schon antun, wenn ich weglaufe? Ich habe keine Rotte, die beim nächsten Mal gewarnt werden muss. Wenn die 'Tauren nicht sämtliche schwarzen Scheißer massakrieren, werden sie mich willkommen heißen, wann immer ich wiederkommen will.«

Lautlos saß Stummklotz hinter Späne vom Keiler ab und starrte den kleineren Halb-Ork enttäuscht an.

»Späne«, sagte Greifer. »Wenn du abhaust, bist du auf dich allein gestellt.«

Der kleine Mischling zuckte mit den Schultern. »Das ist sicherer, als direkt einer Masse Pferdedödel in die Arme zu reiten.«

Ohne weiteren Kommentar wendete Späne seinen Keiler und entschied sich nach einem kurzen Blick auf die schattigen Hütten für eine Richtung. Steinmagen grollte tief in seiner Kehle, hob seine Armbrust und zielte auf den sich zurückziehenden Reiter.

Schakal riss seine eigene Waffe hoch und richtete den Bolzen auf das Dreiblut.

»Er ist ein unabhängiger Reiter«, warnte Schakal. »Welches Wort davon verstehst du nicht? Jetzt nimm den Finger vom Abzug oder ich ändere deinen Namen in Wurmfutter.«

Mit versteinerter Miene tat Steinmagen, wie ihm geheißen.

»Seid ihr fertig mit diesem Scheiß?«, rief sie Rotnagel zur Ordnung. »Man beweist seinen Wert nicht, indem man Deserteure tötet, sondern man tut, was getan werden muss, verdammt! Jetzt lasst uns zum Hügel gehen.«

»Reitet los«, sagte Schakal zu seiner Rotte und machte sich auf den Weg.

Sie donnerten durch das verlassene Dorf, und die Silhouette des Turms winkte sie zu sich. Lange bevor sie die Hütten hinter sich ließen, lag das Kriegsgeschrei der Zentauren in der Luft. Sie wurden langsamer, bogen um die Ecke eines großen Stalls und warfen einen Blick auf den Tempel.

»Oh, scheiße!«, keuchte Sandsturm.

Am Fuße des Hügels wimmelte es von Zentauren. Brüllend und schreiend stürmten sie in Scharen aus allen Richtungen herbei. Die Stammesangehörigen hatten sich auf der Spitze des Hügels versammelt, umstellten den Turm und schossen Pfeilsalven den Hügel hinab. Viele waren zu Fuß unterwegs, die Leichen ihrer Reittiere stapelten sich auf dem Abhang und am Fuß des Hügels. Eine Kompanie berittener Männer, nicht mehr als dreißig, versuchte tapfer, die Pferdedödel mit der von ihnen perfektionierten Drauf-und-weg-Taktik anzugreifen, war aber zahlenmäßig weit unterlegen. Ihre Pferde waren erschöpft, ihre Köcher fast leer. Bis jetzt konnten sie die Zentauren daran hindern, den Gipfel zu erreichen, aber die Verteidiger würden bald überwältigt sein.

»Das müssen hundert Zentauren sein«, sagte Steinmagen.

»Und wahrscheinlich greifen noch mehr den Abhang auf der gegenüberliegenden Seite an«, fügte Greifer hinzu.

»Was sollen wir tun?«, fragte Sandsturm mit großen Augen.

Schakal sah Vollkorn an, dann Rotnagel, Kul'huun und Greifer. Alle vier nickten.

»Stummklotz«, sagte Schakal. »Bring Cairn in eine der Hütten. Bring ihn in Sicherheit.«

Der stumme Halb-Ork nickte und stieg von Greifers Keiler ab. Er ging zu Cairn und hob ihn so sanft wie möglich aus Sandsturms Sattel. Der Schädelsäer schrie schwach auf und schien ohnmächtig zu werden. Schakal hoffte, dass er nicht gerade gestorben war. Verdammt, sie würden sich ihm wahrscheinlich sehr bald anschließen.

»Wir gehen den Hügel hinauf«, sagte Schakal und richtete seine Worte an die Gruppe, obwohl er Sandsturm ansah.

Kul'huun zog seinen Krummsäbel. Vollkorn hielt seinen Talwar bereits in seiner Hand.

»Wir werden diesen Hügel hinaufreiten«, wiederholte Schakal und zog seine geliehene Klinge. »Reitet hart, schlagt noch härter zu und haltet nicht an, bis wir den Gipfel erreicht haben.«

»Und wenn wir den Gipfel erreichen?«, fragte Steinmagen herausfordernd. »Was dann?«

»Gehen wir auf der anderen Seite wieder runter«, sagte Schakal.

»Dort werden genauso viele Pferdedödel auf uns warten«, stellte Steinmagen mit widerwilligem Respekt fest und schenkte ihm ein Lächeln. Das Dreiblut klopfte Sandsturm herzhaft auf den Rücken. »Nimm etwas in die Hand, Sohn der Verdammnis. Wir werden diesem hübschen Ausgestoßenen in den Arsch eines Zentauren und in den Rachen eines anderen folgen!«

Sandsturm nickte resigniert und zog seinen Talwar.

Schakal setzte sich an die Spitze, und die anderen schwärmten in einem engen Keil hinter ihm aus. Vollkorn war zu seiner Rechten, Kul'huun zu seiner Linken. Die Hinterteile mehr als hundert drängelnder Zentauren waren etwas mehr als einen Armbrustschuss entfernt. Schakal trieb Heimelig vorwärts und fragte sich, welcher davon ihn zur Strecke bringen würde.

Der Keiler stampfte unter ihm, was seinen Puls beschleunigte und seine Eingeweide entzündete, bis er schreien wollte, aber Schakal biss die Zähne zusammen, um den Feind nicht zu warnen. Wenn sie Glück hatten, war der überraschende Angriff von Vorteil für sie. Der Fuß des Strava-Hügels war breit und zwang die 'Tauren, sich zu verteilen. Schakal brauchte lediglich durch ihre Reihen hindurchzustoßen, um den Hang zu erreichen. Danach mussten sie nur noch den Gipfel erreichen, bevor sie überholt oder von fehlgeleiteten Unyar-Pfeilen getroffen wurden.

Schakal packte Heimeligs Mähne fester und beugte sich vor, um ihn stumm zu höherer Geschwindigkeit anzuspornen.

Die Zentauren waren so sehr auf ihre Beute auf dem Hügel konzentriert, dass sie sie tatsächlich nicht kommen sahen.

Schakal schwang bösartig seine Klinge, schlug dem Ersten, der in Reichweite kam, die Hinterbeine ab und schwang weiter, während sich Heimelig blutig durchwühlte. Vollkorn und Kul'huun schlugen mit der Kraft eines Sturms zu und vergrößerten die Lücke. Die Zentauren schrien vor Schmerz und Schreck auf, als die Keiler ihre Reihen durchbrachen. Ein weiterer Schrei ertönte vom Kamm des Hügels, diesmal aus den Kehlen der Stammesangehörigen, und die Pfeile regneten mit neuer Wucht herab. Die Unyaren besaßen eine unheimliche Treffsicherheit, und Schakal ritt sicher durch einen Pfeilhagel, der nur Zentauren traf.

Der Hügel lag vor ihnen, aber die Pferdedödel hatten begonnen, sich umzudrehen. Speere und herausforderndes Gebrüll erhoben sich vor dem Angriff der Rotte. Schakal schrie jetzt – ein wortloser, wilder Schrei des Trotzes. Hinter ihm fügten seine Brüder ihre Stimmen hinzu und sieben wurden zu einer Rotte. Schakal krachte in das Bollwerk der Zentauren, sein Schwertarm wirbelte herum. Das Gesicht einer Frau schrie ihn mit gefletschten Zähnen an und er spaltete es mit seiner Klinge. Das grobe Gewicht eines Seils traf ihn in die Augen, die Schlinge des geschleuderten Lassos verfehlte ihn nur knapp. Speere schlugen beängstigend wie Schlangen zu, aber er schlug sie beiseite und tötete ihre Träger. Er spürte einen heftigen Aufprall unter seinem linken Arm, der ihn fast aus dem Sattel warf, doch mit einem Knurren richtete er sich wieder auf und tötete weiter. Nachdem er einem letzten Zentauren die Kehle aufgeschlitzt hatte, war Schakal durchgebrochen, und Heimeligs Hufe trommelten auf dem Hang. Pfeile fielen in einem pfeifenden Regen herab, während sie den Hang hinaufstürmten und über die Leichen von Mensch, Pferd und der schrecklichen Vereinigung aus beidem ritten.

Oben dann der Turm.

Dahinter das rachsüchtige Geheul des Feindes.

Vollkorn zog rechts mit Schakal gleich. Seine Schwertklinge war zerbrochen. Zur Linken schloss Sandsturm auf. Der Junge lächelte und sah zu Schakal hinüber, stolz und triumphierend. Er lächelte immer noch, als sich ein Lasso über seinen Kopf senkte und ihn mit einem wilden Ruck aus dem Blickfeld riss.

Überwältigender Zorn erfasste Schakal. Er würde keinen Bruder an diese Tiere verlieren!

Schakal befahl Heimelig, weiterzurennen, warf seine Beine hoch und sprang aus dem Sattel, wobei sein Rückgrat über den Rücken des Schweins rollte. Seine Stiefel schlugen auf dem unebenen Boden auf, und er wirbelte herum, als er sah, dass Sandsturm in Richtung der entgegenkommenden Horde schäumender Zentauren geschleift wurde. Schakal nahm die Verfolgung auf und sprang den Abhang hinunter. Er machte einen Satz und durchtrennte das Seil. Sandsturms schlaffe Gestalt kam unsanft zum Stehen, während Schakal nach einer Rolle zwischen dem Jungblut und der heulenden Welle von Zentauren taumelnd wieder auf die Füße kam. Selbst als sie bergauf stürmten, war ihre Geschwindigkeit ungeheuerlich. Speere, Hufe und wirbelnde Lassos kamen immer näher. Viele in der vordersten Reihe bäumten sich plötzlich auf und Pfeile schienen aus ihren Körpern zu sprießen. Die Geschosse fielen wie ein Hagelsturm, aber die Zentauren ritten einfach über ihre Gefallenen hinweg und kamen immer näher. Trotzdem waren sie lange genug aufgehalten worden. Schakal hob Sandsturm auf seine Schultern und floh den Hügel hinauf. Seine Beine brannten unter dem Gewicht, und er kämpfte sich vorwärts in der Hoffnung, dass die Pfeile der Unyaren die Zentauren lange genug in Schach halten konnten, damit er den Gipfel erreichte. Nach dem Klang der sich nähernden Schreie in seinem Rücken zu urteilen, war das eine vergebliche Hoffnung. Doch dann war da seine Rotte, stürmte an ihm vorbei den Hügel hinunter, und die Barbaren schleuderten Steinchen hoch. Schakal rannte weiter und hörte die Geräusche, wie seine Brüder auf die Zentauren trafen.

Er erreichte den Gipfel und die Bogenschützen der Unyaren ließen ihn passieren. Zirko war da, sein stämmiges Schwert in der Hand, und befehligte die Stammesangehörigen mit ruhiger Entschlossenheit. Andere Halblinge waren nicht anwesend.

»Deine Ankunft kommt wieder einmal zur rechten Zeit, Halb-Ork«, verkündete der kleine Priester.

Schakal ignorierte ihn, ließ Sandsturm auf den Boden

sinken und pfiff nach Heimelig. Er musste sich seiner Rotte anschließen, falls noch jemand davon übrig war.

Noch bevor er im Sattel saß, ritt Vollkorn durch die Lücke, gefolgt von Kul'huun. Der Hauer hatte eine klaffende Wunde auf der Stirn und eine triefende Wunde unter den Rippen, aber seine Augen hatten nichts von ihrem ungezähmten Glanz verloren. Nach einer ganzen Weile ritt Steinmagen heran. Er war blutverschmiert, aber es schien nicht sein eigenes Blut zu sein. Greifer war dem Dreiblut auf den Fersen, Rotnagel hinter ihm. Der alte Stoßzahn wirkte benommen und glitt kopfschüttelnd aus dem Sattel.

»Du bist so verrückt wie ein 'Taur!«, warf er Schakal vor, obwohl in seiner Stimme respektvolle Ehrfurcht lag. »Wer kehrt schon zu einem Jungblut zurück, das von seinem Keiler gerissen wurde?«

Schakal ließ seinen Blick über die Rotte schweifen. »Hätte nicht erwartet, dass ihr alle so dumm seid wie ich. Wieso wurdet ihr nicht abgeschlachtet?«

»Wir hatten Hilfe«, antwortete Greifer, als ein Dutzend Unyar-Reiter durch die Reihe der Bogenschützen kam, alles, was von den dreißig Verteidigern übrig war, die sie am Fuß des Hügels gesehen hatten.

Ihre breiten, schlitzäugigen Gesichter lächelten und sahen alle direkt zu Schakal. Einer von ihnen sagte etwas, seine Worte waren fremd und atemlos.

Schakal ignorierte die Männer und drehte sich zu Vollkorn um.

»Macht euch bereit. Wir müssen auf der anderen Seite runtergehen.«

Der besorgte Blick seines Freundes wanderte nach unten. Als Schakal ihm folgte, sah er einen Zentaurenspeer unter seinem linken Arm hervorragen. Mit einem frustrierten Knurren riss er ihn heraus und warf ihn auf den Boden.

»Greifer, Kul'huun! Formiert euch, wir gehen wieder. Steinmagen!«

»Schakal«, sagte Vollkorn langsam.

»Wir müssen jetzt los!«, sagte Schakal zu ihm. »Bevor sie sich erholen.«

Zirko trat neben seinen Keiler.

»Das ist nicht nötig«, sagte der Halbling ruhig und richtete seinen Blick auf den Horizont.

Schakal sah, dass sich der Himmel mit der beginnenden Morgendämmerung rötlich färbte. Eingebettet in das bedrängte Band der Nacht, nahm der Verrätermond ab und wurde zu einer blassen Sichel. Unten ritten die Zentauren in lebendigen Strömen zurück zu ihren uralten, schattigen Hainen und weinumrankten Tempeln. Truppen zurückkehrender Unyar-Reiter beschleunigten den Aufbruch der Pferdedödel mit Salven von Rachepfeilen.

»Es ist vorbei«, verkündete Zirko.

Die umstehenden Stammesangehörigen staunten weiterhin über Schakal und jeder fiel in die Worte des Ersten ein. Die Bogenschützen auf dem Hügel drehten sich um und begannen sich zu versammeln. Einer von ihnen nahm den Speer, den Schakal aus seinem Körper entfernt hatte, und hielt ihn ehrfürchtig, bevor er ihn in die Höhe reckte.

»Va gara Attukhan!«, rief er, und seine Sippe stimmte in den Siegesjubel ein.

Der Ruf wurde weitergetragen und der Turm hallte vom Sprechgesang der Unyaren wider.

Schakal sah auf Zirko hinunter.

»Was sagen sie?«

»Sie preisen dich«, antwortete der Priester. »Sie erkennen dich als das, was du bist.«

»Und was ist er?«, fragte Vollkorn und sein Gesicht spiegelte Schakals Verwirrung wider.

»Der Arm von Attukhan«, antwortete Zirko feierlich und mit einem kleinen, zufriedenen Lächeln.

Schakal sah sich müde um. Überall waren die fröhlichen Gesichter der Unyaren zu sehen, Männer, die er noch nie hatte lächeln sehen. Jede Stimme war erhoben, jeder Arm war in die Luft gestreckt. Welche Erschöpfung sie auch immer nach einer so blutigen Nacht verspürten, welche Verzweiflung in ihren Herzen über die erlittenen Verluste herrschte, nichts davon war zu sehen, als sie skandierten und Schakal mit Worten und Glaubenssätzen grüßten, die er nicht verstand.

»*Va! Gara! ATTUKHAN!*«
»*Va! GARA! ATTUKHAN!*«
»*VA! GARA! ATTUKHAN!*«

31

Der Morgen war von seltenem Regen durchdrungen. Er fiel dünn und war nicht einmal auf dem Dach des Korralschuppens zu hören. Die fast unsichtbaren Tropfen brachten ein Frösteln in die frühe Luft, das scheinbar durch den Trauergesang der Unyaren hervorgerufen wurde.

Schakal saß schon seit einiger Zeit da und lauschte ihren Stimmen, die von der feuchten Brise getragen wurden. Irgendwo, außer Sichtweite, begruben die Stammesangehörigen ihre Toten – die Krieger im Strava-Hügel, die Frauen und Kinder in den Familienhügeln. Die Halb-Orks waren nicht eingeladen worden und alle Hilfsangebote hatte man abgelehnt. Sie bekamen zu essen und einen Platz zum Ausruhen, aber Schakal hatte im Gegensatz zu den anderen, die um ihn herum schlummerten, nicht schlafen können. An seiner Seite schnarchte Vollkorn trotz des Gesangs leise, sein Kopf wurde von einer Bettrolle gestützt. Sogar Kul'hu-un schlief aufrecht sitzend in einer Ecke des Schuppens. Rotnagel hatte sich lange genug bewegt, um mit steifen Beinen in den Regen hinauszugehen und zu pinkeln, kehrte dann aber sofort unter seine Decke zurück. Steinmagen war als Erster aufgewacht und schlenderte auf den Korral hinaus, während er den Inhalt eines Milchkrugs leerte.

Schakal wollte unbedingt reiten, aber Heimelig brauchte eine anständige Pause. Er lag im Korral, zusammengekauert unter dem niedrigen Dach eines Abfohlstalls, mit den anderen Barbaren. Steinmagen bellte einen Fluch, als er entdeckte, dass sein Keiler von Matschepatsch aus dem geschützten Raum herausgeschubst worden war. Das korpulente Dreiblut sattelte sein durchnässtes Reittier in frustrierter Eile und ritt ohne auch nur einen Blick des Abschieds davon. Die Augen immer noch geschlossen, lächelte Vollkorn breit und schlief wieder ein.

Schakal verabschiedete den mürrischen Orkfleck mit einem Grinsen. So war das mit den Rotten in Strava. Man stand Seite an Seite, man kämpfte, und wenn man überlebte, ging man. Die Pflicht war erfüllt. Je nachdem, wie viele eingeschworene Reiter die Flecken hatten, würde Steinmagen in den nächsten Jahren keinen weiteren Verrätermond hier verbringen müssen. Schakal beneidete ihn um diesen Komfort.

Der Gesang dauerte an. Das Sonnenlicht hinter dem nahtlosen Grau der wässrigen Wolken breitete sich am Himmel aus. Gegen Mittag war das Klagelied verstummt, aber der Regen setzte sich fort und ließ den Tag altern. Im hinteren Teil des Schuppens rührten sich Greifer und Stummklotz. Als Schakal nach unten sah, bemerkte er, dass Vollkorn wach war. Er lag auf dem Rücken, aber sein Kopf war gedreht, seine Augen auf Schakals Rippen gerichtet.

»Wie ich sehe, ist das bereits verheilt«, sagte das große Dreiblut leise.

Schakal hob seinen Arm und untersuchte die Stelle, an der der Speer des Zentauren ihn durchbohrt hatte. Es war eine tiefe Wunde gewesen, aber er hatte keinen Schmerz gespürt. Jetzt war dort nichts weiter als leicht gewellte Haut.

Vollkorn setzte sich auf, stieß einen langen Atemzug aus und schüttelte den Kopf, womit er wortlos und ausführlich seine Meinung kundtat.

»Wir müssen aufsatteln«, sagte Schakal und reichte ihm das letzte Stückchen Brot.

»Zur Brennerei?«, fragte Vollkorn mit vollem Mund.

Schakal nickte. »Ich habe mir vorgenommen, Weide vor dem Schlammmann zu warnen, und das werde ich auch tun.«

Wahrscheinlich war es schon viel zu spät, aber das sagte er nicht.

Vollkorn verlieh der Angst trotzdem Ausdruck. »Der Schlammmann könnte bereits dort gewesen und gegangen sein, Bruder.«

Der Ausdruck auf dem Gesicht des Dreibluts spiegelte wider, was sie beide wussten, aber nicht aussprechen wollten. Der Schlammmann war in der Lage, jeden in der Brennerei zu töten, und ganz Teilsieg wäre wegen des Verrätermonds in der Festung untergebracht gewesen. Beryl. Distel. Cissy. Die Waisenkinder. Keiner von ihnen wäre vor dem Moortrotter sicher.

Die einzige Schakal bekannte Person, die die Macht hatte, sich gegen den Schlammmann zu stellen, war Schlitzohr, aber das Vertrauen in den Zauberer war ein zweischneidiges Messer.

»Ich muss mich selbst überzeugen«, sagte Schakal. »Und das musst du auch.«

Die Art, wie Vollkorn mit dem Kiefer mahlte, genügte, um sich zu einigen. Sie standen gleichzeitig auf und begannen, ihre Sachen zu packen.

»D'hubest mar kuul.«

Schakal warf einen Blick zu Kul'huun hinüber und sah, dass auch er wach war. Er sah gespannt über den Korral hinweg. Schakal folgte seinem Blick und entdeckte Zirko, der sich durch den Nieselregen näherte. Der Hohepriester war allein, seine kurzen Schritte wirkten müde. Als er unter dem Dachvorsprung des Schuppens ankam, wischte sich der Halbling die Nässe aus dem Gesicht und sah hoch.

»Ich hoffe, ihr habt euch etwas ausgeruht?«, fragte er die versammelten Halb-Orks.

»Das haben wir, zum Glück«, antwortete Greifer und trat vor. »Wie geht es Cairn und Sandsturm?«

»Ich habe mich um sie gekümmert«, antwortete Zirko, »aber Cairn konnte nicht gerettet werden. Das tut mir leid. Der Jüngere hatte mehr Glück. Er ist noch immer bewusstlos, aber ich glaube, er wird aufwachen. Einige meiner fähigsten Priester sind bei ihm, und ich habe einen Vogel zu den Söhnen der Verdammnis geschickt, um ihnen von der Verletzung ihres Bruders zu berichten. Einen weiteren habe ich zu den Schädelsäern geschickt, um sie über ihren Verlust zu unterrichten.«

»Und was ist mit Grübchen?«, knurrte Rotnagel. Ein Knie knackte, als er sich vom Boden erhob. »Habt ihr irgendeine Spur von diesem feigen Scheißkerl gefunden?«

»Oder von Späne?«, fügte Greifer hinzu.

Zirko neigte ernst den Kopf. »Meine Reiter fanden den Reiter der Scherben tot auf. Die Zentauren hatten ihn in Stücke gerissen, sodass für seine Rotte nur noch wenig zu bergen übrig blieb. Sein Reittier wurde lebend gefunden und wird hierhergebracht, damit ihr es nach Belieben verwenden könnt. Von dem unabhängigen Reiter gibt es keine Spur.«

Rotnagel stieß ein Brummen grimmiger Zufriedenheit aus.

»Nun«, Greifer zeigte mit dem Daumen abwechselnd auf sich und Stummklotz, »wenn keiner von euch etwas dagegen hat, wird mein stummer Freund den Barbaren des Scherbenreiters für sich beanspruchen, und wir machen uns auf den Weg. Jeder, der mit uns reiten will, ist willkommen.«

Schakal wusste, dass das Angebot an ihn gerichtet war, aber er klopfte seinem Nomadenkollegen zum Abschied nur respektvoll auf die Schulter.

Als die unabhängigen Reiter den Schuppen verließen, sah Rotnagel zu Zirko.

»Ich vertraue darauf, dass die Stoßzahnflut eine Warnung vor dem nächsten Verrätermond erhält.«

»Natürlich«, versprach der Priester feierlich. »Reite mit dem Segen des großen Belico.«

Rotnagel schritt an dem Halbling vorbei und folgte den Nomaden in den Regen. Kul'huun saß weiterhin in seiner Ecke und beobachtete Schakal, Vollkorn und Zirko mit unverhohlenem Interesse.

»Ich hoffe, deine Verluste waren nicht groß«, sagte Schakal zu dem kleinen Priester.

Zirko verbeugte sich leicht und faltete die Hände vor sich. »Größer als bei manchen Monden, doch weniger als bei den meisten. Belico wird heute Morgen viele Gläubige empfangen, die auf den Stimmen von uns, die wir leben und die Rückkehr des Meistersklaven erwarten, an seine Seite getragen werden.«

»So, wie sich diese Schwachköpfe im Morgengrauen aufgeführt haben«, brummte Vollkorn, »wundert es mich, dass die Hälfte von ihnen nicht hier ist und versucht, Schakal ihre Töchter zu geben.«

Schakal warf seinem Freund einen entsetzten Blick zu, aber Zirko lächelte.

»Die Unyaren haben im Laufe der Generationen viele Gaben der Götter erlebt und feiern ihre Ankunft, aber sie werden immer ein zurückgezogenes Volk bleiben. Selbst wir Halblinge leben abseits von ihnen.«

Vollkorn kratzte sich an seinem kahlen Kopf. »Also ... wenn Sandsturm überlebt, wird er dann ein nicht zu tötender Spinner wie Schakal?«

Schakal verzichtete auf die bissigen Blicke und schlug ihm dreimal auf die Schulter.

»Was, zum Teufel, ist los mit dir?«

Vollkorn zuckte mit den Schultern. »Du wolltest doch nicht fragen.«

Kul'huun gluckste leise in seiner Ecke.

Zirkos Gesicht jedoch verlor sein Lächeln.

»Attukhan war zu Lebzeiten ein großer Krieger«, sagte der Halbling, »aber der Tod holte ihn – wie alle treuen Eidgenossen Belicos.« Das gerissene schwarze Gesicht des Priesters richtete sich auf Schakal und sah ihm in die Augen. »Verwechsle Geschenke nicht mit Wundern, Halb-Ork. Du trägst eine Seele in dir, die von einem Gott begünstigt wurde, aber deine eigene ist noch da und kann aus dem Leben gerissen werden. Es ist schwierig, eine Kerze auszublasen, die sich hinter einem tosenden Wasserfall befindet. Schwierig, aber nicht unmöglich.«

»Er will damit sagen, dass du nicht unverwundbar bist«, sagte Vollkorn aus dem Mundwinkel.

»Ich habe ihn verdammt noch mal gehört«, murrte Schakal.

»Ich wollte nur sichergehen.«

Schakal blickte kühn auf den Hohepriester hinab. »Wenn du und dein Gott mit mir fertig seid, Heldenvater, habe ich noch etwas zu regeln.«

Er hatte versucht, die Bitterkeit in seiner Stimme zu verbergen, aber sie kroch dennoch an die Oberfläche.

»Natürlich«, sagte Zirko. »Bis zum nächsten Verrätermond.«

Das Schwert, das Schakal sich geliehen hatte, lehnte an der Wand. Er lenkte Zirkos Blick darauf, indem er mit seinem Kinn darauf deutete.

»Könntest du dafür sorgen, dass es zu seinem Besitzer zurückkommt? Für mich sehen alle Unyaren gleich aus.«

»Behalte es«, sagte der Halbling zu ihm. »Dein Blick sagt mir, dass du es bald brauchen wirst.«

»Ich danke dir.«

Schakal schulterte seinen Sattel, hob die Klinge auf und verließ den Schuppen. Vollkorn folgte ihm. Kul'huun löste sich aus seiner Ecke und ging mit ihnen.

Draußen vor dem Abfohlstall waren Greifer und Stummklotz bereits aufgesessen, da der Stumme das Reittier von Grübchen übernommen hatte. Rotnagel zerrte ein letztes Mal am Gurt seines Keilers.

»Wohin wollt ihr?«, fragte der griesgrämige Stoßzahn.

»Zur Brennerei«, sagte Schakal schlicht.

»Ist das klug?«, erkundigte sich Greifer. »Du weißt, dass du dein Leben verwirkst, wenn du einen Fuß auf das Gebiet deiner ehemaligen Rotte setzt.«

Schakal legte seinen Sattel über Heimeligs Rücken. »Wir haben keine andere Wahl. Greifer, wenn du Grasmücke siehst, sag ihm, dass ich hier in Strava war und wohin ich gegangen bin. Verbreite die Nachricht an alle Nomaden, die du triffst.«

»Das werde ich.«

Rotnagel zuckte zusammen, als er auf seinen Keiler stieg. »Viel Glück für euch, Jungs. So alt, wie ich bin, sterbe ich hoffentlich, ehe ich das nächste Mal an der Reihe bin. Aber wenn ihr euch auf dem Land der Flut wiederfindet, seid ihr in der Suhle willkommen. Ich werde für euch bürgen.«

»Hab Dank«, sagte Greifer lächelnd und zeigte mit dem Daumen auf Stummklotz. »Obwohl der hier wahrscheinlich Schwierigkeiten haben wird, zu sagen, wer ...«

Der Nomade brach ab, da er plötzlich auf etwas aufmerksam wurde, das ihn die Stirn runzeln ließ.

Als Schakal über seine Schulter sah, bemerkte er eine Gruppe Unyar-Reiter, die sich rasch näherte. Es waren zehn von ihnen, die einen einsamen Halb-Ork auf einem Barbaren umringten.

»Ist das ...«, begann Vollkorn.

»Späne«, bestätigte Greifer.

Der Weichling wurde in den Korral geführt und die Reiter hielten an. Ihr Anführer trennte sich von ihnen und trabte auf Zirko zu. Der kleine Priester hörte sich einen kurzen Bericht an und deutete dann auf Schakal und die anderen. Nach einem gebrüllten Befehl ließen die Reiter Späne zum Abfohlstall reiten. Sein Gesicht war angespannt und besorgt.

»Haben sie dich beim Stehlen einer Ziege erwischt?«, sagte Rotnagel anklagend.

Späne schüttelte den Kopf und versuchte zu sprechen,

aber seine Kehle röchelte nur wortlos. Greifer warf ihm einen Wassersack zu. Während er trank, kamen Zirko und der Anführer der Unyaren zu ihnen.

»Meine Männer sagen mir, du hättest Orks in der Nähe gesichtet«, sagte der Halbling und sah Späne aufmerksam an.

Vollkorn stieß ein Lachen aus. »Du rennst weg, um dein Fell vor Zentauren zu retten, und kommst sofort zurück, wenn du eine *ulyud* siehst. Verdammt, Mischling, steckt noch irgendwelcher Mumm in dir?«

Späne riss sich den Ledersack von seinem keuchenden, triefenden Mund. »Nicht ... nicht eine *ulyud*.«

Alle wurden still und starrten den erschrockenen Weichling an.

»Wie viele?«, fragte Rotnagel.

Späne zuckte mit den Schultern, sein Mund stand offen. »Mehr Dickhäuter, als ich je gesehen habe.«

»Wie weit?«, fragte Zirko.

»Keine zwanzig Kilometer östlich.«

Der Halbling war unerbittlich. »Kommen sie in diese Richtung?«

Späne schüttelte den Kopf. »Norden. Sie ziehen nach Norden.«

Zirko gab dem Unyar-Reiter eine Reihe von Befehlen in der Sprache des Stammesangehörigen und schickte ihn sofort los.

»Du wirst meine Männer anführen, damit sie sich das ansehen können«, sagte der kleine Priester mit einer Stimme, die keinen Widerspruch zuließ.

»Und uns«, sagte Greifer, und Stummklotz nickte nachdrücklich.

»Ich will sie auch sehen«, erklärte Rotnagel.

Schakal und Vollkorn wechselten einen Blick. Der Blick besagte, dass die Brennerei warten musste.

Zweihundert Reiter waren am Fuße des Hügels versammelt. An der Spitze der Kolonne wartete ein schneller, von einem Pferdegespann gezogener Kriegswagen. Der Unyar-

Kutscher verbeugte sich, als Zirko das Gefährt bestieg und auf eine Plattform kletterte, die es dem Halbling ermöglichte, neben dem Mann auf gleicher Höhe zu stehen. Der kleine Priester gab den Männern ein Zeichen zum Aufsteigen. Späne setzte sich an die Spitze, während sich Schakal und die anderen Halb-Orks um ihn herumformierten. Strava verschwand hinter ihnen in einem Sturm aus donnernden Hufen.

Trotz aller Sticheleien gegen seine »Tapferkeit« war Späne ein erfahrener Reiter und führte die Truppe direkt nach Nordosten. Da er die Zahl der Orks nicht kannte, war dies ein Erkundungsritt. Ziel war es, sie einzuholen, ohne sie zu überholen. Die Unyar-Pferde waren eine robuste Rasse, aber man musste vorsichtig sein, wo man sie entlangführte. Die Barbaren waren zwar langsamer, aber die Keiler konnten ein Terrain überqueren, das sich für ein Pferd als tückisch erweisen konnte. Späne behielt dies im Hinterkopf, als er die Kolonne durch buschbestandene Ebenen und trockene Schluchten führte, wobei er die Felsen und das harte Geröll mied. Der klägliche Regen verwandelte sich durch die Geschwindigkeit des Rittes in stechende Körnchen.

Es dauerte nicht lange, bis sie auf die Spuren der Orks stießen. Der feuchte Staub war zu weichem Schlamm zertrampelt worden, in dem schwere Fußabdrücke zu erkennen waren. Zirko hielt an und befahl den vier Vorreitern, voranzugehen. Kul'huun sprang ab und untersuchte die Spuren, sein Gesicht war voller Konzentration.

»Wie viele?«, fragte Schakal, aber der Hauer runzelte nur die Stirn und stieg wieder auf, ohne zu antworten.

»Nun, das ist beunruhigend«, beschwerte sich Vollkorn.

Die Vorreiter der Unyaren ließen nicht lange auf sich warten. Schakal und die anderen beobachteten aufmerksam, wie sie Zirko mit tiefen, fremden Stimmen berichteten. Das Gesicht des Halblings war grimmig. Der Bericht der Stammesangehörigen endete schnell, und nach kurzem Überlegen stieg Zirko vom Wagen ab und ließ sich vom Kutscher auf einen der Sättel der Vorreiter helfen. Die Haltung des Hohepriesters war makellos, auch wenn er wie ein Kind vor dem Reiter des Pferdes saß. Die Späher kamen zu den Halb-Orks und Zirko warf allen einen Blick zu.

»Kommt mit.«

Ohne eine Antwort abzuwarten, befahl Zirko seinen vier Reitern, loszureiten, und die Barbaren reihten sich hinter ihnen ein. Vier Pferde und sieben Keiler bahnten sich langsam ihren Weg durch die Spuren der Orks, bis die Unyaren nach einem halben Kilometer abbogen. Es ging bergauf und felsige Vorsprünge ragten aus den Furchen. Der Weg wurde schwieriger, als das Gestrüpp den Felsbrocken wich. Unten auf der linken Seite erstreckten sich die vom Regen verdunkelten Ebenen vor dem zerklüfteten Hang. Die Reiter suchten sich einen Weg zwischen den Felsen hindurch, wobei die schwarze Linie der Orks immer noch sichtbar war. Bald holten sie die marschierende Masse ein, die diese dunkle Spur hinterließ.

»Verdammt seien alle Höllen«, knurrte Rotnagel, als sie an einem felsigen Aussichtspunkt anhielten.

Unten sahen sie die lange, dichte Kolonne dunkelhäutiger Gestalten vorbeiziehen. Sie waren nur knapp außerhalb von Armbrustreichweite, aber nah genug, um die Krummsäbel in ihren Händen zu sehen. Nah genug, um zu erkennen, wie sie ihre Blicke nach oben richteten, um ihre Beobachter zu beobachten. Nah genug, um eine Zählung zu beginnen.

»Wie viele sind das? Zweihundert?«, schätzte Greifer.

Stummklotz hielt drei korrigierende Finger hoch.

»Leck mich doch am Arsch«, sagte Vollkorn. »Was, zum Teufel, treiben die da? Hier gibt es nichts außer dem alten Gebiet der Spitzbuben. Es ist kilometerweit verlassen. Hier gibt es nichts zu holen und niemanden zu töten.«

Schakal lief es kalt den Rücken herunter. »Und niemanden, der ihre Bewegungen meldet.«

»Na ja, *wir* sehen sie«, sagte Späne.

»Das sollten wir aber nicht«, sagte Schakal zu ihm. »Sie

waren in der Nähe von Strava, haben aber nicht angegriffen. Sie gehen auf direktem Weg ins Gebiet der Spitzbuben, ein Gebiet, von dem sie wissen, dass es leer ist. Sieh nur, sie sehen uns und tun nichts.«

Es stimmte. Von der Hauptgruppe lösten sich keine Angreifer, niemand versuchte, den Hang zu stürmen. Die Dickhäuter setzten einfach ihren Weg in gleichmäßigem, schnellem Tempo fort, die Blicke hungrig auf den nördlichen Horizont gerichtet.

»Sie sind unterwegs nach Hispartha«, stellte Schakal laut fest.

Er spürte, wie sich die anderen beruhigten. Sie sahen ihn stirnrunzelnd an, alle außer Zirko und Kul'huun, die beide weiterhin die Orks beobachteten.

Späne war der Erste, der spottete. »Sollen sie doch! Hispartha kann mit dreihundert Orks fertigwerden.«

»Wäre gut, wenn sie auch einmal kämpfen würden«, stimmte Greifer zu.

Vollkorn musterte Schakals Gesicht. »Was denkst du, Bruder?«

Schakal schüttelte nur den Kopf, der mit einem Haufen wirbelnder, verwirrter Gedanken gefüllt war.

»Es ist ein weiterer Einmarsch.«

Nicht Schakal hatte geantwortet, aber die Worte spiegelten das wider, was ihm durch den Kopf gegangen war. Alle sahen Zirko an. Der Halbling starrte unbeirrt auf das schnell vorbeiziehende Ende der Ork-Kolonne.

»Nichts für ungut, Priester«, sagte Rotnagel, »aber das ist alles andere als ein Einmarsch. Ich habe es beim ersten Mal gesehen und da waren es viel mehr Dickhäuter als die da unten.«

»Ich war auch dabei«, antwortete Zirko. »Das ist erst der Anfang.«

»Das ist Keilerscheiße«, erklärte Späne leichthin.

»Nein, der Halbling hat recht«, sagte Kul'huun und überraschte alle außer Schakal und Vollkorn damit, dass er sich der hisparthanischen Sprache bediente. »Das da unten ist eine *ul'usuun*. Eine Zunge. Sie ist gekommen, um das Blut des Feindes zu kosten und den Mut derer zu testen, die sie verschlingen wollen.«

»Also schneiden wir die Zunge ab«, sagte Vollkorn. »Wir haben sicher genug Unyaren dahinten, um es zu schaffen, wenn wir hart zuschlagen und noch härter rennen, immer wieder, bis die Orks mehr Federn haben als ein Bussard. Die Dickhäuter finden Blut nicht so lecker, wenn es ihr eigenes ist.«

»Das wird der Heldenvater entscheiden«, antwortete Kul'huun. »Aber diese zu töten, setzt nur einer *ul'usuun* ein Ende. Die Orks kosten nie nur ein Gericht. Sie werden Hispartha mit gespaltener Zunge verschlingen. Mindestens drei.«

Vollkorn fuhr sich verärgert mit der Hand durch seinen Bart. »Willst du damit sagen, dass wir fast tausend Orks haben, die durch die Geteilten Lande ziehen?«

Kul'huun sah das Dreiblut direkt an. »Mindestens. Alle sondieren, alle bereiten sich auf das vor, was danach kommt.«

»Und was ist das?«

»Die Zähne«, antwortete Schakal.

»*Duulv M'har*«, stimmte Kul'huun mit einem Nicken zu. »Vierzigtausend Orks.«

Die Dreihundert unter ihnen schienen auf einmal immer weniger zu werden, als jeder auf dem Bergkamm versuchte, sich vorzustellen, wie sie zu einer solchen Stärke anschwollen. Es blieb lange still.

Das Gezeitenbecken in Schakals Kopf begann sich zu beruhigen, albtraumhafte Fetzen stiegen auf und schwammen an der Oberfläche. Die Details waren abscheulich, aber jetzt, wo sie still lagen, fand er sie leichter zu sortieren. Schakal untersuchte die aufgeblähten Überreste längst verrotteter Fragen und fand, dass er sich den treibenden Antworten nicht entziehen konnte.

»Er hat sie geschickt.«

Schakal hatte es nur gehaucht, hatte nicht einmal laut sprechen wollen.

»Schak?«, drängte Vollkorn.

Schakal schüttelte seine düsteren Grübeleien ab und sah seinen Freund an, der besorgt die Stirn runzelte.

»Schlitzohr«, sagte er, wohl wissend, dass die anderen es nicht verstehen würden, aber es war ihm egal. »Er will über Hispartha herrschen. Dazu muss er es erobern. Dazu braucht er eine Armee.« Schakal streckte einen Arm aus und deutete auf den hinteren Teil der Ork-Kriegstruppe. »Da ist sie! Er braucht nichts zu tun, um das Königreich in die Knie zu zwingen, außer die Orks passieren zu lassen. Ein weiterer Einmarsch wird wahrscheinlich das Ende von Hispartha bedeuten, vor allem, wenn die Geteilten Lande nichts unternehmen, um den Vormarsch aufzuhalten.«

»Ich kann deinem Geschwätz nicht folgen, Junge«, brummte Rotnagel, »aber in diesen Tagen wäre es für alle Rotten zusammen schwer, auch nur eine dieser *ul'usuun* aufzuhalten, ganz zu schweigen von vierzigtausend Dickhäutern. Einen zweiten Einmarsch hätten wir nie verhindern können, nicht einmal zu unseren besten Zeiten.«

»Du irrst dich«, sagte Schakal zu dem alternden Stoßzahn. »In den ersten Jahren hätte es jede der neun Rotten tun können, und zwar allein. Sag mir, Rotnagel, sag mir, dass ihr nicht vor Jahren einen Reiter in der Stoßzahnflut hattet, der von der Seuche entstellt war. Einen zähen Mischling, der noch lange, nachdem er eigentlich tot sein sollte, weinende Wunden und geschwollene Gelenke ertrug.«

Rotnagel wirkte verblüfft. »Ja, er hieß Branntkalk.«

Schakal sah zu Kul'huun. »Was ist mit den Hauern der Vorväter?«

Der wilde Mischling dachte kurz nach, dann nickte er knapp.

»Bevor ich aus den Scherben vertrieben wurde«, erinnerte sich Späne langsam, »sprachen die Alten von einem pockennarbigen Bruder, mit dem sie früher geritten waren. Sie sagten, er hätte sich eines Tages erhängt.«

»Jede Rotte hatte einen«, sagte Schakal. »Einen Seuchenträger aus den Tagen des Einmarschs. Sie hielten die Dickhäuter davon ab, zurückzukehren, und es erneut zu versuchen. Nicht die Rotten, nur neun gequälte Bastarde. Jetzt gibt es nur noch einen.«

»Der verdammte Lehmmaster«, polterte Vollkorn.

»Und Schlitzohr hat dafür gesorgt, dass er sich hinter den Mauern der Brennerei versteckt«, sagte Schakal. »Deshalb wollte er unbedingt zu den Grauen Bastarden. Unser Häuptling war das Letzte, was die Dickhäuter fürchteten, die beste Waffe gegen sie. Und jetzt wird sich der Lehmmaster auf Drängen eines Zauberers von allem fernhalten. Die Orks werden ungehindert durch Ul-wundulas marschieren. Vielleicht kann Hispartha sie abwehren, vielleicht auch nicht, aber das spielt keine Rolle. Sie werden geschwächt sein und Schlitzohr wird seinen fetten Arsch auf den Thron setzen.«

Vollkorn machte ein entschuldigendes Gesicht. »Wäre vielleicht gar nicht schlecht, Schak, einen von uns als König zu haben.«

»Dieser Zauberer ist ein Halb-Ork?« Späne starrte ihn an. »Verdammt, warum helfen wir ihm nicht?«

Schakal öffnete den Mund, um zu antworten, zögerte aber. Er hatte diese Reaktion befürchtet und hatte kein Gegenargument parat. Zirko kam ihm zu Hilfe.

»Die Geschichte ist voll von tyrannischen Zaubererkönigen«, sagte der Priester. »Ich habe diesen Zauberer gesehen, und obwohl ich glaube, dass er einen Teil seiner Macht verborgen hat, kann ich euch sagen, dass er größeren Meistern dient.«

Schakal erinnerte sich an die Worte des abscheulichen Abzul im Turm des Kastells. »Der Schwarze Schoß.«

Die Blicke, die er erntete, zeigten, dass niemand je davon gehört hatte. Diese Unkenntnis verwandelte sich schnell in Beunruhigung.

»Ich sage euch«, fuhr Zirko fort, »das ist keiner, den ihr mit einer Krone sehen wollt. Dass er sich mit Dhar'gest verbündet hat, genügt mir, um mich ihm entgegenzustellen. Ich glaube, Schakal sieht das richtig. Außerdem denke ich, dass dieser Zauberer den Verrätermond als Signal benutzt hat, das die Orks mit Sicherheit sehen konnten.«

Bei den Worten des Halblings dämmerte Schakal eine weitere Erkenntnis.

»Die Geteilten Lande sind praktisch leer«, sagte Schakal zu Zirko. »Alle Rotten haben sich verschanzt. Unabhängige Reiter verstecken sich. Eure eigenen Reiter haben sich in die Nähe von Strava zurückgezogen. Die Orks müssen nichts anderes tun, als die entlegensten Abschnitte eines Gebiets nutzen, das von den Zentauren bereits leer gefegt wurde.«

»Wie das Gebiet der Spitzbuben«, stellte Greifer fest.

»Ich wette, die Alte Jungfer auch«, fügte Rotnagel hinzu.

Schakal fühlte sich, als ob eine ekelerregende Faust seine Nüsse in seine Eingeweide trieb. Zur Hölle, die Dickhäuter hatten schon immer den Sumpf bevorzugt, um in die Geteilten Lande zu gelangen. Dort stellten sich ihnen nur gelegentlich ein Roch und der verfluchte Schlammmann entgegen. Ein Mann, den Schlitzohr unbedingt hatte beseitigen wollen. Ein Mann, der sogar jetzt noch seine wertvolle Heimat verließ, um die Mauern anzugreifen, hinter denen der Zauberer gerade hauste. Schakal hatte geglaubt, Schlitzohr wollte sich eines potenziellen Rivalen entledigen, aber möglicherweise hatte er nur versucht, den Orks einen weiteren Weg zu eröffnen, den sie ungehindert beschreiten konnten. Indem Schakal die Hilfe des Schlammmanns suchte, hatte er unwissentlich Schlitzohrs Plan unterstützt und gleichzeitig Weide, Grasmücke, Sperling und die anderen gefangenen Elfen in Gefahr gebracht.

»Das muss ein Ende haben«, sagte Schakal, wobei seine ganz private Wut seine Stimme noch schärfer machte.

»Tausend Orks?«, erinnerte Späne ihn. »Sie kommen von ... wir können nur raten, woher! Und die vierzigfache

Menge ist ihnen dicht auf den Fersen? Wie sollen wir das beenden?«

Schakal sah Zirko an. »Wirst du diese *ul'usuun* am Leben lassen?«

Der Hohepriester von Belico schüttelte den Kopf. »Keiner von ihnen wird nach Dhar'gest zurückkehren.«

»Das wäre dann *eine* Zunge«, sagte Greifer mit anerkennendem Lächeln.

»Rotnagel hat recht«, beschied Schakal. »Eine andere wird durch die Alte Jungfer kommen. Aber sie werden die Langsamsten sein. Greifer, wenn du das Kastell warnen kannst, haben sie vielleicht eine Chance, genügend Kavalleristen aufzutreiben. Zumindest können sie Hispartha benachrichtigen. Ich glaube, Schlitzohr ging davon aus, den Zauberer des Kastells auf seiner Seite zu haben, und hätte die Garnison von dem Verrückten ermorden lassen. Da er aber jetzt tot ist, haben wir vielleicht eine Chance, die Weichlinge an diesem Kampf zu beteiligen. Hauptmann Bermudo wird nicht mit dir sprechen wollen und er wird dir nicht glauben. Zwinge ihn, beides zu tun! Und sprich nicht mit Hauptmann Ignacio. Er ist zu sehr mit dem Lehmmaster verstrickt, als dass man ihm trauen könnte.«

»Dann bleibt noch eine *ul'usuun* übrig«, murmelte Rotnagel. »Wenn wir Glück haben.«

»Das werden wir nicht haben«, sagte Schakal. »Ich möchte wetten, dass die Dickhäuter mehr schicken, als wir uns vorstellen wollen. Da draußen könnten zehn Zungen sein. Wenn das der Fall ist, müssen wir es wissen. Rotnagel, Kul'huun, ihr müsst zurück zu euren Rotten und sie vor dem warnen, was auf uns zukommt. Wir brauchen Reiter, die die Geteilten Lande durchstreifen, damit wir wissen, wo die Zungen sind und wann und woher die verdammten Zähne kommen. Späne, geh zu den Schädelsäern. Stummklotz, zu den Söhnen der Verdammnis. Kannst du dich bei ihnen verständlich machen?«

Der große Stumme nickte nachdrücklich.

»Gut. Wir können nur hoffen, dass Steinmagen etwas davon mitbekommt und es den Orkflecken erzählt.«

»Schakal«, fügte Vollkorn hinzu, »dann bleiben die Scherben und die Bruderschaft der Kessel im Dunkeln.«

»Such dir eine aus«, sagte Schakal. »Dorthin gehst du.«

»Und du nimmst die andere?« fragte Vollkorn zweifelnd.

»Ich gehe zur Brennerei.«

»Dann komme ich eben nicht mit dir mit.«

»Was bringt es überhaupt, die Bastarde zu warnen?«, warf Späne ein. »Wenn du recht hast, dann wissen sie alles.«

»Ich gehe nicht, um sie zu warnen«, antwortete Schakal. »Ich gehe, damit ich den Lehmmaster aus seinem Loch zerren und seinen geschwollenen Kadaver den Orks in den Rachen rammen kann. Die Seuche ist unsere einzige Chance, das hier zu verhindern. Wenn die Dickhäuter erkennen, dass sie wieder eingesetzt wird, könnte dieser Einmarsch enden, bevor er beginnt.«

»Unsere einzige Chance«, wiederholte Vollkorn unwirsch. »Das klingt nicht nach etwas, das wir nur einem Reiter anvertrauen sollten, selbst wenn dieser Reiter du bist. Ich komme mit.«

»Und ich«, sagte Greifer. »Das Dreiblut hat recht. Du wirst Hilfe brauchen. Späne kann zum Kastell reiten.«

»Scheiß drauf«, sagte der kleinere Halb-Ork. »Ich komme mit euch mit, Jungs.«

Schakal biss die Zähne zusammen und war abgelenkt durch Zirko, der den Unyaren kurz etwas zuflüsterte, bevor zwei der Späher davonritten. Er atmete tief durch.

»Wir sind nicht genug. Das Kastell und die anderen Rotten müssen gewarnt werden.«

»Und das werden sie auch«, sagte Zirko. »Diese Reiter eilen zurück nach Strava. Sie werden meine Priester bitten, Vögel durch die Geteilten Lande zu schicken. Die Botschaften werden jede Festung vor euch erreichen. Botschaften, die geglaubt werden, denn sie werden meinen Namen tragen.«

Vollkorn grinste triumphierend. »Na also. Der kleine Watschler ist verdammt nützlich. Ich komme mit.«

»Ja«, sagte Rotnagel.

»Was ist mit deiner Rotte?«, fragte Schakal.

Der ältere Halb-Ork runzelte die Stirn. »Es scheint, dass ich ihnen am besten helfen kann, wenn ich euch helfe.«

Schakal drehte sich zu Kul'huun um. »Kommst du auch mit?«

Die Augen des Hauers leuchteten. »*Sul m'huk tulghest, t'huruuk.*«

»Das dachte ich mir«, sagte Schakal mit einem leisen Lachen. Er warf Kul'huun einen abwägenden Blick zu. »Orks haben kein Wort für Sattel. Das bedeutet, dass die Hauer der Vorväter ein anderes Bekenntnis haben müssen als wir anderen.«

»*Thrul s'ul suvash. G'zul ufkuul*«, rezitierte Kul'huun und warf sich in die Brust.

Schakal sah ernst auf die sechs Mischlinge, die sich entschieden hatten, mit ihm zu reiten.

»Ihr habt ihn gehört, Brüder. ›Lebe in der Schlacht. Stirb in der Wut.‹«

32

Der Schein, der von der Schornsteinspitze der Brennerei ausging, war böse. Weithin sichtbar flackerte und blinzelte ein grünes, unheimliches Licht, ein beunruhigendes Auge auf einem steinernen Stiel. Rauch überzog den Himmel darüber und überflutete die Nacht mit einer dichten, lebendigen Schwärze. Die Sterne waren ertrunken, der blasse Leichnam des Mondes dümpelte knapp unter der Oberfläche.

Schakal und seine Reiter starrten auf die Festung. Jemand stieß einen Fluch aus.

»Ich habe sie noch nie beleuchtet gesehen«, sagte Späne. »Sieht sie immer so aus?«

Schakal wechselte einen finsteren Blick mit Vollkorn.

»Nein«, antwortete das Dreiblut.

»Zweifellos brennen die Öfen schon seit der Zeit vor dem Verrätermond ununterbrochen«, sagte Schakal. »Sie haben ihr Holz aufgebraucht.«

»Und dann benutzen sie diesen Alchemistenscheiß, mit dem Honigwein rumgespielt hat?«

»Al-Unan-Feuer?«, fragte Rotnagel mit besorgter Miene.

Schakal konnte nur nicken.

»Ich dachte, es brennt zu heiß«, brummte Vollkorn. »Honigwein konnte es nicht kontrollieren.«

»Dahinter steckt Schlitzohr«, sagte Schakal. »Wenn *jemand* das Geheimnis dieser östlichen Substanz kennt, dann er.«

Gemeinsam starrte die provisorische Rotte auf den zusammengekauerten Schatten der Festung, während das unheimliche Licht einen stetigen Rauchschwall ausstieß.

Sie waren den ganzen Tag und die Nacht hindurch geritten und hatten nur selten und kurz angehalten, immer auf der Hut vor Orks. Glücklicherweise sahen sie keine weiteren *ul'usuuns* und auch keine Anzeichen für deren Durchzug. Das war ein schwacher Trost. Sie waren da draußen, irgendwo. Aber nicht zu wissen, auf welchen Wegen sie eindrangen, war die geringste von Schakals Sorgen. Während des langen Ritts hatte er viel Zeit zum Nachdenken gehabt, und die Stunden im Sattel hatten zu einem einfachen Plan geführt, den er den anderen während ihrer flüchtigen Pausen leicht begreiflich machen konnte. Doch dieser Plan wurde beinahe durch Zweifel zunichtegemacht, als die Brennerei in Sicht kam.

Schakal hatte erwartet, dass die Festung für ihn verschlossen sein würde, aber der Anblick dieses grünen, unnatürlichen Lichts machte sein ehemaliges Zuhause zu etwas Verzaubertem und Unerreichbarem. Es war schon immer schwierig gewesen, hineinzugelangen, aber jetzt schien es unmöglich. Schakal biss die Zähne gegen den aufkommenden Aufschrei zusammen und verfluchte Schlitzohrs scharfen Verstand innerlich. Der Zauberer hatte sich in der imposantesten Festung der Geteilten Lande verschanzt und die Verteidigungsanlagen mit seinen Künsten gestärkt. Mit ihm eingeschlossen war das einzige Lebewesen, das die Orks fürchteten. Indem er den Lehmmaster in seiner Nähe hielt, ließ Schlitzohr den Dickhäutern freie Hand, durch Ul-wundulas zu marschieren, und sorgte gleichzeitig dafür, dass sie nicht versuchten, ihn umzubringen, während sie unterwegs waren, um seine blutige Drecksarbeit zu tun. Er musste sich nur auf seinen breiten Hintern setzen und warten, bis Hispartha in Trümmern lag.

»T'huruuk?«

Kul'huuns Stimme riss Schakal aus seinen Grübeleien. Er stellte fest, dass die anderen ihn erwartungsvoll anstarrten.

»Ihr wisst, was zu tun ist«, sagte Schakal.

Rotnagel und Kul'huun nickten und trieben ihre Keiler ohne eine weitere Frage zur Brennerei. Schakal führte den Rest nach Teilsieg.

Das kleine Dorf war menschenleer. Nur eine verschlafene, zurückgelassene Ziege und ein paar umherirrende Gänse waren übrig geblieben. Die Gebäude waren dunkel und verschlossen, die Häuser standen leer und unheimlich da. Schakal hatte Teilsieg im Laufe der Jahre viele Male schlafen gesehen, aber dies war das erste Mal, dass er es tot sah. Der Anblick war beunruhigend, wenn auch nicht unerwartet. Es waren nun fast zwei Tage seit dem Verrätermond vergangen. Die Dorfbewohner hätten bereits zurückkehren sollen, aber Schlitzohr und der Lehmmaster wussten, dass die Orks kommen würden. Sie brachten alle in der Brennerei in Sicherheit, bis die Dickhäuter vorbeigezogen waren. Deshalb hatte der Häuptling keinen Reiter nach Strava reiten lassen. Der hätte nicht zurückkehren dürfen.

Schakal ging zu den leeren Ställen des Maultiertreibers, stieg ab und ließ Heimelig kurz im alten Stroh herumwühlen. Vollkorn tat dasselbe, aber Greifer, Späne und Stummklotz blieben bei ihren Keilern.

»Binde Matsche fest«, sagte Schakal zu Vollkorn und sicherte schnell Heimelig, während er sprach. »So dicht an zu Hause würden sie uns wahrscheinlich folgen.«

Vollkorn tat wie ihm geheißen und nahm einen Köcher von seinem Gurt, den er an seinen Gürtel hängte.

Schakal sicherte seine eigenen Waffen und schwang sich hinter Greifer in den Sattel. Vollkorn ritt zu zweit mit Stummklotz. Sie verließen Teilsieg so schnell, wie sie gekommen waren, und hielten sich nur wenige Herzschläge lang an den Weg, der zur Brennerei führte, bevor Schakal Greifer wortlos ins Gebüsch führte. Sie näherten sich der Festung von Nordosten her, nahe der oberen Biegung des Ovals. Schakal signalisierte ihnen, dass sie ein paar Hundert Meter vor der Mauer anhalten sollten. Der Keilerbuckel war noch halb aufgerichtet, die Rampe ragte senkrecht über die Brüstung.

Schakal zeigte darauf und raunte Greifer eine Erinnerung ins Ohr. »Wenn du das siehst, kommst du runter.«

Der Nomade gab ein bestätigendes Brummen von sich und Schakal stieg ab. Vollkorn war schon auf dem Boden, in der Hocke und bereit.

»Geh voran, Bruder«, grollte er leise.

Tief geduckt huschten sie auf die Mauern zu und krochen durch die Schatten der Felsen und des Gestrüpps. Ihre Schwerter steckten in den Scheiden, ihre Armbrüste waren über ihre Rücken geschlungen. Sie bewegten sich so verstohlen wie Halsabschneider auf die Brennerei zu. Knapp außerhalb der Schussreichweite zögerte Schakal. Er konnte die schwere Gestalt des Ork-Attentäters sehen, den er getötet hatte und der immer noch an dem aufgerichteten Keilerbuckel befestigt war. Andere Silhouetten bewegten sich hinter der Brüstung, weniger als Schakal erwartet hatte. Normalerweise war der Keilerbuckel der am stärksten verteidigte Abschnitt der Mauern, aber hier schien es nur eine

Handvoll Wachen zu geben. Dennoch war dies nicht der richtige Ort für einen Aufstieg. Schakal wollte einfach nur sicher sein, dass die verzauberte Leiche des Orks bei ihrer Annäherung keine Warnung ausstieß. Als alles ruhig blieb, schlichen sie weiter. Sie näherten sich nicht weiter den Mauern, sondern folgten der Kurve nach Westen.

Schakal und Vollkorn kauerten im Gebüsch, warteten und lauschten.

Ungesehen, auf der gegenüberliegenden Seite der Brennerei, müssten Kul'huun und Rotnagel inzwischen das Torhaus erreicht haben. Ihre Aufgabe war es, die Wachen zu rufen und einfach die Wahrheit zu sagen. Orks fielen in die Geteilten Lande ein und die Nachricht musste verbreitet werden. Als Mitglieder der Stoßzahnflut und der Hauer der Vorväter würden die beiden als das angesehen werden, was sie waren: eingeschworene Brüder verbündeter Rotten, die mit einer schrecklichen Nachricht zur Festung der Grauen Bastarde geritten waren. Die Reaktion auf diese Nachricht würde aufschlussreich sein. Vollkorn hatte nichts von dem bevorstehenden Überfall gewusst, als er die Brennerei verließ, und es war wahrscheinlich, dass niemand sonst dort drin etwas davon wusste, außer Schlitzohr und dem Häuptling. Schakal konnte sich nicht vorstellen, dass seine ehemaligen Brüder einem solchen Plan zustimmen würden. Eigentlich verließ er sich darauf.

Auf jeden Fall würde man dem Lehmmaster von den Reitern am Tor berichten. Sie würden um eine Unterkunft für die Nacht bitten und, so vermutete Schakal, abgewiesen werden. Dies würde einen Aufruhr auslösen, der dazu führte, dass Rotnagel und Kul'huun lauthals vor den Mauern fluchen würden. Das wäre das Signal für Vollkorn und Schakal.

Natürlich war es möglich, dass der Lehmmaster den Boten den Zutritt gestattete. In diesem Fall müsste der Keilerbuckel herabgelassen werden, was Greifer, Späne und Stummklotz das Signal zum Losreiten geben würde. Wenn zwei Rottenreitern Einlass gewährt wurde, dann würden drei Nomaden sicherlich nicht abgewiesen werden, solange sich keine ehemaligen Bastarde unter ihnen befanden. Damit befänden sich fünf Schakal-treue Schwerter innerhalb der Mauern, fünf Verschwörer, die ihm und Vollkorn mit ein wenig Zeit, einem scharfen Verstand und ein paar Ablenkungen beim Eindringen helfen könnten.

Also behielten sie den Keilerbuckel im Auge und ihre Ohren offen.

Eine lange Zeitspanne verging, dann hallten schroffe Stimmen durch die Nacht. Es klang wie jemand, der heftig auf Orkisch fluchte.

»Heute Abend sind wir ungastliche Bastarde, was?«, flüsterte Vollkorn.

Der Häuptling ging also kein Risiko mit Außenstehenden ein. Das war vorsichtig, was bedeutete, dass er nicht völlig zuversichtlich war.

»Gehen wir«, sagte Schakal leise und eilte auf die Mauern zu, in der Hoffnung, dass aller Augen auf den Tumult am anderen Ende der Festung gerichtet waren. Wenn nicht, würde er es vielleicht nie erfahren, vor allem, wenn der wachhabende Schlammkopf ein guter Schütze war.

Auf halbem Weg zur Mauer wurde Schakal getroffen. Nicht von einer Armbrust oder einem Speer, sondern von Hitze. Eine erdrückende, unsichtbare Barriere stieß ihn fast zurück und zwang ihn, die Augen zu schließen. Er stählte sich und pflügte durch die Wellen, die ihm den Atem raubten. Irgendwo hinter ihm stöhnte Vollkorn vor Überraschung und Unbehagen auf. Die Wände der Brennerei waren so konzipiert, dass sie heiß wurden, wenn die Öfen brannten, und der Verbindungstunnel im Inneren war eine Todesfalle für jeden, der ihn betrat. Aber das hier war anders als alles, was Schakal in seinen Jahren in der Festung erlebt hatte. Zuckend und schwitzend stolperte er gegen die Ziegelsteine und wich sofort zurück, um sein Fleisch zu retten. Er war erstaunt, dass das Mauerwerk keine Risse bekommen hatte. Vollkorn tauchte neben ihm auf, sein Bart tropfte. Mit offenem Mund schüttelte das Dreiblut den Kopf und verneinte die Möglichkeit eines Aufstiegs.

Schakal sträubte sich gegen die Sinnlosigkeit, riss sich das Tuch vom Kopf und zerriss es in grobe Stücke. Vollkorn sah zu, wie er sich die Hände einwickelte, und folgte seinem Beispiel. Das Dreiblut legte auch seine Brigantine ab, sodass er wie Schakal mit nacktem Oberkörper dastand. Fast gemeinsam sprangen sie hoch und packten die Spitze der schrägen, dreieckigen Streben, die die Neigung der Mauer stützten. Vollkorn knurrte in seiner Kehle, ein Laut, der zweifellos darauf zurückzuführen war, dass er sich seine ungeschützten Fingerspitzen versengte; ein Schmerz, den Schakal teilte. Dennoch schafften es beide, hinaufzuklettern und in der ersten Reihe der zurückgesetzten Mauerbogen Halt zu finden. Vollkorn war jetzt nicht mehr zu sehen, aber Schakal konnte seinen zischenden Atem hören. Die Gewölbe waren zu niedrig, um aufrecht stehen zu können, aber gerade tief genug für eine ausbalancierte Hocke. Obwohl seine Haut die Steine nicht berührte, litt Schakal immer noch unter der höllischen Hitze. Er spürte, wie sie durch seine Stiefel kochte.

Er leckte sich schnell die Fingerspitzen, packte die rechte Kante des Mauerbogens, schwang sich hinaus und stieß sich mit einem Fuß vom Sims ab. Am Ende seines Sprungs gelang es ihm, mit der linken Hand einen Spalt in den Ziegeln zu erwischen, und er versuchte, das brutzelnde Geräusch zu ignorieren. Das Gefälle der Mauer war jetzt weniger ausgeprägt, aber es half ihm trotzdem, einen zweiten, fast senkrechten Stützpfeiler zu erreichen. Schakal hielt sich an beiden Seiten der steinernen Stütze fest und kletterte wie ein Affe daran empor, wobei er seine Fußballen gegen die Ziegel drückte. Er knirschte mit den Zähnen, während seine Finger brannten. Am Ende des Stützpfeilers ragte die Mauer fast zwei Körperlängen in die Höhe. Dahinter winkte das Gitterwerk der Palisade, das ein Ende des glühenden Steins versprach. Er akzeptierte den Schmerz und kletterte hinauf, wobei seine brennenden Hände seinen Aufstieg beschleunigten. Es war keine Zeit für Vorsicht, für die Suche nach dem nächsten Griff, es gab nur das Bedürfnis, der quälenden Berührung des Steins zu entkommen. Stehen zu bleiben, hieß zu brennen.

Das Gitterwerk war zum Greifen nah. Schakal griff danach und bohrte seine Finger in den bröckelnden Putz, um das trockene Flechtwerk darunter zu ergreifen. Das Holz knackte und brach unter seinem Gewicht, aber er warf die andere Hand hoch und hielt sich fest, um einen Sturz zu verhindern. Seine pochenden Finger verkrallten sich glückselig in das raue Gitter. Schakal stemmte seine Stiefel gegen den Stein darunter, hielt einen Moment inne und sah nach rechts. Auch Vollkorn klammerte sich an den Boden der Palisade, etwas mehr als eine Armlänge entfernt. Das schwitzende Dreiblut warf ihm einen erschöpften, triumphierenden Blick zu, der jedoch schnell verflog, als er etwas über Schakal bemerkte und seine Augen sich weiteten. Vollkorn öffnete den Mund und wollte eine Warnung ausstoßen, zwang sich aber zum Schweigen.

Schakal sah nach oben und bemerkte die Silhouette einer Wache, die sich über die Brüstung lehnte, direkt über ihm. Ein Arm hob sich und hielt einen Speer. Schakal konnte nichts tun. Der Schaft der Waffe senkte sich. Schakal ertappte sich dabei, wie er auf das Ende der Waffe starrte.

»Greif zu«, zischte eine eifrige Stimme.

Schakal ergriff den Schaft mit einer Hand und beendete seinen Aufstieg, unterstützt durch den Zug des Speers nach oben. Als er über den Rand der Brüstung kletterte, sah er sich einem keuchenden Schlammkopf gegenüber. Schakal kannte das Gesicht des Jungen – verdammt, er kannte alle ihre Gesichter –, aber Namen waren eine andere Sache. Anwärter waren es nicht wert, dass man sich an sie erinnerte, bis sie sich bewährt hatten. Ohne ein Wort ging der Schlammkopf hinüber, um Vollkorn zu helfen. Schakal sah sich schnell um und fand keine weiteren Wachen in der Nähe, obwohl die schattenhaften Gestalten derer, die sich am Keilerbuckel versammelt hatten, an der Biegung zu erkennen waren. Schakal blieb einen Moment lang sitzen, lehnte sich mit dem Rücken gegen die Brüstung und atmete tief durch. Die Hitze war hier leichter zu ertragen, weg von den strahlenden Steinen, aber sie war immer noch unangenehm. Kein Wunder, dass es weniger Wachen auf der Mauer gab. Die Hitze musste sie zu kürzeren Schichten gezwungen haben. Vollkorn ließ sich neben ihm nieder und bewegte vorsichtig seine Finger.

»Bist du in Ordnung?«, flüsterte Schakal.

»Alles gut«, brummte Vollkorn.

Der Schlammkopf kam und hockte sich vor sie. Wäre ihm ein Schwanz aus seiner Arschritze gesprossen, dann hätte er gewedelt. Schakal musterte sein Gesicht. Endlich wurde es ihm klar.

»Du bist der Schlammkopf, der damals zu Beryl kam. Berno.«

»Biro«, korrigierte der Junge, obwohl es eher wie eine Entschuldigung klang. »Ich habe auch Heimelig für dich gesattelt, als du mit dem Zauberer weggegangen bist.«

Schakal nickte und erinnerte sich. »Du kannst ihn ruhig einen Schwachkopf nennen, Biro, das macht nichts.«

»Zur Hölle, von uns aus kannst du ihn einen fetten, hinterhältigen, tyrkanischen Fick-Maulwurf nennen«, erklärte Vollkorn.

Biro lachte, aber der Klang seiner eigenen Fröhlichkeit schien ihn zu erschrecken, und er warf schnelle Blicke über die Brüstung.

»Warum hilfst du uns, Schlammkopf?«, fragte Schakal.

Die Frage verwirrte den Jungen. Er suchte nach einer Antwort und versuchte, sie von Schakals Gesicht abzulesen, aber er war zu zaghaft, um lange zu suchen.

»Ein Exilant und ein Deserteur klettern an deinem Posten über die Mauer und du hilfst ihnen«, sagte Schakal, und seine Stimme klang misstrauisch. Biros Unsicherheit war deutlich zu spüren.

Schakal und Vollkorn stürzten sich gleichzeitig auf Biro, wobei das Dreiblut dem Schlammkopf den Speer aus der Hand riss. Schakal packte Biro an der Kehle und drehte sich schnell, bis sie die Plätze getauscht hatten und der Junge auf seinem Hinterteil landete.

»Das stinkt nach Schlitzohr«, warf Schakal ein, der fast Nase an Nase mit dem großäugigen Schlammkopf stand. »Was will er von dir?«

Biro versuchte, den Kopf zu schütteln und zu sprechen, aber Schakals Griff um seinen Hals verhinderte beides.

»Leise«, warnte Schakal und lockerte seinen Griff.

»Der ... Zauberer hat sich im Bergfried versteckt«, flüsterte Biro. »Ich habe noch nicht einmal mit ihm gesprochen.«

Schakal roch die Beklemmung, konnte aber keine Lüge erkennen.

»Du kennst den Kodex der Rotte«, sagte er. »Ausgestoßene müssen getötet werden, wenn sie auf das Gelände zurückkehren. Sag mir, warum willst du uns helfen? Die Wahrheit!«

Unter seinem Griff sackte Biro zusammen. Scham machte sich in seinem Körper breit, sein Blick war niedergeschlagen.

»Ich weiß, was ich tun sollte«, sagte der junge Mischling kleinlaut, »aber du bist ...« Er atmete aufgeregt aus, dann sah er hoch und brachte einen festen Blick zustande. »Du bist *Schakal*.«

Stirnrunzelnd sah Schakal zu Vollkorn hinüber.

Das große Dreiblut schüttelte den Kopf und schnaubte. »Du hast das Glück der Dämonen, Bruder. Dreißig Schlammköpfe – und wir kriechen bei dem hoch, der am Staub schnuppert, nachdem du gepinkelt hast.«

»Das tue ich nicht«, protestierte Biro und zuckte zusammen, als Vollkorn ihn finster anstarrte.

Schakal ließ den Jungen los. »Steh auf. Wir können es nicht gebrauchen, dass ein aufmerksamer Trottel uns drei beim Herumlungern bemerkt. Vollkorn, gib ihm seinen Speer zurück.«

Beide taten, was er verlangte. Schakal und Vollkorn blieben im Schatten der Brüstung sitzen, während Biro demonstrativ Wache hielt.

»Das bin nicht nur ich«, sagte er ihnen. »Viele der Schlammköpfe hätten dir vielleicht geholfen. Die Jüngeren hätten vielleicht nicht den Mut dazu, aber ... Petro spricht immer noch davon, wie du ihm gezeigt hast, wie man eine Armbrust auf der Flucht nachlädt, und Egila sagt, dass dein Keiler der besttrainierte der Rotte ist. Nun, er sagte es.«

»Sagte?«, hakte Schakal nach.

Biro warf einen Blick auf den aufgerichteten Schatten des Keilerbuckels. »Er wurde in der Nacht, als der Dickhäuter sich hereingeschlichen hat, in den Ställen getötet.«

Schakal erinnerte sich an die drei Schlammköpfe, die er abgeschlachtet im Stroh gefunden hatte. Der Ork hatte in dieser Nacht noch zwei weitere Anwärter getötet, aber Schakal hatte nie einen ihrer Namen erfahren. So war das eben in der Rotte. Und doch stand dieser junge Halb-Ork hier und widersetzte sich der Tradition.

»Ist es wahr, was diese Reiter gesagt haben?«, fragte Biro, der die Stille nicht ertragen konnte. »Greifen die Orks die Geteilten Lande an?«

»Ja«, antwortete Schakal. »Der Lehmmaster und der Tyrkanier haben einen weiteren Einmarsch angezettelt.«

Biros Augen spiegelten den Mond, als sie sich weiteten.

»Aber wir können sie aufhalten«, sagte Schakal, »wenn wir es zum Lehmmaster schaffen.«

»Er wird nicht ...«, begann Biro hitzig, dann klappte er den Mund zu.

»Was?«, Vollkorn knurrte.

Biro schüttelte den Kopf. »Nichts. Ich darf nichts gegen den Häuptling sagen.«

»Wir werden dich nicht verraten«, gluckste Vollkorn. »Vor dir stehen zwei Bastarde, die sich einen Dreck darum scheren, wenn jemand über den Lehmmaster herzieht.«

»Was ist los, Biro?«, fragte Schakal.

»Hier stimmt einfach etwas nicht«, erklärte der Junge. »Wir haben uns schon vor dem Verrätermond versteckt und können noch immer nicht weg. Der Zauberer hat etwas mit den Feuern gemacht, sodass es fast zu heiß ist, um auf seinem Posten zu bleiben. Lehmmaster ist stinkwütend, seit du gegangen bist, Vollkorn. Er schickte Blindschleiche, um dich zurückzuholen, und holte die Cavaleros ...«

Schakal hielt eine Hand hoch. »Moment. Wie war das?«

»Die Männer von Hauptmann Ignacio«, sagte Biro und zeigte auf etwas unten im Hof.

Schakal stand kurz auf, spähte über das Dach der Versorgungshalle und sah, dass ein provisorischer Korral abgesteckt worden war. Darin schimmerte das Mondlicht sanft auf dem Rücken Dutzender Pferde.

»Die waren noch nicht hier, als ich ging«, protestierte Vollkorn.

»Sie ritten am Tag vor dem Verrätermond herein«, sagte Biro. »Wir mussten für den Häuptling den Keilerbuckel herunterlassen, damit sie hereinreiten konnten.«

»Wie viele?«, wollte Schakal wissen.

»Sechzig.«

»Verdammt«, fluchte Schakal und setzte sich wieder hin. Ignacio und seine Männer waren ein Problem, das er nicht vorhergesehen hatte. Der Lehmmaster hatte sie wohl erwartet und trommelte all seine Verbündeten zusammen. Ein Gedanke durchzuckte Schakal. »Biro? Irgendein Zeichen des Schlammmannes?«

Allein der Name verblüffte den Jugendlichen. »Ich habe ihn noch nie gesehen.«

Schakal atmete tief und erleichtert aus. Ein Feind weniger, über den man sich Sorgen machen musste, zumindest für den Moment.

»Scheiße, Schak«, sagte Vollkorn, »selbst wenn wir Greifer und die anderen Jungs reinbringen, werden wir sieben nicht genug sein.«

»Nicht mit Ignacios Männern hier«, stimmte Schakal zu.

»Er wird dem Lehmmaster erzählt haben, dass ich aus dem Kastell geflohen bin.« Die Abwesenheit von Blindschleiche war auch ein Schlag. Das bedeutete einen festen Verbündeten weniger. Die Tatsache, dass er Vollkorn nicht eingeholt hatte, war ebenfalls beunruhigend. Hatte er sich mit Zentauren angelegt? Schleich war ein gefährlicher Hundesohn, aber auch die Stärksten konnten dem Verrätermond zum Opfer fallen. »Vollkorn, hast du jemals bemerkt, dass Schleich dir auf den Fersen war?«

Die Stirn des Dreibluts legte sich in Falten. »Nein. Der Häuptling muss es wirklich auf mich abgesehen haben, wenn er diesen blassen Scheißer losschickt, um mich zu töten.«

»Nicht um dich zu töten«, fügte Biro zitternd hinzu. »Ich habe gehört, wie der Lehmmaster sagte, er wolle dich lebend zurückhaben. Die ganze Brennerei hat es gehört, so laut hat er geschrien.«

»Großzügig von ihm«, brummte Vollkorn.

Das gefiel Schakal nicht. Hinter Gnadenbezeugungen des Lehmmasters verbarg sich meist ein Messer. Ein Messer namens Blindschleiche. Der Häuptling hatte Schakal und Sperling ihr Leben versprochen und dann sofort Schleich losgeschickt, um sie zu ermorden, ungeachtet seiner wahren Loyalität. Wahrscheinlich war sein Beharren darauf, Vollkorn lebend zurückzubekommen, nur ein Vorwand für die Rotte, um den Verlust eines weiteren Mitglieds zu mildern.

»Was willst du tun, Schak?«, fragte Vollkorn. »Die Jungs von Ignacio vermasseln das hier ganz schön.«

»Die Cavaleros sind bedeutungslos«, erklärte Biro kühn. »Weichlinge auf Wallachen! Ich kenne ein Dutzend von uns Schlammköpfen, die gegen sie kämpfen würden. Vielleicht sogar mehr.«

»Nein«, antwortete Schakal streng. »Zu riskant.«

»Ein Mischling ist mehr wert als drei Männer«, beharrte der Jugendliche.

»Ich sagte Nein«, zischte Schakal, erhob sich rasch und starrte den Jungen an. »Ich riskiere nicht das Leben der Anwärter, wenn es sich vermeiden lässt. Das gilt auch für dich. Außerdem sind wir nicht hier, um zu kämpfen. Wenn es dazu kommt, haben wir bereits versagt.«

Biro versuchte, entschlossen zu bleiben. »Dann ... was?«

»Weißt du, wo der Lehmmaster ist?«

»Im Bergfried mit dem Zauberer, als meine Wache begann. Dort ist er seit dem Verrätermond meistens gewesen. Sie haben alle anderen hinausgeworfen, auch die Schlammköpfe, die normalerweise bei den Öfen helfen.«

»Und die Bastarde?«

»Schuhnagel ist am Keilerbuckel. Von den anderen weiß ich nichts.«

»Ich habe niemanden auf dem Hof Patrouille reiten sehen«, sagte Schakal.

»Die Mauer ist dort unten zu heiß«, sagte Biro. »Die Keiler halten es nicht lange in ihrer Nähe aus.«

Schakal sah Vollkorn an. »Das macht es nur einfacher, dorthin zu kommen, wo wir hinmüssen.«

Das Dreiblut stand auf. »Dann los.«

Schakal legte Biro eine Hand auf die Schulter. »Du willst helfen?«

Der Jugendliche nickte.

»Vollkorn und ich werden uns auf den Weg zum Hof machen. Sobald wir weg sind, musst du alle Bastarde finden. Nur du. Schick niemanden sonst auf die Suche nach ihnen. Sag ihnen, sie sollen sich sofort am Tisch versammeln.«

»Das kann ich«, sagte Biro, aber ein Hauch von Zweifel huschte über sein Gesicht. »Was, wenn sie mich fragen, wozu?«

Schakal lächelte beschwichtigend. »Sag ihnen einfach, dass ihr Häuptling sie sprechen will.«

33

Schakal und Vollkorn lagen bäuchlings auf dem Dach von Lehmmasters Domizil und beobachteten, wie die Grauen Bastarde die Versammlungshalle betraten. Die meisten kamen einzeln, nur Schuhnagel und Iltis kamen gemeinsam. Krämer gähnte, er war offensichtlich aus dem Bett geholt worden. Honigwein versuchte, nicht zum Schornstein der Brennerei hinaufzusehen, und ließ die Schultern hängen.

Augenweide kam als Letzte.

Als sie heranritt, spürte Schakal, wie sich seine Eingeweide zusammenzogen. Er blieb vollkommen reglos, weniger als einen Speerwurf entfernt, aus Angst, sie würde seine Blicke spüren und sich umdrehen, sie in den Schatten oben entdecken. Doch diese törichte Angst hielt ihn nicht davon ab, sie anzustarren. Behende schwang sie sich aus dem Sattel und jede ihrer fließenden Bewegungen sandte Stromschnellen der Unsicherheit direkt in seinen Blutkreislauf. Vier Herzschläge, und sie verschwand aus seinem Blickfeld, verschluckt von der Tür der Halle. Vier Herzschläge, die Schakal beinahe dazu brachten, sich von der Brennerei und Ul-wundulas wegzuschleichen und nie wieder zurückzukehren.

»Jeder Einzelne hat seine Armbrust dabei, Schak«, flüsterte Vollkorn neben ihm.

»Ich habe es gesehen.«

»Willst du das immer noch tun?«

Schakal grinste. »Sag du es mir. Glaubst du, dass der Häuptling dich wirklich lebend zurückhaben will?«

»Nein«, entschied Vollkorn unverblümt. »Hoffen wir einfach, dass es jemand in der Versammlungshalle tut.«

»Ich bin gleich hinter dir.«

»Großartig. Du wirst Zeit haben, dich zu verziehen, wenn ihre Bolzen mich aufspießen.«

Leise ließen sie sich vom Dach hinunter in den Hof fallen. Sie eilten zur Tür des Versammlungsraums und hielten inne, um zu lauschen. Vollkorn öffnete die Tür und spähte hinein. Er nickte, als er feststellte, dass der Gemeinschaftsraum frei war. Sie schlüpften hinein.

Aus dem geschlossenen Abstimmungsraum drangen vertraute Stimmen. Stimmen, aber kein Gelächter. Vollkorn durchquerte den Gemeinschaftsraum und verursachte dabei genug Lärm, um gehört zu werden. Die Stimmen wurden leiser, weil sie dachten, der Lehmmaster würde gleich eintreten. Schakal hielt den Atem an und blieb außer Sichtweite, während Vollkorn langsam die Doppeltür aufzog. Es gab einen Sturm von Ausrufen, aber Schuhnagels raue Stimme verdrängte den Rest.

»Scheiß auf alle Höllen!«

Es folgte Stille – eine Stille, in der Vollkorn einfach nur dastand und mit seinen breiten, gestrafften Schultern den Türrahmen ausfüllte.

»Du hast Mut, hierher zurückzukommen, Deserteur«, hörte Schakal Krämer knurren.

»Steck dir einen Schwanz ins Maul, du Trottel«, sagte Iltis. »Schleich hatte den Auftrag, ihn atmend zurückzubringen. Was glaubst du, warum wir hier sitzen? Wir müssen über seine Strafe abstimmen. Sobald der Häuptling hier ist.«

»Der Häuptling kommt nicht«, rief Vollkorn. »Und Blindschleiche auch nicht. Ich habe ihn nie gesehen. Ich bin allein zurückgekommen.«

»Warum bist du gegangen?«

Honigwein. Er klang, als würde ihn jede Antwort erschüttern.

»Um Strava zu verteidigen«, antwortete Vollkorn. »Wie es die Bastarde immer getan haben.«

Eine weitere Pause.

»Ist das der einzige Grund?«

Weides Stimme. Tief vergrabenes Mitgefühl, unhörbar für die meisten. Schakal hörte sie, zusammen mit dem leisesten

Echo einer Bitte, sie anzuschauen. Der Haltung seines Halses nach zu urteilen, kam Vollkorn der Aufforderung nicht nach.

»Ich bin sicher, ihr habt alle von den Reitern am Tor gehört«, sagte das Dreiblut, ohne ihre Frage zu beachten. »Mitglieder der Stoßzahnflut und der Hauer. Ich habe mit ihnen während des Verrätermonds gekämpft. Gute Bastarde. Sie brachten Nachricht von Dickhäutern in den Geteilten Landen.«

»Haben wir gehört«, entgegnete Krämer scharf und feindselig.

»Und was habt ihr gedacht?«, fragte Vollkorn und erwiderte den Zorn. »Dass sie verdammt noch mal lügen? Habt ihr sie deshalb abgewiesen?«

»Wir haben sie abgewiesen, weil der Lehmmaster es so angeordnet hat.« Wieder Krämer. »Aus demselben Grund hättest du hierbleiben sollen, als er sagte, dass niemand nach Strava reiten wird.«

»Da sind Orks in den Geteilten Landen«, wiederholte Vollkorn, der sich nicht ködern ließ. »Ich habe sie gesehen. Und es kommen so viele, dass die meisten von uns sie nicht zählen können. Und das ist nicht alles. Ihr müsst noch mehr hören. Aber nicht von mir. Denkt daran, wenn ihr ruhig bleibt und die Hände von den Waffen lasst, muss es nicht blutig werden. Aber ich schwöre euch, wenn doch, dann wird auf beiden Seiten Blut fließen.«

»Was, zum Teufel, redest du da, Vollkorn?«, fragte Nagel und lachte unbehaglich.

Schakal war bereits in Bewegung. Er hatte gehofft, dies mit Kul'huun, Rotnagel und den Nomaden in seinem Rücken tun zu können, um seine ehemalige Rotte zu zwingen, zweimal zu überlegen, ob sie kämpfen wollte, aber jetzt war es eben anders. Er hatte Vollkorn und die Zuneigung, die an diesem Tisch noch vorhanden war. Er hatte auch die Wahrheit.

Vollkorn wich zur Seite, als er sich näherte, drehte seine

Schultern, und Schakal stand den Grauen Bastarden gegenüber.

Wie eingefroren starrten ihn fünf Gesichter an dem langen, sargförmigen Tisch ungläubig an. Nagel, Iltis und Krämer saßen auf der linken Seite, Honigwein und Augenweide auf der rechten. Sie war näher an der Tür und näher an Schakal. Mit einem Blick nahm er die an die Wände gelehnten Armbrüste hinter jedem besetzten Stuhl und die Wahläxte auf dem Tisch vor ihnen wahr. Die fassungslose Starre war im Nu vorbei, als Iltis auf die Beine sprang und seinen Stuhl umwarf.

»Du darfst nicht hier sein«, sagte der axtgesichtige Mischling.

In dem Moment, als Schakal Iltis anvisierte, bewegte sich Krämers Arm blitzschnell, zog sein Messer und schleuderte es. Der drahtige alte Münzschneider war schnell, aber Vollkorn hatte ein Auge auf ihn gehabt und seine Hand auf einen leeren Stuhl gestützt. Er schnappte sich den Stuhl, schlug das Messer weg und nutzte den Rückschwung, um den Stuhl nach Krämer zu werfen. Unvorbereitet wurde der alternde Weichling zu Boden geschleudert. Schuhnagel war jetzt auf den Beinen, aber seine Hände waren leer, sein bärtiges Gesicht war aufgewühlt und unentschlossen. Honigwein griff nach seiner Armbrust. Seine Hände zitterten, seine Augen waren verängstigt, und er konnte nicht begreifen, was geschah. In seiner Eile verrutschte ihm die Ladung und er ließ den Bolzen fallen.

»Das ist nicht das, was ich will!«, erklärte Schakal, aber die Ohren im Raum waren taub für alles außer den aufsteigenden Fluten der Gewalt.

Iltis hatte seinen Talwar gezogen. Er sprang auf den Tisch und stürmte auf ihm entlang. Knurrend riss Vollkorn sein eigenes Schwert heraus. Iltis schaffte nur ein paar stampfende Schritte, bevor Augenweides Hand vorschnellte, seinen Knöchel packte und ihn von den Füßen riss. Er fiel hart vor ihr auf den Boden und schlug mit dem Kinn auf das dunkle

Holz des Tischs. Weide stand auf, riss Honigwein die Armbrust aus den Händen, schleuderte ihn mit einem Tritt nach hinten gegen die Wand und lud die Waffe schnell aus ihrem eigenen Köcher. Sie streckte ein Bein hoch zum Tisch, legte ein Knie in Iltis' Nacken und hielt ihn mit ihrem Gewicht fest, während sie die Armbrust entschlossen gegen ihre Schulter drückte und auf den halb erholten Krämer zielte.

»Nagel?«, fragte sie, ohne ihren Blick von dem Quartiermeister abzuwenden. »Muss ich dir irgendetwas antun?«

Auf der anderen Seite des Tischs hob Schuhnagel lässig die Hände und setzte sich wieder auf seinen Platz. »Nein.«

Schakal streckte seine Hand aus und drückte Vollkorns Schwertarm herunter, innerlich dankbar, dass seine Instinkte ihn nicht getäuscht hatten. Hätte er sich geirrt, wenn Weide anders eingegriffen hätte … verdammt, bis zu dem Moment, als sie sich bewegte, war er sich nicht sicher gewesen. Einen Moment lang fühlte sich alles normal an. Er, Vollkorn und Augenweide standen auf den Füßen und triumphierten über die Welt. Aber der Moment verflog schnell und hinterließ nichts als den kalten Hauch der jüngsten Ereignisse, die die Gesichter der Familie in bedrohliche Fremde verwandelt hatten.

»Ich weiß nicht, wie oft ihr es noch hören müsst«, sagte Schakal in den Raum, »aber die Dickhäuter sind in den Geteilten Landen. Es ist der Beginn eines weiteren Einmarsches. Verdammt, vielleicht ist es schon zu spät, aber wenn nicht, haben wir nicht mehr viel Zeit. Ich muss schnell reden und ihr müsst zuhören. Wenn ihr es richtig findet, andere Rotten von eurem Tor abzuweisen, wenn euch die bösartig aussehende Scheiße, die aus dem Schornstein kommt, nicht beunruhigt, wenn ihr euch damit zufriedengebt, auf dem Pfad, auf den der Häuptling diese Rotte geführt hat, ins Verderben zu reiten, dann versucht weiter, mir Dolche in den Leib zu rammen. Aber wenn ihr Antworten haben wollt, steht auf, setzt euch hin und sperrt die Ohren auf.«

Iltis' angestrengte und gedämpfte Stimme hallte über den Tisch hinweg. »Weide. Lass mich hoch.«

»Lass den Schlitzer los, Iltis«, sagte Weide zu ihm.

Mit gespreizten Fingern ließ Iltis sein Schwert auf dem Tisch liegen. Weide nahm ihr Knie weg. Der ehemalige Spitzbube setzte sich auf seine Fersen. Er rieb sich das Kinn und sah Augenweide mit seinen Knopfaugen an.

»Wenn ich gewusst hätte, dass das nötig ist, damit wir miteinander ringen«, grinste er, »hätte ich schon vor Jahren versucht, Schakal und Vollkorn zu töten.«

»Runter vom Tisch, Schlappschwanz«, wies Augenweide ihn leichthin an. »Und Krämer, wenn du mich weiter so beschissen anstarrst, jage ich dir einen Bolzen in die Kehle, nur um deinen Gesichtsausdruck zu ändern.«

Der dünne, alte Weichling richtete sein säuerlich verzogenes Gesicht auf Schakal und stand auf. Sein langes, drahtiges Haar schleifte über den Boden, als er sich hochschob. Krämer stellte den Stuhl, den er umgeworfen hatte, richtig hin und setzte sich darauf.

»Honigwein«, sagte Schakal und forderte das Jungblut mit einer Neigung seines Kinns auf, sich zu setzen. Mit einem Ausdruck niedergeschlagener Reue erhob sich Honigwein und kam der Aufforderung nach. »Weide, ich würde mich besser fühlen, wenn es keine geladenen Armbrüste gäbe.«

Als Schakal Augenweide das letzte Mal gesehen hatte, war sie von ihrem Kampf mit Vollkorn angeschwollen und voller Prellungen gewesen. Diese Wunden waren größtenteils verheilt und ihr verführerisches Gesicht sah ihn einen Moment lang kühn an. Er sah die Erwartung bösen Willens in ihren Augen. Sie wartete darauf, dass er angewidert wegschaute oder sie verurteilend ansah. Er tat nichts von beidem. Er schenkte ihr ein kleines, oft benutztes Lächeln, das sie in ihrer Jugend perfektioniert hatten, und deutete auf ihre Armbrust. Mit einem spöttischen Grinsen entfernte Weide den Bolzen, legte die Armbrust auf den Tisch und setzte sich rittlings auf einen Stuhl. Sie stützte ihre Arme auf die

Stuhllehne, hob das Kinn und blinzelte ihn mit gespielter Aufmerksamkeit an. Aber erst ganz zum Schluss sah er, wie sie seine Bastard-Tätowierungen bemerkte, heil und ohne Axtschnitte. Ihre Stirn legte sich leicht in Falten und ihre Konzentration wurde echt.

Schakal musterte die Gesichter der anderen und holte tief Luft.

»Der Lehmmaster und Schlitzohr haben sich mit den Orks verschworen. Sie benutzen die Dickhäuter, um Hispartha zu stürzen, damit der Zauberer den Thron besteigen kann.«

»Och, das ist doch Keilerscheiße«, stöhnte Krämer.

»Der Häuptling kann das aufhalten«, fuhr Schakal unbeirrt fort. »Er ist immer noch Träger der Seuche und kann sie nach Belieben freisetzen. Früher gab es acht andere wie ihn. Sie waren der wahre Schutz gegen die Dickhäuter, nicht die Rotte. Wir wurden gegründet, um *sie* zu schützen.«

»Ich habe diese Rotte mitbegründet, du arrogantes Arschloch!«, schnauzte der Gemüsehändler und wäre beinahe aufgestanden, aber ein warnender Blick von Vollkorn ließ ihn auf seinem Platz verharren. »Ich war dabei, als du noch eine Vergewaltigung warst, also hör auf zu lügen.«

»Du warst bei den Anfängen der Bastarde dabei«, stimmte Schakal unbeirrt zu, »aber du hast während des Einmarsches nicht mit dem Häuptling gekämpft. Er hat dich nach den Kämpfen aus einem Steinbruch befreit. Stimmt's?«

Krämer machte eine finstere Miene und antwortete nicht.

»Ich habe den Ort gesehen, an dem die Seuche entstanden ist«, sagte Schakal. »Ich habe die Käfige gesehen, in denen die Sklaven gehalten wurden. Ich habe mit einem der Zauberer gesprochen, die die verdammte Seuche ausgeheckt haben.«

Die anderen hörten kaum zu. Krämer war zu sehr damit beschäftigt, Wege zu finden, ihn zu töten, und Honigwein war in Niedergeschlagenheit versunken. Iltis starrte Weide weiter an und fantasierte, während Schuhnagel ein hämisches Grinsen aufsetzte, als würde er auf das Ende eines langen Scherzes warten. Nur Augenweide hörte ihn wirklich, doch jedes seiner Worte verdüsterte ihr Gesicht, und die Enthüllungen bildeten Sturmwolken in ihrem Blick.

»Ich muss verrückt klingen«, sagte Schakal und schüttelte den Kopf.

Vollkorn kam ihm zu Hilfe.

»Sag ihnen, woher du das alles weißt, Bruder.«

Schakal warf seinem Freund einen dankbaren Blick zu und wandte sich wieder dem Tisch zu.

»Grasmücke.«

Eine Veränderung ging durch die Rotte. Alle spannten sich an und ihre Augen richteten sich auf ihn. Schuhnagels Grinsen verblasste. Er war ein frischgebackener Schlammkopf gewesen, als der alte Mischling gegangen war, aber der Name hatte immer noch Gewicht. Honigweins Augen wanderten zu dem Baumstumpf hinter dem leeren Sitz des Häuptlings, in dem lange Zeit Grasmückes Axt gesteckt hatte, der einzige Beweis von ihm, den der junge Halb-Ork je gesehen hatte.

»Er hat mir von der Seuche erzählt«, sagte Schakal und nutzte die Gelegenheit. »Er brachte mich in die Mine, wo er und der Häuptling Sklaven waren, Gefangene. Wo sie gefoltert wurden. Er glaubt seit Langem, dass der Lehmmaster diese Rotte ins Verderben führt, und er hat nie aufgehört, nach einem Weg zu suchen, die Grauen Bastarde seiner Kontrolle zu entreißen.«

Beinahe hätte Schakal ihnen von Blindschleiches jahrelangem Betrug erzählt, aber er hielt sich zurück. Es gab Geheimnisse, die er nicht preisgeben durfte.

»Ich weiß, wie sich das anhört«, räumte Schakal ein. »Aber denkt darüber nach, was ihr gesehen habt. Der Lehmmaster ließ die Orks am Batayat-Hügel gehen, weil er wollte, dass sie Dhar'gest verkünden, dass er noch lebt. Deshalb kam der Meuchelmörder der Dickhäuter. Er wurde geschickt, um den Häuptling zu holen. Wenn er tot ist, haben die Orks nichts mehr zu befürchten.«

Iltis rutschte aufgeregt auf seinem Stuhl hin und her. »Du hast gerade gesagt, er sei mit ihnen verbündet.«

»Er ist mit Schlitzohr verbündet, und ich glaube, der Zauberer hat einen Handel gemacht, den die Dickhäuter nicht so ohne Weiteres akzeptiert haben. Das ist nicht ihre Art. Der Attentäter war ein Test oder eine Botschaft. Wie auch immer, Schlitzohr stellte sicher, dass die Orks wussten, wozu er fähig ist. Er beantwortete die Botschaft, indem er die Leiche ihres Halsabschneiders an unsere Festung hängte und ihr eine Stimme gab. Die Dickhäuter müssen zugehört haben. Ihnen wurde versprochen, dass der Lehmmaster sich ihnen nicht widersetzt und sie vor der Seuche schützt, während sie nach Norden marschieren. Und jetzt kommen sie.«

»Das ist eine Geschichte mit einem langen Schwanz,« erklärte Schuhnagel.

»Sie ergibt allerdings einen Haufen Sinn«, sagte Honigwein leise.

Ein angewiderter Laut rasselte in Krämers Kehle. »Schön für dich, Schakal. Du hast Vollkorn und Honigwein überzeugt. Das war ein hartes Stück Arbeit! Aber du warst schon immer zu schlau für deine Verhältnisse. Nur ein Narr würde einem unabhängigen Reiter glauben, vor allem einem, der hinausgeworfen wurde, weil es ihm nicht gelungen ist, den Häuptling zu ersetzen.«

»Und wie konnte ich versagen?«, fragte Schakal, als er erkannte, dass der gefürchtete Moment endlich gekommen war. Er bemühte sich, Augenweide nicht anzusehen, ein Kampf, der nur noch schwieriger wurde, weil er ihre Blicke auf sich spürte. »Das ist die einzige Antwort, die ich nicht begreifen kann. Ich habe die Herausforderung angenommen, weil ich wusste, dass ich den Stuhl hatte. An diesem Tag war sogar der Häuptling schockiert, als ich verlor. Aber es gab eine mir nahestehende Person, die mich nicht am Kopf des Tisches haben wollte. Eine Person, die Loyalität versprochen und Verrat begangen hatte. Eine Person, deren Motive ich nicht erkennen konnte.«

Er wandte sich jetzt Augenweide zu, ihrem harten, festen Kiefer, ihrem wilden, schönen Gesicht.

»Und diese Person warst *nicht* du. Stimmt's, Weide?«

Ihre Nasenflügel blähten sich fast unmerklich auf, als sie einen leisen, erleichterten Atemzug ausstieß. Sie schüttelte den Kopf, nur für ihn, dann wandte sie sich der Rotte zu.

»Schlitzohr«, sagte sie mit fester Stimme. »Er hat gedroht, die Rotte zu vernichten, uns alle zu töten, wenn ich nicht für den Lehmmaster stimme.«

Schakal hörte, wie neben ihm Vollkorn der Atem schmerzhaft in seiner Brust stockte. Überall im Raum lauschten die Mischlinge, denen nicht gefiel, was sie hörten. Honigwein wachte auf. Iltis' Kinnlade fiel langsam herunter. Sogar Krämer war wie verwandelt; die Bosheit war aus seinem verkniffenen Gesicht gewichen, während ihm widerwillig einiges klar wurde.

»Es war auch die Idee des Zauberers, dass ich mich als Champion zur Verfügung stelle«, fuhr Weide fort. Sie hielt inne. Die Muskeln in ihrer Kehle schnürten sich zusammen. Sie sah direkt und ausschließlich Vollkorn an. »Er sagte, es gebe niemanden, der dich besiegen könnte ... nur jemanden, den du nicht schlagen würdest.«

Vollkorn hatte Mühe, ihren Blick zu erwidern. Sein Kiefer mahlte, und er versuchte, sich zu räuspern. Ihm standen die Tränen in den Augen, als er Weide schließlich ansah.

»Aber ich habe mich nicht zurückgehalten, Augenweide«, gab Vollkorn zu, seine Stimme war feucht und zittrig. »Nicht bis zum Schluss.«

»Ich weiß«, sagte sie ihm. »Und ich konnte es auch nicht. Ich musste gewinnen. Der Fettsack sagte, er würde uns alle verbrennen, wenn Schakal den Häuptlingsstuhl bekäme.«

Vollkorn, der vor dem Tisch aufragte und dessen Tränen sich ihren Weg in seinen Bart bahnten, nickte langsam. Er warf seinen Brüdern einen strengen Blick zu und forderte sie auf, sich über ihn lustig zu machen, dann öffnete er seine massiven Arme und winkte Weide heran.

»Kommst du jetzt her oder muss ich deinen Arsch aus dem Stuhl zerren?«

Weide sprang auf und sank in die erdrückende Umarmung des Dreibluts. Schakal konnte sich ein Lächeln nicht verkneifen und fand es bei allen außer Krämer wieder, der starr vor sich hin brütete. Zweimal versuchte Weide, sich zu befreien, und zweimal weigerte Vollkorn sich, sie loszulassen, bis ihr Gelächter in dumpfen Stößen unter den Muskelbergen hervorbrach. Endlich befreit, sah sie Schakal an und schämte sich schnell für ihr Lächeln.

»Ich konnte es dir nicht sagen«, sagte sie. »Nicht einmal, nachdem es vorbei war. Ich wusste, du würdest ihn zur Rede stellen, wenn du es herausfändest. Nach dem, was er in der Alten Jungfer und mit der Leiche des Dickhäuters gemacht hatte, befürchtete ich, dass er dich töten würde.«

»Ich verstehe«, versicherte Schakal ihr. »Du hattest recht, was ihn angeht. Und mit dem, was du tun musstest. Du hast richtig gehandelt.«

Weides Mund verzog sich und sie zuckte lässig mit den Schultern. »Ich weiß.«

Doch in ihren Augen erschien ein Schimmer, der versprach, alle Verletzungen auf eine ganz bestimmte Art und Weise wiedergutzumachen. Ohne ein Wort zu sagen, erwiderte Schakal dieses Versprechen, bevor er sich an die anderen wandte.

»Ihr habt es gehört. Der Häuptling hat nicht die Kontrolle über diese Rotte. Schlitzohr gibt jetzt die Befehle. Ich vermute, das tut er schon seit dem Tag seiner Ankunft. Also, was wollt ihr machen, Jungs? Wollt ihr warten, bis die Brennerei eine Insel in einem Meer von Orks ist, bevor ihr etwas unternehmt?«

Ehe jemand antworten konnte, schlug Krämers Hand auf die vor ihm liegende Axt. Seine Fingerknöchel wurden blass, als er den Griff umklammerte.

Schakal verkrampfte sich und seine Hand wanderte zu seinem Schwert.

»Unsere Stimmen sind heilig«, sagte der alte Weichling mit zusammengebissenen Zähnen. Krämer drehte sich im Stehen um und schleuderte die Axt in den Baumstumpf.

Einen Moment lang herrschte Stille. Krämer sah aus, als würde ihm gleich schlecht werden, und er sah finster auf seine Wahl. Mit zustimmendem Nicken stand Schuhnagel auf und ein weiterer hölzerner Schlag dröhnte durch die Kammer. Honigwein und Iltis folgten und gaben ihre Stimmen kurz nacheinander ab, beide in den Stumpf.

Schakal schritt zum Tisch und holte zwei weitere Äxte heraus. Er reichte sie Vollkorn und Weide.

»Begrabt ihn.«

Sie warfen gemeinsam und ihre geschleuderten Klingen sanken tief in das Holz.

Schakal sonnte sich in dem Anblick von acht Äxten, die aus der grauen, beringten Fläche des Stumpfes blühten. Die Axt von Blindschleiche lag noch auf dem Tisch. Nach dem Rottenkodex war die Abstimmung erst dann gültig, wenn alle eingeschworenen Mitglieder ihre Stimme abgegeben hatten, aber das spielte keine Rolle. Die Bastarde hatten ihren Unmut kundgetan. In ihren Augen war der Lehmmaster nicht mehr der Anführer.

»Lasst uns die Nachricht überbringen«, sagte Schuhnagel genüsslich.

»Denkt daran«, erinnerte Schakal die Gruppe, »wir brauchen ihn noch. Wenn die Orkzungen sehen, dass er sich gegen sie stellt, werden sie sich zurückziehen und den Zähnen mitteilen, dass die Seuche die Geteilten Lande noch immer schützt. Wir müssen den Lehmmaster aus Schlitzohrs Klauen befreien.«

Honigwein hob einen Finger. »Wie sollen wir das anstellen? Er hat gedroht, uns alle zu töten, und Weide glaubt, dass er es kann, was für mich Beweis genug ist. Also ... was soll ihn davon abhalten?«

Bevor Schakal etwas sagen konnte, streckte Vollkorn einen Daumen in seine Richtung.

»Er. Schlitzohr mag ein Zauberer sein, aber unser Schönling hier ist der *Schwanz von Armakhan*.«

Schuhnagels Lippen kräuselten sich unter seinem rot gefärbten Bart. »Was zum Teufel soll das sein?«

»Und wie kann ich das werden?«, fragte Iltis mürrisch.

»Es heißt Arm von Attukhan«, korrigierte Schakal Vollkorn müde. »Und ich weiß es nicht genau. Etwas, das mir Zirko gegeben hat. Es half mir, mit einem Zauberer fertigzuwerden. Es gibt keinen Grund, warum es mir gegen den Tyrkanier keinen Vorteil verschaffen sollte. Holt ihr einfach den Lehmmaster raus und bringt ihn weg. Und meidet Ignacio. Er könnte versuchen, sich euch in den Weg zu stellen. Lasst den Keilerbuckel absenken. Vor den Mauern stehen fünf Reiter bereit, um euch zu helfen.«

»Damit sind wir immer noch weit davon entfernt, mit den Cavaleros gleichzuziehen, Schak«, sagte Honigwein.

Schakal klopfte ihm beruhigend auf die Schulter. »Lasst uns die erste Aufgabe erledigen, bevor wir wegen der nächsten ins Schwitzen geraten.«

Die Mischlinge nahmen ihre Waffen und verließen die Versammlungshalle. Als Gruppe überquerten sie den Hof. Schakal schritt zielstrebig in ihrer Mitte und musste nicht länger durch die Schatten schleichen. Es gab keinen Grund mehr, sich zu verstecken. Weide hatte recht, was ihn anging. Hätte er früher von Schlitzohrs Verrat gewusst, hätte er den Zauberer sofort konfrontiert. Aber er hätte es unwissend und allein getan. Jetzt war er mit Wissen bewaffnet und wurde von sechs Bastarden unterstützt, die einen Groll hegten. Der Lehmmaster hatte sie alle geformt, aber beschlossen, sie für die Machenschaften eines hinterhältigen Außenseiters im Stich zu lassen. Die Rotte war ein Bolzen, den der Häuptling aus seinem Köcher genommen hatte, und nun raste die mit Widerhaken versehene Spitze dieses Bolzens auf sein eigenes Herz zu.

Die Frage war nur, ob sie in der Lage waren, Schlitzohr zu überwältigen, wenn der Zauberer sich ihnen in den Weg stellte. Schakal hatte die Bastarde womöglich gerade in ihr Verderben geschickt, aber nur, wenn sie diesen Weg beschritten, konnte das Ganze enden.

Er hatte schon für den Sturz des Lehmmasters verantwortlich sein wollen, bevor er ein Schlammkopf war. Er hatte von Macht geträumt und war mit schmeichelhaften Bildern von Führung in seinem Kopf eingeschlafen. In seiner Jugend war es ein egoistischer Plan gewesen, eine unbestimmte Gier nach Bedeutung. Als er dann ein eingeschworener Bruder war, reiften seine Gründe ein wenig und wurden von dem Bedürfnis nach Veränderung angetrieben, damit die Rotte nicht weiter zerfiel. Jetzt hatte es nichts mehr mit eitler Rivalität zu tun, oder damit, ob er würdig war, die Führung zu übernehmen, oder gar damit, was das Beste für die Rotte war. Der Lehmmaster war eine Waffe. Zur Hölle, für Schlitzohr war er ein Spielzeug, eines, das dem Zauberer zum Wohle der Geteilten Lande entzogen werden musste.

Der zentrale Bergfried ragte vor ihnen auf.

Honigwein zog die schwere Tür auf, und die Grauen Bastarde traten ein, die geladenen Bogen in der Hand. Schakal übernahm die Führung.

34

Seltsamerweise war die Luft drinnen kühl. Die Rotte hatte die drückende Hitze eines Hochofens erwartet und warf sich fragende Blicke zu. Sie bewegten sich geschmeidig den gebogenen Gang hinunter, vorbei an der Küche, den Schmieden und den Lagerräumen, bis sie in die große, zentrale Kammer gelangten. Der Sockel des massiven Schornsteins erwartete sie. Die darin eingelassenen geschlossenen Eisentüren der Öfen waren von diesem schrecklichen grünen Licht umrahmt.

Der Lehmmaster stand unter dem imposanten Bauwerk, das er entworfen hatte. Beim Klang ihrer Schritte drehte er sich um, wobei sein gebeugter Rücken nur langsam dem ungleichmäßigen Buckel seiner Schultern folgte. In Bandagen gehüllt und mit Lagen gegerbten Leders bedeckt, war der missgestaltete Mischling eine massige, einschüchternde Erscheinung. Er beobachtete, wie sich die Überreste der Rotte, die er fast dreißig Jahre lang geführt hatte, ihm näherten.

»Was, zum Teufel, soll das?«, fragte der Lehmmaster, als er Schakal an der Spitze der Gruppe sah.

»Das weißt du«, sagte Schakal zu ihm.

Plötzlich erschien oben ein grelles Licht, als eine höher gelegene Ofentür im Schornstein geöffnet wurde. Im Schein der lodernden jadegrünen Flammen stand Schlitzohr auf einem Laufsteg und nahm eine Handvoll von etwas aus der Tasche an seiner Hüfte und warf es in das Inferno. Schakal hatte ihn nicht bemerkt, aber jetzt zuckten seine Armbrust und die seiner Gefährten nach oben und zielten auf das Gerüst. Schlitzohr drückte die Ofentür ruhig mit der bloßen Hand zu und drehte sich um. Er sah nach unten und tat so, als würde er die Rotte jetzt erst bemerken, wobei sein breites Lächeln vom Boden aus sichtbar war.

»Ah, Freund Schakal!«, sagte er und lehnte seinen großen Körper an die Reling. »Du bist zurückgekehrt. Es freut mich, dich zu sehen.«

Schakal zielte an seinem Bolzen entlang und hatte den beunruhigenden Eindruck, dass die Freude des Zauberers echt war.

»Wir nehmen den Lehmmaster mit, Uhad«, rief Schakal nach oben.

»Das halte ich für unklug«, antwortete der Zauberer.

Die Ruhe in seiner Stimme und die gute Laune waren ärgerlich.

»Nagel, Iltis. Führt ihn hinaus.«

Aus dem Augenwinkel sah Schakal, wie die beiden sich anschickten, seinen Anweisungen zu folgen. Er hörte, wie der Lehmmaster knurrte, als er seinen Talwar zog und zu einem Hieb ausholte, der Schuhnagel und Iltis zum Zurückweichen zwang. Trotz seiner Gebrechen war der alte Mischling gefährlich schnell.

»Versucht das nicht noch einmal«, warnte der Lehmmaster. »Ihr blinden Säuglinge wisst nicht, was ihr da tut!«

»Wir wissen es«, sagte Krämer bitter. »Und wir wissen, was du tust.«

»Du versteckst dich!«, spie Schuhnagel.

Die Augen des Lehmmasters glühten unter der fauligen Hülle. »Verstecken? Verstecken? Ihr wimmernden, erbärmlichen Fotzen!«

In wachsender Wut stürmte der Lehmmaster mit seinem Talwar auf die Rotte zu. Alle wichen einen Schritt zurück und hielten ihre Armbrüste im Anschlag.

»Sachte am Abzug!«, schrie Schakal. »Wir brauchen ihn lebend!«

»Wenn ich vielleicht unterbrechen dürfte«, sagte Schlitzohrs Stimme leise. »Ich halte diese überstürzte Aktion wirklich für einen Fehler. Lehmmaster, bitte. Zorn ist nicht angebracht.«

Der Lehmmaster hielt inne, doch sein giftiger Blick, der sich von den angelegten Armbrüsten nicht abschrecken ließ, verhieß Mord.

»Freund Schakal«, fuhr Schlitzohr fort, zufrieden mit der Stille. »Was wollt ihr erreichen?«

»Ein Ende deiner Lügen und deiner Pläne. Wir wollen die Orks vertreiben, die du in unser Land gelassen hast.«

»Ich verstehe«, sagte Schlitzohr und richtete sich auf. »Und ich glaube, du könntest das schaffen. Einmal. Dennoch muss ich dich fragen, was du beim nächsten Mal tun wirst.«

Schakal zögerte und der Zauberer schenkte ihm ein nachsichtiges Lächeln.

»Ich fürchte, du hast meine Pläne falsch verstanden, Freund Schakal.«

»Habe ich das?«, fragte Schakal herausfordernd. »Du hast durch deinen menschlichen Vater Anspruch auf den Thron von Hisparthan. Du beabsichtigst, diesen Thron mithilfe der Wut der Orks und der Selbstgefälligkeit des Lehmmasters an dich zu reißen. Ihr werdet beide zulassen, dass Ul-wundulas unter den erobernden Fersen eines Kriegsheers der Dickhäuter zertrampelt wird. Du hast mir gesagt, dass du die Geteilten Lande sehen willst, bevor sie verschwinden. Du klangst so verdammt sicher! Jetzt weiß ich, warum. Du bist redegewandt und deine silberne Zunge ist gespalten, Uhad. Sag mir, dass ich mich geirrt habe, und ich höre nur, wie nah ich der Wahrheit wirklich gekommen bin!«

»Ich habe dir Anlass gegeben, mir zu misstrauen«, gab Schlitzohr zu, »aber ich denke, Misstrauen sollte deine Klugheit nicht übertrumpfen. In diesem Moment hast du recht. Aber was ist in der Zukunft? Wie sieht die Zukunft dieser Länder aus, wenn du mich erst einmal aufgehalten hast?«

»Wir sind nicht hergekommen, um dir zuzuhören, Hängebacke!«, sagte Weide. »Ratschläge. Lügen. Drohungen! Was auch immer aus deinem Mund kommt, wir werden es nicht hören.«

»Dann hört es von mir!«, sagte der Lehmmaster. Er zeigte mit seinem Schwert auf die Rotte und bewegte es langsam hin und her, während er zu ihnen sprach. »Ihr seid alle hier hereingekommen, um was zu tun? Mich hinauszuzerren und mich zu zwingen, den Orks entgegenzutreten? Schakal spricht von silbernen Zungen. Was, glaubt ihr, was er im Mund hat, wenn er nicht gerade an einer Möse leckt?« Die Klinge kam zum Stillstand und zeigte auf Schakal. »Hast du ihnen gesagt, dass ich der Letzte bin? Hast du ihnen eingeredet, dass ich die einzige Möglichkeit bin, einen Überfall abzuwenden? Nun, Junge, du hast recht. Wahrscheinlich bekommst du einen Steifen, wenn du das hörst. Du hast recht.« Der bandagierte Kopf des Lehmmasters drehte sich und sah alle an, die auf ihn zielten. »Habt ihr gehört? Meine Zunge ist nicht silbern. Sie ist schwarz. Verrottet. Ich habe keine schönen Worte in mir. Vielleicht glaubt ihr mir, wenn ich euch sage, dass Schakal recht hat. Ich bin alles, was zwischen uns und den Horden von Dhar'gest steht. UND DAS SOLLTE ICH NICHT SEIN!!!«

Ohne Vorwarnung schleuderte der Lehmmaster sein Schwert auf den Boden, die Klinge klirrte laut auf den Steinen. Er trat wütend in den Ring der Armbrüste und streckte sein Gesicht in Richtung der Bolzenspitzen. Honigwein und Iltis wichen erschrocken einen weiteren Schritt zurück. Schakal war angespannt und hoffte, nicht das Schnappen einer Bogensehne zu hören.

»Seht mich an!«, brüllte der Lehmmaster, wobei sich sein Mund so weit öffnete, dass sich die Bandagen unter seinem Kiefer lockerten. »Seht mich an! Ich bin alt! Ich bin verrottet! Ich kann seit Jahren nicht mehr auf dem Keiler sitzen. Wie viele Kriege habe ich wohl noch vor mir? Wie viele Schlachten? Und du!« Die bebende Masse der Wut ging auf Schakal los. »Du arroganter, hübscher kleiner Scheißer. Du kommst hier rein, hetzt meine Rotte gegen mich auf und verlangst, dass ich rausgehe und kämpfe. Um dich zu retten. Um die Geteilten Lande zu retten. Und das verdammte Hispartha! Du bist nicht der Einzige, der recht hat, Schakal-Junge. Der Zauberer hat auch recht. Ich kann es vielleicht schaffen. Ein letztes Mal. Vielleicht! Und was dann? WAS?!«

Die Stimme des Lehmmasters war rau und wurde von kleinen Hustenanfällen unterbrochen. Seine Schultern sackten herunter, als seine Wut nachließ und durch resignierte Müdigkeit ersetzt wurde. Er ging weg von Schakal und sah wieder auf die Gruppe.

»Die Geteilten Lande sind eine Sanduhr, Jungs. Die Orks kamen immer wieder zurück in dem einen oder anderen Jahr. Hispartha gab uns diese Länder, weil sie das wussten. Sie fürchteten uns Seuchenträger, aber sie benutzten uns auch. Wir verschafften ihnen Zeit für den Wiederaufbau, für die Vorbereitung. Und das alles für ein heißes, staubiges Stück Brachland.« Die fleckigen losen Tücher flatterten, als der Lehmmaster den Kopf schüttelte. »Ich könnte auf meinen Streitwagen steigen, hinausfahren und diese abscheuliche Scheiße entfesseln, die die Weichlinge in mich hineingepumpt haben. Die Orks würden sterben. Die Seuche würde sie für ein paar Jahre wieder verscheuchen. Ein paar weitere Jahre für Hispartha, um Armeen auszubilden, Türme zu bauen, Zauberer zu verwöhnen. Nichts von alledem werden sie nutzen, um die Geteilten Lande zu schützen, wenn ich tot bin und ihr euch erneut damit herumschlagen müsst. Der Sand geht bald zur Neige. Ich habe Jahre damit verbracht, nach einem Weg zu suchen, das aufzuhalten. Der Tyrkanier ist dieser Weg.«

»Was wird er tun?«

Honigwein stellte diese Frage, seine Stimme war voller Neugierde und zögerlicher Hoffnung.

»Die Sanduhr umdrehen«, antwortete Schlitzohr von oben.

Die Erkenntnis traf Schakal wie ein Blitz.

»Du wirst die Seuche an einen anderen weitergeben«, sagte er.

Schlitzohr machte eine respektvolle kleine Verbeugung. »Wie ich schon sagte, deine Klugheit ist grenzenlos.«

»Ist sie nicht«, vermutete Schakal, »sonst hättest du nie meinen Hinauswurf veranlasst.«

»Auch damit hast du recht.«

»Warum hast du dich dann so sehr bemüht, dich mit mir anzufreunden? Versprochen, mir zu helfen, Häuptling zu werden?«

Schlitzohrs Lächeln wurde breiter, als sei er erleichtert, dass Schakal es nicht durchschaut hatte.

»Weil der Freund meines Freundes auch der meine ist«, antwortete der Zauberer. »Du verfügst über große Loyalität, Schakal. Der Einfluss, den du auf den Gesuchten hast, ist nicht zu unterschätzen.«

Reflexartig drehte Schakal seinen Kopf und sah Augenweide an.

Sie kniff die Augen zusammen und behielt den Zauberer fest im Visier. »Du steckst nichts in mich hinein, Fettarsch. Schon gar nicht etwas, das aus dem Lehmmaster kommt.«

Schlitzohrs helle Zähne blitzten auf, als er sich an ihrer Giftigkeit erfreute. »Liebe Augenweide, du hast viele Stärken, aber ein Dreiblut bist du nicht.«

Schakal lief es kalt den Rücken hinunter.

Vollkorns schwere Brauen zogen sich zusammen. »Ich? Er sagt, er will mich? Ich hab's gewusst, du schwafelnder Hinterlader!«

Schlitzohrs Belustigung wuchs. »Ja, ich muss es zugeben. Aber, starker Vollkorn, dass ich dich brauche, entspringt keinen niederen Bedürfnissen, wie du denkst. Ich möchte einfach nicht über ein Königreich von Leichen herrschen.«

»Was redest du da für einen Scheiß?«, herrschte Schuhnagel ihn an.

Honigwein senkte seine Armbrust leicht und dachte nach.

»Ein Dreiblut ist mehr Ork als Mensch«, sagte das Jungblut. »Wenn Vollkorn die Seuche in sich trägt, wäre sie tödlicher für die Dickhäuter und weniger gefährlich für die Weichlinge.«

»Sei auf der Hut, Freund Schakal«, sagte Schlitzohr und schnalzte mit der Zunge, »du bist vielleicht doch nicht der Klügste in deiner Bruderschaft.«

»Du hast die Orks ausgetrickst«, sagte Schakal. »Du hast sie mit dem Versprechen von Hispartha angelockt. Aber du willst sie bekämpfen.«

Die breiten Wangen des Zauberers blähten sich auf, als er ausatmete. »Oh, ich gebe ihnen Hispartha. Für eine gewisse Zeit. Genug Zeit für das Königreich, um zu bluten, zu verzweifeln. Ihre Verteidigung ist nicht so stark, wie sie glauben. Diejenigen, denen ich diene, haben das gesehen.«

»Der Schwarze Schoß«, sagte Schakal säuerlich. »Abzul war nicht der Einzige. Du hast noch andere unter deinem Kommando.«

»Ganz recht«, sagte Schlitzohr. »Botschaften werden verloren gehen. Garnisonen werden ihre Kastelle im Stich lassen. Brunnen werden vergiftet werden. Eine Reihe kleiner Katastrophen wird es den Orks ermöglichen, in das Herz von Hispartha vorzudringen, nahe genug, dass die Königin und ihr Hofstaat ihre Ankunft riechen können. Dann werden wir zuschlagen.«

Krämer verzog das Gesicht. »Wir?«

»Halb-Orks«, stellte Schlitzohr freundlich klar. »Die Rotten von Ul-wundulas. Wir werden alle Mischlingsreiter unter dem neuen Seuchenträger zusammenbringen, Hispartha zu Hilfe eilen, die Horde aufreiben und diejenigen, die die Seuche überleben, zurück nach Dhar'gest schicken.« Der Zauberer legte eine Hand auf seine Brust und lächelte. »Aber nicht, bevor die Reste des Adels von Hispartha den Halbblut-Enkel ihres geliebten verstorbenen Königs anerkennen. Eines Königs, dessen legitime Tochter es vor Kurzem versäumt hat, das Königreich und sein Volk zu schützen. Da es keinen anderen ehrenhaften Weg gibt, wird sie gnädigerweise auf den Thron verzichten.«

»Zu deinen Gunsten«, sagte Schakal und konnte sich ein kurzes, bewunderndes Lachen nicht verkneifen.

Schlitzohrs turbanbedeckter Kopf nickte demütig. »So ist es.«

Schakal war von bitterer Neugierde erfüllt. »Sag mir, Uhad: Bist du wirklich der uneheliche Sohn eines Prinzen?«

Die Frage wurde nicht mit der Selbstgefälligkeit beantwortet, die Schakal erwartet hatte. Schlitzohr wurde auf seinem Aussichtspunkt auf dem Gerüst nachdenklich, ja, sogar traurig. Er schwieg eine ganze Weile, seine Augen waren leer. Als er antwortete, war seine Stimme feierlich:

»Tausendundein Halb-Ork-Jünglinge wurden von dem Schwarzen Schoß entführt und in den Schmelztiegeln der Hexerei auf die Probe gestellt. Zu sagen, dass nur ich noch am Leben bin, wäre eine Lüge. Zu sagen, dass nur ich noch ein Leben habe, wäre es nicht. Tausend Seelen, gebrochen in den Wehen der Wiedergeburt. Ich frage euch, was ist wahrscheinlicher? Dass der Bastard des Hisparthan-Fürsten all die Prüfungen überstanden hat? Oder dass derjenige, der alle Prüfungen überstanden hat, der Bastard des Hisparthan-Fürsten sein musste? Eine Blutsverwandtschaft mit dem Adel muss nur behauptet werden, aber die Beherrschung der Zauberei muss echt sein. Tyrkania will aus Hispartha eine große Provinz machen, das weiß ich, und damit wurde ich von mächtigen Meistern beauftragt. Doch wenn ich erfolgreich sein sollte, mussten sie mir die gleiche Macht geben, über die sie verfügen. Meine Abstammung mag eine Lüge sein, aber meine Künste sind die Wahrheit. Hispartha wird sich täuschen lassen. Sie werden ihren Retter krönen, auch wenn ich ein Halb-Ork und Zauberer bin, und sich mit dem Wissen trösten, dass ich durch Blut mit ihrem kostbaren, wenn auch pervertierten Geschlecht verbunden bin.«

»Du hast alles im Griff, nicht wahr?«, spottete Schakal.

»Vieles davon wurde in Gang gesetzt, bevor du und ich geboren wurden, mein Freund. Der Osten hat sich lange danach gesehnt, Hispartha zur Marionette zu machen, und hat sich schließlich arkanen Rat geholt, um die Mittel dafür zu bekommen. Ich für meinen Teil musste Anpassungen vornehmen. Einige davon sind bedauerlich.«

»Wie Weide ihre Stimme abzusprechen?«, knurrte Krämer. »Ich kann mir nicht vorstellen, dass du deswegen Tränen vergießt.«

»Tränen? Nein«, gestand Schlitzohr. »Aber dass jemand, den ich zu bewundern gelernt hatte, zum Ausgestoßenen wurde, hat mir keine Freude bereitet.« Der Zauberer sah Schakal direkt an, sein Gesicht fest und ernst. »Ich habe schnell erkannt, dass du dich mir widersetzen würdest, mein Freund. Du liebst dieses Land so sehr und du bist immer mutig in deinem vergeblichen Kampf gegen die Herrschaft. Ich hatte gehofft, dich zu einem Verbündeten zu machen. Ich wünsche es mir immer noch, denn du wärst ein starker Verbündeter, aber die Hoffnung ist vergebens. Sucht starke Verbündete und ihr werdet die schlimmsten eurer zukünftigen Feinde finden. Wir brauchen uns nur umzusehen, um zu erkennen, dass ich recht hatte. Hier stehst du und befehligst die Grauen Bastarde, die bereit sind, sich ihrem früheren Herrn zu widersetzen. Sie sind auch bereit, mir zu trotzen, obwohl das ein hoffnungsloses Unterfangen ist.«

»Zauberer *kann* man töten«, sagte Schakal. »Ich habe das schon mit viel weniger Hilfe geschafft.«

»Du solltest mich nicht mit einem zahnlosen, doppelt verrückten Zwiesprachler verwechseln, der mit seinem Ungeziefer in einem stinkenden Turm wohnt«, sagte Schlitzohr. Die Worte waren eine Warnung, aber der Tonfall war seltsam liebevoll.

Schakal schnaubte. »Warum nicht? Weil du etwas kannst, das Hisparthas Zauberer nicht konnten? Dafür zu sorgen, dass die Seuche nur Orks befällt und keine Menschen?«

»Die Menschen werden immer noch krank werden«, räumte Schlitzohr offen ein. »Zum Glück nicht so viele, aber einige werden sterben.«

»Und die Überlebenden werden dich für die Verbreitung der Seuche hassen«, rief Weide aus.

»Die Überlebenden werden ihn fürchten«, murmelte der Lehmmaster. »Und sie werden ihm die Füße küssen, damit er sie nicht weiter entfesselt.«

Vollkorn starrte ihn und Schlitzohr an. »Wenn ihr glaubt, dass ich der Grund für all das sein werde, habt ihr flüssige Schweinescheiße in euren Schädeln.«

»Du musst, mein Sohn«, sagte der Lehmmaster. Seine Stimme klang gleichzeitig vernünftig und schuldbewusst, wie Schakal bemerkte. Weide musste es auch gehört haben und trat unruhig von einem Fuß auf den anderen.

»Warum muss er das?«, fragte sie.

Der Lehmmaster antwortete nicht.

Schakal warf einen Blick auf das Gerüst. »Schlitzohr?«

Der Zauberer machte eine kleine, entschuldigende Geste mit seinen Händen. »Es ist selten, dass wir Halbblüter die Liebe einer Mutter kennen. Für viele von uns ist die Tatsache, dass sie bei der Geburt nicht getötet wurde, der einzige Beweis ihrer Zuneigung. Aber ein Leben lang diese Liebe, die sich in einem echten Gesicht widerspiegelt? Das ist ein seltener Segen. Wahrlich, Vollkorn, du kannst dich glücklich schätzen.«

Vollkorn verstand nicht sofort, was er da hörte, er war verwirrt.

»Verdammt sollst du sein, Schlitzohr«, knurrte Schakal.

Das Gift in seiner Stimme ätzte sich durch Vollkorns Verwirrung.

»Beryl?«, sagte er mit schwacher Stimme, dann kochte er vor Wut über. »Meine Mutter? Meine Mutter, Scheiße! Was hast du getan?!«

»Sie ist sicher«, beharrte Schlitzohr. »Sie wird von dem vertrauenswürdigen Hauptmann Ignacio bewacht, der darauf wartet, zu erfahren, dass du die Nachfolge deines Häuptlings angetreten hast.«

Schakal begann vor Wut zu zittern. Natürlich. Niemand sonst würde ihr etwas antun, nicht einmal auf Befehl des Lehmmasters. Jeder eingeschworene Bruder, jeder Schlammkopf und jeder Bettwärmer liebte Beryl. Verdammt, sie hatte die meisten von ihnen aufgezogen.

Vollkorn ließ seine Armbrust fallen und stürzte sich auf den Lehmmaster. »WARUM HAST DU DAS GETAN?«

Oben auf dem Gerüst beugte sich Schlitzohr ungeduldig vor. Zu spät erkannte Schakal die Falle.

»Vollkorn, nicht!«

Taub für alles, packte das Dreiblut den Lehmmaster, seine riesigen Hände legten sich um den Hals des alten Mischlings. Sobald sie sich berührten, erstarrten beide, und Schreie brachen aus ihren offen stehenden Mündern hervor. Die Bastarde fluchten erschrocken und wichen zurück, als ein spürbares Miasma unter den Bandagen des Lehmmasters hervorströmte. Der sichtbare üble Geruch war eine brodelnde, lebende Wolke aus blassem Braun, die von einem kränklichen gelben Licht durchzogen und mit Ranken aus verwesendem Grün geädert war. Die Pestwolke, die sich von ihrem Wirt ausbreitete, umhüllte Vollkorn, die Ranken liebkosten und umschlossen seine Glieder und seinen Hals, während der Dampf in seinen Mund in seine Nasenlöcher kroch. Erstickungsgeräusche kamen aus der würgenden Kehle des Dreibluts, und er krampfte heftig, während seine Hände immer noch den Lehmmaster erdrosselten.

Schakal warf einen Blick auf Schlitzohr und stellte fest, dass der Zauberer wie erstarrt dastand. Seine Augen waren verdreht, sodass nur noch das Weiße zu sehen war, und sein Mund bewegte sich wortlos.

»Auf ihn!«, brüllte Schakal und hob seine Armbrust.

Die Bastarde reagierten schnell und sechs Bogensehnen sangen. Die Bolzen flogen auf den Zauberer zu, jede ein tödlicher Schuss. Aber keiner traf sein Ziel, sondern sie verwandelten sich in Rauchschwaden, kurz bevor sie harmlos das Fleisch durchdrangen. Dann wurden sie wieder fest und prallten gegen den Schornstein dahinter.

»Scheiße!«, rief Iltis wild aus. Sein Fluch war Ausdruck von Wut und Angst.

»Wir müssen etwas tun, Schak!«, schrie Augenweide und sah abwechselnd ihn und Vollkorn an. Das Dreiblut war fast vollständig in der Giftwolke verborgen, seine gequälten Schreie hallten durch die Kammer. Der Lehmmaster schien sich ebenso zu quälen, doch er war größtenteils frei von dem aufgewühlten Dunst.

Krämer hatte seine Armbrust nachgeladen und trat mit finsterem Blick dicht an seinen ehemaligen Anführer heran, ohne auf die Wolke zu achten.

»Es ist Zeit, diesen Hundesohn zu erledigen«, sagte der alte Weichling und zielte auf die Schläfe des Lehmmasters.

Schlitzohr stieß einen zornigen Schrei aus, und bevor Krämer den Abzug ziehen konnte, ließ die Seuche abrupt von Vollkorn ab. Die verzauberten Ranken wickelten sich um die Kehle des Quartiermeisters und hoben ihn hoch. Auf Krämers Gesicht bildeten sich Pusteln und brachen auf, ein Sturzbach aus Galle floss über seine herausgestreckte Zunge. Sein Fleisch wurde schwarz und schälte sich von seinem zitternden Körper. So schnell, wie sie ihn verschlungen hatte, ließ die Wolke Krämer los und ließ seinen Leichnam in einem nassen Haufen auf den Boden fallen.

»Überlastete Höllen!«, stieß Schuhnagel hervor und presste seinen Unterarm fest auf seinen Mund. Neben ihm fiel Honigwein japsend auf die Knie.

Augenweide stieß einen Schrei hilfloser Wut aus, als die Seuche erneut über Vollkorns angeschlagene Gestalt herfiel. Sie hob den Blick und starrte Schlitzohr rachsüchtig an.

»Weide, warte«, drängte Schakal, aber sie hörte nicht auf ihn.

Sie warf sich ihre Armbrust über die Schulter, rannte zum Schornstein, sprang auf die nächstgelegene Leiter und begann, das Gerüst schnell zu dem Zauberer hinaufzuklettern. Je höher sie kam, desto lauter wurden die Schreie Vollkorns und des Lehmmasters.

Schakal knirschte mit den Zähnen, ließ seine Armbrust fallen und stürzte sich auf das verzauberte Paar. Sein Geist war voller Bilder von Ratten und Abzuls lüsterner Visage. Die Seuche hatte ihm im Turm nichts anhaben können. Er konnte Vollkorn befreien. Es war noch Zeit.

Aber Schuhnagel und Iltis fingen ihn ab und packten ihn an Armen und Hüfte.

»Bist du verrückt?«, schrie Nagel.

»Lasst los!«

Iltis blieb standhaft. »Willst du verdammt noch mal sterben?«

»Das werde ich nicht!« Schakal wehrte sich gegen sie. »Lasst mich los!«

»Schakal!«

Honigweins Stimme, heiser vom Erbrechen. Der junge Halb-Ork hockte immer noch auf dem Boden, aber sein Blick und sein ausgestreckter Arm waren nach oben gerichtet. Immer noch im Griff der anderen, folgte Schakal seinem Blick. Zuerst dachte er, Honigwein würde auf Weide deuten, die sich jetzt eine Plattform unter Schlitzohr befand und zur nächsten Leiter eilte, aber dann fiel sein Blick auf eine Bewegung über dem Zauberer. Eine dunkle Gestalt kroch auf der Oberfläche des Schornsteins entlang, glitzerte und hielt sich an den Ziegeln fest, während sie sich nach unten bewegte.

Der Schlammmann.

»Los!«, befahl Schakal und schleuderte Schuhnagel und Iltis von sich. »Er ist wegen Weide hier! Helft ihr!«

Ohne abzuwarten, ob sie auf ihn hörten, stürzte Schakal vorwärts und tauchte in die Wolke ein.

35

Die Seuche zerriss ihn langsam von innen heraus. Er spürte, wie sie seine Lungen füllte und der Dampf sich in Flüssigkeit verwandelte. In der Säure ertrinkend, versuchte Schakal zu schreien und erstickte an dem Geysir seiner Eingeweide. Er war blind in dem Sturm, konnte aber immer noch spüren, wie sein Fleisch blubberte und von den kochenden Säften seines Körpers erhitzt wurde. Alles war Schmerz.

Seine tastenden Hände stießen auf Widerstand. Er zerrte an den verschlungenen Formen Vollkorns und des Lehmmasters, aber seine durch Flüssigkeit angeschwollenen Knöchel hatten keine Kraft. Die eisernen Klauen des Dreibluts hatten sich vor Schmerzen verkrampft. Es gab kein Entkommen aus seinem Griff. Doch Schakal spürte, dass sein Angriff die Seuche von Vollkorn weggelockt hatte. Er musste nur durchhalten und die zornige Magie so lange auf den Versuch konzentrieren, ihn zu töten, bis sein Freund vergessen war.

In einer fiebrigen See treibend, von Flutwellen der Übelkeit umspült, trank Schakal den Schmerz. Er hieß die Seuche willkommen, verfluchte sie, lachte sie aus und verschlang sie mit dem tödlichen Appetit eines Verhungernden. Aber das hier war nicht die Krankheit von Abzuls Ratten, es war die Bestie, die sich von ihnen ernährte. Das Monster wütete in seinem Inneren, leckte mit einer ätzenden Zunge an seinem Fleisch und wartete darauf, dass seine Beute schwach und ängstlich wurde, bevor es sie ganz verschlang. Schakal wusste, dass er sterben würde, aber er biss weiter zurück, wie ein vergiftetes Wiesel, das immer noch versuchte, die Schlange zu töten.

Er spuckte und zischte dem Vergessen ins Gesicht und spürte das Ende kommen. Der Schlund der Seuche öffnete sich – ihre Geduld war erschöpft – und fuhr auf ihn herab. Doch der Todesstoß blieb aus. Die Schlange zog sich plötzlich zurück. Schakal spürte, wie auch der größte Teil der Schmerzen verschwand, und die Erleichterung über das Fehlen der Qualen ließ ihn zu Boden taumeln. Seine brennenden Augen sahen allmählich wieder klarer. Er richtete seinen Blick auf den Lehmmaster und Vollkorn, die bewusstlos in der Nähe lagen. Von der Wolke war nichts zu sehen und sie hatte auch keine Spuren bei Vollkorn hinterlassen. Er lag blass und schlaff da, halb gestützt von Honigwein. Der jüngere Halb-Oork starrte ihn mit großen Augen entsetzt an.

Schakal setzte sich auf, sah an seiner Brust und seinem Bauch hinunter und stellte fest, dass sie von nässenden Wunden und Pusteln, die beinahe platzten, übersät waren. Seine rechte Hand war schwarz und so geschwollen, dass sie zu bersten drohte. Doch seine linke war unversehrt. Noch während er zuschaute, begann die gesunde, rötliche Hautfarbe über seinen Unterarm zu kriechen, die Wunden schlossen sich, die Pestblasen bildeten sich zurück. Die Heilung breitete sich von seinem linken Arm auf seinen Oberkörper aus, und Schakal atmete köstliche, klare Luft ein, als seine Kehle von der beißenden Galle befreit wurde. Er stand auf, und bis er sich vollständig aufgerichtet hatte, war die böse Krankheit restlos verschwunden, verjagt von der Macht Attukhans.

»Fick. Mich«, flüsterte Honigwein.

Schakal sah hoch und entdeckte die Ursache seiner Rettung.

Weide hatte Schlitzohr erreicht. Ihr Talwar blitzte auf, als sie auf den Zauberer losging und ihn zwang, seine Trance zu durchbrechen und sich zu verteidigen. Trotz seiner Körperfülle tänzelte Schlitzohr flink rücklings über das Gerüst. Seine Hand wanderte in seinen Beutel und kam in einem Bogen wieder heraus, wobei er ein azurblaues Pulver verstreute, das in der Luft hing. Weide ging weiter, ohne Rücksicht auf irgendetwas außer ihrer Beute. Schakal spannte sich an und fürchtete die Auswirkungen der verdorbenen Magie, die sie gerade ignoriert hatte. Schlitzohr hielt erwartungsvoll inne, aber was auch immer Weide widerfahren sollte, trat nicht ein. Das Pulver wirbelte harmlos herum, als sie hindurchstürmte und auf den betäubten Zauberer einschlug. Schlitzohr wich nach hinten aus und konnte gerade noch verhindern, dass ihm der Bauch aufgeschlitzt wurde. Er erreichte den Rand des Gerüsts. Er konnte nirgendwo mehr hin.

Weniger als drei Speerlängen trennten Augenweide von ihrer Rache. Perfekt ausbalanciert, bereit zum Angriff, genoss sie die Notlage des Zauberers. Verblüfft über ihre Immunität gegen seine Künste, blieb Schlitzohr einfach stehen. Beide waren so sehr auf ihr Gegenüber konzentriert, dass sie nicht bemerkten, wie sich die große, schwarze Masse vom Schornstein löste und in die Tiefe stürzte.

Der Schlamm prallte direkt zwischen den Halb-Orks auf das Gerüst. Die Bretter zersplitterten und das gesamte Gerüst wackelte. Schlitzohr verlor das Gleichgewicht und fiel auf den Rücken. Sein Gewicht ließ das Ende des Gerüsts knarren, auf dem er sich hielt, und verbog es, sodass es zu brechen drohte. Ein gewundener schwarzer Tentakel schoss aus dem Schlamm hervor und wickelte sich um die Beine des Zauberers. Mit ungeheurer Geschwindigkeit wurde Schlitzohr in die Luft und mit dem Kopf voran gegen den Schornstein geschleudert. Der erste Schlag hätte ausgereicht, um ihn zu töten, aber der Schlamm schwang seinen Gefangenen wieder und wieder und schlug ihm den Schädel ein, bis die Ziegel sich lösten und ein grün leuchtendes Loch hinterließen. Der strukturlose Schlamm ließ Schlitzohrs schlaffen, stämmigen Körper verächtlich auf das Gerüst fallen.

Augenweide hatte sich wie gelähmt von dem schnellen, brutalen Angriff an einem Geländer festgehalten. Jetzt starrte sie darauf, wie sich das Ding neu formte und langsam vor ihr aufbäumte. Auch Schakal stand wie angewurzelt, doch sein Verstand kehrte allmählich zurück. Er musterte suchend das Gerüst und sah, dass Iltis und Schuhnagel immer noch zwei Etagen unter den beiden waren und sich so schnell bewegten, wie es die Leitern erlaubten. Schakal beeilte sich, ihnen zu folgen, und brüllte, als er zum Sprint ansetzte.

»Weide! Hau ab!«

Er lief unter dem Gerüst hindurch, wodurch ihm die Sicht versperrt war. Als er die erste Leiter hinaufkletterte, hörte er oben kräftige Schläge, die das Holz erschütterten. Als er die zweite Ebene erreicht hatte, rannte er das Gerüst entlang zur nächsten Leiter, die darauf lauerte, ihn zu verlangsamen. Schreie und Flüche vertrauter Stimmen drangen an seine Ohren. Der dritte Treppenabsatz. Der Kampf tobte nun direkt über ihm. Ein paar Schritte von der letzten Leiter entfernt stürzte eine Gestalt durch die Öffnung und riss im Fallen Sprossen ab. Schakal kam schlitternd zum Stehen und fand Iltis zu seinen Füßen liegend. Schnell kniete er sich hin. Der Mischling war bewusstlos, aber am Leben. Die Leiter war zertrümmert. Schakal sprang hoch, um sich mit einem Fuß von der Reling abzustoßen, erreichte die Öffnung, hielt sich an der Kante fest und zog sich hinauf.

Der Schlamm beherrschte das Zentrum des bebenden Gerüsts. Ein halbes Dutzend der peitschenartigen Tentakel schoss aus seiner Masse hervor und schlug nach Schuhnagel, der vor dem Ansturm stand und verzweifelt versuchte, Weide zu erreichen. Sie lag auf dem Rücken und hielt sich mit einer Hand an einem Stützbalken fest, während sie mit der anderen ihren Talwar schwang und auf die schwarze Gliedmaße einschlug, die an ihrem Bein zerrte. Schakal ließ sein Schwert in der Scheide und stürmte vor.

Sobald er sich bewegte, schossen neue Tentakel aus der Masse, die nach ihm stachen und schlugen. Einer erwischte ihn brutal an der Schulter und schleuderte ihn hart gegen das Seitengeländer, das zerbrach. Beinahe wäre er in die Tiefe gestürzt, doch dann war Nagel zur Stelle, schnappte im letzten Moment seinen Arm und hievte ihn zurück auf das Gerüst. Es blieb keine Zeit für Dankbarkeit. Der Schlamm versuchte unerbittlich, sie zu zerquetschen, und jeder Schlag, dem sie auswichen, brachte das Gerüst zum Wanken.

Weide hatte es geschafft, den Tentakel, der sie festhielt, zu durchtrennen, aber kaum war sie frei, peitschte ein weiterer heran, um ihre Beine zu umschlingen. Schakal konnte sehen, dass sie den Halt verlor. Er warf sich auf den Bauch und packte Weides Hand, als ihre Fingernägel vom Balken abrutschten. Schuhnagel rappelte sich auf und griff nach Schakals anderer Hand, wurde aber von einem schlagenden Tentakel überrascht und nach hinten geschleudert. Schakal presste seine Finger zwischen die Bretter des Gerüsts und versuchte, sich festzuhalten, aber der Schlamm zog unerbittlich. Knarrend begann sich das Brett abzulösen. Die Nägel gaben ein letztes ergebenes Quietschen von sich und lösten sich.

Augenweide wurde zum Bauch der Bestie gezerrt. Schakal wurde mitgezogen, weil er sich weigerte, loszulassen. Sie hackte weiter auf die Kreatur ein, während sie bis zur Hüfte im lebenden Teer versank, aber die Schnitte, die ihre Klinge hinterließ, schlossen sich sofort. Ihr Griff um Schakals Hand begann sich zu lockern, und er sah, wie ihre Kraft schwand, als die einschläfernde Wirkung der Berührung des Schlamms einsetzte. Gleich würde sie, wie alle anderen Elfen auch, in Trägheit verfallen und von dem Schlammmann übernommen werden. Mit einem verzweifelten Stöhnen zwischen zusammengebissenen Zähnen versuchte Schakal, Halt zu finden, und zog mit aller Kraft, die ihm noch blieb. Aber es war nicht genug. Weide versank mit geschlossenen Augen bis zum Nacken. Eine Hand tauchte aus dem Schlamm auf, die Hand eines Mannes, und streichelte langsam, zärtlich und furchtbar über Weides Wange. Schakal konnte nur vor Wut aufschreien und zusehen, wie sie verschwand.

Ein grüner Feuerstrahl schoss mitten durch den Schlamm. Schakal spürte die Hitze auf seinem Gesicht, als er ihn nur knapp verfehlte. Das Monster zuckte heftig zusammen, und seine glatte Oberfläche kräuselte sich, als es versuchte, die klaffende Wunde zu schließen. Eine weitere Flammenfontäne durchfuhr mit einem nassen, reißenden Geräusch seinen Körper. Schakal spürte, dass Weide nicht mehr so intensiv feststeckte. Er verdoppelte seine Anstrengung und zog. Sie tauchte sofort auf. Schakal zerrte weiter und der Schlamm zog sich zurück. Flammenblitze durchfuhren den Schlamm, während die gallertartige Masse an die Seite des Schornsteins sprang, sich schnell nach oben schlängelte und in den Schatten verschwand.

Schakal zog Weide an sich. Sie kam schnell wieder zu sich und schüttelte die unnatürliche Lethargie mit einem tiefen Atemzug und einem Schwall von Flüchen ab. Ihnen gegenüber stand unverzagt Schlitzohr am gegenüberliegenden Ende des herabhängenden Gerüsts. Der Turban hatte sich von seinem Kopf gelöst, und er lächelte mit geschwollenen Lippen, von denen Blut tropfte. Ansonsten war er beunruhigend unverletzt. Der Zauberer warf einen Seitenblick auf den Rand des Schornsteins und kam näher. Schakal und Augenweide lösten sich voneinander und sprangen auf die

Füße. Schuhnagel eilte an ihre Seite und hielt eine geladene Armbrust im Anschlag.

»Du solltest verdammt noch mal tot sein«, verkündete Weide wütend.

Schakal zog sein Unyar-Schwert. »Zauberer sind verflucht schwer zu töten.«

»Ich bin immer für eine Herausforderung zu haben«, sagte Weide. »Nagel?«

»Bin ganz bei dir«, knurrte Schuhnagel.

»Ich bin nicht eure aktuelle Sorge«, schimpfte Schlitzohr und sah nur Schakal an. »Dieser Dämon wird seine Versuche nicht einstellen, sie zu holen. Ein Halb-Elf, Freund Schakal? Ich bin sehr beeindruckt, dass du das vor mir verheimlichen konntest.«

»Ich bin enttäuscht, dass du es nicht schon wusstest«, gab Schakal zurück. »Und er wird auch weiterhin hinter dir her sein, Uhad. Der Schlammmann will dich so sehr tot sehen, wie er Weide lebendig sehen will.«

Weide sah verärgert aus. »Was will der denn von mir?«

»Dich der Alten Jungfer opfern, so weit ich weiß«, sagte Schakal zu ihr. »Du hast zur Hälfte Elfenblut. Er glaubt, das würde den Sumpf wiederherstellen.«

Weide akzeptierte dies mit einem resignierten Achselzucken. »Also schön ...«

Schuhnagel blinzelte sie kritisch an. »Du hast gerade herausgefunden, dass du ein halbes Spitzohr bist, und sagst nur das?«

»Ein verrückter, durch Inzucht gezeugter, schlammbedeckter Sumpfmensch will mir in einem Sumpf die Kehle durchschneiden. Wen interessiert schon, wer meine Mutter war?«

Nagel gab ihr mit hochgezogenen Augenbrauen recht.

Schlitzohr warf Schakal einen ernsten Blick zu. »Ohne mich wirst du ihn nie besiegen.«

»Scheiß drauf«, erklärte Schuhnagel und deutete mit seiner Armbrust auf den Zauberer. »Und du kannst mich mal.«

Einen Herzschlag lang war er kurz davor, den Abzug zu drücken. Weide streckte die Hand aus und berührte ihn an der Schulter.

»Wir haben Brüder am Boden«, sagte sie. »Der Schlammmann läuft frei in der Brennerei herum. Jetzt ist nicht der richtige Zeitpunkt.«

Schakal war derselben Meinung. Er war nicht unbedingt davon überzeugt, dass sie Schlitzohr wirklich brauchten, aber er konnte es auch nicht leugnen. Außerdem war ein Kampf gegen den Zauberer auch ohne den Schlammmann eine unangenehme Perspektive. Schlitzohr würde warten müssen. Aber er würde zu Schakals Bedingungen warten.

Er streckte seine linke Hand aus und packte den dicken Hals des Tyrkaniers. Er drückte zu und zog den Zauberer zu sich heran.

»Spürst du das?«, fragte Schakal. »Es ist eine Macht. Eine, die ich nicht verstehe. Und ich glaube, du verstehst sie auch nicht. Ich habe den leisen Verdacht, Uhad, dass du mich nur deshalb loswerden wolltest, weil Zirko in Strava etwas mit mir gemacht hat. Ich glaube, du fürchtest es.«

»Vielleicht irrst du dich«, krächzte Schlitzohr und seine Augen funkelten vor Vergnügen.

»Wenn du irgendetwas versuchst«, versprach Schakal, »werden wir es herausfinden.«

Er löste seinen Griff und stieß den Zauberer weg. Schlitzohr warf ihm nicht einmal einen bösen Blick zu, sondern faltete einfach die Hände unterhalb seiner beträchtlichen Taille und wartete gespannt.

Während er nach dem Schlammmann Ausschau hielt, führte Schakal sie vom Gerüst herunter und sammelte unterwegs Iltis ein. Zum Glück kam der bereits wieder zu sich und stieg die Leitern größtenteils aus eigener Kraft hinunter. Honigwein kümmerte sich immer noch um Vollkorn, aber dem Dreiblut ging es unverändert. In der Nähe lag auch der Lehmmaster, regungslos.

»Sie atmen«, sagte Honigwein zu Schakal, als sich dieser näherte, »aber sie atmen nur flach.«

Schakal wirbelte zu Schlitzohr herum. »Wird Vollkorn wieder gesund?«

Der Zauberer betrachtete das auf dem Bauch liegende Dreiblut einen Moment lang, bevor er seinen Blick auf den Lehmmaster richtete. »Vielleicht. Die Seuche verbleibt in ihrem vertrauten Wirt, aber es ist töricht, sie dort zu belassen. Wenn die ...«

»Das reicht jetzt!«, schnauzte Schakal.

»Wir müssen ihn von hier wegbringen«, sagte Weide und starrte Vollkorn grimmig an.

Schakal nickte. Er holte einen Kohlekarren und lud Vollkorn mithilfe von Nagel und Weide auf. Iltis stand mit müden Augen da, gestützt von Honigwein.

»Ihr verschwindet alle von hier«, sagte Schakal zu der Rotte. »Schlitzohr und ich werden uns um den Schlammmann kümmern.«

»Hast du den Verstand verloren?« Augenweide starrte ihn an. »Ich werde nirgendwo hingehen.«

»Schlitzohr und ich werden uns um den Schlammmann kümmern, Weide«, wiederholte Schakal eindringlich.

»Er will mich, du Trottel«, antwortete Weide. »Wenn du ihn nicht durch die ganze Brennerei jagen willst, schlage ich vor, dass ich hierbleibe. Scheiß auf den Vorschlag, ich *bleibe*! Es ist mir egal, ob du einen magischen Knochen in dir trägst!«

Schuhnagel schnaubte.

Da er wusste, dass Widerspruch zwecklos war, wandte sich Schakal an ihn.

»Verschwindet. Wir drei werden euch den Rücken freihalten.«

»Was ist mit dem Lehmmaster?«, fragte Honigwein.

»Lasst ihn hier«, sagte Schakal. »Wir können nicht riskieren, dass Ignacio ihn sieht. Er soll denken, dass alles wie geplant gelaufen ist. Sobald du draußen bist, bringst du Vollkorn und Iltis in die Versammlungshalle und findest dann heraus, wo Beryl ist. Befreie sie, wenn du kannst. Und lasst den Keilerbuckel herunter. Wir brauchen die anderen fünf Bastarde hier drinnen. Wenn jemand fragt: Es ist der Befehl des Lehmmasters.«

»Gut«, sagte Nagel und begann, den Wagen hinauszuschieben. Honigwein und Iltis folgten ihm.

Als sie weg waren, drehte sich Schakal zu seinen verbliebenen Begleitern um.

»Bereit zur Jagd?«, fragte er.

Weide begegnete seinem Blick und lud ruhig ihre Armbrust.

Schlitzohr schlenderte zu den großen Ofentüren hinüber und zog sie auf. Darin tanzte das Al-Unan-Feuer, das durch nichts anderes als sich selbst angeheizt wurde. Ohne zu zögern, steckte Schlitzohr seine Fäuste in die Flammen und zog sie in grüne Flammen gehüllt wieder heraus. Er drehte sich um, lächelte und ging zurück, wobei Rauch von seinen Händen aufstieg.

Die drei warteten in der höhlenartigen Kammer und lauschten dem hohlen Tosen der Öfen. Sie standen etwas abseits und sahen jeweils in eine andere Richtung, um die hochaufragenden dunklen Nischen im Auge zu behalten. Sie sprachen nicht, sie planten nicht. Das war auch nicht nötig. Der Schlammmann würde zu ihnen kommen. Er musste es tun. Alles, was er begehrte, befand sich in diesem Bergfried; alle, denen er den Tod wünschte, sei es unmittelbar oder auf lange Sicht. Schakal spürte, wie sein Verlangen nach einer Abrechnung die große Kammer so stark wie der Moschusgeruch eines Tieres erfüllte.

Weide war die Erste, die den Schlamm entdeckte und Schakal und Schlitzohr mit einem leisen Zischen darauf aufmerksam machte. Die pechschwarze Masse quoll aus der lang gezogenen Biegung des Schornsteins, fast auf Bodenhöhe, kaum sichtbar in den tiefen Schatten unter den Gerüsten. Als alle sie ansahen, bewegte sie sich nicht mehr, und die spärliche Reflexion auf ihrer glatten Oberfläche war der einzige Beweis dafür, dass sie überhaupt da war. Reglos wartete sie, hielt ihre Blicke fest. Er hielt ihre …

»Das ist eine Ablenkung!«, rief Schakal aus und wirbelte herum.

Aber der Monsterschlamm war schon bei ihnen und beinahe lautlos über den Boden gewalzt. Ein Tentakel schoss hervor und riss Schakal die Beine unter dem Leib weg. Kaum war er auf dem Boden aufgeschlagen, wurde sein Fuß gepackt und seine Sicht verschwamm, als er nach oben geschleudert wurde. Seine Schultern und sein Nacken schlugen auf dem Boden auf, und seine Wirbelsäule verrenkte sich, als er erneut in die Höhe gerissen wurde. Ein grüner Blitz mischte sich in das dumpfe Licht, das bereits in seinem Schädel tanzte, und er spürte, wie er sich in der Luft überschlug. Wieder traf er auf dem Boden auf, aber nur mit der Wucht seines Sturzes. Seine trübe Sicht klärte sich, und er sah, wie sich ein armlanger, schwelender Tentakel von seinem Bein löste und wie ein Wurm schnell zu der größeren Masse kroch, die mit Schlitzohr kämpfte. Der Zauberer blieb inmitten der sich windenden Ranken stehen, führte seine brennenden Hände zum Mund und blies große Flammenstöße aus, die sich durch die Fortsätze fraßen. Augenweide musste vor dem ersten Angriff aus dem Weg gegangen sein, denn sie kniete außerhalb der Reichweite des Schlamms. Sie hielt ihre Armbrust im Anschlag und wartete offensichtlich auf freies Schussfeld auf den Mann, der sich in dem abscheulichen Gefäß versteckte. Schakal wusste aus eigener Erfahrung, wie töricht der Versuch war, den Schlammmann mit einem Armbrustbolzen töten zu wollen, aber welche Wahl hatten sie? Wahrscheinlich würden sie nie die Gelegenheit dazu bekommen, denn Schlitzohr schien sich nicht durch den Schlamm zu brennen, um den Moortrotter zu finden, sondern konzentrierte sich ganz auf die wild um sich schlagenden Tentakel.

Schakal wollte sich erheben, aber ein sich festklammerndes, kaltes Gewicht übte Druck auf seinen Rücken aus und zwang ihn in die Knie. Er reckte den Hals und sah, dass der kleinere Schlamm unter dem Gerüst hervorgekrochen war und ihn gepackt hatte. Er griff über seine Schulter nach dem sich windenden Schlamm und versuchte, ihn wegzuschleudern, aber er saugte seine Hand ein und hielt sie fest. Der Schlamm strömte schnell zu seiner Brust, kroch seinen Hals hinauf und floss über seinen Kopf. Eine nicht zu leugnende Schläfrigkeit überkam ihn, und seine Augen fielen ihm zu, während der Schlamm sich allmählich über sein Gesicht legte.

Schmerz weckte ihn auf. Brennender Schmerz.

Er riss die Augen auf und spürte, wie der Schlamm seinen Rücken hinunterlief und eine versengte Lache um seine Knie bildete. Er entdeckte Weide hinter sich, die eine Kohlenschaufel in der Hand hielt, um deren Metallspaten Al-Unan-Feuer brannte und diesen schnell verzehrte. Ein Tentakel stach nach ihr und sie durchtrennte ihn mit der Schaufel. Dann warf sie diese weg, damit die Flammen nicht ihre Hand erreichten. Schlitzohr stand direkt vor ihnen und wehrte das lebende Bollwerk aus um sich schlagendem Schlamm ab, das sie alle zu verschlingen drohte. Weide musste Schakal zu Hilfe geeilt sein und die Kreatur, deren Wut Schlitzohr zum Zurückweichen zwang, auf sich gelenkt haben. Die Flammen, die die Hände des Zauberers umhüllten, flackerten mit jedem schützenden Atemzug.

»Macht euch bereit zu rennen!«, rief der Zauberer. »Ich kann euch nicht mehr als einen kurzen Moment verschaffen!«

Mit Weides Hilfe kämpfte sich Schakal auf die Beine. Sein Schwert war weg – verloren gegangen, als er umhergeschleudert worden war. Augenweide hackte mit ihrem Talwar auf die immer näher kommenden Tentakel ein, aber jedes Stück, das sie abtrennte, kroch zurück und wurde von der Masse wieder aufgenommen.

Plötzlich riss Schlitzohr seine Arme weit auseinander

und führte sie mit enormer Geschwindigkeit wieder zusammen. Seine flammenden Hände klatschten mit einem donnernden Widerhall und erzeugten eine dichte Welle aus grünem Feuer und höllischem Wind, die auf den Schlamm prallte. Die Kreatur wurde nach hinten geschleudert, und die schwarze Membran bekam Blasen, als sie von der magischen Flut mitgerissen wurde. Die rauchende Masse segelte einen Moment lang durch die Luft, bevor sie auf den Boden klatschte, sich ein paarmal überschlug und dann auf der anderen Seite der Kammer, in der Nähe des Ausgangs, still liegen blieb.

»Los!«, brüllte Schlitzohr und drehte sich um, um zum Gerüst zu eilen. Da es keine andere Rückzugsmöglichkeit gab, folgten Schakal und Weide ihm. Sobald der Zauberer unter dem Holz hindurchgelaufen war, blieb er stehen und ließ sich mit dem Rücken an einen Stützbalken gelehnt zu Boden sinken.

»Heb deine fetten Arschbacken«, sagte Weide zu ihm. »Steck deine Hände wieder in den verdammten Ofen!«

»So einfach ist das nicht, fürchte ich«, antwortete Schlitzohr atemlos. »Die Geister in der Flamme sind nur eine gewisse Zeit lang bereit, zu dienen.«

Schakal sah, dass sich der Schlamm bereits wieder regte. »Wir haben nicht viel Zeit«, warnte er.

»Ich habe die Schnauze voll von diesem Sumpfsauger!«, wütete Weide und folgte seinem Blick. »Was können wir tun?«

Schlitzohr machte eine müde, hilflose Geste.

Weide baute sich vor ihm auf. »Denk nach! Du hast gerade noch damit geprahlt, wie sehr wir dich brauchen!«

»Ich muss den Mann im Inneren töten«, schlug Schlitzohr vor, »aber ich kann ihn nicht erreichen.«

»Dann gehe ich eben rein und hole ihn!«, erklärte Weide.

»Das ist Wahnsinn«, sagte Schakal.

Sie ignorierte ihn und bedrängte Schlitzohr. »Hast du irgendetwas in der Tasche, das mich vom Einschlafen abhält?«

Der Zauberer schüttelte den Kopf. »Nein. Selbst wenn es so wäre, würde es wenig nützen. Elfenblut vertreibt schnell die meisten ...«

Schlitzohrs Augen weiteten sich, als ihm eine Idee kam.

»Freund Schakal, gib mir dein Messer!«

Schakal schnappte sich den Dolch aus seinem Stiefel und reichte ihn weiter. Schlitzohr packte Weide und schnitt ihr quer über den inneren Unterarm. Sie zuckte und zischte, versuchte instinktiv, den Arm wegzuziehen, aber der Zauberer hielt sie fest und setzte noch einen Schnitt an ihrer Schulter.

»Was, zum Teufel, machst du da?«, wollte Schakal wissen.

»Ihr eigenes Blut könnte sie womöglich schützen. Hilf mir!«

Als sie Schakals Zögern bemerkte, biss Weide die Zähne zusammen, zog selbst ihren Dolch und machte schnell drei Schnitte durch ihre Hose quer über ihren Oberschenkel.

Der Schlamm war seit dem Aufschlagen auf dem Boden aufgewühlt gewesen und nahm nun wieder seine Form an.

Augenweide riss sich von Schlitzohr los, nachdem er sie ein viertes Mal geschnitten hatte. »Genug! Lass etwas da, wo es hingehört.«

»Du hast nicht viel Zeit«, mahnte der Zauberer.

Schakal spähte zwischen den Stützbalken hindurch und sah, wie der Schlamm sich in Bewegung setzte. Er kroch nicht mehr, sondern rollte, überschlug sich und gewann schnell an Geschwindigkeit.

»Er kommt!«

»Haltet euch bereit«, sagte Augenweide und schlängelte sich unter dem Baugerüst hervor.

Als sie an ihm vorbeiging, gab es einen flüchtigen Moment, in dem Schakal sie mit ausgestreckter Hand hätte aufhalten können. Er tat es nicht.

»Ich bin direkt hinter dir.«

Weide begann zu rennen, sobald sie freies Gelände erreichte, und stürzte sich auf die Kreatur. Der Schlamm beschleunigte sein Tempo, als sie auftauchte, und stürzte sich auf das Objekt seiner Begierde. Mit einem wütenden Schrei stieß Weide sich mit ihren kraftvollen Beinen ab und sprang kopfüber in die schwarze Masse. Ihr ganzer Körper verschwand in der tintenschwarzen Umarmung.

Der Ansturm des Schlamms wurde sofort gestoppt, die Wellen, die Weides Eintauchen erzeugten, wichen einem heftigen Zittern auf der zähen Haut. Schakal bewegte sich schnell auf die Kreatur zu, sein Herz hämmerte. Ein Tentakel bäumte sich auf, um nach ihm zu schlagen, wurde aber zurückgezogen, bevor er ihm nahe kam. Die gesamte Kreatur wand sich in innerem Aufruhr, schwoll an und zog sich willkürlich zusammen. Schakal umkreiste sie, unsicher, wo Weide auftauchen würde und ob sie überhaupt auftauchen würde. Während er zusah, bildete sich allmählich eine unregelmäßige Ausstülpung. Der Schlamm dehnte sich nach außen und wurde dünner, während die Ausbuchtung wuchs. Schakal begann, die Umrisse von Schulterblättern und einen Hinterkopf zu erkennen. Die gespannte graue Membran riss und Augenweide brach mit dem Rücken voran hervor, ihre Arme um die Taille des Schlammmanns geschlungen.

Weide nutzte ihr gemeinsames Gewicht, um ihren Austritt zu beschleunigen, stürzte aus dem Schlamm und rollte sich ab, wobei sie ihre Füße in den Bauch des Schlammmannes stemmte und ihn über ihren Kopf hinwegstieß. Die schwerfällige, nackte Gestalt landete hart. Und Schakal war da, um sie zu begrüßen.

Die Augen des Schlammmanns rollten in seinem verkalkten Gesicht. Sein graues Fleisch war faltig und riss ein, als Schakal eine Hand unter seinem Kinn einhakte und ihn über den Boden zog. Der Schlamm verfolgte ihn und floss über und um Weide herum, während sie auf Hände und Knien gestützt hustete. Die Türen des großen Ofens standen immer noch offen und Schakal stürmte tief gebeugt in ihre Richtung. Der Schlammmann begann, sich zu wehren und zu strampeln, und zappelte erbärmlich, als die Schwelle zum Ofen näher rückte. Schakal zog ihn an der Kehle hoch und schleuderte den verwesenden Dämon in Richtung der lodernden Flammen. Der Schlammmann breitete seine langen Arme aus und griff nach den Türpfosten. Er starrte Schakal vom Rande des Infernos aus hasserfüllt an.

»Dreckiges Halbblut! Wie kannst du es wagen, deine besudelten Hände an uns zu legen!«

»Viel Spaß in der Hölle, Corigari«, knurrte Schakal und stieß den Schlammmann in die smaragdfarbenen Flammen.

Hinter ihm nahte die Schlammflut. Schakal wich zur Seite, als der Fluss aus Teer seinem Herrn folgte und sich in den Ofen ergoss. Sobald alles hineingeflossen war, sprang Schakal auf, schlug die Türen zu und verbrannte sich die Hände an dem heißen Eisen. Durch das dicke Metall hindurch konnte man noch die letzten Schreie des Schlammmanns hören.

Ein lautes Donnern ertönte im Inneren des Ofens und die Türen bogen sich. Schakal sprang zurück, als alles zu rumpeln begann. Das Tosen der Öfen wurde immer lauter, während Erschütterungen aus dem Bauch des Schornsteins drangen und Ziegel auf Dampfschwaden durch die Luft schossen. Das Gerüst erzitterte und die Balken begannen zu brechen. Der gesamte Bergfried wackelte.

Weide kam angerannt. »Was ist los?!«

Schakal konnte sie vor lauter Lärm kaum hören. Er schüttelte den Kopf. Ein schrilles, metallisches Kreischen durchbrach das Donnern und die weiß glühende Tür des Ofens verformte sich.

Schakal legte seinen Mund an Weides Ohr. »Schlitzohr wird es wissen!«

»Schak! Er ist verdammt noch mal tot!«

Eine gewaltige Explosion erschütterte den Schornstein auf halber Höhe. Grüne Flammen und große Steinbrocken schossen heraus.

»Lauf!«, rief Schakal und zeigte auf den Gang.

Sie blieben zusammen und rannten, taumelten und zuckten, während der Bergfried knackte und rülpste.

Draußen in der Brennerei herrschte pures Chaos. Die Eruptionen waren im Hof zu spüren, und aus den Mauern schossen bereits Flammen hervor, die sich wie Leuchtfeuer vom dämmrigen Himmel abhoben. Schlammköpfe huschten von der bebenden Palisade herunter.

»Das Al-Unan-Feuer«, keuchte Schakal, »gerät außer Kontrolle.«

»Wir müssen alle hier rausbringen«, sagte Weide, betrachtete die Festung und erkannte die unmittelbar bevorstehende Gefahr der Zerstörung.

Schakal verkniff sich einen Schrei, als ihre Worte ihn an etwas erinnerten.

»Der Lehmmaster«, sagte er und drehte sich zur Tür des Bergfrieds um. »Er ist noch drinnen.«

»Lass ihn brennen«, erklärte Augenweide und packte ihn am Arm.

Schakal sah sie an. »Wir brauchen ihn.«

»Dann geh«, sagte Weide und biss die Zähne aufeinander. »Ich werde alle anderen rausbringen.«

Schakal drückte ihr dankbar die Hand, riss die Tür auf und stürmte zurück in den sterbenden Bergfried.

36

Der Lehmmaster stand inmitten einer grünen Hölle. Unbeeindruckt von den herabfallenden Steinen, dem einstürzenden Holz, den Flammenfontänen, die aus den Wänden und dem Boden schossen, starrte er nur auf den bröckelnden Schornstein. Schakal blieb im dürftigen Schutz des glühend heißen Gangs und rief nach ihm. Langsam drehte sich der Lehmmaster um.

»Bist du gekommen, um zu feiern, was du getan hast, Schakal?«

Der Groll in der Stimme des alten Mischlings war über die polternden Ziegel und das zischende Feuer hinweg zu hören.

»Das war nicht mein Werk, Häuptling!«

»Nicht?«, fragte der Lehmmaster und deutete mit einem Arm auf den Schornstein. »Ich habe ihn gebaut. Du hast ihn zerstört!«

Schakal machte einen Schritt aus dem Gang heraus. »Die Rotte ist nicht zerstört. Noch nicht. Die Grauen Bastarde sind mehr als nur die Brennerei!«

»Und wir hätten mehr sein können als nur eine Rotte! Wenn du nicht gewesen wärst.«

»Wir hätten uns vor einem fremden Zauberer verneigt! Diener eines Königs!«

»Eines Halb-Ork-Königs!«, schoss der Lehmmaster zurück.

Eine weitere Ofentür gab unter dem Druck des Gebäudes nach, löste sich aus den Angeln und knallte gegen die Wand.

»Das spielt keine Rolle«, sagte Schakal. »Er wird immer der Handlanger der Tyrkanier sein, der es den Orks ermöglicht hat, die Geteilten Lande zu vernichten.«

»Die Geteilten Lande!«, spie der Lehmmaster. »Ul-wundulas ist ein Schandfleck, Schakal. Wenn du jemals Hispartha gesehen hättest …«

»Ich habe es gesehen! Es ist wunderschön. Aber es ist nicht mein Zuhause.«

Hitzewellen waberten um den Lehmmaster. »Du weißt nur durch mich, was ein Zuhause ist, Junge! Meinetwegen lebst du nicht in Ketten!«

Schakal machte einen weiteren Schritt. »Das ist wahr. Du hast uns dieses Land gegeben. Warum verteidigst du es dann nicht? Warum hast du deine Beute aufgegeben, um Schlitzohr zu helfen, die seine zu erringen?«

»Niemand kann ewig kämpfen, Schakal. Das wirst du merken, wenn du alt und verbraucht bist.«

»Du irrst dich. Man kämpft immer, wenn man bis zum Ende kämpft.«

Der Lehmmaster lachte und breitete die Arme aus. »Klugscheißer-Welpe! Das hier ist mein Ende!«

»Das muss es nicht sein! Komm mit mir. Reite gegen die Orks. Erinnere sie daran, warum sie dich fürchten. Erinnere die Bastarde daran, warum wir dir gefolgt sind.«

Hinter der gebeugten Gestalt des Lehmmasters stürzte der halbe Schornstein in sich zusammen. Die Hitze im Inneren des Bergfrieds war nahezu unerträglich. Der Häuptling betrachtete einen Moment lang den zerklüfteten Schlund der Ziegel, bevor er sich auf den Weg zu Schakal machte, wobei er über dampfende Risse und um brennende Trümmer herumschritt.

»Erinnern?«, fragte der alte Mischling, als er näher kam. »Sie woran erinnern? Die Wahrheit ist ...«

Der Lehmmaster hob die Hand. Die Bandagen um seinen Kopf waren lose und schwer vom Schweiß. Der Häuptling krallte sich mit nicht mehr geschwollenen Fingern daran fest und riss die Verbände herunter, sodass sie um seinen Hals hingen. Schakal betrachtete das Gesicht des alten Mischlings. Falten und Furchen lange währender Sorgen waren zu sehen, aber keine Pusteln und keine Wunden. Die Spuren der Seuche waren verschwunden.

»Ich trage sie nicht mehr in mir.«

Schakal spürte, wie sich ihm der Magen umdrehte. »Vollkorn.«

Der Lehmmaster lächelte, amüsiert über sein Erstaunen. Seine Hände schnellten hervor, packten Schakal an den Schultern und zogen ihn fast Nase an Nase heran.

»Schakal«, sagte der alte Mischling und sprach den Namen wie einen Fluch aus. »Ich bin fast versucht, dich hierzubehalten. Dich zu zwingen, den Untergang von allem, was ich erschaffen habe, mit anzusehen. Unseren Fehlern zu erlauben, uns zu verbrennen.«

»Fast versucht?«, fragte Schakal und grinste in das unmaskierte, unbekannte Gesicht. »Ich hoffe sehr, dass du es versuchen wirst.«

Die Heiterkeit des Lehmmasters verblasste und wich resigniertem Bedauern. Er ließ seinen Blick und seine Hände sinken, drehte sich um und schritt zurück in die brennende Ruine seines Werks.

Schakal hatte die Hälfte des Gangs hinter sich gelassen und rannte, was das Zeug hielt, als er spürte, wie die Ofenkammer implodierte. Von einer Faust aus tosendem Wind und schwelendem Staub überrollt, wurde er nach vorn und zu Boden geschleudert. Dann prallte er gegen die gewölbte Wand. Er rappelte sich auf und rannte weiter, wobei er sich am Schotter verschluckte. Er spürte das Gewicht des gesamten bebenden Bauwerks über sich, das bereit war, einzustürzen. Die Tür tauchte vor ihm auf, und Schakal stieß sie auf, um dem Unglück zu entkommen. Er rannte zur Schlafbaracke und huschte um die Ecke auf die andere Seite des Gebäudes, gerade als das Herz der Festung zusammenbrach. Er kauerte sich hin und legte die Arme über den Kopf. Steine regneten herab, viele davon in Al-Unan-Feuer getaucht. Sie erfüllten Schakals Unterschlupf mit grässlichem Getöse. Er hörte, wie das Dach der Unterkunft einstürzte, und die Wand in seinem Rücken fühlte sich an, als sei sie aus windgepeitschtem Stoff. Für eine gefühlte Ewigkeit existierte er in einer bebenden Welt der Kakofonie. Er konnte nichts anderes tun, als sich mit seinem eigenen Fleisch zu schützen und sich in das Unvermeidliche zu fügen.

Als die Steine endlich nicht länger fielen, öffnete Schakal seine Augen und sah Staub und Rauch. Alles war vom Feuer des Alchemisten erleuchtet. Der abgebrochene Zahn der Schlafbaracke ragte aus einem Meer von Trümmern heraus. Als Schakal um die Ecke spähte, sah er den Bergfried, der nur noch ein Haufen brennender Steine war. Er stolperte von den Trümmern weg und eilte über den bebenden Hof in Richtung des Keilerbuckels. Er sprang über verstreute Steine, wich den Flammen- und Dampfstößen aus und bewegte sich durch die Zerstörung. Dabei hielt er ständig Ausschau nach den anderen. Zum Glück sah er keine Nachzügler. Niemand wäre so töricht, hierzubleiben.

Die Brennerei war dabei, sich selbst zu zerreißen.

Noch während er rannte, entzündete sich ein Stück der Palisade an der Mauer vor ihm. Der weiße Putz verschwand, als die Flammen das darunter liegende Gitterwerk verzehrten. Das Feuer breitete sich schnell in beide Richtungen aus. Bald würde die gesamte Mauer eine tanzende Jadekrone tragen. Schakal war im Wettlauf gegen die Flammen.

Die große Rampe kam ins Blickfeld. Oben auf der Mauer saß eine einsame Gestalt rittlings auf einem Keiler und beobachtete den Hof. Dichter Rauch lag in der Luft, aber Schakal wusste, dass es Augenweide war. Sie hatte dafür gesorgt, dass alle geflohen waren, und wartete nun auf den letzten Bewohner. Das Feuer war im Vormarsch und fraß sich aus beiden Richtungen auf den hölzernen Keilerbuckel zu.

Schakal zögerte. Er würde es niemals schaffen.

Augenweide hatte ihn noch nicht entdeckt. Sie würde ihn holen kommen, wenn sie ihn sah. Und dann würden sie es beide nicht mehr hinausschaffen. Selbst ihr Keiler konnte dem Feuer des Alchemisten nicht entkommen. Als er seine Entscheidung getroffen hatte, duckte sich Schakal hinter das, was von der Behausung des Lehmmasters übrig geblieben war. Er spähte um die zertrümmerte Wand herum und beobachtete diejenige, die nach ihm suchte und auf ihn wartete. Er wollte, dass Weide ging, weil er befürchtete, sie würde in die dem Untergang geweihte Festung hintergaloppieren, um nach ihm zu suchen. Es war eine knappe Angelegenheit. Fast hätte sie zu lange gewartet. Die Flammen leckten an den Hufen ihres Barbaren, als sie sich umdrehte und über den Rand der Mauer verschwand.

Bis ins Mark erschöpft, setzte Schakal sich hin und lehnte sich an die Wand des Domizils. Er hatte die Brennerei noch nie ganz für sich allein gehabt. Bei dem Gedanken lachte er laut. Es klang trocken und humorlos.

Eine Explosion ganz in der Nähe ließ ihn zusammenzucken und erstickte sein Lachen. Ein klaffendes Loch starrte ihn an, ein Auge mit grünen Wimpern, das Rauch weinte. Schakal starrte es einen Moment lang dumpf an und fragte sich, wie lange es wohl dauern würde, bis die Wände vollständig einstürzten. Er würde es nicht mehr erleben. Die unterirdischen Leitungskanäle begannen bereits zu platzen. Bald würde der gesamte Hof ein Feuersee sein. Schakal starrte auf das Loch in der Wand, der Tunnel im Inneren lag frei.

Langsam erhob er sich.

Der Tunnel.

Er konnte die Hitze von dort, wo er stand, spüren. Verdammt, das würde er nicht überleben. Aber es war eine Chance. Das Loch befand sich direkt südlich der oberen Kurve der Wand. Er müsste etwas mehr als die Hälfte der Strecke zurücklegen. Das war Wahnsinn. Das Tor am anderen Ende würde verschlossen sein. Selbst wenn er es schaffte, bevor er kochte, säße er in der Falle. Es sei denn, es wurden weitere Löcher in die Wand gesprengt. Er brauchte nur eins auf der außenliegenden Seite, um zu entkommen.

»Ich werde sowieso verbrennen.«

Schakal ging zur Öffnung des Lochs. Die Hitze, die aus dem Loch strömte, war erträglich, aber sie würde zunehmen, wenn er erst einmal drinnen war. Er trat zurück, um Anlauf zu nehmen, atmete einige Male tief durch und sprang durch den Flammenring hinein. Als er landete, wandte er sich nach links und sprintete den Tunnel hinauf.

Das Licht von der Öffnung reichte, bis er die obere Kurve erreichte, dann war alles dunkel. Schakal streckte seine rechte Hand aus, legte sie an die Wand und streifte damit zur Orientierung über die glühenden Steine, während er rannte. Und doch stürzte er. Unsichtbare Trümmer, die sich aus dem brüchigen Mauerwerk gelöst hatten, brachten ihn ins Stolpern. Jedes Mal, wenn er auf dem Boden aufschlug, war es schwieriger, wieder aufzustehen. Die Luft war bleiern. Er war blind, nicht nur wegen des lichtlosen Tunnels, sondern auch, weil er seine Augen gegen die brütende Hitze geschlossen halten musste, damit sie nicht in ihren Höhlen kochten. Nach seinen ersten Schritten war er schweißgebadet. Bei seinem zweiten Sturz war er in trockenes, sich zusammenziehendes Fleisch gehüllt. Nichts strömte mehr durch seine Nasenlöcher und auch nicht durch seinen offenen, ausgetrockneten Mund. Dennoch stand er immer wieder auf und rannte weiter.

Die Kurve der Mauer war unendlich lang. Er fragte sich verzweifelt, ob er es jemals auf die untere Seite des Ovals schaffen würde, geschweige denn zum Tor am unteren Ende. Seine Haut riss. Und verheilte. Er spürte, wie der Segen Attukhans sich bemühte, ihn zu retten, aber er konnte keine Luft in seine Lunge zaubern. Zirko hatte gesagt, dass selbst eine Kerze hinter einem rauschenden Wasserfall ausgelöscht werden konnte. Schakal hätte eine Kerze direkt vor seinen Lippen nicht ausblasen können. Keuchend und erstickend stürzte er erneut und dieses Mal hatte nichts seine Füße behindert.

Er erhob sich nicht. Der Tunnelboden versengte seine Wange, seine Brust und seinen Bauch, aber er hatte keine Kraft mehr, etwas anderes zu tun als zu verbrennen. Der Schmerz war unerträglich. Schakal wartete sehnsüchtig darauf, dass sein atemloser Körper ihn in die Dunkelheit zog, damit er entkommen konnte. Ein Poltern war vor ihm im Tunnel zu hören. Herabfallende Steine. Gut. Er würde zerquetscht werden, verschüttet. Es war egal, was sein Ende herbeiführte. Durch das Rumpeln hindurch ging das Hämmern weiter, lauter jetzt, näher.

Rhythmisch.

Schakal spürte es jetzt im Boden unter seiner Brust, wo es sich mit den Schlägen seines Herzens vermischte. Schläge. Hufschläge. Ein Quieken hallte durch den Tunnel. Schakal hob den Kopf, er kannte dieses Geräusch.

Es war Heimelig.

Der Keiler blieb direkt vor ihm stehen. Schakal konnte ihn zwar nicht sehen, aber hören und riechen. Ein trockener Rüssel, pulsierend von mühsamen Atemzügen, stieß gegen seinen Arm. *Nein!* Schakal versuchte zu rufen, wollte ihm sagen, er solle zurückgehen, aber seine Zunge war nutzlos in seinem ausgetrockneten Mund. *Kehr um! Lauf!* Der Keiler quiekte wieder aufgeregt, seine Stimme war rau und schwach. *Zur Hölle, Heimelig, du stirbst! Geh!* Aber der Keiler blieb und schlug mit den Hauern nach ihm, versuchte, seinen Arm zu packen und ihn zum Aufstehen zu zwingen. Schakal hob einen Arm und griff in die Mähne des Barbaren, deren Borsten trocken und brüchig waren. Mühsam stieg er auf.

Heimelig wendete sofort und raste davon.

Auf dem Hals seines Keilers liegend, spürte Schakal die Hitze, die ihn wie ein quälender Atem aus allen Höllen umgab. Im Galopp raste Heimelig den Tunnel entlang, den er schon unzählige Male durchquert hatte. Sein Bauch hob und senkte sich wie ein Blasebalg, aber mit jedem Atemzug weniger. Unter seinen Schenkeln spürte Schakal, wie die Kräfte sein Reittier verließen. Er streckte schwach die Hand nach einem der Sauenhebel-Stoßzähne aus. Sein Instinkt sagte ihm, dass er das Tier verlangsamen sollte, aber Heimelig ruckte mit dem Kopf, schnaubte und entzog sich ihm. Jeder seiner Atemzüge war hörbar, schmerzhaft unterbrochen von leiser werdendem Quieken. Der Reiter in ihm sagte Schakal, dass er auf einem bereits toten Tier ritt. Er schrie in die schwelende Mähne seines geliebten Keilers, als ein Lichtfleck vor ihnen auftauchte, der immer größer wurde, je weiter das Tier vorwärtsdonnerte. Heimelig sprang über das zerbrochene und verbogene Tor und trug Schakal aus dem Tunnel. Bei der Landung knickten seine Beine ein. Schakal hatte nicht die Kraft, sich festzuhalten, wurde abgeworfen und landete unter dem Bogen des Torhauses. Heimelig lag weniger als einen Steinwurf entfernt und war auf die Seite gekippt. Schakal kroch zu ihm, beobachtete das Auf und Ab der letzten Atemzüge des Barbaren, und wollte ihn nur noch vor dem Ende erreichen, um ihm zum Abschied die Hand aufzulegen.

Er schaffte es nicht mehr rechtzeitig.

Schakal schleppte sich über die letzte, ärgerlich kleine Spanne der Strecke, legte seinen Kopf auf Heimeligs Gesicht und weinte in zweckloser Wut.

Über ihm ächzte das Torhaus. Kleine Kaskaden von Staub und pulverisiertem Mörtel schwebten herab, als sich die Steine im Mauerbogen lockerten. Schakal ging auf die Knie, dann auf die Füße und blieb in der Hocke, um Heimeligs Stoßzähne zu packen und ihn unter dem Torhaus hervorzuziehen. Er hielt erst an, als sie weit genug entfernt waren. Er kniete neben seinem toten Reittier und sah zu, wie die Mauern der Brennerei in sich zusammenstürzten.

Die Sonne tauchte hinter dem Horizont auf, und Schakal saß immer noch da und spürte verbittert, wie seine unnatürliche Kraft zurückkehrte. Dann fiel ein Schatten auf ihn und eine starke Hand legte sich auf seine Schulter.

»Es tut mir leid, Bruder.«

Schakal legte seine eigene Hand über die dicken, kräftigen Finger und war erleichtert. Dennoch zögerte er, hochzusehen, aus Angst vor dem, was ihn erwarten könnte. Nach einem Moment tat er es dennoch.

Vollkorn stand vor ihm, rußverschmiert und ein wenig ausgezehrt, aber ansonsten unverändert. Schakal holte tief Luft.

»Der Lehmmaster ließ mich glauben, dass du jetzt die Seuche in dir trägst«, sagte er.

Vollkorn verzog das Gesicht. »Ich nicht.«

Der niedergeschlagene Tonfall schreckte Schakal auf. »Wer dann?«

Vollkorn gab ihm mit einer kleinen Kopfbewegung zu verstehen, er solle ihm folgen. Schakal stand auf und gehorchte. Das Dreiblut führte ihn ein Stück von der Brennerei weg, wo sie auf Augenweide und die Grauen Bastarde trafen, die auf ihren Keilern saßen und warteten. Rotnagel, Kul'huun, Greifer, Stummklotz und Späne waren bei ihnen. Dahinter liefen die Dorfbewohner von Teilsieg im Gebüsch umher, bewacht von den Schlammköpfen. Alle wirkten schmutzig und verunsichert, einige starrten auf die Feuersbrunst der Brennerei, während andere es vermieden, in diese Richtung zu sehen. Schakals Blick blieb auf einer vertrauten Gestalt haften, die inmitten der Rotte stand und ein in eine Decke gewickeltes Bündel hielt.

Beryl beobachtete, wie er sich näherte, und zog die Falten der Decke auseinander, damit er hineinsehen konnte. Es war Schlauberger, dass winzige Dreiblut aus dem Waisenhaus. Er lag schlafend in Beryls Armen, seine kleine Stirn lag in Falten, und er wimmerte leise. Sein rundes Gesicht war gerötet und an seinem Hals hatten sich bereits Pusteln gebildet.

Schakal rutschte das Herz in die Hose und er sah Beryl entsetzt an. »Ich ... ich verstehe das nicht. Wie?«

Zum ersten Mal in seinem Leben sah er, wie die Widerstandsfähigkeit der Matrone bröckelte und sie zusammenzubrechen drohte. Ihre Stimme kam zwischen bebenden Lippen hervor und war kaum ein Flüstern.

»Dieser ... Nebel. Er kam in den Raum. Es ging so schnell, und ... ich dachte, er würde in diesem Moment sterben. Aber das ist er nicht. Schakal ... er ist seitdem nicht aufgewacht.«

»Hauptmann Ignacio war bei ihr, Schak«, sagte Weide leise vom Rücken ihres Keilers aus, da sie die Geschichte offenbar kannte. »Er hatte Beryl gesagt, dass der Lehmmaster für ihren und den Schutz des Jungens sorgen wolle.«

»Schlitzohr wollte, dass ein Dreiblut Seuchenträger wird«, sagte Schakal mit zusammengebissenen Zähnen und strich mit dem Daumen sanft über Schlaubergers Stirn.

»Nachdem ich nach Strava gegangen war, gab es nur noch ein anderes Dreiblut in der Brennerei«, sagte Vollkorn mit brüchiger Stimme. »Es ist meine Schuld.«

Beryl warf ihrem Sohn einen strengen Blick zu. »Ich

habe dir doch gesagt, du sollst damit aufhören. Das ist dem Häuptling zuzuschreiben. Ihm und dem Zauberer.«

»Der Lehmmaster ist tot«, sagte Schakal. Er konnte seinen Blick nicht von dem infizierten Jungen abwenden. Hätte er gewusst, dass die Seuche hierherfliehen würde, hätte er sie nie verjagt. Das Schuldgefühl würde Vollkorn umbringen, ganz gleich, was Beryl sagte. »Was ist mit Ignacio?«

»Er floh, als die Seuche ins Zimmer kam«, antwortete Weide und ersparte Beryl den Bericht. »Er zwang die Schlammköpfe, den Keilerbuckel herunterzulassen, nahm seine Cavaleros und ritt davon.«

»Auf die Weise sind wir reingekommen«, sagte Greifer.

»Deine neuen Jungs waren verdammt hilfreich dabei, alle rauszuholen, Schak«, sagte Schuhnagel und versuchte, hoffnungsvoll zu klingen.

»Ich danke euch«, sagte Schakal zu ihnen.

»Es war uns eine Ehre«, sagte Rotnagel, obwohl sein Gesicht großes Mitleid zeigte. »Wenn ihr wollt, könnt ihr euch alle in der Suhle einquartieren.«

Schakal nickte dankbar.

»Irgendein Zeichen von Schlitzohr?«, fragte er Weide, aber sie schürzte nur die Lippen und schüttelte den Kopf.

»Ich werde ihn zur Strecke bringen«, schwor Schakal Beryl, »und ihn dazu zwingen, das rückgängig zu machen.«

Sie wollte ihm glauben, das konnte er sehen, aber die Verzweiflung hatte sich eingenistet und wurde jedes Mal, wenn sie auf das Kind in ihren Armen hinuntersah, neu entfacht.

Ein Geräusch ertönte in der frühen Morgenluft. Es war leise, aber lang anhaltend, und zog die Aufmerksamkeit aller auf sich.

»Es ist ... eine Stimme«, sagte Honigwein und blinzelte konzentriert.

Das dachte auch Schakal und sie kam aus der Ruine der Brennerei.

»Nagel, Honigwein«, sagte Weide. »Lasst uns mal nachsehen.«

Kul'huun ritt unaufgefordert mit ihnen. Sie waren nicht lange weg. Als sie zurückkehrten, machten alle vier grimmige Gesichter.

»Es ist die Leiche des Orks, nicht wahr?«, sagte Schakal. Er kannte die Antwort. Er hatte es sofort vermutet, als er das Geräusch vernahm.

»Halb verbrannt und verschüttet«, antwortete Weide. »Aber der Scheißkerl heult immer noch.«

Späne verzog das Gesicht. »Was, zum Teufel, soll das bedeuten?«

»Schlitzohr sagte, er würde das nur aus einem Grund tun«, sagte Vollkorn und starrte ins Leere.

»Dickhäuter«, sagte Schakal.

Iltis, der sich von seinem Sturz so weit erholt hatte, dass er auf einem Keiler sitzen konnte, fluchte leise vor sich hin. Danach waren alle still. Sie standen vertrieben unter einem Morgenhimmel, der von dem schwarzen Rauch ihrer Festung gefärbt war, und hörten der Stimme eines Toten zu, der die Ankunft seiner Verwandten ankündigte. Schakal betrachtete die Menschen von Teilsieg und die Schlammköpfe und sah mehr als zweihundert Tote, fast ein Viertel davon Kinder. Die meisten der Menschen, die unter dem Schutz der Rotte lebten, waren Mischlinge, einst Waisen und nun wieder Waisen. Im Brachland gestrandet, würden die Orks sie trotz des Rauchs wittern und finden. Und ein Gemetzel würde folgen.

Schakal presste seine Zunge gegen die Zähne und wollte nach Heimelig pfeifen, bevor er sich erinnerte. Er unterdrückte den Kummer und rief die Schlammköpfe herbei.

»Holt mir den Barbaren von Krämer!«

Bald darauf ritt Biro auf Hauptgewinn heran. Er stieg ab und übergab das Tier zusammen mit einem Talwar, einer Armbrust und einem vollen Köcher. Schakal warf dem Jungen einen anerkennenden Blick zu, schwang sich in den Sattel und wandte sich an die versammelten Reiter.

»Rotnagel. Das Volk von Teilsieg wird das Angebot annehmen, sich unter den Schutz der Stoßzahnflut zu begeben. Wirst du sie und unsere Schlammköpfe zu eurem Gebiet führen?«

»Das werde ich«, antwortete der ältere Halb-Ork. »Und was gedenkst du zu tun?«

»Euch so viel Zeit wie möglich verschaffen«, antwortete Schakal.

Späne stieß ein Lachen aus. »Und wir?«

Langsam sah Schakal in fünf Gesichter. Iltis. Honigwein. Schuhnagel. Vollkorn. Und Augenweide. Er sah bei allen Stahl in ihrem Blick.

»Graue Bastarde. Wir haben Orks auf unserem Gebiet. Muss ich sagen, wie wir damit umgehen?«

»Nein, musst du nicht«, grummelte Vollkorn und schwang sich auf Matsche.

Honigwein begann zu nicken, erst langsam, dann immer heftiger und wilder. Nagel lächelte hinter seinem roten Bart. Weides Armbrust war bereits geladen.

Iltis grinste und bewegte sich im Sattel. »Zur Hölle, ich hab einen Steifen.«

»Sechs von euch?«, sagte Späne mit hoher, ungläubiger Stimme. »Das sind mindestens dreihundert Kerle da draußen. Das könnte die, die ... wie nanntest du die große Scheißhorde noch?«

»*Duulv M'har*«, sagte Kul'huun lüstern.

Späne deutete mit dem Daumen auf den Hauer. »Genau das! Vierzigtausend Mann stark? Seid ihr verrückt?«

»Wir zählen sie nicht, Weichlinge«, sagte Weide zu ihm und zwinkerte ihren Brüdern zu. »Wir töten sie.«

Die Bastarde glucksten.

»Würdet ihr noch einen Reiter mitnehmen?«, fragte Greifer.

Stummklotz schlug sich hart gegen die Brust.

»Also noch zwei«, ergänzte Greifer.

Schakal warf den Nomaden einen Blick zu. »Es ist nicht nötig, dass ihr für unser Gebiet sterbt.«

»Wie wäre es damit?«, erwiderte Greifer. »Wenn wir überleben, werden wir zu eingeschworenen Brüdern.«

Schakal sah seine Rottenkameraden an. »Was sagt ihr dazu?«

Es gab einen kollektiven Schrei der Zustimmung.

»Dann also acht.«

»*G'haan*«, sagte Kul'huun.

»Neun«, verkündete Schakal mit einem Grinsen. »Allerdings musst du zu den Hauern der Väter zurückkehren, wenn das hier vorbei ist.« Er wandte sich an Biro. »Besorge unseren Nomadenbrüdern ein paar Armbrüste.«

»Glaubt nicht, dass ich den zehnten Narren spiele«, jammerte Späne.

»Du kannst mit mir reiten«, knurrte Rotnagel. »Und mir helfen, die Unschuldigen zu eskortieren.«

Späne nickte mürrisch. »Das kann ich machen.«

»Ich danke dir«, sagte Schakal in aller Ernsthaftigkeit. Er wollte gerade den Befehl zum Aufbruch geben, als er sah, wie Beryl neben Matschepatsch auftauchte. Vollkorn sah auf seine Mutter hinunter und zwischen ihnen herrschte stille Anteilnahme. Sie, die schon mit der Rotte gelebt hatte, bevor er überhaupt einen Atemzug getan hatte, war hin- und hergerissen zwischen dem Respekt vor dem Reiter und der Angst um den Sohn. Vollkorn legte einen Moment lang eine breite Hand auf Schlaubergers Kopf, dann beugte er sich hinunter und küsste Beryl auf die Wange. Alle sahen weg.

Erst als Vollkorn neben ihm auftauchte, gab Schakal das Kommando.

»Reiten wir los!«

Sie wandten sich grob in Richtung Süden, vorbei am Scheiterhaufen der Brennerei, aus deren Trümmern noch immer das Gebrüll des verzauberten Orks ertönte. Es dauerte nicht lange, bis sie die Dickhäuter fanden. Sie waren weniger als anderthalb Kilometer von der Brennerei entfernt. Eine Kolonne großer, dunkelhäutiger Gestalten bewegte sich in einer Staubwolke voran. Es war eine weitere *ul'usuun*; dreihundert Marodeure, bewaffnet mit Speeren und Krummsäbeln. Die Rotte ritt ihnen direkt in den Weg und zügelte ihre Reittiere.

»Ist das alles?«, beschwerte sich Iltis. »Ich dachte, sie würden eine Armee mitbringen.«

Lachend überprüften alle ihre Waffen. Die Orks kamen immer näher, und als sie die Reiter entdeckten, ertönte ein gutturaler Schrei aus ihren Reihen. Die Zunge begann, ihr Tempo zu erhöhen, begierig darauf, den Feind zu verjagen, oder besser noch, ihn zu packen und zu töten.

Schakals Rotte wartete und hob die Armbrüste.

Die Orks griffen an.

Sobald die Dickhäuter in Reichweite kamen, flogen die Bolzen. Ob Orks durch ihre Bolzen fielen, sah Schakal nicht, er konzentrierte sich nur auf das Nachladen. Zu seiner Rechten schnappte Weides Armbrust bereits wieder. Nach der vierten Salve rief Schakal den Rückzug aus. Sie drehten sich um und spornten ihre Keiler an. Die Orks nahmen knurrend und zähnefletschend die Verfolgung auf und ihre langen, kräftigen Beine machten schnell Boden gut. Doch die Reiter hatten die Nase vorn, drehten bald ab und ließen einen weiteren Schwarm Armbrustbolzen los, bevor sie sich erneut absetzten. Wieder und wieder köderten sie die Orks, bis ihre Köcher leer waren. Nach der letzten Salve ritten sie weiter weg, aber Schakal gab ein Zeichen zur Umkehr, bevor der Feind aus dem Blickfeld verschwand. Nach Rache dürstend, verfolgten die Dickhäuter sie. Wenn sie der *ul'suun* Verluste beigebracht hatten, so war das nicht erkennbar.

»Wie viele haben wir erwischt?«, fragte Honigwein mit hochrotem Gesicht.

»Etwa zwanzig«, schätzte Schuhnagel. »Mehr nicht.«

Schakal befreite sich vom Riemen seiner Armbrust und ließ die Waffe fallen. Die anderen um ihn herum taten dasselbe und nahmen ihre Schwerter in die Hand. Neben sich entdeckte er Weide, errötet vom Nervenkitzel der Schlacht, wild und schön.

Sie lächelte ihn an. »Hauerschlag, Schak?«

»In den Rachen«, antwortete er.

Vollkorn war ein Bollwerk zu seiner Rechten, sein brutales Gesicht starrte auf den herannahenden Feind, sein bärtiger Kiefer zuckte.

Der Rest der Rotte formierte sich in einem Keil dahinter, die Bastarde hinter Weide, während Kul'huun und die unabhängigen Reiter sich auf der anderen Seite verteilten. Unausgesprochen waren sie alle zu demselben Entschluss gekommen. Es war nicht nötig, nach taktischen Vorteilen zu suchen oder Hinterhalte zu legen. Wenn neun gegen Hunderte stehen, sind solche Taktiken einfach ermüdend. Sie wollten gesehen werden, sie wollten etwas bewirken. Jahrelang hatten sie eine Lüge gelebt und geglaubt, dass sie die Geteilten Lande beschützten. Und jahrelang waren die Dickhäuter nur durch einen einzigen Mischling abgeschreckt worden. Nun war der Lehmmaster tot und sein Erbe wurde zu Unrecht einem Kind aufgebürdet. Es war an der Zeit, dass die Halb-Orks der Geteilten Lande ihren vorgeblichen Zweck in die Tat umsetzten. Und sie würden es mit Blut tun.

Schakal richtete seinen Talwar auf die heranstürmende Wand aus Orks und trieb sein Reittier vorwärts.

»Lebe im Sattel!«

»STIRB AUF DEM KEILER!«

Hinter ihm donnerten Hufe, vor ihm wimmelte es von Orks, die immer größer wurden, je näher sie kamen. Es war ein heulendes Meer aus prallen Muskeln, zähnefletschenden Kiefern, gebogenen Schwertern und schwerfälligen Speeren. Die Reiter stürzten sich in diese blutrünstigen Gewässer ohne Hoffnung auf Rückkehr.

Der Keil traf auf die Masse der Orks und bohrte sich tief hinein. An seiner Spitze schlug Schakal mit seinem Talwar zu, durchtrennte Speerschäfte und brachte Krummsäbel zum Klingen. Unter ihm bahnte sich sein Barbar mit seinen

Stoßzähnen einen Weg. Der Angriff zerstreute die Orks und zertrampelte diejenigen, die ihm direkt im Weg standen, aber ihre Zahl machte es unmöglich, sich durchzusetzen. Die Wunde schließend, übten die Dickhäuter Gegendruck auf die Seiten des Keils aus, bis er zum Stillstand gezwungen war.

Schakal hörte hinter sich das qualvolle Quieken eines Keilers, aber er konnte keinen Blick darauf werfen. Das Leben schrumpfte auf die vielen knurrenden Gesichter vor ihm und das Schwingen seines Schwertes. Speere stürzten sich auf ihn, Orks schrien ihn an, und er schlug auf alle ein. Sein Talwar traf Hälse und Schultern, aber die Urgestalten der Dickhäuter labten sich an der Klinge und verwandelten Todesstöße in Fleischwunden. Weide und Vollkorn waren an seiner Seite und hinderten die Dickhäuter daran, seine Flanken zu erreichen. Die Barbaren waren kampferprobt und bockten in engen Bogen, dabei fegten sie mit ihren Stoßzähnen alles beiseite. Schakal wusste, auch ohne es zu sehen, dass der Keil zu einem Ring geworden war. Die Rotte war umzingelt und wehrte sich gegen das Unvermeidliche.

Ein Speer schaffte es an Schakals schützender Klinge vorbei, schrammte über seine Hüfte und blieb in seinem Sattel stecken. Er schlitzte dem Angreifer mit einem Hieb die Kehle auf, doch die Gier nach seinem Blut nahm kein Ende. Ein Krummsäbel, geschwungen von einem bulligen Kerl, schlug zu. Schakal wich dem Hieb aus, doch die Wucht des Schlags brachte ihn aus dem Gleichgewicht. Der Ork nutzte die Gelegenheit, stürzte sich auf Hauptgewinn, ließ seine Waffe fallen und packte ihn an den Hauern. Der Keiler versuchte, sich aufzubäumen, aber der Rohling hielt ihn fest, und seine Muskeln wölbten sich. Auf schreckliche, unmögliche Weise beherrschte der Ork das Schwein, während vier Speere in seine Brust und seinen Hals stießen. Schreiend, unfähig, dem Schmerz zu entkommen, begann Hauptgewinn, sich wild zu drehen, und seine Angst verlieh ihm die Kraft, sich zu befreien. Schakal kämpfte darum, nicht abgeworfen zu werden, aber der Keiler war außer sich vor Angst. Schakal hatte keine andere Wahl, als aus dem Sattel zu springen. Hauptgewinn versuchte zu fliehen. In seiner schmerzgetriebenen Wut stürmte er vorwärts, zertrampelte und durchbohrte die Orks, doch seine Kräfte ließen nach, und sie zerrten ihn zu Boden, um ihn abzuschlachten.

Weide und Vollkorn kämpften Schulter an Schulter und schirmten Schakal ab. Er stand im Zentrum des Rings und sah, dass das Ende nahe war. Kul'huuns Keiler war tot. Der Hauer kämpfte zu Fuß, blutüberströmt und mit einem Krummsäbel in jeder Hand. Er wütete mit einer Grausamkeit, die der seiner Feinde in nichts nachstand, und schrie den Orks in ihrer eigenen Sprache Beschimpfungen entgegen. Die anderen waren noch immer beritten, aber während Schakal zusah, wurde Schuhnagel von einem Speer in die Brust getroffen. Der Treffer war so heftig, dass er seinen Rücken durchschlug und ihn von seinem Keiler warf. Schakal sprang auf den Rücken des Barbaren und tötete Nagels Mörder. Doch die Dickhäuter schlugen mit neuer Wut zu. Neben Schakal stieß Honigwein einen grässlichen Schrei aus, als seine Hand von einem Krummsäbel abgehackt wurde. Greifer wurde aus dem Sattel gezerrt und verschwand inmitten der wütenden Meute. Weides Keiler wurde unter ihr getötet. Sie rollte sich weg und kämpfte weiter, wobei sie ihr totes Reittier als Barrikade nutzte.

Der Ring begann sich aufzulösen.

Schakal stieß Schreie und Flüche aus und trieb Nagels Keiler nach vorn. Er kümmerte sich nicht um seine Verteidigung und ließ zu, dass die Orks ihn umzingelten, in der Hoffnung, sie auch nur für einen Moment von seinen Brüdern abzulenken. Er spürte, wie die Schneiden der Krummsäbel und die Spitzen der Speere sein Fleisch küssten. Er verfluchte die Wunden und ritt weiter, wild entschlossen, die Grenzen von Attukhans Reliquie bis zu seinem letzten Atemzug auszutesten. Er wusste nicht, wann er aus dem Sattel geholt worden war, nur dass er sich irgendwo in der roten Welt wiederfand und zu Fuß kämpfte. Sein Talwar war zerbrochen, zerschmettert am Schädel eines Orks. Er nahm einen Speer und schlug zu, bis auch dieser zerschmettert war. Die Orks waren größer als er, stärker als er und stürzten sich auf ihn. Sie hieben und stachen auf ihn ein, warfen ihn zu Boden und schlugen mit eisernen Knöcheln auf ihn ein, doch er erhob sich und schlug, stach und stieß zurück.

Dutzende lagen zu seinen Füßen. Doch Dutzende standen vor ihm. Sie sammelten sich, geiferten in Erwartung der bevorstehenden Tötung und starrten ihn mit dunklen, animalischen Augen an. Er wappnete sich, um sie zu empfangen.

Ein gewaltiger Schrei erhob sich in den Reihen der Orks, ein einziges Wort in ihrer wilden Sprache, das Schakal nicht verstand. Alle Dickhäuter wandten sich sofort von ihm ab, hoben ihre Waffen und stürmten heulend davon. Verwirrt blickte Schakal sich um und sah Reitergruppen, die von allen Seiten auf ihn zukamen. Die Reittiere waren große Hirsche, deren Geweihe von einem fahlen, geisterhaften Licht durchdrungen waren. Auf ihren Rücken saßen Krieger mit wildem, geflochtenem Haar, das an den Seiten des Schädels bis zur Kopfhaut rasiert war. Sie schossen im Lauf Pfeile aus ihren Bogen oder spießten die Orks mit ihren hölzernen Lanzen auf. Die Reiter stießen einen gellenden Schrei aus, wenn sie töteten, aber die Hirsche, obwohl sie aus Leibeskräften rannten, waren unheimlich still.

Hinter sich hörte Schakal eine vertraute Stimme, die vor Freude aufschrie. Als er sich umdrehte, fand er seine Rotte nur einen Speerwurf entfernt, befreit von allen Feinden, inmitten der Orks, die sie getötet hatten. Es war Iltis, der lachend aufschrie und Honigwein, den er stützte, auf die Neuankömmlinge aufmerksam machte.

»Die Sprossen! Überlastete Höllen, es sind die Sprossen!«

Die Elfenrotte fiel ohne Gnade über die Dickhäuter her. Sie ritten in Zehnergruppen, schienen von überallher gleichzeitig zuzuschlagen und wurden nicht langsamer. Sie waren so schnell, dass Schakal nicht sagen konnte, wie viele es waren. Mindestens achtzig. Aber die Mischlinge, die mit ihnen ritten, waren unverkennbar.

Grasmücke und Blindschleiche waren an der Spitze eines Trupps, ihre kräftigen Keiler führten die Hirsche an. Sie stürzten sich auf die nächste zusammenhängende Gruppe von Orks und fielen über sie her. Andere Truppen stürmten heran, trieben die bald zahlenmäßig unterlegenen Dickhäuter zusammen und umzingelten sie.

Schakal lief zurück zu seiner Rotte.

Vollkorn saß immer noch auf Matschepatsch, dem einzigen überlebenden Keiler, und ritt schützend im Kreis um die anderen. Weide war auf ihren Füßen. Schakal hatte seine Erleichterung wohl nicht verbergen können, denn sie grinste müde. Iltis hatte es geschafft, Honigweins Stumpf zu verbinden, aber das Jungblut war furchtbar blass und stand kurz vor der Ohnmacht. Stummklotz hatte Greifers Leiche unter den toten Dickhäutern hervorgezogen, stand daneben und starrte sie ausdruckslos an. Als Schakal in ihre Mitte stolperte, fiel sein Blick auf Schuhnagels reglose, aufgespießte Gestalt. Er kniete nieder und legte eine Hand auf die Schulter seines gefallenen Bruders. Weide schloss sich ihm an und legte ihre Hand auf die seine.

»Kul'huun?«, fragte Schakal mit rauer Stimme.

Weide hob ihr Kinn in Richtung des Kampfgeschehens. »Ist den Orks hinterhergejagt, als sie die Elfen angegriffen haben. Er ist ein verrückter Kerl.«

Schakal versuchte zu lachen, aber es blieb ihm im Halse stecken.

»Sieht aus, als wäre Schleich bei ihnen«, sagte Weide. »Aber der andere? Ist das der alte Haudegen?«

»Das ist er.«

»Ich hätte nie gedacht, dass ich ihn einmal wiedersehen würde.«

Es dauerte nicht lange, bis es so weit war. Die Sprossen erledigten die Orks und das alte Dreiblut ritt mit ein paar Elfen heran. Grasmücke stieg ab und bahnte sich einen Weg durch das Gemetzel, nickte der Rotte zu und ließ seinen Blick etwas länger auf Vollkorn und Weide ruhen. Sie stand auf. Schakal machte sich nicht die Mühe, sich zu erheben. Grasmücke ging in die Hocke und betrachtete die Leiche zwischen ihnen, schwieg aber.

»Wie?«, fragte Schakal schließlich. »Wie hast du die Sprossen dazu gebracht, zu helfen?«

Grasmücke schüttelte seinen weißen Kopf. »Du weißt, dass ich es nicht war, Jaco.«

»Sperling.«

»Wir mussten uns während des Verrätermonds verstecken. Danach setzten wir uns langsam in Bewegung. Schleich hat uns gefunden. Er erzählte mir, dass er hinter Vollkorn hergeschickt wurde, und von all den Merkwürdigkeiten in der Brennerei. Ich dachte, der Lehmmaster würde seinen Zug machen. Es hatte sich bereits unter den Nomaden herumgesprochen, dass Orkzungen in den Geteilten Landen sind. Trotzdem musste ich diese Elfinnen an einen sicheren Ort bringen, und Sperling bestand auf Hundsfälle. Die Sprossen waren uns schon auf den Fersen, lange bevor wir überhaupt in ihr Gebiet kamen. Sie waren bereits auf der Suche nach ihr. Blindschleiche und ich waren kurz davor, aufgespießt zu werden, aber Sperling bürgte für uns. Sie sagte ihrem Volk, dass sie in einer Schuld steht. In deiner. Als Nächstes wurden die Elfinnen weggebracht und ein Haufen johlender Spitzohr-Krieger fragte, wohin wir gehen. Wir begaben uns zur Brennerei ... Danach war es nicht mehr schwer, dich zu finden. Da ist eine ganze Menge, die ich immer noch nicht verstehe, Schakal, aber ich denke, das kann warten.«

»Das kann es. Was ist mit Sperling? Haben die Sprossen sie zurückgenommen?«

Grasmückes Gesicht beantwortete die Frage vor seinen Worten. »Nein, mein Sohn. Vielleicht hätten sie es getan. Aber ... sie ist allein losgezogen.«

Schakal nickte und musste sich zusammenreißen, um

den beiden Elfen, die Honigweins Verletzung versorgten, keine finsteren Blicke zuzuwerfen.

Ein furchtbares Heulen hallte über das Schlachtfeld. Es stammte vom Ort des letzten Gefechts der Sprossen mit den Orks.

»Das ist wahrscheinlich das Werk deines Hauer-Freundes«, sagte Grasmücke, als sich fragende Blicke auf ihn richteten. »Er hat darauf bestanden, einen Ork leben zu lassen. Er zieht ihm alle Zähne. Blindschleiche und einige der Spitzohren wollten ihm gern dabei helfen. Er sagte, es würde den anderen eine Botschaft übermitteln.«

Der Schrei erklang erneut.

»Brutal. Einfach«, sagte Weide. »Könnte vielleicht funktionieren.«

Schakal war zu müde, um zuzustimmen, aber er hoffte es.

Keine Zähne.

37

Schakal bedankte sich bei dem Unyar-Boten und ging zurück zum Waisenhaus. Als er in den kühlen Schatten trat, blinzelte er sich die Sonnenflecken aus den Augen. Die Bastarde warteten gespannt.

»Und?«, fragte Iltis, der auf einem der langen, niedrigen Esstische saß, die von den Kindern benutzt wurden.

»Strava hat keine Anzeichen von Orks gesehen«, teilte Schakal allen mit.

Iltis spreizte die Hände. »Das war's. Das waren die gesamten Geteilten Lande.«

Stummklotz nickte langsam zustimmend. Blindschleiche lehnte an der Wand neben der Tür und reinigte weiter seine Fingernägel mit einem Messer, ohne etwas zu sagen.

»Willst du noch eine Patrouille machen, Schak?«, fragte Weide von ihrem üblichen Hocker aus.

Schakal antwortete nicht sofort. In der Nähe des Kamins zuckte Vollkorn mit den Schultern und überließ ihm die Entscheidung.

»Es sind schon fast zwei Wochen vergangen«, sagte Grasmücke. »Sie werden nicht kommen.«

»Sie werden immer kommen«, antwortete Schakal und starrte auf den Boden.

Iltis sackte ein wenig zusammen. »Unsere Leute können nicht ewig bei der Stoßzahnflut bleiben.«

»Einige werden es tun«, sagte Honigwein leise, der seinen bandagierten Stumpf mit der Hand umklammerte.

Lange Zeit herrschte Schweigen.

Der Einmarsch hatte nicht stattgefunden.

Schakal wusste, er musste akzeptieren, dass die Orks sich entschieden hatten, die Warnung zu beherzigen, doch sein Geist wurde von Visionen der *Duulv M'har* geplagt, die durch Ul-wundulas marschierten. Fünf *ul'usuuns* waren ausgesandt worden. Keine von ihnen schaffte es zurück nach Dhar'gest. Zirko und die Unyaren kümmerten sich um eine, Bermudo und seine Kavalleristen um eine andere, obgleich es hieß, der Hauptmann sei schwer verwundet und werde wahrscheinlich nicht überleben. Zwei der Zungen kamen durch die Alte Jungfer und gelangten bis nach Hispartha, aber das Königreich war gewarnt worden. Die Dickhäuter wurden in einen Hinterhalt gelockt und jeder Einzelne niedergeritten. Dennoch konnte Schakal sich nicht dazu durchringen, zu sagen ... zu glauben, dass sie nicht kommen würden.

»Lasst uns darüber abstimmen«, sagte Weide schließlich. »Sollen wir Teilsieg und die Schlammköpfe nach Hause holen?«

»Können wir über die Schlammköpfe getrennt abstimmen?«, schlug der Iltis scherzhaft vor.

Weide ignorierte ihn und hob ihre Hand als Ja-Stimme. Iltis hob sie ebenfalls bereitwillig, mit einem Grinsen auf seinem Axtgesicht. Honigwein hielt seine unversehrte Hand hoch. Stummklotz, immer noch unsicher über seinen neuen Platz in der Rotte, wartete ab, was Schakal tun würde. Auch Grasmücke zögerte mit der Abstimmung.

»Was sagst du dazu, alter Haudegen?«, stichelte Vollkorn, der seine Hand hob.

Der Veteran schüttelte den Kopf und lachte ein wenig selbstironisch. »Ich vergesse immer, dass ich etwas zu sagen habe.«

»Du bist wieder ein Bastard«, sagte Schakal zu ihm.

Ein Hauch von Panik erschien in den Augen des alten Dreibluts, während er nachdachte. Nach einem Moment schüttelte er schnell den Kopf. »Ich sage Nein. Zu früh.«

Ein Messer schien aus dem Tisch neben Grasmückes Hand zu sprießen. Aller Augen richteten sich auf den Mischling, der die Klinge geworfen hatte.

»Hand hoch«, sagte Blindschleiche ruhig zu Grasmücke. »Dann kannst du wieder mit ihr zusammen sein.«

»Ach, stimmt ja«, sagte Iltis und schwenkte einen Finger in Richtung Vollkorn. »Er hat ja früher deine Mutter gevögelt.«

Vollkorn löste sich von der Feuerstelle, als Grasmücke aufstand, beide mit demselben drohenden Blick. Iltis, der zwischen zwei starrenden Dreiblütern saß, fletschte verlegen die Zähne und murmelte eine Entschuldigung.

»Stimm einfach für den alten Mann, Schleich, damit das erledigt ist«, sagte Weide und versuchte, ein Lächeln zu verbergen.

Blindschleiche hob träge einen Finger.

»Fünf zu drei«, sagte Schakal. »Wer will sie nach Hause begleiten?«

Iltis sprang auf die Beine. »Ich!«

»Verdammt noch mal, du willst doch nur eine Möse!«, tadelte Augenweide.

Iltis nickte aufgeregt und klopfte Honigwein mit den Fingerknöcheln auf die Schulter. »Wir werden beide gehen!«

Schakal sah, wie der jüngere Halb-Ork seinen Stumpf unter dem Tisch versteckte und niemanden ansah.

»Reite mit mir«, drängte Iltis, setzte sich neben ihn und beugte sich vor. »Die Keiler, die uns die Hauer gegeben haben, sind temperamentvoll. In ein paar Tagen könnten wir an der Suhle sein. Und ich wette, Cissy würde es gefallen, zwischen uns aufgespießt zu werden.«

»Ich würde dich nur aufhalten«, protestierte Honigwein.

Mit sichtlicher Anstrengung gelang es Iltis, keinen Witz zu machen. »Keilerscheiße.«

»Du musst wieder in den Sattel steigen«, sagte Weide.

»Es gibt reichlich einhändige Reiter, mein Sohn«, sagte Grasmücke.

Schakal bemerkte, dass Honigwein ihn ansah. »Was schaust du mich an? Geh, wenn du willst. Oder nicht. Deine Entscheidung.«

»Ich dachte nur ...«

»Wir haben noch keinen neuen Chef gewählt, Honigwein«, erinnerte Schakal ihn.

»Das muss aber gemacht werden«, sagte Vollkorn mit Nachdruck.

Schakal wechselte einen Blick mit Grasmücke.

»Wir sollten eine Abstimmung nicht überstürzen«, sagte das alte Dreiblut. »Das kann warten, bis eure ... unsere Leute zurückkommen.«

Die meisten Rottenmitglieder ließen es dabei bewenden, aber Schakal spürte, wie Augenweide und Vollkorn ihn musterten, während Blindschleiche Grasmücke einen passiven, aber starren Blick zuwarf.

Iltis ritt mit Honigwein los, sobald ihre Ausrüstung beisammen war. Honigwein saß anfangs unsicher im Sattel, hatte sich aber bereits daran gewöhnt, noch ehe er außer Sichtweite war.

Teilsieg war seit der Zeit vor dem Verrätermond unbeaufsichtigt geblieben. Die Häuser mussten ausgefegt und das Ungeziefer verjagt werden, bevor die Dorfbewohner zurückkehrten, aber das konnte einen Tag warten. Für den Moment wollte die Rotte sich lediglich etwas entspannen. Blindschleiche ging auf die Jagd, während Stummklotz, der es nicht gewohnt war, in einem Bett zu schlafen, laut auf dem Boden des Waisenhauses schnarchte.

»So viel Lärm habe ich noch nie von ihm gehört«, sagte Weide leise, als Vollkorn, Schakal und sie sich hinausschlichen, um Wein zu besorgen. Die Böttcherei nebenan hatte genug Auswahl und sie saßen auf dem Dach und reichten die Flasche eine Weile schweigend herum.

»Willst du uns nicht sagen, warum du die Abstimmung über den Häuptling hinauszögerst?«, fragte Vollkorn schließlich und reichte den Wein nach links, damit Weide einen Schluck nehmen konnte.

»Ich zögere sie nicht hinaus«, sagte Schakal und wartete darauf, dass die Flasche in seine Richtung kam.

»Keilerscheiße«, sagte Weide und lächelte, als sie ihm die Flasche übergab. Schakal spürte, wie ihre Finger von seinen abglitten, und war sich nur allzu bewusst, dass ihre Schenkel sich berührten.

»Nach allem, was passiert ist? Mit dem Lehmmaster? Glaubt ihr zwei, dass ein Häuptling das ist, was diese Rotte braucht?«

»Ja«, antwortete Vollkorn, ohne nachzudenken.

Aber Weide dachte über die Frage nach. »Die Leute von Teilsieg werden einen brauchen, Schak. Die Brennerei ist weg. Sie werden sich nicht mehr sicher fühlen. Diejenigen, die zurückkehren, brauchen einen Anführer, sonst werden sie nicht bleiben. Außerdem, was werden die anderen Rotten denken, wenn die Grauen Bastarde keinen Anführer haben?«

»Keine Ahnung«, sagte Schakal und trank.

Weide schnappte ihm die Flasche weg, bevor er einen weiteren Zug nehmen konnte, und weigerte sich dann, sie Vollkorn auszuhändigen. Es entbrannte ein Zerrspiel, bei dem Weide ihre Beute verteidigte, während sie von beiden Seiten angegriffen wurde. Sosehr sie sich auch bemühten, Schakal und Vollkorn konnten ihr die Flasche nicht aus den Fingern reißen. Schließlich überließ sie Vollkorn den Sieg. Er trank die Flasche mit einem langen Schluck leer, während Schakal und Weide ihn anmaulten. Vom Wein berauscht, sah Schakal zu, wie Weide auf ihrer Unterlippe kaute und versuchte, nicht zu reden. Aber die Worte bildeten sich auf ihrer Zunge und ließen sich nicht zurückhalten.

Sie kamen mit einem betrunkenen Kichern heraus. »Grasmücke und Beryl werden so hart ficken, wenn sie zurückkommt.«

Vollkorn spuckte vom Dach.

Schakal brach in Gelächter aus. »Oh, verdammt! Das ist wahr! Erinnerst du dich an den Lärm, den sie gemacht haben?«

Weinend und zitternd vor Lachen nickte Weide nachdrücklich.

»Scheiß auf euch beide«, beschwerte sich Vollkorn, dessen Bart voller roter Tropfen war. »Ich schubse euch runter.«

Weide hatte Mühe zu atmen. »Erinnerst du dich noch an Grasmücke? Wenn er zum Ende kam?«

Schakal fing an, einen sterbenden Bären zu imitieren. Weide zeigte auf ihn und taumelte rücklings gegen Vollkorn, der ein immer breiter werdendes Grinsen unterdrückte.

»Verdammt«, sagte das Dreiblut. »Ich werde mit Matschepatsch auf eine wirklich lange Patrouille reiten, wenn sie zurückkommen.«

Bald lachten die drei so sehr, dass Stummklotz aus seinem Schlummer erwachte, aus dem Waisenhaus auftauchte und sie wütend anfunkelte.

»Komm zu uns!«, sagte Schakal und lud den stummen Mischling mit einer Armbewegung ein.

»Wir haben keinen Wein mehr«, sagte Weide.

»Ich hole noch welchen«, meldete sich Schakal freiwillig und machte sich auf den Weg nach unten.

Er durchstöberte gerade einen der Keller der Winzer, als Grasmücke ihn fand. Schakal hörte, wie das alte Dreiblut die Leiter herunterstieg, drehte sich um und hielt eine Flasche hoch, die er fragend schwenkte. Grasmücke lehnte mit einer Handbewegung ab und stützte sich auf eine der unteren Sprossen. Sie sahen sich einen Moment lang an, ohne ein Wort zu sagen. Schließlich holte Grasmücke tief Luft.

»Die Rotte fängt an zu denken, dass es einen Wettbewerb zwischen uns um den Häuptlingssitz geben wird«, sagte er.

»Wird es nicht«, antwortete Schakal schlicht.

»Ich weiß«, sagte Grasmücke. »Bist du dir immer noch sicher?«

»Das könnte ich dich auch fragen.«

»Und ich würde Nein sagen, wenn ich ehrlich bin. Außerdem ist nichts davon sicher.«

»Es ist die beste Entscheidung für die Rotte, alter Haudegen.«

»Sie denken vielleicht anders.«

»Das werden sie nicht. Du wirst sehen. Wenn du jetzt bitte deinen Hintern von der Leiter nehmen würdest, diese Flaschen werden dringend gebraucht.«

Grasmücke ging grinsend aus dem Weg.

Schakal setzte einen Fuß auf die unterste Sprosse. »Du bist herzlich eingeladen, dich uns anzuschließen. Natürlich solltest du nicht zu viel zechen. Schone deine Kräfte.«

»Wofür?«, fragte Grasmücke stirnrunzelnd.

Lächelnd kletterte Schakal die Leiter hinauf und imitierte den sterbenden Bären.

In dieser Nacht legte er sich mit einem angenehmen Brummen im Kopf auf das Feldbett, das er im Laubengang des Waisenhauses aufgestellt hatte. Die Luft war heiß und durchdrungen vom ständigen Gesang der Zikaden. Er schlief unruhig, der Wein konnte die Träume von Orks auf dem Vormarsch nicht vertreiben. Er wurde von einem angenehmeren Traum geweckt, von dem er jedoch fürchtete, dass er wahr werden würde. Und er fürchtete, dass es nicht so sein würde.

Augenweide kroch auf ihn, nur mit Schweigen bekleidet. Ihre glatte Haut war kühl verglichen mit der Hitze der Nacht. Ihr Gewicht reichte, damit er hart wurde, und er glitt in sie hinein, bevor er sich dessen bewusst war. Ihr Mund fand den seinen, ihre Zungen träge und suchend. Es war peinlich schnell und glückselig vorbei. Sie biss in seinen Nacken und grinste, während er weiterpulsierte. Sie lagen zusammen, und Schakal genoss die leichte Brise, die den Schweiß zwischen ihren Körpern kühlte.

»Ich war es leid, auf dich zu warten«, flüsterte sie.

»War mir nicht sicher. Das letzte Mal war …«

»Ich weiß«, sagte sie und erteilte ihm die Absolution. »Ich wusste es auch nicht. Die meisten Nächte waren wir auf Patrouille. Und als wir hier waren, schien es nicht richtig zu sein, Honigwein zu verletzen. Es wäre, als würde man ihm den Lümmel noch zusätzlich zu der Hand abschneiden, wenn er es herausfände.«

»Und Vollkorn?«, fügte Schakal hinzu. »Keine Ahnung, was er tun würde.«

»Nichts«, lachte Weide. »Wer, glaubst du, hat mich angestachelt, hierherzukommen?«

Schakal drehte sich zu ihr um und sah nicht viel mehr als die Linie ihres exquisiten Kiefers und das funkelnde Mondlicht in ihren Augen. »Du machst Witze.«

»Mache ich nicht. Er sagte, ich wäre ein Hasenfuß, wenn ich es nicht versuchen würde.«

»Das funktioniert immer noch? Das hat er auch gesagt, als wir Kinder waren, um dich dazu zu bringen, auf Grenzlord zu reiten.«

»Oh, ich erinnere mich. Ich erinnere mich auch an das gebrochene Schlüsselbein.«

Schakal lächelte in die Nacht hinein, die schönen Gedanken an die Vergangenheit führten ihn in die unbekannte Zukunft. Er ließ seine Finger sanft über Augenweides Rücken gleiten. Die Bewegung, die Zuneigung kam natürlicher, als ihm bewusst war. Er versuchte, nur an den Augenblick zu denken, in der Gegenwart der Brise und der Zikaden zu leben und das Gefühl der Berührung von Weides Bauch an seinem zu spüren. Er versuchte, nicht daran zu denken, dass dies alles bald enden musste.

»Du darfst nicht grübeln«, schimpfte Weide und richtete sich auf.

»Was darf ich dann?«

Sie zuckte mit den Schultern. »Schlafen. Aber du bist ein Hasenfuß, wenn du das tust.« Sie drehte ihre Hüften auf eine wunderbar quälende Weise.

Schakal setzte sich auf und küsste sie stürmisch, ihre Arme verschränkten sich ineinander. Er rollte sie unter sich und widmete sich der Aufgabe, nicht zu schlafen.

Es dauerte weitere zwölf Tage, bis Iltis und Honigwein mit den Bewohnern von Teilsieg zurückkehrten. Schakal und Weide verbrachten die meiste Zeit damit, sich davonzuschleichen und doch niemanden zu täuschen. Als Iltis vor der Hauptgruppe ankam, war ihre Zeit vorbei, und sie wussten es beide. Augenweide zog Schakal in ein leeres Haus, und sie opferten alles, was ihnen in letzter Zeit so vertraut geworden war, in einer letzten verzweifelten Vereinigung. Sie kamen gerade noch vor den müden Leuten wieder heraus. Die Keiler trugen einige der Schlammköpfe und die Esel einige der Dorfbewohner, aber die meisten waren zu Fuß unterwegs. Sie strömten mit wunden Füßen in ihr Dorf und die Rotte ging ihnen entgegen.

Es kehrten weniger Dorfbewohner zurück, als Schakal gehofft hatte, aber sie verloren auch weniger Schlammköpfe, als er erwartet hatte. Nur vier der Anwärter hatten sich dazu entschieden, ihre Tauglichkeit für die Stoßzahnflut zu testen. Biro war einer von ihnen. Schakal konnte es dem Jungen nicht verübeln. Die Grauen Bastarde waren nicht mehr die Rotte, die sie einmal gewesen waren. Cissy kehrte zurück – sehr zu Iltis' Zufriedenheit – ebenso wie Distel, und beide halfen, die Herde der Waisen zu hüten, die hellauf begeistert zu ihrem Zuhause zurücklief. Beryl ging hinter dieser kreischenden Schar und führte ein einzelnes, breitbeinig laufendes Kind an der Hand.

»Ich danke allen Göttern, die ich nicht nennen kann«, sagte Vollkorn, als er Schlauberger lebend sah.

Schakal seufzte zustimmend. Als sie die staubige Allee entlang zu Beryl gingen, sahen sie, dass das kleine Dreiblut bereits Verbände trug, um sein Leiden zu verbergen.

»Die meisten anderen Kinder wollen nicht mehr mit ihm spielen«, gestand Beryl leise, während sie die beiden umarmte.

Schakal warf Vollkorn einen wissenden Blick zu. »Nun, wer braucht die schon, wenn man ...«

»Bären und Berge!«, brüllte Vollkorn, bückte sich, hob Schlauberger in die Luft und setzte ihn rittlings auf seine massigen Schultern. Die beiden Dreiblüter gingen zusammen weg, wobei der Kleine aus dem tiefsten Winkel seines runden Bauches kicherte, während der Große hüpfte und brüllte.

Beryl schaute ihnen beim Spielen zu, ein kleines, zittriges Lächeln auf dem Gesicht. »Er hat Schmerzen, Schakal. Man sieht es ihm nicht an, wenn man sein fröhliches Gesicht betrachtet, aber es ist so.«

»Du brauchst etwas Ruhe«, sagte Schakal zu ihr. »Aber ich sollte dich warnen, es ist jemand hier, der dich sehen will.«

»Honigwein hat es mir gesagt«, sagte Beryl, deren Gesicht von einer Vielzahl kontrollierter Emotionen zeugte. »Wo ist er?«

»Wartet am Brunnen des Hufschmieds. Wenn du lieber warten möchtest, kann ich ihm sagen, dass es später besser wäre.«

Beryl schüttelte den Kopf. »Nein. Warten ist keine große Tugend.«

Schakal hatte noch nie eine Königin gesehen – und selbst wenn, wüsste er es nicht –, aber wenn sie weniger Stärke an den Tag legten als die Halbblutmatrone, die davonging, waren sie keines königlichen Titels würdig.

Es gab keinen Grund mehr, es aufzuschieben. Schakal verkündete, dass sich die Rotte nach Sonnenuntergang in der Böttcherei treffen würde; einem der vielen Läden, die leer standen, weil die Besitzer nicht zurückkehren wollten.

Auf Fässern sitzend und auf halb fertigen Särgen liegend, warteten die Mischlinge, bis alle da waren. Iltis war der Nachzügler, der immer noch außer Atem war und seine Hosen schnürte. Nach etwas gutmütigem Spott und Kopfschütteln setzten sich alle und auf den Gesichtern war die Bedeutung des Treffens abzulesen. Es gab keinen Tisch, keine Wahläxte, keinen Stumpf, keinen Häuptlingssitz. Nur acht eingeschworene Brüder, die in einer Gruppe zusammensaßen. Schakal hatte sich auf eine Werkbank gesetzt, nicht auffälliger als die anderen, und doch waren aller Augen auf ihn gerichtet.

Er akzeptierte, dass er wohl zuerst sprechen musste. »Wir sind hier, um einen neuen Anführer zu wählen«, sagte er. »Wahrscheinlich wissen die meisten von euch, wen sie an der Spitze dieser Rotte sehen wollen. Ich weiß, dass meine Meinung feststeht. Aber bevor wir abstimmen, gibt es einige Dinge, die ihr hören solltet.«

Schakal sah Grasmücke an und die Aufmerksamkeit im Raum verlagerte sich.

Das alte Dreiblut holte tief Luft und blieb sitzen, während er sprach.

»Ich habe diese Rotte mitbegründet. Zur Hölle, in gewisser Weise habe ich sie alle mitbegründet. Ich erinnere mich an den Tag, an dem wir den ersten Stein der Brennerei legten. Ich folgte unserem Häuptling jahrelang treu, bis ich zu sehen begann, was aus ihm geworden war. Nach einiger Zeit wollte ich die Grauen Bastarde anführen, ich hielt es für meine Pflicht. Das tue ich noch immer.« Grasmücke hielt einen Moment lang inne, schien sich in seinen Gedanken zu verlieren. Er fuhr sich mit einer Hand durch sein dichtes weißes Haar. »Keiner von euch kennt mich wirklich, außer Blindschleiche, aber ich kämpfe schon länger für die Rettung dieser Rotte, als einige von euch leben. Es war eine verdammte Torheit, es zu versuchen. Ein einzelner Mischling kann es nicht schaffen. Eine Rotte muss als Rotte überleben. Die Grauen Bastarde sind noch lange nicht gerettet, auch wenn wir vom Wahnsinn des Lehmmasters befreit worden sind. Ich bin stolz darauf, wieder dort zu sein, wo ich hingehöre, wo mein Herz immer war. Ich könnte diese Rotte anführen. Ich könnte es, und zwar gut. Aber es gibt eine andere Aufgabe für mich. Eine viel wichtigere. Ein Mischling kann keine Rotte retten, aber ein Mischling kann ein Kind retten.«

Stille herrschte im Raum.

»Ich bringe Schlauberger nach Hundsfälle«, fuhr Grasmücke mit einem kleinen, hoffnungsvollen Lächeln fort. »Die Sprossen haben zugestimmt, ihm zu helfen und ihn von dieser verdammten Seuche zu befreien. Ich weiß einen Keilerscheißdreck über Zauberei, aber die Elfen kennen sich damit aus. Sie glauben, dass sie ihn mit der Zeit heilen können. Wenn nicht, haben sie mir versichert, dass sie das tun können, was dieser Schwafelkopf getan hat, und die Seuche zum Abwandern zwingen.«

»In dich?«, fragte Honigwein.

Grasmücke nickte. »Sie vermuten, dass sie von einem Dreiblut in ein anderes wechseln kann. Es hat etwas damit zu tun, wie der Tyrkanier ... sie hergestellt hat.«

»Dann sollte ich derjenige sein, der geht«, beharrte Vollkorn. »Der Hinterlader wollte sie in mich reinstecken. Hör auf zu lachen, Iltis!«

»Du kannst nicht gehen, Vollkorn«, sagte Schakal. »Grasmücke spricht die Sprache der Sprossen. Du nicht.«

»Das erklärt immer noch nicht, warum er Hundsfälle betreten durfte«, sagte Honigwein. »Die Sprossen sind dafür bekannt, dass sie so gut wie nie andere Elfen in ihr Land lassen, erst recht nicht zwei Halb-Orks.«

»Wir verstehen weniger von ihrer Lebensweise, als wir denken«, sagte Grasmücke. »Sie haben die Elfinnen aufgenommen, die ich aus dem Sumpf geholt habe, und nicht eine von ihnen war eine Sprosse. Ich denke, sie vertrauen mir in gewisser Weise. Selbst wenn sie es nicht tun, vermute ich, dass sie wissen, wie wichtig die Seuche immer noch für den Schutz der Geteilten Lande ist. Vielleicht nutzen sie mich auch nur aus. Wie auch immer, sie haben zugestimmt, dass wir drei in ihrer Schlucht leben dürfen.«

Iltis' Stirn legte sich in Falten. »Drei?«

Grasmücke sah Vollkorn an. »Das ist der andere Grund, warum du nicht gehen kannst, Idris. Deine Mutter würde dir nie erlauben, diese Krankheit auf dich zu nehmen.«

»Beryl geht mit dir?«, fragte Augenweide mit einem irritierten Lächeln.

»Glaubst du, sie würde sich von dem Jungen trennen?«, erwiderte Grasmücke.

Honigwein sah Schakal an. »Wie? Wie hast du sie dazu gebracht, dem zuzustimmen?«

»Es brauchte nicht viel Überzeugungskraft«, gab Schakal zu. »Grasmücke hat recht. Die Sprossen wissen um die Bedeutung der Seuche. Sie ist gefährlich. Und nützlich. Wir haben Glück, dass die Orks den Einmarsch nicht durchgezogen haben. Wenn sie das getan hätten, hätten wir sie nicht aufhalten können. Bis Ul-wundulas stärker und geeinter ist, ist die Seuche notwendig. Wir haben den Sprossen auch etwas gegeben, das sie wollten. Rache an denen, die die Elfen-Sklaven an den Schlammmann lieferten. Sancho und der Moortrotter sind tot. Aber einer ist noch am Leben: Hauptmann Ignacio. Grasmücke erzählte den Sprossen von ihm. Sie waren begierig, ihn zu verfolgen. Wahrscheinlich sieht er Hundsfälle in diesem Moment, aber er wird nicht lebendig davonkommen.«

Grasmücke blies seine Backen auf. »So sieht es aus, Jungs ... und Weide. Ich kann die Grauen Bastarde nicht anführen, sosehr ich es auch möchte, aber ich wäre dankbar, wenn ich weiterhin auf die Rotte eingeschworen bleiben dürfte.«

»Stimmt ab«, bellte Vollkorn. »Hände hoch, dass der alte Mann sich Bastard nennen darf, während er im Umbragebirge schmachtet!«

Jede Hand ging hoch.

»Verdammt, alter Haudegen«, stichelte Augenweide, »du hättest sowieso nur Schleichs Stimme gehabt.«

»Nein«, sagte Iltis leichthin. »Ich wollte für ihn werfen. Tut mir leid, Schak. Wenn du Vollkorns Mutter gevögelt hättest ...«

Ein leerer Eimer wurde über Iltis' Kopf gestülpt und Vollkorn trommelte kräftig auf die Seiten.

Als das schallende Gelächter seinen Höhepunkt erreichte, schrie Vollkorn vergnügt über den Lärm hinweg:

»Schakal als Häuptling! Hebt die Hände!«

Es gab einen Aufschrei der Zustimmung und alle Arme fuhren in die Luft bis auf Grasmückes, der Schakal fest anschaute. Weide bemerkte diesen Blick vor allen anderen.

»Ich gehe fort«, sagte Schakal und sah ihr in die Augen.

Die Rotte, die seine Worte hörte, wurde still.

Vollkorns Lächeln verschwand. »Wie bitte?«

»Ich gehe fort«, wiederholte Schakal, lauter. »Ich kann nicht Häuptling sein.«

»Scheiße, natürlich kannst du«, erklärte Vollkorn.

Weide war schrecklich still.

Schakal ließ seinen Blick über die Grauen Bastarde schweifen. »Diese Rotte hat einen langen Ritt vor sich. Wenn ich bei euch bin und euch führe, werden wir nicht überleben. Hispartha will meinen Kopf. Bermudo hat bereits mächtige Adlige über mich informiert, und das war, bevor ich aus dem Kastell geflohen bin und ihren Zauberer getötet habe. Als Nomade haben sie wenig Hoffnung, mich zu finden.«

»Du läufst also weg, um deine Haut zu retten?«

Das war Weide, mit zusammengebissenen Zähnen.

»Um dieser Rotte zu helfen«, antwortete Schakal. »Ihr werdet Hisparthas Hilfe brauchen, um eine Festung zu errichten. Mit mir in euren Reihen werden sie nie mit euch verhandeln. Und es sind nicht nur die Blaublüter im Norden, die mit mir eine Rechnung offen haben. Brüder, ich weiß nicht, was Zirko mir wirklich angetan hat, aber ich kann euch sagen, dass sein Einfluss real ist. Ich bin einen Handel eingegangen, freiwillig, und er hat mir mehr als einmal das Leben gerettet. Ich kann mich meinem Versprechen, Strava zu verteidigen, nicht entziehen. Der Verrätermond wird mich dort finden, bis ich tot bin, so viel ist bewiesen. Aber es geht noch weiter. Zirko könnte mehr von mir verlangen, und wenn er das tut, habe ich keine andere Wahl. Ihr braucht keinen Häuptling, der den Launen eines Priesters unterworfen ist.

Aber das Wichtigste: Ich kann nicht bleiben, weil ich Schlitzohr finden muss. Solange er am Leben ist, sind wir nicht sicher. Die Geteilten Lande sind nicht sicher. Ich will nicht, dass wir alles, was wir verloren haben, wiederaufbauen, nur damit er zurückkommt und alles niederreißt. Er kam zu uns, und der Lehmmaster hieß ihn willkommen, brachte ihn in unsere Mitte, und wir ließen es zu ... ich ließ es zu. Ich ritt mit ihm, kämpfte mit ihm, betrachtete ihn sogar als Freund. Aber jemand unter uns sah den Zauberer von Anfang an als das, was er war, und warnte mich vor ihm. Jemand unter uns stellte das Leben der Rotte über alle anderen Loyalitäten. Das ist der Häuptling, den ihr braucht. Dafür erhebe ich jetzt meine Hand.«

Schakal stand auf und hob seine Hand.

»Augenweide.«

Sie sah scharf zu ihm auf und dachte einen Moment lang, er würde sich über sie lustig machen, doch dann sah sie die sture Entschlossenheit, mit der er sie ansah, und saß ganz still.

»Du bist die beste Schützin in der Rotte«, sagte er zu ihr, ohne auf die Reaktionen der anderen zu achten oder sich darum zu kümmern. »Du bist die härteste Kämpferin, die wir haben. Furchtlos. Kühn. Furchterregend. Die Sprossen wissen, dass du ihr Blut trägst. Unser Bündnis mit ihnen wird sich festigen, wenn sie sehen, dass deine Existenz sie nicht besudelt, sondern ehrt. Und sie *werden* es sehen, weil du es ihnen zeigen wirst, als Häuptling. Du lässt dich weder von Zauberern bezirzen noch von Hispartha einschüchtern. Du würdest jedem Adligen, der es wagt, dich herauszufordern, einen Bolzen ins Auge jagen, so wie du es an dem Tag getan hast, an dem du diesen Cavalero getötet hast. Soll Hispartha mich doch für dieses Verbrechen jagen, während die wahre Bedrohung stärker wird und sie diese Rotte unter ihrer Führung vom Abgrund wegholt.

Graue Bastarde, ich rufe zur Abstimmung auf! Augenweide als unser Häuptling!«

Weide sah über ihn hinweg und lächelte schief. »Ihre Hände waren schon in der Luft, Schak.«

Als Schakal sich umdrehte, stellte er fest, dass sie recht hatte.

»Meine war direkt nach deiner oben, Bruder«, sagte Vollkorn.

Weide stand auf und betrachtete ihre Rotte. »Werdet ihr Dummköpfe tun, was ich sage?«

»Oh ja«, sagte Iltis und seine Augen wurden glasig. »Alles. Wenn du mir sagst, dass ich deine Möse lecken soll, werde ich dir dienen, ohne zu fragen.«

»Wenn ich das brauche, frage ich Cissy«, gab Weide zurück. »Sie hat mir gesagt, dass du darin hoffnungslos bist.«

Gelächter dröhnte durch die Böttcherwerkstatt und Iltis schmollte.

»Also«, wandte sich Schakal an Weide, als sich alles beruhigt hatte, »habe ich deine Erlaubnis, allein zu reiten und mich trotzdem Grauer Bastard zu nennen?«

Augenweide kniff die Augen zusammen. »Nein.«

Die Stille war erdrückend und Schakal senkte den Blick.

»Das wird niemand von euch tun«, erklärte Weide. »Die Grauen Bastarde waren die Rotte des Lehmmasters. Das müssen wir hinter uns lassen.« Sie sah Schakal und Grasmücke an. »Zu Ehren der beiden Bastarde, die unseren Gründer herausgefordert haben und selbst in der Niederlage der Rotte treu geblieben sind, sage ich, dass wir das werden, was sie immer geblieben sind. Wahre Bastarde.«

Schakal warf Grasmücke einen Blick zu.

»Das ist ein guter Name«, sagte das alte Dreiblut und räusperte sich gegen die aufsteigenden Emotionen.

Weide legte ihnen jeweils eine Hand auf die Schulter. »Und diese beiden werden, egal wohin sie gehen, für immer Mitglieder unserer Rotte sein. Brüder, wenn ihr dagegen seid, stecht ein Messer in den Tisch.«

Niemand rührte sich.

Weide zwinkerte Schakal zu. »Da hast du deine Antwort.«

»Danke.«

»Wann wirst du gehen?«, fragte sie mit ruhiger Stimme.

»Im Morgengrauen.«

Die Wahren Bastarde verbrachten die Nacht mit den Bewohnern von Teilsieg und feierten. Schließlich war der letzte Krug geleert, die letzten Klänge von Gesang und Gelächter waren verklungen. Schakal begab sich an seinen üblichen Platz und lag dort schlaflos, bis der Himmel sich aufzuhellen begann. Es war ein wenig einladender Anblick.

Sie war nicht zu ihm gekommen, und er nicht zu ihr, obwohl er in jedem langen Augenblick gegen den Drang ankämpfte. Unwillig, tatenlos abzuwarten, wie der bevorstehende Schmerz des Tages weiterwuchs, stand Schakal auf und packte seine Sachen. Das Dorf schlief, während er seine heimlichen Vorbereitungen traf. Als er zu den Ställen ging, sah er einen offenen Wagen auf sich zukommen, der von der massigen, grunzenden Gestalt Riesenpockes, dem Keiler des Lehmmasters, gezogen wurde. Grasmücke und Beryl saßen auf dem Sitz. Das alte Dreiblut zog die Zügel an, damit der Keiler stehen blieb, als Schakal sich näherte. Er spähte über die Seite und fand Schlauberger schlafend auf einer Palette inmitten der Vorräte.

»Ihr verschwindet, bevor die anderen wach sind?«, sagte er leise.

»Du auch«, sagte Beryl mit einem Hauch von Tadel.

Schakal lächelte sie an und sah zu Grasmücke. »Nimmst du nicht Gemeiner Alter Mann?«

»Ich habe ihn für dich zurückgelassen«, sagte das alte Dreiblut. »So ein Keiler ist in einer Schlucht eingesperrt verschwendet. Außerdem werden mich die Spitzohren wohl bald dazu zwingen, einen Hirsch zu reiten. Dieser Keiler ist für das Nomadenleben geboren. Er wird dir gute Dienste leisten, wohin du auch gehst.«

»Ich werde mich gut um ihn kümmern«, sagte Schakal. »Und danke.«

Beryl beugte sich zu ihm hinunter, küsste ihn einmal und gab ihm einen liebevollen Klaps auf sein Gesicht, als sie sich zurückzog. »Wir haben es nicht ganz ungesehen hinausgeschafft. Zwei von ihnen lauern dir in den Ställen auf.«

Schakal lächelte und fühlte sein Herz flattern.

Der Wagen fuhr bereits wieder die Allee hinunter.

Vollkorn saß bereits rittlings auf Matschepatsch, als Schakal die Ställe betrat. Es dauerte einen Moment, bis er begriff, dass Beryl diese beiden meinte. Er versuchte, seine Enttäuschung zu verbergen, aber Vollkorn bemerkte es trotzdem.

»Sie hat es nicht so mit Abschieden, Bruder.«

»Das stimmt wohl«, stimmte Schakal zu und zog das Geschirr von Gemeiner Alter Mann von einem Pflock.

»Außerdem hat sie gesagt, dass sie nicht sehen will, wenn wir uns verabschieden, weil das zu rührselig ist.«

Schakal brummte ein Lachen. Vollkorn wartete schweigend, bis Schak seinen Keiler gesattelt hatte. Endlich saß er auf und war bereit, aber er wendete sein Reittier nicht in Richtung der Stalltüren. Stattdessen sah er Vollkorn an.

»Du solltest hierbleiben«, sagte er.

Vollkorn runzelte die Stirn. »Ich leiste dir nur Gesellschaft bis zur Grenze unseres Gebiets.«

»Wenn du zu weit reitest, wirst du nicht mehr zurückkommen.«

»Ich weiß«, gab Vollkorn zu. »Hast mich ganz schön in die Enge getrieben, du gerissenes Stück Scheiße.«

»Sie wird dich an ihrer Seite brauchen, Vollkorn.«

Das Dreiblut nickte einmal. »Dann werde ich dort sein. Bis du zurückkommst.«

Schakal trieb seinen Keiler neben Matschepatsch, beugte sich aus dem Sattel hinüber und umarmte seinen Freund. Als sie sich voneinander lösten, sahen sie sich einen Moment lang an.

»Verdammt«, stöhnte Vollkorn, »sie hatte recht.«

Schakal lachte und klopfte dem Dreiblut auf die Schulter. »Wir sehen uns beim Verrätermond.«

»Scheiß drauf! Ich überlasse es jemand anders dir dabei zuzusehen, wie du von den Watschlern angebetet wirst, du Arm von Schwanz-in-Hand.«

Kopfschüttelnd wandte Schakal sich ab und trieb seinen Keiler aus den Ställen. Als er in gesundem Trab die Allee hinunterritt, sah er Augenweide auf dem Dach des Küferladens stehen. Er hielt nicht inne, denn er wusste, dass er sonst nicht mehr fortkommen würde. Ihre Stimme rief zu ihm hinunter, als er vorbeiritt:

»Bring mir den Kopf eines Zauberers aus Tyrkanien!«

Er winkte. »Jawohl, Häuptling!«

Er ließ Teilsieg hinter sich und ritt nach Osten. Der Gang von Gemeiner Alter Mann war gleichmäßig und stark. Er hatte nicht Heimeligs rohe Geschwindigkeit, aber sein Körperumfang fühlte sich solide an, ein tiefer Brunnen der Ausdauer. Die Sonne kletterte höher und die Hitze Ul-wundulas stieg mit dem Staub an, den die Hufe des Barbaren aufwirbelten. Mit jedem Schritt entfernte sich Schakals Heimat mehr und mehr.

Die unberittene Oberfläche der Welt lag vor ihm.

Danksagungen

Dieses Buch ist ein noch größerer Mischling, als seine Hauptfiguren es sind. Inspiriert wurde es von Sons of Anarchy, Mittelerde, Spaghetti-Western und der Geschichte der spanischen Reconquista-Ära. Das macht Kurt Sutter, J.R.R. Tolkien, Sergio Leone und El Cid zu den geliebten Paten der Bastarde. Ich hoffe, dass Fans eines oder all dieser Männer die Huldigungen und Anspielungen in dieser Chimäre der Fantasie genießen werden und dass alle, die schon einmal mit den Bastarden geritten sind, dazu bewegt werden, mehr Zeit mit ihren illustren Vorfahren zu verbringen. Nur die Zeit und die Lesenden werden entscheiden, ob aus diesen Inspirationen ein liebenswertes Mischlingskind oder eine monströse Abscheulichkeit entstanden ist. Ich hoffe jedenfalls, dass es Ersteres ist.

Der Weg der Bastarde in die Welt war komplex. Einige wenige werden sich an die Tage erinnern, als das Buch im Selbstverlag erschien. Diesen wenigen möchte ich meine große Dankbarkeit aussprechen, insbesondere Thomas J.C. dafür, dass er ein Fan wurde und mich in die Facebook-Gruppe Grimdark Readers & Writers einlud. Dort entdeckte ich das SPFBO, das von Mark Lawrence veranstaltet wird. Hätten meine Mischlinge nicht an diesem Wettbewerb teilgenommen, gäbe es ihre Geschichte zwar, aber ihre Reichweite wäre nicht die, die sie heute ist.

Ich kann Herrn Lawrence nicht genug danken, denn das würde schwach, oder schlimmer noch, übertrieben klingen. Aber ich muss es versuchen. Der SPFBO ist ein Wendepunkt, für einige wird er das Leben verändern. Ich bin der festen Überzeugung, dass die positiven Auswirkungen des Wettbewerbs nur deshalb bestehen, weil er eine Erweiterung des offenen Geistes und des großzügigen Herzens dessen ist, der ihn erfunden hat. Du bist ein verdammt guter Mann, Mark, und wenn wir uns jemals persönlich treffen, wird es wahrscheinlich ein bisschen rührselig werden.

Ein anderer, dem eine erdrückende Umarmung droht, ist Julian Pavia, ein Redakteur, der eine E-Mail geschickt hat, von der ich dachte, sie sei gefälscht; diese Überzeugung zerstreute sich erst, als die weibliche Roboterstimme meiner Anrufer-ID zwischen den Klingelzeichen verkündete: »Anruf von: Penguin, Random.« Ich werde wahrscheinlich nie erfahren, wie sehr er sich für dieses Buch starkgemacht hat, aber ich kann mir vorstellen, dass er viel hineingelegt hat. Sein Feedback war mehr als brillant und das Buch ist dadurch besser geworden. Ich bin ihm mehr als dankbar für sein Engagement, vor allem dafür, dass er den Kontakt mit ...

Cameron McClure herstellte, einer Agentin, die Burgess Meredith als Mann in der Ringecke in den Schatten stellt. Früher hat es mich geschüttelt, wenn ich die Danksagungen von Autoren gelesen habe, die die unendlichen Tugenden ihrer Agenten gepriesen haben, aber ich habe Kool-Aid getrunken und bin jetzt bekehrt. Ich kann mir nicht mehr vorstellen, wie ich das jemals ohne sie geschafft hätte.

Wenn es eine echte Rotte in meinem Leben gibt, dann sind es meine Testleser. Sie haben sich wieder einmal der Herausforderung gestellt, diese Geschichte unter die Lupe zu nehmen. Dieses Mal haben sie sich Rottennamen verdient. Danke, »Shenanigans« Matt, »Grim« Rob, »Left Coast« James, »Doppelwulf« Chael, und Mom (keine Anführungszeichen nötig).

Wahrscheinlich habe ich viele gute Leute vergessen, aber der Status eines Wahren Bastards gebührt:

Angeline Rodriguez von Crown, die die Geschichte mit

neuen Augen gesehen hat und wahrscheinlich noch viel mehr, von dem ich nichts weiß.

Anna Schakson von Orbit UK dafür, dass sie das Buch über den großen Teich gebracht und den Traum meiner Mutter erfüllt hat, dass ich eines Tages in unserer früheren Heimat veröffentlicht werde.

Allen Lesern, die sich jemals positiv geäußert haben (wie Tony D. und Mike E.), eure Ermutigung hat mich weiterschreiben lassen, als ich aufhören wollte.

An Lizbeth, weil sie während der Indie-Tage im Team war.

An Chris und Angela (und damit an alle von CONjuration), weil sie vorausgesagt haben, dass dieses Buch »es weit bringen würde«.

Rick, danke, dass du ein offenes Ohr hast, ein großartiger Freund und ein hervorragender Onkel für meinen kleinen Jungen bist.

Meinen SPFBO-Kollegen, insbesondere Dyrk Ashton, Phil Tucker und Josiah Bancroft, danke ich für die anhaltende Kameradschaft und Unterstützung.

Den SPFBO-Juroren, mit einer tiefen Verbeugung vor Ria und einem flotten High five an Laura, vielen Dank dafür, dass sie sich die Zeit genommen haben, die schmutzige Geschichte dieser Halb-Ork-Keilerreiter zu lesen und – schockierenderweise – zu genießen.

Und ganz besonders viel Liebe und Dankbarkeit an meine Frau Liza, die mich davon überzeugt hat, dass die Bastarde ein Buch verdient haben. Ohne sie wäre diese Geschichte vielleicht nur eine kreative Übung geblieben. Hoffentlich gab es nicht zu viele Tage, an denen du es bereut hast, mich ermutigt zu haben ...

Und schließlich an Wyatt, meinen wunderbaren Sohn. Es wird noch viele, viele, viele Jahre dauern, bis dieses besondere Buch für dich geeignet ist, aber ich bin dir zutiefst dankbar, dass du während seiner Entstehung eine unaufhörliche Quelle der Freude warst.

Bis zum nächsten Mal! Lebt im Sattel!

ZWEI NATIONEN IM KRIEG.
EIN UNERMESSLICHER SCHATZ.

RJ BARKER
Die Knochenschiffe
(Gezeitenkind-Trilogie 1)
ISBN 978-3-8332-4181-9

Die Gezeitenkind-Trilogie – eine der großartigsten Drachen-Sagas der letzten Jahre.

„Wirklich ausgezeichnet! Eine der interessantesten und originellsten Fantasy-Welten, die ich seit Jahren gesehen habe."

– Adrian Tschaikovsky

www.paninibooks.de

Band 1 einer fantastischen Trilogie voller
STARKER FRAUEN und RÄTSELHAFTER MONSTER

Theodora Goss
DER SELTSAME FALL DER ALCHEMISTEN-TOCHTER
ISBN 978-3-8332-4101-7

Für alle Leser/-innen von Ben Aaronovitch, Arthur Conan Doyle, Mary Shelley, Robert Louis Stevenson u.v.m.

Für Fans von Holmes & Watson, Jekyll & Hyde, Victor Frankenstein und Van Helsing

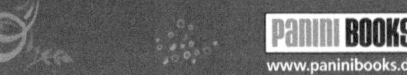
www.paninibooks.de

CYBERPUNK-
FANTASY
im allerbesten Sinne

Max Gladstone
DREI VIERTEL TOT (Kunstwirker-Chronik 1)
ISBN 978-3-8332-4100-0

„Verblüffend gut. Unfassbar gut."
- Patrick Rothfuss

Für alle, denen „Die Flüsse von London" zu brav und der „Blade Runner" zu retro ist.

www.paninibooks.de

VON SEICHTEN LÜGEN UND DUNKLEN GEHEIMNISSEN.

Abgeschlossener Einzelband

GINNY MYERS SAIN
Dark and Shallow Lies
ISBN 978-3-8332-4180-2

Eine dunkle, gruselige, mysteriöse und magische Geschichte im schweißtreibend-sumpfigen Süden der USA

Harry Potter meets Riverdale meets Twin Peaks

www.paninibooks.de